KB028358

노벨문학상 수상작 산책

노벨문학상 수상자 26명의
삶과 문학

노벨문학상 수상작 산책

윤재석 편저 · 김규종 외 25명 지음

산처럼

책을 내면서

인문학은 익히 알다시피 인간의 자유와 존엄성을 중시하는 학문이다. 그러나 오늘날 인문학은 밀려드는 4차 산업혁명의 물결과 더불어 한편에서는 더 중요한 학문으로 여겨지기도 하지만, 다른 한편에서는 존립의 위기를 맞고 있기도 하다. 이로 인해 우리는 그 어느 시대보다 인문학의 정체성을 더 깊이 고민해야 하는 상황이다. 이런 시대적 상황 속에서 인문학적 활동의 중요한 결실물이기도 한 노벨문학상 작품을 숙고해보는 것은 소중한 의미를 지닌다고 볼 수 있을 것이다. 사실 노벨문학상 수상 작품은 수상자의 인문학적 활동이나 작품성 면에서 인정을 받은 결실물이다. 우리는 이런 수상자와 작품을 통해서 오늘의 인문학이 나아가야 할 길을 가늠해볼 수 있을 것이다. 이들 수상자나 작품은 우리가 어떻게 인문학적 활동을 해야 하고, 어떻게 삶을 꾸려가야 하는가에 대해서 중요한 방향성을 제시해줄 수 있을 것이다.

그동안 이들 작품은 전반적으로 난해하여 일반 독자들이 쉽게 접근할 수 없었다. 이러한 문제를 해소할 목적으로 그동안 국내에서도 노벨문학상 수상 작품이나 작가에 관해 소개하는 글들이 출판되곤 했다. 그러나 이들 소개서는 대부분 외국 저자의 글을 번역한 경우이거나 특정 기간에 한정된 글로 이루어진 경우가 대부분이다. 또한 많은 소개서가 노벨문학상 수상 작품들 전반에 대해서 다루기보다는 특정 작품을 중심으로 개별적으로 다루고 있다. 상황이 이러하다 보니 이들 소개서에서는 노벨문학상 수상 작품들이나 작가들에 대해 전체적으로 파악하기가 쉽지 않다.

경북대학교 인문학술원은 그간의 이러한 상황을 개선하는 데 조금이라도 기여하고자 이 책을 기획했다. 그 결과 노벨문학상 수상이 이루어진 1901년부터 지금까지, 약 120년 동안의 작가 및 작품에 대해서 다루는 내용으로 소개서를 꾸려보고자 했다. 그러나 이 방대한 작업을 한 번의 작업으로 완결하기는 어려운 상황이었다. 그래서 독자의 관심과 집필 가능한 전문가의 상황을 고려하여 우선 26명의 노벨문학상 수상자들과 이들의 작품 세계를 소개하기로 했다. 모든 작품이 작가의 삶과 밀접하게 연관되어 있듯이, 이들 작품 역시 그러하다. 그래서 이 책도 이런 점에 주목하여 작품 자체를 소개하는 것 못지않게 작가의 삶에 대해서도 조명하고, 이어서 이들 사이의 연관성도 다루려고 했다. 또한 이 책은 수상 작가나 작품이 왜 주목을 받았는지, 나아가 이들과 이들 작품이 오늘날에도 여전히 중요한 의미를 지닌다면 그것이 무엇인지에 대해서도 함께 살펴보려고 했다.

이런 기본적인 목표 아래 이 책은 먼저 노벨문학상 수상작들을 학문 분야별로, 즉 문학, 역사, 철학으로 분류했다. 이렇게 함으로써 학문 분야별로 수상작들이 지니는 특징을 드러내고자 했다. 그렇지만 대부분의 수상작이 문학 분야에 편중되어 있다. 그래서 이 책은 문학작품을 중심으로 소설, 희곡, 시, 산문의 네 장르로 재분류하고, 다시 장르마다 시대별로 작품을 배치하여 독자들이 수상자들의 작품을 장르별·시대별로 이해하는 데 도움을 주고자 했다.

한편, 이 책은 이 분야의 전문 연구자뿐 아니라 특히 일반 독자들의 인문학 이해에 도움을 주고자 했다. 그러나 전문성과 교양성을 두루 갖춘 책을 만드는 것은 쉬운 작업이 아니다. 그리하여 전국적으로 이 분야의 연구에 가장 권위 있는 전문가를 섭외하여 집필을 의뢰하는 한편, 일반인들이 쉽게 읽을 수 있는 글쓰기를 재삼재사 당부했다. 아울러 편집 과정에서는 일반 독자들이 큰 부담 없이 이 책을 읽을 수 있도록 참고문헌과 각주는 책의 뒷부분에 배치했다. 그리고 작품에 대한 체계적인 정보를 바라는 독자들을 위하여 국내 번역서 목록도 첨부했다.

부족하지만 이 책이 인문학에 대한 대중의 이해와 관심을 높이는 데 이바지할 수 있기를, 아울러 현대 사회가 처해 있는 인간 삶의 위기를 극복하는 데 조금이라도 기여할 수 있기를 희망한다. 뿌리를 잘라버리고 아름답고 풍성한 꽃과 열매를 기대할 수 없지 않은가. 학문의 뿌리라 할 인문학이 인간다운 삶의 터전을 일구는 자양분으로 거듭나기를 기대한다.

윤재석

경북대학교 인문학술원장

한국연구재단 HK+지원사업 연구책임자

2022년 11월

노벨문학상 수상작 산책

차례

희곡

제2부

시

제3부

역사·철학

제4부

제1부

소설

아나톨 프랑스의 『페도크 여왕의 통닭구이 집』

삶과 사랑 그리고 문학의 공간

이규현·서울대 불어불문학과 강사

머리말

1844년 4월 16일 파리에서 태어나 1924년 10월 12일 생시르쉬르루아르에서 죽은 프랑스의 노벨문학상 수상(1921) 작가 아나톨 프랑스, 프랑수아 아나톨 티보는 어떤 사람인가? 그는 무엇보다도 먼저 지칠 줄 모르는 독서가다. 이는 서적상의 아들로 태어나 서점에서 자란 덕분이다. 서점이나 서재의 공간은 그가 작가로 재탄생하는 장소가 된다. 하지만 그의 폭넓은 독서와 박학은 창작에 약이 되면서도 동시에 독이 된 측면도 없지 않다. 다음으로 그는 참여 지식인이다. 드레퓌스 사건에 즈음하여 에밀 졸라와 함께 대표적인 비판적 지식인의 대열에 합류한다. 그의 정치적 신조는 사회주의다. 이는 그의 빈한한 출신에 비추어 너무나도 당연한 선택으로 보인다. 끝으로 그는 1896년에 아카데미 회원이 되고 주지하다시피 1921년에 노벨문학상을 받는 등 작가로서 출세하고 성공적인 삶을 산 사람이다. 하지만 빛과 함께 그림자가 드리우듯이 살아생전에는 이상적인 프랑스 문인으로 추앙받았지만 20세기 초부터는 젊은 세대의 작가들에게 높은 평가를 받기는커녕 비꼼과 비판의 대상이 된다. 플롯이 빈약하고 창조적 상상력이 결여되어 있다는 것이다. 이 낮은 평가는 여전히 계속되고 있는 듯하다. 그렇지만 그의 작품은 오늘날에도 읽을 만하다. 폭넓은 박학, 재치와 비꼼, 사회 정의에 대한 열정, 명료한 고전적 문체 등은 주목을 끈다. 그의 작품에서 사랑과 정의의 주제가 줄기차게 울려나온다는 것도 부정할 수 없는 사실이다. 그런 만큼 아나톨 프랑스에 대한 올바른 평가는 미완의 과제인 셈이다.

『페도크 여왕의 통닭구이 집*La Rôtisserie de la reine Pédauque*』(1892, 소설)은 아나톨 프랑스의 중기를 대표하는 소설이다. 물론 이야기 자체는 몹시 이상야릇하다. 실제로 우스꽝스러운 장면들과 특이하고 엉뚱한 인물들이 이어진다. 때로는 살라망드르, 엘프, 님프 등이 갑자기 젊은 남자를 유혹하는 젊은 여자의 모습을 띠기도 한다. 이런 것들이 정말로 진지하게 이야기되는 만큼 도리어 웃음을 자아낸다. 하지만 이러한 이야기는 또한 작중인물들 사이의 대화를 매개로 작가 자신의 생각을 나타내기 위한 장치의 구실을 한다. 아나톨 프랑스는 특히 제도와 도덕, 또한 탐욕스런 성직자, 수다스러운 박학자 등 모든 것을 비꼬고 조롱한다. 하지만 그가 삶을 바꾸고 자기 자신을 새롭게 규정하고 싶어 한 시기에 쓴 작품이기 때문에 회고와 전망의 시선이 교차한다. 그래서 전 작품의 구심점과도 같은 작품이 된다. 그의 다른 작품들이 이 작품을 중심으로 회전한다고까지 말할 수 있다. 게다가 이 작품에서는 '나는 누구인가?'라는 자기 정체성의 문제가 유난히 두드러진다. 따라서 아나톨 프랑스는 누구인가라는 물음에 가장 나은 대답을 이 작품에서 찾아볼 수 있다. 어떻게 보면 이 작품은 아나톨 프랑스의 문학으로 들어가는 훌륭한 입구다. 이 작품의 독서는 다른 작품들을 읽는 데 디딤돌의 구실을 하기에 충분하다.

저자의 생애와 사상

아나톨 프랑스의 아버지 프랑수아 노엘은 1805년 앙제 인근의 작은 마을 뤼이네에서 제화업자의 막내아들로 태어났다. 홀어머니의 어려운 살림살이 때문에 학교도 제대로 다니지 못하고 문맹인 상태에서 스물한 살에 지원병으로 입대하여 파리의 제4근위보병연대에 근무하면서야 읽고 쓰기를 배우게 된다. 거기에서 앙리 위셰 드 라베두아이에르 중위의 총애를 받고 프랑스 대혁명을 전후한 시기의 문서를 수집하는 일을 돕다가 1830년 혁명의 여파로 그의 연대가 해산된 후에는 군대 경험에 힘입어 어느 서점-출판사의 점원으로 일하다가 마침내 1839년부터 서점을 직접 운영하기에 이른다. 그 서점에 프랑수아의 축소형인 프랑스라는 이름을 붙이고 그때부터 프랑수아 노엘은 '서적상 프랑스'로 알려지게 된다. 나중에 아나톨 프랑스는 에밀 졸라와 함께 대표적인 드레퓌스파 지식인이 되고, 이로 말미암아 유대인이 아닌가 하는 의심을 사기도 하지만, 그의 이 필명 역시 그가 유대인 출신임을 숨기기 위한 가명이 아니라 어렸을 때부터 불려온 이름이다. 아버지의 서점에서 어린 아나톨 프랑스는 책을 가까이 하면서 점차로 박학해지고 상상력을 길렀다. 요컨대 서점 또는 서재의 공간은 그가 작가의 길로 들어서는 데 가장 중요한 요인으로 작용한다. 그의 많은 작품들에서 책이 있는 장소는 마치 어머니의 자궁처럼 기분 좋은 편안함을 선사하는 공간으로 나타난다. 기본적으로 그는 책을 친구처럼, 멋진 풍경처럼 사랑하는 사람이다.

아나톨 프랑스의 어머니 앙투아네트는 1811년 아버지가 누구인지 모르는 사생아로 태어난다. 그녀의 어머니는 미혼모로 살다가 1812년 결혼하나 2년 후에 남편이 죽자 1815년에 재혼한다. 가정형편이 어렵지는 않았지만 이런 어머니와 양부로부터 벗어나고 싶어 한 앙투아네트는 1831년 비교적 이른 나이에 어느 약사와 결혼한다. 하지만 이듬해 남편과 사별하고는 과부로 살다가 1840년 스물여덟 살에 아나톨 프랑스의 아버지와 재혼한다. 아나톨 프랑스는 아버지의 집안에 관해서는 거의 침묵으로 일관한 반면에 이러한 어머니의 가계에 관해서는 어머니뿐만 아니라 외할머니와 어머니의 의붓아버지까지, 물론 상상력에 의해 변형한 것이지만 작중인물로 등장시킨다. 예컨대 외할머니는 『내 친구의 책*Le Livre de mon ami*』(1885, 회상록)에서 천성이 좋고 익살스러운 할머니로 나오기도 하고, 『피에르 노지에르*Pierre Nozière*』(1899, 회상록)에서 마티아스 부인의 모습, 또한 『프티 피에르*Le Petit Pierre*』(회상록, 1919)에서 가정부 멜라니의 모습에서 어렴풋이 드러나기도 한다. 어머니의 의붓아버지 뒤푸르로 말하자면 『실베스트르 보나르의 범죄*Le Crime de Sylvestre Bonnard*』(1881, 소설)에 나오는 빅토르 대위, 『장 세르비앵의 욕망*Les Désirs de Jean Servien*』(1882, 소설)에 등장하는 튀데스코 그리고 『프티 피에르』의 이아생트 삼촌까지 반쯤 익살스럽고 반쯤 위험한 다른 작중인물들에 투영된다. 특히 『페도크 여왕의 통닭구이 집』에서 주인공 투른브로슈의 어머니는 영락없이 아나톨 프랑스의 어머니를 떠올리게 한다.

아나톨 프랑스는 1862년 7월 갑자기 학교를 그만둔다. 1866년 아버지가 앓아눕자 아버지의 뒤를 이어 '서적상 프랑스'가 되기를 거부하고는 부모를 떠나 홀로 살게 된다. 이 독립의 시기 동안 고답파[1] 시인이 되어 문학의 세계로 들어간다. 그가 어렸을 때부터 아버지가 걱정한 일이 현실로 다가온 것이다. 안정된 직업을 갖지 않고 '종이에 서투른 글을 긁적거리는' 글쟁이가 된 것이다. 그렇지만 글쓰기만으로 생계를 유지할 수는 없는 노릇이었다. 여러 서점-출판사에서 편집 일을 맡아보면서 궁핍한 생활을 이어간다. 심지어는 이따금씩 익명으로 라루스 사전 편찬에 참여하여 한 줄에 2수를 지불받기도 한다.[2] 이처럼 생활 형편이 궁핍한 데다가 과감하지 못하고 소심한 성격 탓에 그는 결혼에 어려움을 겪는다. 가령 엘리자 롤린이라는 여자에게 반해 청혼하지만 그녀는 그보다 하느님을 더 좋아하여 수녀가 되어버린다. 아나톨 프랑스가 평생 내보이는 반교권주의적 태도는 육신의 솔직한 향유에 대해 교회가 강요하는 금지가 가장 큰 원인이겠지만 이 퇴짜에 기인한 바도 없지 않다. 그가 기독교(그에게 기독교는 욕망의 억압이다)에 맞서는 것은 대체로 그가 다닌 생트마리 초등학교와 스타니스라스 중학교, 이 가톨릭계 사립학교들로부터 여러 가지 압박을 받은 탓임이 분명하다. 그러므로 그가 욕망의 완전한 개화를 설파한 에피쿠로스에게 그리고 기독교의 창조설에 대립하는 다윈의 진화론에 끌리는 것은 어떻게 보면 당연한 일이다. 그렇지만 궁핍한 생활을 영위하고 기본적으로 문학적이라기보다는 오히려 박식을 요구하는 저널리즘을 실천하면서도 7~8년 만에 시인으로서 좋은 평판을 얻기에 이른다.

그러나 이전의 시들보다 수준이 높아진 『금빛 시편*Les Poèmes dorés*』(1873, 시집), 반기독교적인 시집 『코린토스의 혼례*Les Noces corinthiennes*』(1876, 운문 극시)를 끝으로 더 이상 시를 쓰지 않고 소설 쪽으로 방향을 튼다. 아마도 소설이 더 폭넓은 명성과 더 큰 결실을 가져다줄 수 있다고 생각했기 때문일 것이다. 하지만 이러한 설명만으로는 잘 납득이 가질 않는다. 당시에 고답파가 세 갈래로 흩어진다는 점을 고려할 필요가 있다. 잔류하는 시인들은 고립되고 일부는 인상주의나 상징주의로 나아가고 또 다른 일부는 산문가가 된다. 세 번째 부류에 속한 아나톨 프랑스는 이 시기에 과학에 대한 열광(실증주의)에서 벗어나 과학의 설명 영역을 제한하고 상대주의와 회의주의로 기울어진다. 무엇보다도 우리가 인식 불가능한 것에 둘러싸여 있음을 강조한다. 이러한 한계의 인식은 인간의 복합성과 모순에 대한 폭넓고 고통스러운 성찰로 이른다. 이제 아나톨 프랑스에게는 사람들의 일상적인 모험과 낭패를 묘사하고 복합적인 자아를 표현하는 것이 중요해진다. 인물을 창조하고 인물들 사이의, 인물들과 세계 사이의 변화무쌍한 관계를 분석하는 것은 소설 세계에서야 가능한 일이다. 아나톨 프랑스는 시에 작별을 고하고 자신의 비평에서 시인들을 점점 덜 언급하고 산문가들을 점점 더 많이 다룬 연후에 소설가가 된다. 이 과정에서 조르주 상드와 이폴리트 텐의 지지를 받는다. 이들의 도움으로 상원 도서관의 사서로 임명되고 안정적인 수입을 보장받는다. 이 덕분에 그는 1877년 4월 28일 발레리 게랭 드 소빌과 결혼하게 되고 그녀와의 사이에서 딸 쉬잔을 얻는다. 이러한 경제적 안정에 힘입어 칼만 레비 출판사에서 단편소설 두 편을 묶어 『이오카스테와

야윈 고양이*Jocate et le Chat maigre*』(1879)를 펴낸 이후 『타이스*Thaïs*』(1890), 『페도크 여왕의 통닭구이 집』(1892), 『붉은 백합*Le Lys rouge*』(1894), 『크랭크비유*Crainquebille*』(1904), 『펭귄들의 섬*L'Île des Pingouins*』(1908) 등을 거쳐 『신들은 목마르다*Les dieux ont soif*』(1912), 『천사들의 반항*La Révolte des anges*』(1914)까지 많은 작품을 창작하게 된다.

문학에서의 이러한 새 출발은 사교계에서 입지를 다지는 것과 궤를 같이한다. 당시에 사교계 출입은 문학에서 성공하려는 남자에게 몹시 필요한 일이었다. 18세기부터 1914년의 전쟁까지 여주인 주위로 작가들이 모이는 살롱의 역할이 중요했다는 것은 누구나 알고 있는 바이다. 프로이센–프랑스 전쟁(1870~1871)의 패배에 뒤이은 어려운 시기인 1880년대에는 살롱 문화가 훨씬 더 강도 높게 재개되었다. 살롱은 유익한 만남의 장소, 명예와 때로는 아카데미에 이르는 길이었고 문학계에 일관성과 중요성을 부여했으며 때때로 신문과 잡지에 연결된 압력 단체였다. 그러나 제1차 세계대전 이후로는 이 풍습이 크게 쇠퇴한다. 아나톨 프랑스 역시 제2제정 시대와 제3공화정 시대에 리카르 부인, 니나 드 비야르, 오베르농 부인 등의 살롱을 드나든다. 특히 마르셀 프루스트의 『잃어버린 시간을 찾아서』에 나오는 베르뒤랭 부인의 살롱에 주요한 모델이 되는 레옹틴 드 카야베 부인의 살롱에 거의 상주하다시피 한다. 마르셀 프루스트의 이 소설에 등장하는 소설가 베르고트의 주요한 모델들 가운데 한 사람이 바로 아나톨 프랑스이기도 하다. 프루스트 역시 카야베 부인의 살롱에 자주 드나드는 사람이었다. 아나톨 프랑스는 1888년 이 살롱의 여주인과 애정 관계로 접어들고 급기야는 1892년 이 관계를 참지 못한 아내와 별거하기에 이른다. 그러고 나서 결별의 편지를 보낸 이듬해 법적으로 이혼한다. 카야베 부인과의 관계는 아나톨 프랑스가 남아메리카 여행 동안 어느 여배우와 맺은 애정 관계 때문에 카바예 부인이 자살을 시도한 지 얼마 되지 않아 1910년 그녀가 죽을 때까지 지속된다. 그녀가 없으면 글을 쓸 수 없다는 아나톨 프랑스의 고백으로 알 수 있듯이 그에게 그녀는 영감의 원천으로서 특히 『타이스』와 『붉은 백합』의 발상을 제공한다.

아나톨 프랑스의 삶에서 또 한 가지 특기할 점은 그가 1896년 아카데미 회원으로 선출된 것이나 1921년 노벨문학상을 받은 것이라기보다는 사회주의자라는 사실이다. 그의 정치적 성향이 사회주의로 완전히 기울어지는 계기는 드레퓌스 사건이다. 알다시피 1894년 포병대위 알프레드 드레퓌스가 간첩 혐의로 종신 유형을 선고받는다. 그러나 에카르 중령의 노력으로 전문電文 조작의 정황이 드러난다. 독일에 군사기밀을 넘겨준 자는 에스테라지 소령임이 밝혀지나 1898년 군사법원은 그에게 무죄판결을 내리고 오히려 에카르 중령을 수감한다. 이듬해 정월 에밀 졸라의 글 「나는 고발한다. 공화국 대통령에게 에밀 졸라가 보내는 서한」이 『오로르』 지에 발표되면서 프랑스 전체가 드레퓌스파와 반反드레퓌스파로 분열된다. 아나톨 프랑스는 에밀 졸라와 함께 대표적인 드레퓌스파 지식인으로 1894년과 1898년의 두 재판에 대해 재심을 요구하는 청원서에 서명한다. 드레퓌스는 비록 유죄를 인정하는 셈이 되지만 결국 대통령에게 사면을 요청하여 1899년 9월 19일 사면된다.

드레퓌스 사건이 일단락된 후에도 드레퓌스를 옹호하는 사람들과 비난하는 사람들 사이의 대립은 1914년 제1차 세계대전이 발발할 때까지 계속되면서 식자층에서는 교양의 획득을 통해 사람들 사이의 조화를 추구하려는 경향과 민중에게 미래의 해방을 위한 수단을 제공하려는 두 가지 커다란 경향이 나타난다. 아나톨 프랑스는 후자의 경향으로 기운다. 그는 '자본주의의 힘'을 '통제'하고 사제들과 종교적 전통에서 멀리 벗어나 '행복을 추구'하고 '사회 정의와 세계 평화의 도래를 준비'하는 것에 관해 말한다. 이러한 발언으로부터 드레퓌스를 지지하는 아나톨 프랑스의 입장은 전투적 사회주의, 그에게 강한 영향력을 행사하는 장 조레스[3]의 사회주의 쪽으로 곧장 향한다고 결론지을 수 있다. 기질로 보거나 경험으로 보거나 결코 순응주의자가 아닌 아나톨 프랑스의 사유 밑바닥에서는 기본적으로 권력과 악 사이의 관계에 대한 대답 없는 물음(악을 퍼뜨리는 것이 권력이라면?)이 울려나온다.

그렇지만 아나톨 프랑스에 대한 사후의 평가는 박하다. 그는 고전적이고 피상적인 문체의 관변 작가, 이성적이고 타협적이며 자기만족적이고 득의양양한 작가라는 선입견이 단단히 자리 잡은 듯하다. 이러한 부정적인 평가는 그가 작가로서 누린 혜택, 예컨대 아카데미 회원이 된 것이나 노벨문학상을 받은 것의 반작용일지도 모른다. 우선 그가 죽은 직후에 앙드레 브르통과 루이 아라공을 비롯하여 젊은 초현실주의자들이 모든 유산, 모든 공식적인 것에 적대적인 입장에서 그의 국장國葬에 대한 반발로 팸플릿 「시체」를 발표하는데, 이는 죽은 아나톨 프랑스의 뺨을 때린 격이다. 기존의 가치와 관습을 뒤집어엎으려는 그들의 눈에 아나톨 프랑스는 알맹이 없이 겉만 번지르르한 구시대 작가로 비쳐진 것이다. 그 이후로도 이러한 평가절하는 계속되고 심지어 격화된다. 가령 모방이나 표절이 눈에 띈다는 비판을 받는다. 귀스타브 랑송의 영향을 받은 이른바 강단 비평, 실증주의적 박학 비평은 아나톨 프랑스의 작품을 무수히 많은 조각으로 잘게 잘라 헤라클레토스에서 르콩트 드 릴까지 차용된 것들을 찾아냄으로써 이러한 비판에 근거를 제공한다. 장 라신이나 빅토르 위고 등 다른 많은 작가들에게도 치명적일 이러한 비평 방법이 아나톨 프랑스에게만 엄격하게 적용되었다는 것은 의미심장하다. 또한 감수성이 결여되어 있다거나 문체가 너무 반질거린다는 평가를 받는다. 하지만 아나톨 프랑스의 문체는 때로는 부드럽고 상냥하고 때로는 음울하고 잔혹한 반어와 해학이 주요한 특징이다. 이는 인간성, 지식, 역사에 관해 그가 내보이는 근본적인 회의주의의 소산이다.

사실 제1차 세계대전 이후부터 문학의 개념이 바뀌기 시작한다. 초현실주의는 이 변화의 한 가지 징후다. 그런데 아나톨 프랑스는 바로 그러한 시기에 죽는다. 게다가 그 이전에도 문학의 다양한 흐름이 새롭게 나타나지만 그는 그것들에 관심을 기울이지 않는다. 아나톨 프랑스에 대한 사후의 낮은 평판은 주로 그의 작가로서의 삶 자체가 문학의 새로운 변화와 무관했다는 점에 기인한다. 그는 사후에 이러한 무관심의 대가를 혹독하게 치른다. 그렇다 해도 1950년대 신비평이 등장하고 이론에 대한 관심이 높아지면서 또다시 문학의 개념이 변하는 시기에도 아나톨 프랑스가 일반 독자는 물론 비평계나 문학계의 주목을 끌지 못한 것은 지나치고 부당한 일이 아닐 수 없다. 가령 제라르 쥬네트의 '팔랭프세스트palimpseste' 개념만 하더라도 아나톨 프랑스를 모방이나 표절 논란에서 풀어줄 것이 틀림없다. 이 개념에 비추어 생각컨대 설령 아나톨 프랑스 이전의 텍스트들이 그의 작품에 차용되었더라도 이는 자기 것으로 하기(전유)의 소산이지 결코 표절이 아니다. 그런데도 아나톨 프랑스의 작품은 그의 죽음 직후에 확산된 그의 기만적인 이미지 때문에 큰 불이익을 당했고 지금도 역시 그렇다.

작품 창작의 동기와 작품의 의의

1844년 6월 14일 아나톨 프랑스보다 두 달 늦게 파리에서 태어난 레옹틴 드 카야베 부인은 부유한 유대인 은행가 집안의 딸이다. 나이가 같은 두 어린이가 같은 도시에서 정반대의 환경에서 자란 것이다. 그녀의 아버지는 7월 왕정 시대에 파리에 정착하고는 그녀가 스무 살이 되는 해에야 프랑스 국적을 얻는다. 그녀는 가족과 함께 프로이센―프랑스 전쟁과 파리 코뮌의 격동기 동안 프랑스 남서부 지롱드주에 있는 도시 카피앙에 피신해 있다가 파리로 돌아오고부터 문학계에 자주 드나든다. 우선 오베르농 부인의 살롱에서 두각을 나타낸다. 아나톨 프랑스를 알게 된 것도 이 살롱에서다. 그러다가 카야베 부인은 1887년에 자신의 살롱을 열고 오베르농 살롱의 단골 참석자들 일부를 끌어들인다.

프랑스 가족(아나톨과 아내 발레리 그리고 딸 쉬잔)은 1887년 여름 카야베 부인의 가족과 함께 카피앙에서 바캉스를 보낸다. 그때까지만 해도 카야베 부인은 아나톨 프랑스를 따분한 사람으로 생각하여 그렇게 큰 호감을 갖지 않은 것 같다. 행동거지가 세련되지 못하고 사람들 앞에서 말할 때 말을 더듬는 그가 부유하고 당당하고 권위적인 그녀의 마음에 들 여지는 거의 없었을 것이다. 그러다가 1888년 7월부터 그들은 열렬한 연애편지를 주고받는 사이가 된다. 44세로 나이가 적지 않고 나잇살이 붙기 시작하는 여자에게 아나톨 프랑스가 반해서 그녀의 옛 애인들에 대해 심한 질투에 사로잡히기도 한다. 카야베 부인도 그에게 지적인 일치감과 함께 관능의 기쁨을 누리게 해주면서 동시에 그의 아내에게 심한 질투심을 드러낸다. 아나톨 프랑스는 레옹틴과 연인이 되고 나서 그의 오래된 꿈, 즉 다른 이들의 책을 분류하면서 영혼의 평화를 만끽하고 박학의 기쁨과 직업의 안정을 동시에 얻는 것이 끝나는 시기에 예전의 자기가 아니고 싶은 욕망, 자기 자신이 마음에 들지 않아서 다른 사람이라면 더 행복할 것이라는 감정에 사로잡힌다. 이는 그를 자기 자신과 자신의 삶에 관한 괴로운 회의적 질문으로 격렬하게 몰아감으로써 그에게 남자와 작가로서의 삶을 돌이켜보고 변화시킬 계기가 된다. 이러한 계기에서 1890년 상원 도서관의 사서직을 그만둔 아나톨 프랑스는 비너스 여신을 찬양하는 세기말의 소설 『타이스』와 아나톨 프랑스 자신의 정체성을 정리하고 새롭게 확립하려는 시도로서 소설 『페도크 여왕의 통닭구이 집』을 쓰게 된다. 이것들은 그가 사랑의 불길에 휩싸인 시기의 작품이다.

카바예 부인은 1891년에 카야베 부인의 아버지가 죽고 그녀의 아들 가스통이 젊은 잔 푸케[4]와 약혼하자 더욱더 열렬히 아나톨 프랑스를 맞아들인다. 이에 따라 아나톨 프랑스의 부부관계는 파탄에 이른다. 1892년 6월 6일 발레리가 남편의 서재로 들어온다. 그들은 서로 귀에 거슬리는 말을 주고받는다. 아나톨 프랑스는 정수리를 덮는 작은 모자에 실내복 차림으로 글을 쓰고 있다가 이 말다툼 끝에 그대로 일어나 문을 박차고 거리로 나간다. 이 우스꽝스러운 가운 차림에 허리끈이 땅바닥에 끌리는 데도 발걸음을 재촉하여 카르노 호텔로 가서는 아내에게 (이혼의 사유가 되는) '중대한 모욕'의 편지를 쓴다. 민법상 이혼이 가능하려면 부부 사이에 확증된 불만이 있어야 한다. 이듬해 1893년 8월 2일 이혼 판결이 나지만 그전에 이미 그는 카야베 부인의 저택으로 옮겨와 살면서 그를 위해 쾌적하게 개조된 2층 서재에서 작업한다. 카바예 부인의 사교 모임이 있을 때는 밖에서 도착한 척한다. 사교계의 모든 예법을 충실히 지키면서 살롱에 모습을 보인다. 1892년 8월에는 가스통, 잔, 그의 어머니, 아나톨 프랑스가 르아브르로 가서 카바예 부인 가족 소유의 세 돛 요트를 타고 요트 경주를 구경한다. 돌아와서는 딸 쉬잔을 돌보는 일에 신경을 쓴다. 이러한 어수선한 상황에도 불구하고 그는 열정적으로 소설을 고쳐 써서 1892년 10월부터 『에코 드 파리』 지의 문예란에 연재를 시작한다. 이 소설이 바로 『페도크 여왕의 통닭구이 집』이다.

이듬해인 1893년 단행본으로 출간된 이 소설은 아나톨 프랑스의 가장 유명할 뿐만 아니라 가장 중요한 작품이다. 우선 작가의 삶에서 중간 결산과도 같은 소설이라는 점에서 그렇다. 사랑과 동시에 문학에서 커다란 변화가 일어날 때의 실존적 위기가 이 소설의 탄생 배경이다. 그 시기에 작가는 비록 늦은 나이지만 연인으로서나 작가로서 스스로 다른 사람이 되고 싶어 한다. 그렇기 때문에 이 작품은 무엇보다도 작가가 자기 자신을 비쳐보는 자기성찰의 거울이 된다. 이 거울 속에는 아나톨 프랑스가 생생하게 살아 있다. 아나톨 프랑스는 이 거울 속의 자기 자신을 바라보면서 "나는 누구인가?"라는 정체성의 문제를 성찰한 것이 틀림없을 것이다.

다음으로 아나톨 프랑스의 창작 방법이 여실히 구현된 소설이라는 점에 주목할 필요가 있다. 그의 소설들은 대체로 그의 박학, 책에서 얻은 지식, 막대한 교양을 바탕으로 구상된다. 이 소설에서도 신비주의에 관한 많은 자료가 비춰 보인다. 이른바 '팔랭프세스트'가 많이 엿보인다. 자료가 상상력에 의해 변형하고 작품의 틀이나 뜻에 맞게 전유된 것이다. 『실베스트르 보나르의 범죄』에서 어느 날 주인공이 하는 말, 즉 "아는 것은 아무것도 아니고 상상하는 것이 전부다"는 박학에 기초한 구상을 모방이나 표절로 비난할 수 없다는 것을 밑받침한다.

끝으로 정체성 및 창작 방법, 이 양자와 겹치는 측면이기는 하지만 이 소설의 주요한 작중인물들이 모두 아나톨 프랑스의 초상을 구성한다는 점을 내세울 수 있다. 달리 말하자면 아나톨 프랑스는 자신의 모습을 여러 부분으로 나누어 각 부분을 하나의 작중인물로 만들어 제시한 것이다. 아나톨 프랑스도 도스토옙스키만큼은 아니지만 여러 인격이 중첩된 사람이라고 말할 수 있다. 이처럼 자아를 쪼개서 작중인물을 창조하는 방법이 이 소설에서 가장 분명히 드러난다.

요컨대 이 소설은 아나톨 프랑스의 자기 이야기, 그의 가장 자전적인 작품인 셈이다. 이와 같은 세 가지 근거에 비추어보건대 『페도크 여왕의 통닭구이 집』은 가장 아나톨 프랑스다운 소설이 아닐 수 없다. 또한 이 작품을 전후로 그의 삶과 글이 달라진다는 점에서 아나톨 프랑스의 모든 작품에서 중간축이 되는 소설이기도 하다. 따라서 이 소설에 입각하여 그의 작품 세계를 넉넉히 조망할 수 있을 것이다. 물론 아나톨 프랑스의 작품 세계는 드레퓌스 사건을 겪으면서 불의한 사회 정의의 문제를 다루게 되면서 사회주의적 색채를 띠게 된다. 『크랭크비유』는 이 성향의 대표적인 작품으로 보인다. 이 점에서 그가 지식인으로서 평생 매달린 문제는 사랑과 정의라고 말할 수 있을 것이다.

작품의 주요 내용

무엇보다 먼저 제목의 의미를 명확히 할 필요가 있다. '통닭구이 집'으로 번역한 용어rôtisserie는 꼭 통닭만을 구워 파는 식당이 아니다. 오리나 거위 또는 칠면조, 소고기나 돼지고기도 취급할 수 있다. 그런데 이 음식점에서는 거위와 칠면조를 구워 파는 것으로 보인다. 하지만 우리나라에서는 거위나 칠면조를 쇠꼬챙이에 꽂아 구워 팔지 않는다. 오직 통닭만 그렇게 한다. 그래서 통닭구이 집으로 옮긴 것이 적절할 듯싶다. 그리고 꼭 꼬챙이에 꽂아 굽지 않고 석쇠를 이용해서 구울 수도 있다. 그런데 이 소설에서는 꼬챙이를 돌려가며 굽는다. 이 음식점 주인의 아들은 별명이 투른브로슈Tournebroche인데, 이 이름은 가금이 꽂혀 있는 꼬챙이를 돌리는 자를 의미한다. 원래는 미로Miraut라는 이름의 개가 14년 동안 이 일을 맡아 했지만 늙어 힘이 빠진 나머지 '은퇴'하고 주인 아들이 대신 맡는다. 그리고 페도크 여왕은 파리 생자크 길에 있는 이 구잇집의 이름이자 간판에 그려진 여성을 가리킨다. 이 여성은 물갈퀴가 있는 거위의 발이 두드러진 특징이다. '페도크'라는 이름은 오크어로 거위의 발을 의미하는 '페 도카pè d'auca'에서 유래한 것이다. 이 전설상의 여왕은 프랑스 남부의 도시 툴루즈가 서고트왕국의 수도였을 때(413~508) 잔혹한 마르켈루스 왕의 외동딸로서 이름이 오스트리스인데 너무나 다정다감하고 얌전하고 착해서 툴루즈 사람 모두의 존경을 받는다. 이처럼 덕성스러운 여자가 이교를 숭배하는 것을 보고 하느님이 그녀를 나병에 걸리게 만든다. 나병에 걸리면 피부가 물갈퀴 있는 발의 피부처럼 보이게 되는 까닭에 그녀는 물갈퀴가 있는 거위의 발을 갖게 되지만 세례를 받고 병이 낫는다.

파리 생자크 길에 위치한 이 페도크 여왕의 통닭구이 집은 소설의 주요한 무대들 가운데 하나다. 바로 이 통닭구이 집 주인 레오나르 메네트리에의 아들 자크, 일명 자크 투른브로슈가 소설의 화자다. 오를레앙 공 필리프의 섭정시대(1715~1723)를 시대적 배경으로 하여 그가 겪은 모험을 이야기하는 형식으로 소설이 전개된다. 아버지의 식당에 드나드는 앙주 형제(독실한 신자인 체하는 술꾼)에게서 글을 약간 배운 그를 이 '페도크 여왕' 식당의 또 다른 고객인 제롬 쿠아냐르 사제가 아버지 메네트리에로부터 숙소와 음식을 제공받는 조건으로 자크의 교육을 맡게 된다. 사부아주의 소도시 세에즈 주교의 사서, 보베 중학교의 선생이었다가 여자를 너무 좋아한 탓으로 일자리와 평온한 생활을 잃고는 '성 카트린의 형상'이라는 이름의 서점에 자주 들락거리면서 생자크 길의 친숙한 소시민 세계에서 호구지책으로 구차한 일들을 하면서 늙어가던 제롬 쿠아냐르에게서 자크는 라틴어와 그리스어 그리고 매우 기이한 도덕을 배우고 이 사제와 고락을 함께하게 된다. 『페도크 여왕의 통닭구이 집』은 이들의 고락에 관한 자크의 이야기다. 화자의 스승 제롬 쿠아냐르 사제의 행장이라고도 말할 수 있다.

이윽고 신비주의 애호가인 귀족 다스타라크 씨가 이 스승과 제자를 고용한다. 생제르맹 거리에 있는 자신의 외딴 성에서 이 광신적인 연금술사는 조약돌을 보석으로 변환시키는 실험을 은밀히 진행한다. 그는 인간과 신 사이의 매개 요정이 실제로 존재한다고 공언한다. 부지런한 공기의 요정, 실프Sylphe(엘프라고도 한다), 엉큼한 불도마뱀, 불의 정령, 살라만더Salamandre는 자신이 특별하게 대하는 사람과 결합한다고도 주장한다. 소설에서 다스타라크 씨는 자크에게서 이 형상을 알아본다. 게다가 그는 우스꽝스럽고 심술궂은 조물주에 뱀을 맞세우고 뱀이 세계를 구원하는 신이라고 여긴다. 하느님의 신비를 아는 지식이 구원을 가져다준다는 그노시스(영지)설의 전통에 의해 18세기로 전해진 이와 같은 견해들은 이단의 냄새를 진하게 풍긴다. 그는 3~4세기 이집트의 유명한 연금술사 파노폴리스의 조시모스Zosime de Panopolis의 그리스어 원고의 번역을 제롬 쿠아냐르와 자크 투른브로슈에게 맡긴다. 이처럼 고대 연금술 저자들의 텍스트를 연구하는 것은 실프와 살라만더를 찾기 위한 노력의 일환이다. 이렇게 자크는 다른 세계로 기꺼이 들어선다. 그가 유일하게 아쉬워하는 것은 자신이 반한 레이스 직조공 카트린에게서 멀어지는 것이다.

이때부터 이야기가 복잡해진다. 다스타라크의 성에 딸린 정원의 가옥에 랍비 모자이드Mosaïde, 유대신비주의 학자가 어여쁜 자엘과 함께 산다. 그녀는 연금술 실험에 참여하는 모자이드의 질녀이자 정부인데도 자크의 애인이 된다. 어느 날 연금술 실험이 파국으로 치닫고 화재가 일어난다. 이와 동시에 쿠아냐르 사제와 자크는 한 친구, 젊은 기사 당크틸이 자엘을 납치하는 성적인 추문에 얽혀서 다 같이 마차를 타고 도망을 쳐야 한다. 모자이드는 자신의 불행이 쿠아냐르와 투른브로슈의 책임이라고 생각하고는 그들을 추격한다. 이 과정에서 쿠아냐르 사제가 아무런 생각 없이 '아글라Agla'라는 주문(연금술에서 요정을 불러낸다고 하는 주문)을 입 밖에 내자 마차가 부서지고 그들을 따라잡은 모자이드가 쿠아냐르에게 치명상을 입힌다. 이로 인해 쿠아냐르는 결국 세상을 뜬다. 사제의 임종을 지킨 자크는 나중에 자기 스승의 죽음과 동시에 "자기 자신의 일부분이 파괴되는" 느낌이 들었다고 회상한다. 그러고 나서 자엘은 달아나고 다스타라크와 모자이드는 성에 불을 지른다. 자크 투른브로슈는 이러한 일들을 겪고는 현명해져 부르고뉴로부터 파리의 자기 동네로 돌아와 그곳의 '성 카트린의 형상' 서점을 운영한다. 여러 학자, 역사가, 웅변가 등 유명 인사들이 자신의 서점에 들른다. 하지만 그는 자신의 스승을 "일찍이 이 땅에서 꽃핀 가장 관대한 정신"으로 간주한다고 말한다. 이 말로 소설이 마무리된다.

『페도크 여왕의 통닭구이 집』은 『질 블라스 이야기』(18세기 프랑스 피카레스크 소설의 대가 알랭르네 르사주의 대표작) 풍의 피카레스크 소설로서 생동감이 넘친다. 이야기의 매우 경쾌한 진행 덕분으로 기분 좋게 읽을 수 있는 책이다. 하지만 삶이 행복하다는 시각을 찾아보기 어렵다. 독자들은 아마 다스타라크의 기묘함과 쿠아냐르 사제의 순박함에 사로잡힐 것이다. 기독교도 제롬 쿠아냐르와 연금술사 다스타라크를 나란히 제시함으로써 아나톨 프랑스는 자기 자신의 초상을 그려보고자 한 듯하다. 작중인물들 각각의 어떤 측면에는 마음이 끌리고 또 어떤 측면에는 거부감을 느꼈을 것이다. 각 작중인물에게 자기 자신을 조금씩 부여했다고 말할 수 있다. 자신의 일부분을 하나의 인물로 만든 것이다. 그러므로 각 작중인물에서 아나톨 프랑스의 마음을 끄는 측면을 모두 합치면 어느 정도 작가 아나톨 프랑스의 전 면모를 그려볼 수도 있을 것이다.

우선 늘 사랑에 속는 자크 투른브로슈는 아나톨 프랑스 자신처럼 사랑의 환멸과 쓴맛을 체험한다. 이것을 입증하는 것은 "파란 눈, 갈색 머리, 젊고 순수한 육신 안의 억센 용모, 둥근 뺨, 보이지 않는 입맞춤에 의해 생기를 띠는 입, 짧은 드레스 아래로 드러나는 암팡지고 명랑하고 영적인 작은 발, 그녀는 곧고 둥글고 약간 자신의 완벽한 관능에 취한 몸가짐을 내보였다"라는 구절에서 확인할 수 있듯이 소설에서 그의 애인이 되는 자엘의 모습이 현실의 젊은 카야베 부인과 닮았다는 점이다. 하지만 자크는 질투의 고통을 겪은 후에 아나톨 프랑스가 마다한 약간 단순한 지혜를 선택한다. 그는 서작상이 되어 평온한 삶을 살기에 이른다. 자신의 스승과 서점에 자주 드나드는 다른 사람들의 철학을 되뇌지만 정작 자신의 고유한 철학을 소유하지 못한다. 이는 아나톨 프랑스의 경우와 맞지 않다. 그는 아버지의 서점을 물려받지 않고 작가의 길로 들어섰으며 책을 통해 폭넓은 지식을 축적하는 것에 만족하지 않고 그것을 창조적으로 활용하여 작품을 빚어냈다.

삶에 대한 아나톨 프랑스의 이해 방식을 알려면 자크보다는 다스타라크와 쿠아냐르를 참조하는 것이 낫다. 아나톨 프랑스는 언제나 야릇한 것에 끌림과 동시에 맞서 싸웠다. 반대 방향의 두 감정이 공존한 셈이다. 다스타라크 씨라는 작중인물은 많은 대목에서 광인처럼 보이고 심지어 삶에 우롱당하는 것 같다. 하지만 그가 공감 없이 묘사된다고 생각하면 잘못일 것이다. 망상가로서 이번에는 그가 삶을 조롱하는 부러운 능력을 갖고 있다. 그는 사건들을 자신이 이해하는 대로 해석한다. 자신이 구축한 편집광적인 세계의 존재를 어떤 반박에도 흔들림 없이 끝까지 믿는다. 다스타라크는 자크 투른브로슈에게서 불도마뱀을 알아보지만 그것은 자크에게 오지 않는다. 하지만 다른 대목들에서는 이상한 우연들이 다스타라크의 확신을 강화한다. 가장 특기할 만한 것은 쿠아냐르가 유명한 '아글라'라는 주문을 입 밖에 내는 순간에 도망자들의 마차가 부서지는 대목이다. 일반적인 생각과는 반대로 회의주의자는 아나톨 프랑스가 평가하듯이 언제나 "왜 안 되겠는가?"라고 생각하는 사람이다. 소설 끝에서 대담한 정신에 대한 경의로서 잠시 제기되는 것은 바로 이 물음이다. 정신의 대담성으로 말미암아 다스타라크는 인식할 수 없는 것을 탐지하는 사람이 된다. 그는 이단자다. 그는 심지어 사탄 숭배의 모습을 내보이는데, 아나톨 프랑스는 이 측면으로 불편해하지 않는 것 같다.

아나톨 프랑스는 또한 제롬 쿠아냐르의 신앙에 동조할 수 없을지도 모른다. 하지만 제롬 쿠아냐르 사제는 교리에 집착하는 교회의 모든 가르침에 충실하면서도 이 신앙이 합리주의자가 보기에 부조리하다는 것을 인정한다. 그러면서도 세계 자체가 부조리한 만큼 이 신앙은 그를 불편하게 만들지 않는다. 또한 이 신앙에도 불구하고 그는 그것의 영향권에 속하지 않는 모든 것의 검토를 실행한다. 이 점에서 사제는 저자의 대변인이기에 손색이 없다. 사제는 미신을 맹렬히 공격하면서도 교회가 받드는 많은 성인이 실재하지 않았다고 평가하며, 민중을 억압하고 파산시키는 징세청부인들에 대해서는 아니지만 관용을 역설한다. 상상할 수 있는 모든 상황에 적용할 만한 멋진 인용을 언제나 잘 구사한다. 그의 교양은 무겁지 않다. 그는 교양의 힘을 익히 알고 있다. 세베리누스 보이티우스의 『철학의 위안』(525)을 늘 지니고 다닌다. 게다가 교양의 한계를 잘 알고 있기도 하다. 교양은 욕망에 대해 어떤 것도 할 수 없다는 것이다. 옷차림이 단정치 않고 술꾼이고 홍안인 제롬 쿠아냐르는 아나톨 프랑스가 창조한 보헤미안들의 귀착점이다. 레옹틴 드 카야베와의 연인관계로 말미암아 맛보게 된 새로운 충만함 속에서 작가는 예전에 이러한 인물 앞에서 느낀 적개심과 편견을 떨쳐버리고 이러한 인물을 전적으로 받아들이는 것처럼 보인다. 삶에 휘둘리고 멋진 서재에서 일하고 싶은 꿈을 실현하지 못하게 되는 복합적이고 풍자적이고 사랑스러운 등장인물 제롬 쿠아냐르는 작가 자신의 많은 특징을 보여준다. 더 나아가 이 작중인물은 여러 측면에서 프랑스의 사상적 지도자 에르네스트 르낭을 환기한다. 르낭은 1892년 10월 2일 죽었다. 『통닭구이 집』은 6일에 게재되기 시작한다. 그리고 아나톨 프랑스는 발표해 나가면서 수정을 가한다. 이 죽음은 아나톨 프랑스에게 큰 슬픔이었다. 그는 개인적으로 열 살부터 르낭과 연결된다. 게다가 두 사람은 정신적으로 굳게 결속되어 있다. 아나톨 프랑스는 『시대*Le Temps*』 지의 여러 시평을 역사가 겸 철학자로서의 르낭에게 할애한다. 인류에 대한 그의 희망을 함께하지는 않지만 그에게 경탄한다. 르낭은 아나톨 프랑스의 작품을 읽고 좋아한다. 이 두 작가는 딜레탕티슴의 외양 아래 강단剛斷을 감추고 있다. 아나톨 프랑스는 르낭의 죽음으로 인도자와 친구를 잃은 셈이다. 소설에서 자크 투른브로슈는 르낭만큼의 자유로운 정신과 예절 바름 그리고 친절을 지녔을 제롬 쿠아냐르에게 극도의 존경을 표한다. 죽은 스승의 소중한 그림자가 그에게 드리운다.

『페도크 여왕의 통닭구이 집』에서는 과거의 작품들로부터 차용한 것을 많이 탐지할 수 있다. 고대부터 18세기까지 신비주의에 관해 쓴 저자들의 장서를 모두 읽었다는 점을 아나톨 프랑스가 소설에서 보여준다고 말할 수 있다. 『질 블라스』, 『마농 레스코』 등을 떠올리게 하는 대목들도 엿보인다. 인용, 차용, 어렴풋한 기억은 지식을 책에서 얻은 박학한 정신의 특징이다. 이를 이유로 그를 비난하는 것은 장바티스트 라신, 드니 디드로, 공쿠르 형제, 조리스카를 위스망스를 헐뜯는 것만큼이나 이상할 것이다. 그의 소설은 긁어모은 잡동사니가 아니다. 팔랭프세스트는 문학작품의 숙명이다. 이것은 비판의 대상이 아니라 오히려 이해의 관건이다. 왜냐하면 이를 통해 최종적으로 드러나는 중요한 것은 작가 아나톨 프랑스의 초상이기 때문이다. 그는 일정 부분 이 세 작중인물로 구현된다.

맺음말

아나톨 프랑스는 아버지가 한때 문맹자였다. 그의 아버지는 군대에서 글을 배워 제대 후에 서점을 운영하면서 박학해진다. 이런 아버지의 아들인 그는 무엇보다도 책과 책이 있는 공간을 사랑한다. 멋진 서재나 도서관 또는 단골 서점은 그를 행복하게 하는 장소다. 이 소설에서도 제롬 쿠아냐르 사제는 세에즈 주교의 책들을 분류하고 다스타라크 씨가 서적을 수집하여 모아둔 널따란 방에서 파노폴리스의 조시모스를 번역하는 희열을 맛본 후에 거기에서 생을 마감하는 것 이외의 다른 소원을 표명하지 않는다. 다스트라크 씨의 서재를 둘러보고는 '기쁨으로' 입을 다물지 못한다. 그의 제자 투른브로슈는 파란만장한 여러 일을 겪고 나서 '성 카트린의 형상' 서점의 경영자가 된다. 아나톨 프랑스가 보기에 서재를 쇠락하게 내버려두는 사람은 몰락하고 있는 중인 사람이다. 그렇지만 책 또는 서재는 열렬한 애서가들을 바깥의 침해로부터 지켜주지 못한다. 그들은 사랑이나 정치 등 무언가에 의해 끊임없이 바깥으로 끌려나온다. 제롬 쿠아냐르 사제의 경우에는 사랑에 의해 책의 공간, 책이 있는 공간에서 밖으로 끌려나온다.

이처럼 아나톨 프랑스는 삶의 모든 측면을 양면성의 연속으로 지각한다. 어느 주제에서나 양면성의 논리를 펼친다. 가령 사랑의 주제에 관해 자크 투른브로슈는 비너스를 모욕하는 자의 불행과 비너스에게 복종하는 이의 슬픔을 동시에 지적한다. 사랑을 기피하면 불행하고 사랑에 빠지면 슬프다는 것은 사랑에 휩쓸리지도 사랑과 담을 쌓고 지내지도 말라는 말일까? 또한 사유에 관해서도 인간의 고통이라고 하면서 동시에 인간을 위대하게 한다는 두 측면을 지적한다. 과학은 아무리 상대적일지라도 불관용, 광신, 오류에 대한 보호책이라고 주장하면서도 사랑, 본능, 자비에 의해 지배되는 드넓은 영역에 비하면 과학의 영역은 제한적이라고 지적한다. 이러한 양면성의 논리가 바로 회의주의의 핵심이지 싶다. 이 점에서 아나톨 프랑스는 열렬한 회의주의자임이 분명하다. 그도 그럴 것이 그의 소설 세계는 늘 양면성을 내보인다. 그의 작품들은 논리성과 합리성을 지향하면서도 많은 환상적인 요소를 내포하고 있다. 그러므로 작가는 완벽하게 설명할 수 없는 존재다. 다만 사랑과 죽음, 조심성과 감수성, 아량과 낙담 사이를 힘겹게 오가는 것에 의해서만 조금이나마 이해할 수 있는 존재로 다가올 뿐이다. 어떤 주제에서건 양면이 있고 그 양면 사이에서 아나톨 프랑스의 세련되고 열정적인 회의주의와 계몽되고 차분한 쾌락주의가 빚어져 나온다. 이와 마찬가지로 예술은 삶과 꿈 사이의 균형을 이룰 때 가장 덜 기만적인 것처럼 보인다. 책, 사랑, 정의라는 세 가지 핵심어를 중심으로 형성되는 아나톨 프랑스의 작품 세계에서는 어떻게 규정해야 제대로 규정한 것인지 명확히 하려고 계속 애써야 할 어떤 이념 또는 이상의 종소리가 울려나온다. 이 점에서 『꽃핀 삶*La vie en fleur*』(1922, 회상록)의 다음과 같은 구절은 아마 아나톨 프랑스 자신의 삶에도 정확히 들어맞을 것이다.

> 꿈을 꾸지 않는다면 삶을 견뎌낼 수 없을 것이다. 삶의 가장 좋은 면은 삶에 없는 뭔지 모를 이념을 삶이 우리에게 준다는 것이다. 우리에게 현실은 약간의 이상을 그럭저럭 만들어내는 데 소용된다. 이것이 아마 현실의 가장 큰 쓸모일 것이다.

펄 벅의 『대지』

중국 농민의 초상

허정애·경북대 영어영문학과 교수

‘정신적인 혼혈인’ 펄 벅의 생애와 사상

1938년 미국 여성 작가로서는 최초로, 미국 작가로서는 세 번째로 노벨문학상을 받은 펄 사이든스트리커 벅(중국명 싸이전주, 한국명 박진주)의 삶의 궤적은 세계 문단에 유례가 없을 만큼 독특하다.[1] 1892년 미국에서 태어나 기독교 선교사인 아버지를 따라 생후 3개월에 중국으로 가 약 40년을 중국에서 그리고 약 40년을 미국에서 보낸 그녀는 미국인 혹은 중국인이라고 한마디로 규정하기 어려운 이중의 정체성을 가진 ‘정신적인 혼혈인’이다.[2] 그녀가 자신의 자서전인 『나의 여러 세계*My Several Worlds*』에서 “나의 세계들은 지리적으로 이 지구의 정반대되는 양편에 자리하고 있다”[3]라고 시작하면서 자신을 “정신적 이중 초점”을 지닌 자로 묘사하듯이,[4] 그녀의 정체성은 양 세계를 연결하는 ‘중간자’적 존재다.

펄 벅의 교육도 중국과 미국 양쪽에서 이루어졌다. 그녀는 10세 때부터 중국 유학자인 쿵에게서 고전 중국어를 배우고 유교 교육을 받았으며, 중국인 보모이자 가정교사인 왕 그리고 함께 뛰놀던 친구들에게서 중국의 구전문학에 대한 많은 이야기를 들으며 자랐다. 이러한 동양식 교육으로 그녀는 아버지가 선교사였지만 배타적이고 권위적인 기독교의 신보다는 오히려 자비를 베푸는 불교에 점점 더 경도되었다고 고백하기도 한다. 성인이 되어 미국식 교육도 동시에 받게 되었는데 랜돌프-메이컨 여대에서 수학하기 위해 잠시 미국으로 건너갔고, 결혼 후 코넬대학 대학원에서 영문학 석사학위를 받고 난 뒤 다시 중국 난징南京대학으로 와서 영문학과 교육학을 가르쳤다.

펄 벅은 평생 장편소설, 단편소설, 희곡, 시, 전기, 자서전, 논문, 수필 등 장르를 불문하고 영어로 80여 편이나 되는 방대한 양의 작품을 썼다. 그러나 작품 구상은 중국어로 하고, 그 후 그것을 영어로 번역했다는 그녀의 고백에서 알 수 있듯이 비록 미국 태생이지만 어릴 적부터 구사한 중국어가 오히려 그녀의 모국어에 가까웠다고 할 수 있다. 그녀는 중국인과 마찬가지로 중국의 고전문학이나 『삼국지』, 『수호지』를 중국어로 읽었다. 어릴 적 그녀에게는 중국이 현실이었고, 가보지 못한 미국은 오히려 꿈과 환상의 세계였다. 그녀가 미국인이며 백인임을 비로소 자각한 것은 8세 때인 1900년 유럽 열강들의 제국주의에 대한 반감 때문에 중국인들이 선교사와 외국인을 살해한 의화단義和團 사건으로 그녀의 가족들이 죽음의 문턱까지 갔을 때다.

19세기 말인 1892년부터 어린 시절을 시작하여 1934년 42세 되던 해에 완전히 미국으로 돌아오기까지 펄 벅의 중국에서의 약 40

년은 바로 중국 왕조 시대의 몰락과 1900년의 의화단 운동, 1911년의 신해혁명辛亥革命, 1920년대와 1930년대의 국공내전, 1931년 일본의 만주 침략 등으로 이어지는 중국 현대사의 격랑 속에 있었다. 그녀는 이 역사의 소용돌이 속에서 현대 중국이 형성되는 과정을 목도하면서 중국의 속살과 문화와 철학을 온몸으로 생생하게 체득한 결과를 글로 씀으로써 후에 중국에 관한 전문가로 성장하게 된다. 중국의 진면목을 있는 그대로 알리는 그녀의 글로 인해 19세기까지의 미국인들의 중국에 대한 피상적인 인식은 완전히 바뀌게 된다.

더욱이 펄 벅은 중국뿐만 아니라 미국과 아시아 전체를 연결하는 활동가로서 1941년 동서협회를 창설하고, 『아시아』라는 잡지를 발간하는 등, 당대 미국에서는 보기 드물게 아시아에 대한 적극적 관심과 애정을 가진 아시아 전문가로도 평가된다. 그녀는 기고와 강연을 통해 제국주의로부터 자유와 독립을 쟁취하고자 하는 인도, 한국, 인도네시아 등 식민지 아시아의 여러 국가에도 깊은 관심을 보여줄 것을 호소한 바 있다. 한국에 대해서도 특별한 애정을 보여 박진주라는 이름을 갖고, 『한국에서 온 두 처녀*Love and the Morning Calm*』(1951), 『갈대는 바람에 시달려도*The Living Reed*』(1963), 『새해*The New Year*』(1968) 등 한국을 공간적 배경으로 설정하고 한국인을 주인공으로 등장시킨 소설을 쓴 바 있다.

펄 벅의 『대지*The Good Earth*』는 1931년에 출간하자마자 베스트셀러가 되었고, 전 세계에서 동시에 번역되는 인기를 누렸다. 이 소설로 인해 1932년에 미국 최고의 작가에게 수여하는 퓰리처상을, 1935년에 하우얼스상을, 1938년에는 노벨문학상을 받았으며, 국립문예학술원 회원으로 선정되는 명예를 누렸다. 그럼에도 불구하고 그녀의 이름은 제2차 세계대전 이후 미국 문학사의 정전에서 완전히 사라지고 마는 불운을 겪는다. 그 이유는 무엇일까? 그것은 펄 벅의 대표적 전기 작가인 피터 콘이 분석한 것처럼 그녀가 주로 다루는 주제가 당시 주변적인 것으로 간주되었던 중국과 여성이라는 점, 플롯에 있어서는 복잡한 구성보다는 삽화적 플롯을 선호한다는 점, 새로운 스타일보다 상투적인 구절을 선호하는 취향 그리고 당대 주류인 모더니즘과 동떨어진 사실주의 경향 등을 꼽을 수 있다.[5]

그러나 1990년대 이후 글로벌 시대를 맞아 다문화주의 담론의 부상과 학제 간 연구가 활발하게 진행되면서 펄 벅의 작품은 제인 랩이 지적한 것처럼 "다문화주의적, 학제 간 연구에 꼭 맞는"[6] 연구의 대상이 되었다. 역사학자 제임스 톰슨이 펄 벅을 "13세기 마르코 폴로 이후 중국에 관해 쓴 가장 영향력 있는 서양인"[7]으로 자리매김한 이래로, 콘이 1996년 『펄 벅 평전』에서 본격적으로 그녀를 재조명한 이래로 그리고 로버트 셰퍼가 그녀의 초기 작품의 진보적 성격을 새롭게 환기시킨 이래로[8] 펄 벅의 작품은 미국과 중국에서 소설뿐만 아니라 문학성이 인정되는 몇 권의 전기까지 재평가하려는 움직임이 이어졌다. 콘은 1930년대와 1940년대에 쓴 그녀의 10여 권의 작품은 "명작이라고 평할 수는 없다 하더라도 지금보다 더 높은 평가를 받아야 한다"라고 주장한다.[9]

펄 벅에 대한 재평가는 비단 그녀의 문학작품에만 국한되는 것이 아니다. 그녀가 20세기 미국과 세계의 온갖 이슈에 대해 개입하고 발언하는 대변자였다는 점도 재조명되었다. 그녀는 19세기 영국의 제국주의, 제2차 세계대전 시기 히틀러의 파시즘과 인종주의 그리고 제2차 세계대전 후 미국의 제국주의와 인종주의를 강하게 비판했을 뿐 아니라 여성, 유색 인종, 장애자 등 소수자의 인권에 대해 선구적으로 목소리를 높인 실천적 지식인으로서의 면모를 보여주었다. 그녀가 여성의 평등과 권리를 옹호한 『남성과 여성에 대하여*Of Men and Women*』(1941)는 영국의 버지니아 울프의 『자기만의 방*A Room of One's Own*』(1929)에 비견된다. 또한 이 책은 1963년에 미국에서 출판된 베티 프리던의 『여성의 신비*The Feminine Mystique*』보다 20년 앞선 현대 페미니즘의 선구적인 저서로서 미국 현대 성 담론에 포함되어야 할 중요한 문헌으로 평가된다.

인종 문제에 있어서도 1950년대와 1960년대에 전개된 미국 흑인 민권 운동보다 약 20년가량 앞선 1930년대 후반부터 「인종 편견의 벽을 깨기」라는 에세이를 비롯하여 수많은 작품과 강연에서 펄 벅이 인종적 평등을 선구적으로 주장한 점은 미국 문학사에서 재평가되어야 할 요소다.[10] 그녀는 특히 인종 간 결혼의 산물인 혼혈아의 문제에도 특별한 관심을 보였다. 그녀는 "인류는 서로 다른 인종 간의 혼혈 결혼을 지속적으로 진행해왔기 때문에 순수한 문화란 없으며, 모든 문화는 기본적으로 **잡종**과 **혼합**의 성격을 갖고 있다"[11]고 주장하며 미국의 '인종적 순수성racial purity' 신화를 비판한 바 있다. 이러한 신념으로 그녀는 1930년대까지도 미국 문학에서 금기였던[12] 인종 간 결혼과 혼종의 주제를 1931년 첫 번째 소설인 『동풍, 서풍*East Wind; West Wind*』에서부터 중국인 남성과 미국인 여성의 인종 간 결혼과 그에 따른 혼혈아의 출산을 통해 이미 다루기 시작했다. 제2차 세계대전 후 냉전 시대 미군정하의 일본과 한국의 혼혈아들인 '아메라시안'들의 곤경을 다룬 『숨은 꽃*The Hidden Flower*』과 『새해』에서도 그녀는 혼혈이 순혈보다 유전적으로 더 우수하다는 혼종 우월성 이론에 천착함으로써 혼혈이 인류의 진화가 아닌 퇴화를 가져온다는 19세기 이후의 서구의 혼종 퇴화론을 전복시키고 있다.[13]

장애아의 처우에 대한 펄 벅의 남다른 관심은 『성장하지 못하는 아이*The Child Who Never Grew*』라는 자서전에서 엿볼 수 있다. 이 책은 그녀의 화려한 성공 뒤에 가려져 독자들이 전혀 예상치 못한 정신장애인 딸인 캐롤을 키우며 세상의 편견에 맞서는 어머니의 절절한 기록이다. 캐롤은 처음엔 그녀의 고통이며, 절망이었다. 그녀는 캐롤을 바라보는 슬픔을 잊기 위해 글을 썼다고 고백한 것처럼 글쓰기는 그녀에게 곧 치유였다. 그녀는 노벨상 수상으로 유명 인사가 된 후에도 캐롤의 존재를 숨겼다. 그러나 1950년 이 자서전을 통해 그녀는 캐롤의 존재를 세상에 당당히 고백했고, 장애인을 가진 부모들은 그녀에게 공감과 연민을 표함으로써 장애아에 대한 미국인의 태도를 바꾸는 데 기여했다. 『대지』에서 주인공 왕룽이 말도 하지 못하고 제 나이에 걸맞은 행동을 하지 못하는 정신장애인 딸에 대해 "바보 같은 것, 불쌍한 것"이라고 하면서[14] 자신이 죽은 후에도 이화라는 하녀 출신 첩에게 딸을 보살펴달라고 부탁하는 이야기는 캐롤에 대한 작가의 안타까운 감정이 소설에 형상화된 것이라 볼 수 있다.

펄 벅은 이처럼 전쟁고아, 혼혈 사생아, 정신적·신체적 장애가 있는 아이들에 대한 연민에만 머무르지 않고 자신의 신념을 실천하기 위해 1950년 웰컴하우스Welcolm House라는 입양 기관을 세웠다. 그리고 1964년에는 아시아에 혼혈아를 만든 미국의 역사적 과오에 대한 윤리적 책임을 물으면서 이들을 현실적으로 미국으로 입양하여 양육할 수 있는 펄벅재단Pearl Buck Foundation을 설립한다. 거기서 한 걸음 더 나아가 자신도 여덟 명의 고아를 입양하여 혈연에 입각하지 않은 새로운 가족을 재구성하는 실천 정신을 보인다. 그녀의 노벨상 수상 이후의 소설들이 이전의 소설에 비해 높은 평가를 받기 어려운 것은 이러한 복지사업을 벌이는 데 대한 재정을 마련하기 위해 작품을 너무 빨리 그리고 과도하게 집필하다가 보니 문학성에서 여러 부족한 점들이 노정되었을 것으로 추정된다.

노벨문학상 수상의 배경

1938년 스웨덴 한림원 노벨문학상 위원회가 펄 벅을 수상자로 선정했을 때 미국 문단은 뜻밖이라는 반응을 보였다. 펄 벅 본인도 첫마디가 중국어로 "믿기지 않아"였고, 그다음은 영어로 "말도 안 돼. 드라이저가 받았어야 해"였다. 그녀가 언급한 시어도어 드라이저는 자연주의의 최고 걸작인 『미국인의 비극*An American Tragedy*』을 1925년에 발표한 당대 미국의 대표적인 작가다. 한쪽에서는 그녀의 수상을 축하했다. 노벨문학상을 먼저 받았으면서도 그 또한 문단으로부터 크게 인정받지 못한 싱클레어 루이스는 수상의 기쁨을 만끽하라고 그녀를 격려했다. 그러나 당대 대부분의 미국 남성 평론가들과 작가들은 그녀의 수상에 부정적인 반응을 보였다. 대표적으로 윌리엄 포크너는 19세기의 중국 개항장 상인들을 조롱하는 어원을 가진 '중국통' 벅 부인Mrs. Chinahand Buck이라 칭하며 수상자인 펄 벅을 인종차별적으로, 성차별적으로 폄하했다.

그렇다면 미국 문단과 펄 벅 자신은 왜 이러한 반응을 보였을까? 펄 벅이 노벨문학상을 받은 1930년대 미국 문학은 두 가지의 뚜렷한 흐름을 보였는데 하나는 모더니즘이며 다른 하나는 자연주의다. 제1차 세계대전 이후 사실주의에 대한 반동으로 인간의 의식의 흐름을 불연속적으로 파악하는 모더니즘을 대표하는 작가들로는 『위대한 개츠비』(1925)를 쓴 스콧 피츠제랄드, 『무기여 잘 있거라』(1929)를 쓴 어니스트 헤밍웨이, 『소음과 분노』(1929)를 쓴 포크너 등이 활동하고 있었다. 이들은 모두 주제나 문체, 기법의 복합성에서 문학성이 뛰어난 작가들로 펄 벅보다는 뒤에, 즉 포크너는 1949년, 헤밍웨이는 1954년에 노벨문학상을 수상했다. 1930년대 미국 문단은 펄 벅의 작품이 당대 모더니즘과는 다른 문체를 가졌을 뿐 아니라 지나친 상업적 성공이라는 대중성을 좋아하지 않았던 것이다. 한편, 19세기 말부터 인간을 둘러싼 환경이나 유전 그리고 우연이 인간의 운명을 결정하는 자연주의 또한 성행하여 1차 유행으로 『미국인의 비극』을 쓴 드라이저가 있었고, 1930년대 대공황의 여파로 자연주의가 재유행하여 『분노의 포도』(1939)를 쓴 존 스타인벡 등도 활동하고 있었다. 스타인벡은 1962년에 노벨문학상을 받는다.

이처럼 미국 문학사에서 모더니즘과 자연주의를 대표하는 작가들로 거명되는 인물은 거의 남성들뿐이다. 1935년 미국의 대학 교재인 『미국의 주요 작가*Major American Writers*』에는 여성 작가가 단 한 명도 등장하지 않는다. 이처럼 여성 작가들이 배제된 채 남성 비평가들과 작가들이 주류를 이루는 1930년대 미국 문단에서는 여성이 아닌 이 기라성 같은 남성 작가들에게 우선적으로 노벨상이 수여되어야 한다고 생각했던 것이다. 또한 중국에서 활동했고 중국에 대한 주제로 소설을 씀으로써 다문화적 시각으로 시대를 앞서간 펄 벅은 단지 미국적인 주제에만 매몰되어 있었던 당대 문단의 흐름에서는 자연히 무시의 대상이 될 수밖에 없었다.

이러한 미국의 반응에도 불구하고 펄 벅에게 노벨문학상이 수여된 이유는 무엇일까? 물론 『대지』를 비롯한 그녀의 초기 작품의 문학성을 인정한다 하더라도 당대의 정치적 상황을 무시할 수는 없었을 것이다. 1938년 당시는 제2차 세계대전 직전으로 세계적으로 파시즘과 전쟁이 만연하던 시기였다. 1931년 만주를 침략한 바 있는 일본은 드디어 1937년 중일전쟁을 일으켰다. 이러한 시기에 그녀는 소설뿐만 아니라 강연과 에세이를 통해 민주주의와 인종적 관용을 호소하는 데 강한 목소리를 냈기 때문이다. 그녀는 미국에 파시즘의 희생자를 지원하라고 촉구했을 뿐 아니라 전쟁 구호를 위해 수십만 달러를 모금하는 일에도 주도적인 역할을 했으며, 예술가의 사회적 책임을 강조했다.

노벨문학상 위원회는 펄 벅에게 상을 수여하는 이유에 대해 "인종을 분리하고 있는 큰 장벽을 넘어 인류 상호 간 공감을 나누는 데 선구적인 역할을 한 주목할 만한 작품들과 위대하고 생동감 있는 언어 예술을 창조하려는 인간의 이상을 향한 노력" 때문이라고 하면서 아울러 구체적인 작품으로는 "중국 농민의 삶에 대한 풍부하고 충실한 서사시적인 묘사와 전기체의 걸작" 즉, 소설과 전기라는 두 가지 종류의 문학 장르를 거론하고 있다. 지금까지 대부분의 독자들은 그녀가 단지 『대지』라는 작품 하나 때문에 노벨상을 받은 것으로 알고 있다. 그러나 위원회는 중국에 대해 다룬 소설들, 즉 『대지』(1931), 『아들들*Sons*』(1932), 『분열된 일가*A House Devided*』(1935)로 이어지는 왕룽 일가 삼대를 다룬 『대지의 집*The House of Earth*』 3부작뿐만 아니라 두 권의 전기, 즉 어머니의 일대기를 다룬 『유배』(1936)와 아버지의 일대기를 다룬 『싸우는 천사』(1936)까지 높이 평가하여 상을 선정했음을 분명히 하고 있다. 그러므로 이 글에서는 소설 『대지의 집』 3부작뿐만 아니라 두 권의 전기에 대한 문학적 가치를 함께 살펴볼 필요가 있다.

중국 농민의 초상, 『대지』

『대지의 집』 3부작 중 제1부인 『대지』는 중국 안후이성安徽省의 북부 농촌 지역인 난쉬저우南徐州를 배경으로 19세기 말 20세기 초 중국 현대사의 격변 속에서 땅을 생명으로 알고, 자연을 존중하며 살아가는 왕룽이라는 평범한 농민의 혼례일부터 노년까지의 일대기를 충실하게 다루고 있는 사실주의 소설이다. 이런 점에서 이 소설은 청 말기부터 중화인민공화국이 수립되기 이전 중국 농민들의 고난과 투쟁을 이해하는 중요한 역사적 기록이기도 하다. 농촌 지역인 난쉬저우가 이 소설의 배경이 된 이유는 이곳이 그녀가 결혼 직후 직접 살아보아서 잘 아는 지역이기도 하겠지만 평소에 그녀는 중국의 진정한 아름다움이 위대한 시인들이나 화가들이 그려온 전설적인 산맥이나 그림 같은 호수에 있다기보다는 평범한 농가와 마을 풍경 속에 있다고 생각했기 때문이 아닐까 한다.[15]

비록 『대지』가 중국 농민을 주인공으로 삼은 중국의 이야기이지만 출판 직후 미국에서 베스트셀러가 된 이유는 당대 미국의 사회적 상황과 완전히 동떨어진 것은 아니었기 때문이다. 1930년대 미국에는 대공황의 여파와 더불어 도시화, 산업화가 진행되면서 노동자계급의 가치와 땅과 농촌 생활에 대한 향수가 작동하고 있었다. 『대지』에서도 땅은 왕룽의 모든 행동의 동기가 된다. 그가 경작하는 땅은 그의 가문이 대를 이어 고된 육체노동을 반복하여 가꾸어온 곳이다. 왕룽도 새벽부터 해가 질 때까지 우직하게 노동하면서 근면과 검약을 통해 땅과 재산을 계속 불려나간다. 그는 가뭄, 홍수, 메뚜기 떼, 산적, 전쟁 등 외부의 환경으로 인해 끝없이 고난을 겪지만 땅만이 그에게 생명과 희망을 부여해준다고 믿는다. 그래서 땅은 그에게 신이며, 괴로울 때 위로를 받는 치유제이기도 하다.

『대지』는 이제는 사라진 혼례식, 아이 탄생 축하 의식, 설날 풍습, 장례식 그리고 음식, 의복, 주거, 농사용 농기구 등 의식주에 대한 전통적 중국 농민의 삶과 풍습이 자세하고 충실하게 묘사된 인류학의 보고라고 할 수 있다. 소설은 왕룽의 혼례식에서 출발한다. 혼례식 날에도 예외 없이 아침 일찍 아버지에게 차를 드리는 왕룽의 효심이 강조된다. 금반지나 비단옷으로 아내를 구할 수 없는, 몹시 가난하고 문맹인 왕룽은 밭에 나가 일도 하고, 집안 살림도 하고, 대를 이을 아이도 낳아줄 아내가 필요하여 그 지역의 대지주인 황씨의 가장 비천한 노비인 오란을 아내로 데려오기 위해 집을 나선다. 왕룽은 지신들을 모시고 있는 작은 당집으로 가서 향을 피워 혼인 신고를 하고 행운을 비는 의식을 치른다. 그 후 친척들에게 요리 솜씨가 좋은 오란이 만든 음식으로 떠들썩하게 결혼 잔치를 베푼다. 첫아들이 태어나자 한 바구니의 달걀을 붉은 색종이와 함께 삶아 빨갛게 물들여 동네 사람들에게 돌린다. 태어난 아기가 한 달째 되는 날은 장수를 비는 의미에서 국수 잔치를 열고 빨갛게 물들인 삶은 달걀을 하객들에게 선물로 준다. 왕룽이 부유한 지주가 되어 첫아들을 장가보내는 혼례식은 좀 더 화려하다. 친척과 이웃들이 하객으로서 북적거리는 가운데 한껏 치장한 신랑과 신부가 각자 입장한다. 특히 신부는 얼굴에 분을 바르고, 연지를 찍고, 붉은 공단으로 만든 혼인 예복을 입고, 족두리를 쓰고, 전족한 발에 수놓은 신을 신고, 고개를 숙이고, 공손하게 걸어나온다.

설날이 가까워지면 붓으로 금물을 찍어 만든 복福 자와 부富 자를 쓴 붉은 종이를 사서 행운을 비는 뜻에서 쟁기, 황소의 멍에, 물통 같은 농기구에 붙인다. 집 대문에도 행운을 기원하는 기다란 붉은 종이를, 방문 위에는 아주 정교하게 꽃 모양으로 오린 색종이를 붙인다. 물론 지신들에게도 붉은 종이를 사서 새 옷으로 갈아입히고 섣달 그믐날 가운뎃방 지신상地神床 밑에는 두 자루의 빨간 초를 켠다. 오란은 설날에 먹을 음식으로 쌀가루에 돼지기름과 설탕을 섞어 월병이라는 떡을 만든다. 정월 초하룻날은 남자들이 종일 먹고 마시며 놀고, 초이튿날은 여자들이 서로 집을 찾아다닌다.

이 소설에는 당대 중국의 식문화에 대한 보고서라고 할 정도로 다양한 음식 또한 나열된다. 왕룽 가족이 극심한 가뭄으로 피난을 간 난징의 생선 시장에는 은어, 게, 뱀장어가, 곡물 시장에는 흰 쌀, 갈색과 황색의 밀, 콩, 팥, 푸른 완두콩, 기장, 회색 참깨가, 육류 시장에는 붉은 살덩어리와 두툼한 비계, 돼지 목살이, 날짐승을 파는 가게에는 갈색 오리고기, 거위, 꿩이 채소 시장에는 윤이 흐르는 당근, 하얀 연근, 토란, 푸른 배추, 미나리, 숙주나물, 갈색 밤, 양갓냉이가 그리고 가판에는 온갖 과자며, 과일이며, 감자 튀김, 향료를 넣고 밀가루를 입혀 찐 돼지고기, 찹쌀떡이 즐비하다.

장례식 풍습도 상세히 묘사된다. 오란이 병으로 죽자 왕룽은 같은 시기에 운명한 아버지와의 합동 장례식에 정성과 예를 다한다. 그는 미리 준비해둔 관에 시체를 봉하고 지관을 불러 장례식을 위한 길일을 잡는다. 장례식 전날에는 도교 사원에서 도사들을 부르고, 절에서 스님들을 불러 죽은 사람의 명복을 빌기 위해 밤새 염불을 한다. 장례식 날에는 양지바른 곳으로 묏자리를 정하고, 온 식구가 흰 상복을 입고, 흰 베신을 신고, 여자들은 흰 댕기를 한 채 상여의 뒤를 따라 장지로 향한다. 이러한 풍습에 대한 묘사에는 중국에 동화된 펄 벅의 중국인의 삶과 문화에 대한 애정이 깃들어 있다.

소설 속에는 일부다처제, 전족, 여아살해, 여성 매매, 종살이 같은 여성과 관련된 부정적 풍습도 사실주의 소설의 특징으로서 있는 그대로의 당대 현실로 묘사된다. 오란은 일부다처제의 희생자다. 그녀는 산파의 도움 없이 아이를 혼자 낳는다는 점에서 용기 있는 독립적인 여성이지만 자신의 모든 욕망을 억압하고 대지주가 되고자 하는 왕룽의 야심에 부응하여 어머니, 아내, 며느리의 역할에 충실하며 묵묵히 인고의 삶을 산다. 그러나 가난에서 벗어나 부유한 대지주가 된 왕룽이 첩인 연영에게 눈을 돌려 별채에 함께 기거하자 한과 모멸감을 견디다가 마지막에 병이 나서 죽는다. 뒤늦게 아내의 심정을 헤아리게 된 왕룽이 후회는 하지만 오란이 죽은 후 소설의 후반에는 노년의 왕룽이 연영의 하녀인 어린 이화를 두 번째 첩으로 삼아 죽을 때까지 함께 기거하는 풍습이 묘사된다.

여성의 전족에 관한 풍습도 상세히 그려진다. 중국에서는 상층 계급의 여성일수록 남성에게 아름답게 보이기 위해 어릴 적부터 발을 강제로 묶어 억압함으로써 전족을 가꾼다. 그러나 최하층 계급인 오란은 전족을 하지 않았기 때문에 왕룽에게 매력적이지 않은 여성으로 보인다. 여아살해의 예로서는 오란이 가뭄이 극심하여 먹을 것이 없을 때 딸아이를 태어나자마자 어쩔 수 없이 목 졸라 죽이는 것을 암시하는 장면이 나온다. 또한 당시 집안이 너무 가난한 여성들은 상품이나 마찬가지로 어릴 적 부유한 지주들에게 돈을 받고 노비로 팔리는 여성 매매 사례가 있었는데 오란도 그러한 처지에서 황씨 집안으로 노비로 팔려온 인물로 그려진다. 오란이 종살이를 하다가 가죽끈으로 매를 맞는 폭력과 억울한 착취의 희생자였다는 사실도 묘사된다. 여성 문제에 대해 끊임없이 관심을 가진 펄 벅은 이 소설에서 오란을 통해 페미니스트의 시각에서 19세기 말 20세기 초 중국 여성이 처한 어두운 현실을 드러내고 개선하려는 의지를 보여준다.

사실주의 소설이지만 『대지』에는 자연주의적 특성도 발견된다. 이 소설에서 비는 인간의 운명을 결정한다. 비가 부족하거나 과도해 가뭄이나 홍수와 같은 극심한 자연재해가 닥칠 때 인간의 의지와는 무관하게 자연의 공습에 속수무책으로 당할 수밖에 없는 자연주의적 상황은 1930년대 미국의 대공황 시기의 자연주의 소설에서 보여주는 상황과 닮아 있다. 스타인 벡의 『분노의 포도』(1939)에서 톰 조드 일가는 대공황과 가뭄과 황진Dust Bowl으로 인해 땅은 죽어가고, 은행 빚은 갚을 수 없는 상태에서 땅과 일자리를 잃은 수십만 명의 농민들과 같이 오클라호마를 떠난다. 그들은 새로운 일자리를 찾아 성경의 『출애굽기』처럼 젖과 꿀이 흐르는 캘리포니아를 향해 노매드의 삶을 불가피하게 선택한다.

이와 마찬가지로 『대지』에서 살인적인 가뭄이 닥쳐 산천초목을 다 황폐화시킨 나머지 사람들이 먹을 식량이 없어 풀과 나무는 물론 흙까지 먹다가 급기야는 인육을 먹는다는 소문이 돌 정도로 흉

흉한 상황에서 왕룽 가족은 노인인 아버지를 모시고 먹을 것을 찾아 남쪽으로 향하는 화차firewagon에 올라타는 노매드가 된다. 가뭄으로 정신과 육체가 극심하게 피폐화한 왕룽의 시각에는 난생처음 보는 화차마저도 "어둠 속에서 용의 울음소리 같은 굉음을 내고 큰 두 눈에서 불을 내뿜으며" 사람들을 집어삼키는 괴물로 인식된다.[16]

그들이 도착한 곳은 난징으로서 그곳에는 가뭄과 상관없이 어디에도 먹을 것이 풍부하다. 그렇지만 극빈층으로 전락한 왕룽 가족에게는 그림의 떡일 뿐이다. 빈부의 격차가 극심한 상황에서 왕룽 가족 같은 피난민들은 부유한 최상층 부잣집의 성벽 아래 움막을 짓고 생존한다. 왕룽은 한 푼이라도 벌기 위해 무거운 인력거를 끄는 비천한 일꾼이 되고, 오란과 아이들은 구걸을 하여 하루하루를 연명한다. 그러던 중 신해혁명이 일어나면서 우연히 부잣집이 공격받는 현장에서 혁명이 무엇인지도 모르는 왕룽과 오란은 은화와 보석을 수중에 넣는 행운을 누리고 부자가 되어 고향으로 돌아온다. 이러한 우연도 자연주의적 요소다. 그 후 이 돈으로 가세가 기울어져가는 황씨의 땅을 모두 매입하게 된 왕룽은 대지주가 되고 드디어 황씨의 대저택마저 수중에 넣은 뒤 아들과 손자들과 함께 그곳으로 이사를 간다.

소설의 후반부에서는 정치적 격변과 시대 변화로 인해 왕룽이 믿던 익숙한 세계가 도전을 받는다. 그의 대저택이 혁명군에 의해 점거되는 사태가 발생하고, 교육을 받아 지주와 상인이 된 그의 두 아들은 농민인 아버지처럼 땅에 대한 가치를 중요하게 생각하지 않고, 오히려 경멸한다. 즉, 변혁의 시대를 예고하는 것이다. 마지막 장면에서 그는 철도 개통으로 땅을 팔아 보상금을 받으려는 두 아들의 의도를 눈치채고 땅의 가치에 대해 끝까지 이렇게 호소한다.

> 우리는 땅에서 나왔고, 다시 땅으로 돌아가야 한다. 너희들도 땅만 가지고 있으면 살 수 있어. 누구도 땅을 빼앗아 가지는 못한다.[17]

왕룽은 죽을 때도 화려한 대저택이 아닌, 자신이 땅과 함께 오랫동안 살아왔던 소박한 옛 농가에서 생을 마감함으로써 끝까지 땅에 대한 애정을 놓지 않는다.

『대지』의 공헌은 무엇보다도 20세기 이전 서구의 중국에 대한 왜곡된 이미지를 크게 변화시켰다는 점이다.[18] 펄 벅이 이 소설에서 중국을 묘사하기 전까지 중국에 대한 체계적인 정보와 지식이 없는 수세기 동안 서구의 소설이나 여행기에서 묘사된 중국은 그저 멀고, 이국적인 곳일 뿐이었다. 또한 중국인들은 불결하고, 정직하지 않고, 잔인하며, 불가해한 존재라는 고착된 이미지가 형성되어왔다. 즉, 서구의 오리엔탈리즘의 시각에서 중국인은 서구가 정상인이라고 규정하는 문명인과 차별되는 비위생적이며, 범죄 행위에 연루되어 있는 비정상적인 '미개한 야만인'으로 인식되어왔던 것이다.

더구나 19세기 말엽 중국인 이민자들로 인한 미국인들의 일자리에 대한 경쟁은 1882년 중국인 이민금지법으로 표출되었고, 제1차 세계대전 후에는 미국의 주류라고 할 수 있는 북유럽과 서유럽 출신인 튜턴족의 인종적 순수성이 이민자들로 인해 오염될지도 모른다는 불안이 작용하여 중국인 이민금지법은 1943년까지 지속되었다. 물론 펄 벅은 1940년대에 이 법에 반대하는 강력한 운동을 전개한다. 이 시기 이러한 중국혐오증Sinophobia을 반영한 대중문화는 '교활하고 불가해한 중국인'이라는 이미지로 중국인을 희화화했다. 신문 시사만화는 실눈을 하고, 머리를 길게 땋아 늘어뜨리고, 광대 같은 옷을 입고, 음모를 꾸미는 중국인을 그려냈다. 브로드웨이에서는 중국인을 풍자하는 뮤지컬이 많이 공연되었는데 대표적인 노래 제목은 중국인을 경멸하는 「칭크Chink 칭크!」였다. 또한 이 당시 미국의 차이나타운은 불결과 악이 만연하고 이상한 냄새가 나는 아편굴과 매음굴이 가득한 관광지로 유명했다.[19] 이처럼 중국인들은 영혼과 육체를 가진 고유한 개인이 아니라 모두 똑같은 '미개한 야만인'으로 간주되어 개인이 아닌 전형적인 집단으로서 취급되어왔다.

그러나 이 소설에서 펄 벅은 문화상대주의적인 관점에서 '미개한 야만인'으로서 집단적인 전형이 아닌 살아 있는 생생한 복합적 인간으로서의 개인 왕룽이라는 인물을 창조했다. 그는 단지 더럽고, 추하고, 범죄를 저지르는 지금까지 전형적으로 묘사된 중국인이 아니라 때로는 성실하고, 근면한 평범한 농민으로, 때로는 땅이나 재산에 대한 탐욕과 오만으로 차 있는 복합적인 인물로 재현되기 때문이다. 당대 중국의 지식인층에서는 이 소설이 중국의 가난과 불평등의 문제를 폭로한다는 점 때문에 중국의 실상을 왜곡하고 있다고 비판했다. 그러나 중국의 대중적인 잡지들은 이 소설에 호감을 보였으며, 미국의 많은 비평가들도 『대지』가 이전 작가들이 보여주던 신비스러움이나 이국적인 모습으로서의 중국을 재현하지 않으며, 평면적이고 비현실적인 인물이 아닌 인간적이고 평범한 진정한 중국 농민을 보여준다고 긍정적으로 평했다.

이러한 문화상대주의적 시각은 이 소설 속에서 중국의 종교를 서술하는 장면에서도 엿볼 수 있다. 펄 벅의 아버지는 선교사로서 예수의 존재도 모르는 '미개한 야만인'인 중국인을 개종시켜 문명인으로 만들어야 한다는 전형적인 제국주의자의 입장에서 선교 사업에 임했다. 그러나 그녀는 이러한 제국주의적 시각에 늘 저항하여 아버지나 선교 사회의 반감을 샀다. 18~19세기 서구 소설이라면 서구인 주인공들은 비기독교 국가인 아시아나 아프리카 혹은 아메리카에서 마주치는 인종적 타자들을 누구든지 미개한 이교도로 규정하고, 그들의 고유한 종교를 미신으로 취급함으로써 그들을 구원해야 한다는 사명감으로 기독교를 열렬히 전파한다. 『로빈슨 크루소』에서 아메리카 원주민을 만난 크루소와 『제인 에어』에서 선교사인 세인트 존이 인도에서 그러하듯이.

그러나 펄 벅이 다룬 중국인에 대한 소설은 이들과는 다르다는 점에서 차별성이 있다. 『대지』에서는 중국에 기독교를 전도하는 모습이 잠시 나오지만 중국 토속 신앙과의 마찰이나 갈등은 존재하지 않는다. 기독교의 교리에 대한 이야기도 전혀 나오지 않는다. 왕룽이 가뭄으로 난징에 머무를 동안 우연히 마주친 파란 눈의 외국인 선교사는 왕룽에게 아무런 영향을 끼치지 못한다. 그 선교사는 벌거벗은 채 죽은 흰 피부의 남자가 십자가에 매달려 죽은 그림과 알 수 없는 글자가 쓰인 선교용 종이 전단을 왕룽에게 건넨다. 서양인들에게는 십자가에 매달린 신성한 예수의 그림이 왕룽 가족의 시각에서는 "아주 나쁜 짓을 해서 처형을 당하는" 이상하고 이해할 수 없는 그림으로 해석될 뿐이다.[20] 그를 포함한 주변의 중국 인물들이 기독교도로 개종하는 장면은 없는 것이다.

대신 왕룽을 비롯한 중국인들의 고유한 토속신앙이 줄곧 묘사된다. 왕룽과 이웃들은 혼례식 후 가족의 건강과 행운을 빌 때, 아들을 낳게 해달라고 기도할 때나, 농사가 잘되라고 비를 내리게 해달라거나 풍년을 기원할 때 당집의 지신을 찾는다. 다음은 지신을 섬기는 중국의 전통적인 신앙에 대해 상세하게 묘사하는 부분이다.

> 이 당집 안에는 흙으로 만든 근엄한 표정을 한 신상 두 개가 편안하게 모셔져 있었다. 당집 근처의 밭에서 퍼온 흙으로 만든 것이었다. 하나는 지신이고, 다른 하나는 그 지신의 부인이었다. 그 신상들은 붉은 종이와 금박을 입힌 종이옷을 입고 있었고 남자 신은 사람의 머리털로 엮은 턱수염을 듬성듬성 달고 있었다. 매년 왕룽의 아버지는 몇 장의 붉은 종이를 사서 조심스럽게 오린 다음 이들 한 쌍의 신에게 새 옷을 해 입혔다.[21]

이 소설의 서술자는 "흙으로 만든 근엄한 표정을 한" 토속적인 지신들을 믿는 중국의 고유한 신앙을 미신으로 취급하지 않는다. 후에 "두 개의 작은 수호신, 그들은 대단한 위력을 가지고 있음에 틀림없다!"[22]라고 강조하는 대목에서 보듯이 서술자는 이 지신들을 존중하는 관점을 취한다. 이러한 관점에는 기독교도가 아니라고 해서 동양인을 이교도나 야만인으로 취급하는 전형적인 서구우월주의는 거의 찾아보기 어렵다. 그리고 기독교를 강제로 주입하려는 어떠한 시도도 없다. 이처럼 선교사의 딸인 펄 벅이 기독교적 관점에서 이 소설을 쓰지 않았다고 해서 기독교 선교회로부터는 많은 비판을 받는다.

그러나 이러한 펄 벅의 문화상대주의에 대한 분명한 태도에도 불구하고 그녀를 비판하는 평자들도 있다. 그들은 미국 태생인 그녀가 미국을 조국이라 부르고, '깨끗한' 미국인과 '더러운' 중국인을 이분법적으로 대조시키면서 서양이 동양을 편견으로 왜곡하는 오리엔탈리즘에 동참하고 있다고 비판한다. 대표적으로 스티븐 스펜서는 펄 벅이 『대지』에서 백인성whiteness을 규범으로, 중국인을 인종적 타자로 여기고 흰 피부를 정상으로, 검은 피부를 비정상으로 묘사한다는 이유로 그녀의 인종주의를 비판하기도 한다. 왕룽의 아내 오란처럼 신분이 낮은 노비 출신이나 농부 계층의 피부는 검게 묘사되는 반면, 도시 출신의 부유한 상층 계급은 흰 피부로 묘사된다는 것이다.[23]

물론 펄 벅은 『나의 여러 세계』에서 어릴 적에는 자신이 사는 세계와 중국인이 사는 세계를 "작고, 희고, 깨끗한 장로교 미국 세계"와 "썩 깨끗하지는 않으나 크고, 사랑스럽고, 유쾌한 중국"으로 대조되었다고 쓰기도 했다.[24] 또한 "더러운 거리, 더럽고 병에 걸린 거지들"을 예로 들며 "추한" 중국 도시들이라고 한 표현에서 보듯이 중국인의 위생 상태에 대해 "더럽다"라는 표현을 간혹 쓰고 있는 한계를 보이는 것은 사실이다.[25] 그러나 『나의 여러 세계』 전체를 통해 드러나듯이 성인이 된 이후 그녀가 중국에 대해서 가지는 전반적인 태도는 중국의 오랜 전통에 대한 서구인의 무지를 비판하고 중국의 역사와 미에 찬사를 보내면서 제2의 고국인 중국에 대해 따뜻함과 긍정의 시선을 잃지 않고 있다는 점에서 기존 서구 작가들의 동양에 대한 시각과는 차별성을 보인다.

주목할 점은 『나의 여러 세계』에서 펄 벅이 어린 시절 중국 아이들이 자신을 향해 "꼬마 서양 귀신"이라고 부르는 호칭에 분노를 느꼈다고 하거나[26] "어릴 적 푸른 눈, 큰 코, 붉은 머리를 한 서양인이 항상 악한으로 나오는 중국 극을 싫어했듯이, 불가사의하고 사악한 동양인이 악한으로 나오는 (서양의) 신비 소설도 싫었다"라고 고백한다는 점이다.[27] 이처럼 그녀는 서양을 규범으로 간주하고 동양을 비정상으로 취급함으로써 동양에 대해 편견을 갖는 오리엔탈리즘뿐만 아니라, 동양 또한 서양을 편견으로 왜곡하고 있는 옥시덴탈리즘을 증언함으로써 동서양을 막론하고 인류에게 인종적 편견이 보편적으로 존재한다는 사실을 '중간자'적 입장에서 균형적인 시각으로 보여준다.

『아들들』, 『분열된 일가』, 『유배』, 『싸우는 천사』

3부작의 제2부 『아들들』에서는 왕룽이 옛 농가에서 죽어가는 이야기로 시작하여 그가 죽은 뒤 세 아들의 인생행로를 그린다. 지주로서 부유하고 사치스럽고 방탕한 첫째 아들 왕따, 약삭빠른 상인이며 비열한 고리대금업자가 되는 둘째 아들 왕얼 그리고 군벌인 셋째 아들 왕호의 이야기인데 소설의 중심 인물은 왕호다. 『아들들』은 작가가 『수호전』의 영어 번역을 마무리하던 시점에서 썼기 때문에 왕호의 인물 묘사에는 『수호전』의 영향이 지대하다. 왕호는 『수호전』의 인물들처럼 지략이 뛰어나고 용맹스러운 전사로 묘사된다.

『아들들』은 『대지』보다 좀 더 폭넓은 무대를 배경으로 하고 있다. 『아들들』이 출간된 1932년 무렵 중국의 사회적 상황은 여전히 수많은 농민들이 기근과 홍수로 죽어가고, 산적과 군벌들이 농촌의 대부분의 지역을 장악하고 있는 가운데 국민당의 부패는 극심했다. 이러한 상황에서 혁명을 대하는 작가의 시각은 회의적이다. 그녀는 불평등한 구체제도 비판했지만 혁명으로 인한 정치적 불안이 중국 서민들의 고통을 심화시킨다고 보았다. 이 소설의 결말은 첫째 아들과 둘째 아들은 혁명을 부패시키는 기회주의자가 되고, 셋째인 왕호는 혁명으로 새로운 질서를 꿈꾸는 지도자이지만 노년에 비인간적인 포악성이라는 성격상의 약점으로 아들 왕위안에게 버림을 받고, 왕위안은 권력 세계에 회의를 느낀 나머지 할아버지 왕룽이 살던 농가로 들어가서 은거한다. 이 소설은 야심과 탐욕을 가진 세 아들이 결국 인생에서 실패함으로써 아버지 왕룽의 땅에 대한 소박한 신념이 옳았다는 역설을 보여준다는 점에서 교훈성이 짙은 소설이다. 이러한 교훈성과 멜로드라마적인 요소에도 불구하고 『아들들』이 더 강한 힘과 더 넓은 전망을 보여준다는 점에서 『대지』보다 더 낫다고 평하는 평자들도 있었다.

제3부 『분열된 일가』에서는 왕호의 아들 왕위안이 주인공이다. 군인인 아버지와 달리 학자이며 시인 기질을 타고난 왕위안은 당대 중국의 내전 속에서 국민당이나 공산주의 둘 다에 환멸을 느끼는 젊은 세대를 대표한다. 혁명에도 확신을 가질 수 없는 그는 미국으로 유학을 떠나 6년간 공부하면서 중국의 미래에 대해 사색하고 고뇌하지만 당대의 혼란스러운 상황을 해결하기에는 속수무책이다. 왕위안은 여러 가지 점에서 작가인 펄 벅의 입장을 유추하게 한다. 그녀 역시 당시 중국의 미래에 대해 회의적이었다. 미국으로 귀국한 후 고국에 대해 혐오와 매혹을 동시에 느낀 펄 벅처럼 유학 중인 왕위안 역시 미국에 대한 혐오와 매혹이라는 이중적 감정을 동시에 경험하는 인물로 묘사된다. 그는 미국 백인들의 인종차별을 비판적 시각으로 바라보는 반면, 미국의 자연경관이라든가 중국과는 다른

미국 여성의 역할 그리고 미국인들의 활기에 대해서는 긍정적으로 평가한다.

『분열된 일가』는 특히 중국인 등장인물에 대한 묘사가 충실하다는 점에서 대부분의 비평가들로부터 호평을 받았다. 이 소설이 발표된 1935년보다 2년 전인 1933년에 프랑스 소설가 앙드레 말로는 신념을 위해 죽는 중국 혁명가들의 이야기를 다룬 『인간의 조건』을 발표했는데 당대 저명한 미국 비평가인 맬컴 카울리는 두 소설을 비교하면서 말로의 『인간의 조건』은 문체는 더 뛰어나다고 평가했지만 충실한 사실적인 묘사 면에서는 펄 벅의 『분열된 일가』에 더 후한 점수를 주었다.[28]

앞에서 언급했듯이 노벨문학상 위원회는 『유배』와 『싸우는 천사』라는 펄 벅의 부모에 대한 전기를 "걸작"이라고 평했다. 『싸우는 천사』는 중국을 이교도의 나라로 보고 불굴의 의지로 기독교를 전파하는 사명에 충실한 당대 전형적인 미국 선교사인 아버지 압살롬에 대한 전기다. 펄 벅은 여기에서 아버지가 유서 깊고, 장엄한 문명을 가진 중국을 오랫동안 경험했으면서도 이교도들이 사는 악마의 소굴로밖에 보지 않는 편협한 광신도적 태도에 실망하여 그의 인종차별주의와 서구우월주의에 입각한 정신적 제국주의를 비판한다. 『유배』는 오직 선교에 대한 사명으로 전통적인 기독교관에 의해 아내에게 복종과 희생을 요구하는 남편의 가부장적인 태도와 여성혐오증 때문에 중국에서의 40년을 억압과 상처로 점철된 삶을 산 어머니 캐리에 대한 일대기다. 이 두 전기는 당대 중국 선교사 사회를 비판하고 있기는 하지만 그 사회를 매우 상세하게 비교적 잘 그려냈다는 평가를 받는다. 특히 미국 문화사의 측면에서 볼 때 이 전기들은 중국에서의 초기 기독교 전도 활동에 대한 중요한 역사적 기록물이기도 하다.

맺음말

『대지의 집』 3부작과 두 권의 전기로 노벨문학상을 수상한 이후 후반으로 가면서 펄 벅의 소설은 과도한 창작으로 인해 작품성이 떨어져 호의적인 평가를 받지 못한다. 그녀의 소설은 전반적으로 교훈과 도덕성에 대한 강조가 과도하고 구성의 복합성과 새로운 스타일이나 아이러니 등 문학성에서 부족한 점이 지적되어왔다. 이러한 이유로 1990년대 이후 미국이나 중국에서 펄 벅에 대한 재평가의 움직임이 있어왔다 해도 여전히 미국 학계에서는 그녀를 가르치거나 연구하는 연구자들이 드문 실정이다. 또한 미국의 학문적 추세를 좇아가는 경향이 있는 한국에서도 여전히 펄 벅은 거의 연구의 대상이 되지 않고 있다.

그러나 『대지의 집』 3부작에서 중국의 삶과 풍습에 대한 사실적인 묘사를 통해 서구 작가로서는 최초로 편견 없는, 있는 그대로의 중국을 알림으로써 미국 소설의 지평을 확장한 펄 벅의 공헌은 높이 평가되어야 한다. 노벨문학상 위원회에서도 선정 이유를 밝혔듯이, 펄 벅이 "인종을 분리하고 있는 큰 장벽을 넘어 인류 상호 간 공감을 나누는 데 선구적인 역할을 했다"라는 점은 인류가 인종과 국가의 차이를 초월하여 다양성을 존중하고 상호 공존의 길을 모색해야 하는 21세기에 더욱 주목할 만한 가치를 갖는다. 무엇보다도 그녀가 소수 인종, 여성, 장애자 등 소수자의 권리를 위한 이론적인 주장에만 그치는 것이 아니라 실천적 지식인으로서 이들을 위한 운동에 적극 개입한 점은 미국 문학사나 미국 문화사에서 재평가되어야 할 것이다.

보리스 파스테르나크의 『지바고 의사』

시대와 불화했던 러시아 지식인의 운명과 사랑

김규종 · 경북대 노어노문학과 교수

글을 시작하면서

장편소설을 읽는다는 것은 양면성을 가진다. 한편에는 행복과 쾌락이, 다른 한편에는 고통과 인고가 자리한다. 그래서 수많은 대중이 책 읽기를 포기하고, 유튜브에 매달린다. 몸과 머리가 따로 놀 수 있는 효율적인 매체 유튜브의 위력은 압도적이다. 하지만 문명의 이기利器에 담긴 폐해도 적잖다. 깊은 사유와 숙고가 배제된 수동적 듣기만으로 작가나 시인의 생각을 따라잡는 것은 불가능하다. 혹은 여유롭게 때로는 긴장된 눈동자와 마음가짐으로 책장을 넘기는 수고로움이 선사하는 결실은 상상 이상으로 크고 달다.

현대 러시아의 시인이자 소설가인 보리스 레오니도비치 파스테르나크(1890~1960)는 우리나라 독자에게도 친숙한 편이다. 그것은 그의 장편소설 『지바고 의사』가 「닥터 지바고」라는 영화 제목으로 상영된 것에 힘입은 바 클 것이다. 유리 지바고 역할로 출연한 배우 오마 샤리프와 라라로 등장한 줄리 크리스티를 기억하는 수많은 영화 관객이 있을 터. 하지만 데이비드 린 감독의 197분짜리 영화 「닥터 지바고」는 혁명과 역사를 바라보는 주인공의 복잡다단하고 입체적인 관점은 최대한 배제하고, 지바고와 그의 아내 토냐 그리고 라라의 삼각관계에 집중한다. 너무 많은 사람이 소설 대신 영화만 보았기로, 영화의 문제점도 조금 살펴보려고 한다.

소련의 히틀러이자 조지아의 도살자라 불리는 이오시프 스탈린이 1953년 3월 5일 생을 마감한다. 스탈린은 제2차 세계대전에서 나치 독일의 동진東進을 막아낸 최후의 보루 소련의 최고 지도자이자 절대 권력자다. 수많은 사람을 죽음으로 몰고 간 독재자 스탈린이 죽은 후 3년 만에 니키타 흐루쇼프 소련 공산당 서기장은 1956년 제20차 공산당대회에서 '스탈린 격하 운동'을 전개한다. 신과 같은 위치로 숭배받던 스탈린의 지위를 인간으로 하향하려는 것이었다. 이른바 '해빙解氷'이라는 어휘가 대중 속에서 자리 잡기 시작한다.

같은 해에 파스테르나크는 필생의 장편소설 『지바고 의사』를 탈고한다. 시대의 조류潮流가 그의 소설 출간을 축하하는 것처럼 보였다. 그러나 상황은 그의 기대와 정반대로 흘러간다. 소련 '작가동맹'은 『지바고 의사』가 사회주의 10월 혁명을 폄하하고, 소련 인민들이 지속한 각고의 노력을 중상모략했다고 비판하면서 소설 출간을 불허한다. 1950년 미국에서 불기 시작한 '매카시즘'[1]으로 동서 냉전이 펼쳐진 1957년 파스테르나크의 소설은 이탈리아에서 처음 출간되기에 이른다. 흥미로운 점은 1958년에 『지바고 의사』가 세계 18개국 언어로 번역되고, 같은 해에 노벨문학상 수상작으로 결정되었다는 사실이다.

소련 당국과 '작가동맹'은 당혹해하면서 작가에게 양자택일을 강요한다. 작가가 노벨상을 받고자 한다면 출국할 수는 있지만 귀국할 수는 없다는 것이 첫째요, 둘째는 수상을 거부하고 국내에 잔류하라는 것이었다. 파스테르나크는 부득불 후자를 선택한다. 러시아 작가들은 해외로 망명하는 경우 작품 활동을 제대로 하지 못한 전례가 있다. 그것은 '어머니 러시아'라는 그들의 생래적生來的인 독자성이 원인이 아닐까 한다. 소련에 머물렀음에도 파스테르나크는 소련 '작가동맹'에서 제명된다. 그가 집필한 모든 소설과 시는 출간 금지되고, 그는 국내 망명에 돌입한다. 이런 상황은 미하일 고르바초프가 1985년 3월 소련 공산당 서기장 자리에 오르고 난 다음 치열하게 벌어진 '문학의 내전內戰' 이후인 1987년에 해소된다.

『지바고 의사』를 둘러싼 소련과 미국의 이념적 갈등, 자신의 정신적인 혼란 등으로 괴롭던 파스테르나크는 1960년에 생과 작별한다. 그의 사후 불과 5년 만인 1965년에 영국 출신의 할리우드 영화감독 데이비드 린이 「닥터 지바고」를 영화화한다. 그것은 시대적 요청이기도 했지만, 다른 한편으로는 소설 원작에 담긴 문학적·예술적 향수와 성취, 시대를 통관하는 놀라운 통찰과 인간 내면세계를 풀어나가는 작가의 솜씨가 감독을 매료했던 때문일 것이었다.

『지바고 의사』의 시간, 공간 그리고 인간

파스테르나크의 장편소설에서 시간은 유장하게 흘러가며, 공간은 확장 일변도를 걷는다. 소설의 주인공 유리 지바고는 1891년에 출생하여 1929년 초여름에 사망한다. 40년도 되지 않는 세월을 살다 간 지바고였지만, 그의 행로는 그야말로 복잡다단하다. 이런 상황을 가중하는 요소는 지바고와 평생 숙명적인 관계를 맺은 여인 라라의 존재다. 라라는 1905년에 만 열여섯 살로 기록되어 있기에, 그녀는 1889년 태생으로 지바고보다 두 살 연상이다.

『지바고 의사』는 유리와 라라의 개인사와 격동하는 현대 러시아 역사를 씨줄과 날줄로 삼아 전개된다. 1901년 열 살이 된 유리는 어머니 마리야 니콜라예브나의 장례식에 참가한다. 그보다 훨씬 이전에 알코올 중독과 철도 자살로 생을 마감한 아버지를 둔 유리의 어린 시절은 실로 불행한 것이었다. 그의 아버지는 저택과 공장, 은행과 건물을 소유한 부호였지만, 가족을 버리고 방랑을 거듭하며 가산을 탕진한 인물이었다. 그를 성숙한 인간으로 거둔 사람은 어머니의 남동생이자 외삼촌인 니콜라이 니콜라예비치였다. 그는 조카인 유리에게 말한다.

"역사란 시간과 기억의 도움을 받아 죽음이라는 현상에 답한 것으로, 인간이 이룩한 제2의 세계다."[2]

어린 시절 겪어야 했던 양친의 죽음과 고아로 성장하면서도 지적인 자양분을 확보할 수 있었던 유리의 이중성은 그의 최후까지 동행한다. 유리는 김나지움과 대학에서 고전과 성서, 전설과 시, 역사와 자연과학을 공부했고, 일반 내과와 안과를 전공한다. 인문학과 자연과학의 조화로운 공부가 지바고를 감수성이 풍부하고, 역사의식이 충만하며, 비판 정신이 넘쳐나는 자연과학도로 만든 것이다. 덧붙여 지적할 점이 하나 있다. 『지바고 의사』에는 대단한 악당이나 악역은 없다. 혹자는 영화가 만들어낸 호색한 코마로프스키[3]를 떠올릴지도 모르지만, 그는 그저 수완 좋은 민완가에 지나지 않는다. 우리는 코마로프스키가 유리의 아버지 지바고의 재정 변호사로 그의 죽음까지 살핀 인물이었음을 알고 있다.

1905년 라라는 눈부신 아름다움과 폭풍 성장의 전형을 보여준다. 잿빛 눈과 황금색 머리털을 가진 라라는 조용하고 가벼운 몸놀림과 날렵한 몸짓으로 주위의 시선을 사로잡는다. 그 시각에 그녀는 파업 때문에 체포된 철도 노동자의 아들인 파벨 안티포프와 인연을 맺게 된다. 자신보다 한 살 적고, 지바고보다 한 살 많은 파벨은 실업학교를 다니는 소년이었다. 소설에서 우리는 지바고와 라라와 달리 상대적으로 빈약하게 묘사된 인물을 기억해야 한다.

그녀 이름은 토냐[4] 스벤티스카야, 훗날 토냐 지바고가 되는 여인이다. 6년을 함께 지냈던 유리와 토냐는 1911년 성탄절 파티 석상에서 토냐 부모에게 결혼을 승낙받는다. 어린애들처럼 좋아하는 두 사람이지만, 토냐에 대한 작가의 묘사와 서술은 그렇게 곡진曲盡하지 않다. 그것은 작가가 소설의 중심인물을 유리와 라라로 설정했기 때문이다. 마찬가지로 라라와 비교하면 파벨에 관한 서술 역시 그렇게 자상한 편은 아니다. 이들 네 사람의 서로 엇갈리는 관계와 운명이 소설 전편에 길고 짙은 그림자를 드리운다.

유리와 토냐가 결혼 승낙을 받은 당일 라라는 코마로프스키를 저격할 태세를 갖춘다. 열여섯 살이었던 1905년부터 라라는 코마로프스키를 의식하며 살아왔고, 이제 그녀는 독립생활에 필요한 자금을 그에게 받아내려 하는 것이다. 돈을 준다면 그냥 넘어가겠지만, 그렇지 않다면 그에게 권총을 쏘겠다는 생각을 실행하는 담대한 라라.

유리와 라라, 토냐와 라라는 예기치 못한 장소에서 예기치 못한 상황의 소용돌이에서 처음으로 대면하기에 이른다. 하지만 저격 사건 당사자인 라라는 정작 그들의 존재를 알지 못한다.

이듬해인 1912년 5월 14일에 23세의 라라와 22세의 파벨은 결혼한다. 라라를 태양처럼 숭배하고 사랑하는 파벨은 그녀의 권고에 따라 실업학교를 마치고 인문대학에 입학하여 교사 자격증을 얻는다. 그리하여 라라의 고향인 우랄 지방의 유리아친으로 이주할 계획을 세운다. 그리하여 라라는 역사를, 파벨은 수학을 가르치는 교사로 생활한다. 그들보다 늦게 혼인한 유리와 토냐 부부는 1915년 가을에 알렉산드르라는 아들을 얻는다. 그리고 그들 내외는 짧지 않은 작별을 경험한다. 제1차 세계대전으로 지바고가 군의관으로 차출되었기 때문이다.

1916년 결혼 4년에 이른 라라는 세 살 난 딸 카테리나의 엄마가 되어 있다. 그 시기에 파벨은 심각한 정신적 위기를 겪고 있었다. 그것은 '사랑이란 무엇인가' 하는 문제였다. 파벨은 자신의 우상인 라라를 진정 사랑할 자격이 자기에게 있는가 하는 문제로 괴로워한다. 문제 해결을 위한 그의 선택은 현실도피였다. 전쟁을 빌미로 그는 입대를 결정하고, 소위로 임관되어 시베리아로 파견된다. 그러다가 그에 관한 소식이 완전히 끊어지고 만다.

라라는 그런 남편 파벨을 찾기로[5] 하고, 아이를 남에게 맡겨둔 채 길을 떠난다. 그녀가 도착한 곳은 헝가리 국경 부근의 메조라보르치였다. 간호사로 일을 시작한 그녀는 1917년 2월 병실에서 유리 지바고를 만나게 된다. 라라는 유리가 기억에 없지만, 라라를 생생하게 기억하는 유리는 저격 사건 이후 두 번째 그녀를 만나게 된 것이다.

메조라보르치가 위치한 갈리치아 전선을 방문한 러시아의 니콜라이 2세에 대한 파스테르나크의 기술은 흥미롭다.

> 황제(니콜라이 2세—인용자)는 루블 지폐나 메달에 그려진 것보다 더욱 늙고 쇠약해 보였다. 그는 시들고 약간 부은 얼굴이었으며 가엾게 보였다. 그런 소심한 수줍음과 조심스러운 성격이 압제자의 본성이 될 수도 있으며, 그런 연약함으로써 처형하고, 용서하며, 구속도 하고, 결정을 내린다는 것이 불가사의하게 느껴졌다.[6]

이 묘사는 장편소설 『칼의 노래』에서 김훈이 그려낸 암군暗君 선조의 눈물과 장려壯麗한 교서와 잔인한 품성을 빼닮았다. 약관의 나이에 맨손으로 호랑이를 때려잡은 호남의 의병장 김덕령이 승승장구하자 그를 반역죄로 체포하여 결국 130대 장형杖刑으로 때려죽인 가증스러운 군주 선조. 눈물과 통곡으로 국정을 가름하고, 한시라도 권력을 놓칠까봐 전전긍긍하며, 명나라 신종神宗에게 날이면 날마다 서찰을 보내 살려줄 것을 애걸복걸한 비열한 암군 선조.

메조라보르치에서 유리와 라라가 만난 것은 우연이었다. 독일군이 러시아군의 방어선을 뚫고 진격하여 지바고 의사에게 부상을 입혔기 때문이다. 회복해가던 그를 병실로 찾아온 사람이 다름 아닌 간호사 라라였던 것이다. 그 무렵에 라라는 남편인 파벨 안티포프가 죽었다는 전갈을 받았기에 서둘러 모스크바로 돌아가고 싶어 한다. 그녀는 모스크바에서 기다리는 어린 딸 카첸카와 함께 고향인 유리아친으로 돌아가 중학교 교사직을 이어가고 싶다.

그들이 환자와 간호사로 만나 생활하던 시기에 러시아에는 1917

년 2월 혁명이 발발한다. 제1차 세계대전과 함께 혁명의 봉화가 러시아에 불타오른다. 혁명의 불길은 유리 지바고의 내면에도 강렬한 흔적을 남긴다. 그는 라라에게 자신의 내면을 토로한다.

"모든 사람에게 두 가지 혁명이 일어났는데, 하나는 자기 자신의 개인적인 혁명이고, 다른 하나는 대중의 혁명입니다. 나는 사회주의가 바다, 즉 이 손으로 모든 개인의 혁명이 강줄기가 되어 흘러들어가야만 하는 생명의 바다, 자발적인 행위의 바다라고 생각합니다. 내가 말하는 생명의 바다는 그림 속에서 볼 수 있는 생명이며, 하느님이 만들어낸 생명, 창조적인 풍요로운 생명을 가리킵니다."[7]

파스테르나크의 분신이라 할 수 있는 지바고의 이와 같은 사유와 인식은 작가가 사회주의 혁명에 반대한 적이 없었음을 여실하게 입증한다. 이런 대화가 있고 1주일 후에 라라는 먼저 모스크바로 떠난다. 1917년 여름에 유리는 2년 넘게 작별했던 가족이 있는 모스크바로 향한다. 그리고 마침내 거대한 분화구를 가진 활화산처럼 터져나온 사회주의 10월 러시아 혁명. 시인이자 의사 유리 지바고는 환호작약하며 10월 혁명을 열렬하게 받아들인다. 볼셰비키가 권력을 장악했다는 소식을 접하고 나서 유리는 중얼거린다.

"얼마나 멋진 수술인가! 해묵은 고약한 종기를 단번에 기술적으로 도려내다니! 수 세기에 이르는 부정不正이 군말 없이 처형된 셈이로군. 두려워하지 않고 이렇게 끝장을 낼 때는 우리 민족의 진면목을 볼 수 있단 말이야. 푸쉬킨의 솔직 담백한 맛과 사실에 대한 톨스토이의 확고부동한 신념에서 내려오는 그 무엇인가가 있어."[8]

호사다마好事多魔라 했던가?! 유리가 환호했던 혁명을 뒤따라온 것은 뜻밖의 적백내전이었다. 사회주의 혁명을 지지하는 붉은 군대와 자본주의를 찬성하는 백군의 치열한 결전인 적백내전은 1918년에 시작되어 1920년에 종결된다. 만주를 포함한 극동에서는 제국주의 일본군이 1922년에야 물러났기에 내전의 종결은 공식적으로 1922년이 맞다. 하지만 러시아 본영은 예나 지금이나 유럽이기에 1920년에 적백내전이 끝났다고 하는 편이 일반적인 평가에 가깝다. 적백내전에 개입한 제국주의 세력은 영국과 프랑스, 독일과 일본이며, 이들은 백군을 적극적으로 원조하여 사회주의 진영을 무력화하려고 진력했다. 적백내전 기간에 각처의 민족주의 세력이 득세하여 내전은 사실상 3자 대결 양상으로 진행되었다. 『지바고 의사』에서 이런 사실은 빨치산 대장 리베리 부대에서 확인할 수 있다.

내전으로 불타오른 모스크바를 피해 지바고 일가는 러시아를 동서로 나누는 중간에 자리한 우랄의 유리아친 부근에 있는 바리키노로 향한다. 여기서 우리는 흥미로운 장면과 만난다. 목적지를 얼마 남겨놓지 않은 지점에서 유리가 스트렐리니코프[9]에게 체포된 것이다. 라라가 죽었다고 생각한 파벨 안티포프가 스트렐리니코프가 되어 유리 앞에 모습을 드러낸 기막힌 장면이다. 제1차 세계대전 당시 출전했다가 포로가 되고, 10월 혁명 직후 탈주하여 러시아로 돌아온 파벨 안티포프. 그는 붉은 군대와 혁명을 위해 매진하는 빨치산 특별열차의 최고 책임자였다.

소설가 파스테르나크는 스트렐리니코프에 관해 기술한다.

> 스트렐리니코프의 사유는 예사롭지 않게 명석하고 논리적이었다. 동시에 그는 보기 드물 만큼 도덕적 결벽성과 공정성을 갖추고 있었으며, 열렬하고 고결한 심성을 갖고 있었다. 그러나 학자가 되는 데 필

요한 비약의 재능, 즉 예기치 못한 발견에 따른 논리적인 예견의 불모성을 극복하는 힘이 부족했다.[10]

여기서 눈길을 끄는 대목은 스트렐리니코프에게 부족한 학자적 자질이 아니라, 그에게 고유한 도덕적 결벽성과 고결한 심성이다. 그가 오래도록 사유한 문제, 과연 자기에게 라라를 사랑할 자격이 있는가 하는 근본적인 문제의 연원淵源이 여기서 해명 가능해지는 것이다. 자신보다 여러 면에서 한층 윗길에 있는 아스라한 높이의 라라에게 진정 어울리는 인간이자 남성의 권능이 자기에게 부여되어 있는가 하는 문제 때문에 남편의 자리를 버린 스트렐리니코프. 보통의 인간이라면 상상조차 하지 않았을 문제를 심사숙고하는 그에게서 우리는 남다른 결벽성과 드높은 인간성의 모범을 확인하게 된다.

이상하게 보일지 모르지만, 아내와 딸을 버려두고 혁명의 최전선에서 투쟁하던 스트렐리니코프의 유일한 꿈은 혁명의 완결과 사회주의 건설이 아니었다. 그것은 사랑하는 아내 라라와 딸 카첸카에게 돌아가는 것이었다. 반혁명 세력이나 백군과 치른 전투보다 그에게 더 소중한 것은 그들이 기다리고 있는 안온한 집과 사랑이었다. 만약 그것이 실현되었다면 그들의 운명은 또 어찌 되었을까?! 인간의 운명은 때로 개인의 사적인 의지와 바람을 능가하는, 훨씬 강력하고 저항 불가능한 것으로 인간의 육신과 영혼을 회오리바람처럼 할퀴고 지나가는 법이다.

스트렐리니코프와 작별한 지바고는 1918년 여름 한복판에 가족과 함께 바리키노에 정착하여 평온한 나날을 보낸다. 그해 겨울부터 1919년 봄까지 지바고는 일기 형식으로 자신의 일상과 내면 풍경을 담담하고 솔직하게 기술한다. 그 가운데 러시아 문학에 관한 지바고의 내면세계를 들여다보자.

러시아 문학의 모든 요소 가운데 내가 가장 좋아하는 것은 푸쉬킨과 체호프의 러시아적인 순박함, 인류의 궁극적인 목표니, 구원이니 하는 따위의 거창한 과업에 관한 겸손한 과묵함이다. 이런 문제를 숙고하면서도 경망한 어투가 없다는 것은 겸손하다는 뜻이다. 고골, 톨스토이, 도스토옙스키는 죽음을 준비했으며, 끝없이 그 의미를 추구하여 결론을 끌어냈다. 그들은 죽기 직전까지 작가의 천직에 충실하여 자신들에게 부여된 과업에 열중했다."[11]

유리 지바고의 문학적 사유와 인식을 심화하고 단련한 일군의 다른 동반자들도 있었다. 레프 톨스토이의 『전쟁과 평화』, 알렉산드르 푸쉬킨의 『예브게니 오네긴』 그리고 이반 투르게네프의 자연묘사는 기본이었고, 스탕달의 『적과 흑』, 찰스 디킨스의 『두 도시 이야기』 그리고 극작가이자 소설가인 하인리히 폰 클라이스트의 단편소설이 그것이었다. 바리키노에서 토냐가 두 번째 아이를 가진 사실을 확인한 유리는 어느 겨울밤 꿈속에서 라라의 목소리를 듣고 만다. 그로부터 그들의 운명이 크게 요동치기 시작한다.

유리아친 도서관에서 라라의 주소를 알게 된 지바고는 1919년 5월 어느 추운 날 라라의 집을 찾아간다. 그들의 해후는 자연스럽고 유쾌한 것이었다. 1년 가까운 세월 지근거리의 바리키노와 유리아친에서 서로의 존재를 의식하면서도 짐짓 외면하고 살았던 두 사람의 밋밋한 만남이라니! 아마도 그것은 그들의 만남이 필연적으로 가져올 비극적인 운명을 최대한 뒤로 미루려는 두 사람의 의지에서 발원한 것은 아니었을까?! 어쩔 도리 없이 서로에게 끌리는 사람들이 본능적으로 두려워하는 종착점에 관한 인식과 사유 때문은 아니었던가?!

그들이 라라의 집에서 나눈 이야기의 중심에 스트렐리니코프가 자리한다. 지바고는 그의 비극적인 운명을 예견한다. 필요에 따라 행동이 수시로 달라지는 볼셰비키의 속성을 알고 있었기에 지바고는 그와 같이 판단한 것이다. 반면에 라라는 스트렐리니코프가 자신의 남편 파벨 안티포프라고 말하고 그에 관해 뜻밖의 견해를 밝힌다. 남편이자 혁명가인 스트렐리니코프를 만나러 갔지만, 헛수고한 이야기에 덧붙여 그녀는 말한다.

> "당신은 그가 우리(라라와 카첸카)를 무시하고 사랑하지 않으며 우릴 잊어버렸다고 생각하시나요? 그 반대예요! 나는 그이를 잘 알아요. 그이는 애정이 넘치는 사람입니다. 그는 빈손이 아니라, 승자로 영광을 안고 돌아와 우리 발밑에 월계관을 바치려는 거예요! 우리를 불멸케 하고, 빛나게 할 거랍니다! 마치 어린애처럼 말이죠!"[12]

다시 만난 바로 그 첫날부터 유리 지바고와 라라 안티포바의 관계는 날로 깊어져간다. 어느 날 바리키노의 집으로 돌아가지 않은 지바고는 라라의 집에 머물렀고, 그로부터 두 달이 넘는 시간이 흐른다. 아내 토냐를 향한 죄의식과 견딜 수 없는 고통이 유리의 전신을 휘감고 돌아간다. 지바고는 라라에게 작별을 고하고, 아내에게 그동안 있던 사실을 전부 고백하리라 다짐한다. 라라는 그가 형언하기 어려운 괴로움을 말하지 않았던 때에도 이미 그의 고통과 상처를 이해하고 있었다. 눈물로 범벅이 되어 그의 말에 귀 기울이는 애틋한 여인 라라!

바리키노의 집으로 향하던 유리의 말이 주인의 의지에 따라 다시 유리아친으로 방향을 바꾼다. 라라와 가장 깊고 솔직한 정담情談을 나눔으로써 영원한 이별을 하고자 하는 지바고의 의지 때문이다. 하지만 도중에 빨치산 대원에게 체포됨으로써 그의 바람은 산산이 부서진다. 숲에서 활동하는 리베리의 빨치산 부대 소속 의사가 사망함으로써 지바고가 '의료 노동자'로 거리에서 강제 징발된 것이다. 이 무슨 날벼락 같은 운명의 장난인가?!

리베리의 빨치산 부대 의사로 18개월을 보내면서 유리 지바고는 줄곧 아내와 장남인 슈라 그리고 라라를 생각한다. 눈으로 뒤덮인 겨울 산을 뒤로하고 지바고는 마침내 목숨을 건 탈출을 감행한다. 한 달 반을 걷고 걸어서 그가 도착한 곳은 라라의 집이 있던 유리아친의 거리였다. 유리는 라라의 집 층계참 창문에서 라라의 편지와 집 열쇠를 찾아내고 기쁨으로 온몸을 전율한다. 그것은 유리가 살아서 돌아왔다는 소식을 들은 라라가 유리에게 남긴 것이었다. (토냐와 가족 일행은 그가 유리아친에 도착하기 훨씬 전에 모스크바로 이주한 상태였다.)

당신이 바리키노로 먼저 들르실 것 같아서 카첸카와 함께 당신을 맞으러 그리로 갑니다. 만일을 위해 열쇠를 그때 그곳에 놓아둡니다. 내가 돌아올 때까지 나가지 말고 기다리고 계세요. 먹을 것을 조금 남겨둡니다. 기뻐서 어쩔 줄 모르겠어요.[13]

라라와 지바고는 많은 이야기로 낮과 밤을 보낸다. 라라와 관계가 있던 사람들, 특히 파벨 안티포프(스트렐리니코프), 유리아친의 실력자이자 변호사인 안핌 삼제바토프, 코마로프스키 같은 사람이 화제에 오른다. 여기에서 라라를 깊이 사랑하고 다른 한편으로는 그녀를 질투하는 지바고의 내면이 드러난다. 순백의 지고지순한 여인 라라가 아니라, 살면서 넘어지고 발을 헛디디면서 인생의 고통과 의미를 깨우쳐온 라라를 사랑하는 지바고. 그들이 왜 서로에게 그토록 강렬하게 끌리며 사랑했는지 파스테르나크는 곡진하게 기술한다.

> 영혼의 교감보다도 두 사람을 강하게 결합한 것은 여타 세계로부터 두 사람을 떼어놓은 심연이었다. 그들은 모두 규격화된 현대인의 모든 것을 숙명적으로 싫어했다. 판에 박은 진부한 찬탄, 겉만 번지르르한 의기양양함, 수많은 예술가와 과학자가 보여주는 상상력의 결여, 그로 인해 천재를 지극히 드물게밖에 발견할 수 없도록 내버려 두고 있는 몸서리나는 지루함에 그들은 반발했다. 이것이 그들을 특별한 사람으로 만드는 점이었다.[14]

텔레비전 드라마에 익숙한 한국 시청자들은 이 장면을 이해할 수 없을 것이다. 그저 그렇고 그런 남녀가 혁명과 전쟁이라는 특수한 시공간에서 주체할 길 없는 감정에 휩쓸린 끝에 남과 달라 보이는 사랑을 한 것 아니냐고 생각할 것이기 때문이다. 둘 다 유부남 유부녀에 그것도 아이까지 딸린 남녀가 배우자들 몰래 '불륜不倫'의 달콤한 유혹에 넘어간 것에 지나지 않는다고 그들은 확신하기 때문일 것이다. 다들 내 사랑만은 다른 사랑과는 차원이 다른 어떤 깊이와 철학과 인과율을 가지고 있다고 주장하지만, 그것은 '오십보백보' 아니냐는, 사랑 전문 측량기사의 척도를 한국인 시청자들은 가지고 있는 까닭이다.

그렇다면 이 지점에서 우리는 모스크바에서 날아온 토냐의 편지를 소환해야 한다. 장장 5개월 전 토냐가 라라의 집으로 부쳤지만, 너무도 늦게 도착한 아프고도 긴 편지를 읽어야 한다.

> 무엇보다 슬픈 것은 난 당신을 사랑하고 있는데, 당신은 나를 사랑하지 않는다는 것입니다. 그래도 난 당신을 사랑하고 있어요. 얼마나 당신을 사랑하는지, 그걸 당신이 알아주신다면! 난 당신의 남다른 모든 점을, 좋은 것이든 나쁜 것이든 다 사랑합니다. 나는 당신보다 훌륭한 사람은 알지 못합니다. 나는 당신을 조금도 원망하지 않습니다. 당신 좋을 대로 살아가세요. 당신만 좋다면 그것으로 그만입니다. 우랄을 떠나기 전에 상당히 짧은 기간 나는 라리사 표도로브나(라라)와 아는 사이가 되었답니다. 그녀는 내가 괴로울 때 언제나 옆에 있었고, 둘째를 출산할 때도 여러모로 도와주었습니다. 정말 좋은 분이에요. 하지만 그녀는 나와는 정반대 사람입니다. 나는 인생을 단순하게 살며 올바른 길을 찾으려고 세상에 태어났지만, 그분은 인생을 복잡하게 살며 일부러 바른길을 벗어나려고 합니다. 부디 안녕히 계세요. 이제 끝마쳐야 합니다. 우리는 이제 다시는 만나지 못하게 되어버렸네요. 유라! 유라![15]

어떤 한국 드라마에서 바람난 남편에게 이토록 고고하고 당당하며 따뜻하고 내밀한 감정으로 자신의 내면을 토로하는 여인이 있었던가?! 자신의 연적戀敵인 라라에게 고마운 감정과 이해할 수 없는 양가감정을 솔직담백하게 드러내는 토냐 같은 여인을 어디서 찾을 것인가?! 짧은 결혼생활과 기나긴 이별을 경험해야 했던 토냐처럼 남편을 향한 일편단심의 사랑을 폭포수처럼 쏟아낸 한국인 아내가 있었던가?! 벼락과 날 선 저주의 칼날이 아니라, 앞날을 축복하고 영원한 이별에 아쉬워하는 여인이 이 땅에 단 하나라도 있었단 말인가?!

모스크바에서 파리로 추방된 토냐와 두 아이의 운명을 우리는 알지 못한다. 남편과 아버지 없이 이국異國의 차디찬 거리와 광장을 누볐을 그들의 신산한 운명을 다시 생각한다. 그렇다고 우리의 지바고에게 따사롭고 복된 삶이 부여된 것은 물론 아니다. 라라의 어린 시절 한때를 각인한 코마로프스키가 유리아친에 등장한 까닭이다. 연해주와 태평양에 백계白系 권력이 형성되었다는 소식을 알려주기 위함이었다. 스트렐리니코프의 아내로 널리 알려진 라라의 구명도생苟命圖生을 권유하는 코마로프스키.

라라와 지바고는 유리아친에서 바리키노로 이주하지만, 지바고는 라라를 잃어버릴 것만 같은 불길한 예감에 사로잡힌다. 기나긴 불면증과 시 창작을 향한 열망 그리고 라라를 잃을지 모른다는 상실을 예감하는 지바고는 나날이 여위어간다. 바리키노에 다시 나타난 코마로프스키는 극동으로 출발하는 특별열차가 유리아친에 대기 중이며, 스트렐리니코프가 처형되었다는 소식도 통지한다. 지바고는 판단을 유예할 수 없다. 코마로프스키에게 라라를 넘겨주고 그는 미쳐간다. 그는 밤낮의 구별도, 시간에 관한 생각도 모조리 잊어버린다. 그런 그에게 나타난 뜻밖의 인물이 다름 아닌 스트렐리니코프다. 공포와 우울, 미친 듯한 격정에 빠진 당시 러시아인들이 이야기하던 방식으로 그들은 대화를 나눈다. 라라의 남편 스트렐리니코프의 격정 고백을 들어보자.

"시대의 모든 이야기, 눈물과 모욕과 충동, 모든 분노와 긍지의 집적, 이런 모든 것이 소녀다움과 수줍음, 자신만만한 기품을 동시에 보여주는 그녀의 얼굴과 거동에 나타나 있었습니다. 라라는 시대의 살아 있는 기소장이었습니다. 나는 그녀를 위해 공부했고, 그녀를 위해 교사가 되어 유리아친으로 갔습니다. 3년의 결혼생활 후에 그녀의 마음을 얻으려 전쟁터로 나갔습니다. 그리고 가명으로 혁명에 뛰어들었던 겁니다. 과거의 불쾌한 기억과 타락을 씻어내려고 말입니다. 그녀와 딸은 바로 여기 있었습니다. 달려가서 만나고 싶은 마음을 참느라고 얼마나 애썼는지요! 그들을 한번만 볼 수 있다면 어떤 대가라도 치르겠어요."[16]

라라와 카첸카를 향한 불타는 마음을 최대한 억누르면서 사회주의 혁명 과업을 완수하고자 했던 스트렐리니코프. 그런 그의 마음을 알아차리고 이해했던 라라. 우울했던 어린 시절의 라라를 끔찍하게 사랑하고 여신으로 떠받들었던 파샤 안티포프. 그녀의 마음에 들고자 인생 계획표에 없던 일에 일생을 투신한 순정한 인간 스트렐리니코프. 라라가 경험한 과거를 말끔하게 씻어주고, 혁명으로 모든 구악을 일소할 수 있으리라 믿었던 시대의 선구 스트렐리니코프. 그가 그런 대가로 치러야 했던 것은 6년에 걸친 이별과 6년에 걸친 가혹한 자제自制뿐이었다. 이 얼마나 처절한 시대의 장송곡인가?!

만일 지바고가 전한 라라의 말이 아니었더라면, 청정한 혁명가는 얼마나 괴로웠을까?!

"당신은 이상적인 구현이며, 당신 같은 남자는 만나본 적 없으며, 당신은 비할 데 없는 사람이라고 그녀는 말했습니다. 당신과 함께 살았던 그곳으로 돌아갈 수만 있다면, 그녀는 지구 끝에서 무릎으로 기어서라도 가겠다고 했습니다."[17]

이튿날 아침 스트렐리니코프는 짧지만, 한 많고 비장한 삶을 스스로 마감한다.

『지바고 의사』의 유장한 이야기는 이후로도 1929년까지 이어진다. 아니, 1943년 여름 제2차 세계대전이 한창인 시점까지 그리고 스탈린이 세상을 버리는 시점도 잠깐 서술한다. 하지만 우리의 관심은 지바고와 토냐, 라라와 파벨 안티포프의 운명에 쏠려 있다. 토냐는 파리에서 지바고에게 편지하여 장남 슈라의 초등학교 졸업과 둘째 마샤의 입학 예정 소식을 통지한다. 유리 지바고는 1929년 8월 모스크바에서 전차를 탔다가 심장발작을 일으켜 사망한다. 라라가 참석한 장례식을 주관한 사람은 지바고의 이복동생 예브그라프 지바고 장군이다. 그리고 라라도 실종된다. 파스테르나크는 라라와 지바고의 사랑을 열렬하게 서술한다.

그들은 서로서로 사랑했다. 그들은 필요에 이기지 못해서, 또는 성애性愛의 불꽃 때문에 사랑한 것이 아니었다. 그들은 주위의 모든 것, 머리 위의 하늘, 구름, 나무와 발아래의 땅이 그렇게 하기를 바랐기 때문에 사랑한 것이었다. 그들 주변의 모든 것이 그들 자신보다 훨씬 더 그들의 사랑을 축복했을 것이다. 거리에서 만난 얼굴 모르는 사람들, 산책하다가 마주친 광야, 그들이 살고 만나던 방, 이런 모든 것이 더 기뻐했을 터였다. 그들은 세계의 보편적인 표상表象이라는 환희와 그들 자신이 상황을 구성하고 있다는 감정, 자연과 우주의 요소라는 느낌을 갖지 않은 적이 없었다.[18]

모든 사랑에는 나름의 색깔과 향기와 무게가 있다. 똑같은 무게와 향기와 색깔을 가지는 사랑은 존재하지 않는다. 누구나 자신의 사랑은 고귀하고 아름다우며 남다르다고 생각하는 까닭은 거기 있다. 그러하되 나는 한국의 영화 관객들이 오마 샤리프와 줄리 크리스티와 제럴딘 채플린의 매력에 그만 빠져들었으면 한다. 그들이 데이비드 린 감독의 누추하고 너덜대는 냉전 시대의 삼각관계에서 이제는 자유로워지기를 희망한다. 태곳적부터 이어진 남녀의 엇갈린 사랑과 관계를 설원에 펼쳐진 순백의 아름다움으로 포장한 영화에 그만 괴로워했으면 한다. 아울러 시대를 관통하는 그들의 통찰과 사유와 인식에 눈과 마음을 활짝 열었으면 한다.

『지바고 의사』는 왜 금서가 되었을까?!

잘 알다시피 『지바고 의사』는 러시아에서 출간되지 못한 채 금서의 반열에 오른다. 그런데 해외에서 출간된 지 2년 만에 노벨문학상의 영광을 얻는다. 노벨문학상 작품 가운데 이렇게 짧은 시간에 수상작으로 결정된 경우는 전무후무할 것이다. 아마도 그것이 『지바고 의사』가 금서로 지정된 가장 큰 이유일 것이며, 동시에 작품 곳곳에 내재한 파스테르나크의 강렬한 비판 정신이 두 번째 근거일 터다. 그것을 찾아가 본다.

"러시아는 세상이 생긴 이후 최초의 사회주의 국가가 될 운명이란 생각이 듭니다"[19] 하고 지바고는 1917년 여름 친구와 지인들과 함께 한 자리에서 예견한다. 그리고 실제로 사회주의 10월 혁명이 일어나자 그는 혁명을 반긴다. 하지만 적백내전으로 유리아친에 도착한 지바고는 변호사이자 사회민주당원인 안핌 예피모비치에게 자기의 변화된 생각을 토로한다.

"마르크스주의만큼 자기 폐쇄적이고 사실과 동떨어진 사상은 없습니다. 누구나 자리에 있는 사람은 자신이 잘못을 저지를 리 없다는 신화를 만들려고 진실에서 눈을 돌리는 일에 급급합니다. 나는 진리에 무관심한 사람들을 좋아하지 않습니다. 폭력으로는 아무것도 얻을 수 없습니다. 사람을 선으로 인도하려면 선을 행해야 합니다."[20]

지바고는 라라에게 사회주의 혁명가들에 관한 생각을 털어놓는다.

"이 정도 시간이 흘렀으면 어떤 결론에 도달해야 하지 않겠소? 혁명을 추동한 사람들에게는 변혁과 격동만이 명확할 뿐이고, 그들은 세계적인 규모의 일이 아니면 관심이 없습니다. 세계 건설과 그 과도기가 그들의 목표입니다. 그 밖의 일은 배운 게 없어서 그들은 아무것도 모릅니다. 이처럼 아무 결과가 없는 이유를 아시오? 그건 그들이 아무 재능도 없는 불완전한 인간이기 때문입니다."[21]

숲속의 빨치산 대장 리베리와 대화하면서 지바고는 이런 생각을 세 가지로 요약해서 말한다. 첫째, 사회개혁 이념에 동의하지 않는다. 둘째, 목적이 수단을 정당화할 수 없기에 혁명을 위한 전쟁과 폭력에 반대한다. 셋째, 인생의 개조 같은 구호에 동의할 수 없다.[22] 요컨대 지바고는 내전을 겪으면서 혁명에 대한 사유를 근본적으로 수정한 것이다. 혁명을 통한 인생과 사회개조, 나아가 전쟁과 폭력을 동반한 혁명의 정당화에 반기反旗를 든 것이다.

그렇다면 지바고가 꿈꾼 삶은 무엇이었는가, 하는 궁금증이 남는다. 그가 남긴 일기에 해답의 일단一端이 남겨져 있다.

"나는 농부의 노동과 의료 사업을 하면서 살고 싶고, 후세에 남길 수 있는 근본적인 것을 구상하고, 과학 논문이나 예술 작품을 쓰고 싶다. 사람들을 치료하거나 글을 쓰는 나를 방해하는 것은 무엇일까? 나는 그것이 가난 또는 방황, 불안 또는 부분적인 변화가 아니라, 미래의 새벽이니 세계의 건설이니 인류의 등불이니 하는 따위의 딱딱한 구호가 만연한 우리 시대의 정신이라고 생각한다."[23]

거창한 구호를 내걸고 전시동원체제를 가동하는 소련 공산당과 정부 그리고 당대의 정치 지도자들을 비판하는 지바고의 사유와 인식을 라라는 전폭적으로 공유한다.

"우리의 땅 러시아에 허위가 찾아온 겁니다. 모든 악의 근원은 사람들이 개인 의견의 가치를 믿지 않게 되어버렸다는 데 있어요. 이제 자기의 도덕감각에 따라 행동하는 시대가 지나가버린 겁니다. 지금은 모든 사람이 목소리를 맞추어 함께 노래 불러야 하는 거죠. 외부에서 억지로 떠맡겨진 관념으로 살아가야 한다는 생각이 만연한 겁니다."[24]

흥미로운 사실은 이런 사유와 인식의 공유가 지바고와 토냐 사이에 전혀 없었다는 점이다. 살을 섞고 아이를 낳아서 기른 부부였지만, 그들의 교감과 의견 교환은 어디서도 찾아볼 길이 없다. 어쩌면 그것이 토냐와 라라의 결정적인 차이일지도 모르겠다.

파스테르나크는 제14장에서 지바고를 대신하여 역사와 혁명에 관한 통찰을 기술한다.

숲은 언제 보더라도 움직이지 않는 것처럼 보인다. 영원히 성장하고 끊임없이 변화하는 역사, 간단間斷 없는 변화 속에서 눈에 보이지 않게 움직이는 사회의 삶이 우리 눈에 움직이지 않는 것처럼 보이는 것도 같은 이치다. 어느 개인이 역사를 만드는 것은 아니다. 풀이 자라는 것을 볼 수 없듯 역사 또한 볼 수 없다. 전쟁, 혁명, 황제, 로베스피에르 같은 사람은 역사의 유기적인 일부분을 이루는 역사의 대행자이자 역사의 발효소일 뿐이다. 혁명은 편협한 마음을 가진 광적인 행동가들, 자기 제어의 천재들이 수행한다.[25]

소설 끄트머리에서 파스테르나크는 풀과 숲, 혁명과 역사를 비교하면서 사회주의 혁명 자체를 수용하지 않는 비판적인 태도를 확립한다. 혁명가들이 전복顚覆한 구질서가 이어지지만, 구질서를 전복한 자들은 그보다 훨씬 긴 세월 동안 숭배의 대상이 된다는 작가의 지적은 통렬하기 그지없다. 그와 같은 전복 과정에서 일어나는 살풍경한 행태와 시대를 풍미하는 구호와 동원체제에 관한 작가의 부정적인 시각은 이미 지적한 바 있다. 사정이 이럴진대, 냉전 시대를 살아갔던 당대의 '작가동맹'의 어느 책임자가 『닥터 지바고』의 출간에 동의할 수 있었겠는가?!

글을 마치면서

이제 작별할 시각이다. 이 자리에서 나는 오래전의 추억담을 전하고자 한다. 학부 1학년 시절 영미문학개론 수업 시간의 일이다. 이제는 고인이 된 여석기 교수가 영화 이야기를 꺼냈다. 소설 원작을 영화로 만들어 성공한 경우는 거의 없는데, 예외가 있다면 「닥터 지바고」라는 것이었다. 나는 그때 소설을 읽지 않았기에 존경하는 교수의 말씀을 곧이곧대로 받았다. 그리고 세월이 많이 흐른 다음 나는 그런 생각을 근본적으로 수정했다.

영화 「닥터 지바고」는 잘 만들어진 사랑 영화이며, 동시에 노골적인 이데올로기 선전 영화다. 지바고가 두 여자 사이에서 괴로워하며 어쩔 줄 모르는 장면에서 수많은 관객이 갈등과 고뇌를 공유한다. 하지만 시대와 역사와 내전과 살육의 가공할 현장에서 발원하는 러시아 지식인 지바고의 복잡다단하고 깊이 있는 사유와 통찰은 영화 어디에도 나오지 않는다. 더욱이 우리의 선량하고 아름다우며 청정한 인간 스트렐리니코프는 찔러도 피 한 방울 나오지 않는 냉혈한으로 그려진다. 비열하지만 인간적인 면모를 가진 코마로프스키 역시 단순하고 평면적으로 그려짐으로써 입체적인 면모를 완연完然 상실한다.

하지만 한겨울과 백설을 동경하는 관객과 독자에게 영화 「닥터 지바고」는 환상의 선물을 제공한다. 여석기 교수에 따르면, 알프스가 자리한 프랑스 남부 산악지대에서 영화가 촬영되었다고 한다. 궁금한 독자들은 검색해보시기 바란다. 눈 덮인 철로를 질주하는 열차의 굉음과 그 강력하고 둔중한 쇠바퀴가 오래도록 눈과 귀를 자극한다. 찰리 채플린의 친딸로 토냐 배역을 연기한 제럴딘 채플린의 우아하고 가녀린 모습과 수줍은 듯한 미소는 젊은 시절 나를 적잖게 위로했음을 이제 새삼스레 고백해야겠다. (나의 우상은 「카사블랑카」의 영원한 배우 잉그리드 버그먼이었지만 말이다.)

장편소설 『지바고 의사』는 1901년에 시작하여 1953년 무렵에 종결된다. 소설의 주요한 시간은 당연히 지바고와 토냐, 라라와 안티포프의 청년 시절이다. 그들의 결혼과 제1차 세계대전, 뒤이어 일어난 케렌스키의 2월 혁명과 레닌의 10월 사회주의 혁명 그리고 3년에 걸친 적백내전이 소설에서 가장 중요한 시간과 사건이다. 내전이 종결되는 시점에 토냐와 아이들은 모스크바를 거쳐 파리로 망명하고, 라라 역시 극동으로 떠난다. 안티포프, 아니 스트렐리니코프는 권총으로 자살하고, 지바고는 1922년 '네프(신경제정책)' 첫해에 모스크바로 귀환한다. 하지만 역사도 문학도 라라도 없는 지바고의 삶과 행적은 별로 의미가 없다.

작가는 1929년 지바고의 죽음 이후에도 '에필로그'에서 라라와 지바고의 딸이지만, 법적으로는 라라와 코마로프스키의 딸로 되어 있는 타치야나와 예브그라프 지바고의 이야기를 펼친다. 그것은 제2차 세계대전이 한창이던 1943년 여름의 일이다. 그리고 그 이후 5년인가 10년이 흐른 다음까지도 작가는 서술을 끝내지 않는다. 그것은 전쟁이 끝난 러시아 땅에 찾아오리라 기대했던 자유를 향한 작가의 강렬한 소망과 믿음 때문이었다.

> 전쟁 후에 기대되었던 광명과 자유가 생각했던 대로 승리와 함께 나타나지는 않았지만, 그와 관계없이 자유의 전조는 전후 시기에 대기에 충만했다. 이런 자유의 예감만이 전후의 유일한 역사적인 내용을 구성하고 있었다.[26]

그런데 역사는 파스테르나크의 바람처럼 진행되지 않았다. 스탈린 개인 우상화와 그것에 저항한 다수 러시아 인민의 투옥과 구금 그리고 수용소와 처형이 일상화된 까닭이다. 스탈린을 러시아의 히틀러나 조지아의 도살자라 부르는 것은 이유가 있는 것이다. 처절한 그 시대를 살아남아 가슴이 한껏 부풀어 오른 파스테르나크가 『지바고 의사』 출간을 낙관한 것은 이런 배경과 역사적인 믿음이 있었기 때문이었다. 하지만 시인이자 소설가, 역사의 증언자이자 기록자 파스테르나크는 조국에서 국내 망명 상태로 생의 마지막을 살아가야 했다. 그의 복권과 소설 출간은 그의 사후 27년이 지나서야 비로소 가능했다.

장 폴 사르트르의 『구토』

사람들의 오만과 사물들의 반란

오은하 · 연세대 불어불문학과 교수

사르트르의 생애

위원장님, 먼저 스웨덴 아카데미에 그리고 많은 작가를 명예롭게 해준 아카데미의 노벨상에 깊은 존경의 뜻을 전합니다. 그러나 개인적인 이유와 그 외 좀 더 객관적인 다른 이유들 때문에 저는 제 이름이 예상 수상자 명단에 올려지지 '않기를' 바랍니다. 저는 그 명예로운 상을 1964년이든 그 이후든 받을 수 없으며 받기를 원치 않습니다.

— 사르트르가 노벨상 수상 위원회에 보낸 편지 일부분.

사르트르는 수상 결정을 취소하고 그 결정을 알리지 말아달라고 부탁했지만, 이 편지는 제때 도착하지 못했고, 1964년 노벨문학상 수상자의 이름은 공식 발표되었다. 사르트르의 노벨상 수상 거절은 수상보다 훨씬 큰 반향을 일으켰다. 억측과 비판, 수긍과 찬양의 말이 넘쳐났고 저마다 거부 이유를 추측했다. 수상을 거부한 이유로 사르트르가 든 것은 두 가지였다. 하나는 당시 첨예한 냉전 시기에 한쪽 진영만의 상인 노벨상을 받을 수 없다는 것. 노벨문학상의 영예가 서방 세계의 작가들과 동구권 체제에 저항하는 작가들에게만 국한되었다는 점이 근거였다. 더 근본적인 이유는 '작가는 제도화되어서는 안 된다'는 원칙에 따른 것이었다. 자신은 언제나 공식적인 영예를 거부해왔다는 사실도 강조했다.

작가로서 자신의 삶을 결산하기 위해 쓴 자서전 『말*Les Mots*』은 사르트르의 평생에 걸친 위 두 원칙의 근원을 설명한다. 갓난아기 때 아버지가 일찍 돌아가셔서 '권위와 복종을 배우지 않았다'라는 것, 대신 외할아버지의 큰 영향력 아래 "이 녀석은 글을 쓸 거야"라는 외할아버지의 예언을 실현하고 또 반박하면서 평생을 보냈다는 것. 한마디로 '지도자가 되지 않기/글쓰기라는 소명' 두 개의 큰 줄기가 사르트르의 평생을 이룬다. 자서전은 열두 살까지 이야기만을 다루지만, 그것으로 충분했다.

그 후 알려진 사르트르의 이력은 이렇다. 프랑스의 엘리트들이 모이는 파리고등사범학교에서 철학을 공부했다. 20대 중반에 평생의 동지이자 연인인 시몬 드 보부아르와 만나 결혼 제도를 벗어난 동반자 관계라는 당시로서는 파격적인 관계를 맺었다. 삶과 사상, 글과 행동을 일생 동안 함께했던 놀라운 커플의 역사를 쓴 이들의 계약에는 '우연적 관계'를 인정하되 서로에게 절대적인 투명성을 지킨다는 원칙이 포함되었다. 수많은 다른 이들과의 연애 관계가 있었고, 두 사람의 서로에 대한 투명성은 관계에 얽힌 다른 사람들에게 상처가 되기도 했다.

고교 철학 교사로 일하다가 다소 늦은 나이에 『구토』를 출간했다. 그전에도 얇은 철학서 몇 권을 발간하기는 했지만 어렸을 때부터 품었던 작가의 꿈을 실현한 것은 『구토』였다. 나오자마자 큰 반향을 일으켰고 사르트르의 최고 걸작 중 하나로 손꼽히는 이 첫 작품에는 이후 사르트르의 삶과 작품을 예견하는 거의 모든 요소가 담겨 있다. 『구토』와 단편집 『벽』으로 작가 이력을 화려하게 시작하려던 때 제2차 세계대전이 일어나 징집되었다가 독일군 포로가 되고, 수용소에서 탈출한 후 레지스탕스 운동을 시도했으나 성과를 거두지 못하고 해방을 맞았다.

전후에 사르트르는 알베르 카뮈와 함께 '실존주의자'라는 이름으로 묶이며 일약 스타가 되었다. 모든 것을 다시 시작해야 한다고 모두가 느끼던 시기였다. 사르트르라는 신예의 신선한 목소리가 어떤 지향을 제공하는 듯 보였다. 「실존주의는 휴머니즘이다」라는 제목으로 강연을 열었을 때 몰려든 인파는 어마어마했다. 지금 우리 귀에는 '실존주의'라고 하면 무겁고 딱딱한 철학적 어휘로 들리지만, 실존주의라는 말이 나온 당시, 그러니까 20세기 중반 프랑스 사회에서 '실존주의자'라고 하면 떠오르는 것은 시커먼 옷을 입고 생제르맹데프레 부근 카페와 카바레를 어슬렁거리는 퇴폐적인 젊은이들 무리, 옆구리에는 1킬로그램이나 나가는 사르트르의 철학서 『존재와 무 *L'être et le néant*』를 끼고서 사르트르가 머무는 장소를 따라다니는 젊은이들이었다. 보수적인 프랑스 사회에서 기성 질서에 숨 막혀하던 젊은이들은 사르트르와 보부아르를 비롯한 '실존주의자' 작가며 예술가들의 모습을 자유로운 삶의 모델로 받아들였다. 같은 이유로 기성세대로부터는 젊은이들을 타락시킨다는 우려를 받았다.

전후의 10여 년간 소설, 극작, 비평, 철학, 정치적 논설 등 모든 분야에서 글을 쓰는 전방위적 지식인으로 명성을 떨쳤다. 소설로는 첫 작품이자 출세작인 『구토』, 비슷한 시기 출간된 중단편 다섯 편이 실린 소설집 『벽』, 제2차 세계대전 후에 3권까지 출간하고 4권은 미완성으로 남은 『자유의 길』 연작이 있다. 당대 대중들에게 사르트르의 사상은 연극을 통해 빠르고 넓게 전파되었다. 『닫힌 방』, 『더러운 손』 등 10여 편의 희곡을 썼고, 상연될 때마다 상당한 성공을 거두었다. 그리고 철학자였다. 프랑스에서 작가가 철학적 에세이를 쓰는 경우는 드물지 않지만, 진정한 철학자이면서 동시에 작가라는 양립하기 어려운 일을 해낸 이가 사르트르였다. 가장 중요한 철학적 저작으로는 '현상학적 존재론의 시도'라는 부제를 달고 있는 『존재와 무』(1943), 역사적 인간을 인식하는 방법을 탐구하는 『변증법적 이성 비판*Critique de la raison dialectique*』(1960)이 꼽힌다. 또한 그는 당대의 구체적인 사안들에 대해 직접 발언했다. 1945년 창간한 잡지 『레탕모데른*Les Temps modernes*(현대)』이 발언의 교두보로 큰 역할을 했다. 글뿐만 아니라 서명운동과 성명서로, 시위 현장의 연설과 방송(당시는 주로 라디오) 대담으로 현실에 끊임없이 개입한 '참여 지식인'의 전형이었다.

실존주의의 영광의 시기가 구조주의 물결과 함께 쇠퇴한 듯 보인 1950~1960년대, 사르트르는 제3세계의 민족해방투쟁을 지원하는 데 몰두했다. 알베르 멤미와 프란츠 파농의 책에 붙인 인상적인 서문을 비롯해 식민주의에 대한 예리한 글들을 남겼고, 자신의 명성을 억압당하는 이들이 이용하도록 기꺼이 내주며 라틴아메리카, 아프리카, 아시아를 누볐다. 알제리 전쟁 당시 알제리민족해방전선FLN을 지원하다가 "반역자 사르트르를 사형시키라"는 시위의 표적이 되고 그의 아파트는 폭탄 테러를 당하기도 했다. "문학에 대한 작별 인사"로 썼다는 『말』을 발표한 후 역설적으로 노벨문학상 수상자로 지명되었지만, 노벨상 거부로 다시 한번 화제의 중심에 올랐다. 말년에는 한편으로 극좌파를 후원하는 거리의 투사, 다른 한편 집에 돌아오면 '순수 문학가' 귀스타브 플로베르에 대한 길고 긴 전기 작업에 매달리는 이중적 일상을 영위했다. 마지막 10년간은 실명으로 글을 쓰지 못하고 구술 활동으로 만족해야 했다. 1980년 사르트르의 장례식에 운집한 거대한 인파는 한 시대에 대한 애도 같았다. 누구는 20세기 전체를 통째로 '사르트르의 세기'라 이름 붙인 책을 내기도 할 정도로, 20세기에 어떤 지식인도 생전에 사르트르만 한 명성을 누리고 그만큼 강하게 사회적 영향력을 행사하지는 못 했다. 물론 이 유명세에는 찬사만큼이나 높은 악명이 포함되었고 몰이해와 억측이 따랐다.

『구토』를 완성하기까지

이런 문제적 인물 사르트르가 첫 번째로 출간한 문학작품이자 지금까지도 그의 작품 세계에서나 20세기 문학사에서나 중요하게 평가받는 소설 『구토』는 아주 오랜 기간 구상된 작품이다. 처음에 사르트르는 '우연성'이라는 개념에 대한 철학적 에세이를 쓰려고 생각했다. 『구토』에서 로캉탱의 일기에 나오는 구절처럼 "핵심은 우연성이다. 그러니까 내 말은, 정의상 존재는 필연이 아니라는 뜻이다. 존재한다는 것, 그것은 간단히 말해서 여기 있는 것이다"[1]라는 생각이 실마리였다. 젊은 사르트르는 오래전부터 이 개념을 중요하게 천착해 왔다. 그러나 개념을 독자들에게 설명하는 것이 아니라 독자 스스로 발견하도록 하기 위해서는 문학이 더 적합할 것 같았고, 글은 곧 우연성을 발견하는 주인공이 등장하는 소설의 형태를 띠게 되었다. 주인공 로캉탱이 우연성을 발견하는 과정은 '그저 있는' 존재들에 대한 현상학적 묘사를 동원해 서술했다. 베를린에 1년간 체류하며 현상학을 연구하기도 했던 사르트르의 관심과 역량이 반영되었다.

1926년 구상을 시작할 때 생각했던 제목인 '우연성에 관한 시론'은 소설로 방향을 돌리고 나서 『멜랑콜리아*Melancolia*』라는 제목으로 바뀌었다. '우울'을 뜻하는 이 라틴어 단어는 사르트르가 좋아했던 뒤러의 판화 「멜랑콜리아 I」(1514)의 제목에서 왔다. 나중에 갈리마르 출판사가 『구토』의 포켓판 겉표지에 이 판화에서 인물 부분을 확대한 이미지를 삽입해 이것이 『구토』를 설명하는 유명한 이미지가 되기도 한다. 자연과 우주를 탐구하는 데 쓰이는 도구들 사이에 천사의 형상을 한 인물이 뭔가를 노려보는 듯도 하고 고뇌하는 듯도 한 표정으로 앉아 있는 모습이다. 세계의 질서를 사색하지만 벽에 부딪힌 듯한 고독과 좌절이 느껴진다. '우울'은 사실 『구토』를 쓸 당시 사르트르의 상태를 설명하는 단어일 수도 있다. 어린 시절부터 당연히 여겼던 위대한 작가의 꿈을 아직 이루지 못한 채 지방의 고등학교 철학 교사로 30대에 들어섰고, 마음에 둔 여성에게 사랑을 거절당한 애정 문제도 있었다. 『상상력*L'imagination*』이라는 철학서를 쓰기 위해 환각 효과를 체험하게 해주는 주사를 맞았다가 후유증으로 불쾌한 환각에 시달리기도 하던 때였다. 이 책은 주인공 로캉탱이 자신의 광기를 다루듯 당시 작가 자신의 심리적 문제를 해결하려는 투쟁이었을지도 모른다.

『멜랑콜리아』 원고는 갈리마르 출판사에 채택되었지만 출판하기까지의 과정이 순조롭지 못했다. 편집자의 조언에 따라 길고 지루한 수정 작업을 해야 했다. 1930년대 당시의 사회적 분위기에 비추어 선정적이거나 노골적이라 여겨지는 여러 대목을 삭제하고, 지나치게 철학적인 부분들도 덜어냈다. 출판사는 '멜랑콜리아'라는 제목도 적절하지 않다고 판단했다. 사르트르는 '앙투안 로캉탱의 놀라운 모험'이라는 제목을 새로 제안하고 선전 문구로 "모험은 없다"를 사용하자고 건의했다. 최종적으로 채택된 제목은 소설 안에서 핵심적 체험으로 제시되는 '구토La Nausée'였다. 뱃멀미를 뜻하는 라틴어 나우세아Nausea에서 유래한 nausée는 사실 토하는 행위보다는 '구역'이 치미는 현상을 나타내지만, 한국어 번역 제목은 최초 번역본인 1953년 양병식 번역부터 시작해 보다 강렬한 느낌의 '구토'로 굳어졌다. 이렇게 수정을 거친 『구토』는 1938년에 출판되었다. 집필 기간만 7년 정도 걸린 셈이다.

『구토』, 앙투안 로캉탱의 놀라운 모험

구역

『구토』를 이야기로 정리하자면 줄거리는 단순하다. 앙투안 로캉탱이라는 사람이 부빌이라는 지방 도시에서 도서관, 카페, 공원 등을 전전하며 역사책을 쓰려다가 포기하고 부빌 시를 떠나는 이야기다. 소설은 로캉탱의 일기로 구성된다. 그가 일기를 쓰게 된 이유는 자신에게 뭔가 이상이 생겼기 때문인데, 그게 바로 여기저기서 구역을 느끼게 된 일이다. 일상적으로 보고 지나치던 벤치, 문손잡이, 악수하려고 내민 손, 거울 속 자기 얼굴, 이 모든 사물이 갑자기 수상하고 두렵게 여겨지고 구역이 치밀어오르는데, 이 구역을 느끼다가, 가라앉히려고 애써보다가 하는 과정의 리듬이 소설을 이끈다.

구역의 전조는 사물들을 만지기가 어려워지는 일이었다. 물수제비를 뜨려다가 돌멩이를 떨어뜨리고, 길가에 굴러다니는 종이를 주우려다가 줍지 못한다. 손은 사람의 몸에서 얼굴과 함께 가장 '인간스러운' 부분일 것이다. 사물을 붙잡고 조작해서 내 의도를 실현하는 기관이기 때문이다. 그런데 도구를 사용하려는 행위가 물체에서 막히면서 내가 잡는 일의 능동성이 흔들린다. 유용성의 세계를 떠난 사물들은 살아 있는 듯 느껴진다.

> 물체들은 살아 있지 않기 때문에 다른 것을 만질 수 없어야 마땅하다. 우리는 그것들을 사용하고, 사용한 후에는 제자리에 두고, 그것들 가운데에서 살아간다. 그것들은 유용한 것일 뿐, 그 이상은 아무것도 아니다. 그런데 내게는 다르다. 그것들은 나를 만지는데, 이게 견딜 수 없이 느껴진다. 난 마치 살아 있는 짐승들과 접촉하듯 그것들과 접촉하는 것이 두렵다.[2]

로캉탱은 일기를 쓰며 이렇게 이유를 알 수 없는 불쾌감과 두려움을 남기는 변화가 어디에서 연유하는 것인지를 탐색하려 애쓰지만,

사물들의 반란은 갈수록 심해진다. 어느 날 공원 벤치에 앉아 땅에 울룩불룩하게 드러나 있는 마로니에 나무뿌리를 보던 로캉탱은 갑자기 어떤 착란 같기도 하고 계시 같기도 한 경험을 한다.

> 아니 나무뿌리, 공원의 철책, 벤치, 잔디밭의 듬성듬성 자란 잔디, 이 모든 것이 한순간에 꺼져버렸다. 사물들의 다양성, 그들의 개아성個我性은 외관, 반들거리는 표면일 뿐이었다. 이 반들거리는 표면이 녹아내리며, 흉측하고, 물렁물렁하고, 무질서한 —벌거벗은, 그 소름 끼치는 음란한 나신의— 덩어리들만 남았다.[3]

사람들이 정해놓은 사물들의 표지, 의미와 사용법이 사라져버리자, 세상을 얌전하게 구획 지어 놓았던 겉면이 녹아내리고 존재의 속살이 드러난다. "흉측하고, 물렁물렁하고, 무질서한, 벌거벗은, 음란한" 존재의 본모습은 두렵고 혐오스러운 것이어서 그는 이 상황을 벗어나보려 한다.

> 나는 마로니에 나무의 숫자를 세어보고, 그들을 벨레다 상像에 대해 위치시켜보고, 그들의 높이를 플라타너스들의 그것과 비교하려 해봤지만 허사였다. 그것들 각각은 내가 그 안에 가두려 하는 관계들에서 벗어나고, 고립되고, 넘쳐나고 있었다.[4]

로캉탱의 시도, 곧 수량화하고, 제자리를 정해주고 하는 것은 이제까지 인간이 자연을 통제해온 방법이다. 그러나 로캉탱의 노력에도 불구하고 자기 마음대로 흘러넘치는 존재들 앞에서 사고와 언어는 무력하고, 사물들에 붙인 이름을 비롯해 우리가 품어온 세상에 대한 개념들이 모두 인간 중심적인 허구였다는 사실이 실감된다.

이렇게 정해진 세계의 질서에 대한 환상이 깨지고 모든 것이 이유 없이 그저 있다는 사실을 감각적으로 겪으면서 일어나는 것이 '구토'다. 존재한다는 것은 그저 '거기 있는 것'이며, 필연적이지 않다. 모든 존재는 쓸데없이 더해진 잉여de trop다. 나 역시 잉여임을 느끼지 않도록 해주던 환상이 사라져버린 자리에 남는 것은 '나는 존재한다J'existe'라는 감각뿐이다. 로캉탱은 이를 "존재는 인간이 결코 떠날 수 없는 꽉 차 있음이다"[5]라고 표현한다.

다른 사람들도 때때로 이 사실을 어렴풋이 느낄 것이다. 그러나 사람들은 이 우연성을 은폐하고 있다. 로캉탱의 눈에 비친 부빌 시의 사람들은 제각기 자기들의 존재에 근거와 정당성을 부여하려는, 한마디로 자기 존재를 필연적으로 만들려는 헛된 시도를 한다.

함께 있는 이들과 홀로 있는 인간

로캉탱이 머무는 '부빌Bouville'이라는 항구도시의 이름은 프랑스어로 보면 진흙Boue과 도시ville의 합성임이 한눈에 드러난다. 안개 끼고 질척한 고장에 어울리는 이름이다. 이 도시에서 살아가는 사람들은 로캉탱의 눈에는 크게 두 부류로 구분된다. 확고한 자기 자리를 차지하고 거기 안주하고 만족하는 사람들과 자리를 갖지 못한 사람들이다. 카페에 앉아 있던 로캉탱이 목격하는 한 장면은 이 두 부류가 어떤 사람들인지를 단적으로 보여준다. 흰 머리와 주름이 멋진 의사 로제 씨는 거침없고 당당한 태도로 카페에 들어서 부랑자 아실 씨를 보고 저런 '미친 노인네'를 손님으로 받느냐며 불평한다. 연륜과 지혜라는 말로 포장되는 과거를 소유한 사람인 로제 의사 같은 사람들은 자기에게는 어디서나 존중받을 권리, 타인을 판단할 권리가 있다고 믿는다. 반면 웨이트리스에게도 무시당하는 아실 씨는 소유물과 경험을 축적하지 못해 자기 몸뚱이 하나밖에 없는 고독한 사람이다. 로캉탱은 이 두 부류를 바위같이 육중한 사람들과 사회에 뿌리내리지 못하고 부유하는 표류물들이라는 이미지를 사용하며 대비시킨다. 그런데 아실 씨는 '미친 노인네'라는 자기에 대한 로제 의사의 규정에 반발하기는커녕 동조하고 오히려 편안함을 느낀다. 자기 비하와 로제 의사를 향한 선망과 숭배가 합쳐진 아실 씨의 비굴한 모습을 보면서 로캉탱은 부끄러움을 느낀다.

> 아실 씨 때문에 내가 다 부끄럽다. 우리는 같은 부류고, 저들에 대해 하나로 뭉쳐야 옳다. 하지만 그는 나를 저버리고, 저편으로 가버렸다. 그는 진심으로 '경험'이라는 것을 믿는다. 자신의 경험도 아니고, 나의 경험도 아니고, 의사 로제의 경험을 믿는다.[6]

로제 의사와 아실 씨가 공유하는 것은 견고한 과거에 대한 믿음이다. 현재의 개인은 과거 시간의 집합체이며 그 과거는 명백히 의미가 정해져 있다는 믿음.

그 믿음의 집합적 표현이 박물관이다. 어느 날 부빌 시 박물관을 방문한 로캉탱은 부빌 시 명사들의 초상화를 모아 놓은 방으로 들어선다. 지혜와 경험의 표상인 모범적인 위인들의 얼굴이 관람객들을 내려다본다. 이 얼굴의 주인인 지역 유지들은 항구를 건설하고,

건물을 세우고, 돈을 벌고, 파업을 분쇄하고, 아들에게 권력을 세습하느라 바빴다. 그 부인들은 아내이자 어머니로서 남편을 따르고 아이들에게 전통을 전수하며 일생을 보냈다. 로캉탱은 초상화 속의 날카로운 시선이 자기 존재의 권리에 이의를 제기하는 것처럼 느낀다.

하지만 그의 판단은 날카로운 검처럼 나를 꿰뚫고, 내가 존재할 수 있는 권리에까지 이의를 제기했다. 그리고 이 이의 제기는 틀린 게 아니었다. 나는 늘 그것을 알고 있었다. 나에게는 살 권리가 없다는 것을 알고 있었다. 나는 우연히 나타났고, 나는 돌이나, 식물이나, 미생물처럼 존재하고 있었다.[7]

타인의 존재에 이의를 제기하는 시선은 자기 자신의 존재 권리만은 확고하게 믿는 만큼 더 강력하다. 그들은 자기 의무를 다했으므로 권리가 당연히 주어져야 한다고 믿는다. 태어나면서부터 주어진 사회 지도층으로서의 역할을 수행하고 자신을 그 역할과 동일시하기만 하면, 타인들을 지배할 권리를 주장하며 자신의 필연성에 대한 환상을 유지할 수 있는 것이다.

전시실에서 등을 돌리고 걸어 나오면서 로캉탱은 이들에게 작별 인사를 보낸다.

안녕, 그림들로 만든 작은 성소여, 당신들의 성소 안에 우아하게 자리 잡은 멋진 백합들이여, 안녕, 우리의 긍지이자, 우리의 존재 이유인 멋진 백합들이여. 안녕, 이 개자식들아Salauds.[8]

'개자식들'로 번역된 salauds는 '도덕적으로 혐오스러운, 경멸할 만한 사람'들을 말한다. 이들은 왜 살로인가? 관습에 기대 자신들의 존재 이유를 찾았다고 생각하고, 일상성에 매몰된 삶을 살면서 자신의 실존을 정면으로 바라보기를 거부했기 때문이다. 이들은 자신이 수용한 그리고 자기들에게 유리한 사회적 가치를 객관적이고 절대적이며 의문을 제기할 여지가 없는 것으로 굳게 믿는다. 그리고 아실 씨의 반응에서 보듯 그들의 신념은 사회에 의해 떠받쳐진다.

로캉탱이 이들의 근거 없는 믿음을 꿰뚫어볼 수 있는 이유는 그가 결혼도 안 하고 직업도 없고 친구도 없는 '홀로 있는 인간'이기 때문이다.

> 나는 혼자 산다. 온전히 혼자 산다. 나는 누구와도 말을 하지 않는다. 결코 하지 않는다. 나는 아무것도 받지도 않고, 주지도 않는다.[9]

우리를 혼자이지 않게 하는 사회적 지표와 집단, 즉 소속, 가족, 친분 등 이 모든 귀속으로부터 로캉탱은 몸을 빼내 자발적 고립 상태에 있다. 물론 살아가기 위해 사람들과 최소한의 관계를 맺지만, 타인은 내 고독에 침투해 들어오지 않는다. 혼자 있다는 것은 구토 같은 착란을 유발하는 위험한 상황이다. 그러나 동시에 사람들과 공유하는 일반적인 시각에서 벗어나 세상을 다르게 볼 수 있는 가능성을 주기도 한다. 사람들과 함께하는 번잡한 일상에서 벗어나 고립을 택하는 것은 진리나 구원을 추구하는 모든 구도자의 기본 자세이겠지만 로캉탱은 유폐된 방이나 깊은 산속이 아니라 혼잡스러운 도시의 거리와 카페를 돌아다니며 다른 이들은 보지 못하는 존재의 우연성이라는 진리를 발견한다. 사람들 사이에 몸을 두되 섞이지 않는 그의 위치가 진리를 은폐하려는 사람들의 모습을 투시하는 독특한 비판과 조롱의 시선을 가능하게 한다. "그는 공동체적인 중요성은 전혀 없는, 고작 한 개인에 불과한 친구였다." 루이 페르디낭 셀린의 한 구절을 따온 이 제사題詞는 이미 책 첫 페이지부터 이 소설이 사회로부터 어느 정도 단절된, 홀로 있는 인간의 이야기이며 그래서 가능해지는 이야기임을 독자에게 고지한다.

독학자와 안니

물론 우리가 인간 존재인 이상 끊임없이 이 세계에 의미와 목적을 부여하려는 노력을 멈출 수 없다. 권력과 전통에 의존해 의미의 흔들림에서 도피하고자 하는 살로들의 방식과는 다르게, 어렴풋이 느껴지는 생의 우연성을 돌파하려고 분투하는 개별적 삶들이 있다.

로캉탱이 도서관에서 자주 마주치는 '독학자'는 지식과 교양을 이정표로 삼은 사람이다. 책을 다룰 때 "뼈다귀를 찾아낸 개 같은 표정으로" 다루는 듯 보일 만큼 그의 지식욕은 맹렬하다. 그런데 그의 공부 방법은 서가에 꽂힌 책을 알파벳 순으로 읽어나가는 일이다.

> "자, 인문과학아, 우리 한번 붙어보자!" 그러고는 오른쪽 끝의 첫 번째 서가의 첫 번째 책을 뽑아 들고 와서는, 존경심과 두려움을 동시에 느끼며 굳은 결의 속에 첫 번째 페이지를 펼쳤을 것이다. 지금 그는 L까지 왔다. J 다음에 K, K 다음에 L이다.[10]

백과사전적인 지식을 추구하는 그의 독서는 비판적 능력을 상실한 지식 축적 태도의 전형이다. 그는 자기가 떠올린 생각에는 확신이 없다. 책에서 읽거나 권위자한테서 들어야 진실이라고 믿는다.

인간이 만들어낸 지식 전체를 존중하고 사랑하는 그의 지식욕의 근원에는 인간의 모든 행위와 인간 자체를 옹호하는 열렬한 휴머니즘이 있다. 휴머니즘은 프랑스 대혁명기 '인간과 시민의 권리'에 대한 찬란한 선언에서부터 시작해 19세기 이래 서구의 지배적인 이데올로기였다. 그러나 『구토』가 구상되고 발표된 20세기 초반은 제국주의와 독점자본주의, 특히 제1차 세계대전을 겪으며 이 공고한 전통의 가치에 대한 신뢰가 크게 흔들리고 깨졌던 시기였다. 이제 휴머니즘은 의미 없는 빈말로 남아 있을 뿐인데, 인간을 사랑해야 한다는 당위를 반복하며 젊음, 사랑, 인간의 목소리 등 클리셰에 가까운 요소들에 대한 환희를 표현하는 독학자의 휴머니즘은 로캉탱의 눈에는 우스꽝스럽고 안타까운 것이다. 그런데 사실 독학자의 휴머니즘을 만든 것은 포로수용소에서 느낀 강력한 희열의 경험이었다.

> 그 모든 사람들이 거기 있었어요. 거의 보이지도 않았지만, 자기에게 밀착된 그들의 몸이 느껴졌고, 그들이 숨 쉬는 소리가 들렸어요. … 그 헛간에 갇혔을 때 처음에는 너무나도 답답해 숨이 막힐 것 같았지만, 어느 순간 제 안에서 갑자기 기쁨이 솟아나는데, 그 기쁨이 얼마나 강렬했는지 전 정신을 잃을 뻔했어요. 그때 전 제가 이 사람들을 내 형제처럼 사랑한다는 것을 느꼈고, 그들을 모두 포옹하고 싶었어요.[11]

이 열정은 전쟁 이전의 고립과 고독의 반작용에서 온 것임이 짐작된다. 사람들과의 교류가 거의 없이 외롭게 지내다가 전쟁 발발로 징집되면서 공동생활을 하며 느낀 만족감이 '인간에 대한 사랑'의 바탕을 이루는 것이다. 그런데 포로수용소에서 강제로 부과된 육체적 근접이 일으킨 기쁨은 성적 희열의 표현과 다르지 않음이 감지된다. 그 당시 사회적으로 용인받을 수 없었고 스스로도 인정할 수 없던 동성애 성향을 휴머니즘이라는 이름으로 설명하는 자기기만인 것이다. 독학자는 결국 도서관에서 학교 숙제를 하던 소년들에게 추행을 저질러 도서관에서, 그러니까 사회에서 추방당한다. 인간이 사물들에 이름을 붙이고 지식과 담론으로 재구성한 세계가 모두 인간 중심적인 허구임을 차례차례 밝혀온 로캉탱은, 가장 부인하기 힘든 그 최종 형태인 휴머니즘이라는 원리도 이렇게 희화화한다.

모든 것을 해체하고 마지막으로 남아 있는 로캉탱의 열정은 오랜 연인이었던 안니를 향한 것이다. 유일하게 자신을 이해해줄 상대로 생각되던 안니는 로캉탱의 그리움의 대상이다.

안니는 일상에서 '완벽한 순간'을 만들어내려는 사람이었다. 드물고 정밀하며 어떤 스타일을 가진 특별한 상황이 삶 속으로 들어올 때 그것을 완벽한 순간으로 만들 수 있다. 안니는 이 완벽한 순간을 만들어내는 것을 완수해야 하는 하나의 의무이자 과제처럼 자신에게 부과한다. 예를 들어 앞으로 석 달 동안 보지 못할 날을 앞두고 단 24시간을 로캉탱과 보내게 되었을 때, 안니는 갖가지 갈등을 일으켜 끔찍한 저녁 시간을 만들다가 마지막 한 시간을 남기고 살며시 로캉탱의 손을 잡는다. 일 분 일 분 시간이 흐르는 것을 느끼는 그 한 시간의 밀도가 어느 정도일지는 쉽게 짐작된다. 이렇게 어느 순간에 대한 집중을 통해 시간에 최대한의 가능성을 돌려줌으로써 시간의 성질을 변형시키고 경험과 존재에 미학적 형식을 부여할 수 있다. 또 그들의 첫 입맞춤 순간 안니는 쐐기풀을 깔고 앉아 있었는데, 고통을 표현하지 않는 것만이 아니라 아예 고통을 느끼지 않는데 이르렀다. 첫 입맞춤이라는 순간에 원하는 형식을 부여해 연출하고, 육체를 통제하는 정신의 힘으로 실현하며, 그 장면을 만족스럽게 지켜보는, 스스로 연출자/배우/관객이 동시에 된 순간을 살려는 것이다. 시간은 안니에게는 그저 흐르는 것이 아니라 마치 한 편의 극을 창조할 때처럼 구성하고 통제해야 할 재료 같다. 이런 추구는 로캉탱이 과거에 열망하던 '모험'의 추구와 닮았다. 무기력하게 지속되는 우연성의 시간이 아니라 시작과 끝이 있고, 사건들이 긴밀하게 연관되고, 그 엄밀하게 정렬된 구조 속에서 필연적이고 미학적인 시간성을 느끼고자 하는 것이다. 한마디로 모험이란 소설이나 영화처럼 살고자 하는 시도다. 로캉탱에게 안니가 소중한 것은 자신과 같은 목표를 엄격하게 추구하는 그녀의 자세 때문이었다. 관계에서 주도권은 언제나 안니에게 있으며 로캉탱은 안니의 눈치를 보고 비위를 맞추느라 전전긍긍하지만, 로캉탱을 어린아이 취급하고 통제하는 안니는 오히려 그 지배력으로 로캉탱의 매혹의 대상이었다.

그러나 오직 로캉탱의 기억을 통해서만 언급되던 안니가 후반부에 이르러 비로소 모습을 드러낸 장면에서, 그녀는 로캉탱에게 완벽한 순간이란 없다고 선언한다. 연극이 관객들 앞에서 완벽한 순간을 실현한다 해도 연출자도 배우도 관객도 그 순간을 '사는' 것은 아니다. 이 사실을 깨달은 안니는 결국 모든 시도를 포기하고 남자에게 의존해 사는 통속적 삶을 이어간다. 안니의 실패를 보며 로캉탱은 자신이 매달리던 '모험'의 추구가 부질없음을 마지막으로 확인하고, 책 쓰는 일을 포기하고 부빌을 떠나기로 결정한다. 존재를 느끼지 않기 위해 로캉탱이 부여잡았던 환상, 즉 역사서 쓰기, 모험의 추구, 안니에 대한 애정이 모두 사라져버린 자리에서 그는 이제 살아야 할 어떤 이유도 남아 있지 않다는 의미로 "나는 자유다"[12]라고 말한다. 그의 앞에 남은 삶은 부정적 자유로만 가득 찬, 죽음과 비슷한 "식물 같은 삶"으로 느껴진다. 완전한 '멜랑콜리아'의 상태다.

'모험의 실패' 이후 남은 것

그런데 소설은 아직 끝나지 않았다. 부빌 시를 떠나기 전 마지막으로 단골 카페에 들른 로캉탱은 흘러나오는 재즈 음악을 듣다가 한 순간 어떤 다른 세계를 엿보았다고 느낀다. 하나의 목표를 향해 절정으로 치닫는 완결된 세계, 정해져 있는 엄밀한 순서에 따라 진행되고 현실의 어떤 것도 방해할 수 없는 또 다른 세계다.

> 음반은 흠집이 났고 닳았으며, 여자 가수는 어쩌면 죽었을 것이다. 또 나는 떠날 것이다. 기차를 탈 것이다. 하지만 과거도, 미래도 없이 하나의 현재에서 또 다른 현재로 굴러떨어지는 존재자 뒤에, 매일매일 해체되고 닳아가고 죽음을 향해 미끄러져가는 이 소리들 뒤에서 멜로디는 가차 없는 증인처럼 늘 변함없이 젊고 굳세다.[13]

음악의 시간이 파괴할 수 없는 하나의 완결된 세계를 펼치는 것은 물론 현실에서 일어나는 일이 아니다. 레코드판이 긁혀 있을 수 있고 누가 전축을 꺼버릴 수도 있다. 하지만 지금 듣는 멜로디가 중단되더라도 그것을 넘어 우리가 떠올리는 음악은 손댈 수 없는 채 남아 있다. 음악을 이루는 물질적 요소들과 작품 자체는 구분된다. 로캉탱은 음악을 들으면서 실재하는 세계의 지각으로부터 비실재 세계의 상상으로 전환했다.

로캉탱은 지금 듣고 있는 멜로디가 사물, 자연, 육체 등 모든 존재의 제멋대로인 움직임에 질서를 부과한다고 느낀다. 그리고 이런 멜로디를 닮은 예술 작품을 창조함으로써 존재의 무의미함에서 벗어날 수 있다고 생각하게 된다.

> 나도 한번 시도해볼 수 있지 않을까 … 그게 어떤 것인지는 잘 모르겠지만, 사람들이 그것을 읽으며 인쇄된 단어들 뒤에서, 페이지들 뒤에서 존재하지 않을 어떤 것, 존재 위에 있는 어떤 것을 짐작할 수 있어야 할 것이다. 예를 들면 어떤 이야기, 결코 일어날 수 없는 어떤 것, 어떤 모험 같은 것이리라. 그것은 아름답고 강철처럼 단단하며, 사람들로 하여금 그들의 존재를 부끄럽게 느끼도록 만들어야 할 것이다.[14]

로캉탱은 글쓰기에서 가능성을 찾는다. 그것은 실재하지 않는 '이야기'여야 하며, 사람들에게 그들의 존재를 부끄럽게 느끼도록 만들어야 한다고 말한다. 근본적으로 생각하는 사람이고 읽고 쓰는 사람인 로캉탱이므로 탈출 방식도 글쓰기인 것이 자연스럽다. 그런데 로캉탱은 이미 글쓰기를 시도했다가 답이 아니라는 걸 알고 포기한 상태였다. 소설의 중반부까지 존재를 정당화하기 위해 로캉탱은 롤르봉이라는 역사적 인물에 대한 전기 쓰기를 시도하고 있었다. 인물에 대한 매혹에서 연구를 시작했지만, 써나갈수록 역사 서술에 회의감이 커졌다. 존재하는 것은 현재뿐인데 과거를 복원한다는 작업은 부질없고, 증명될 수 없는 사실들에 질서를 부과하는 작업은 불가능해 보인다. 또한 존재했던 한 인간을 되살리면서 가치 부여와 치장을 피할 수 없다는 측면에서 전기 쓰기는 부빌 시 박물관에 걸린 초상화를 그리는 작업과 비슷한 것이 아닐까 하는 회의도 든다. 그래서 결국 로캉탱은 그동안 자신이 "자기 존재를 느끼지 않기 위해" 롤르봉의 전기에 매달렸음을 인정하고 기만적인 작업을 포기했다.[15]

그렇다면 전기와 이 '이야기'는 어떻게 다른가? 그 답은 실재하는 세계의 복원이라는 헛된 시도와 비실재 세계의 창조라는 열망 사이의 구분에서 찾아야 할 것이다. 음악은 실제로 존재하는 것이 아니고, 그렇기 때문에 그 자체로 자기 완결적이고 언제나 변함이 없다. 안니도 로캉탱도 완벽한 순간과 모험의 느낌을 찾아 헤맨 이유는 시시한 경험이 이어지는 지리멸렬한 삶이 아니라 의미 있고 생생하고 치열한 시간을 살고 싶은 욕망 때문이었다. 삶을 이렇게 만들 수는 없다는 사실을 안니도 로캉탱도 모두 발견하고 포기했다. 그런데 재즈 음악이 느끼게 해준 것은 그 꿈이 비실재 세계에서는 가능할 수 있을지도 모른다는 예감이다. 로캉탱은 스스로를 '바위'처럼 단단한 존재로 여기는 살로들을 비웃었다. 실제 존재하는 인간은 광물이 될 수 없기 때문이다. 그런데 오직 비실재의 세계에서는 광물성의 아름다움이 가능하다.

예술이 예술 바깥의 어떤 것과 연결되지 않는 자족적인 유희로 여겨지는 현재 독자들에게 예술 작품의 힘에 대한 이토록 강한 믿음은 생소할 것 같다. 반면 1930년대 독자들에게는 이 결말이 오히려 마르셀 프루스트의 『잃어버린 시간을 찾아서』 결말을 비롯해 무수히 반복된 꿈의 클리셰처럼 느껴졌을 수도 있을 것 같다. 또는 이 대목을 그 꿈의 패러디로 읽을 수도 있겠다. 어쨌든 당시로서는 예술 작품의 창작이 삶을 구원하는 행위가 될 수 있다는 믿음이 희귀하지 않았던 것은 분명하다. 예술이 종교의 대체물로 제시되었던 시절의 반향이다.

구토의 해결책이자 결말에 희망을 남기는 예술 창작의 꿈을 기만적 도피로 볼 수도 있고 구원의 가능성으로 볼 수도 있겠지만, 어느 쪽이든 이 결말에서 확인할 수 있는 것은 상상적이고 예술적인 경험의 순간이 열어 보이는 다른 세계에 대한 예감이다. 이 가상의 목표, 유토피아는 작품을 매개로 해서 작동하는 새로운 인간관계를 통해 창조된다. 로캉탱이 재즈 음악을 작곡한 작곡가가 '구원받았다'라고 생각할 수 있었던 것은 그가 창조한 이 음악을 자신을 포함한 누군가가 듣고 그 사람을 생각해주었기 때문이었다. 비실재의 아름다움을 손에 넣어 자기 존재를 구원하고자 하는 꿈을 품을 때, 구원되는 것은 인간 자체가 아니라 오직 창조라는 성취만으로 기려지는 존재다. 또한 작품은 수용자를 통해서만 실현된다. 예술 작품이라는 비실재의 세계가 수용자를 경유해서 현실적 힘을 발휘할 수 있게 된다는 구도는, 훗날 사르트르가 『문학이란 무엇인가』에서 설명한 '참여문학'을 예견케 한다. 사르트르의 참여문학은 '수용자에 대한 호소로서의 작품'이라는 말과 다르지 않다.

『구토』를 읽기

일반적으로 『구토』를 읽는 몇 가지 경향이 있다. 먼저 '소설이 된 철학'으로 읽는 것이다. 실제로 이 소설에는 사물과 구역 현상에 대한 현상학적 묘사들이 두드러지고, 존재의 우연성에 관한 주인공의 철학적 독백이 이어진다. 사르트르의 대표적인 철학 저작인 『존재와 무』가 '현상학적 존재론의 시도'라는 점에서, 또 '시선'이나 '자기기만' 등 『존재와 무』가 발전시키는 개념들과 모티브, 예시들이 『구토』와 다수 겹친다는 점에서 『존재와 무』의 철학으로 이 소설을 해설하거나 『구토』를 단적으로 『존재와 무』의 소설화로 보려는 이들도 있다. 그러나 철학과 문학은 구성되는 방식도 작동 방식도 달라서 소설을 이론의 예증으로 읽는 일은 새로움을 주지 못하는 동어반복이 되기 쉽다. 또한 『구토』는 『존재와 무』가 출간되기 5년 전에 나온 책이라는 점도 기억해야 한다.

다음으로 정치적 소설로 읽을 수 있다. 이는 전투적인 참여 지식인 사르트르라는 작가의 이후 이미지에 이끌리는 독법이다. 나중에 70세의 사르트르는 자기 일생을 회고하는 인터뷰에서 "나의 적수는 부르주아 독자였다. 나는 그들과 싸우기 위해 글을 썼다"라고 말한 적이 있다.[16] 『구토』도 이런 의도의 표현으로, 부르주아들에 대한 맹렬한 공격이자 특히 그들이 내세우는 부르주아 휴머니즘에 대한 신랄한 비판을 위해 집필된 것으로 자주 해석된다. 『구토』를 쓸 당시, 제2차 세계대전을 겪기 전에 젊은 사르트르는 이후에 생긴 정치적 투사 사르트르의 이미지와는 전혀 다르게 정치나 사회에 별로 관심이 없는 무정부주의적 개인주의자에 가까웠다는 점, 하지만 권위에 대한 반감과 권력관계에 대한 정치적 직관이 『구토』에 이미 강하게 드러나 있는 것은 사실이라는 점을 동시에 고려해야 『구토』의 정치성을 제대로 고찰할 수 있을 것이다.

마지막으로 실존주의적 예술가 소설로 볼 수 있다. 이 소설에는 나중에 사람들이 '실존주의'라는 이름 아래 열거한 요소들이 가득하다. 권태, 충만한 시간에 대한 열망, 경화된 정신을 거부하고 의미와 가치를 스스로 창조해야 한다는 생각 등. 그리고 이 모티브들을 중심으로 한 주인공의 모험과 탐구는 결국 소설을 쓰겠다는 마지막 결심으로 귀결된다. 마르셀 프루스트의 대작 『잃어버린 시간을 찾아서』가 "마르셀은 작가가 되었다"라는 한 문장으로 요약될 수 있다고 누군가 주장하듯, 『구토』 역시 한 사람의 예술가의 탄생을 보여주는 글로 읽을 수 있을 것이다. 이렇게 보면 젊은 사르트르에게 『구토』라는 작품은 로캉탱이 찾아낸 해결 방식인 '미학적 승화'의 실현으로 볼 수도 있다. 그러나 상상적인 세계 창조에 대한 꿈이나 믿음을 곧이곧대로 받아들이는 것을 방해하는 아이러니들도 가득해서, 오히려 예술가 소설이라는 전통에 대한 패러디나 대결로 읽을 수도 있다.

이처럼 『구토』라는 텍스트는 한 방향으로 고정하기 어려운 수많은 해석 가능성을 제공한다. 이질적 요소들을 하나로 절묘하게 접합시키며 그렇게 해서 만들어진 의미의 결과 결이 얽히고 짜여 새로운 세계를 직조해내는 것이 사르트르 문학의 특징이다. 『구토』를 읽는 일은 캐내야 할 의미들이 빽빽한 숲속으로 들어가 내가 떠안았던 의미들을 놓아버리고 또 다른 의미를 찾아 헤매는 모험이다.

미하일 숄로호프의 『고요한 돈강』

카자크 비극의 현장성을 담은 대서사

변춘란·번역가

생애와 창작: 문학과 체제 사이

미하일 숄로호프(1905~1984)는 대하소설 『고요한 돈강*Тихий Дон*』(1925~1940)으로 사회주의 혁명 시대의 숱한 독자를 매료시킨 것을 넘어 젊은 시절에 이미 '사회주의적 문호'의 반열에 올랐다. 거기다 1965년 노벨문학상을 받음으로써 그의 문학적 성취는 세계적 냉전에도 불구하고 양 진영에서의 공인이라는 보기 드문 결실에 도달한다. 결과적으로 그는 보리스 파스테르나크(1890~1960), 알렉산드르 솔제니친(1818~2008) 같은 노벨문학상 수상자 가운데 유일하게 소련 공산당의 공식적인 승인을 받은 작가로 남았다.

우리에게는 초기 단편집 『돈 지방 이야기*Донские рассказы*』를 제외하면, 장편소설 『고요한 돈강』, 『개척된 처녀지*Поднятая целина*』 같은 대표작이 1980년대부터 주로 중역이 되어 소개되었다. 2013년에는 북한에서 시인 백석(1912~1996)이 번역한 『고요한 돈』 역시 국내에서 재출판되었다. 원작 전 4권 가운데 백석이 번역한 2권만 따로 나온 이 책은 시인의 이른바 예술 번역 소개를 앞세운 것이다. 거기다 숄로호프의 대표작 『고요한 돈강』은 사회주의 리얼리즘의 전범으로 잘못 규정되거나 그렇게 알려져 있기도 하다. 이러한 사실들은 소개된 역사에 비해 작품들의 문학적 진가가 체계적으로 조명되지 못하고 있는 형편임을 단적으로 제시한다.

사실상 20세기 소련 공산주의 사회에서 숄로호프처럼 장기간에 걸쳐 공식적으로 문화적·정치적 영향력을 발휘한 작가도 드물다. 반면 러시아 문학사에서 그처럼 극단적인 논쟁의 소용돌이에 처했던 문학가도 드물다. 차후 언급하겠지만, 오래된 '원저자 또는 표절 논쟁'이 이를 대표한다. 처음부터 그는 소비에트 문학계에서 순탄치 않은 과정을 거쳐 체제를 대표하는 작가로 성장했다. 어느덧 세기가 바뀌는 과정에서 기밀 해제된 자료 등을 통해 작가의 공식적인 삶의 이면에 대한 조명뿐만 아니라 여러 작품에 대한 다각도의 새로운 연구가 진행되었다. 『고요한 돈강』은 20세기 초반의 세계대전에 이은 소비에트 혁명의 소용돌이를 특히 국경 부근의 농경 기마병 계층인 돈강 유역 카자크들의 시각, 즉 독특한 '변방의 눈'으로 다루고 있어 여전히 풍부한 해석의 여지를 제공한다. 이로 인해 소설은 출판 초기부터 곧잘 작품의 이념과 주인공들에 대한 상반된 해석과 비난을 불렀고, 소련 문학계에서 공식적으로 부각되지는 않았지만 실제로 적잖은 논쟁의 대상이었다.

두 원리의 경계에서

먼저 작가의 창작적 개성의 형성 배경과 생애의 주요 지점을 들여다보자. 작가가 자신의 작품 대부분의 배경으로 삼은 돈강은 모스크바 남동쪽 툴라주에서 발원하여 흑해와 맞붙은 아조프해로 흘러든다. 작가는 돈강 상류의 거점 지역이라 할 만한 뵤셴스카야 읍에 속한 마을에서 태어났다. 이곳 돈강 유역의 광활한 초원 지역은 돈 카자크라 불리는 기마 족속이 20세기 초까지 수 세기 동안 자신들의 독특한 전통을 지키며 살아온 곳이다. 그들은 주로 기마병으로 장기간 러시아제국의 군 복무를 수행하는 대신 토지를 자치적으로 분배해 농사지을 권리를 갖고 있었다. 다시 말해, 제국의 중심부와는 색다른 삶의 질서가 이어지는 변경 지역이었다. 숄로호프는 이곳에서 1905년에 태어났다. 세계적인 제국들의 이해관계가 곳곳에서 물리적으로 충돌하고, 기존 세계질서에 대한 의문과 사회주의 체제 건설의 기운이 용솟음치는 상황이었다. 일본과의 전쟁에 패한 러시아에서는 구체제를 거부하는 혁명의 기운이 무르익고 있었다.

숄로호프는 혁명 당시 보수적인 돈강 상류 카자크 초원 마을에서 청소년 시절을 보냈다. 작가의 아버지는 모스크바 남부의 랴잔에서 카자크 마을로 이주한 상인의 자손으로 소상공인이었다. 다시 말해, 카자크 토착민 사회에 정착한 이방인이었다. 어머니는 우크라이나 출신 농노 가족의 후손으로 반半 카자크 여인이었으며, 어린 숄로호프는 어머니가 지역의 카자크와 결혼한 상태에서 태어난 혼외 자식이었다. 이에 따라 1913년 어머니와 친아버지가 교회에서 결혼식을 올리고 입양할 때까지 그는 카자크의 아들로 여겨졌다. 이러한 작가의 탄생과 성장 과정에서의 이중적인 사회적 지위는 작품에 적지 않은 영향(초기 단편소설 「뻔뻔한 녀석Нахалёнок」, 「두 남편을 둔 여인Двухмужняя」 등)을 미쳤다.

어린 시절 숄로호프는 학교 입학 전 과외 교육을 받고 1912년부터 지역의 초등학교에 다닌다. 1914년 부모는 눈병 치료차 소년을 멀리 모스크바로 데려갔다가 그곳의 중학교에 입학시킨다. 거기서 소년은 고향 집 가까운 곳의 중학교로 두 차례 전학했다가 세계대전과 내전으로 학교를 그만둬야 했다. 특히 1919년에는 뵤셴스카야 반란 즉, 소비에트 혁명 적위군의 후방인 돈강 유역에서 신생 정권의 존립을 위협하는 사건이 발생한다. 소년은 이러한 사회적 「소용돌이Коловерть」(초기 단편소설의 제목) 속에서 이웃 사람들이 무참히 죽어가는 모습을 지켜보아야 했다. 1920년 초 소비에트 정권이 확립된 후에 소년은 성인문맹퇴치 교사로 일하며 선동극을 쓰기도 했고, 전란의 폐허 극복을 위한 식량 징발 교육 과정을 마친 후 징발 대원으로 일한다. 소년 숄로호프는 지역에 평화를 안착시킬 승리자 세력을 직접적으로 받아들인 것이다. 이 시절 그는 우연히 벌어진 전투 중에 포로로 잡히고, 식량이 부족한 농사꾼에게 식량을 축소 징발했다는 이유로 혁명재판을 받기도 한다. 그야말로 저편과 이편으로 냉혹하게 양분된 선택을 요구하는 현실과 직접 마주치는 쓰라린 교육 과정에서 일찌감치 성숙할 수밖에 없던 시대였다.

작가의 길

이후 배움에 대한 갈망과 작가가 되겠다는 뜻을 품고 그는 1922

년 말에 모스크바로 상경한다. 거기서 노동자 학교에 진학하려 했지만, 콤소몰комсомол(전연방 레닌주의 청년 공산주의자 동맹) 출신도 아니고 도시의 노동자 경력도 없어서 입학에 실패한다. 여러 직업을 전전하며 적극적으로 독학에 힘쓰는 동시에 문학 창작 활동을 시작한다. 당시 소비에트의 신진 문학가들이 참여하여 갓 조직된 '젊은 근위대' 그룹에 들어가 그들과 문학 모임을 통해 교류한다. 그 과정에 처음으로 세 편의 소품을 내고, 1924년에는 내용과 짜임새 면에서 전과는 다른 단편소설 「출생 반점Родинка」을 발표한다. 초기 단편소설들은 주로 혁명 이후 내전 시기 돈강 근방에서 벌어진 비극적인 사건들을 다루었는데, 1926년 단편집 『돈 지방 이야기』와 『푸른 초원*Лазоревая степь*』 등으로 출간되었다. 이로써 그는 독자적인 문학적 재능을 인정받는 한편, 혁명 초기 문단의 대세이던 프롤레타리아 문학과는 그 결이 다르다는 비판도 받았다.

작가는 1924년 전직 카자크 아타만(여기서는 읍장)의 딸인 마리야 그로모슬랍스카야와 결혼한다. 모스크바에서 문학적 친교의 발판을 놓은 그는 1925년 돈강 지역으로 돌아와 뵤셴스카야에 정착한다. 혁명기 돈강 유역에서의 내전의 본령을 드러내는 대작을 구상하고 미래의 작품의 주인공들과 더불어 살며 취재하고 돈강 유역의 대자연 속에서 집필하기로 작심한다. 그는 대사건의 역사적 자료를 찾아 모스크바를 오가며 소설을 집필한다. 결과적으로 애초의 기획 의도가 변경되는 과정을 거치며 『고요한 돈강』 전 4권 가운데 1~2권이 1928년 초부터 문학 잡지에 연재된 후 출간된다. 소설 출간은 당시 독서계에 커다란 반향을 불러일으켰고, 그 과정에서 젊은 작가는 소비에트 문화계를 대표하는 문학가로 떠오르기 시작한다.

이어서 작가는 소비에트 농촌의 전면적인 집단화를 다룬 소설 『개척된 처녀지』를 집필한다. 또한 지역의 농촌 마을 집단화의 문제점을 지적하는 글을 쓰는 한편, 과감하게 스탈린에게 대대적인 기아 상황을 알리며 해당 지역에 식량 원조를 이끌기도 했다. 1937년 작가는 이른바 '인민의 적'을 색출한 대숙청 과정에서 남부에서 반혁명 활동을 벌인다는 지역 공안기관이 조작한 혐의에서 벗어나기 위해 스탈린을 만나야 했다. 그 후 제2차 세계대전 시기 숄로호프는 종군기자로 나선다. 전쟁 기간 독일군의 공습으로 어머니가 사망하고, 고향집이 불에 타는 바람에 소설 작업 초기 원고 등 자료가 소실되는 화를 입는다. 이후 전쟁에서의 취재를 바탕으로 소설 『그들은 조국을 위해 싸웠다*Они сражались за родину*』(미완성) 일부를 발표한다. 1958년에는 출간 직후 화제작이 된 단편소설 「인간의 운명Судьба человека」을 출판한다. 이 단편소설은 독일군 포로 상태에서 죽음을 무릅쓰는 담대한 행동 뒤 사투를 벌여 조국으로 돌아온 강인한 병사의 비극적인 이야기를 다루었다. 1960년에는 『개척된 처녀지』 제2권을 출판하는데, 제1권보다 예술적 성취가 처진다고 평가되며 다분히 작위적인 결말로 마무리된다.

문학과 정치

이처럼 후반기는 대체로 작가의 창작적 역량의 쇠퇴기로 봐야 할 것이다. 1934년 숄로호프는 정식 공산당원이 된 후 작가연맹 이사회 일원으로 선출되었다. 나중에는 소연방최고회의 대의원 등의 정치적 활동을 펼쳤으며, 작품 출간 때마다 당대 최고의 스탈린상, 레닌상 등을 휩쓸었다. 소련 체제의 상징 작가로서 그는 대단한 정치·문화적 영향력을 발휘했고, 여러 국면에서 정치적으로 탄압받은 이들에게 도움의 손길을 보내기도 했다. 1960년대 말에는 『그들은 조국을 위해 싸웠다』의 후속편 일부를 썼지만, 그 내용을 문제 삼은 최고 권력자의 반대로 출판에 실패하는 시련을 겪기도 했다. 하지만 1966년 숄로호프는 안드레이 시냡스키(1925~1997) 등 소비에트 작가들의 지하 출판을 비난하고 사법부의 처벌이 미흡했다는 당대회 연설로 국내외 지식인 사회에서 대대적인 물의를 빚었다. 당시 반체제 지식층의 한 사람인 리디아 추콥스카야(1907~1996)의 공개적인 비판 편지로 이어진 이 연설을 계기로 '살아 있는 고전 문학가'로서 그의 사회적 권위와 명성은 퇴색하기 시작했다.

이처럼 후반기 작가의 창작 역량의 쇠퇴는 이데올로기적 도그마의 영향과 다분히 연관되어 있다. 무엇보다 공산주의 체제의 대표작가 역할이 문학가로서 그의 운신의 폭을 여러모로 제약했던 것으로 보인다. 숄로호프는 그 흔한 회상기조차 남기지 않았다. 생애 대부분을 그는 고향 뵤셴스카야에서 살았으며, 업무차 모스크바에 장기 체류하거나 현재 대략 11시간 거리의 모스크바를 자동차(현재 저택 문학 박물관 차고에 보관)로 왕래했다. 이러한 정황은 당시 문학적 거장의 내면 풍경을 간접적으로 역설하는 것이기도 하다.

『고요한 돈강』의 창작 배경과 작품에 대한 반응

1920년대 초반 소비에트 러시아는 프롤레타리아 혁명의 기치를 앞세워 새로운 사회의 정치, 경제, 문화적 기반을 다져갔다. 당연히 예술 분야에서도 시대의 계급 이념적 요구가 우선시되는 가파른 시절이었다. 이 무렵 숄로호프는 「출생 반점」, 「타인의 피」, 「푸른 초원」, 「뻔뻔한 아이」, 「망아지Жеребёнок」 등 20편 남짓의 단편소설을 몇 차례 선집으로 출간했다. 그는 단편소설들에서 당시의 다른 젊은 작가들처럼 계급투쟁의 묘사에 치중한다. 대부분의 단편소설에서는 돈강 상류 초원의 카자크 마을 사람들 즉, 주로 젊거나 어린 주인공들이 혁명 시대에 제기된 새로운 이상을 위해 싸운다. 그러나 숄로호프는 내전을 형제 살해의 피비린내 나는 전쟁, 즉 본질상 승리자가 없는 민중의 비극으로 그렸다. 사건 현장의 카자크들의 생활 풍속과 사투리 차용, 인물의 외형 묘사가 작중인물의 특성을 드러내며 사건과 인물의 심리와 조응하는 자연묘사는 구체적 현장성을 강화한다. 또한 계급적 잔인성이나 증오보다는 극적인 대결과 투쟁의 순간 발현되는 인간성과 평범한 카자크 특유의 선량함과 강인한 생명력을 포착하는 작가의 시선이 뚜렷하다. 작품 전반에 걸쳐서 전쟁은 작가에게 기본적으로 범죄였다. 이러한 사유는 이후 그의 창작의 주요 흐름으로 이어진다.

이렇듯 카자크 주인공을 내세운 단편소설들은 당시의 소비에트 문학계의 주요 흐름에 논쟁적인 성격을 띠는 것이기도 했다. 역사상 혁명 이전 러시아제국은 카자크가 주도한 농민 반란의 위협을 받기도 했지만, 특히 기마병으로 장기간 군역에 종사하던 카자크들을 동원하여 민중의 정당한 요구를 짓밟곤 했다. 게다가 혁명 후 내전 과정에서도 특히 돈강 하류 지역은 적위군과 백위군 간에 전선이 형성된 무력 충돌의 현장이었다. 따라서 평상시에는 농사꾼이지만 여차

하면 무장하여 무력을 행사할 수 있는 군인으로서의 카자크 집단은 혁명 후 신생 소비에트 사회에서 가부장적이고 보수적인 반혁명 세력의 온상으로 비치던 상황이었다. 이러한 정황에서 단편소설들의 주제와 창작 방법, 저자의 이념적 입장이 문제시되고, 프롤레타리아 문학에서의 일탈이라거나 '소부르주아 휴머니즘', '자연주의'라는 비난이 일었다.

그 와중에 젊은 작가는 창작 중인 단편소설들의 문제의식을 확장하여 더 큰 작품을 구상한다. 하지만 작품의 최종적인 구상이 즉각 모습을 드러낸 것은 아니었다. 1925년 고향으로 돌아올 무렵 숄로호프는 중편 크기 작품의 창작에 나선다. 1940년 완결된 『고요한 돈강』의 중간 부분쯤 되는 돈강 상류의 혁명위원회 카자크들 즉, 포드텔코프와 크리보슐리코프에 관한 중편소설을 써나갔다. 하지만 자료 수집 및 집필 과정에서 숄로호프는 혁명기 카자크 사회의 특징을 제시하려면 중편소설이 아닌 세계대전과 그 이전 돈 카자크들의 일상생활을 망라하는 장편소설을 써야 한다는 판단에 이르렀다. 기존에 레프 톨스토이(1828~1910)의 중편소설 『카자크 사람들*Казаки*』이 있었지만, 그 작품은 캅카스의 테레크 카자크에 관한 이야기였다. 러시아 독자들에게도 특히 돈 카자크 집단은 미지의 영역이었다. 이에 따라 새로운 구상을 실현하기 위해 중편소설 작업은 중단되었다. 작가에게 중편소설 작업은 이야기상의 극적인 충돌과 갖가지 모순된 행동을 통해 복잡하게 전개되는 인물들을 창조하는 하나의 중요한 계기로 작용한 셈이다. 이러한 과정에서 숄로호프가 애초에 썼던 원고는 소설의 제2권에 재작업한 형태로 들어간다.

숄로호프는 1926년 가을 본격적으로 소설 작업에 돌입하여, 돈 카자크들의 옛이야기를 묘사하기 시작한다. 평화 시절 즉, 돈강이 장대하게 흐르는 초원의 자연 속에서 고래로부터의 견실한 농사꾼이자 기마 군인으로 자유를 애호하며 살아온 카자크들 특유의 일상생활, 각가지 욕망이 들끓는 시절의 이야기가 그것이다. 그리하여 서사시적 규모의 역사적 시련을 겪는 그리고리 멜레호프의 모험이 시작된다. 이제 작가는 집필 관련 자료를 수집하고 세계대전과 내전에 참전했던 실존 인물들을 만나기 시작한다. 『고요한 돈강』의 주인공 그리고리 멜레호프의 원형으로 알려진 실존 인물 하를람피 예프마코프(최초 원고의 아브람 예르마코프)와도 여러 차례 만난다. 1927년부터 작가는 『고요한 돈강』 작업에 집중하며 모스크바 근처 소도시의 다차(간이 별장)를 세내어 수도에서 자료를 수집하고 작품을 집필한다. 결과적으로 소설의 시간적 틀이 확장되고 새로운 이야기와 주인공들이 도입되었을 뿐만 아니라, 작품 전체를 관통하는 저자의 구상이 근본적인 변화를 겪는다.

그런데 소설 출판 또한 처음부터 순탄치 않았다. 애초 소설은 문학 잡지 『시월』의 편집장이던 노작가 세라피모비치(1863~1949)의 결단으로 출판되었다. 그리하여 『고요한 돈강』은 동시대인들 사이에서 놀라운 성공을 거둔다. 가히 '붉은 톨스토이'의 등장이라 할 만한 평가가 출판물에 속속 등장했다. 혁명과 내전의 기억을 간직한 독자들은 카자크 주인공 그리고리와 악시냐의 비극적인 사랑의 모험에 빠져들었다. 이와 동시에 작가가 타인의 원고를 도용했다는 의혹[1]이 제기되었고, 당시 구성된 조사위원회는 그것이 저속한 비방이었다는 결과를 발표한다. 숄로호프는 소설 작업을 계속하여 제3권의 일부를 연재 출판한다. 하지만 곧이어 잡지사에서 삭제와 수정을 요구하며 출판이 중단된다. 1919년 내전 당시 적위군의 후방이던 돈강 상류에서 볼셰비키에 의한 카자크 학살에 반대한 대규모 봉기가 일어났는데, 작가가 봉기의 참여자들에 공감하는 묘사를 했다는 게 그 주된 이유였다. 작가가 '부농 편향적'이고, '백위군을 옹호'한다는 등의 비난을 받았으며, 이에 공안기관이 개입하기도 했다.

숄로호프는 이와 동시에 농촌 집단화를 주제로 한 『개척된 처녀지』 전반부를 써서 발표한다. 이 작품의 성공이 『고요한 돈강』을 계속 집필하는 데 도움을 주었으리라는 추정이 가능하다. 1931년 6월에는 당대 문학계의 권위자 막심 고리키(1868~1936)의 별장에서 스탈린을 만난다. 그 무렵 제3권의 원고를 읽은 스탈린의 허락으로 출판이 재개되었다. 프롤레타리아 작가들, 즉 라프РАПП(러시아 프롤레타리아 작가 동맹) 진영의 일면적이고 이데올로기적인 작품 해석과 거센 출판 반대가 공산당의 공식적인 허락을 받아야 출판할 수 있는 상황으로 이어진 것이다. 그리하여 제3권이 어렵사리 출판되었지만, 이후에도 소비에트 문학계는 숄로호프에게 주인공 그리고리 멜레호프가 붉은 군대에 들어가 안착하는 방식의 '낙관적인' 결말을 여러 경로를 통해 종용한다. 하지만 작가는 오랜 집필 과정을 거치며 1940년에 출판된 제4권에서 자신의 구상을 관철해낸다. 소설의 끝부분에서 카자크들의 봉기가 실패한 후 해외로의 도피에 실패하고 붉은 군대로 전향한 주인공 그리고리는 군내 정치위원 등의 감시에 저항하다가 징집 해제당하고 만다. 다시 말해, 1938년 작가 스스로 거짓된 정치적 조작의 희생양이 될 위기를 겨우 모면했음에도, 그는 15년가량 공들인 주인공 그리고리 멜레호프의 인생을 파탄적 결말로 마무리한 것이다.

이후 『고요한 돈강』은 혁명의 위대한 시대를 그린 소비에트 문학의 기념비라는 칭송을 받는다. 대체로 당시에는 이 소설을 사회주의 리얼리즘의 잣대로 이해하려는 경향이 지배적이었다. 하지만 작품과 등장인물을 어떻게 이해할 것인가를 둘러싼 논쟁은 꾸준히 지속되었다.

숄로호프는 "시인들은 저마다 다르게 태어난다. 예를 들면, 나는 돈강 유역에서의 내전으로 태어났다"고 말한 적이 있다. 아무튼 격동적인 혁명 시대의 기준으로 봐도, 숄로호프의 창작적 비상은 그야말로 신속하고 놀라운 것이었다. 이러한 '숄로호프 현상'은 제1차 세계대전과 혁명기 카자크들의 대모험의 서사 『고요한 돈강』이 보여준 예술적 성취의 경지를 명징하게 웅변한다. 나아가 작품의 문학적 울림과 성취는 문화적 파급력으로 이어졌다. 작품이 완성되기도 전인 1929년, 1~2권이 출간된 직후 베를린에서 독일어 번역본이 나온다. 이 소설을 기초로 1930년에는 무성영화가 제작되고, 1935년에는 작곡가 이반 제르진스키(1909~1978)가 오페라를 창작했다. 최근 2015년까지 세 편의 각기 다른 장편 영화가 소설을 바탕으로 제작되기도 한다. 작가가 15년 이상 걸려서 완성한 소설 속에는, 학자들의 추산에 따르면 역사적 인물을 포함한 등장인물이 850명이 넘는다.

1965년 노벨상 위원회는 "러시아 민중의 삶의 역사적 국면들을 다룬 돈강의 장편 서사에서 발현시킨 예술적 위력과 정직성"을 칭송했다. 혁명 전후 러시아에서 카자크 사회의 역할과 위상을 조명하는 가족·전쟁소설이 명실상부 러시아 문학의 인문주의적 전통을 잇는 20세기의 고전으로 세계적인 인정을 받은 것이다.

돈강 유역 초원의 기마족, 카자크의 평화와 전쟁

카자크, 사랑과 자유

소설은 제사題詞로 쓰인 카자크 민요를 제외하면 주인공 멜레호프네 집의 위치를 지정하며 시작한다. 멜레호프네는 타타르스키 마을 맨 끝자락에 위치한다. 곧장 돈강으로 내려설 수 있는 언덕배기에 있는 이 집에서는 큰길도 가깝다. 계속해서 뭔가 장대한 민족적 모험 같은 게 이 시골 마을에서 시작될 분위기가 조성된다. 거기다 마을의 명칭 또한 의미심장하다. 나중에 소설에 등장하는 숱한 마을 명칭들은 대개 실제의 마을 명칭을 그대로 쓴 것으로 알려져 있다. 그런데 유독 소설의 기본적인 배경이 되는 마을 명칭만은 이곳 돈강 초원에서 수 세기를 살아온 카자크들과 먼 옛날에는 더불어 살거나 직접 교류하고 부딪쳤을 타타르 유목민을 상기시킨다. 다시 말해, 마을과 주인공의 집이 특정 세력, 즉 돈강 카자크 집단의 역사를 대변하는 공간적 교차점에 있는 것이다. 이렇듯 마을의 명칭과 위치, 농가 위치 설정은 어떠한 대서사가 전개될지를 암시하는 장치인 셈이다.

나아가 이 집안의 가까운 과거, 즉 주인공 그리고리 멜레호프의 할아버지 프로코피가 오스만제국과의 전쟁에서 돌아오면서 튀르크 여인을 아내로 데려왔다는 이야기가 마치 어느 가족이 아니라 마을의 유래라도 전하듯 먼먼 옛날의 전설처럼 주어진다. 낯선 튀르크 여인은 마을 아낙들의 호기심과 질시의 대상이었다가 어느 해 마을을 휩쓴 가축 전염병 통에 마을 사람들 손에 말 그대로 잔혹하게 마녀사냥을 당한다. 그 사건의 와중에 태어난 튀르크 여인의 아기 판텔레이가 겨우 살아남아 견실한 농사꾼 카자크가 되었다.

이처럼 늘 외부와의 경계 지점 즉, 국경에서 소통하고 서로 쟁투하며 땅을 일궈온 돈 카자크들의 역사가 조상 대대로 내려오는 전승물처럼 소설 속에 자리한다. 장성한 두 아들과 사춘기 딸을 둔 판텔레이는 젊은 시절 군대 승마대회에서 왼쪽 다리를 부러트려 절뚝이며 왼쪽 귀에 귀고리를 달고 다닌다. 관습상 귀고리를 단 카자크는 가족의 유일한 남자라는 표식으로, 위험한 일을 당했을 때 관대한 처우를 받았다고 한다. 이런 관습은 현역 군인이 아니어도 비상 시기에 언제든 동원되곤 했던 카자크의 특수 신분과 연관된 것이다. 또한 소설의 인물들에게는 카자크 특유의 차림새가 있다. 이를테면, 남자들은 이마의 머리를 제비초리처럼 내어 멋을 부린다. 소설의 초반에는 각가지 카자크들의 특징적인 생활 관습이 일상과 어우러져 제시된다. 심지어 이 집의 맏아들 페트로를 정기 야영 훈련 보내는 전날, 그의 아내 다리야가 아기를 재우며 부르는 자장가도 말을 돌보다가 자기 군마를 갖추고 군대 가는 카자크들의 삶을 노래한다.

그런데 카자크의 피에 튀르크 피가 섞여든 이 멜레호프 일가의 둘째 아들 그리고리가 이웃집 유부녀 악시냐에게 빠져든다. 실제로 돈강 상류의 뵤셴스카야 마을의 강가에는 말을 탄 기수와 물동이가 달린 멜대를 어깨에 걸친 아낙의 박진감 넘치는 동상이 서 있다. 소비에트의 독자들이 가장 많이 읽었다는 소설의 발단 장면을 기념하여 등신대에 가깝게 제작한 오래된 동상이다. 악시냐는 장기간 야영 훈련 가는 남편을 챙겨 보내기 위해 강가로 물을 길으러 왔고, 그리고리는 야영 훈련 떠나는 형의 말에게 물을 먹이러 온 것이다.

악시냐가 콧구멍을 벌렁거리며 숨을 가쁘게 몰아쉬었다. 그녀가 머리카락을 매만지며 말했다.

"남편이란 자는 무슨 율모기도 아닌데, 피를 빨아대곤 하지. 너도 곧 장가들이겠지?"

"그야 아버지가 알아서 하겠죠. 틀림없이, 군대 다녀온 후에나."

"아직 젊으니, 장가들 것 없어."

"그건 왜요?"

"골칫거리뿐이거든." 그녀가 그를 곁눈질하더니 입술도 벌리지 않고 희미하게 미소를 지었다.

그때야 비로소 그리고리는 그녀의 입술이 몰염치하게 탐욕스럽고 도톰하게 부풀어 있음을 알아차렸다.[2]

먼저 수작을 건 사람은 그리고리였지만, 저처럼 악시냐 역시 이웃 총각의 관심에 은근히 마음이 동한다. 그녀는 자연 미인이지만 어린 시절의 고통스러운 상처에 더해 남편에게 학대당하는 아픔을 견디고 있다. 그리고리가 그녀 외모의 흠결을 알아차린다고 해서 그것이 그의 연애 감정을 반감시키는 요인은 아니다. 오히려 외모 묘사는 악시냐가 어떤 인물인지를 제시하는 서사적 장치로 볼 수 있다.

그리하여 남편 스테판이 야영 훈련을 떠난 후 악시냐와 그리고리의 사랑이 시작된다. 두 사람은 온 마을이 떠들썩할 정도로 거리낌없이 사랑 행각을 벌인다. 아버지의 타박이나 으름장은 거의 그리고리의 안중에 없다. 게다가 그 아버지에 그 아들이라는 식으로 이들 부자는 불같이 광분하는 성격도 닮았다. 여기서 왼손잡이, 아니 양손잡이 그리고리의 시련이 시작된다. 두 남녀의 불륜은 앞으로 겪게 될 역사의 소용돌이를 예비하는 성격을 지녔다. 악시냐의 남편 스테판과 그리고리 사이에는 악연의 매듭이 얽히고, 나중에 전장에서 두 사람이 만나 그 매듭이 일단락되는 듯했다. 하지만 내전으로 이어지는 사건의 급변을 거치며 계속 이어진다.

이곳 타타르스키 마을에는 멜레호프네, 아스타호프네, 코세보이네 등이 산다. 마을 사람 모두가 마을 집회에서 분배된 분여지에서 농사를 짓지만, 살림 규모의 차이는 확연하다. 그리고리와 결혼하는 나탈리야의 친정집, 즉 코르쉬노프네는 특별히 부유한 편이다. 이와는 다른 부류의 사람들로 교회 사제들을 들 수 있다. 그리고 상인 모호프네 일가는 족보상 보로네쉬에서 온 외지인이다. 그는 외부에서 물건을 들여와 카자크들을 대상으로 장사를 하고 증기 방앗간을 운영하는 부자 상인으로 마을의 지식인 역할까지 한다. 그 가계의 조상은 모스크바 차르의 귀와 눈으로서의 염탐꾼 역할을 해왔고, 그것을 대대로 자랑스럽게 여긴다. 거기다 마을에서 멀리 떨어져 있는 야고드노예 영지에 사는 카자크 장군 집안 리스트니츠키네가 있다. 이곳 야고드노예 영지는 그리고리가 아버지의 성화에 못 이겨 나탈리야와 결혼했다가 다시 악시냐와 도피 행각을 벌여 일하게 되는 곳이다. 그리고 이 마을로 어느 날 철물공 쉬토크만이 아내와 함께 이사를 와서 마을의 몇몇 카자크들과 놀이를 하거나 책을 읽는 등 잦은 모임을 갖는다. 낯선 자가 마을에 들어옴으로써 마을에는 변화 조짐이 한층 강화된다.

멜레호프의 가족은 당시 카자크 집단 자체 내 분화된 위계질서상 중간자와 같은 중농이며 그리고리는 둘째 아들이다. 이러한 조건은 세계대전에 참전하게 되고, 이후 벌어진 혁명 과정에서 어느 쪽에도 온전히 깃들지 못하는 그리고리의 이른바 '햄릿적 현존', 즉 그가 삶의 길을 모색하는 방식을 암시한다. 앞서 언급한 그의 집의 위치 설정은 주인공 그리고리를 한 사람의 개인일 뿐만 아니라 카자크 집단의 길 찾기와 방황을 상징하는 인물로 만들고자 한 것이기도 하다. 더불어 소설 속에서 주목해야 할 것은 자연현상과 풍경의 독특한 묘사의 역할이다. 자연묘사는 작중인물들의 내적 상황을 일정하게 비춰주며, 특히 해결되지 않는 갈등의 소용돌이 속에 병치되어 일종의 균형추 역할을 한다.

이처럼 작품의 서사적 전개의 중심에는 카자크 민중이 있다. 그들은 우선 자연의 법칙과 감각에 공고하게 뿌리내린 사람들이다. 이들은 혁명적 변화의 시대 러시아의 여느 노동자, 농민층과도 다른 독특한 역사적 조건에 처해 있었다. 그리고리가 선명하게 대표하는 이들은 기존의 종교적·도덕적 개념, 양심에 따라 자유와 의존 또는 안전의 경계에 대한 표상을 규정하려 애쓰며 스스로의 길을 찾아 투쟁한다.

세기적 격변기, 자유와 의존 사이

악시냐를 야고드노예에 남기고 입대한 그리고리는 고향 집으로 오스트리아와의 전쟁 조짐이 있다는 소식을 전한다. 여느 봄과 다를 것 없이 봄맞이 농사일에 바쁜 마을에 밤마다 교회 종루에서 올빼미가 울어대고, 노인들은 전쟁이나 역병이 닥칠 불길한 징조라고 예언한다. 태양의 폭염이 이글거리는 날임에도 멜레호프네는 호밀 수확에 나선다. 땀에 흠뻑 젖은 채 숨을 헐떡이며 카자크들이 일하는 들판으로 기마병이 달려온다.

그 사나이는 한길에서 비켜선 페트로를 바짝 스쳐 말을 내달렸다. 화끈 달아오른 공기를 폐로 들이마시는 군마의 거친 숨소리가 들릴 지경이었다. 사나이가 네모난 잿빛 돌멩이 같은 입을 쫙 벌리고 고함을 질렀다.

"경보 발령!"

…

마침내 눈앞에 닥쳐온 불행을 미처 알아차리지 못한 채 페트로는 …. 흐리스토냐가 짐마차에서 자기의 근위대용 말을 풀어내서는 긴 다리를 쩍 벌리고 이쪽을 뒤돌아보며 내달리는 모습이 페트로의 눈에 들어왔다.

"이게 대체 무슨 일일까요?" 나탈리야가 놀란 눈으로 페트로를 뚫어지게 보면서 탄식했다.

조준 당한 토끼 같은 그녀의 시선에 페트로는 화들짝 정신을 차렸다.

그는 막사로 말을 달렸다. 달리는 말에서 그대로 뛰어내려 한창 일할 때 벗어 던진 통바지를 얼른 꿰찼다. 그러고는 아버지를 향해 팔을 흔들더니, 그 역시 무더위에 바싹 타든 초원을 잿빛으로 유동하는 주근깨처럼 물들인 다른 사람들에 뒤섞여 먼지구름 속으로 사라져갔다.[3]

전선이 형성된 북쪽 국경과는 한참 거리가 먼 이 시골구석에도 전쟁의 소용돌이가 밀려든 것이다. 난데없는 전쟁 경보에 군 복무 편입 규정상 2차 소집병인 페트로나 흐리스토냐 같은 카자크들은 자기 말을 타고 예외 없이 전선으로 향해야 했다. 이제 소설 속 사건은 이

곳에서만 특수하게 일어나는 게 아니라, 국가 전체에서 일어나는 일로 변모해간다. 더불어 서술이 시골 마을 카자크들의 비극적인 서사로 확장되는 지점이다. 다시 말해, 여기서 인물들을 향한 역사적 파국의 완력이 시작되는 것이다.

다만 이제부터는 그리고리 멜레호프의 역경을 중심으로 작품을 살펴보자. 그는 카자크 기병대의 병사로 입대하여 제1차 세계대전의 전투를 치르는 동안 인간적 고뇌를 체험하며 무공을 세우기도 한다. 그 뒤 전선에서 당한 부상을 치료하던 모스크바의 안과병원에서 만난 가란좌를 통해 그는 혁명 사상을 접한다. 장기간 지속된 전쟁으로 장병들이 지쳐가는 중에 수도에서 혁명이 일어나고, 전선의 장병들에게도 혁명의 분위기가 완연해 새로운 조직이 세워지고 있었다. 이즈음 카자크들에게 쟁점 사안은 전쟁 중단과 토지 문제였다. 카자크 집단은 다른 지역 농민들과는 달리 장기 군역의 대가로 일정한 토지를 분배받아왔으므로, 이러한 특권적 지위를 상실하게 될지도 모른다는 두려움은 카자크들이 볼셰비키와 관계를 맺는 데서 아주 민감하게 작용했다. 이 무렵 그리고리는 카자크 자치주의자 이즈바린을 만난다. 그리고리에게 역시 토지 문제는 중요한 사안이었다.

1917년 10월 혁명이 일어나고 카자크들이 전선을 이탈하여 마을로 돌아오지만, 그리고리는 적위군으로 남아 백위군과 싸운다. 하지만 그는 부상을 당한 상태였고 군사혁명위원회 측 카자크의 잔혹한 장교 학살 행위에 저항하다가 고향으로 돌아간다.

혁명 직후 소비에트 러시아 전역은 갖은 반혁명 세력들의 무력 충돌의 소용돌이에 휘말렸다. 당시 혁명을 전복시키려 한 코르닐로프 장군의 백위군 세력은 보수적인 돈 카자크 초원 지역, 특히 돈강 하류 군사 지역을 교두보 삼아 반혁명 작전을 펼치고자 했다. 여기다 제1차 세계대전의 전선에서 갓 귀환한 카자크 군인 세력을 규합한 칼레딘 장군은 백위군과 협력하며 카자크 자치 정부 확립을 위한 활동과 작전을 펼쳤다. 이런 정세 속에서 애초 혁명 세력을 반기며 협력하던 카자크들이 볼셰비키의 노골적인 카자크 탄압과 학살에 반대하는 반란을 일으킨다. 이 부분은 전체 8부의 소설 가운데 제6부에 해당하는데, 소설의 중핵을 이루는 사건이다. 이때 그리고리는 반란군 사령관이 되고, 얼마 후에는 백위군과 피치 못하게 협력해야만 했다. 그는 백위군 장군과 장교들 사이에서 자신이 '흰 까마귀' 같은 존재라고 느낀다. 그 과정에서 그는 "한 날개 아래서 모두가 따습게 살아갈 수 있는 진실"[4] 찾기에 회의를 느낀다.

그리고리 멜레호프는 격변기 카자크 민중의 삶을 반영하는 동시에 독특한 자질을 지닌 개인으로 그려진다. 칼과 창을 든 기병 싸움에서 그리고리를 대적할 만한 자가 거의 없을 정도다. 어릴 적부터 왼손잡이였던 그는 양손을 똑같이 사용하는 법을 배웠고, 오른손에 칼을 든 자와의 전투에서 왼손을 재치 있게 활용하여 무공을 세운다. 그리고리의 양손 사용은 적위군에서 떨어져나갔지만 백위군에도 결합하지 못한 그의 운명을 상징하는 것이기도 하다. 결론적으로 그는 민중 속의 인물로 복잡한 심리적 기질을 발현하는 진실 추구형 인물에 가깝다.

어쨌든 전쟁이 야수화를 촉발하고 전통적인 카자크 세계를 몰락으로 이끌어 소설의 주인공들을 죽음으로, 유례없는 폭력의 세계로 몰아넣는 것이다. 작품의 결말부에서 반란군과 백위군 활동 등이 모두 실패로 돌아간 후, 마을 혁명위원회 의장이 된 코셰보이가 그리고리의 과거 전력에 대한 책임을 다그친다. 결국 그는 악시냐와 피신하다가 보초병들이 쏜 유탄에 연인마저 잃는다. 그로서는 삶의 마지막 열정의 근거까지 상실한 순간이었다.

> 아침 햇살이 밝게 비칠 무렵, 그는 제 여인 악시냐를 매장했다. … 그는 두 사람의 이별이 길지는 않을 거라 굳게 믿으며 그녀와 작별을 고했다.
>
> 그는 봉분의 축축한 황토를 손바닥으로 쓱쓱 비벼대며 무덤가에 무릎을 꿇은 채 한참 동안 머리를 숙이고 앉아 가만히 몸을 떨고 있었다.
>
> 이제 그로서는 서둘러야 할 아무런 이유도 없었다. 모든 게 끝난 것이다.
>
> 건조한 열풍이 부는 뿌연 안개에 싸인 골짜기 위로 태양이 떠올랐다. 햇빛이 그리고리의 맨머리에 무성한 백발을 은빛으로 물들이며, 창백한 데다 미동도 없어 험상궂은 얼굴을 미끄러져 갔다. 마치 고통스러운 꿈에서 깨어난 사람처럼 그가 고개를 들자 검은 하늘과 눈부시게 빛나는 태양의 검은 원반이 보였다.[5]

그리고리가 운명의 연인을 매장한 날, 그의 내적 심경을 대변하듯 하늘에는 공교롭게도 일식의 '검은 태양'이 떠올라 있다. 그 후 그는 적위군에 쫓기는 무장 세력에 합세했다가 몇 달 후 소비에트 권력의 대대적인 사면이 있으리라는 소식에도 불구하고, 은신처에서 나와 해빙 무렵의 돈강 얼음 밑에다 무기를 버리고 고향 집으로 돌아간다.

이렇듯 그리고리가 불면의 밤마다 꿈꿨던 조그만 일이 성취되었다. 그는 고향 집 문가에서 섰다. 아들을 두 팔에 안은 채 ….

이것이 그의 생애에 남은 전부였고, 아직껏 이 대지며 차가운 태양 아래 빛나는 거대한 세계를 그와 가깝게 해주고 있었다.[6]

전반적으로 카자크 그리고리에게서는 어떤 이념보다는 이처럼 생의 직접적인 감각이 중시된다. 이는 그의 가족뿐만 아니라 다른 카자크 인물들이 보여주는 특징이기도 하다. 그리고리는 아내와 형, 아버지, 어머니까지 전쟁과 전염병 등으로 세상을 등진 고향 집의 잿더미로 비적이 되어 돌아온 것이다. 한때 고향 집은 '백위군' 페트로나 '적위군이며 백위군이고 녹색군'인 그리고리가 사랑과 이해, 배려를 구할 수 있었던 곳이다. 이러한 가족이라는 테마는 숄로호프의 작품들 전반을 관통한다.

웃음과 민간전승

마을에 돌아왔다가 체포될 위기를 모면하기 위해 포민의 비적단에 들어갔던 그리고리는, "우리 카자크들은 유쾌한 족속이어서 다행이야. 우리한테는 익살기가 슬픔보다 더 자주 머물다 가지. 아무튼 매사에 정색하는 일만은 없기를. 그런 삶이었다가는 일찌감치 목매달고 죽었을지 모른다"[7]고 생각한다. 여기서 카자크 인물들이 역사적 상황과 국경 지역이라는 공간적 처지에 대처하며 살아온 전반적 특징이 명료하게 드러난다. 물론 우리의 일상에서도 우스꽝스럽고 유머러스한 것은 드물지 않게 슬프고 비극적인 것과 교차한다. 흐리스토냐, 브료흐 노인, 그리고리의 전령 프로호르 등 특별히 광대는 아니어도 해학적인 익살꾼이 소설 곳곳에서 거친 삶의 윤활유처럼 명멸한다. 심지어는 전선에서 참호를 지키다 불쑥 적의 공격을 당하는 순간까지도 아릿한 웃음을 짓게 한다.

더불어 작품 속에는 민간전승이 때로는 작중인물이 부르는 노래로, 때로는 그들의 대화나 저자의 서정적 일탈로 다양하게 활용된다. 저자는 지역 사투리를 활용할 뿐만 아니라, 눈 덮인 겨울날 초원에 부는 바람을 "동풍이 고향 초원을 따라 카자크 짓을 한다"[8]고 묘사한다. 여기서 '카자크 짓'은 제멋대로 바람이 이동하는 모양새를 의인화한 표현이다. 그게 무엇인지 카자크들은 감각적으로 알았을 것이다. 소설의 제목 '고요한 돈강'은 돈강 카자크 지역의 민간전승, 즉 민요 등에서 널리 쓰였던 표현을 활용한 것이다. 카자크 민중이 스스로를 표현하는 데 사용해온 수단들이 소설에 자연스레 활용되어 다시 그들을 구체화하는 데 쓰이는 셈이다. 그 실례로 돈강 상류의 반란을 묘사한 제6부 도입부에 있는 카자크의 민요를 소개한다.

> 아버지 같은 그대, 영광의 고요한 돈강이여,
> 그대는 우리의 부양자, 돈 이바노비치,
> 그대에게 깃든 영예 더할 나위 없도다,
> 선량한 영예, 훌륭한 찬사,
> 예전과 다름없이, 그대 여전히 거세게 내닫고,
> 날쌔게 내달아 여전히 맑디맑다고,
> 어찌하여 지금 그대는, 돈강이여, 저리 탁하게 흐르는고,
> 상류에서 하류까지 온통 탁류로 변했도다.

영광스러운 고요한 돈강이 화답하는구나,
"내 어찌 탁해지지 않고 배기겠는가,
나의 청명한 매들을 놓아주었으니,
그 청명한 매들, 돈 카자크들을.
저들을 잃은 채 나의 험한 기슭이 씻겨나가고,
모래벌판은 저들을 잃고 누런 모래를 쏟아낸다네."[9]

말 그대로 장대한 '돈강'의 몇몇 물줄기만을 따라 거닐어보았다. 역사상의 돈 카자크 집단은 세기적 격동기의 전란 속을 헤쳐나오지 못하고 이제는 거의 유명무실해졌다. 하지만 일정한 제약 속에서도 자유분방한 삶을 추구하며 강인했던 그들의 족적은 소설 속에 선명하게 각인되어 한 세기가 지난 시점에 러시아의 우크라이나 침공의 참상을 보며 자유와 의존의 역학을 다시금 떠올리게 한다.

가와바타 야스나리의 『설국』

비현실의 공간과 상징적 미의 세계

정향재·한남대 일어일문학전공 교수

고아의 경험, 문학 속 허무[1]

1968년도 노벨문학상 수상자는 일본의 가와바타 야스나리川端康成(1899~1972)로 선정되었다. 이로써 그는 일본에서의 첫 노벨문학상 수상자가 되었다. 스웨덴 한림원에서 발표한 노벨문학상 선정 이유로 "일본인의 마음의 정수를 뛰어난 감수성으로 표현한 서술적 기교의 탁월함"을 꼽았다. 이 수상 선정 이유는 가와바타의 특정한 작품에 한정된 평가가 아니라 그때까지의 성과와 문학성에 대한 규정이며 찬사였다고 할 수 있을 것이다.

50년이 넘는 세월 동안 작가 활동을 한 가와바타는 그 시간만큼 문학에서도 다양성과 변모를 보이고 있다고 하겠다.

가와바타 야스나리는 1899년 오사카부大阪府의 이바라키茨木시에서 개업 의사의 장남으로 태어났다. 가와바타에게는 네 살 위의 누이가 있었다. 가와바타의 아버지는 그가 두 살 되던 해에 결핵으로 사망하고, 그 이듬해 어머니까지 여의게 된다. 갓난 시절 부모의 사망은 그의 인생과 문학에 큰 그림자를 드리우게 되는데, 육친의 사망은 계속 이어져 일곱 살에 할머니가, 열 살에 누이가 세상을 떠났다. 만 16세에는 다른 가족이 사망한 후, 단 둘이 생활하던 할아버지마저 세상을 떠나 혈혈단신 고아가 된다. 이러한 연이은 육친의 죽음은 자연히 죽음에 대한 공포를 가지게 했고 이것은 문학 저변에 깔리는 '죽음'에 대한 공포, 혹은 죽음에 대한 특별한 시선을 갖게 된 요인이 되기도 했다.

가와바타는 제일고등학교를 거쳐 도쿄제국대학 영문과에 입학하지만, 이듬해 국문과로 학과를 옮겨 글을 쓰는 미래를 꿈꾸게 된다. 대학 시절, 학교 앞의 단골 카페에서 일하던 이토 하쓰요伊藤初代와 사귀어 약혼까지 한다. 그러나 하쓰요가 갑작스럽게 파혼을 통보해와 실연을 당한다. 고아, 죽음에 대한 공포, 실연은 가와바타를 평생 동안 따라다닌 그림자였으며, 이는 그의 일생과 문학의 근저에 흐르고 있었다.

어린 시절부터 문학에 관심이 지대하여 중학교 시절에는 잡지 독자란에 투고를 반복적으로 했으며, 1921년 「초혼제일경招魂際一景」으로 작가 데뷔를 한다.

1924년에는 함께 활동하던 문우文友 요코미쓰 리이치横光利一, 나가가와 요이치中河與一, 가타오카 텟페이片岡鐵兵 등과 함께 동인잡지 『문예시대』를 창간한다. 이른바 '신감각파' 작가로서 활동하게 되는 것이다. 신감각파는 특별한 문학 이념을 내세운 작가군은 아니었다. 당시의 서구에서 유입된 문예의 다양한 흐름을 받아들여 문학의 혁신을 이루고자 한 젊은 작가들이었다. 그들의 혁신의 방향은 '표현'에 두고 있었다. 당시 서구에서 유행하던 표현주의, 다다이즘 등의 영향을 받은 모더니즘 계열의 문학이었다. 가와바타는 은유, 비유를 사용한 새로운 감각의 주관적이며 직관적인 표현으로 자기 표현의 세계를 구축해가게 된다.

고아로서 갖고 있던 정신의 어두움에서 벗어나고자 떠났던 고교 시절의 여행을 소재로 하여 1926년에 발표한 「이즈의 무희伊豆の踊子」로 대중적인 인기도 얻게 되는데, 이 작품은 가와바타의 청춘물로서 오래도록 사랑을 받게 된다. 1929년부터는 도쿄의 아사쿠사浅草를 소재로 한 『아사쿠사홍단浅草紅團』을 비롯한 아사쿠사 관련물浅草物을 통해 모더니즘 문학의 다양한 시도가 이루어지기도 한다. 1931년경에는 서구에서 유행한 심리주의 기법의 영향을 받아 「수정환상水晶幻想」 등 신심리주의 계열의 작품을 발표하기도 한다.

가와바타의 작가로서 초기 경향은 주로 서구의 영향을 받아 자기 표현의 세계를 모색한 시기였다고 할 수 있다. 다른 장르의 영향도 커서, 영화를 통한 시각표현의 문자화에도 지대한 관심을 기울였으며, 무용 등의 예술에서 자극을 받기도 했다. 1930년대까지의 외부의 자극을 흡수하여 자양분으로 삼으며 독자적인 문학의 세계를 펼쳐 보이는 것이 이 시기에 발표한 『설국』이다.

1940년 이후, 전쟁이 격화되었던 시기에 가와바타는 일본 고전문학에 심취하게 된다. 『마쿠라노소시枕草子』, 『겐지모노가타리源氏物語』 등의 작품을 소리 내어 읽으며 고전의 세계에 심취하여, 일본 문학, 고전의 의미를 되새기게 된다. 1945년의 일본 패전은 가와바타에게 큰 충격이었고, 패전에 대해 반복적으로 자기 생각을 피력하게 된다.

옛 산하로 홀로 돌아갈 뿐이다. 나는 이미 죽은 자로서, 애닯은 일본의 아름다움 이외에는 앞으로 한 줄도 쓰려고 생각하지 않는다.[2]

패전 후의 나는 일본 고래의 슬픔 속으로 돌아갈 뿐이다. 나는 패전의 세상, 풍속이라는 걸 믿지 않는다. 현실적인 것을 어쩌면 믿지 않는다.[3]

이른바 '고전 회기'인데, 이 이후에는 자신의 선언대로 일본의 전통미, 일본의 문화, 일본인의 감성을 느낄 수 있는 작품들을 다수 발표했다. 『천우학千羽鶴』(1952), 『산 소리山の音』(1954), 『고도古都』(1962) 등의 대표작이 그것에 해당한다.

그 이후 가와바타는 마지막으로 도달하는 세계로 '마계魔界'를 그려내고 있다. 이는 『무희舞姫』(1951)에서 처음 등장 후, 『잠자는 미녀眠れる美女』(1960~1961), 『민들레たんぽぽ』(1964~1968)에서 그려 보인 것으로, 사물의 존재 그 자체, 혹은 도덕과 허무를 뛰어넘은 세계로 가와바타 문학의 궁극적인 종착점이었다고 할 수 있을 것이다.

패전 이후에는 일본펜클럽 회장으로 활동하며 일본 문학의 세계화에도 기여한 바 있고, 다년간의 업적에 의해 1968년 일본인 최초로 노벨문학상을 수상했지만, 1972년에 생을 마감하게 된다. 가와바타는 가마쿠라鎌倉 집에서 멀지 않은 즈시逗子의 작업실에서 가스관을 입에 문 채 숨이 끊어진 채 발견되어 자살로 보는 견해가 많다. 하지만 유서가 없고, 문학 관련 해외 일정이 잡혀 있었던 점, 그 이전의 건강 상태 약화로 인한 수면제 부작용 등의 가능성으로 사고사라고 보는 견해 또한 제기되었다. 죽음의 이유가 어찌 되었던 뛰어난 감수성으로 이룩한 아름다운 문학을 남기고 사라진 그의 마지막 모습마저 허무를 느끼게 한다.

『설국』의 완성과 그 배경

「저녁 풍경의 거울」에서 『설국』까지

노벨문학상은 정확히 말하면 '수상자'를 선정하는 것이지 작품을 선정하는 것은 아니라고 할 수 있다. 노벨재단에서 표명하는 것도 "이상적인 방향으로 문학 분야에서 가장 눈에 띄는 기여를 한 분"에게 수여하는 것으로 밝히고 있음으로도 알 수 있다.

가와바타의 경우 『설국』이 노벨상 수상작으로 자주 거론되기는 하지만, 정확히는 심사 대상에 올랐던 여러 작품 중 하나라고 말하는 것이 옳을 것이다. 물론, 명실공히 가와바타의 문학성을 대표하기에 충분한 작품임을 논할 여지는 없을 것임에 분명하다. 따라서 여기에서는 『설국』을 중심으로 가와바타 문학의 특성을 살펴보고자 한다.

『설국』은 첫 발표 당시에는 현재의 모습과는 다른 형태로 출발했다. 애초에는 장편소설이나 중편소설로 완성할 생각은 없었다고 한다. 1935년부터 현재의 작품의 초반부에 해당하는 「저녁 풍경의 거울」(1935. 1), 「하얀 아침의 거울」(1935. 1), 「이야기」(1935. 11)로 마무리할 생각이었던 것이, 써내려가는 동안 다음 이야기가 자연스럽게 떠올라 계속해서 연재를 하게 되었던 것[4]이다. 매번 발표되는 연재는 각각의 제목을 달고 발표[5]되었다. 1935년 1월의 첫 연재부터 일곱 번째에 해당하는 1937년의 「공놀이 노래手鞠歌」까지를 묶어, 『설국』이라는 이름을 붙여 단행본 소설로 발표한다. 이 단행본을 발표할 때에는 원고의 첫 발표 때와 달라지는 것이 있었다. 우선, 각각의 단편소설의 소제목을 없앴다. 그리고 너무나도 유명한 서두 부분이 달라지는 것이다.

첫 발표 때 첫 부분 및 관련 부분

① 젖은 머리를 손가락으로 만졌다. —그 감촉을 무엇보다도 기억하고 있는 단 하나만이 생생하게 떠오르자 시마무라는 여자에게 알리고 싶어서 기차를 탔던 것이었다.[6]

② 국경의 터널을 빠져나가자 창밖의 밤의 바닥이 하얘졌다. 신호소에 기차가 멈추었다.[7]

현재의 첫 부분

③ 국경의 긴 터널을 빠져나오자 눈의 고장이었다. 밤의 밑바닥이 하얘졌다. 신호소에 기차가 멈춰 섰다.[8]

위의 첫 인용문 ①은 「저녁 풍경의 거울」로 처음 발표될 때의 첫 부분이다. 현재와는 사뭇 다른 표현으로 시마무라가 여자(고마코駒子)를 향해 떠나는 장면으로 삼고 있다. 첫 발표 때 원고에서 현재 첫 부분을 떠올릴 수 있는 유사 부분은 두 번째 페이지에 등장하는 인용문 ②가 된다. 내용 어디에서도 설국이라는 단어는 찾아볼 수가 없다.

1937년 소겐사創元社에서 단행본 『설국』을 펴내면서, 현재의 첫 부분인 ③으로 변한다. 여기에서 비로소 '설국'이 등장하게 되는 것이다. 즉, 처음 발표할 때에는 '설국'이라는 단어를 어디에서도 찾아볼 수 없었다. 처음 발표할 때에는 단순히 '온천'이라고 했던 것을 '설국'으로 한 것이다. 눈이 많은 지역이라는 의미의 '설국'이라는 단어를 사용했는데, 이로써 그것을 첫머리에 배치하여 '설국'을 이야기의 전제로 두면서 강한 인상을 주는 점, 일본인들이 가지고 있는 온천의 이미지를 불식시키는 등 여러 가지 효과를 생각할 수 있을 것이다.

한편, 독자로서는 터널을 빠져나가 만난 세상이 '눈'으로 가득한 특별한 세상이라는 이미지를 부여했다는 점이 가장 클 것이다. 그리하여 이 작품 안에는 신록의 계절, 겨울, 늦가을이라는 세 계절이 존재함에도 불구하고 '눈'과 '겨울'의 이미지로 이 작품 전체를 읽어내게 하는 뛰어난 레토릭으로 작용하기도 한다.

이후, 『설국』은 1940~1941년에 「설중화재」와 「은하수」가 덧붙여져 눈 속에서의 화재 장면으로 대단원의 막을 내리게 된다. 그리고 이 두 편을 개고하여 1946~1947년에 「설국 초」와 「속 설국」으로 발표하여 현재의 모습에 이르게 된다.

1940년 이후에 덧붙여진 부분은 견직물인 지지미縮 산지와 결부된 눈 속에서의 정화와 소생 그리고 화재 사건을 둘러싼 결말에 해당한다. 이로써 눈으로 시작한 첫 장면부터 마지막까지 '눈'으로 이미지의 통일을 가져오게 된 것이다.

'설국'과 지명, 현실과 비현실

가와바타는 본인이 밝힌 바, 여행지에서 창작하는 것을 즐겨했다. 실제로 1920년대에 오랜 기간 머물며 집필했었던 이즈 지역을 배경으로 한 「이즈의 무희」를 비롯한 일련의 작품들을 발표한다. 이들 작품에서의 '이즈'는 작품 배경으로 그치지 않고, 그 안에서 살아가는 지역성이 녹아든 군상들을 그려내기도 했다.

또한, 1929년부터는 당시의 전통문화와 대중문화가 혼재했던 도쿄의 아사쿠사를 실제로 탐방, 조사하며 그것을 바탕으로 『아사쿠사홍단』을 비롯한 아사쿠사 관련물을 창작하기도 한다. '이즈'의 경우와 마찬가지로 '아사쿠사'의 경우도 실제 지명을 살리고 있을 뿐 아니라, 인물과 현장을 되살릴 정도의 섬세하고도 사실적 방법으로 창작에 임하고 있었다. 아사쿠사 관련 작품에서는 당시 유흥가였던 그 지역에서 댄서나 곡마단에서 생활하는 예인과 하층민의 모습이 생생하게 그려져 있다. 이러한 경향은 전쟁기와 그 이후의 도쿄, 가마쿠라를 배경으로 하는 작품에도 그대로 이어진다.

『설국』에서는 지명이 아니라 일반명사인 '설국'으로 일관하고 있지만, 그 '설국'이 어디인지는 잘 알려진 사실이다. 가와바타가 그 지역에 대해 여러 번 언급한 글이 존재하기 때문이다.

> 『설국』의 장소는 에치고越後의 유자와湯澤 온천이다. 나는 소설에 그다지 지명을 사용하지 않는 편이다. 지명은 작자 및 독자의 자유를 묶어버리는 것같이 생각되기 때문이다. 또한 지명을 명확히 하면 그 지역을 확실히 쓰지 않으면 안 된다고 생각하기 때문이다.[9]

소설에 지명을 자주 사용하지 않는다는 점에 대한 신뢰성을 차치하고, 『설국』에서 지명을 쓰지 않은 이유를 밝히고 있는 점에 주목할 만하다. 가와바타가 말한 대로 지명을 그대로 쓴 작품은 구체적으로 그 배경이 확실히 그려져 있다. 그런데 『설국』에서의 배경 '설국'은 그 이상의 작가의 의도를 엿볼 수가 있는 경우라 할 수 있다. '설국'이라는 문학 공간을 작품에서 활용하고 있는 것은 소설 『설국』 그 자체와 직결되는 것으로 볼 수 있기 때문이다.

『설국』의 배경은 가와바타가 밝힌 바, 니가타현新潟縣의 '에치고유자와' 온천이다. 가와바타는 설국을 집필할 때, 세 번이나 그곳을 방문해 체류했다고 한다. 유자와 온천의 다카항高半이라는 료칸[10]에 머물며 그곳에서 집필해 출판사로 보내곤 했다는 기록을 가와바타와 그 부인의 기록[11]을 통해 확인할 수 있다.

뿐만 아니라, 『설국』의 주인공 격인 고마코에는 실존 인물인 모델[12]이 있었으며, 작품 안에서 그려지는 자연 풍경, 풍물 등은 에치고 유자와의 것을 그대로 재현해놓고 있다. 심지어 작품의 대단원에 해당하는 「설중화재」의 소재가 되는 화재는 1935년 가와바타가 집필 당시에 발생한 화재[13]를 그대로 도입하고 있을 정도다. 이러한 연유로 '설국' 하면 '에치고유자와'라는 등식이 성립되었던 것이고 많은 『설국』 관련 문학 기행들이 이 지역을 중심으로 이루어지고 있다.

그럼에도 불구하고 가와바타가 작품 내에 지명을 밝히지 않고 '설국'이라는 일반명사로 사용하고 있는 것은 어떤 의도였으며, 그 효과는 어떠했는가. 작품 안에서 '설국'은 시마무라가 일상에서 벗어나 향하는 곳이다. 현실감이 사라진 별세계이며, 이공간인 것이다. 현실을 뛰어넘은 비현실의 공간이기에 현실에서의 지명, 현실감 같은 건 중요하지 않고, 오히려 그것은 방해적인 요소로 작용하게 될 것이다. 이렇게 본다면 가와바타의 현실 지명의 제거는 본인이 말하는 "그대로 그려야 하기 때문"이라는 이유 이외에, 비현실성을 두드러지게 하는 필수적인 요소로서 작용하고 있다고 보아도 좋을 것이다.

이러한 현실 제거의 경향은 공간적인 지명 이외에 시간적인 부분에서도 찾을 수 있다. 즉 작품 발표 시기인 1935~1947년이라는 시대를 전혀 읽어낼 수 없다는 것과도 연결된다. 일본에서 이 시기는 전운이 감돌고 있었던 때다. 대륙으로의 진출이 진행되어 1931년에 만주사변을 일으키고, 1937년 중일전쟁, 1941년 태평양전쟁, 1945년 패전을 모두 거치는 시기가 된다. 그러나 이 작품은 어디에서도 그러한 시대의 흔적을 엿볼 수가 없다.

즉, '설국'은 에치고유자와가 아닌 설국이어야만 하는 것이다. 시간도 공간도 배제된 눈 속에 모든 것이 싸여져 있는 공간으로 조형할 수 있기 때문이다. 이러한 측면에서, '설국'이라는 용어 및 그를 활용한 공간의 설정은 시공간의 일상성을 배제하여 비현실적인 세계를 만들어내는 더없이 효과적인 창작법이었다고 할 수 있다. 이렇게 보면 설국은 에치고유자와 온천에 한정되지 않고, 눈이 있는, 일상을 벗어나는 공간이라면 어디라도 좋다는 이야기가 될 것이다.

『설국』의 세계

'눈'의 세계로 가는 입구: 터널

"국경의 긴 터널을 빠져나가자 설국이었다. 밤의 밑바닥은 새하얬다"라는 유명한 문장으로 『설국』은 시작된다. 여기에서의 '국경'은 나라의 경계가 아니라 현縣의 경계를 가리키는 단어이며, 이 터널을 통과함으로써 주인공 격인 시마무라는 '설국'이라는 세계로 들어가는 것이다. 서두 표현에서 '터널'은 상당히 중요한 역할을 하고 있다. 터널을 통과하지 않은 '이편'과, 터널을 넘어선 '저편'으로 구분 짓는 경계[14]가 되는 것이다. 이것은 단순히 지역적인 경계만을 의미하고 있지는 않다. 터널을 넘어선 세계가 '설국'이라는 특별한 공간이 될 것이며, 이 공간은 이 작품 전체를 통괄하는 상징적 공간으로서 존재하게 된다.

『설국』은 도쿄에 사는 무위도식하는 남성 시마무라가 설국을 세 번 방문하며 그곳에서 일어나는 일을 중심으로 펼쳐내는 소설이다. 설국에서 만난 여성 고마코와의 변화되는 관계와 사랑 그리고 존재를 명확히 알 수 없지만 끊임없이 끌리는 소녀 요코葉子와의 관계와 감정의 얽힘을 설국의 자연을 배경으로 섬세하게 그려내고 있다.

시마무라가 설국을 처음 방문한 것은 신록의 계절이었다. 등산으로 산을 넘어 도착한 곳이 온천지인 설국이었다. 마침 교량 공사 낙성식 파티로 게이샤들이 총출동하게 되어, 게이샤 대신 그 마을의 무용을 배우고 있는 아가씨 고마코가 술자리에 나와서 처음 만나게 된다. 술자리에 불려온 그녀와 만남을 거듭하며 가까워지게 된다.

그녀와의 시간을 추억하며 손가락이 기억하는 그녀(고마코)를 만나기 위해 두 번째로 설국을 향하는 것이 작품의 서두에 해당하는 것이다.

설국으로 접어든 기차 안에서, 시마무라는 차장에 비친 한 여인의 모습에서 투명하고 환상적인 아름다움에 빠지게 된다.

> 문득 그 손가락으로 유리창에 선을 긋자, 거기에 여자의 한쪽 눈이 또렷이 떠오르는 것이었다. (중략) 그저 건너편 좌석 여자가 비쳤던 것뿐이었다. 밖은 땅거미가 깔려 있고 기차 안은 불이 밝혀져 있다. 그래서 유리창이 겨울이 된다.[15]

> 거울 속에는 저녁 풍경이 흘렀다. 비쳐지는 것과 비추는 거울이 마치 영화의 이중노출처럼 움직이고 있었다. 등장인물과 배경은 아무런 상관도 없었다. 게다가 인물은 투명한 허무로, 풍경은 땅거미의 어슴푸레한 흐름으로, 이 두 가지가 서로 어우러지면서 이 세상이 아닌 상징의 세계를 그려내고 있었다. 특히 처녀의 얼굴 한가운데 야산의 등불이 켜졌을 때, 시마무라는 뭐라 형용할 수 없는 아름다움에 가슴이 떨릴 정도였다.[16]

건너편 뒷자리에 앉은 아가씨가 차장에 비친 모습에 감동하며 그 거울의 세계에 빠진 것이었다. 그가 차창에 비친 상을 보고 '투명한 덧없음', '이 세상 것이 아닌 상징의 세계'를 느끼고 있었다. 이 상을 보고 느끼는 시마무라의 마음은 다음과 같은 것이었다.

이렇듯 거리감을 잊은 채 두 사람은 끝없이 먼 길을 가는 사람들처럼 생각될 정도였다. 그 때문에 시마무라는 슬픔을 보고 있다는 괴로움은 없이, 꿈의 요술을 바라보는 듯한 느낌이었다.[17]

이 차창에 비친 아가씨의 모습에 빠진 시마무라의 감정을 그린 부분은 『설국』 전체에서도 백미이기도 하지만 앞으로 작품에서 그려질 세계를 상징적으로 표현하고 있는 부분이라고도 할 수 있다. 있는 것도 없는 것도 아닌 투명의 세계에 비친 상징적이고 비현실적인 미에 빠지며, 설국에서의 세계가 바로 그와 무관하지 않다는 것을 알려주고 있는 것이기도 하다.

차창에 비친 아가씨는 요코였다. 도쿄에서 병을 얻어 돌아가는 유키오行男를 간호하며 고향으로 가는 중이었다. 이 인물들이 설국에서 같이 내리면서, '손가락으로 기억하는 여자'와 '차창에 비친 비현실적'일 정도로 아름다운 여자 그리고 병든 남자 등의 인물과 시마무라, 또한 인물들 사이는 어떻게 얽히게 될지 기대하게 된다. 그 이야기는 설국의 눈 위에서 펼쳐지게 될 것임을 암시하는 것이 첫 문장임은 모두가 알 수 있을 것이다.

여자의 사랑과 삶, 헛수고의 세계 '설국'

시마무라가 설국을 향하는 것은 고마코를 만나기 위해서였다. 설국을 처음 방문했을 때, 시마무라와 고마코의 만남이 이루어지고, 친근한 관계가 된다. 게이샤는 아니었지만 반복해서 시마무라가 묵고 있는 방을 방문하여 둘의 관계는 깊어진다.

시마무라가 두 번째로 방문했을 때, 고마코는 게이샤가 되어 있었다. 시마무라와 고마코의 남녀 관계는 더욱 깊어지고, 고마코는 연회가 있건 없건 시마무라가 묵고 있는 방에서 오랜 시간 머무르는 것이 일상이 되었다. 고마코는 매우 적극적으로 시마무라에게 온몸과 마음으로 다가온다. 그런 고마코의 외모는 지극히 관능적으로 묘사된다.

> 가늘고 높은 코가 약간 쓸쓸해 보이긴 해도 그 아래 조그맣게 오므린 입술은 실로 아름다운 거머리가 움직이는 듯 매끄럽게 펴졌다 오므라들었다 했다. 다물고 있을 때조차 움직이는 듯한 느낌을 주어 만약 주름이 있거나 색이 나쁘면 불결해 보일 텐데 그렇진 않고, 촉촉하게 윤기가 돌았다. 눈꼬리가 치켜 올라가지도 처지지도 않아 일부러 곧게 그린 듯한 눈은 어딘가 어색한 감이 있지만, 짧은 털이 가득 돋아난 흘러내리는 눈썹이 이를 알맞게 감싸주고 있었다. 다소 콧날이 오뚝한 둥근 얼굴은 그저 평범한 윤곽이지만 마치 순백의 도자기에 엷은 분홍빛 붓을 살짝 갖다 댄 듯한 살결에다, 목덜미도 아직 가냘퍼, 미인이라기보다는 우선 깨끗했다.[18]

고마코에 대한 묘사는 그림을 그리듯 그 모양과 색감이 선명하며 육감적이어서 에로틱한 느낌마저 주고 있다. 이는 투명하며 청각적으로 표현되는 또 한 명의 여성인 요코의 묘사와 대비된다. 요코의 이목구비에 대한 묘사는 찾아볼 수 없다. 단지, '서늘한 눈빛'과 '슬프리만치 아름다운 목소리'로 표현되고 있을 뿐이다.

고마코는 시마무라가 방문할 때마다 신분이 바뀌고, 육체적 성숙도 더해간다. 또한 고마코의 뜨거운 마음이 시마무라를 향해 강렬하게 달려가고 있음을 그는 느끼고 있다.

소문에 의하면 고마코가 게이샤가 된 것은 병든 정혼자의 치료를 위해서라고 했다. 그 소문을 고마코는 극구 부인하고 있으며, 병세가 좋지 않은 유키오와는 현재는 관계가 끊어진 듯도 보였다. 시마무라는 고마코의 이러한 헌신을 '헛수고徒勞'라 여기는 마음을 지울 수 없다.

시마무라는 마을을 산책하다가 고마코를 만나 그녀가 살고 있는 집을 방문하게 된다. 이전에 누에고치 창고로 사용되던 다락 같은 곳이었다. 그는 이곳에서 그녀가 쓰고 있는 일기에 대한 이야기를 듣고 보게 된다. 이전에 읽은 책에 관한 이야기, 시마무라가 이 마을을 처음 방문했을 때의 이야기, 다시 방문한 것이 며칠 만이라는 등 모든 것이 기록되어 있는 것이었다. 시마무라는 그녀의 이러한 삶의 방식이 '헛수고'라 생각하지만, 그렇기 때문에 순수한 삶과 그 생명력에 내심 감동하고 만다. 결국, 시마무라는 일상을 벗어난 비현실적 상징의 세계를 찾아 설국을 찾지만, 고마코에게는 끈질기고 열정적인 삶이 존재하는 현실이었던 것이다. 고마코의 현실이 '사랑'이라는 이름으로 시마무라를 향해 달려오자, 압박감을 느낀 그는 설국을 떠나버리게 된다.

남자의 비현실의 공간 '설국'

『설국』은 미묘하게 숨겨진 것이 많은 작품이다. 우선 작품은 시마무라를 중심으로 그려지고 있는데, 정작 시마무라에 대해서 그가 도쿄 사람이라는 것 이외에는, 생활은 전혀 서술이 되어 있지 않다. 어떤 가정생활, 사회생활을 하는지, 사회 배경이 어떠한지 전혀 드러나 있지 않다. 단지, 시마무라가 도쿄를 출발할 때 아내가 옷을 챙기면서 벌레가 알을 깠다고 말하는 것이 전부다.

이렇게 시마무라에게 도쿄에서의 생활을 드러내지 않은 것은 '일상의 제거', '비현실 세계의 조형'에 매우 유효한 장치로 보인다. 이러한 장치의 효과로 『설국』에서는 '설국'에서의 일만 그려지게 된다.

또한, 『설국』은 인간관계 등 다양한 이야기들이 숨겨지거나 명확하지 않은 채 남아 있다. 이는 작품의 서술 방법과 깊이 관련되어 있다. 즉, 소설의 서술 시점이 '시마무라'에게 두어져 있기 때문이다. 그리하여 시마무라가 본 것, 들은 것, 느낀 것만이 그려지게 되는 것이다. 이로써 독자들은 전지적 시점에서의 작품 읽기를 거부당하고, 가려짐과 애매함 속에서 읽어가야 한다. 그렇기 때문에 시마무라가 설국을 떠나 있는 동안에 그곳에서 무슨 일이 일어나는지 알 수 없는 것이다. 또한, 고마코와 유키오의 관계는 실제 어떠한지 명확하지 않다. 유키오를 도쿄에서 데리고 온 요코와의 관계 또한 밝혀져 있지 않다. 시마무라를 둘러싼 고마코와 요코의 심리적 갈등도, 정작 고마코와 요코의 관계도 명확하지 않다. 이런 모든 숨김은 작품 서술의 시점이 시마무라에게만 맞추어져 있기 때문이다. 이러한 설정 역시 비현실과 상징의 세계를 구축하는 데 유효하게 작용했다고 할 수 있다.

『설국』의 비현실의 세계를 그려내는 데는 시마무라의 인물 조형 또한 큰 역할을 하고 있다. 그는 아버지로부터 물려받은 재산으로 무위도식하며 무용에 대한 평론과 번역을 하는 것을 주된 일로 삼고 있다. 원래는 일본 무용에 관련된 일을 하고 있었다. 일본 무용계의 침체에 불만을 느끼고 그 타개를 위해 직접 움직여야 할 입장에 몰렸을 때, 서양 무용 쪽으로 방향을 틀게 되었다. 무언가에 묶이거나 책임, 행동해야 하는 상황을 회피하는 것이 시마무라의 성향이라 할 수 있다.

> 아직 깨어나지 못한 일본 춤의 전통이나 새로운 시도가 보이는 독단적 경향에 대해 당연히 노골적인 불만을 품은 나머지, 이렇게 된 이상 자신이 직접 운동에 뛰어드는 수밖에 없다는 생각에 사로잡혔다. 그러나 일본 춤의 신진들로부터도 그런 권유를 받게 되었을 즈음, 돌연 그는 서양 무용 쪽으로 자리를 옮겨 앉았다. … 여기서 새로 발견해낸 기쁨은 눈으로 서양인의 춤을 볼 수 없다는 데에 있었다. … 서양의 인쇄물에 의지하여 서양 무용에 대해 글을 쓰는 것만큼 편한 일은 없었다. 보지 못한 무용은 이 세상에 존재하지 않는 이야기나 마찬가지다. 이보다 더한 탁상공론이 없고, 거의 천국의 시에 가깝다.[19]

그가 하는 번역이나 평론 작업은 서양 무용을 직접 보는 것이 아니라, 사진이나 팸플릿을 보고 하는 것이다. 직접 보지 않고 쓰는 것이 그에게는 안락감을 준다고 한다. 자신이 직접 현실에서 움직여 주위를 변화시키는 것을 거부하고, 실제가 아닌 사진, 그림으로 평론을 쓰고 있다. 이러한 직업이나 사회에 대한 그의 방향성은 작품 안에서의 고마코에 대한 행위와도 직결된다.

시마무라는 일상과 자신에 성실함을 회복하기 위하여 설국을 방문했다. 이것은 일상을 벗어나고자, 혹은 어긋난 일상을 되돌리고자 산을 찾고, 설국에 이른다. 거기에서 만난 고마코에게 호감을 느끼고 가까워지지만, 적극적으로 그녀에게 접근하지는 않는다. 그에게 다가오는 고마코의 열정을 느끼며 가까워지고, 그녀의 삶을 지켜보며 생의 활력에 감동하기도 한다. 마치 고마코를 바라보는 '눈眼'의 역할을 한다고도 할 수 있다. 이러한 시마무라의 성향을 작가 가와바타는 『설국』에서는 "시마무라는 고마코를 부각시키는 도구의 역할을 하는데 지나지 않았다. 그것이 이 작품의 실패이며, 성공 요인이기도 하다"[20] 라고 표현하기도 했다. 그가 자신의 일의 영역인 무용을 비현실적으로 바라만 보고 쓰는 것처럼 고마코를 바라보고 그려내게 한 것이다.

설국이라는 공간이 시마무라에게는 일상을 회피해 올 수 있는 공간이었다. 시마무라의 성향 중 '회피'는 가장 큰 특성이라고도 할 수 있을 것이다. 그가 그의 일에서 보여왔던 것처럼, 고마코에 호감을 느끼고, 가까워지는 것까지는 좋았으나 고마코가 진지하게 열정적인 마음으로 다가오자 부담을 느끼게 된다. 그리고 결국에는 그 사랑에서 눈을 돌려 그곳을 떠나버리게 된다.

자연과의 합일 '설국'

『설국』은 작품의 제목에서부터 자연과 밀접한 관련이 있으리라는 것은 유추할 수 있다. 실제로 『설국』에서는 눈에 덮인 풍경, 그 안에서 살아가는 사람들의 모습은 물론, 자연 배경이 소설의 내용과 절묘하게 아우러져 전체적으로 서정적인 분위기를 자아내는 데에 큰 역할을 하고 있다.

앞서 이 작품에서는 현실적인 요소가 많은 부분 제거되어 있음을 지적했다. 또한 가와바타가 이 작품을 집필할 때, 에치고유자와를 방문하여 그곳에서 쓴 부분이 많음도 서술한 바 있다. 이에 대하여 가와바타는 자연 배경에 대해서는 "실제 그 지역의 자연을 그대로 사용했으며, 공상으로 그리는 부분도 현실의 자연 배경을 사용한 예가 많다"[21]고 밝히고 있다. 그것은 설국이라는 지역적 특수성을 더욱 선명하게 부각시키면서, 작품에 더욱 생동감을 부여하는 요소로 작용했을 것이다.

『설국』에서 그려지는 자연은 배경으로 그치지 않는 데 그 의미가 있다고 하겠다. 작품의 내용, 관계성의 진행 방향, 인물의 내면 등과 절묘하게 조응하며 비유, 상징적으로 그려져 있어 깊이를 더한다. 실제로 시마무라가 처음 방문했을 때인 신록의 계절에는 피어나는 자연과 새순들, 나비 등으로 고마코와의 시작되는 관계를 상징하고 있기도 하다. 산책하는 길 어귀에 있는 삼나무는 게이샤로 신분이 바뀌어가면서도, 열심히 살아가는 고마코의 상징이기도 하다. 이처럼 『설국』에서 자연과 인물, 작품 내용과의 조응은 절묘하게 조화를 이루고 있다고 할 수 있다. 자연과 등장인물의 상징적 관계는 시마무라가 세 번째 설국을 방문하는 부분에서 심화된다. 늦가을의 전원적인 풍경은 아름다움을 더하지만, 모든 것이 퇴색되고 시들어가는 이미지가 강렬하게 다가오는데 이것들은 시마무라와 고마코의 관계를 상징하고 있는 것이기도 하다. 게이샤를 그만두는 나이 먹은 퇴기退妓, 색이 바랜 국화, 붉은색을 지나 색이 없어져가는 단풍, 홀로 남겨진 감, 상해버린 만쥬饅頭 등의 인상으로 작품 내의 분위기를 쓸쓸하고 마지막을 향해 치닫는 분위기로 만들어간다.

그런데, 1937년 판 『설국』을 발표하면서 첫 부분에 눈을 연상케

하는 것이나, 두 번째 방문에서의 눈 쌓인 거리 풍경 등을 묘사하기는 했지만 '설국'다움을 충분히 그려내거나 인상 지우지는 못하고 있었다. 거기에 1940년부터 발표, 수정하게 되는 「설중화재」 이후의 부분은 설국의 풍물적인 면모를 구체적으로 살려내고 있다. 당시 작가가 실제 목격했던 화재를 「설중화재」 부분에 삽입시켜 막을 내리고자 한 구상은 가와바타의 서간문[22]에서 밝히고 있다.

「설중화재」에 해당하는 후반 부분은 설국의 풍물 묘사에 매우 상세하다. 설국의 특산물인 견직물 지지미 산지를 찾아가는 부분은 작품에 상직적인 의미를 부여한다.

> 눈 속에서 실을 만들어 눈 속에서 짜고, 눈으로 씻어, 눈 위에서 바랜다. 실을 자아 옷감을 다 짜기까지 모든 일이 눈 속에서 이루어졌다. "눈 있는 곳에 지지미 있으니, 눈은 지지미의 모태로다"라고 옛사람도 책에 썼다.[23]

지지미 바래기 풍속을 소개하며 눈에 의한 창조, 성장 그리고 재생의 의미를 함축하고, 순환과 정화력까지도 강조하고 있다. 이것은 시마무라에게 있어 설국의 의미와도 통하는 것으로 볼 수 있다. 설국의 풍물은 이 이외에도 처마를 길게 하여 눈을 피하는 '강기雁木', 눈을 치워 길거리 중앙에 모아 그것을 뚫어 다닐 수 있게 하는 '태내굴胎内潛', 새쫓기 축제 등이 그려진다. 이로써 설국의 설국다운 면모가 두드러지게 된다고 하겠다.

『설국』의 후반부는 전부 '눈' 위에서 이루어지며, 시마무라의 지지미 산지 방문과 화재 부분으로 나뉜다. 『설국』이 전반적으로 사건 위주보다 이방인의 관찰적 시각에 의한 묘사적인 작품이라고 할 수 있지만, 마지막의 화재 부분은 상당히 스펙터클한 기운이 충만히 흘러넘친다. 눈 속의 화재라는 극적이고 대조적인 움직임이 전체를 지배하고, 고마코와 요코의 광기가 에너지로 표출되어 요코의 생사를 알지 못하게 하는 상황까지 치닫게 된다.

> "이 아이가 미쳐요. 미쳐요."
>
> 정신없이 울부짖는 고마코에게 다가서려다, 시마무라는 고마코로부터 요코를 받아 안으려는 사내들에 떼밀려 휘청거렸다. 발에 힘을 주며 올려다본 순간, 쏴아 하고 은하수가 시마무라 안으로 흘러드는 듯했다.[24]

이 순간 시마무라는 은하수가 내려와 자신 속으로 흘러들고, 은하수로 흡수하는 자연과의 동화로 작품은 대단원을 맞게 된다. 가와바타는 『설국』 집필 당시 계절이나 눈을 중심 소재로 의식하고 있지 않았으나, 설정에 있어서는 중요한 역할을 하고 있었다. 특히 후반부에 이름에 따라 자연묘사에 무게가 두어지고 특히 '눈'을 통하여 전체를 통합하고, 자연의 생명력과 순환의 의미를 부여하고 있음을 알 수 있다.

노벨문학상과 가와바타

가와바타가 노벨문학상 수상자로 선정된 것은 1968년 10월이었다. 수상 이유는 앞서 살펴본 대로 "일본인의 마음의 정수를 뛰어난 감수성으로 표현한 서술적 기교의 탁월함"[25]으로 알려졌다. 가와바타가 노벨문학상을 수상한 1968년에는 후보가 83명이었고 그중에 프랑스의 앙드레 말로, 사뮈엘 베케트, 영국 시인 W. H. 오든 등이 있었다고 한다. 일본 내의 작가로는 소설가 미시마 유키오三島由紀夫와 시인 니시와키 준자부로西脇順三郎와도 경합을 벌였다.[26]

가와바타가 노벨문학상 후보로 오르고 심사가 진행되었을 때, 심사는 대부분 번역본에 의한 것이었다. 앞의 기사에서는 번역본이 적어 심사에 고충을 겪었다는 기록이 있었다고 하는데 가와바타의 작품이 처음 해외로 번역된 것은 1935년의 「겨울 가까이冬近し」가 헝가리어로 옮겨진 것이었다. 이후, 1950년대부터 번역본의 수와 언어권이 확대되는데, 노벨문학상 수상 이전인 1967년까지를 보면 총 72종[27]이 영어, 불어, 독일어 이외에 동구어권을 포함한 특수 언어권으로 번역되었음을 확인할 수 있다. 작품도 『설국』, 『산 소리』, 「이즈의 무희」 등의 이른바 대표작 이외에도 손바닥 소설 등 다양한 작품들이 번역되어 있었다. 『설국』의 번역은 1956년 에드워드 사이덴스티커에 의해 영어로 번역된 이후, 노벨문학상 수상 전해인 1967년까지 14종에 이른다. 물론, 노벨문학상 수상 이후에는 폭발적인 숫자로 전 세계 언어로 번역된 것은 말할 나위가 없다. 이런 다양한 언어권으로의 양질의 번역은 세계적으로 문학성을 인정받는 초석이 되었을 것이다.

번역의 중요성은 수상 당사자였던 가와바타도 절감하고 있는 터였다. 노벨상 수상이 결정되자 NHK방송에서는 급거 가와바타 야스나리 특집 방송을 편성했다. 가와바타와 친분이 깊었던 평론가 이토 세이伊東整, 소설가 미시마 유키오 등 세 명이 나온 대담 프로였다. 이토의 "심사는 외국어로 했지요"라는 언급에 대한 가와바타의 답이다.

> 번역으로 (심사)하고 있지요. 그러니까 저는 번역자의 덕을 많이 본 거지요. 아마도 상당히 좋은 번역이었을 것이라고 생각합니다. 번역뿐 아니라 사이덴스티커나 도널드 킨, 프랑스 작가들도 그렇지만 저를 응원해주는 사람들이 있어요.
>
> 그러니까 번역자가 절반(노벨상) 받거나, 30퍼센트 정도 받은 것인지도 모릅니다.[28]

일본이 노벨문학상을 받은 데에는 명번역으로 알려진 사이덴스티커의 영어 번역을 비롯한 훌륭한 번역이 있었음은 말할 나위도 없다. 그와 더불어 일본 문화, 문학의 해외 소개 작업도 큰 역할을 했다고 할 수 있다.

일본 문학작품의 번역은 패전 후인 1950년대에 활발해지는데, 그 당시에는 문학 단체 및 출판업계의 자발적인 활동으로 번역이 이루어졌다. 주로 펜클럽과 터틀출판사 등에 의해 진행되었고, 일본 문화, 고전문학, 근·현대 고전 등이 번역되었다.[29] 그중 펜클럽은 가와바타 야스나리가 1948년부터 1965년까지 회장을 맡아 일본 문학의 해외 소개와 교류에 일익을 담당했다.

1968년 12월 스웨덴 스톡홀름에서 개최된 노벨문학상 수상식에 참석한 가와바타는 「아름다운 일본의 나: 그 서설美しい日本の私: その序説」이라는 수상 기념 연설을 하게 된다. 도겐道元 선사의 사계를 읊은 와카和歌의 인용으로 시작하는 연설은 자신의 문학관, 예술관, 우

주관, 자연관의 표명이라고 할 수 있다. 가와바타는 묘에明惠, 사이교西行, 잇큐一休 등의 와카와 하이쿠를 소개하며 사계와 자연의 아름다움을 강조하는 일본의 미의식과, 만유만물이 자유롭게 소통하는 무한의 세계로 이어지는 '무無'의 마음이 미의 비밀을 이루고 있다고 밝혔다. 그리고 여기에 근간을 둔 일본 미술, 정원, 고전문학을 소개하고 그 안에 흐르는 동양적 '무無'를 설명하고 있다.

가와바타는 자신의 작품 세계가 '허무'로 평가받는 것에 대해 '서양의 니힐리즘'과는 그 근본이 다르다고 하면서, 도겐 선사의 사계의 시에서 보이듯 '선禪'에 연결되는 것이리라고 맺어 자신의 허무를 설명했다.

이 수상 연설 자체가 가와바타의 수상 이유인 탁월하게 그려낸 '일본인의 심성'의 본질을 설명하고 있음은 분명해 보인다. 가와바타가 말하는 일본의 사계와 동양적 '무'에 바탕을 둔 '미'의 세계는 문학의 정수를 이룰 뿐 아니라, 이미 1930년대에 발표하기 시작하는 『설국』에서 그 면모가 확연히 발현되고 있음을 볼 수 있다. 그러므로 『설국』은 수상 작품 여부를 떠나 가와바타 문학의 진수를 모두 갖추고 있는 대표작이라고 할 수 있을 것이다.

알렉산드르 솔제니친의 『이반 데니소비치의 하루』

자유를 향한 몸짓과 역사의 불안

이강은·경북대 노어노문학과 교수

미는 세계를 구원하는가

알렉산드르 이사예비치 솔제니친(1918~2008)은 "러시아 문학의 불굴의 전통인 도덕적 힘을 계승"했다는 찬사를 받으며 1970년 노벨 문학상을 받았다. 이반 부닌, 보리스 파스테르나크, 미하일 숄로호프에 이어 러시아 문학가로서 네 번째였다.

하지만 솔제니친은, 출국하면 귀국을 불허하겠다는 당국의 위협 때문에 수상식에 참여하지 못했다. 대신 스웨덴 한림원에 보낸 수상 강연에서 솔제니친은 예술과 문학이 구원의 힘을 가지고 있지만, 우리는 마치 귀한 것을 손에 쥐고도 그 쓰임새를 모르는 사람들처럼 그 진정한 가치를 제대로 평가하지 못하고 있다고 비판한다. 도스토옙스키가 던졌던 화두, "미가 세계를 구원하리라"는 명제와 더불어 솔제니친은 자신의 깊은 문학적 확신을 이렇게 전한다.

미가 세계를 구원하리라는 말은 우리가 유물론에 빠져 오만하던 청년 시절에 생각했던 것처럼 진선미라는 오래된 삼위일체, 즉 화려하지만 낡아빠진 그런 공식에 지나지 않는 것일까요? 많은 학자는 이 세 나뭇가지의 꼭짓점이 서로 만나 하나로 합일된다고 확신하지요. 하지만 진과 선이 지나치게 명백하고, 지나치게 강직하고, 그 싹이 억눌리고 잘려나가 더 자라지 못한다면, 그때 어쩌면 미처 예측하지 못한, 기대하지 않았던, 기묘한 미의 싹들이 바로 그 자리로 뚫고 나와 그 모든 세 나뭇가지를 위한 일을 수행하는 것 아닐까요?

바로 그때 "미가 세계를 구원하리라"라는 도스토옙스키의 말은 실언이 아니라 예언이 되는 것 아닐까요? …

바로 그때 예술, 문학은 오늘날의 세계를 실제로 도울 수 있지 않을까요?[1]

솔제니친은 도스토옙스키와 마찬가지로 진·선·미의 삼위일체를 믿는다. 그런데 진과 선만으로는 때로 날카로운 적대적 대립에 봉착할 수 있다. 진과 선에 대한 서로 다른 '잣대', '계산 체계'는 서로를 이해하지 못하는 불통의 세계로 나아갈 것이고, 그러한 세계는 필연적인 파멸이 예정되어 있을 뿐이다. 그러나 바로 그런 대립과 불통의 순간에 미(예술과 문학)는 다른 두 요소의 대립을 극복하고 그 합일을 이루어 세계를 구원하는 수단이 될 수 있다.

… 멀리 떨어진 타인의 슬픔을 이해하지 못하는 경악스러운 무능력에 대해 인간의 좁은 시야를 비난할 수는 없습니다. 원래 인간이 그렇게 생겼으니까요. 그러나 한 덩어리로 합쳐진 전 인류에게는, 그러

한 상호 몰이해는 격렬한 파멸을 예정할 뿐입니다. 여섯, 넷, 아니 단 두 개의 평가 잣대하에서도 단일한 세계, 단일한 인류는 불가능합니다. 이러한 리듬의 차이, 흔들림의 차이가 우리를 분열시킵니다. 우리는 두 개의 심장을 가지고 살 수 없듯이 하나의 지구에서 그렇게 살아갈 수 없습니다.

그러나 누가 어떻게 이 잣대들을 합칠 수 있을까요? 누가 인류에게 단일한 계산 체계를 창조해낼 수 있을까요? 오늘날 분명하게 경계가 지워진 저 악덕과 선행, 관용과 불관용에 적용될 수 있는 단일한 계산 체계를? … 여기에서는 선전도, 강제도, 과학적 증거들도 무력합니다. 그러나 다행스럽게도 이 세상에 그런 수단이 있습니다! 그것은 바로 예술이고, 문학입니다.[2]

솔제니친은 예술 속에 구현된 미가 사람들 사이의 가치 대립과 파멸적 분열을 극복하고 세계를 구원할 수 있다고 역설한다. 예술적 창조자는 거짓을 이기는 힘을 가지고 있다는 것이다.

진·선·미를 동일시하는 것은 현대 미학론에서 보자면 아주 순진한 일이 아닐 수 없다. 진·선·미, 그 각각은 깊은 관련을 지니되, 엄연히 범주를 달리하는 것인바, 이를 무차별하게 동일시하는 것은 진·선·미 각각의 개념을 옥죄일 뿐만 아니라 심지어 독단적인 세계관의 원천이 되기도 한다. 하지만 현대사의 질곡 속에서 오랜 투옥과 탄압을 받으며 고난의 삶을 살아내고 있던 솔제니친이 권력의 폭력과 악에 대한 분노가 아니라 문학과 예술에 의한 세계의 구원이라는 다소 '미학주의적인' 기대를 품고 있는 것은 의외이고 다소 '순진한' 모습으로까지 보인다. 그러나 그의 호소는 오히려, 그래서 더욱 강렬한 울림으로 들려온다.

고난의 생애와 진실의 문학

솔제니친의 문학은 '진실의 문학', '사실의 문학'이다. 「이반 데니소비치의 하루*Один день Ивана Денисовича*」를 비롯해서 『암병동*Раковый корпус*』, 『수용소 군도*Архипелаг ГУЛАГ*』, 『붉은 수레바퀴*Красное колесо*』 등 주요 대표작이 자신의 체험과 역사적 사실을 바탕으로 강력하면서도 세밀한 현실 비판을 담고 있기 때문이다.

솔제니친은 러시아 혁명 직후인 1918년, 러시아 남부의 캅카스 지역에 연한 키슬로보츠크에서 태어났다. 카자크 혈통의 농민 계급이었던 부친은 모스크바 유학 시절 결혼했는데, 미처 대학을 마치기 전인 1914년, 제1차 세계대전에 의용병으로 참전한다. 아버지는 1917년 러시아혁명으로 전쟁이 종결되자 징집이 해제되어 고향으로 돌아왔지만, 사냥 중 우연한 사고로 사망하고 만다. 솔제니친이 태어나기 8개월 전의 일이다. 우크라이나인이었던 어머니는 혁명 이후 내전의 소용돌이 속에서 혼자 아들을 교육하기 위해 대도시였던 로스토프로 이사했고, 솔제니친은 여기서 초중등학교를 마치고 대학에 입학한다.

초중등학교 시절 솔제니친은 그 누구의 영향을 받은 것도 아니면서, 문학과 역사에 깊은 관심을 보였고 수필이나 시를 쓰는 등 혼자 글쓰기에 열중했다고 한다. 그는 중등학교 졸업 후 모스크바로 가서 문학을 전공하고자 했지만(그 자신의 회고에 따르면), 병이 든 어머니와 어려운 가정 형편으로 인해 인근의 로스토프대학 물리수학부에 입학한다. 대학에서는 전공인 물리수학 분야뿐만 아니라 독학으로 문학과 역사, 마르크스-레닌주의 등도 탐닉했다고 한다. 공산당 청년위원회인 콤소몰에도 가입하고 스탈린 장학금을 받는 등 학업 성적도 우수하여, 1941년 졸업할 무렵에는 대학으로부터 대학원 진학을 권유받을 정도였다. 문학에 대한 열정도 포기하지 않았던 솔제니친은 모스크바의 철학·문학·역사 대학에서 운영하는 통신 과정에 등록했지만, 1941년 제2차 세계대전이 발발하면서 과정을 끝내지는 못했다. 전쟁이 시작되면서 대대적인 징집령이 내려졌지만, 건강상 부적합 판정을 받은 솔제니친은 초기에는 징집을 피할 수 있었고, 대학 시절 결혼한 아내 나탈리야 레셰톱스카야(1918~2003)와 함께 근교 시골 학교의 교사로 부임한다. 그러나 독소전쟁이 격화되면서 징집의 손길은 솔제니친에게까지 미쳤고, 징집된 그는 수송대에서 말을 관리하는 사병으로 복무하게 된다.

솔제니친은 대학에서 물리수학을 전공한 것이 자기 인생에서 두 번 행운을 가져다주었다고 회상한다. 사병이었던 그가 물리수학 전공자라는 점을 인정받아 포병학교 단기교육을 통해 포병 장교로 진급하게 된 것이 그 하나다. 포병 장교로서 솔제니친은 최전선에서 끊임없는 전투에 참여하고 혁혁한 공을 인정받아 무공훈장까지 받는다. 그러나 1945년 2월, 그는 친구와 주고받은 편지에 지도자에 대한 존중이 결여된 표현들이 있다는 이유로 정치적 고발을 당하고 체포된다. 당시 형법은 전쟁에 대한 불리한 상황을 누설하거나 독일군의 위력을 과장한 자에 대해 매우 엄격하게 처벌하고 있었다. 그러나 편지의 표현들이 스탈린을 비하하는 명백한 증거가 되기에는 불충분했다. 당시 솔제니친은 독소전쟁의 최전선이라고 할 수 있는 쾨니히스베르크(현재의 칼리닌그라드)에서 주둔하고 있었다. 그 지역은 제1차 세계대전에서 러시아의 삼소노프 사령관이 소수의 독일군에게 전멸당하고 자살한 비극적 사건의 현장이었다. 역사와 역사소설에 관심이 깊었던 솔제니친은 시간이 날 때마다 역사의 현장을 탐사하며 필요한 자료를 모으고 당시 사건에 대한 비판적 견해와 소설 구상 등을 기록하고 있었는데, 바로 이 기록들이 솔제니친에 대한 정치 재판의 보충 자료가 되었다. 결국 솔제니친은 내무부 특별위원회의 비대면 회의를 통해 8년의 노동교정수용소 수감형을 선고받는다. 그 정도만 해도 상당히 관대한 형량으로 여겨지던 시절이었다.

솔제니친은 처음에는 일반 수용소에 수감되었다가, 곧바로 음향기기, 도청, 핵물리학 관련 실험 등을 수행하는 특수 연구소-감옥이던 마르피노 수용소로 이감된다. 그리고 8년간의 수용소 생활 중 첫 4년을 그곳에서 보냈다. 물리수학을 전공한 덕분에 얻을 수 있었던 두 번째 행운이었고, 그런 행운이 없었더라면 혹독한 수용소에서 살아남기 어려웠을 것이라고 솔제니친은 회상한다. 이 당시의 체험은 후에 『제1 영역*В круге первом*』이라는 소설에 그려진다. 그 후 나머지 4년의 기간은 정치범만을 수용하는 카자흐스탄의 탄광 지대 수용소로 이감되어 막노동을 하게 되는데, 이곳에서의 수용소 체험은 『이반 데니소비치의 하루』에 생생하게 묘사된다. 이 무렵 악성 종양이 발발한 솔제니친은 제대로 된 치료를 받지 못했을 뿐만 아니라 아내가 이혼을 제기하고 재혼하는 등 육체적으로나 정신적으로 커다란 불행을 겪어야 했다.

1953년, 솔제니친은 8년의 형기를 마치고 석방되었지만 분명한 법적 근거와 절차도 없이 카자흐스탄 쾨크테레크에서 다시 3년 유형이라는 행정 처분을 받는다. 이 시기에 종양이 재발하여 먹고 마시지도 못하는 죽음의 위기에까지 몰렸다가 가까스로 치료를 받고 목숨을 구한다. 이 시기의 고통은 후에 『암병동』에서 처절하게 확인된다. 유형은 특정 지역에서의 자유로운 활동은 보장하는 행정 처분이었기 때문에 그는 시골 학교에서 수학과 물리를 가르치며 소설 창작에 전념할 수 있었다. 단편소설 「마트료나의 집Матрёнин Двор」은 이 시기 체험을 바탕으로 창작되었다.

1953년 스탈린 사망 후 새로운 공산당 서기장으로 선출된 니키타 흐루쇼프가 스탈린 개인숭배를 비판하면서 이른바 '해빙기'가 시작되면서 솔제니친의 운명은 다시 반전을 맞이한다. 새로운 소련 인민을 육성하기 위해서는 강제노동이 아니라 지역 공동체의 선도와 계몽이 보다 효과적이라는 흐루쇼프의 논리가 널리 전파되면서, 극단적이고 무분별한 수용소 제도에 대한 비판이 제기되고 수용소 수감자들이 대거 석방되었다. 이런 분위기 속에서 1956년 완전히 복권된 솔제니친은 아내와 재결합하여(1957) 랴잔에서 중등학교 교사로 근무할 수 있게 된다. 이 시기에 비로소 다소 안정된 삶을 찾은 그는 『이반 데니소비치의 하루』(1959)를 비롯하여 여러 단편소설과 희곡을 창작한다. 하지만 그는 자신의 원고가 수용소 수감의 한 원인이 되었던 점, 여전히 엄격한 검열제도가 작동하고 있다는 점 때문에 작품을 출간할 엄두를 내지 못한다.[3]

1962년, 저명한 문학지 『노브이 미르*Новый Мир*』의 편집장이던 시인 알렉산드르 트바르돕스키가 흐루쇼프를 설득하는 등 1년여에 걸쳐 노력한 끝에 마침내 『이반 데니소비치의 하루』가 잡지에 게재될 수 있었다. 이 작품은 발표되자마자 1960년대의 자유화 분위기를 알리는 일대 사건이 된다. 이후 솔제니친은 연이어 단편소설들을 발표할 수 있었지만, 그런 자유의 순간은 잠시에 불과했다. 1964년, 브레즈네프에 의해 다시 엄격한 검열 정책이 시행되면서 그의 작품들은 출판 금지에 처해지고, 그는 작가동맹에서 제명 처분(1968)까지 당한다. 오랜 수용소 생활에서 가까스로 벗어난 그가 다시 '문학적 수용소'에 수감된 형국이었다. 바로 그해에 애증이 교차하던 첫째 부인과 결별하고 이후 평생 반려자이자 지적 동료인 수학자 나탈리야 스베틀로바(1939~)[4]를 만난 것은 그나마 개인적으로 커다란 위로가 되는 일이었을 것이다.

그러나 솔제니친은 이번에는 가만히 침묵하지 않고 공개서한을 통해 정부와 작가동맹을 신랄하게 비판하는 등 적극적인 행동에 나섰다. 그리고 그 서한들이 서구에 전해지면서 솔제니친은 과학자 안드레이 사하로프와 더불어 소련 체제에 저항하는 대표적인 지식인으로 떠오른다. 소련 정부의 다양한 위협과 압박, 서구의 지지와 찬양이라는 양극단의 평가 속에서 1970년, 스웨덴 한림원은 솔제니친을 노벨문학상 수상자로 선정한다. 하지만 앞서 말했듯이 그는 시상식에 참여할 수 없고 소련 내에서 작품 출판의 기회도 봉쇄된 상태였다. 어쩔 수 없이 솔제니친은 『암병동』, 『제1영역』, 『수용소 군도』 등을 비밀리에 해외로 보내 출판을 시도하는데, 그로 인해 정부와 여론으로부터 '반소 배신자', '인민의 적'이라는 극렬한 비난을 감수해야 했다. 소련의 사회주의 현실을 비판하는 『수용소 군도』가 파리에서 출판되었다는 소식과 더불어 1974년 마침내 솔제니친은 반역죄로 체포되어 시민권을 박탈당하고 가족과 함께 해외로 추방당한다.

이후 독일과 스위스를 거쳐 미국에 정착한 솔제니친은 소련을 비롯한 사회주의 체제에 대한 적극적인 공격을 마다하지 않으면서 미국을 비롯한 서구 진영의 이데올로기 선전전의 훌륭한 상징물로 활용되었지만, 다른 한편 미국과 서구의 자본주의에 대해서도 차가운 태도를 견지했다. 언론과 정치계의 화려한 스포트라이트와 대중의 관심 속에서도 솔제니친은 미국의 아주 한적하고 외진 버몬트주 산골에 칩거한 채 러시아어와 러시아적 생활을 고집하는 등 다소 다루기 힘든 괴짜라는 미심쩍은 서구의 시선을 받아야 했다. 자유를 갈망하던 이반 데니소비치가 세상에서 가장 '자유롭다'는 미국에서 스스로 문을 잠그고 '수용소'에 들어앉은 모습이었다.

1991년, 소련 붕괴 후 솔제니친은 복권되고, 모든 작품이 러시아어로 출판될 수 있었다. 그리고 마침내 1994년 영구 귀국길에 오른다. 블라디보스토크에서 모스크바까지 열차를 타고 돌아오는 다소 시위적인 솔제니친의 귀국길에는 수천 명의 열렬한 환영 인파가 뒤따랐다. 솔제니친은 국가두마에서 귀국 연설을 하며 완전하게 러시아로 '석방'되어 나온 것만 같았다. 이후 그는 러시아 애국주의를 주창하고, 나토NATO와 서구의 러시아에 대한 간섭과 이데올로기적 침투를 비난하는 등 다소 극우적일 정도의 정치적 행보를 보인다. 솔제니친의 그런 모습은 일종의 '이념의 수용소'에 갇혀버린 것만 같아 보였다. 푸틴 대통령이 병상에 누운 작가를 직접 방문하여 국가 공로상을 수여할 정도로 말년의 그는 러시아의 국가적 인물이자 정치적 상징이 되어 있었다. 2008년, 솔제니친은 파란만장한 삶을 마감한다. 아니, 현실과 역사의 수용소를 영원히 벗어난다.

이반 데니소비치의 '행복한' 하루와 역사의 불안

『이반 데니소비치의 하루』. 분량으로 보면 대여섯 시간에 긴장감 있게 읽어낼 수 있는 중편소설이다. 노벨문학상을 받을 때 이 작품은 그의 대표작으로 꼽혔다. 『암병동』이나 『수용소 군도』와 같은 대작이 아직 출판되지 않았을 때였다.

이반 데니소비치 슈호프, 소설의 주인공이고 40세다. 그는 제2차 세계대전 중 잠시 독일군 포로가 되었다가 탈출했지만, 독일군 첩자라는 혐의로 노동교정 수용소 10년 형을 선고받고 현재 8년째 복역 중이다(그는 3,653일을 수용소에서 보냈다. 10년 하고 사흘을 더 수용소에서 보낸 것은 그사이에 윤년이(!) 끼어 있었기 때문이다).

소설의 주인공과 마찬가지로 수용소 제도가 가장 정점에 도달한 시기에 수용소 생활을 해야 했던 솔제니친이 열악한 수용소 환경과 강제노동이라는 비인간적인 상황을 그렸다니 언뜻 비장하고 격앙된 분노의 목소리를 떠올릴 수 있겠지만, 작가는 마치 별일 아니라는 듯 평온한 시선으로 담담하게 슈호프의 하루를 따라간다. 엄격한 일과와 감시의 눈길, 간수와 경비병들의 가혹한 전횡, 형편없는 식사와 열악한 노동 환경, 부조리한 행정 처분과 비인간적인 수용소 환경 속에서[5] 이미 8년을 살아온 슈호프는 2년 뒤에 예정된 석방을 애태워 기다리지도 않는다. 그는 그저 죽 한 그릇을 더 먹거나, 약간 유리한 작업 부서에 배치를 받거나, 남이 받은 소포에서 과자나 소시지 한쪽을 얻어먹는 등 약삭빠르게 약간의 편익을 도모하는 일에만 열중하여 하루를 살아간다. 그러다 보니 아내의 편지로 드문드문 전해 듣는 바깥의 변화된 상황이 이해되지도 않고 복잡해 보이기만 한다. 그러니 "모든 것을 그를 대신해 당국이 생각해주는" 수용소 생활이 "더 편할 법하다. 굳이 왜 자유로워지려고 할까"라는 생각이 들기도 한다. 심지어 힘들고 비루한 일과였지만 슈호프에겐 운이 좋고 행복한 하루로 여겨진다.

> 슈호프는 아주 흡족한 마음으로 잠이 든다. 오늘 하루는 그에게 아주 운이 좋은 날이었다. 영창에 들어가지도 않았고, '사회주의 생활단지'로 작업을 나가지도 않았으며, 점심에는 죽 한 그릇을 속여 더 먹었다. 그리고 반장이 작업량 조정을 잘해서 오후에는 즐거운 마음으로 벽돌 쌓기도 했다. 줄칼 조각도 검사에 걸리지 않고 무사히 가지고 들어왔다. 저녁에는 체자리 대신 순번을 맡아주고 많은 벌이를 했으며, 잎담배도 사지 않았는가. 그리고 찌뿌드드하던 몸도 이젠 씻은 듯이 다 나았다.
>
> 눈앞이 캄캄한 그런 날이 아니었고, 거의 행복하다고 할 수 있는 그런 날이었다.[6]

새벽부터 일어나 몸이 아픈 중에 자칫하면 영창에 끌려갈 뻔했고, 살을 에는 혹한 속에서 허술한 의복에 물이 새는 장화를 신고 강제노동에 시달리다가 기껏해야 죽 한 그릇을 더 얻어먹고, 200그램의 빵 한 덩어리를 더 손에 쥐고, 남에게 담배 한 대를 빌리고 소시지 한 조각 얻어먹을 수 있었던 슈호프의 하루, 이런 하루가 '행복'했다니?! 분명 아이러니하게 보일 수밖에 없는 이 장면에서 우리는 감옥을 묘사할 때 비참한 상황을 극대화하기보다 오히려 그러한 공포가 없을 때, 평범한 일상 가운데 더욱 공포를 느끼게 된다는 솔제니친

의 냉엄한 리얼리즘을 목도한다.[7]

슈호프는 "알루미늄 전선을 녹여 모래에 부어 만든" 숟가락을 한 번도 잃어버리지 않고 장화 속에 끼워서 지니고 다니고, 비열한 페튜코프가 몰래 감자 한 덩어리 빼먹었음이 분명한 식어버린 아침 수프를 그래도 평균 수준은 된다며 음미하고, "퉁퉁 불어버린 생선 대가리를 꼭꼭 씹고 쪽쪽 빨아" 먹으며, 생선의 눈은 제자리에 붙어 있을 때만 먹고 너무 끓여 빠져나와 둥둥 떠다니는 커다란 눈알은 먹지 않는 '품위'를 견지하기도 하고, 먹다 남은 반쪽의 빵을 소중히 품고 가서 매트리스 속에 꿰매 넣기도 한다.

점심에 슈호프가 죽 한 그릇을 더 얻어먹는 장면을 보자. 슈호프는 배식 과정의 혼란을 틈 타 취사부를 속여 죽을 두 그릇 더 받아낸다. 그 공으로 슈호프가 한 그릇 더 먹는 것은 당연해 보인다. 그러나 어쨌든 최종 권한은 부반장 파블로에게 있다. 다른 동료들도 남은 그릇을 쳐다보고 욕심이 나겠지만 여기에도 엄연한 질서라는 게 있다.

> 이제 죽을 먹는 이 순간부터는 온 신경을 먹는 것에 집중해야 한다. 얇은 그릇의 밑바닥을 싹싹 긁어서 조심스럽게 입속에 넣은 다음, 혀를 굴려서 조심스레 천천히 맛을 음미하며 먹어야 한다. 그러나, 파블로에게 죽그릇이 벌써 비었다는 것을 보여주고, 한 그릇을 더 배당받기 위해서는 오늘만은 좀 서두를 필요가 있다. 게다가 두 에스토니아인과 같이 들어온 저 페튜코프 녀석은 두 그릇을 더 타냈다는 것을 이미 눈치채고, 파블로 맞은편에 서서 자기 죽그릇을 비우며, 아직 주인을 찾지 못한 네 그릇의 귀리죽 임자가 누가 될 것인가 하고 잔뜩 눈독을 들이고 있다. 그는 파블로에게 한 그릇이 아니면 반 그릇이

라도 좋으니 자기도 빼놓지 말라는 듯, 압력을 가하고 있다.

… 슈호프는 죽그릇을 다 비웠다. 귀리죽을 먹으면 워낙이 뱃속이 든든한 법인데, 오늘은 처음부터 두 그릇을 기대하고 있었던 때문인지, 여느 때처럼 그렇게 포만감이 들지도 않는다. 슈호프는 겉옷의 앞섶 호주머니에서 얼지 않게 흰 마스크에 싸놓았던 빵 껍질을 꺼냈다. 그는 그것으로 그릇 밑바닥이나 옆구리에 눌러붙은 찌꺼기를 아주 정성스럽게 싹싹 훑기 시작한다.[8]

예전이라면 말한테나 먹이던 귀리죽 한 그릇을 두고 벌어지는 신경전이 만만치 않다. 이렇게 가감 없이 '일상적으로' 그려지는 식사 장면은 씁쓸한 웃음까지 동반하며 독자에게 더욱 참담하게 다가온다. 놀라운 리얼리즘이다.

어떻게든 자신의 편익만을 꾀하려는 수용소원들의 간교하고도 비겁한 행동들(슈호프도 예외가 아니다), 수용소 안의 권력관계(반장과 간수, 경비병, 감독관, 일반 죄수 등), 죽 한 그릇을 위해 서로 경쟁하고 기만하는 식당 풍경, 혹한 속에서 조금이라도 바람을 피하려고 서로의 등에 바짝 달라붙어 행진하는 모습, 한발이라도 먼저 편한 자리에 들어서려고 일순간에 난장판이 되어버리는 대열 등등, 솔제니친은 절망이나 한탄, 혹은 비난의 목소리를 높이지 않고 담담하게 수용소의 일상을 그려간다. 슈호프의 내면으로부터, 살아 있는 인간의 일상으로부터 개인과 국가, 권력적 억압과 자유의 문제를 우리 앞에 보여줌으로써 이 소설은 사실의 단순한 폭로와 정치적 비판을 넘어서고 작가의 이데올로기적 입장마저 넘어서고 있다. 구체적이고 살아 있는 생동하는 인간의 묘사로 탄탄하게 짜인 이 소설은 이런 점에서

도스토옙스키와 톨스토이를 비롯한 러시아의 전통적인 리얼리즘을 계승하는, 일종의 '사회주의' 리얼리즘이라는 역설적인 평가를 받기도 한다.[9]

굴라그(수용소 중앙관리국)로 불리는 수용소는 노동으로 인간을 교정한다는 소련식 이념에 따라 설립된 교정기관이다. 러시아 혁명 직후에는 정치범을 수용하는 일부 수용소가 있었을 뿐이지만, 1929년에 형사범들의 노동력을 활용하는 법률이 제정되면서부터 국가 기본시설 구축과 경제개발을 위해 노동력이 필요한 곳마다 본격적으로 수많은 수용소가 설립된다. 1930년대 초 50만 명에서 1950년대 초에는 200만 명, 최대 300만 명에 이르는 죄수들(10~20퍼센트 정도의 정치범 포함)이 이런 수용소에 수용되었는데, 당시 소련 주민이 1억 명 내외였음을 고려하면 상당수(2~3퍼센트)가 강제노동에 동원되었음을 알 수 있다. 1950년대 중반 흐루쇼프 서기장의 해빙기 정책에 의해 수용소 수감자들이 대거 석방되자, 당시 소련 사회는 '극악무도'하고 '반소 배신자'에, '인민의 적'인 범죄자들이 사회로 쏟아져 나와 범죄가 폭증하고 '건전한' 사회 기풍이 오염될 것을 몹시 두려워하기도 했다.[10]

수용소 제도가 노동을 통한 사회주의적 교정을 목적으로 설립된 것은 분명하다. 폭력과 살인 등 반사회적이고 반윤리적인 중범죄자들에 대한 처벌은 어느 사회에서나 불가피한 일이다. 그러나 『이반 데니소비치의 하루』에 그려지는 수용소는 어떤 교정 목적을 달성하고 있다기보다 부조리하고 불합리하며 비인간적인 실상을 보여줄 뿐이다. 슈호프는 아무런 근거도 없이 반역죄로 10년 형을 받았고, 반장인 추린은 부농의 아들이라는 이유로 군대에서 추방되어 17년째 복역하고 있고, 전직 해군 중령 부이노프스키는 영국 함대에 파견되었다가 종전 후 영국 함장에게 선물을 받았다는 이유로 간첩죄로 투옥되었으며, 알료쉬카는 침례교 신자라는 이유로 25년 형을 받았다. 모두 무슨 엄청난 범죄나 뚜렷한 정치적 행위를 한 것도 없이 사소한 잘못이나 모호한 사유로 10년, 20년씩 수용되어, 부패하고 모순된 수용소에서 오로지 생존을 위한 일상에 함몰되어 있다. 여기에 무슨 노동을 통한 사회주의적 갱생이 존재하는가. 사회주의 혁명과 그 이념은 이러한 실상 앞에서, 이반 데니소비치의 하루 앞에서 일말의 불안을 느끼지 않을 것인가.

몸짓의 자유와 자유로의 비상

『이반 데니소비치의 하루』는 인간의 행위와 심리에 대한 탁월한 통찰과 빼어난 묘사를 통해 러시아 문학의 위대한 리얼리즘 전통을 계승한다고 평가받는다. 이 작품이 그려내는 문학 세계는 수용소 생활에 대한 단순한 기록이나 폭로를 넘어 전체주의 사회에서의 인간의 삶에 대한 알레고리를 담고 있음이 분명하다. 그러나 '진'과 '선'이 봉착한 막다른 골목에서 '미'의 자리와 역할이 있을 수 있다는 솔제니친의 말은 『이반 데니소비치의 하루』에서 어떻게 확인될 수 있을까. 과연 이 작품은 비인간적인 강제수용소라는 제도와 그 속에서 자유를 박탈당한 개인들의 비극적 하루라는 보통의 문법으로만 읽히면 그만일까. 인간을 위한 역사와 자유로운 인간의 만남, 말하자면 인간과 역사의 진과 선은 더 이상의 출구가 없는 것인가. '진'과 '선'

의 개념이 막다른 골목에 처한 현실에서 이반 데니소비치와 수용소 동료들은 인간으로서 어떻게 되살아나고 해방될 수 있을 것인가. 이 모순적 대립을 뚫고 나오는 미의 가능성은 어디에 있단 말인가.

슈호프가 벽돌을 쌓는 작업에 대한 묘사를 보자. 벽돌을 쌓기 위한 준비 과정은 수용소원들 각자 편하고 유리한 위치를 차지하기 위한 요령과 신경전으로 가득하다. 슈호프 역시 마찬가지. 그러나 막상 일을 시작하자 슈호프는 오직 일 자체에 빠져든다.

> 이제 슈호프의 눈에는 아무것도 들어오지 않는다. 눈부신 햇살을 받고 있는 눈 덮인 벌판도, 신호를 듣고 몰려나와 작업장을 이리저리 왔다 갔다 하는 죄수들도, 아침부터 파고 있던 구덩이를 아직껏 파지 못하고 또 그곳으로 걸어가는 죄수들도, 철근을 용접하러 가는 녀석들이며, 수리공장 건물에 마루를 얹으려고 가는 죄수들도 전혀 눈에 들어오지 않는다. 슈호프는 오직, 이제부터 쌓아 올릴 벽에만 온 신경을 집중했다. 그가 맡은 구역은 허리 높이까지 쌓아 올린 왼쪽부터, 킬리가스가 맡게 된 벽과 맞닿아 있는 오른쪽까지다. … 이전에 이곳에 벽돌을 쌓던 사람이 누구였는지 모르지만, 하여튼 솜씨가 서투른 때문이었는지 성의가 없었던 탓인지 엉망이다. 어쨌든 지금 슈호프는 남이 쌓다가 그만둔 것이긴 하지만 온 힘을 기울여 제대로 만들어보려고 애를 쓰고 있는 것이다. 움푹 들어간 곳은 한 줄로 대번에 평평하게 할 수는 없는 노릇이고, 세 줄을 더 올린 다음에 모르타르를 듬뿍 얹어서 고르게 해야 할 것 같다. 그리고, 저기 불쑥 튀어나온 쪽은 두 단째 벽돌을 쌓을 때 바로 잡을 수 있겠다는 계산이 선다.[11]

이렇게 일에 열중한 슈호프의 모습에서는 죄수로 강제노동을 하고 있다는 비극적 분위기는 사뭇 사라지고 일 자체에 대한 희열까지 느껴진다. 모르타르를 빗고 벽돌을 나르고 함께 일하는 반원들도 어느새 자발적으로 빠져든다. 이들이 협동하여 일하는 장면은 마치 신나는 잔치와도 같은 분위기다. 슈호프와 다른 벽돌공들은 아예 추위도 잊어버리고 땀에 배일 정도로 열심이다. 물론 더욱 요령을 피우며 할당량을 남에게 미루려는 페튜코프 같은 자가 있긴 하다. 슈호프는 그런 그를 윽박지르며 다그친다. 그리하여 슈호프 작업반은 목표량을 채우고도 남을 정도로 성과를 낸다. 그런데 어느새 일과가 끝나가고 다른 작업반은 적당히 미리 작업을 마치고 공구를 반납하고 작업 끝 신호만 기다리고 있다. 반장 추린은 남은 모르타르를 파묻어버리고 공구를 반납하라고 명령한다. 하지만 슈호프는 어떻게든 작업을 더 마무리하려고 꾀를 낸다.

"반장, 여기 걱정은 말고 어서 가보게. 저쪽에서 반장을 기다리고 있을 테니 말이야!"(여느 때 같으면, 슈호프는 반장에게 안드레이 프로코피예비치라고 정중하게 말한다. 그러나 지금처럼 작업을 할 때는 반장과 동등한 입장에 있기 때문에 이런 말투로 이야기한다. 꼭 반장과 대등하다고 생각해서 그런다기보다는 그냥 일을 같이하다 보니 자연스럽게 그런 말투를 쓴 것이다.) 게다가 한술 더 떠서 슈호프는 서둘러 층층대를 내려가는 반장의 뒤에 대고 농담까지 던진다. "이런, 빌어먹을, 이렇게 하루가 짧아서야 무슨 일을 하겠어? 일을 시작한 지 얼마 되지도 않았는데, 벌써, 하루가 다 갔으니 말이야."[12]

그런데, 슈호프는 지금 경비대가 군견을 데리고 수색을 하러 나온다 해도 쌓아놓은 벽을 살펴보지 않고는 그냥 갈 수가 없는 성미다. 그는 몇 걸음 뒤로 물러서서 쑤욱 훑어본다. 그만하면 괜찮다. 이번엔 벽을 따라서 왼쪽, 오른쪽을 번갈아가며 흰 곳이 없나 살핀다. 그의 눈 한쪽은 수준기나 진배없다. 반듯하다! 솜씨가 예전 그대로다.[13]

이렇게 슈호프는 자발적으로 일 자체를 완성하기 위해 노력하고 자신이 해낸 성과에 만족해한다. 물론 다른 작업반보다 더 많은 성과를 올리면 빵이나 배식에서 가점을 얻을 수 있다. 그러나 일에 열중한 슈호프와 동료들의 노동 과정은 이미 그것과 무관하게 노동 자체의 기쁨을 말해주고 있다. 왜 이들은 이렇게 자발적으로 노동에 열중하고 거기서 희열까지 느끼는 것일까. 어쩌면 이것이 바로 노동을 통한 교정이라는 득의의 효과라는 것일까. 아니, 그것을 노동 교정이라는 수용소 제도의 효과라고 해석하기에는 더 많은 조건과 근거가 필요할 것이다. 일정한 활동과 성과에서 자발성과 기쁨을 느끼는 것은 인간의 본성인바, 바로 그러한 인간의 본성 자체가 수용소나 강제노동의 정당성을 부정하고 있다고 보는 것이 더 옳지 않을까.

솔제니친이 말하는 미적 구원은 사람들의 일상에서 생성되는 생명 활동의 계기들에 있으며 이 계기들은 바로 미적 표현을 통해 얻어질 수 있다. 억압적이고 기계적인 수용소 현실, 그 누구도 이 현실을 비판하거나 개혁해낼 힘도 의지도 없다. 작가 역시 현실을 비판하는 이념을 작품에 직접 주입하고 있진 않다. 이들에겐 처절한 불행을 사소한 '행복'으로 간주하며 목숨을 부지하는 것만이 최선의 방책인 것처럼 보인다. 그러나 솔제니친은 사물화된 비인간적 상황에서 인간의 새로운 생성의 계기를 놓치지 않는다. 슈호프가 벽돌 쌓기에서 노동의 리듬과 활력을 느끼고 최소한의 양심에 따라 일을 하는 장면은 바로 그런 생성의 계기를 증명하고 있는 셈이다(인간의 삶과 역사는 바로 저러한 자발적 노동과 기쁨으로 구성되어야 한다. 저들에게 그런 삶의 자리를 부여하라!).

이렇게 노동의 기쁨을 맛보아서인지 소심하고 순응적이기만 하던 슈호프는 평소와 다르게 반장에게 말을 건네고 자신의 노동의 결과에 대해 뿌듯한 보람을 느끼기도 한다. 슈호프는 나아가 평소와 다른 용기를 내기까지 한다. 그는 작업장 인근에서 습득한 부러진 쇠줄칼을 무심히 주머니에 넣고 몸수색을 받게 되었다.

> 수용소 안으로 가져올 생각은 없었지만, 일이 이렇게 되고 보니 버리기도 아깝다. 잘 갈아서 작은 칼이라도 만들면 신발을 고치거나 바느질을 할 때 얼마나 요긴하게 쓰일 것인가.
>
> … 만일, 이 줄칼 조각이 칼로 치부된다면, 영창 생활 십여 일은 따 놓은 당상이다.
>
> 버리기에는 너무 아깝다.
>
> 슈호프는 그냥 들고 들어가기로 하고, 장갑 속에 줄칼 토막을 집어넣었다.
>
> …
>
> 앞줄이 검사를 받는 사이에 슈호프는 양쪽 장갑을 모두 벗어 줄칼이 들어 있지 않은 장갑을 조금 더 쭉 내민 상태로 한 손에 쥐었다. 허리띠 대용의 노끈도 그쪽 손에 쥐었다. 그런 다음, 겉옷과 덧옷의 앞섶을 보란 듯이 활짝 젖혔다(이제껏 신체검사를 받으면서 이렇게

적극적으로 나온 적은 한 번도 없었다. 그러나 오늘은 보란 듯 적극적으로 나갈 필요가 있다. 자, 실컷 찾아봐라!).

…

그는 마음속으로 하느님께 울부짖으며 기도라도 하고 싶은 심정이었다. '오! 하느님, 저를 구해주소서. 영창에 가지 않도록 해주소서!'라고 말이다.[14]

평소 엄격한 규정 내에서 어떻게든 약간의 편익에만 눈이 팔려 있던 온순한 슈호프가 왜 이렇게 영창까지 감수하는 적극적인 태도를 보이는 것일까. 영창에서는 하루에 300그램 빵이 고작이고, 뜨거운 음식은 사흘에 한 번이 고작이다. 그곳에 간다면 "순식간에 몸이 점점 쇠약해지고 굶주리게 되어, 배가 부른 정도는 아니지만, 배가 고파 죽을 정도도 아닌 지금의 생활로 돌아오기 힘들"[15] 텐데도 말이다. 이런 용기가 노동의 기쁨과 명백한 인과관계는 없다. 하지만 이러한 약간의 태도의 변화가 자발적이며 적극적인 노동을 맛본 뒤라는 점을 고려하면, 노동의 자발성과 기쁨의 분위기가 그의 내면에 일정한 영향을 주고 있다고 해석해도 전혀 무리는 아닐 것이다.

슈호프의 행동의 변화를 볼 수 있는 장면은 또 있다. 슈호프는 영화감독 출신의 게으르고 어리숙한 체자리가 소포를 받을 수 있도록 미리 줄을 서주고, 체자리가 점호 시간에 소포로 받은 외부 물품들을 침상에 그대로 놓고 나가 남의 손을 타지 않도록 도와준다. 노골적으로 대가를 바란 행동은 아니지만 체자리는 의당 감사의 표시로 비스킷 두 개와 설탕 두 덩어리 그리고 소시지 한 개를 슈호프에게 건넨다. 꽤 괜찮은 수입이다. 그런데 슈호프는 그 '소중한' 비스킷을

옆 침상의 알료쉬카에게 나누어준다. 알료쉬카는 오로지 성경만 읽고 기도하고 모든 것을 감사의 마음으로 받아들이라며 생활하는 독실한 침례교도다.

알료쉬카도 돌아온다. 저런 녀석은 착하다고 해야 할지, 미련하다고 해야 할지 모르겠다. 남에게 항상 친절을 베풀지만, 정작 자기 자신을 위해서는 무슨 잔일로 돈 한 푼 벌지 못하는 녀석이니까 말이다.

"알료쉬카! 이거 받아!" 비스킷을 그에게 한 개 내민다.

알료쉬카가 빙긋 웃는다.

"고마워요, 당신이 먹을 것도 부족할 텐데 …."

"어서 들어!"[16]

이 장면, 슈호프가 남에게 친절만 베풀 줄 아는, 착하지만 무능하기만 한 알료쉬카에게 비스킷 하나를 나누어주고 알료쉬카가 빙그레 웃는 장면. 반장과 힘을 합해 비인간적인 죄수 감독관을 심리적으로 제압하고, 강하고 위협적인 경비병의 몸수색을 견뎌냈던 슈호프가 이젠 가장 약하고 선량한 알료쉬카에게 적선을 베풀고 있지 않은가. 이 역시 오늘 하루 노동의 기쁨을 맛본 자의 고양된 내면의 효과가 아닐까. 이를 두고, 엄격하게 통제된 수용소의 일상과 희망이라고는 전무한 현실에서도 삶을 희망으로 일깨워가는 작은 자유의 몸짓이며, 바로 그것이 진과 선을 넘어선 인간의 미적 체험의 결과라고 해석한다면 지나친 것일까. 물론 이런 장면들은 참담한 수용소 생활을 더욱 도드라져 보이게 만드는 비감한 아이러니일 것이다. 그러나 다른 한편, 이런 장면은 견고한 일상의 벽에 균열을 일으키는, 그 균열의 틈새를 인간의 생명이 파고들어가는 희망의 싹틔우기가 아닐 수 없다. 그렇다면 이반 데니소비치의 행복한 하루는 아이러니일 뿐만 아니라 진정한 행복의 의미를 담은 표현이라고 말할 수도 있다. 그리고 그런 그는 이미 수용소의 현실을 넘어 자유로운 존재로 비상하고 있다고 말해도 좋을 것이다.

솔제니친이 바라보는 미적 진실이란 바로 이처럼 생성하는 생명의 계기들을 포착해내는 미의 능력을 말하는 것이리라. 진과 선이 자신의 옳음만을 주장하고 독단적인 평가의 잣대만을 강제하는 것이라면, 그것은 결코 진정한 인간적 진리와 선일 수 없다. 20세기, 사회정치적 혁명의 거대 담론이 완전하게 실현될 수 없었던 것은, 아니 그 몰락의 분명한 원인 중 하나는 그것이 인간 활동의 이러한 미세한 생성의 계기들의 축적을 통해 구축되지 못했기 때문이 아닐까. 미가, 문학과 예술이 세상을 구원한다는 솔제니친의 신념은 바로 이 지점에서 강렬한 울림을 주고도 남음이 있다.

수용소에 갇힌 이반 데니소비치도 스스로 자유의 길을 찾아 내면의 줄칼을 품고 있고, 고인이 된 작가 솔제니친은 이제 자신의 이념과 정신의 수용소를 벗어나 세상을 자유롭게 내려다보고 있을 것이다.

그렇다면 『이반 데니소비치의 하루』를 읽는 우리는, 수용소 바깥에서 자유롭게 존재하는 우리는 과연 그들보다 자유로운 것일까. 21세기 우리의 삶은 역사의 불안을 완전히 떨쳐버리고 진정한 자유 속에 움직이고 있는 것일까.

오늘날 『이반 데니소비치의 하루』는 이렇게 독자들에게 묻고 있다.

하인리히 뵐의 『여인과 군상』

"살 만한 나라, 살 만한 언어"

정인모·부산대 독어교육과 교수

생애 및 성장 환경

독일 전후 문학을 대표할 수 있는 작가로 하인리히 뵐(1917~1985)을 빼놓을 수가 없다. 1917년 12월 21일 쾰른에서 가구 공예사 빅토르 뵐과 마리아 헤르만스 사이에서 셋째이자 막내아들로 태어난 그는 1985년 쾰른 근처 랑엔브로흐/아이펠 농가에서 사망할 때까지 그야말로 쾰른을 중심으로 살았기에 명실상부한 쾰른인이라 할 수 있다.

뵐의 부친 쪽 선조는 영국의 가톨릭 박해를 피해 독일의 니더라인 지역으로 이주했는데, 뵐의 반교조적 성향은 이러한 선조의 피에서 비롯되었음을 알 수 있다. 뵐의 할아버지도 가구공 기능 장인이었고, 신부가 된 둘째 삼촌 알프레트를 제외한 뵐의 삼촌들은 모두 건축가였으며 쾰른 근처의 많은 성당과 교회 건물들을 짓기도 했다. 뵐의 아버지 빅토르 뵐은 조각가로서 예술사를 독학하기도 했는데, 자신의 아이들을 여러 강좌와 박물관 견학에 데리고 가는 등 교육열이 높았다. 뵐 가족은 쾰른 남부 라더베르크로 이사하여 살면서 그동안 1923년 인플레와 1929년 이후 경제 위기 가속화로 경제적 어려움이 컸으나 빅토르 뵐은 이 어려운 상황에서도 자녀들에 대한 교육열을 잃지 않았고 자녀들이 아비투어 시험(독일 대학 입학 자격시험)을 치를 수 있게 했다.

하인리히 뵐은 1928년부터 1937년까지 쾰른 시내에 있는 카이저 빌헬름 김나지움에 다녔는데, 이 학교는 전쟁 때 파괴되어 문을 닫게 된다. 1937년 초 아비투어 시험을 치른 뵐은 그 후 본Bonn의 렘페르츠 서점 견습원으로 일하면서 그 서점에서 취급하던 고서, 특히 레옹 블루아(1846~1917), 조르주 베르나노스(1888~1948), 프랑수아 모리아크(1885~1970) 등 소위 가톨릭 개혁파의 작품을 볼 수 있었고, 특히 블루아의 『가난한 자들의 피*Das Blut des Armen*』에 깊은 감명을 받는다. 그리고 그에게 가장 영향력이 컸었던 러시아 작가 도스토옙스키에도 심취했다. 이때부터 뵐의 글쓰기가 시작되었고, 뒤늦게 1995년에 유족들에 의해 출판된 『불사르는 사람들*Die Brennenden*』도 이때 씌어졌다. 그는 1938년 가을부터 1939년 여름 학기까지 쾰른 대학에서 독문학과 문헌학을 수강했다.

뵐의 생애에서 가장 큰 사건은 뭐니 뭐니 해도 제2차 세계대전이었다. 이 전쟁 체험은 작가를 평생 따라다녔으며 그의 작품 속에 고스란히 스며들어 있는 것을 볼 수 있다. 그는 1939년 7월 징집되어 오스나브뤼크 병영에서 보병, 통신병으로 근무한다. 그해 9월 1일에 제2차 세계대전이 발발했다. 어쩔 수 없이 전쟁에 참여하게 된 뵐은 동부전선과 서부전선에 배치되어 부상당하기도 했고 이질에 걸려 야전병원으로 후송당하기도 했으나, 그래도 그는 다행히 살아남아 해방을 맛볼 수 있었다. 전쟁 중 뵐은 나중에 결혼하게 되는 안네마리(1910~2004)와 거의 하루도 빠짐없이 서신을 주고받았는데, 이것은 작가적 자질을 갖추는 데 상당한 도움이 되었을 거라고 추측한다. 전쟁 휴가 중 뵐은 그동안 사귀어 오던 안네마리와 1942년 3월 6일 결혼하여 아들 셋을 낳았다. 안네마리는 당시 레알슐레(독일 특성화 중학교) 영어 교사였고 뵐이 작가로 자리 잡을 때까지 가계를 책임졌다. 첫째 아들 크리스토프는 폭격으로 사망하고, 둘째 아들 르네 뵐은 조각가이자 화가로서 현재 쾰른에 거주하고 있으며, 셋째 아들 빈센트는 일찍이 에콰도르에 건너가 살았다.

전쟁이 끝난 후 뵐은 쾰른대학에 복학했는데, 이는 공부를 계속하기 위한 것보다 생필품 카드를 얻으려는 목적이 컸다. 그 후 그는 공부를 그만두고 1947년부터 전업 작가의 길에 들어선다. 경제적으로 험난한 시기에 「검은 양들」로 47그룹상을 받았고,[1] 1953년 『그리고 아무 말도 하지 않았다*Und sagte kein einziges Wort*』로 일약 유명 작가로 발돋움하게 되면서 전업 작가로서 안정을 찾게 되었다. 당시 물자 부족 등의 이유가 컸겠지만 전쟁 직후에는 단편소설을 많이 발표했고, 이 단편소설은 오늘날까지도 많은 독자들의 칭송을 받고 있다.

전쟁 직후 뵐은 부인과 함께 영미 작가들의 작품을 독일어로 번역하는 데에도 힘을 쏟았다. 그 대표적인 작품으로 미국의 컬트 소설인, 제롬 데이비드 샐린저(1919~2010)의 『호밀밭의 파수꾼』과 주디스 커(1923~2019)의 『히틀러가 나의 분홍 토끼 인형을 훔쳐갔을 때*Als Hitler das rosa Kaninchen stahl*』를 들 수 있다.

전쟁 후 뵐은 화폐개혁, 독일 재무장 등의 문제로 같은 고향 출신 총리 아데나워(1876~1967) 정권과 날을 세웠고, 무엇보다 경제 재기에 혈안이 된 독일 사회에서 인간성이 사라지는 것을 안타까워하며 독일인의 양심을 깨우는 일에 자신의 작가 정신을 아낌없이 쏟아부었다. 독실한 가톨릭 신자였던 뵐은 독일 기독교 신자들의 '이웃 사랑'에 대한 사명감 상실, 교권주의로 인한 교계 타락과 정치적 무지, 또 거슬러 올라가 나치와 가톨릭 교계의 연합에 크게 실망하게 되었고, 결국 1976년 독일 가톨릭에서 공식적 탈퇴를 선언한다.

뵐은 1950년대에서 1960년대에 꾸준히 작품 활동을 이어간다. 뵐은 1968년 특별한 경험을 하게 되었다. 바로 '프라하의 봄' 때 부인 안네마리, 아들 르네와 함께 체코를 방문했을 때의 일이다. 그곳에서 그는 바르샤바 동맹군에게 무참히 짓밟히는 체코 시민의 봉기를 눈앞에서 본 것이다. 1968년 8월 체코 작가연맹 초청으로 이루어진 뵐의 체코 방문은 그의 사회참여 의지를 더욱 공공연히 하는 계기가 되었으며 이후 창작 활동에도 영향을 크게 미친다.[2]

뵐은 1969년 독일 펜클럽 회장에, 이듬해에 국제펜클럽 회장으로 선출됨으로써 작가로서의 저력을 입증하게 되며 2년 뒤 1972년에 노벨문학상을 수상한다. 독일인으로서는 헤르만 헤세(1877~1962) 이후 26년 만의 수상이라 더 큰 주목을 받았다. 수상작 『여인과 군상 *Gruppenbild mit Dame*』은 수상하기 한 해 전인 1971년에 발표된 것으로 뵐 작품을 총정리하는 대작大作이다.

뵐은 국제펜클럽 회장이 된 이후, 정치사상적으로 어려움을 겪는 작가들의 구명운동을 하거나 그들을 위한 호소문을 쓰기도 했다. 그 대표적인 사례로 구 소련의 알렉산드르 솔제니친(1918~2008)과 한국의 김지하(1941~2022) 구명 운동[3]을 들 수 있다.

1970년대에 들어서면서 뵐은 여러 가지 정치적 어려움을 겪게 되었고, 그럴수록 그의 작가 성향도 과격해지는 경향을 보인다. 68학생 운동 이후 독일의 정치 상황은 양극화로 치달았는데, 일부 시위 세력들은 기존 제도 정치권에 들어가 활동하게 되었고, 또 다른 일부는 '적군파'처럼 테러 등 극단적 공격도 마다하지 않았다. 그 대표적인 사건이 '바더 마인호프 사건'이다. 이 사건으로 그는 적군파의 정신적 지주로 보수 언론계의 집중적인 성토를 떠안게 되는데, 이로 인해 탄생한 작품이 『카타리나 블룸의 잃어버린 명예*Die verlorene Ehre der Katharina Blum*』다. 이 작품에서 뵐은 언론의 폐해와 폭력성을 고발하고 있으며, 이 작품은 이후 문학교육의 정전에 들 정도로 뵐의 대표작으로 남게 된다. 이후 가택수색[4]을 여러 차례 당하기도 했던 뵐은 1970년대 후반부터는 소위 '가을의 독일Deutschland im Herbst'처럼 우울한 시절을 보내게 된다.

이후 뵐은 죽기까지 군 복무와 지나친 군비 확장에 반대하고, 특히 당시 헬무트 슈미트(1918~2015)가 맺은 이중협약 정책(원자 무기 강화 등)에 비판을 가하는데, 이것으로 독일 녹색당과 가까워졌다.[5] 말년에 뵐이 에세이를 많이 쓰고 인터뷰가 잦았던 것도 사회참여 형태가 직접적 성격을 띠었기 때문이다.

1980년대에 들어서면서 뵐의 건강은 점점 약해져갔고, 1980년 1월 급기야 셋째 아들 빈센트가 살고 있는 에콰도르를 방문하던 때 혈액 순환 장애로 수술을 받았다. 그 뒤 독일로 돌아와서는 몇 개의 발가락을 절단할 정도로 건강이 악화되었다. 그 이후 둘째 아들이 살고 있는 쾰른과 본 사이의 작은 마을 메르텐으로 이사를 가서 여름에는 주로 랑엔브로흐/아이펠 농가에서 지냈다. 이때에도 중거리 미사일 반대 운동에 참가할 정도로 사회변혁에 대한 열의를 잠재우지 못한다. 1985년 6월 심한 복통으로 병원에서 수술을 받았고, 7월 15일 결국 색전증으로 죽음을 맞이한다.

뵐은 아들 르네가 살고 있는 보른하임-메르텐 공원묘지에 안장되었고, 르네는 아버지의 묘를 전문가의 실력을 발휘하여 아름답게 장식해 놓았다. 장례식에는 당시 리하르트 폰 바이츠제커 대통령이 참석했으며 작가 귄터 그라스가 운구를 도왔다.

작품의 생성과 의미

뵐의 작품 하나하나는 작가의 이력과 밀접한 관련이 있다. 달리 말하자면 그의 작품 거의 모두가 작가의 삶의 체험이나 경험에서 나왔다고 볼 수 있다. 그래서 뵐의 경우 글쓰기란 자신의 시대에 참여함을 의미한다고 볼 수 있기 때문에,[6] 그의 작품은 독일의 역사와 같을 정도로 현실과 밀접한 관계를 지닌다.

뵐은 전쟁 이후에 비로소 창작을 했다고 알려져 있었다. 그러나 뵐 사후 유족 및 뵐 연구가들이 발표한 미간행 유고작 『창백한 개*Der blasse Hund*』에 포함된 「불사르는 사람들」은 전쟁 전에 씌어진 단편소설이다.

1995년에 발표된 단편 모음집 『창백한 개』에 수록된 11개의 단편소설 중에 10개는 1940년대 말, 즉 전쟁 후에 씌어진 것이지만 유독 「불사르는 사람들」은 뵐이 김나지움 졸업반인 1936년 말에서 1937

년 사이에 쓴 것으로, 이로써 뵐의 작품 집필과 발표가 전쟁 이후부터였다는 통념을 뒤집게 되었다. 이를 두고 하인리히 포름벡은 "뵐의 초기 전후 단편소설은 하나의 전사前史를 가지는 셈"[7]이며 30쪽 분량의 이 단편소설의 모티브들 즉 자유결혼, 종교적 믿음, 커플 간의 연대 등은 이후 하인리히 뵐의 작품에 줄곧 등장하는 '연속 집필'의 성격, 즉 전쟁 전후의 연속성을 제공하고 있음을 알 수 있다. 『창백한 개』에 실린 다른 단편소설들에도 뵐 작품의 주요 모티브인 '사랑', '종교', '전쟁' 등이 주를 이룬다.

2002년 쾰른-전집Kölner Ausgabe에서 처음 햇빛을 보지만, 1947년에 씌어진 것으로 추정되는[8] 뵐의 첫 작품은 『사랑 없는 십자가*Kreuz ohne Liebe*』다. 사실 이 소설에 대해 처음으로 알려지기 시작한 것은 1961년 『슈피겔』 지를 통해서다. 400페이지에 달하는 방대한 이 소설은 당시 출판사를 찾지 못해(처음에는 노이에스 아벤트란트 출판사에 문의했으나 거절당했다) 출판되지 못했는데, 이는 1948년 화폐개혁에 따른 경제적 불안이 제일 큰 이유였을 것으로 보인다.

이 작품에는 자전적 모티브가 내재해 있는데, 우선 전쟁과 나치에 대한 작가의 반감이 잘 드러나 있다. 이는 주인공 크리스토프와 그의 형 한스 그리고 그의 어머니와 친구 요셉의 세계관이 '횡적 긴장'[9]을 통해 잘 나타난다. 히틀러의 출현을 앞두고 나치 망령의 어두운 그림자가 드리울 시대적 상황과 종교적·경제적 어려움을 겪는 인물들의 심리적 변화를 뵐은 탁월하게 그려내고 있다. 작품 제목 『사랑 없는 십자가』도 나치의 '갈고리 십자가'를 의미한다고 볼 수 있다. 이 작품은 전쟁 직후에 씌어진, 뵐의 명실상부한 첫 소설이며, 이후 발표될 뵐 작품의 주된 모티브와 주제성을 전제적으로 보여주고 있다는 데에서 작품의 의의를 찾을 수 있겠다.

『사랑 없는 십자가』와 비슷한 운명을 지닌 작품이 『천사는 침묵했다*Der Engel schwieg*』인데, 이 작품도 1949년에 씌어졌으나 1992년에나 햇빛을 보았다. 이 작품도 뵐의 이후 작품, 특히 『그리고 아무 말도 하지 않았다』에 드러나는 테마, 주제 의식, 모티브, 인물상을 잘 보여주고 있기 때문에, 뵐 작품들 사이에서 결정적 위치를 차지하고 있다는 평을 받기도 한다.[10] 전쟁이 끝나기 전 주인공 한스 슈니츨러는 몇 번의 탈영을 시도했다는 이유로 사형 선고를 받지만 빌리 콤페르츠가 그를 도망시켜주면서 유언장이 든 자신의 군복을 병든 부인에게 넘겨줄 것을 부탁한다. 따라서 한스가 1945년 5월 라인 강변의 파괴된 도시로 잠입해 들어오는 데서 이 작품은 시작된다. 결국 콤페르츠 부인은 친척인 주임신부 피셔 박사에 의해 유언장을 시아버지에게 줄 것을 강요당하고 병원에서 죽게 된다. 한스는 그녀의 장례식 때 대리석 천사상이 묻히는 듯한 체험을 한다.

같은 시기 발표된 『열차 시간은 정확했다*Der Zug war pünktlich*』(혹은 『휴가병 열차』)는 국내에도 제법 알려진 작품으로서 주인공 안드레아스를 비롯한 군인들의 불안한 심리 상태가 잘 묘사되어 있다.

명실상부한 작가로서 뵐의 입지를 굳건하게 해준 작품이 1953에 발표된 『그리고 아무 말도 하지 않았다』이다. 뵐 자신에게 작품의 제목이 시사하는 바가 적지 않고 또 뵐의 기독교적 종교관이 깊이 내재되어 있다고 볼 수 있는 작품이다. 이 작품뿐 아니라 『아담, 너 어디 있었니?*Wo warst du, Adam?*』의 제목도 성서 구절에서 따왔으며, 또 다른 작품 제목에 나타난 단어들, 이를테면 『보호자 없는 집*Haus ohne Hüter*』의 '집', 『어린 시절의 빵*Das Brot der frühen Jahre*』의 '빵', 『그리고 아무 말도 하지 않았다』의 '말' 등 역시 종교적 의미를 담고 있음을 알 수 있다.

『그리고 아무 말도 하지 않았다』에서는 전후 척박한 현실을 살아가는 부부 및 가족 이야기를 다룬다. 남편 프레트는 노이로제 등 전쟁 후유증으로 정상적인 가정생활을 하지 못하고 떠돌이 방황을 계속한다. 이런 현실의 어려움을 인내하며 참아내 결국 남편을 가정으로 돌아오게 하는 부인 케테가 이 작품의 주인공이다. 성서 『이사야』 제53장 제7절에 나오는 "그가 곤욕을 당하여 괴로울 때에도 그 입을 열지 아니했고 마치 도수장으로 끌려가는 어린 양과 털 깎는 자 앞에 잠잠한 양같이 그 입을 열지 아니했도다"와 같이 그리스도의 수난의 모습이 케테에게 그대로 드러나고 있음을 알 수 있다.

뵐의 작품에서 종교적 문제란 항상 교회의 인습과 개인의 순수 신앙의 대결로 나타나는데, 여기서도 전자를 대표하는 집주인 프랑케 부인과 후자를 대표하는 주인공 케테의 두 범주가 대립한다. 뵐은 허무와 불안의 극복 가능성을 기독교적 신앙과 사랑에서 찾고 있다. 이 작품에서 케테가 보여주는, 현실을 아무 말 없이 이겨내는 인내와 남편을 끝까지 믿고 베푸는 사랑은 뵐이 왜 '기독교적 휴머니즘' 작가로서 세계적 명성을 획득하게 되었는지를 짐작케 한다.

『그리고 아무 말도 하지 않았다』는 『어린 시절의 빵』, 『보호자 없는 집』과 더불어 소위 '폐허 문학' 3부작을 이룬다.

『보호자 없는 집』에서는 전쟁 미망인들이 자녀들을 양육하며 살아가는 현실 상황이 어린이의 시각으로 기술된다. '아저씨들'로 지칭되는 어머니들 애인과의 관계에서 비롯되는 여러 가지 심리적인 갈등 등이 어린이의 시각에서 진솔하게 펼쳐지고 있다.

『어린 시절의 빵』은 주인공 발터 펜드리히와 헤드비히 물러와의 만남을 통한 인생의 의미 발견이라는 통상적 모티브를 깔고 있지만, 이 작품들의 또 다른 의미가 있다면 그것은 뵐 작품에 나타나는 '하차 모티브'[11]가 선명하고 선제적으로 나타난다는 것이다. 펜드리히는 아버지의 요청으로 아버지 친구의 딸 물러를 마중 나가게 되어 그녀를 처음 보게 된다. 물러를 사랑하게 되면서 발터는 전도유망한 사장 딸 울라와의 교제를 마다하고, 물러와 힘들지만 의미 있는 새로운 길을 간다. 이러한 순수한 사랑은 뵐의 이후 작품에서도 종종 찾아볼 수 있는, '사랑 안에서의 제도 밖 자유결혼'을 보여준다.

1959년에 뵐은 장편소설 『아홉 시 반의 당구*Billard um halb zehn*』를 발표한다. 라이너 모리츠는 『아홉 시 반의 당구』가 우베 욘존의 『야곱에 대한 추측*Mutmaßungen über Jakob*』, 귄터 그라스의 『양철북*Der Blechtrommel*』과 더불어 '문학사의 한 단편'[12]을 보여준다고 말했다. 그리고 이 소설은 현대적 소설 기법을 잘 보여주고 있다는 평가를 받는다.

이 소설은 건축가 집안의 삼대에 걸친 이야기다. 외적 사건은 하인리히 페멜의 1958년 팔순 생일잔치에 국한되지만, 이러한 외부 사건에 작중인물들의 성찰과 내적 독백, 체험 화법, 회상 등이 삽입되어 복잡한 서술 구조를 일구어낸다. 로베르트 페멜은 아버지 하인리히가 세운 성 안톤 사원을 상부의 명령에 따라 파괴하지만, 로베르트의 아들 요셉이 다시 이 사원을 복구하는데, 이러한 삼대에 걸친 이야기 구조는 독일의 역사를 잘 보여주고 있으며, 특히 나치에 의한 폐해를 인물들의 회상을 통해 잘 드러내고 있다. 이러한 페멜 가족사가 독일의 역사와 맞물려 기술되고 있는 것이다.

이 작품에서는 뵐의 전형적인 두 가지 인물 유형, 즉 '양의 성사聖事'를 하는 그룹과 '들소의 성사'를 하는 그룹이 드러난다. '양'과 '들소'의 개념 역시 성서에서 따왔으며, '양'이란 이 세상의 죄를 홀로 지고 가는 그리스도를 상징한다고 볼 수 있고, '들소'는 '이리' 등과 마찬가지로 우둔하고 무식하며 '양'을 해치는 존재로 분류된다. 『그리고 아무 말도 하지 않았다』의 케테처럼 '양의 성사'에 참여하는 인물들은 기존 사회의 반대편에 서서 물질적인 안락함을 거부하며 생명이 위험할 때도 있지만 그리스도의 사랑을 실천하는 사람이라 볼 수 있다. 반면에 '들소의 성사'에 참여하는 사람들은 뵐 작품에서 배금주의자, 기회주의자, 나치 옹호자 등으로 양들을 착취하는 일을 서슴지 않는다. 이러한 두 부류의 인물 설정은 뵐의 통속적 한계를 보여주는 면도 있지만,[13] 도덕성을 강조하는 작가 뵐의 작가 정신을 반영하고 있다.

1960년대에 들면서 뵐의 사회참여는 더욱 강해지며 현실 비판은 더욱 날카로워진다. 특히 1958년 화폐개혁으로 인한 경제부흥의 분위기가 고조되면서 인간성은 말살되고 종교가 타락한 데 대해 통렬히 비판한다. 뵐의 초기 문학이 '전쟁문학', 전쟁 후에 '폐허 문학'이었다면, 1960년대에 들면서 본격적으로 '사회 비판 문학'의 성격을 띤다. 이러한 성향은 1963년에 발표된 『어릿광대의 고백*Ansichten eines Clowns*』에서 잘 드러나고 있다. 그래서 이 작품은 '1963년의 독일 정신을 비춰주고'[14] "새로운 뵐을 엿보게 한다"[15]는 평을 받는다.

이 작품의 생성사生成史에 종교적·정치적 배경이 지배적이다. 1960년 말 기민당/기사당CDU/CSU 정권이 국군 창설을 정당화했고, 또 서독 가톨릭 중앙위원회 위원장인 베른하르트 한슬러는 교권주의 강화를 외치며 모든 긍정적인 휴머니즘 전통을 의문시했는데, 뵐은 이러한 면을 통렬히 비판했다. 이에 대한 비판의 입장에서, 1963년에 카를 에이머리(1922~2005)의 「자본주의 혹은 오늘날 독일 가톨릭주의 연구」에서 후기Nachwort를 쓴 뵐은 소설 『어릿광대의 고백』에 대해 언급하고 있다. 이러한 국내 정세의 원인 외에 뵐은 미국 소설가 셀린저의 『호밀밭의 파수군』의 영향을 받고 있는데, 이 작품의 주인공 코필드로부터 『어릿광대의 고백』의 주인공 한스 슈니어를 탄생시켰다고 볼 수 있다. 이 두 주인공은 모두 예민한 감수성과 연약한 영혼을 지닌 수동적 반항아이며, 이들은 자신의 진리 사수를 위해 사회의 아웃사이드로 전락하는 걸 자초한다. 이 소설은 일간지 『쥐드도이체 자이퉁*Süddeutsche Zeitung*』에 1963년 4월 6일부터 5월 17일까지 연재되었으며, 그 후 쾰른의 키펜호이어 운트 비치 출판사에서 출판되었다.

『어릿광대의 고백』은 사회비판적 성격이 매우 강하기 때문에, 출판되었을 때부터 논란이 많았고 의견도 분분했다. 작품 내용은 간단하다. 주인공 한스 슈니어는 광대라는 불안한 직업을 갖고 있으면서 마리라는 여자를 사랑하여 그녀와 동거를 시작하는데, 결국 슈니어는 가톨릭 교계 지도자들과 가톨릭 단체에 속한 사람들의 압력을 받아 마리와 헤어지게 되고, 마리는 가톨릭 신자 취프너라는 청년과 다시 결혼하여 로마로 신혼여행을 간다. 슈니어는 이 결혼이 불법이라 규정하고 본Bonn 역 앞에서 구걸하면서 애인이 신혼여행에서 돌아오는 것을 기다리는 것으로 끝을 맺고 있다. 결국 여기서 가장 혹독하게 비판받는 것은 가톨릭교회의 교권주의와 형식적이고 위선적인 신앙이다. 슈니어는 마리와의 동거가 자신과 신 앞에 부끄러움 없는 정당한 것이며, 마리가 쉬프너와 다시 결혼한 것을 간음이라 주장한다. 다시 말해 교회의 '질서 원칙'이 슈니어가 가지고 있는 순수한 '자연 법칙'을 침해하여 결국 한 가정을 파괴하는 과정을 그리고 있다. 여기서도 사랑으로 맺어진 '자유결혼 모티브'가 등장하고 있는 것이다. 이 외에도 돈밖에 모르는 슈니어의 부친, 영문 모르는 딸을 나치 고사포 부대에 입대시키는 모친 그리고 슈니어 주변에 있는 기회주의자들이 모두 슈니어의 비판 대상이 되고 있다.

1964년에 단편소설 「부대와의 거리Entfernung von der Truppe」를 발표한 뵐은 1966년에 『어느 공용 외출의 끝*Ende einer Diestfahrt*』을 발표한다. 이 작품에서 뵐은 군 생활의 부조리를 파헤치고 있다. 군부대의 부조리를 눈감아주는, 아니 더 나아가 이를 은폐하기 위한 국가 및 사법, 언론 기관의 교묘한 술책과 기만, 무자비함이 거침없이 묘사되어 있다. 게오르크 그룰은 차량 검열할 때 요구되는 기록을 채우기 위해 '공용 외출'을 단행하는데 이러한 부조리는 군대 내에서 공공연한 비밀이었다. 뵐은 이 작품으로 사회 전반에 대한 비판으로 나아가고 있으며, 『어릿광대의 고백』 이후 사회 비판이 여전히 강하게 지속되고 있음을 알 수 있다.

뵐이 1971년에 발표한 『여인과 군상』은 노벨상 수상작으로, 그의 문학을 총결산하는 작품의 성격을 띤다. 작품의 배경이 되는 시기도 20세기 초부터 1970년대 초까지이며, 작품의 분량은 다른 작품들에 비해 많은 편이다. 주인공 레니는 세상 물정에 어둡고 유행에 따르지 않는 낙후된 '탈락자'의 인물상을 대변하고 있다. 그녀는 유행이 훨씬 지난 1930년대의 신을 신고 다니고 스커트도 1940년대에 유행하던 것을 걸치며 오래된 고서도 버리지 않고 보관하는 등 시대의 조류에 따라가지 않고 주변의 비난에도 아랑곳하지 않는다. 그녀는 사회의 규범이나 법칙에 얽매임 없이 자신의 자연적 감성에 따라 초연하게 살아간다. 그녀가 지닌 무정부적 성향과 천재적 감각성이 이를 뒷받침해준다. 사회에 대한 레니의 이러한 무정부적 성향은 당시 가장 멸시받던 소련 전쟁 포로 보리스와의 관계에서도 드러난다. 사회적으로 지탄받는 보리스와 '포탄 속 사랑'을 나누며, '한잔의 커피 타임'은 그를 인간으로 인정하는 기회가 되었다. 인종차별주의자 크렘프가 보리스에게 커피를 들고 가는 레니의 손을 쳐서 일부러 커피를 쏟게 하는데, 레니는 두말하지 않고 조용히 잔을 다시 씻어 보리스에게 커피를 대접했던 것이다. 여기서 인간의 인간됨을 선언하는 뵐의 휴머니즘이 잘 드러나고 있다. 인간관계에 있어 부富 혹은 권력 등은 어떤 역할도 해서는 안 된다는 입장이다. 작품 말미에 레니는 메메트라는 터키 노동자와 결혼하여 아이를 가지며, 다른 외국인 노동자들에 대해서도 편견 없는 호의를 베풀면서 그들을 도와준다. 외국 이주민에 대한 이러한 태도 등은 인간을 인간으로 보는 휴머니즘과 인간을 차별 없이 대하는 사해동포주의적 태도를 들여다볼 수 있다.

『여인과 군상』이 68학생운동처럼 비폭력 저항 형태의 분위기를 가졌다면, 『카타리나 블룸의 잃어버린 명예』는 1970년 초 격렬해진 독일 현실을 반영하듯 과격해진 양상을 보인다. 1970년에 접어들면서 68학생운동 세대들은 당내 제도권으로 들어가는 그룹과, 평화 민주적인 사태 해결보다 소위 '적군파'처럼 과격한 테러 활동 등을 하는 그룹으로 양분된다. 이런 적군파에 대한 우익 언론, 특히 슈프링어 언론사의 공격은 도를 넘었는데, 특히 슈프링어 계열사 신문인

『빌트*Bild*』가 은행 강도 사건을 바더 마인호프 일당의 계속되는 살인 행위라고 하면서 이를 바더 마인호프 일당의 소행으로 몰아간 사건이 대표적이다. 이에 뵐은 1972년 1월 10일 「울리케는 특사를 원하는가? 불구속 보호조치를 원하는가?」라는 타이틀로 기성세대들의 무분별한 행동에 대한 자성을 촉구하며 우익 언론 중심 세력과 정면으로 맞붙게 되고, 이 결과 뵐은 1974년 7월부터 8월까지 『카타리나 블룸의 잃어버린 명예』를 4회에 걸쳐 『슈피겔』에 연재하게 된다.

『카타리나 블룸의 잃어버린 명예』에서 주인공 카타리나는 괴텐이라는 은행 강도 수배자를 어느 파티 장소에서 알게 되었는데, 그 후 카타리나는 고의로 괴텐을 빼돌렸다는 혐의로 경찰의 심문을 받게 되는 곤경에 처한다. '빌트'를 의미하는 『디 차이퉁*Die Zeitung*』은 아직 확인되지도 않은 사실을 머리기사로 달고, 또 취조할 때에도 적절치 않은 언어 사용을 하며 카타리나에게 비인간적인 태도를 취한다. 급기야 카타리나는 암으로 병석에 누워 있는 엄마를 찾아가 취조하는 것도 모자라 자신과의 동침을 요구하는 퇴트게스를 총으로 죽여버린다. 이 작품의 부제인 '하나의 폭력이 어떻게 다른 폭력으로 이어지는가?'처럼 뵐은 여기서 언론의 폭력이 한 인간의 명예와 인권을 얼마나 혹독하게 짓밟을 수 있는지를 확실히 보여주고 있다.

우울한 시기에 씌어진 『신변 보호*Fürsorgliche Belagerung*』는 당시 세간의 주목을 크게 받지 못했던 작품으로서 (오히려 1950년대로 다시 돌아갔다는 혹평을 받기도 했다), 당시 정치사회적으로 문제가 된 테러리즘과 지나친 신변 보호를 다루고 있다. 뵐은 1970년 중반의 독일 테러리스트 활동이 국가기관이나 사회에 위협이 되는 일이 아닌데도 경찰이 마치 군인처럼 지나치게 과잉 반응 보이는 것을 탐탁찮게 생각했다. 이런 과도한 신변 보호가 오히려 인간의 자유를 구속하고 있음을 이 작품은 잘 보여주고 있다. 주인공 토름은 32년간 신문사에서 일해왔고, 마침내 신문사 사장으로 선출되지만 테러의 위협뿐 아니라 지나친 신변 보호로 인해 늘 불안하고 억압적인 삶을 강요당한다. 여기서 뵐은 테러리즘을 옹호한다기보다는 과도한 보호가 오히려 인간의 자유를 억압하고 있음을 보여주려고 했다.

1985년 7월 뵐이 죽은 후 유작으로 발표된 『강 풍경을 마주한 여인들*Frauen vor Flußlandschaft*』에서 여인들은 정치와 돈, 출세에 눈이 먼 남자들의 정반대 인물로 등장한다. 주인공 에리카 부플러는 생필품 상인의 딸로 태어나 가난한 구둣방 점원으로 일하다가 나중에 고위 정치가의 부인이 된다. 그녀는 정치권력의 파렴치함에 염증을 느끼는데, 파울 쿤트 등 정치가들이 벌이는 복수 행각, 재정적 사기 등을 못 견뎌 결국 장엄미사 참석을 거부한다. 그녀는 더 이상 더러운 사업인 정치에 관여할 수 없었던 것이다. 에리카의 장엄미사 참석 거부는 정치적 틀을 변화시킬 수는 없었지만 결국 남편 부플러의 마음을 돌이키게 하여 그 또한 정치 그룹에 환멸을 느끼게 된다. 이 작품에서도 뵐의 정치, 종교계에 대한 불신과 비판이 그려지고 있음을 알 수 있다. 뵐의 말기는 초기에 보여주었던 조소와 유머가 약해지고 거리감 없이 다소 격렬하고 과격해진 모습이 보이고, 또 제대로 이루지 못한 사회 개혁에 대한 좌절과 우울함이 느껴진다. 『신변 보호』나 『강 풍경을 마주한 여인들』에는 이러한 '분노의 슬픔zornige Trauer'이 내재되어 있다.

뵐 문학의 특징

하인리히 뵐 문학의 특징을 몇 가지로 요약하면 다음과 같다.

우선, 뵐은 앙가주망 작가다. 다시 말해 사회참여 작가 뵐의 작품은 대부분 시대소설이라 할 수 있으며 서독 현실과 밀접하게 연결되어 있다. 1963년에서 1964년 사이의 강연을 정리하여 묶은 책 『프랑크푸르트 강연*Frankfurter Vorlesungen*』에서 뵐은 "혼자 글 쓰고 있지만, 혼자가 아니라 동시대에 연합되어 있음을 느낀다"[16]고 밝히고 있다. 그리고 현실 참여 성향이 강하기 때문에 그의 문학은 사회비판적 성격을 강하게 드러내며, 뵐 문학 창작에서 중요한 부분인 인물 설정도 흑·백으로 나뉘는 경향이 있다. 이로써 도덕적 성향이 높을수록 회색지대를 용납하지 않는 선악의 분리가 확연히 드러나며, 앞서 밝힌 대로 인물 구도도 '양'과 '들소'의 그룹으로 나뉜다. 물론 『여인과 군상』에 가서는 펠처라는 인물이 처음에는 기회주의적 성향을 보이다가 나중에는 주인공 레니를 돕는 '레니 후원회'의 주도적 인물이 되어, '입체적 인간형'의 요건을 충족시키긴 하지만, 대체로 '양의 성사'를 하는 그룹과 '들소의 성사'를 하는 그룹으로 나뉜다.

이런 관점에서 뵐은 글쓰기와 행동의 일치를 주장한다. 가난하고 억압된 자들을 위한 앙가주망적 태도를 취하기 때문에 유미주의적 입장과는 거리를 둔다. 그는 자신이 내세우는 도덕성을 어떻게 문학 작품으로 형상화하느냐를 중요시했고, 이것은 '예술'과 '미학'의 일치 속에서 가능하다고 믿었다. 이것이 그를 행동하는 작가로 만들었으며 이러한 원동력은 어떤 사상적 체계에서 나온다기보다 주변 현실과의 관계에서 출발하고 있음을 알 수 있다. 그는 거창한 거대 담론의 이상적 세계를 제시하기보다, 단지 "살 만한 나라", "살 만한 언어"를 꿈꾸었던 작가다.

둘째, 뵐의 문학은 '인간성의 미학'을 추구하고 있다. '인간성의 미학'이란 비인간화된 사회 현실을 조망하면서 인간성 회복을 도모하는 것이다. 이를 위해 뵐은 현실에 의해 고통당하는 소시민을 주인공으로 선정하고 있다. 그래서 그들의 직업 또한 제대로 된 것이 없을 정도로 변변찮다. '47그룹' 수상작인 「검은 양들」의 오토는 가구공장 보조원이며, 『그리고 아무 말도 하지 않았다』의 프레트도 3년마다 직업을 바꾸는 떠돌이이고, 『어릿광대의 고백』의 슈니어도 교육을 제대로 못 받은 떠돌이 광대이며 『여인과 군상』의 레니나 『카타리나 블룸의 잃어버린 명예』의 카타리나도 안정된 직업이 아닌 임시직에 종사한다. 이들 모두는 뵐이 지향하는 '탈락자'의 모습이다. '탈락자'라는 말은 국외자, 반인습론자, 이탈자 등과 유사하며[17] 특히 뵐의 초기 작품의 주인공들이 이에 해당된다. 뵐은 이러한 '탈락자들'에게서 인간적인 면의 시작을 보며, '탈락자'로 남아 있는 것이 곧 살아 있고 가치 있는 인간성의 출발이라고 여기고 있다. 뵐은 이러한 주인공들에게 순진하고 인간적인 인물상을 부여하고 있으며 비인간화된 독일 경쟁 사회에 경종을 울리며 도덕성 회복의 단초로 삼고 있는 것이다.

빵, 담배, 커피 등 우리 생활과 밀착된 이런 것들이 끊임없이 작품에서 세밀하게 묘사되는데, 이러한 것도 '인간성의 미학'과 떼놓을 수 없다. 다시 말해 사소한 것에 대한 디테일한 서술에서 '인간성의 미학'이 드러나고 있음을 알 수 있다. 뵐은 이러한 디테일한 것에서 인간을 인간답게 만드는 인간적 역동성을 찾을 수 있다고 믿고 있는 것이다.

셋째, 뵐 작품은 '성취 거부'라는 당시의 사상적 기저를 잘 반영하고 있다. 이것은 초기의 '하차' 모티브—특히 『어린 시절의 빵』에서 잘 드러난다—가 발전된 것으로, 업적주의가 팽만한 현실에 합류할 것을 거부한다는 의미다. 이러한 '업적주의 원칙'은 인간적인 것과 인간적인 삶을 부정하게 하고 그것의 희생을 강요하기 때문이다. '업적 원칙'을 강요하는 사회적 기구로 군대와 학교를 들 수 있다. 군대는 초기 작품에 특히 많이 등장하며, 초기 작품에 나타나는 전쟁이나 군부대의 묘사와 결부된다. 「방랑자여 스파로 오려느냐 … Wanderer, kommst du nach Spa…」, 「얘들도 역시 민간인이다Auch Kinder sind Zivilisten」, 「그 당시 오데사에서Damals in Odessa」와 같은 단편소설뿐 아니라, 『아담, 너 어디 있었니?』, 『열차 시간은 정확했다』 등 중·장편소설에서도 이것이 늘 나타난다. 이러한 '군대'라는 제도권에서 요구하는 업적 강요에서 벗어나기 위한 탈영 등 군에 대한 부정적 묘사는 후기에 이르기까지 계속된다. 군대뿐 아니라 학교도 업적 원칙을 강요하는 기구로 나타나는데, 이것은 중기 작품의 인물들에서부터 잘 드러난다. 특히 『어릿광대의 고백』의 슈니어는 좋은 예술학교에 입학시켜준다는 아버지의 제안을 거절하고, 제도교육을 통한 성공의 길보다는 자신이 가진 예술성을 발휘하는 순수 예술가의 길을 간다. 이는 학교에서 요구하는 훈련과 엄격한 훈계를 거부하는 태도다. 『여인과 군상』의 레니도 마찬가지로 제도적인 학교생활에 잘 적응하지 못한다. 그녀의 아들 레브도 학습 능력 때문이 아니라 국가와 교회가 주도하는 교육이 업적 원칙의 입장에 있기 때문에 6학년 때 학교를 자의로 그만둔다.

'업적 원칙' 거부는 당시 프랑크푸르트학파의 중심인물이었던 헤르

베르트 마르쿠제(1898~1979)가 주창한 '위대한 거부*Große Verweigerung*'와 궤를 같이한다. 업적을 강요하는 사회, 이성이 현대 산업 사회에서 '도구화된 이성'으로 전락한 데 대한 비판이 이러한 사회적 행태 거부로 이어지게 된다. 마르쿠제의 이 개념은 프로이트에서 유래한다. 프로이트는 인간을 지배하는 두 원칙으로 '쾌락 원칙'과 '현실 원칙'을 들고 있는데, 그에 따르면 애초 '쾌락 원칙'에 부합되어야만 할 '현실 원칙'이 '성취 원칙'으로 변하여 개인에 대한 압박을 가하게 되면서 인간 존재에 소외를 가져온다는 것이다.

『여인과 군상』의 레니와 레브는 이익 추구에만 혈안이 된 사회체제에 합류하지 않고 더 잘살기 위한 그릇된 경쟁체제에 소속되는 것도 거부한다. 그리고 그들이 외국인들에게 무상으로 방을 내어주고, "깨끗하게 하는 일이지만 더럽게 여기는" 오물 수거 일을 직업으로 삼는 것도 이러한 '업적 원칙 거부'의 사상을 갖고 있기 때문이다.

넷째, 가톨릭 신자였던 뵐의 작품은 기독교 사상을 짙게 깔고 있음을 알 수 있다. 뵐의 작품에서는 기독교 신자가 주인공으로 등장하는 경우가 흔하고, 그렇지 않더라도 주요 인물들은 대개 종교적 성향을 띠고 있다. 그런데 여기서 뵐은, 제도권에 함몰되어 기독교적 삶을 제대로 실천하며 살아가지 못하는 기독교 지도자들을 비롯한 인물들과, 비록 사회적으로는 힘없고 고통당하지만 기독교적 이웃 사랑을 실천하는 두 그룹을 구분하고 있다. 뵐에게는 "네 이웃을 네 몸과 같이 사랑하라"는 성서의 가르침이 중요하므로, 화석화된 교리, 또 정치권력과 결탁된 종교는 결국 종교적 사명감을 상실하고 부와 권력의 하수인으로 전락할 수밖에 없음을 경고한 것이다. 초기 작품에는 성직자 중에도 비정치적 성직자들은 선하게 묘사되기도 하지만 후기로 올수록 종교의 기구화에 대한 비판이 더욱 신랄해진다. 뵐의 종교 비판과 불신의 뿌리는 가톨릭과 나치의 결탁, 전쟁 이후 종교의 정치화에서 찾아볼 수 있다. 이러한 비판으로 결국 뵐이 가톨릭을 탈퇴하게 되지만, 뵐 작품은 기독교적 세계관을 떠나서는 생각할 수 없다.

마지막으로 뵐은 작품 형식과 관련하여 다양한 실험적 태도를 취하고 있다. 도덕성을 강조하는 작가인 뵐은 그의 문학성이 어떻게 평가되는가에 관심을 가질 수 있다. 다시 말해 현실 참여적 성향으로 인해 그의 문학성이 좀 뒤떨어지는 게 아닌가라는 의구심을 가질 수도 있지만, 뵐의 창작 과정을 살펴보면 주제적인 면뿐 아니라 기법 면에서도 작가적 역량에 있어 상당한 발전을 보이고 있다. 작품 구조의 변화, 문체의 다양화, 시공간의 확대, 줄거리 연속을 멈춘 과거 회상 삽입, 상징어 사용 등이 여기에 해당한다.

이러한 점을 구체적으로 살펴보면, 우선 『그리고 아무 말도 하지 않았다』에서 케테와 프레트 부부는 각각 일인칭 화자로 등장하여, 장이 바뀔 때마다 서로 번갈아가며 일인칭 화자로 이야기를 이끌어 간다. 이러한 이중 시각은 프레트 부부 각각이 느끼는 현실 체험을 각 장별로 묘사함으로써 체험의 폭을 넓혀주고 있으며, 각 장별로 교차되는 서술은 이야기에 변화감 있는 역동성을 불어넣어준다. 『어릿광대의 고백』에서는 주인공의 극단적 주관성이 작품의 시공간을 통해 잘 드러나고 있다. 우선 공간적 주관성의 경우를 살펴보면 본역 앞에 있는 호텔에서 지인들에게 전화를 하는 슈니어의 묘사를 대표적으로 들 수 있다. 주변 인물들이 그를 나침판 형태로 에워싸고 있어 주인공 슈니어는 사건의 중심인물이 되며, 독자들에게 주인공의 눈으로 주변 세계를 관찰하게 하는 효과를 주고 있다. 이러한 슈니어의 주관성은 공간뿐 아니라 시간 관계에서도 확연히 드러나는데, 즉 과거의 모든 사건을 현재화하고 있는 것이다. "순간을 모으는" 슈니어는 이러한 과거의 현재화를 통해 과거를 성찰케 하고 기회주의자들의 현재 행태에 비판을 가한다. 뵐은 이러한 회상 기법을 통하여 작품의 주요 모티브인 일군의 기회주의자들에 대한 비판을 표현하고 있다.

『여인과 군상』에서는, 1960년대부터 독일 문단에 자주 등장한 다큐의 특이한 형식을 가져오고 있다. 이야기를 이끌어가는 저자 V.는 레니에 관한 여러 제보들을 수집해서 정보를 채워나가고 있는 것이다. 즉 허구적 화자 V.가 수집한 여러 인물들의 증언, 나치나 68운동 등 과거 사건 회상, 또 V.가 체험한 현재 사건(알리와 프레저의 권투 시합 등)이 뒤섞여 이야기를 엮어간다.

이처럼 뵐의 실험적 창작 기법은 뵐이 도덕주의 작가라는 편견을 불식시키고 있으며, 후기로 나아갈수록 뵐 문학이 기법 면에서 발전하고 있음을 보여주고 있다.

가르시아 마르케스의 『백년의 고독』

마술적 사실주의의 효시이자 백미

송병선·울산대 스페인중남미학과 교수

20세기 후반 세계문학의 대표자

가브리엘 가르시아 마르케스(1927~2014)는 세월호가 침몰한 이튿날인 2014년 4월 17일 성목요일에 세상을 떠났다. 성목요일은 『백년의 고독*Cien años de soledad*』의 진정한 주인공인 우르술라가 115세의 나이로 세상을 떠난 날이기도 했다. 20세기의 세르반테스라고 불리는 그는 스페인어권의 가장 위대한 작가였고, '마술적 사실주의'라는 현대 예술 사조의 최고봉이었다. 그는 유명 운동선수나 영화배우에 버금가는 인기를 누리며 세계의 독자를 사로잡았고 그들의 사랑을 한 몸에 받은 작가였다. 그러나 그가 평생 추구한 것은 인기나 명예가 아니었고, 노벨문학상도 아니었으며, 불후의 명작을 쓰는 것은 더더욱 아니었다. 그는 친구들에게 더 많은 사랑을 받기 위해 글을 쓴 작가였다.

최근 50년 동안 가르시아 마르케스의 명성에 도전할 수 있는 작가는 그 어느 나라에도 없었다. 실제로 20세기 문학을 살펴보면 이런 현상은 쉽게 확인된다. 문학계가 이의를 달지 않고 만장일치로 중요하다고 여기는 이름들인 제임스 조이스, 마르셀 프루스트, 프란츠 카프카, 윌리엄 포크너, 버지니아 울프 등은 모두 20세기 전반부의 작가들이다. 20세기 후반부에는 가르시아 마르케스가 유일하다. 그래서 1967년에 출간된 그의 대표작 『백년의 고독』은 전 세계 독자들을 사로잡은 '세계화'된 소설이자 현대의 고전으로 여겨진다.

가르시아 마르케스가 세계적으로 얼마나 많은 명성을 누리고 인정받았는지는 그가 죽은 후 그를 추모하기 위해 조직된 여러 모임과 기사에서 쉽게 확인된다. 중요한 행사를 살펴보면, 뉴욕의 유엔 본부와 워싱턴의 미주기구OAS 본부에서 추도 강연회가 열렸고, 브뤼셀의 유럽의회 본부와 마드리드 국제도서전과 파나마 도서전 그리고 보고타 국제도서전에서도 추도회가 열렸다. 한편 라틴아메리카의 주요 일간지는 거의 예외 없이 머리기사로 그의 죽음을 다루었으며, 미국의 『로스앤젤레스 타임스』와 『뉴욕타임스』, 캐나다의 『더 글로브』, 프랑스의 『르 피가로』와 『르 몽드』 등도 그의 죽음을 대서특필했다.

그런데 도대체 그가 세계문학에서 어떤 의미를 지니고 있기에 이토록 전 세계가 일제히 애도를 표한 것일까? 가르시아 마르케스는 비서구권이 배출한 가장 유명한 작가였으며, 20세기 후반부터 지금까지 세계 예술 사조를 이끄는 '마술적 사실주의'의 대표자였다. 이 사조는 여러 나라 작가들에게 엄청난 영향을 끼치면서 수많은 추종자를 만들어냈는데, 그중의 대표자가 바로 살만 루슈디와 토니 모리슨, 주제 사라마구다.

가르시아 마르케스의 삶과 소설

가르시아 마르케스는 1927년 3월 6일 일요일에 콜롬비아의 대서양 연안에 있는 아라카타카라는 조그만 마을에서 11명의 남매 중 장남으로 태어났다. 그의 작품에서 이 마을은 끊이지 않는 폭우가 내려 홍수가 나며, 무더운 더위가 기승을 부리는 카리브해의 지역으로 나타난다. 이곳에서 가르시아 마르케스는 귀신 이야기를 들려주면서 그를 떨게 하던 외할머니 트랑킬리나 이구아란 코테스와, 그를 서커스에 데려가고 끊임없이 내전 이야기를 들려주던 외할아버지 니콜라스 마르케스 이구아란의 보살핌 아래 10년을 산다.

그가 어린 시절을 보낸 아라카타카는 『백년의 고독』에서 마콘도란 상상의 마을로 등장하고, 외조부와 함께 살았던 집은 이 작품의 중심 무대가 된다. 또한 외할아버지는 그의 작품 세계 전반에 걸쳐 나타나는 대령들의 일화들을 이야기해주는데, 그것은 『썩은 잎*La hojarasca*』에서 손자의 기억에 등장하는 대령, 『아무도 대령에게 편지하지 않다*El coronel no tiene quien le escriba*』의 대령, 아우렐리아노 부엔디아 대령, 심지어는 유령과 같은 족장 등으로 나타난다. 한편 외할머니는 그 지역의 귀신 이야기를 마치 이 세상에서 가장 자연스러운 것처럼 천연덕스럽게 들려준다.

열두 살 때 가르시아 마르케스는 국가 장학금을 받아 보고타 근교에 있는 시파키라 국립기숙학교에서 공부한다. 후에 그는 시파키라를 음산하고 추우며 멀리 떨어진 안데스산맥의 마을로 그린다. 이 시절에 그는 유명한 시인인 에두아르도 카란사의 지도를 받아 시의 세계에 입문한다. 그의 작품에 등장하는 노란 나비와 미녀 레메디오스 등이 바로 이때의 시적 이미지에서 유래한다. 그 후 1947년에 콜롬비아국립대학에 입학하여 법학을 공부하고, 그해 첫 번째 단편소설 「세 번째 체념La tercera resignación」이 『엘 에스펙타도르*El Espectador*』 신문에 게재된다.

그러나 1948년 4월 9일 보고타에서 자유당과 보수당 간의 정치 투쟁인 '폭력 사태'가 일어난다. 콜롬비아국립대학을 휴교한 뒤 가르시아 마르케스는 당시 자신의 가족이 살고 있던 카르타헤나로 옮겨서 『엘 우니베르살*El Universal*』 신문의 기자로 일한다. 1954년에 가장 친한 친구인 알바로 무티스는 가르시아 마르케스에게 보고타로 돌아가서 『엘 에스펙타도르』 신문사에서 일하라고 권하고, 그곳에서 가르시아 마르케스는 훌륭한 취재 기사로 콜롬비아의 유명 언론인으로 자리 잡는다. 그로부터 몇 개월이 지난 후 보고타에서 그의 첫 번째 소설이자 포크너의 영향이 다분히 보이는 『썩은 잎』이 출판된다.

첫 소설 출간 직후 그는 『엘 에스펙타도르』 신문의 유럽 특파원으로 파견된다. 그가 파리에 있을 때 콜롬비아에 군사 독재체제가 들어서면서 『엘 에스펙타도르』는 폐간되고, 그는 일자리를 잃게 된다. 파리에서 힘든 기간을 보내면서 그는 출처가 불분명한 전단이 퍼져 주민들 사이에 중상모략과 험담을 초래하여, 결국 마을을 혼란에 빠뜨린다는 내용의 작품을 집필한다. 이 소설은 1962년에 『불행한 시간*La mala hora*』이라는 제목으로 출판된다. 그런데 이 소설의 집필 과정에서 한 작중인물이 강력히 부상한다. 그가 다름 아닌 대령이고, 가르시아 마르케스는 이 대령을 중심으로 중편 대작으로 꼽히는 『아무도 대령에게 편지하지 않다』를 먼저 써서, 1958년에 잡지 『신화*Mito*』에 게재한다.

1960년 그는 아바나를 방문하여 쿠바 혁명정권이 세운 '프렌사 라티나' 통신사에서 일하면서 피델 카스트로와 친해진다. 그와의 우정은 죽을 때까지 지속된다. 그리고 1961년 멕시코에 정착하여 알바로 무티스를 다시 만나고, 그곳에서 시나리오 작가이자 언론인으로 생계를 유지한다. 1962년 이후 그는 아무 작품도 출판하지 않는다. 그는 이 침묵의 기간을 작가로서 성숙해지기 위한 시간으로 삼으면서, 일약 세계적인 작가로 만든 『백년의 고독』을 쓴다. 이 작품과 관련하여, 그는 가족과 함께 아카풀코로 운전하며 가는 동안, 갑자기 청년 시절부터 쓰고자 했던 소설의 구조가 떠올랐다고 이렇게 말한다. "너무 완전히 생각이 나서 거기에서 타자수에게 첫 장의 단어 하나하나를 구술하고 싶었습니다." 그는 6개월 정도면 이 소설을 끝낼 수 있으리라고 생각했지만, 소설을 끝내고 보니 18개월이란 시간이 흘러 있었다고 밝힌다.

1967년 5월에 『백년의 고독』이 출간되면서, 그의 삶은 하루아침에 바뀐다. 이 소설은 문학 비평가뿐만 아니라 일반 독자에게도 즉각적으로 커다란 반향을 일으키면서 베스트셀러가 되었고, 대부분의 유럽 국가는 망설임 없이 이 소설을 번역·출판했다. 『백년의 고독』은 프랑스에서 최고의 외국 소설로 선정되었고, 미국 비평계는 이 소설을 1970년 최고의 소설로 꼽았으며, 1971년에 컬럼비아대학은 가르시아 마르케스에게 명예박사 학위를 수여한다. 1972년에는 라틴아메리카에서 가장 권위 있는 베네수엘라의 로물로 가예고스상을 받는다.

『백년의 고독』에 세계가 이목을 집중하고 있던 시기인 1967년부터 1975년까지 가르시아 마르케스는 스페인의 바르셀로나에서 거주하면서 오래전부터 구상했던 또 다른 소설을 쓴다. 라틴아메리카 독재자에 관한 이 작품은 『족장의 가을*El otoño del patriarca*』이란 제목으로 1975년에 출판된다. 가르시아 마르케스가 자신의 최고 작품으로 꼽는 이 소설은 구체적인 독재자가 아니라, 19세기부터 존재해왔던 여러 독재자의 이미지를 종합하여 독재자의 원형을 그린다. 『족장의 가을』을 출판한 후 가르시아 마르케스는 다시 멕시코로 돌아오면서, 칠레의 아우구스토 피노체트(1915~2006)가 권좌에 있는 한 더는 소설을 출판하지 않겠다고 공언한다.

1980년까지만 해도 이 약속은 잘 지켜지는 듯했다. 하지만 1981년 4월에 이 약속을 깨고 그는 『예고된 죽음의 연대기*Crónica de una muerte anunciada*』를 출판한다. 이 책은 스페인, 아르헨티나, 멕시코, 콜롬비아에서 초판 100만 부가 출판되면서 라틴아메리카 출판 역사에 신기록을 세운다. 그리고 1982년 10월 21일에 스웨덴 아카데미는 그해 노벨문학상 수상자로 가르시아 마르케스를 선정했다고 발표한다. 가르시아 마르케스는 그해 12월에 스톡홀름에서 「라틴아메리카의 고독」이란 노벨문학상 수상 연설문을 읽는다. 여기서 그는 유럽의 지성인들에게 자신들의 사회를 재단하는 잣대와는 다른 관점으로 라틴아메리카에 접근해달라고 요구한다.

노벨문학상을 받은 후 1984년 초부터 가르시아 마르케스는 콜롬비아의 항구도시 카르타헤나에 대한 소설을 쓰는 데 전념하고, 이것은 『콜레라 시대의 사랑*El amor en los tiempos del cólera*』으로 1985년 12월에 출판된다. 이 소설에서 그는 자기 부모들의 일화를 문학 소재로 삼는다. 이 작품은 세월의 흐름과 죽음의 공포를 이겨내고 인내와 헌신적인 사랑이 행복한 결말로 보상받는다는 통속극 같은 이야기를 담고 있다. 사랑과 늙음과 질병이라는 주제와 더불어 자살이나 노화 공포증, 근대화, 사회적 책무나 환경 문제들도 탐구하면서, 그가 기존에 보여주었던 '마술적 사실주의'에서 다소 벗어난다.

1989년 3월에는 『미로 속의 장군*El general en su laberinto*』이 출간된다. 이 역사소설은 라틴아메리카의 해방자인 시몬 볼리바르(1783~1830)를 다룬다. 볼리바르는 여러 가지 정치적 상황으로 인해 보고타에서 산타마르타까지 생애 마지막 여행을 떠났지만, 이에 관한 역사적 자료는 존재하지 않는다. 가르시아 마르케스는 순전히 상상력만으로 이를 재구성함으로써 역사의 한계를 뛰어넘는다. 그리고 1994년에는 5년간의 침묵을 깨고 다시 카르타헤나를 배경으로 『사랑과 다른 악마들*Del amor y otros demonios*』을 선보인다. 또한 1996년에는 세계적인 마약 조직인 메데인 카르텔의 우두머리 파블로 에스코바르가 꾸민 납치 사건을 소재로 『납치 일기*Noticia de un secuestro*』를 발표한다.

한편 2002년에는 자서전 『이야기하기 위해 살다*Vivir para contarla*』를 출간하고, 2005년에는 아흔 살의 노인이 10대의 젊은 여자를 사랑하는 『내 슬픈 창녀들의 추억*Memoria de mis putas tristes*』을 발표한다. 가르시아 마르케스의 마지막 작품이 된 이 소설은 진정한 사랑이란 그 어떤 대가도 요구하지 않으며 절대로 잊히지 않는다는 것을 보여준다. 이런 점에서 이 작품은 오랜 세월 동안 다양한 경험을 한 어느 노인의 삶에 대한 현재의 감정을 보여주는 이야기이며, 생애 처음으로 '사랑'이란 단어의 진정한 의미를 발견한 사람의 기록이다. 그리고 2014년에 그가 좋아하던 노란 꽃에 묻혀 역사 속으로 들어갔다.

가르시아 마르케스는 콜롬비아 작가, 혹은 라틴아메리카 작가가 아니라 전 세계의 작가다. 특히 그의 등록 상표처럼 되어버린 '마술적 사실주의'와 '스토리텔링' 기법은 20세기 후반의 세계문학에 커다란 영향을 끼쳤다. 1960년대 중반만 하더라도 세계문학은 매우 복잡하고 실험적인 경향을 띠고 있었고 일반 독자들의 외면을 받고 있었다. 하지만 『백년의 고독』과 함께 가르시아 마르케스가 세계문학 무대의 전면에 등장하자 그런 현상은 일시에 사라진다. 즉, 고전이나 대작이 어렵고 심각한 것만이 아니라, 진지함과 장난의 경계를 허물면서 정치·사회·경제적 문제들을 문학적 상상력과 결합해 재미있게 풀어나가는 것임을 일깨워준 것이다. 노벨문학상 수상자들인 토니 모리슨, 주제 사라마구, 귄터 그라스를 비롯하여 살만 루시디, 로버트 쿠버, 존 바스, 밀란 쿤데라 등은 바로 가르시아 마르케스의 후계자들이다.

가르시아 마르케스의 작품들과 지리적 공간

가르시아 마르케스의 작품에서 카리브해는 가장 중요한 무대다. 그는 카리브해가 인간과 자연환경 그리고 일상사가 완벽하게 공존하는 지역이라고 지적하면서, 자기는 카리브해를 제외한 그 어떤 곳에서도 이방인처럼 느낀다고 여러 번 말했다. 이것은 가르시아 마르케스의 기질과 개성 그리고 생활방식을 비롯해 형식에 사로잡히지 않고 유머를 즐기며 따뜻하고 단순한 성격이 카리브해 지역의 주민들과 일치한다는 것을 보여준다.

가르시아 마르케스의 초기 단편소설부터 마지막 소설까지 주인공 대부분은 카리브해 지역과 깊은 관련을 맺고 있다. 그의 창조적 샘물이었던 카리브해 지역은 여러 인종과 문화가 뒤섞인 곳이며, 신화라는 구전 전통이 살아 숨 쉬고, 볼레로bolero라는 대중가요에 사용되는 연애 시가 곳곳에서 낭송되며, 쿰비아cumbia와 바예나토vallenato 음악이 울려 퍼지는 곳이다. 가르시아 마르케스는 첫 소설인 『썩은 잎』부터 카리브해 마을이자 상상의 마을인 마콘도를 중심 무대로 다룬다.

그가 파리에서 쓴 『아무도 대령에게 편지하지 않다』의 무대는 수많은 늪지와 하수구로 인해 '물의 국가'라고 알려진 수크레라는 곳이다. 이국적인 전설과 이상한 인물들로 가득한 이 지역은 가르시아 마르케스의 몇몇 단편소설과 연대기에서도 모습을 보인다. 수크레는 『불행한 시간』의 배경이기도 하다. 이 작품은 자유당과 보수당의 대립으로 생긴 폭력 사태를 직접적으로 언급하지 않고, 폭력의 결과로 고통받는 마을이라는 메타포를 통해 위태위태하게 살아가는 사회적 현상에 초점을 맞추고 있다.

가르시아 마르케스는 저널리즘과 문학을 멋지게 융합하면서, 수크레에서 전개되는 또 다른 소설을 쓴다. 카리브해의 열대지방을 소재로 한 그리스 비극이며 기존 탐정소설의 구조와 반대되는 형식을 취하는 『예고된 죽음의 연대기』가 그것이다. 여기에서도 그는 범죄가 만연한 시기의 국가가 겪는 일반화된 폭력을 소설의 중심 주제로 삼는다. 그러면서 "살기 편하고 미인이 많은 낙원 수크레는 급작스럽게 발생한 지진과 같은 정치적 폭력에 휩쓸려버렸다"라고 말한다.

이 소설로 수크레를 배경으로 삼는 작품은 마감되지만, 카리브해는 그의 고향 아라카타카를 중심으로도 나타난다. 수많은 비평가가

'라틴아메리카 최고의 소설' 혹은 '세계 최고의 소설'이라고 극찬한 『백년의 고독』에는 환상적인 사건을 일상적이거나 정상적으로 묘사하고, 일상적인 사건을 마술적으로 보여주는 마술적 사실주의가 극대화된다. 가르시아 마르케스는 젊은 시절부터 『집*La casa*』이라는 제목으로 작업하고 있다고 여러 친구에게 이야기했다. 그러나 1950년 그의 어머니가 아라카타카의 집을 팔기 위해 함께 가자고 했을 때 비로소 그 생각을 구체화한다. 그곳에서 그는 흙먼지가 일며 후텁지근한 날씨 아래서 가난과 절망 속에 빠진 마을을 보고, 상상의 카리브해 마을인 마콘도의 설립부터 부엔디아 가족의 마지막 구성원의 죽음으로 해체되는 대서사시를 서술하기로 마음먹는다.

그러나 그 생각을 작품으로 구체화한 것은 15년이 지나서였다. 가르시아 마르케스는 멕시코시티를 떠나 아카풀코로 휴가 여행을 가는 도중에 그 작품에 걸맞은 형식을 찾았다. 그러면서 얼음을 보여주러 데려갔던 외할아버지 니콜라스 마르케스와 귀신 이야기로 매일 오후를 즐겁게 해주었던 외할머니 트랑킬리나 이구아란의 영향을 받았다고 언급한다. 또한 아라카타카의 집에 있던 낡은 트렁크에서 발견한 『아라비안나이트』의 영향도 부정하지 않는다. 이렇게 카리브해를 배경으로 하는 『백년의 고독』은 재미없고 따분한 실험적 소설 양식이 아니라, 여러 일화를 끊임없이 들려주는 옛이야기의 전통을 회복하면서 소설의 죽음을 예고하고 있던 세계문학에 새로운 이정표를 제시한다.

또한 카리브해는 『족장의 가을』의 독재자에게서도 잘 나타난다. 이 작품은 그 어떤 소설보다도 과장법이 강조되면서, 유혈 탄압으로 라틴아메리카를 황폐하게 했고 오랫동안 국민의 삶과 운명을 지배

했던 독재자들의 잔인함을 보여준다. 그는 이 작품을 "권력의 고독에 대한 시"라고 규정하면서, 『백년의 고독』에서 구사했던 이야기 구조를 파괴하고 여러 페이지에 걸쳐 마침표 하나 없이 이루어지는 새롭고 과장된 문장을 통해 상상을 뛰어넘는 독재자의 이야기를 서술한다.

가르시아 마르케스의 작품에는 카리브해 도시인 카르타헤나 역시 중요한 비중을 차지한다. 카르타헤나의 많은 거리가 실명으로 등장하는 『콜레라 시대의 사랑』은 플로렌티노 아리사와 페르미나 다사의 매우 어려운 사랑을 이야기한다. 가르시아 마르케스 부모들이 경험했던 금지된 사랑을 떠올리게 하는 이 인물들은 젊었을 때는 너무 어리다는 이유로 결혼할 수 없었다. 그들은 인생을 마감하는 70대 후반에 들어서야 비로소 늙은이들의 사랑은 추잡하고 더럽다는 세상의 편견을 극복하고 사랑을 이룬다. 한편 『사랑과 다른 악마들』은 식민 시기에 카르타헤나에 살았던 시에르바 마리아의 이야기를 들려준다. 이 두 소설에서는 카르타헤나의 돌로 포장된 작은 거리가 모습을 드러내고, 그곳의 따뜻한 공기를 느낄 수 있으며, 카리브해의 파도 소리도 들리는 듯하다.

가르시아 마르케스의 역사소설 『미로 속의 장군』은 라틴아메리카의 해방자 시몬 볼리바르가 죽기 직전에 여러 정치적 상황으로 말미암아 보고타에서 카리브 해안 도시인 산타마르타까지 가는 마지막 여행을 다룬다. 이 소설은 주로 막달레나강과 그곳의 포구에서 전개되며, 산타마르타의 산페드로 알레한드리노 별장에서 시몬 볼리바르의 죽음으로 끝난다. 그리고 『내 슬픈 창녀들의 추억』은 카리브 해안의 또 다른 도시인 바랑키야 항구를 배경으로 한다.

가르시아 마르케스의 대표 작품들

콜롬비아의 작가 가브리엘 가르시아 마르케스는 우리 독자 대부분에게 라틴아메리카 문학의 상징으로 여겨진다. 그리고 그의 이름은 항상 그의 대표작인 『백년의 고독』을 통해 연상된다. 실제로 가르시아 마르케스는 이 작품으로 20세기의 주요 소설가로 떠올랐을 뿐 아니라, 우리 시대를 대표하는 최고의 상징적 존재로 현대 문학 속에 군림했던 작가였다. 이 소설은 40개가 넘는 언어로 번역되어 있다. 이 작품뿐 아니라, 『족장의 가을』과 『콜레라 시대의 사랑』 역시 그의 대표작으로 손꼽히며, 많은 언어로 번역되어 세계 독자의 사랑을 받고 있다.

『백년의 고독』과 부엔디아 가문의 이야기

모두 20장으로 이루어진 『백년의 고독』은 6세대에 걸친 부엔디아 가문과 마콘도라는 허구 세계에 관한 이야기다. 이 소설은 마콘도의 창건에 관한 소개로 시작한다. 마콘도를 세우러 떠나기 전에 사촌이었던 호세 아르카디오와 우르술라는 결혼한다. 그러나 우르술라는 근친상간의 결과로 돼지 꼬리를 가진 아이가 태어날 것을 두려워해서 결혼 생활을 거부한다. 그렇게 6개월을 보낸 어느 일요일 프루덴시오 아길라르는 호세 아르카디오가 성불구자일지도 모른다는 사실을 마을 사람들에게 공포한다. 그러자 호세 아르카디오는 프루덴시오 아길라르를 죽이고 우르술라와 사랑을 나눈다. 이후 죽은 프루덴시오의 망령이 부엔디아 부부에게 계속 나타나고, 결국 그들은 마을을 떠나 마콘도를 세워 다시 시작하기로 한다.

처음에 그 마을은 외부 세계와 단절되어 있다. 가끔 집시들이 얼음이나 망원경 혹은 돋보기와 같은 발명품을 가지고 찾아올 뿐이다. 부엔디아 가족의 족장인 호세 아르카디오 부엔디아는 충동적이고 호기심이 많다. 그는 지도자이지만 동시에 매우 고독하다. 또한 다른 사람들과 떨어져 자석이나 문명의 경이를 집요하게 탐구한다. 이런 특징들은 그의 후손들에게 유전된다. 첫째 아들인 호세 아르카디오는 그의 엄청난 육체적 힘과 충동성을 이어받지만, 둘째 아들인 아우렐리아노는 그의 열정적이고 불가해한 탐구 정신을 계승한다.

점차로 마을은 순수하고 고독한 상태를 잃어버리면서 종교와 정치로 물든 외부 세계의 침략을 받는다. 그러자 곧이어 내전이 벌어지고, 평화로웠던 마콘도는 폭력과 죽음을 경험한다. 아우렐리아노는 자유당 반군의 지도자가 되어 아우렐리아노 부엔디아 대령으로 명성을 떨치면서 영웅이 되지만, 고독의 희생자가 되어 불합리한 현대적 삶을 구체적으로 보여준다. 한편 아우렐리아노 부엔디아 대령이 조카 아르카디오를 마콘도의 책임자로 앉히자, 아르카디오는 질서에 집착하는 못된 독재자임이 드러난다. 그는 전제군주처럼 통치하다가 결국 사형을 받는다. 그 후 다른 시장이 임명되면서 마콘도는 평화를 되찾지만, 이내 또 다른 반란이 일어나고 그는 살해된다. 그가 죽은 후 평화조약이 맺어지면서 내전은 끝난다.

이 소설에는 100년의 역사가 흐르는데, 가르시아 마르케스가 묘사하는 사건들은 대부분 부엔디아 가문의 삶에서 커다란 전환점을 이루는 탄생이나 죽음, 혹은 결혼이나 사랑들이다. 부엔디아 가문의 몇몇 남자들은 거칠고 방탕하며 사창가를 전전하면서 불륜의 애인을 갖기도 한다. 반면에 다른 사람들은 조용하고 고독하다. 그들은 방에 틀어박혀 조그만 황금 물고기를 만들거나 오래된 원고를 열심히 연구한다. 여자들 역시 72명의 기숙학교 친구들을 데려오는 메메처럼 사교적이고 개방적인 여자에서, 남편과 함께 신방을 차리자 가랑이에 구멍이 난 특별한 나이트가운을 입는 수줍은 페르난다 델 카르피오에 이르기까지 다양하다.

우르술라 이구아란 역시 부엔디아 가문처럼 고집스럽다. 그녀는 성격이 다른 가족 구성원들을 모두 포용하려고 헌신적으로 노력한다. 하지만 부엔디아 가문뿐만 아니라 마콘도는 근대라는 힘에 파괴된다. 제국주의적 자본주의가 마콘도에 도착하고, 바나나 농장은 노동자들을 착취한다. 결국 바나나 농장 노동자들은 미국인들의 비인간적 대우에 분노하여 파업하고, 바나나 농장 지주 편을 들던 군부는 수천 명의 노동자를 학살한다. 그들의 시체는 바다에 버려지고, 4년 11개월 2일 동안 끊임없이 비가 내리면서 마콘도의 멸망을 재촉한다. 이제 살아남은 부엔디아 가족들은 외부 세계와 고립된 채 근친상간을 범한다.

이 소설은 부엔디아 가문의 마지막 생존자인 아우렐리아노 바빌로니아가 멜키아데스의 양피지 원고를 해독하는 장면으로 끝난다. 거기서 그는 "사건들을 인간의 전통적인 시간 속에 배열해놓지 않고 백 년 동안에 일어났던 일상사들을 모두 한순간에 공존하도록 압축시켜" 놓았다는 것을 깨닫는다. 즉, 부엔디아 가문의 역사는 예언되었으며, 마콘도와 그곳의 주민은 단지 미리 정해진 주기를 살면서, 비극적인 슬픔만을 가미시켰다는 것을 알게 된다. 그리고 독자들은 멜키아데스의 원고가 바로 『백년의 고독』이며, 부엔디아 가문이 이 지상에서 두 번째 기회를 얻지 못하고 사라지는 것은 진정한 사랑을 알지 못하고 고독 속에서 살았기 때문임을 간파하게 된다.

이런 흥미진진한 내용과 더불어 가르시아 마르케스는 '마술적 사실주의'라는 새로운 문학 경향을 창안한다. 많은 문학 비평가는 이것이 환상과 사실의 결합이라고 평가했지만, 가르시아 마르케스는 자신의 소설에 대해 "나는 카리브해에서 태어났고 카리브해에서 자랐다. 나는 현실보다 더 가공할 만한 것을 떠올릴 수도 없었고, 기껏해야 시적 영감을 가지고 카리브해의 현실을 문학작품 속에 이식한 것이다. 내 책에서 단 한 줄도 그곳에서 일어났던 실제 현실에 기반을 두지 않은 것은 하나도 없다"라고 밝힌다.

『족장의 가을』과 독재자 소설

가르시아 마르케스의 대작이라고 말할 수 있는 세 편의 소설 중에서 작가 자신이 최고라고 여기는 『족장의 가을』은 역설적으로 가장 언급되지 않고 가장 읽히지 않으며, 때때로 오해도 받는 작품이다. 그것은 이 소설이 가장 어렵고 가장 이해하기 힘들며, 심지어 불쾌감을 선사하는 작품이라는 생각이 널리 퍼져 있기 때문이다. 난해하고 읽기 어렵다는 이유로 『족장의 가을』을 거부한 것은 일반 독자에게만 한정된 현상은 아니다. 1975년에 이 소설이 출간되자, 『백년의 고독』과 같은 작품을 기다리던 여러 비평가는 하나같이 이 작품에 비판적인 의견을 내놓는다. 그리고 그런 현상은 2년 정도 지속된다. 하지만 1977년부터 이 소설은 재평가되고, 이후 1970년대 라틴아메리카의 대표 소설이 된다. 그래도 이 작품은 다른 두 소설보다 판매량에서 뒤처져 있고, 상대적으로 덜 인정받고 있음은 부인할 수 없다.

이 작품은 6장으로 구성되어 있으면서, 모두 여섯 문단으로 이루어져 있다. 다시 말하면, 한 장이 한 문단이다. 그래도 다섯 개의 장은 여러 문장으로 이루어진 문단이지만, 독재자의 죽음이 드러나는 마지막 장은 72쪽 전체가 단 하나의 문장이자 문단으로 서술되는 악명을 자랑한다. 그래서 숨 막힐 것이라고 예단하지만, 이내 가르시아 마르케스의 마술과 문장의 운율에 취해 부드럽게 넘어간다.

『족장의 가을』은 이름을 밝히지 않은 어느 라틴아메리카 공화국을 지배한 군인이자 독재자의 이야기로, 그 독재자 이름 역시 나타나지 않는다. 그는 독립하고 얼마 지나지 않은 19세기 초에 권력을 잡고, 한 나라를 다스릴 자질과 경험도 없이 200년 넘게 독재자로 군림한다. 이런 괴물을 만들기 위해 가르시아 마르케스는 여러 라틴아메리카 독재자의 삶에서 공통점을 추출한다.

『족장의 가을』은 '우리'라는 이름으로 서술되는 한 무리가 대통령 관저로 밀어닥치는 것으로 시작한다. '우리'라는 이름으로 여기에는 여러 사람의 독백이 이루어지며, 많은 목소리가 개입한다. 작가는 이것이 카리브해 국가들의 수많은 음모의 역사가 무한한 비밀로 가득하지만, 모두가 알고 있는 비밀이기 때문이라고 설명한다. '우리'라는 무리에 속한 여러 화자는 수백 년 동안, 아니 아마도 영원히 국가를 지배했던 족장의 시체를 어떻게 발견하는지 설명한다.

이것은 여러 문장으로 이루어져 있지만, 중단되지 않고 하나의 긴 문장으로 이루어진 느낌을 준다. 일단 시작하면 끝까지 읽어야 하는 것처럼, 각 장은 한 문단으로 이루어져 있기 때문이다. 그리고 이야기가 차분하게 진행되는 것이 아니라, 족장의 통치 시절과 시간을 멈추게 만든 독재자의 죽음 사이를 끊임없이 오간다. 그래서 처음은 끝이기도 하다. 그건 독재자의 죽음과 그의 체제가 몰락하는 것은 시간이 흘렀기 때문이 아니라, 그 시간이 부패했고, '셀 수 없이 영원한 시간' 속에서 분해되기 때문이다.

이 소설은 역사적으로 불가능한 시간 —그 누구도 200년 넘게 살 수는 없기에— 속에서 전개된다. 그것은 18세기 말부터, 즉 족장의 어머니가 젊었을 때부터 제2차 세계대전이 끝난 이후까지 지속된다. 대부분은 얽히고설키게 끼워 넣은 회상을 통해 서술되고, 라틴아메리카 역사의 일반적인 흐름(식민 통치를 받던 시기, 독립, 무정부와 독재, 20세기의 신식민주의)대로 이어진다. 그러다가 마침내 족장이 가을의 황혼에 있을 때 혐오스러운 미국인들에게 바다를 빼앗기지만, "영국인들이 그곳에 앉혔고, 미국 놈들이 그 자리를 지키도록" 해주었기에, 그는 아무것도 할 수 없다. 이후 그의 죽음이 나오며, 그렇게 그의 체제는 종말을 맞는다.

이 소설 속에서 200년 넘는 시간 동안 일어나는 주요 사건을 정리해보면, 이 책이 두 부분으로 나뉘며, 소설의 전반부는 처음 세 개의 장으로 구성되고, 후반부는 뒤의 세 개의 장으로 이루어지고 있음을 알 수 있다. 『족장의 가을』의 전반부는 다음과 같은 사건을 포함한다. (1) 장군의 어머니 벤디시온 알바라도가 고지대에서 겪은 가난과 수모, 이것은 아마도 식민 통치를 받던 시기의 후반으로 추정된다. (2) 장군의 어린 시절, 이것은 해방 초기로 보인다. (3) 연방주의 전쟁과 무정부주의, 아마도 보수당 집권이 끝난 19세기 중엽일 것이다. (4) 해안의 수도에 그가 도착하여 권력을 인수하고 취임하는데, 이것은 그가 영국인에 의해 임명되던 시절로 19세기 중엽이 조금 지난 시기로 여겨진다. (5) 대통령 집권 초기의 구세주와 같은 시절은 그가 실제로 위협적인 자연계의 힘이지만, 그는 그렇다는 것을 믿지 않으며, 따라서 자기 권력을 이해하지 못하는 시절이다. (6) 해병대의 점령으로 드러나는 그의 무력감과 권력의 한계는 그의 첫 번째 패배이자 좌절로 20세기 초의 일일 것이다. (7) 계속되는 신변의 위협으로, 대역 파트리시오 아라고네스과 신임하는 동료 로드리고 데 아길라르가 함께 그를 보호하는데, 이것은 그의 가을 직전에 일어난다. (8) '영광의 시기'에 로드리고 데 아길라르가 승인받지 못한 권력을 누리는데, 이 일은 족장의 가을이 시작할 무렵에 발생한다. (9) 미의 여왕 마누엘라 산체스에게 사랑에 빠지고, 그녀는 도망쳐서 자취를 감추고, 이것은 그의 두 번째 좌절이자 패배가 된다. (10) 군부를 비롯해 그를 함정에 빠뜨리려는 간계와 끊임없이 싸우고, 유일한 친구 로드리고 데 아길라르는 끔찍한 죽음을 맞는다.

여기서 보듯이 전반부는 독재자의 '가을'이 되기 직전에 끝난다. 그것은 이 소설 전체에서 가장 기괴하고 과장된 사건으로 상징화된다. 이 소설의 세 번째 장은 "장군이 은쟁반에 담겨 들어왔으니, … 그것을 보자 초대 손님들은 공포에 질려 돌처럼 굳었으며, 우리는 숨도 쉬지 못한 채 훌륭한 토막 의식과 그것을 나누어주는 의식을 지켜보면서"라고 서술하면서, 세례자 요한의 머리를 상으로 받는 살로메를 패러디하여 로드리고 데 아길라르 장군을 살해한 장면으로 끝난다.

이후 족장의 가을이 시작되고, 제4장부터 제6장인 후반부는 다음의 사건들을 서술한다. (1) 장군의 어머니 벤디시온 알바라도의 죽음과 그녀를 성녀로 추대하기 위해 교회와 싸운다. 이제 족장은 자신의 삶에서 가장 중요한 사람과 유일한 친구를 잃었고, 이렇게 그의 가을은 길고도 험난한 시절이 될 것이며, 고독과 늙음 그리고 기억 상실을 겪으며 패배할 것임을 예시한다. (2) 어머니의 죽음 이후 그는 짧은 기간이나마 아내 레티시아 나사레노와 함께 살면서, 그들의 유일한 아들이자 족장의 유일한 후계자를 얻지만, 두 사람 모두 테러로 목숨을 잃는다. (3) '텔레비전 시대'에 사엔스 델라 바라가 권력을 남용하는데, 이것은 아마도 20세기 후반으로 추정된다. 족장은 권좌 100주년을 기념하고, 사엔스는 살해된다. (4) 그의 가을이 '황혼'에 이를 무렵, 미국인들이 바다를 빼앗는데, 이것은 아마도 상징적으로 그와 그의 체제를 겨울(죽음)로 이끄는 것처럼 보인다. (5) 소설의 마지막 부분에서 국민이 열광적으로 그의 죽음을 축하한다.

『콜레라 시대의 사랑』: 현대의 가장 훌륭한 러브스토리

가르시아 마르케스의 작품 중에서 『콜레라 시대의 사랑』은 독자들에게 가장 많은 사랑을 받으며 세계문학에서 가장 훌륭한 러브스토리 중의 하나라는 평가를 받는다. 그래서 해마다 밸런타인데이가 되면, 이 소설은 불멸의 사랑을 다룬 추천 도서 목록에 빠짐없이 들어 있다. 여러 작품 중에서도 특히 사랑의 다양한 뉘앙스가 들어 있고, 사랑하는 연인들에게 일어날 수 있는 온갖 문제와 역경을 담고 있는 『콜레라 시대의 사랑』은 가장 인기 있는 책이다. 그렇다면 도대체 이 작품은 어떤 내용을 다루고 있을까?

『콜레라 시대의 사랑』은 1870년대부터 1930년대까지를 시대적 배경으로 삼고 있으며, 이야기가 전개되는 공간은 콜롬비아의 카리브해의 어느 이름 없는 마을이다. 이 작품은 플로렌티노 아리사가 사랑하는 여인 페르미나 다사와 함께 있기 위해 51년 9개월 4일을 기다리는 이야기다. 이 소설은 60세의 사진가인 제레미아 드 생타무르의 자살로 시작한다. 그는 오래전에 예순 살이 되면 이 세상을 뜨겠다고 마음먹었었다. 그의 친구인 81세의 후베날 우르비노 박사는 그곳에 도착하여 황금 시안화물이 남겨 놓은 씁쓸한 냄새를 확인한다. 그것은 바로 그에게 짝사랑의 운명을 떠올리게 하는 냄새다.

그날 오후 우르비노 박사는 자기 역시 죽음의 언저리에 있다는 느낌을 받으며 낮잠에서 깨어난다. 그리고 도망친 앵무새를 잡으려고 사다리를 타고 망고나무에 올라갔다가, 사다리에서 떨어지면서 숨을 거둔다. 바로 그 순간 그의 아내인 72세의 페르미나 다사가 그곳에 도착하여 남편의 마지막 말을 듣는다. 두 사람의 장례식에 모두 참석한 76세의 플로렌티노 아리사는 장례식이 끝나자 반세기 이전에 페르미나 다사에게 처음으로 했던 '영원한 충성과 영원한 사랑'의 맹세를 다시 반복한다. 페르미나 다사는 자기 집에 다시는 오지 말라는 경고와 함께 그를 집에서 쫓아낸다. 하지만 다음 날 잠에서 깨어나자 자기가 잠을 자는 동안 죽은 남편보다도 플로렌티노 아리사를 더욱 생각했다는 사실을 깨닫는다.

플로렌티노 아리사는 페르미나 다사가 열세 살이었을 때 처음 본 후, 공원의 외딴 의자에 앉아 그녀를 지켜보기 시작한다. 두 사람은 크리스마스 자정 미사에서 처음으로 가까이 보게 된다. 그로부터 얼마 후, 플로렌티노는 페르미나에게 완벽한 충성과 영원한 사랑을 약속하는 편지를 건네준다. 답장을 기다리는 동안, 플로렌티노는 설사하고 푸른색의 물질을 토한다. 그리고 그 병은 콜레라 증상과 똑같은 상사병 증상으로 판명된다. 마침내 그는 페르미나의 답장을 받고, 이후 2년간 계속 편지를 주고받으면서 정식으로 청혼한다.

페르미나의 아버지인 로렌소 다사는 자기 딸이 그를 잊도록 8개월간 여행을 떠나게 하면서 그들이 결혼하지 못하도록 막는다. 그러나 전신 기사로 일하던 플로렌티노는 페르미나의 여행 목적지를 알게 되고, 두 사람은 계속해서 서신을 주고받으면서 돌아오면 가능한 한 빨리 결혼하기로 약속한다. 마침내 기나긴 여행에서 돌아오자 페르미나는 자기가 사랑하는 사람과 다시 만나지만, "사랑의 감동이 아닌 환멸의 심연"만을 느끼고, 그를 자기 인생에서 지워버렸다는 의미의 손짓을 한다.

한편 후베날 우르비노 박사는 열여덟 살의 페르미나가 콜레라에 걸린 것처럼 고열을 앓고 있던 시절에 처음 만난다. 그는 진찰을 하고서 장염에 불과하다는 것을 알게 된다. 그러나 다음 주에 페르미나를 만나려고 로렌소 다사의 집을 다시 찾아온다. 처음에 페르미나는 그에게 관심을 보이지 않지만, 결국 그의 편지에 답장을 보내기로 마음먹는다. 페르미나가 우르비노 박사와 결혼을 한다는 소식은 플로렌티노를 재기 불능의 상태로 빠뜨리고, 그의 어머니는 그를 치료하기 위해 멀리 내륙 지방으로 여행을 보낸다.

막달레나강으로 여행하던 어느 날 밤, 플로렌티노는 익명의 손에 의해 어두운 선실로 끌려가고, 신원을 알 수 없는 여인에 의해 동정을 잃는다. 그러나 그 경험으로 그는 새로운 진실을 깨닫는다. 즉, 환상으로 가득한 그의 사랑은 속세의 열정으로 대체될 수 있다는 것이다. 그가 처음으로 침실에서 사랑을 나눈 사람은 나사렛의 과부이지만, 그것은 영구적인 관계로 발전되지 않고 622번의 순간적인 사랑의 첫 번째로 끝난다. 나사렛의 과부와 사랑하고 6개월이 지나자, 플로렌티노는 페르미나 다사의 폭풍에서 살아남았다는 것을 확신하지만, 그런 확신은 어느 일요일 미사에서 그녀를 보면서 깨어진다. 페르미나 다사는 임신 중이었고, 플로렌티노는 그녀가 전보다 더 아름답지만, 자기 손에서 더욱 멀어졌다고 느낀다.

임신 6개월째의 페르미나 다사를 보고 플로렌티노는 그녀에게 걸맞은 사람이 되기 위해 돈과 명예를 얻겠다고 결심하고, 카리브 하천회사에서 일하기 시작한다. 어느 날 페르미나는 공원 의자에 앉아 있는 플로렌티노를 보고, 그와 결혼했다면 더 행복했을지도 모른다고 생각한다. 극단적인 불행에 처해 있다는 것을 깨달은 그녀는 남편에게 그 사실을 이야기하고, 두 사람은 신혼여행에서 느꼈던 사랑을 되찾기로 맹세하며 유럽으로 떠난다. 이후 30년이란 세월이 흐르고 우르비노 박사는 노년에 접어든다. 두 사람은 최선을 다해 서로 사랑하는 시절을 보낸다.

어느 날 페르미나는 우르비노 박사가 다른 여자와 관계를 맺고 있다는 사실을 알게 되고, 절대로 돌아오지 않겠다는 굳은 결심으로 남편을 떠나서 사촌 언니의 집에서 2년을 보낸다. 이 시기에 플로렌티노는 페르미나가 왜 아무도 모르게 몰래 떠났는지에 관한 소문을 듣게 된다. 그런 소문들은 대부분 그녀가 몹쓸 병이나 불치의 병에 걸렸기 때문이라는 것이었다. 마침내 어느 날 저녁 그는 페르미나와 우르비노 박사를 야외극장에서 보게 된다. 그리고 페르미나의 발걸음이 흐느적거리는 것을 보고 죽음이 사랑을 이길 것임을 예감한다.

이후 플로렌티노는 카리브 하천회사의 총수가 되고, 조금씩 자기와 관계를 맺은 여인들을 찾아가는 일상으로 빠져든다. 후베날 우르비노 박사가 세상을 떠난 성령강림대축일의 일요일에, 그에게는 한 명의 애인만이 있었다. 바로 열네 살 먹은 아메리카 비쿠냐다. 그날 저녁 그는 페르미나에 대한 영원한 사랑과 영원한 충성을 다시 맹세한다. 그러고는 자신의 성급하고 부적절한 행동을 후회한다. 그가 희망을 잃어버리기 시작할 무렵, 집 현관 근처에서 페르미나가 보낸 편지를 발견한다.

페르미나의 편지를 받고 플로렌티노는 새로운 기술로 그녀를 유혹하기로 마음먹는다. 그는 그녀에게 인생과 노년 그리고 죽음에 관해 사색한 장문의 편지를 쓰고, 우르비노 박사의 서거 1주기가 지나고 얼마 되지 않아 갑자기 페르미나의 집에 모습을 드러낸다. 그러나 그 날은 변비로 인한 복통으로 페르미나와 대화도 나누지 못한 채 헤어진다. 이후 그들은 매주 화요일에 정기적으로 만나다가 마침내 하천선을 타고 여행을 떠난다.

여행 나흘째가 되던 날, 배의 연료가 떨어지고, 배는 일주일 이상 옴짝달싹하지 못한다. 두 사람은 함께 수많은 시간을 보낸다. 드디어 처음으로 두 사람은 사랑하려고 시도하지만 실패한다. 이후 성공적으로 사랑을 나누지만, 둘은 모두 그 사랑에 실망한다. 그들이 기착지인 라도라다에 도착하자, 플로렌티노는 선장을 설득시켜 콜레라 환자가 있다는 의미의 노란 깃발을 올려서 다른 승객들이 그 배에 오르지 못하게 하고, 두 사람만을 태운 채 출발했던 곳으로 되돌아간다.

돌아오는 여행의 마지막 날 밤에 플로렌티노와 페르미나는 커다란 파티를 벌이고 "열정의 함정과 환상의 잔인한 조롱 그리고 환멸의 신기루를 극복하고, 인생을 달관한 것 같은 두 늙은 부부처럼 조용히 시간을" 보낸다. 다음 날이 되지만 그들 중 그 누구도 집으로 돌아간다는 것을 상상할 수가 없다. 그러자 플로렌티노는 라도라다까지 계속해서 오가자고 제안한다. 선장이 얼마나 오랫동안 그런 왕복운동을 계속할 생각이냐고 묻자, 플로렌티노는 "우리 목숨이 다할 때까지"라고 대답한다.

가르시아 마르케스의 작품들과 라틴아메리카의 현실 바라보기

세르반테스의 『돈키호테』가 "이름이 잘 기억나지 않는 라만차의 어느 곳에 …"라고 시작하는 말로 유명하다면, 라틴아메리카에는 "백년의 고독한 운명을 선고받은 가문들은 이 지상에서 두 번째 기회를 갖지 못하기 때문에 …"라는 비극적이고 아름다우며 애상적인 말로 말미를 장식하기로 유명한 작품이 있다. 바로 가브리엘 가르시아 마르케스의 『백년의 고독』이다. 이 소설이 출판된 지 15년 후인 1982년에 가르시아 마르케스는 노벨문학상 수상자로 발표되고, 상을 받기 이틀 전인 12월 10일에 스톡홀름 증권협회 건물에서 「라틴아메리카의 고독」이라는 15분짜리 연설문을 읽는다. 그러면서 우화의 창조자들이 만드는 유토피아는 "새롭고 무한한 삶의 유토피아이고, 아무도 다른 사람이 어떻게 죽어야 할지 결정할 수 없는 곳이며, 사랑이 정말로 진실하고 행복이 가능한 곳일 뿐만 아니라, 백년의 고독을 선고받은 가족들이 마침내 그리고 영원히 이 지구상에 새로운 기회를 가질 수 있는 곳"이라는 말로 연설문을 끝낸다.

『백년의 고독』의 끝부분을 되풀이하는 노벨문학상 연설문의 메시지는 전혀 우연이 아니라, 지극히 의도적이라고 볼 수 있다. 즉, 『백년의 고독』뿐 아니라, 『족장의 가을』과 『콜레라 시대의 사랑』을 서양과 라틴아메리카가 상호 이해하는 가교이자 거울로 사용하려고 한다. 이런 점에서 이 연설문은 지극히 정치적이다. 그것은 세상을 통제하고 지배하는 유럽의 진보적 지식인에게 더 높고 보편적인 차원에서 진리를 찾아달라는 희망을 밝히기 때문이다. 그가 '고독'이란 말을 사용하면서 자기 작품의 제목을 언급하고자 하는 소망이 없었다면, 아마도 "라틴아메리카를 이해하는 안내서" 혹은 "세계가 라틴아메리카를 어떻게 보면 좋을까"라고 붙였을지도 모른다. 이 세 개의 제목 중 그 어떤 것을 골랐더라도, 서양과 라틴아메리카 사회가 서로 이해하려는 의지와 필요성이 그 어느 때보다도 중요하다는 가르시아 마르케스의 메시지를 전달하는 데 무리가 없기 때문이다.

그렇다면 가르시아 마르케스가 유럽과 세계에 부탁하고 요청하고 소망하는 것은 무엇일까? 그는 라틴아메리카 대륙의 대변자가 되어, 아들의 성급함과 실수를 참을 수 있는 아버지의 인내심, 오늘날까지 저질렀을지도 모르는 판단 실수를 인정하는 성숙한 사람과 같은 겸손함 그리고 아직 미성숙한 아들이 언젠가 아버지와 견줄 수 있도록 시간을 달라고 유럽에 요구한다. 그러고서 그는 유럽과 라틴아메리카의 대화를 제안한다. 즉, 발견과 더불어 시작된 환상과 수백 년 동안 내려온 전설의 관점에서 라틴아메리카를 보지 말고, 진정한 라틴아메리카의 현실을 이해해달라는 것이다. 작가는 아무것도 분명하게 보여주지 못한 채 사실을 얼버무리면서 일반적이고 의례적인 연설을 하는 대신, 기자이자 작가의 솜씨를 유감없이 발휘하면서 바로 서양이 라틴아메리카를 보는 관점의 문제를 이야기한다.

가르시아 마르케스는 이런 서양의 관점이 "우리 현실을 타인의 방식으로 해석하면, 우리는 갈수록 이해받지 못하고, 갈수록 우리를 덜 자유로워지며, 갈수록 고독해질 뿐"이라고 단호하게 지적한다. 그러나 그의 권고는 유럽의 지성에게 한정되지 않고, 라틴아메리카의 비양심적 정치인들도 겨냥한다. 이렇게 그는 유럽인들에게 라틴아메리카 사람들을 평가하는 데 다른 범주를 이용하라고 부탁하면서, 근대적이며 조화와 번영을 이룩한 서양 사회를 측정하는 데 사용하는 것과는 다른 잣대를 요구한다. 그는 "명민한 정신의 소유자인 유럽인, 그러니까 더욱 인간적이고 정의로운 조국을 위해 여기서 투쟁했던 이들이 우리를 보는 방식을 근본적으로 수정한다면 우리를 훨씬 더 잘 도와줄" 것이라고 지적하면서, "유럽이 자신의 과거에 비추어 우리를 본다면 좀 더 폭넓게 우리를 이해할 수 있을" 거라고 덧붙인다.

이와 더불어 가르시아 마르케스는 라틴아메리카의 현실을 지적하면서, 자신의 등록 상표인 '마술적 사실주의'에 대한 입장을 드러낸다. 그는 "단지 문학적 표현뿐만 아니라, 우리의 가공할 만한 현실 때문"에 자기가 노벨문학상을 받았다고 밝히면서, 그것은 "종이에 쓰인 현실이 아니라 우리와 함께 있고, 하루하루 죽음의 매 순간을 결정짓는 현실"이며 "불행과 아름다움으로 가득하고, 고갈되지 않는 창작의 샘물을 계속 공급해주는 현실, 이런 창조적 샘물을 지닌 콜롬비아 사람은 행운을 지닌 사람들"이라고 지적한다. 즉, 마술적 사실주의는 단순한 상상의 산물이 아니라, "시인과 거지, 음악가와 예언자, 전사戰士와 악당 등 이 불행한 현실 속에 사는 모든 창조물"의 현실이며, 그것은 거의 상상력을 요구하지 않는다고 지적한다.

흔히 미국과 유럽의 비평가들은 마술적 사실주의를 '현실과 환상의 혼합'이라고 정의하지만, 그것을 전 세계에 천착시킨 작가는 '현실'에 집착한다. 그에게 마술적 사실주의는 환상적이거나 심리적인 초현실주의적 요소를 포함하지 않으며, 20세기 후반부터 서구에서 주목을 받던 몽환 문학도 아니다. 가르시아 마르케스에게 마술적 사실주의는 라틴아메리카 사람과 그를 에워싼 세계 사이의 관계를 발견하려는 일종의 현실에 대한 태도다.

가르시아 마르케스는 '라틴아메리카의 현실'을 강조하지만, "우리 최대의 적은 우리의 삶을 믿게끔 만들 수 있는 전통적인 도구가 불충분하다는 것"이라고 강조하면서, 서구 사실주의의 한계를 지적한다. 다시 말하면, 그에게 현실은 눈에 보이는 현실뿐만 아니라, 일반인들의 믿음 같은 눈에 보이지 않는 요소들까지도 포함한다. 그래서 그는 이성주의자들과 스탈린주의자들이 항상 강요하려고 했던 현실의 한계, 다시 말하면 '눈에 보여야만 현실이라는 생각'을 극복하고, 현실에 대한 지평을 확장하여, 더욱 광범위하고 다채로운 라틴아메리카의 현실을 다룬다. 이렇듯 그의 마술성은 바로 라틴아메리카 사람의 산 경험인 '현실'에서 유래하는 것이고, 바로 이런 경험을 바탕으로 마술적 사실주의라는 문학 양식이 이루어지고 있음을 보여준다.

윌리엄 골딩의 『파리대왕』과 『자유 추락』

작가의 자기 출몰

이석광·경상국립대 영어영문학부 교수

저자의 생애와 사상

윌리엄 골딩은 1911년 9월 19일, 영국 최남단 콘월의 뉴키에 있는 그의 외가에서 태어났다. 그가 사망한 곳은 출생지에서 25킬로미터가 채 안 되는 거리의 페라나워설이다. 아버지 알렉 골딩은 자신의 무신론적 견해에 따라 윌리엄이 태어났을 때 세례식과 같은 일체의 종교적 제식을 따르지 않았다.[1] 알렉의 무신론이 그의 내적 불안정을 야기했고, 존 케리에 의하면 그는 이성과 감성 간의 갈등으로 고통스러워했다.[2] 자녀의 출생으로 감정적 사고가 가능함에도 불구하고 그는 이성적 사고 기능을 발휘하여, 태어난 아들을 신과는 무관한 존재로 설정하고 싶어 했다.

알렉 골딩은 브리스톨에서 평생 구두 수선업으로 빈궁하게 살아간 아버지와 양복 재단사였던 어머니 사이에서 태어났다. 윌리엄 골딩은 이러한 조부모인 조 골딩, 폴리 골딩을 부끄러워하기도 했다. 그의 할아버지 조 골딩은 차분하고 말을 건네기 쉬운 사람이었으며 할머니 폴리는 세 아들에게 용기와 영감을 주는 인물이었다. 그러나 조의 아버지 아브라함 골딩은 종교적이면서도 동시에 알코올중독자여서 자녀들과 아내에게 폭력을 행사했다. 조 골딩은 철저한 금주주의禁酒主義와 종교적 회의론을 안고 살았는데, 그 출처를 여기서 찾기도 한다.[3]

윌리엄 골딩의 아버지 알렉 골딩은 이러한 퀘이커교의 엄격한 훈육으로 자랐지만 무신론자로서 사적 생활에 더 친숙한 생활양식으로 가족 내 친밀함을 유지하는 것을 즐기는 사람이었다.[4] 말버러 그래머 스쿨에 교사로 취업을 하기까지 그는 불안한 단기 교사 생활을 하면서 구직으로 고통스러운 시간을 보내야 했다.[5] 그가 구직에 어려움을 겪은 이유는 학위가 없는 학생교사pupil teacher의 자격을 가지고 있었기 때문이다. 그는 이 학교에서 물리, 화학, 식물학, 미술을 가르쳤고, 40여 년간 교사로 재직하며 유머 감각과 개방적 사고로 학생들을 지도하다가 교감으로 은퇴했다.

알렉은 그 자신의 합리주의적 판단에 의하여 훈육의 실용적 의도로써 성경 구절을 사용하면서도 교조적 신앙을 거부했다. 성경의 가르침보다 다윈의 진화론을 인간에 대한 더욱 숭고한 개념으로 간주했으며 진화론이 과학을 초월한 공식이라고 생각했다. 알렉 골딩의 이러한 경향으로 인해 당시 주변 사람들은 그를 무신론자, 회의론자, 멍청이, 혹은 정신이상자로 여겼다.[6] 그러나 그의 학생이었던 피터 모스는 알렉이 불가지론과 무신론 사이에서 불가지론 방향으로 탐구하려 했다고 설명한다. 알렉은 그가 경험한 아버지 조의 폭력적이고 엄격한 훈육 방식에 대한 반감으로 인해 그의 마음 깊이 집요한 불신을 품고 있었던 것으로 보인다.[7] 그가 무신론보다 불가지론적 태도를 유지한 것은 불신에 대한 근거를 합리적 틀 안에 두려는 그의 노력이었던 것으로 판단된다. 윌리엄의 어머니 밀드레드는 여성참정권을 찬성했으나 과격한 여성참정권 운동에 참여하지는 않았다. 그녀 역시 불가지론자였으나 말년에는 기독교 신앙을 갖는 것에 호의적이었다.[8]

상당한 플루트 연주자였던 알렉은 여러 가지 현악기와 피아노 연주에 능했으며 가정에서는 늘 음악이 연주되었다. 남편과 마찬가지로 음악에 재능을 보였던 윌리엄의 어머니는 남편의 바이올린 연주에 피아노 반주로 함께했다. 앞서 언급한 대로, 사교 생활을 적극 즐기지 않았던 알렉은 아내와 함께 사람들을 만나는 자리에 가는 것을 점차 꺼리게 되었는데, 윌리엄은 아버지 알렉이 교장이 되지 못했던 상황을 그 시점으로 보고 있다. 알렉은 패배감을 느꼈고 부끄럽게 여겼다. 그의 사교 생활은 말버러오페라협회의 연중 연주회 활동을 유지하는 정도로 제한되었다.[9] 이렇듯 알렉에게는 항상 자기 고립적이고 자기 평가적인 의식이 있었다. 이는 윌리엄 골딩에게서도 엿보이는 성향이다.

골딩의 가족은 서로 손을 잡아주거나 안아주는 등 신체적 접촉이 없었다. '우리는 피차 접촉하는 가족이 아니다'라는 것이 윌리엄의 기억이다. 그의 어머니 밀드레드는 가정에 헌신적이었으나 폭력적이기도 했다. 화가 나면 무엇이든지 눈에 보이는 대로 물건을 던지곤 했고, 언어도 거칠었으며 부적절한 표현을 마구 쏟아냈다. 딸을 원했던 그녀에게 아들 윌리엄이 태어났고, 친구들과 자주 싸우며 말썽을

피우는 아들을 힘들어했다.[10]

밀드레드는 켈트 문화가 잔존해 있는 콘월에서 나고 자란 영향으로 미신이나 유령 이야기에 친숙했고 아들 윌리엄에게도 그 이야기들을 들려주었다. 윌리엄은 어머니로부터, 자살로 죽은 한 소녀가 콘월 지역의 교회 묘지 근처에 매장되었다가 곧바로 살아나서 불빛의 형태로 농가를 돌아다녔다는 이야기를 들었고, 그러한 배경으로 인해 콘월에는 구태여 묘지 옆에서는 살려고 하지 않는 풍습이 있었다.[11] 그러나 말버러에서는 공동묘지 옆에 있는 집에 살 수밖에 없었고, 그곳에 사는 동안 윌리엄에게는 많은 초자연적 이미지가 출몰했다.

윌리엄의 이러한 경험은 죽음에 대한 두려움과 연결되었고, 이집트학에 관심을 갖게 했다. 악몽으로 잠 못 드는 밤에는 자신이 호위대의 보호를 받는 파라오라고 상상했고, 자신의 집 지하실과 이웃해 있는 세인트 메리 교회의 묘지로 인해 연상되는 두려운 생각을 떨쳐내면서 잠을 청했다.[12] 스티븐 메드카프에 의하면, 윌리엄 골딩은 어둠을 고대 이집트인과 연관시켜왔으며 신비성과 상징성을 이집트인들에게서 학습했고, 삶과 죽음을 혼재하는 것으로 보기 시작했다. 상징은 그 의미나 효과를 묘사하기가 어렵지만 자신은 상징의 효과나 의미를 직접 경험한다고 생각했다. 예컨대, 석관石棺에 새겨진 얼굴을 보고 골딩은, 어둠으로 내려가기 위해 준비된 한 얼굴을 연상했다.[13] 메드카프는 여기에서 더 나아가 골딩의 주된 거주지였던 멜버러와 솔즈베리가 스톤헨지와 멀지 않은 곳에 있다는 것을 연결 짓고 있다. 그는 골딩의 저술 양태가 냉소적이며, 의식을 조직하는 방식과 의식 아래 숨어 있는 어둠을 의식하는 방식 사이에 자리 잡고 있다는 것에 주목하여 그의 근원 탐구적 글쓰기를 언급했다.[14]

작품의 성립사

윌리엄 골딩이 사회주의자인 양친의 영향을 받았는지는 불분명하다. 그러나 그가 사는 집 주변에 사립학교인 말버러 칼리지가 있었고, 골딩은 특권층 학생들이 다니는 이 학교에 대해 증오와 질시를 느꼈다. 사회적 불평등이 그의 마음을 매일 찔렀다. 그 학교의 교사들은 우월한 군 장교처럼 보였고, 작가로서의 명성을 얻은 후에도 그 학교가 계속해서 자신을 깔보는 듯이 여겨졌다. 말버러 칼리지는 성인이 된 후에도 윌리엄의 꿈속에 나타나서 상위계층의 우아함으로 그 자신을 누추하고 부끄럽게 느끼도록 만들었다.

작가로서 성공하고 싶었던 그의 욕망도 어려서부터 이들에게 복수하고 싶었던 욕구와 연관되어 있었다. 그의 마음 깊숙이에 있던 무의식적 욕구는 이 학교에게 자신의 성공을 내보이고 싶은 것이었고 그 학교 사람들에게 소변을 보고 싶은 것이었다(이것이 그의 모욕 주기 방식이다). 골딩을 괴롭혀온 사회적 불평등에 대한 생각은 이때 생긴 것이다. 그는 상위계층 영국인들에 대해 위압감을 느꼈는데, 그 뿌리를 추적해보면 말버러 칼리지에 대한 어린 시절의 감정에서 연유된다.[15]

골딩이 『파리대왕*Lord of the Flies*』을 집필하기까지는 각고의 노력이 있었다. 골딩에게 작가로서의 열정이 있었던 것은 분명하나, 그의 딸 주디 골딩에 의하면 거의 말년까지 경쟁심으로 살았으며, 자신이 여타 동료들과 달리 더 우수하다는 것을 보이고자 하는 강한 욕구가 있었고, 어느 정도는 그러한 의지가 그의 집필 의도에 포함된 것이라고 말했다.[16] 골딩이 말버러 칼리지와 관련된 그의 감정이 정화되지 않은 채로 살았다는 것이 그의 작품에 동화되어 나타난다. 그가 교사로 근무했던 두 학교는 사립학교였고, 본인이 학생으로서 경험해 보지 못한 학교 환경의 학생들을 가르치면서 그의 감정은 복잡하게 엉겨 있었다.

윌리엄 골딩은 아버지를 만족시키기 위해 과학을 전공하기로 하고 옥스퍼드대학에 입학했다.[17] 골딩의 옥스퍼드대학 생활은 계층 차이를 목도하며 분개했던 그의 청소년 시기의 연장이었다. 옥스퍼드대학 브래스노스 칼리지의 입학 동기 71명 중 골딩을 제외한 전원이 사립학교 출신이었으며 그중 53명은 명문 사립학교를 졸업한 학생들이었고,[18] 이들 70명의 입학 동기들은 그들만의 문화에 따라 그룹을 만들어갔다. 아버지의 영향이 크기도 했지만, 대학 재학 중에 그는 더욱 분명하게 과학적 합리주의자로 변했다. 그는, "악이 나의 선"이라고 말하는 존 밀턴의 『실낙원』에서의 사탄의 발언에 동조하고 싶어 할 정도로, 선과 악을 상대적인 것으로 여겼다. 그는 모든 종교, 모든 신비주의, 일체의 영적 경험을 조롱했다.[19]

졸업 시기가 늦어지는 것에 대한 우려로 아버지의 반대가 있었지만, 과학도로서의 대학 생활 2년을 마치고 골딩은 영문과로 전과했고, 1935년에 시집 『시*Poems*』를 출판하기도 했다. 낮은 성적으로 대학을 겨우 졸업한 그는 교사가 되기 위한 교육학 과정에 입학했으나 졸업을 하지 못했다. 하지만, 그가 음악 분야에서 취득한 자격증으로 1938년 켄트에 있는 메이드스톤 학교에 취직했다.[20] 그 후 말버러 그래머 스쿨 재학 당시부터 사귀었던 몰리와 파혼하고, 제2차 세계대전 발발 4주가 되던 1939년 9월 30일, 켄트에 살던 앤 부룩필드와 만난 지 5개월 만에 결혼했다.[21] 그러나 그의 음주 문제가 부각되어 실직을 한 뒤, 1940년 4월부터 비숍 워즈워스 스쿨로 옮겨 교사

생활을 했다. 그해 9월 아들 데이비드가 태어났고, 1940년 12월에 골딩은 일반 수병으로 전쟁에 참전하게 되었다. 그는 참전 중에 장교 훈련 과정에 지원하여 1942년 5월, 해군 장교로 임관되었다.

골딩의 장교 지원 동기는 알 수 없으나 그가 단지 장교로서 국가에 봉사하려는 생각에서 지원한 것으로 보기는 어렵다. 경쟁 심리와 비교 심리가 있었던[22] 그는 전쟁에 참전하면서 나이 어린 일반 수병과 달리 29세라는 자신의 나이를 인식했고, 비참함과 굴욕감, 두려움을 느꼈다. 골딩은 6천 명의 병사 중에서 자신을 가장 천한 생명체로 생각했다.[23] 자신이 다른 사람들과 다르다는 것을 보여주고 싶어 했던 그가 이러한 자괴감을 안은 채 일반 수병으로 군 복무를 지속하고 싶지는 않았을 것이다. 그가 장교로 수행한 임무 중 하나가 1944년 12월, 네덜란드의 발헤런 함락 작전이었다. 이 섬은 히틀러가 최후까지 사수하라고 명령한 네덜란드령 섬이다. 연합군이 발헤런 섬을 함락하는 과정에서 골딩은 전함들이 파괴되고 전복되며 양 진영 모두 많은 사상자를 초래한 참혹한 상황을 목격했다. 독일군의 사정권 안으로 들어가 함포 사격 작전을 수행하면서도 골딩은 자신의 전함이 살아남은 것은 운이 좋았을 뿐이라고 했다.[24] 이 참혹한 해전 소식은 곧 본국에 알려졌고, 당시 둘째 아이 주디를 임신 중이었던 아내는 남편이 죽었다고 생각했다. 그런 상황에서 살아 돌아온 골딩은 진급과 함께 극동 지역 파병을 제의받았으나[25] 1945년 8월 10일에 전역했다. 발헤런 섬 전투에 대한 기억은 평생 그를 떠나지 않았다.

전역 후 골딩은 숨겨진 내적 분노와 폭력성을 가족들 안에서 드러냈다. 그의 처남과 장모가 이런 골딩의 모습을 알게 되었고,[26] 그의 딸 주디가 알아챌 만큼 아들 데이비드에게 줄곧 끓어오르는 암시적 폭력성을 내보였다.[27] 아들에 대한 그의 태도에 배어 있는 죄책감과 적대감은 사실상 골딩 자신에 대한 불만족에서 비롯된 것이었다.[28] 골딩은 자신의 폭력성을 분명히 인지했고, 그것의 발현을 억제하려고 애쓰며 살아온 자기 자신에 대한 불신을 보편 인간에 대한 불신으로 확대시킨 것으로 보인다.

심지어 골딩이 나치에 대해 특별한 공감적 이해를 가지고 있었다는 점을 미루어볼 때 그는 자신을 괴롭혀온 근원적 악성에 시달리고 있었다는 것을 알 수 있다. 골딩은 사악함과 잔인함을 자신이 가진 젊음의 일부로 여겼으며, 나치를 생각하면 자신 역시 성격상 그들과 다르지 않다고 생각했다.[29] 이와 같은 그의 기질이 늘 그를 생각에 침잠하도록 했다.

윌리엄 골딩은 솔즈베리에 있는 비숍 워즈워스 학교에서 영어 교사로 근무하며 영어 과목 외에 드라마, 교련 과목Combined Cadet Force, 종교학 등을 가르쳤다. 그는 본인의 양육 환경에 영향을 받아 음악에 재주가 있었으며 새 악기를 배우는 일을 주저하지 않았다. 학교 오케스트라에서 오보에를 연주하기 위해 흡연을 포기했고, 피아노 연주 외에 학교 채플에서 테너로 노래하며 필요시에 솔로를 하기도 했다. 그와 그의 아내는 학교 연극에도 참여하여 연기력을 펼쳤으며 크리스마스 연극에서 여관 주인으로 연기를 했다. 필요에 따라 작사와 작곡을 하면서[30] 교사로서 필요한 일들을 수행하는 데 재능을 보였다.

골딩의 제자인 앤서니 배럿에 의하면, 골딩의 학교 채플 출입은 단지 노래하기 위해 가는 것 이상이었다. 그는 자주 학교 채플에 가서 개인적인 기도 시간을 갖거나 묵상을 하며 지내기도 했다. 교사로서 학생들에게 남겨진 그의 인상은 제2차 세계대전 참전 경험이 있는 외향적인 해군 장교의 모습이 아니었다. 그는 관찰하고, 반추하며 누군가와 나눌 수 없는 어떤 문제를 곰곰이 생각하는 사람으로 알려졌다.[31]

윌리엄 골딩에게는 집안에 내려오는 종교에 대한 얽힌 이해, 감정, 자의식적 삶의 궤적들에 얽매여서 벗어나지 못한 부분이 있다. 폭력적 기질, 계층에 대한 불편함 등이 이에 더해져 그를 강하게 묶고 있다. 남편, 아버지, 군인, 교사로서의 자기 역할을 방기한 것은 아니었지만, 그의 사고와 삶의 기저에서 스멀스멀 올라오는 칼을 찌르는 갈등의 아픔으로 인해, 범상한 인간이었으면서도 범상치 못한 생각을 품은 채 가까스로 제어하며 살아야 했다. 자신을 신뢰하지 못하기에 다른 사람도 예외로 둘 수 없었다.

내적인 자아와 싸우는 골딩은 늘 상념에 사로잡혀 있었고, 끓어오르는 불안과 염려, 불만 등이 엄습해오는 순간이 잦았기 때문에, 8~12세의 어린 학생들을 가르치기에는 그 자신이 버거운 존재였다. 근원적 문제로 고뇌에 빠진 그가 교육자로서 교육의 가치를 생각할 때 자신이 하는 일이 하찮아 보였다. 즉 자신을 고뇌에 빠뜨리는 거대한 문제에 시달렸던 골딩으로서는 어린 학생들에게 전달해야 하는 지식이 보잘것없어 보였다. 활달한 학생들은 그의 분노를 자극하기 쉬웠다. 따라서 골딩이 자신이 가르치는 학생들의 악성을 시험해보려고 했던 것은 자연스러운 일이었다.

학교에서 탐험 여행을 간 그는 학생들을 두 그룹으로 나누어 '자유'를 부여해보았다. 어른들이 부과하는 규범을 제거했을 때 이들이 어떻게 반응하는지 살피려 했다. 이 자유는 골딩이 누려보고 싶은 자유이나 실수를 제어할 수 없는 상황이 두려워서 갖고 싶지 않은 자유이기도 했다. 그는 자신의 학생들이 신석기시대 원시 환경인 피그스버리 링스Figsbury Rings에서 주어진 자유에 족쇄 풀린 인간의 적개심, 폭력성이 발현되어 살인 행위 직전까지 도달하는 것을 보았다.

『파리대왕』

골딩은 잠자기 전 두 자녀에게 이야기책을 읽어주었다. 그러나 R. M. 밸런타인의 소설 『산호섬 이야기*The Coral Island*』에서 이상적인 백인 제국주의적 인물들이 나열된 것을 반복해서 읽어주는 것에 한계를 느꼈다. 골딩은 자신이 보기에, 자신의 삶, 자신이 감지하고 있는 보편적 삶에 조응하지 않고 있는 인물들을 그대로 놓아두고 싶지 않았다. 갈등으로 점철된 자신과 그러한 자신의 눈에 보이는 주변 사람들에 비추어볼 때, 산호섬의 인물들은 현실적이지 않았다. 자신이 가르치고 있는 8~12세의 소년들이 피그스버리 링스라는 자연공원에서 어떻게 악성을 드러냈는지 알고 있는 골딩은 이들에 대한 실재적 묘사를 하고 싶어 했다.[32] 그래서 산호섬이라는 상황에서 인간은 실재로 어떻게 행동할 것인가를 주제로 한 이야기 소재가 떠오른 것이다.

이렇게, 학생들과 동료 교사들 사이에서 출판물이 없는 소설가로 알려진 굴욕감이 골딩에게는 저술의 동기가 된 것이다. 그의 첫 소설 『파리대왕』(1954)의 말미에서 랠프는 죽음의 추격을 피해 무거운 다리를 끌며 도주하던 중 해변에서 해군 장교와 마주친다. 그 장교는 전후 사정을 알려고 하지 않는다. 야만인으로 변해 뒤쫓아오던 친구들이 바로 뒤에 멈추어 섰고 그들의 뒤편에는 지옥의 화염이 치솟고 있다. 소설의 마지막 페이지에서 랠프는 무책임하고 무기력한 문명 앞에서 순수성의 종말과 인간 심성의 이면에 숨은 어둠 그리고 공기 속으로 추락해버린 진실하고 지혜로웠던 친구 피기를 떠올리며 통곡한다.

> 그는 순수의 끝, 인간 마음의 어둠 그리고 피기라는 진실하고 현명한 친구가 허공을 따라 떨어져내린 것으로 인해 울었다.[33]

로저가 굴린 바위에 맞아 추락사한 피기에 대하여 작가는 '피기의 추락'이라는 표현으로 축약한다. 이는 여러 가지 의미를 간략한 문구 하나에 함의하려는 작가의 의도가 반복된 가필의 과정을 거치면서 얻어진 문구로 추정된다. 수정과 가필의 작업은, 마치 연속되는 그물처럼 추락의 과정 안에 설치된 장면들을 마지막 페이지에서라도 놓치지 않으려는 작가의 간절함으로 보인다. 그 간절함은, 각 추락의 층을 거치면서 인간이 가진 순수성의 오염과 인간 심성의 암흑이 드러나고 진실과 지혜가 농락당하는 과정을 내보이고자 하는 작가의 욕구를 말하는 것이기도 하다.

『파리대왕』은, 제2차 세계대전 중 독일의 런던 공습이 임박하자 런던 거주 어린이들을 지방이나 영연방 국가로 피신시킨 당시 영국 정부의 정책을 배경으로 한다. 이때 정부는 주로 기차를 통해 어린이들을 조직적으로 피신시켰다. 그러나 이 소설에서 작가는 8~12세

소년들을 외국 어디론가 비행기로 이동시키던 중 산호초 섬에 불시착하는 것으로 설정하여 이야기를 구성한다. 비행기가 태평양 산호초 섬으로 '추락'하면서 인물들은 육지로부터 멀리 '떨어진' 곳에서 사건에 연루된다.

소년들은 각기 다른 방식으로 자신의 안전한 보호 지역으로부터 '떨어진' 존재들이다. 두 그룹 중 개별 피난 소년들은 영국 중산층의 보호에서 '떨어진' 인물들이고 단체 피난 소년들은 천사의 노래를 한다는 소년 성가대원들Choristers로[34] 고립된 성가대 학교Choir School의 규범이 있는 곳에서 '떨어진' 인물들이다. 개별 소년들은 골딩이 악성을 실험해보았던 비숍 워즈워스 학교의 학생들을 연상하게 하고, 성가대 어린이들은 이웃해 있는 솔즈베리 성당의 소년 성가대를 연상케 한다.

골딩은 자신을 괴롭히고 있는 어둠을 대변하는 인물들로 이 성가대 소년들을 상정한다.

> 네모난 검은 모자를 쓰고 검은 망토로 목부터 발목까지 몸을 가린 검은색 생명체들.[35]

이들은 작품에서 살인을 조장하는 무리로 발전된다. 작가에 의해 어둠의 이미지를 의미하는 단복과 모자를 쓴 성가대원 중 잭과 로저는 어두운 소년[36]으로 두드러지게 묘사되고 있다. 잭은 사이먼의 죽음에 관여를 하고 로저는 피기의 살해를 주동한다.

사람을 살해하는 장면으로 발전되기 전에 골딩은 이들의 어둠darkness을 자극하는 환경을 제시한다. 전기가 없는 섬에서 어두운 밤은 이들 소년들의 어두움을 두려움으로 바꾸어 나타나게 한다. 모리스는 어두운 바다에서 고래를 삼켜 먹는 꾸물거리는 오징어를 과장하여 상상한다.[37] 흐물거려서 형체를 정의할 수 없는 연체동물을 연상시키고 '뱀 같은 것snake thing'으로 대치하면서 이들의 두려움은 더욱 자극되어 어두운 두려움으로 변한다. 이 틈을 타고 악이 암암리에 자극된다.

정의하기 어려운 또 하나의 형체는 낙하산으로 출몰한다. 출처를 알 수 없는 존재가 사망한 채로 낙하산을 타고 이 섬에 '떨어진다.' 낙하산이 있는 산등성을 오르고 있는 소년들[38] 뒤로 밀물처럼 어두움이 따라온다. 어둑한 산 정상 근처에서 꾸물거리고 있는 것이 낙하산이라는 것을 모르는 세 소년은 미끌미끌한 형체가 멀찍이서 펄럭이는 소리를 내고[39] 풍덩거리는[40] 소리를 내며 바람이 차서 부풀어 오르는[41] 미지의 형상을 공포와 두려움으로 인지한다. 이를 통해 이들의 두려움이 자극된다. 낙하산 줄에 매인 채 커다란 유인원처럼 괴물화된 조종사는 바람이 불자 구부려져 있던 그의 상체가 들려지면서 부패된 얼굴이 소년들 쪽을 향한다. 소년들은 어두움과 혼재된 상황에서 혼란스러워하며 도주한다.[42] 이 조종사를 산 정상에 '떨어진' 미지의 괴물로 인식한 것이다.

양식으로 고기를 먹으려는 욕구에 성가대 반장인 잭을 중심으로 산돼지 사냥이 중요한 쟁점이 되는데, 이들 성가대 소년들은 사냥을 거듭할수록 잔인성이 강화되고 피를 흘리는 것에 둔감해진다. 작가는 의도적으로 성가대 어린이들을 살해 행위에 매진하는 모순으로 몰아가면서 사냥 가는 이들이 한때 천사의 목소리로 노래하던 인물들이라는 것을 상기시킨다.[43] 소년들은 미지의 괴물에 대한 공포가 여전히 고조되자 집단 심리에 의존하여 두려움을 외면하려고 한다. 사냥 경험에서 피의 흥분을 경험한 이들은 무서움을 잊기 위해 집단 챈팅을 하며 환각적 흥분 상태에 빠진다.

"돼지를 죽여. 목을 베어. 피를 쏟아내!" "돼지를 죽여. 목을 베어. 때려눕혀." "돼지를 죽여, 내가 목을 베었어! 내가 때려 눟은 돼지를 죽여라!"[44]

한편 숲에서 헤매던 사이먼은 잭의 일당이 괴물에게 바칠 재물이라며 창에 찔러 숲에 세워둔 돼지 머리와 맞닥뜨린다. 부패되어 파리들이 들끓는 돼지 머리에서 사이먼은 악마의 소리를 듣는다. 파리대왕이란 말은 이 이미지에서 연유된 것이며, 유대인들은 악마를 가르키는 말로 בעל זבוב 바알제붑이라 불렀다. 이 악마의 소리는 세계를 보는 골딩의 시각이다.

"알고 있었지, 그렇지? 난 너와 다르지 않아? 아주 가까워, 아주, 아주! 내가 바로 너를 막는 그 이유지? 그래서 되는 일들이 저 모양이지?"[45]

골딩은 이 장면에서 자신과 인간에 대한 불신을 극명하게 나타내고 있다. 악마와 인간이 다를 바 없으며 인간을 붙들고 있는 악마로 인하여 인간은 나아질 수 없고 세상일들이 악마로 인해 벌어지는 것이라고 외치는 듯하다. 이를 모르는 인간이 바보이고 오도되고 있다는 것이다.[46] 해변으로 되돌아오는 길에 괴물로 알고 있었던 낙하산

병이 괴물이 아니라는 것을 깨닫는다. 즉 섬에 괴물이 없다는 것을 알게 된 사이먼이 친구들과 합류하려고 나타나자 흥분해 있던 소년들은 비가 오고 어두워 혼란스러운 틈에 신성의 현현theophany을 상징하는 사이먼을 창으로 마구 찔러 죽인다. 이렇게 사람을 죽여본 집단은 권력 다툼으로 인한 증오에 더욱 내몰린다. 어둠의 이미지인 로저의 주동으로 바위를 굴려서 과학과 합리성으로 상징되는 피기[47]까지 죽이는 일을 감행한다. 화마에 사로잡힌 밀림에서 불구덩이를 뒤로한 채 뛰쳐나온, 극도의 악성에 휩싸인 소년 집단은 지금까지 질서를 잡아보려고 애써왔던 랠프를 죽이기 위해 해변까지 쫓아온다. 그러고는 흰 군복을 입은 해군 장교를 맞닥뜨린다. 그들의 악성은 이 군인에 의해 희화화된다.[48]

골딩의 의도가 이 산호초 섬을 낙원으로 그려내려는 것인지 여부는 분명하지 않다. 그러나 '떨어져' 이곳에 당도한 소년들의 잠재된 악성이 촉발된다는 점은 분명하다. 나치의 악성, 잔인성 등에 공감하는 골딩은 이와 같은 서글픈 자기 자각을 이 작품 속에 기술한 것이다.[49] 나락으로 떨어진fall 인간 존재를 골딩은 조소하듯 이 섬에 던져내고 자기 해소를 한 것이다.

『자유 추락』

골딩의 1959년 발표작 『자유 추락*Free Fall*』은 열악한 환경에서 나고 자란 새미 마운트조이가 추락fall을 결심하면서 변화된 형질의 삶을 살아온 자신의 인생 여정을 프래시백 네러티브 형식으로 진술하는 작품이다. 소설에서 자신의 삶을 되뇌려 하는 새미는 스스로 합리적 선택의 실효성을 의심하는 입장을 밝힌다.[50] 이는 『파리대왕』에서 과학적 합리성을 의미하는 피기를 살해하는 것과 유사하다. 인간이 무엇인가를 판단하는 것에는 오류가 있으며, 그 오류의 결과는 경우에 따라 참혹하거나 장기적 응어리로 남게 되기도 한다. 소설 말미에서 "We are the guilty. We fall down."[51]이라고 하는 새미의 고백은, 자신을 포함한 인간 결정의 오점이 영속적이라는 운명적 함의를 지니고 있다는 것을 말한다.

새미의 이러한 인간관은 골딩의 것이다. 골딩은 이 소설이 자신의 고백적 작품이라고 밝혔다. 프랭크 커모드는 소설의 주인공 새미의 고백적 내레이션으로 이해했으나 존 케리는 이 소설을 작가의 자기 고백서로 간주한다. 그에 의하면 새미가 사랑에 빠진 비어트리스는 골딩의 말버러 칼리지 시절부터 알던 여인 몰리이며, 소설에서 비어트리스와 다니던 학교도 말버러 칼리지다. 합리적 무신론자이자 과학교사 닉 셰일은 골딩의 아버지 알렉이다. 종교적 근본주의자인 종교 교사 로웨나 프링글은 같은 학교의 미스 피어스다.[52]

골딩은 새미를 자기화하여 그가 가지고 있는 종교에 대한 반감, 연인에 대한 집착과 방기, 독일군 장교의 오해로 의한 불필요한 독방생활 등을 기술한다. 종교에 대한 반감을 그는 두 가지 사건으로 표출한다. 종교 교사인 미스 매시가 성경 수업을 한 후 학생들에게 질문을 하여 학생들의 이해 정도를 확인한다. 이때 새미의 두 친구 중 조니 스프래그가 대답을 못 하자 그녀는 조니의 머리 양옆을 구타하며 수업의 요점을 말해준다.[53] 이런 과정을 통해 종교는 피할 수도 없고 이들이 통제할 수도 없는 이해 못할 상황에서 받아들여진다.

새미는 또 다른 친구 필립을 따라 그가 다니는 교회에 들어간다. 교활하나 형식상 종교 행위를 성실하게 하는 듯 보이는 그는 새미에게 교회 제단에 소변을 보라는 짓궂은 요청을 하여 교회에 치욕을 주려고 한다. 소변보기는 골딩이 생각할 수 있는 노골적 치욕 행위로 간주된다.[54] 그러나 새미는 소변 대신 침을 세 번 뱉는다.[55] 이들이 교회 안에 들어올 때부터 몰래 지켜보고 있던 교회당지기가 기다렸다는 듯이 뛰쳐나와 새미의 귀를 세게 가격한다.[56] 이 일로 새미는 병원에 입원을 하고 그가 입원해 있을 때 혼자 남은 엄마가 사망한다.

발작하는 폭력 행위의 결과적 죄책감에서 벗어나려는 교회당지기는 입원 중인 새미에게 찾아와 일방적 사과를 하고 화해의 악수를 청한다. '어린' 순수한 새미는 자신이 교회에서 한 일에 대한 종교적 의미의 현실적 과중함을 인지하지 못하기에 용서의 악수를 받아들여야 하는 이유를 찾지 못한다.

> 하지만 천진난만함은 상처를 알아채지 못한다. 그러니 끔찍한 속담들이 맞긴 하다. 무고한 자들에게 해를 입힌 것은 용서할 수 있는 것이 아니다. 무고한 사람은 상처라고 인지하지 못하는 것을 용서할 수 없기 때문이다.[57]

교회당지기가 용서를 요구하는 것은 그가 새미에게 가한 폭력을 지워버리고 싶은 어른의 욕구인 것이다. 골딩은 이 부분을 의도적으로 지목하고 있다. 골딩은 오늘 저지른 과오가 미래에는 없어지기를 바라는 어른들의 이런 용서-구걸 행위를 순진한 사람이 어찌 이해하겠냐고 묻는다.[58] 같은 맥락에서 그 교회 목사 와츠 와트는 종교적 죄책감으로 새미를 양육하기로 결정한다. 새미는 와츠 와트 목사를 후견인으로 하여 새로운 학교에 다니게 된다. 그러나 골딩은 억제된 폭력성을 지닌 교회당지기에 더하여 와츠 와트를 억제된 소아성애를 가진 인물로 제시한다. 와츠 와트[59]가 새미에 대한 욕구를 억제하려 애를 쓰기 때문에 '어린' 순수한 새미는 이를 분명하게 인식하지 못하지만 골딩은 독자들이 그것을 인식할 수 있도록 문체를 구성한다.

의식의 흐름 기법처럼 분절적 기술을 하고 있는 이 소설은 후반부에 새미가 이 학교 같은 반에서 비어트리스를 만났다는 것을 밝힌다.[60] 그의 관점에서 비어트리스는 자족적이고 순수하며, 여성적이고 순응적인 인물이다. 새미는 비어트리스를 이상적 여인으로 상정하고 와츠 와트가 '나쁜 생각'이라고 규정하는 성적 감정을 느낀다.[61] 새미는 이 시점에서 강박적 충동이 나타나는 것을 인지한다.[62]

강박적 충동은 그가 자유를 잃었다고 인지하는 시점이다. 선택의 자유가 상실된 것이라고 소설은 말한다. 일인칭 화자 새미는 작품 초기에 자신의 자유가 상실된 시점을 밝히는 데 목적이 있음을 말하고 있다.

> 내가 언제 자유를 잃었는가? 일단 나는 자유로웠다. 나는 선택권이 있었다. … 나는 자유로웠다. 내가 선택했다. 내가 어떻게 자유를 잃었을까? 난 되돌아가서 이야기를 다시 해야 한다.[63]

따라서 새미는 비어트리스와 사랑을 이루기 위해 선택의 자유를 버리고 자신의 본성nature을 따르기로 한다. 그림에 재주를 보인 새미는 예술학교 학생으로 런던에서 다시 비어트리스를 만나고 자신의 강박적 충동에 따라 격정적 사랑을 원한다. 비어트리스를 특별한 위치에 두고 숭앙의 형식을 원한다.[64] 그러나 세심하고 조심스러워하는 비어트리스의 반응에 만족하지 않고 통보도 없이 그녀를 저버린 후, 지적인 반응으로 매력을 보이는 태피를 만나 부부 사이로 발전한다. 새미는 이것 역시 자유를 상실한 자신의 본성에 따른 행위라고 해명한다.

> 난 선택할 힘을 잃었다. 자유를 포기했다. 내가 내 본성의 기계적이고 무력한 반응에 대해 비난을 받을 수는 없다.[65]

전쟁이 발발하자 새미는 전쟁 작가가 되어 참전하게 되고 곧 포로가 되어 심문을 당한다. 장교 50명의 탈출이 있었고 그들에 대한 정보를 알아내려는 정신과 출신의 독일군 장교는 새미가 예술가이므로 객관적일 것이라고 생각하여 그것을 심문의 근거로 삼는다. 예술가에게는 어떤 배신 행위도 배신이 아닌 경우가 있고, 상위의 진리를 위해 규범과 약속을 어겨야 하는 때를 아는 사람이 예술가라는 것이다.[66] 그러나 새미의 대답은 간단하다. 아는 것이 없기에 모른다는 것이다. 와츠 와트의 목사관에 살 때부터 패쇄 공포증이 있었던 새미는 칠흑 같은 독방에 감금되어 정신적 붕괴를 경험한다.

골딩은 이 장면에서, 정신과 장교의 자기 집착적 사고가 예술가에 대한 형이상학적 추념을 만들어내어 불필요한 고문을 하고 있다는 것을 암시한다. 즉 독일군 장교가 합리성, 과학성이 배제된 자기 집착적 판단을 하고 있다는 것이다. 독일군 사령관이 새미를 끔찍한 독방에서 풀어주면서 건네는 사과의 발언은 새미가 어린 시절에 경험했던 교회당지기의 사과를 연상시킨다.[67] 새미의 독방 생활이 이유 없이 당한 억울한 고통이었던 것이다. 교회당지기의 관점에서는 치욕감을 야기하는 행위인 것을 알지 못했던 '어린' 순진한 새미가 교회의 제단에 침을 뱉은 일로 입원이 필요할 정도의 구타를 당한 것과, 탈출한 장교들에 대해 아는 바가 없는데도 정보를 말하지 않는다며 독방에 가두어 근거 없이 고통을 당하게 한 것에 대하여, 과거 교회당지기와 독일군 사령관이 새미에게 사과하는 모습에는 유사한 면이 있다. 집착적 본능에 따라 범한 오늘의 오류가 내일은 잊히기를 원하는 무분별한 인간의 모습을 보이고 있는 것이다. 정신과 출신의 그 장교는 사람들에 관해 아는 것이 없다[68]고 말한 독일군 사령관의 변명은 새미가 겪은 고통의 근거를 허망하게 만든다.

귀국 후 새미는 정신요양원에 있는 비어트리스를 찾아간다. 정신질환을 앓고 있는 그녀는 새미가 말을 걸어도 반응하지 않는다. 의사소통이 불가능해 보인다. 그녀는 힘든 거동을 하며 새미에게서 등을 돌려 벽을 보고 앉는다. 말을 계속 걸어보려는 새미의 시도에 비어트리스는 가까스로 새미를 향해 몸을 돌려 일어선다. 눈물과 땀에 젖은 새미를 보면서 비어트리스는 선 채로 소변을 본다. 비어트리스의 옷과 새미의 신발과 바지가 젖는다.[69]

정신요양원의 의사는 비어트리스의 정신질환이 불치의 병이며 새미가 떠난 후 더욱 심해져서 지난 7년간 이곳 요양원에서 살았다고 밝힌다. 그녀의 질환이 유전에 의한 것임을 감안할 때, 병세의 악화가 새미에 의해 촉발된 것인지는 불분명하다. 중요한 사실은, 새미가 그녀를 저버리고 떠난 후 곧 이곳에 입원했고, 비어트리스는 새미 앞에서 소변을 봄으로써 모욕을 준 것이다.

새미는 자신이 그녀를 이와 같은 상황에 빠뜨렸다고 인정한다. 자신이 자유를 상실한 시점부터 그를 지배해온 충동적 행위, 즉 그의 본능적 행위가 만든 결과다. 그는 비어트리스에게 용서를 구할 수 없다는 것을 안다. 순진하고 어린 새미가 교회당지기를 용서하는 것이 불가능하듯, 이 순진한 비어트리스도 그를 용서할 수 없을 것이기 때문이다. 새미가 가슴에 담고 가야 하는 것이다. 자유 선택으로 추락하기로 결정한 후 자유를 상실한 '떨어진' 존재로서의 현실을 보여준 것이다. 자유를 상실한 사람들의 가학적 행위들과 그 결과적 현실을 보이고 있다. 사실상 교회당지기, 와츠 와트 목사, 종교교사인 로웨나 프링글과 미스 매시, 독일군 장교 그리고 새미 자신도 모두 자유 선택에 의해 추락한 사람들이다. 본능대로 사는 이 사람들은 상처를 인지하지 못하는 상황에 처한 사람에게 상처를 남기는 사람들이다. 골딩의 논리에 의하면, 이들은 용서의 기회를 얻지 못하는 인물들이다. 골딩의 자기 독백적 소설 『자유 추락』에서 드러난 이와 같은 사실은 가학적 자의식이 있는 골딩 자신이 두려워하는 것일 수도 있다.

결론

윌리엄 골딩은 자기 모순적인 인물이다. 그는 보편 상식이나 인습을 인식하고 따르면서도 불편한 감정을 늘 가지고 있었다. 이러한 모순적 성향이 그의 창작력을 촉발시켰으며 그의 소설의 구성에 깊이 배어 있어서 골딩은 작품 창작에서 그 틀을 벗어나지 못했다. 과학적 합리성과 감성의 갈등, 종교적 감성이 배어난 불가지론적 갈등, 그 배면에 있는 자신을 포함한 인간에 대한 불신과 인간악의 횡행을 묘사하고자 하는 욕구를 억누를 수 없었던 것이다. 본인 스스로 종교를 멀리한 것처럼 말하고 있지만 실제로는 멀리하지 못했고, 스스로 비관론자가 아니라고 하면서도 비관론적 관점으로 인간을 묘사했다. 이러한 이중적 인간성을 가지고 산 골딩은 두 성향 사이에서 자기 소외를 당한 또 다른 자신을 안고 살아간 것으로 보인다. 이것은 보편적 인간상이기도 하다. 이 이중성의 보편적 현존성이 윌리엄 골딩의 소설을 관조하는 유용한 창이다. 골딩이 직접 경험한다고 했던 상징성과 신비성은 두 성향의 인격체를 가진 그의 삶과 소설을 연결하는 유용한 도구가 된다.

윌리엄 골딩은 1993년 6월, 그의 마지막 소설 『더블 텅*Double Tongue*』의 초고를 마치자마자 사망했으며, 그가 교사로 재직했던 비숍 워즈워스 스쿨이 있는 솔즈베리에서 20킬로미터 떨어진 한 교회의 묘지에 안장되었다.

토니 모리슨의 『빌러비드』

미국 노예제에 대한 반성을 통한 인종적 화해 모색

한재환·경북대 영어영문학과 교수

토니 모리슨의 생애와 사상

토니 모리슨은 1931년 미국 오하이오주 북부 로레인이라는 도시에서 2남 2녀 중 차녀로 태어났으며, 어릴 적 이름은 클로이 앤서니 워포드였다. 조라 닐 허스턴과 리처드 라이트와 같은 유명한 흑인 작가들의 출신지가 인종차별이 극심한 남부라는 점에 비해 모리슨은 북부 도시 출신이라는 특징을 보여주지만, 그녀의 조부모와 부모는 남부 조지아주와 앨라배마주 출신으로 인종적 억압을 벗어나기 위해 오하이오주에 왔던 것이다.

로레인에서 고등학교까지 다닌 모리슨은 동부로 가서 흑인의 하버드로 알려진 하워드대학에 진학한다. 그곳에서 이름을 토니로 바꾼 모리슨은 1953년에 학사학위를 받은 후, 1955년 코넬대학에서 영문학 석사를 받는다. 그녀의 석사학위 논문 제목은 「윌리엄 포크너와

버지니아 울프의 작품에 나타난 소외 연구」다. 모리슨은 포크너와 울프의 모더니즘 문학 기법에 큰 영향을 받았다. 그 후 텍사스서던대학에서 강의를 하다가 모리슨은 1957년 모교 하워드대학으로 돌아와 후학을 양성한다. 모리슨은 하워드대학에서 교수로 재직할 때 자메이카 출신의 건축가 해럴드 모리슨과 결혼하여 1961년 장남 해럴드 포드를, 1965년 차남 슬레이드 케빈을 출산한다. 남편과 문화적 차이로 인해 1964년에 이혼한 모리슨은 하워드대학 교수직을 그만두고 34세의 나이에 고향 로레인으로 돌아온다. 이듬해 그녀는 로레인을 떠나 뉴욕 시라큐즈에 있는 출판사 랜덤하우스의 교재 편집인으로 일하게 되는데, 이때 흑인 역사와 전통 그리고 여러 흑인 명사들에 대한 책을 편집한다. 그녀가 발굴한 인물로는 소설가 토니 케이드 밤바라와 게일 존스, 권투선수로 케시어스 클레이 주니어에서 개명한 무하마드 알리, 인권운동가이자 외교관인 앤드루 영, 사회운동가 안젤라 데이비스 등이 있다.

랜덤하우스와 여러 대학에서 근무하는 동안 모리슨은 왕성하게 창작 활동을 하여 모두 11편의 소설을 발표했다. 모리슨은 1970년에 파란 눈을 소망하다가 미쳐버리고 아버지로부터 성적 유린을 당한 흑인 소녀 피콜라의 비극을 다룬 『가장 푸른 눈*The Bluest Eye*』을 출판했다. 1971년에 뉴욕주립대(퍼처스 분교) 초빙교수가 된 모리슨은 홀로 두 아들을 양육하면서도 1973년 두 번째 소설 『술라*Sula*』를 발표하는데, 이 소설은 흑인 여성 술라와 넬이 보여주는 우정과 배신 그리고 그리움yearning 등의 주제와 함께 여러 시대에 걸쳐 나타나고 있는 흑인들에 대한 인종차별 문제를 다루고 있다. 1977년에 모리슨은 세 번째 소설 『솔로몬의 노래*Song of Solomon*』를 출판하고 이 책을 아버지에게 헌정한다. 이 소설은 부유한 흑인 밀크맨 집안의 이야기를 통해 흑인 역사와 흑인 신화를 새롭게 구축하고 있다. 『솔로몬의 노래』를 기점으로 모리슨은 대중의 인기를 얻기 시작할 뿐만 아니라 전미비평가협회상을 수상한다. 1981년 서인도제도에 있는 백인 부호의 집에서 벌어지는 흑인 집사 부부와 그 조카딸, 그 조카딸을 사랑하는 플로리다 출신의 남자와의 사랑을 다룬 『타르 베이비 *Tar Baby*』를 발표한다. 『타르 베이비』를 출간한 모리슨은 더욱더 인기가 높아져 주간지 『뉴스위크』의 표지 인물로 선정되고, 1984년에 뉴욕주립대 올버니 분교의 석좌교수로 임명된다. 1986년 모리슨은 희곡 「에밋을 꿈꾸며Dreaming Emmett」를 공연하여 미국 내 인종차별을 고발하고, 1987년에 『빌러비드*Beloved*』를 출간하여 퓰리처상을 수상하는 영예를 얻는다. 모리슨은 1989년에는 프린스턴대학 석좌교수로 임명되었는데, 이는 흑인이 아이비리그 대학의 석좌교수로 임명된 최초의 사례가 된다. 1992년에 1920년대 할렘을 배경으로 50대 중년 부부의 트라우마와 사랑 그리고 중년 남자와 10대 소녀와의 사랑과 배신을 다룬 『재즈』를 출간한다. 모리슨은 그해 『어둠 속의 유희: 백인성과 문학적 상상력*Playing in the Dark: Whiteness and Literary Imagination*』이라는 평론집도 출간한다. 모리슨은 드디어 1993년에 노벨문학상을 수상하는데, 한림원에서는 모리슨의 소설에는 "비전의 힘과 시적 함의"가 두드러진다고 평가했다. 1997년 모리슨은 『파라다이스*Paradise*』를 출간한다. 이 작품은 오클라호마를 배경으로 흑인들만의 공동체를 건설하면서 야기되는 흑인 정체성 문제와 주변 수녀원의 여성들과의 갈등 문제를 다룬다. 2003년에는 동부 어느 해변에서 호텔을 경영하는 흑인 부자 빌 코지와 그에 대한 주변 사람들의 시선 그리고 손녀딸의 친구와 결혼하는 빌 코지의 소아성애 pedophilia의 문제를 보여주는 『러브*Love*』를 발표한다. 2008년에는 다시 노예제도를 다루는 소설인 『자비*A Mercy*』를 출판하는데, 이 소설의 배경은 19세기가 아니라 17세기 미국이 탄생되기 이전으로, 아프리카에서 팔려온 노예가 자신의 딸을 인자해 보이는 백인 주인에게 넘기면서 겪는 엄마의 심적 갈등과 어린 딸의 섭섭한 마음을 묘사한다. 2012년에는 두 명의 친구와 함께 한국전쟁에 참전한 후 전쟁 트라우마를 겪고 미국 서부로 돌아와 전전하다가 혼자 남은 여동생의 목숨을 구하러 남부 고향으로 돌아가는 조지아 출신 흑인 청년의 이야기를 그린 『고향*Home*』을 출판한다. 2015년에는 물라토 흑인 부모로부터 소외당한 검은 피부의 딸 스위트니스의 정체성 문제와 인종차별 사회 속에서 그녀가 경험하는 사랑과 성장의 과정을 그려내고 있는 『그 아이를 도우소서*God Help the Child*』를 출판한다.

흑인이 처한 열악한 상황을 문학을 통해 재현하고 타개하고자 노력하는 동안에 모리슨은 여러 가지 인생의 시련도 경험했다. 불행하게도 그녀가 사는 허드슨 강변의 집에 화재가 발생하기도 했고, 둘째 아들 슬레이드가 45세의 나이에 췌장암으로 죽는 것도 목격했다. 그러나 그녀는 좌절하지 않고 계속 소설을 집필하고 강연을 하며 미국의 양심으로 대중들에게 많은 긍정적인 영향을 미쳤다. 프린스턴대학에서 퇴직한 후 『더 네이션*The Nation*』 지의 편집위원으로 근무한 모리슨은 2019년에 영면에 들어갔다.

모리슨은 소설 외에도 동화책을 다수 출판했다. 대표적인 작품으로는 『네모상자 속의 아이들*The Big Box*』(1999), 『얄미운 사람들에 관한 책*The Book of Mean People*』(2002), 『피니 버터 퍼지*Peeny Butter Fudge*』

(2009)가 있다. 유명한 단편소설로는 「레시타티프Recitatif」(1983)가 있다. 희곡으로는 「에밋을 꿈꾸며」(1986)와 「데스데모나Desdemona」(2011)를 들 수 있다. 그녀가 편집한 책으로는 흑인 대법관 토머스 클래런스와 변호사 애니타 힐과의 성추문을 다룬 『정의의 인종화, 권력의 젠더화: 애니타 힐, 클래런스 토머스 그리고 사회현실의 구성*Race-ing Justice, En-gendering Power: Essays on Anita Hill, Clarence Thomas, and the Construction of Social Reality*』(1992)와 O. J. 심슨의 재판을 다루는 『국가의 탄생: O. J. 심슨 재판에 있어서의 응시, 대본, 광경*Birth of a Nation'hood: Gaze, Script, and Spectacle in the O. J. Simpson Case*』(1997)이 있다. 또한 주요 비평서로는 『어둠 속의 유희: 백인성과 문학적 상상력』(1992)과 『보이지 않는 잉크*The Source of Self-Regard: Essays, Speeches, Meditations*』(2019)가 있다.

11편에 이르는 그녀의 소설은 윌리엄 포크너와 버지니아 울프의 모더니즘 소설과 마찬가지로 쉽게 읽히지 않는다. 하지만 독자들로 하여금 다시 그녀의 작품을 읽게 만드는 힘은 그녀만의 독특한 시적이며 아름다운 문체와 함께 흑인 역사와 문화에 대한 깊은 애정을 바탕으로 그려낸 평범한 흑인들의 삶에 대한 진솔한 형상화 덕분이라고 할 수 있다. 흑인 여성들의 고통 어린 삶에 특히 관심을 가진 모리슨은 자신이 못생겼다고 생각하는 『가장 푸른 눈』의 피콜라, 『술라』의 자유분방한 삶의 소유자 술라, 『타르 베이비』에서의 유럽 문화를 지향하는 제이딘, 『빌러비드』와 『자비』에서 노예제하의 희생자인 빌러비드와 플로렌스, 『파라다이스』의 수녀원에서 콘솔라타를 포함한 각기 트라우마를 가진 수녀원의 여성들, 『러브』의 가부장제의 두 여성 피해자 크리스틴과 히드, 현재에도 지속되는 컬러리즘colorism의 피해자인 『그 아이를 도우소서』의 주인공 스위트니스 등과 같은 다양한 여성 주인공들을 탄생시켰다. 모리슨은 소설 속에서 이러한 여러 부류의 여성들이 경험하는 다양한 트라우마와 치유 과정을 잘 보여준다.

모리슨은 소설가의 역할을 넘어서 사회문제를 예리하게 비판하는 지식인의 모습도 보여준다. 그녀는 상관에게 부당하게 성추행을 당한 애니타 힐을 위해 글을 쓰기도 했으며, 세간을 떠들썩하게 했던 O. J. 심슨의 재판에도 견해를 피력했다. 뿐만 아니라 대통령 선거에서 오바마를 공개적으로 지지하는 담대함도 보여주었다. 인종 문제와 계급 문제 외에도 성차 문제에 관심을 많이 가진 모리슨은 동성애의 문제도 다루었으며, 특히 소아성애를 추구하는 흑인 남성을 곳곳의 소설에서 비판했다. 동성애 문제는 『술라』와 『러브』에서 잘 나타나고 소아성애자의 문제는 『러브』의 빌 코지와 『그 아이를 도우소서』에서의 백인 남자를 비판한다.

『빌러비드』의 성립사

『빌러비드』가 다루는 시대적 배경은 1855년에서 1873년으로 이때는 남북전쟁(1861~1865) 전후이며 특히 재건시대Reconstruction로 알려진 시기다. 공간은 북부 오하이오주이지만 이야기는 과거로 돌아가 켄터키주의 스위트홈 농장, 폴 디Paul D의 조지아주 수용소 생활, 남북전쟁의 현장인 앨라배마주를 망라한다. 하지만 이 소설을 역사소설이라는 장르 외에도 고딕소설 또는 환상소설로도 불리듯이 시간과 공간이 은유적으로 더 확장되어 노예무역 시기에 아프리카 대륙과 대서양을 건너는 노예선상에서 벌어지는 참혹한 일들도 묘사되고 있다.

남북전쟁 전에 도망노예는 도망노예법Fugitive Slave Act에 의해 주인에게 잡히면 다시 주인의 소유가 되었다. 세스는 도망노예법에 따라 다시 주인에게 돌아갈 운명이었지만 딸을 죽임으로써 감옥에 가게 된다. 남북전쟁 중 폴 디는 북군인 연방군에서 복무하기도 하고 남군인 연합군에서 일하기도 한다. 전쟁 후 재건시대는 흑인 노예가 해방되었다 하더라도 지속적으로 린치와 같은 흑인 탄압의 사례들이 곳곳에 나타나고 있던 시기였다.

모리슨은 랜덤하우스에서 편집 일을 하던 도중 마거릿 가너의 슬픈 이야기를 읽게 된다. 마거릿 가너의 이야기란 남북전쟁 후 오하이오에 사는 흑인 노예가 자신의 딸을 죽인 이야기로 노예제의 참상을 고발하는 사건이다. 모리슨은 마거릿 가너가 딸을 노예로 만들고 싶지 않아 살해한 실제 이야기에 그녀의 상상력을 발휘하여 유령으로 다시 나타나는 노예의 딸과 그 일을 속죄하는 엄마의 이야기로 재탄생시켜 노예제도하 백인들의 문제점과 흑인들의 참혹한 상황을 재현한다.

『빌러비드』의 탄생에는 노예 탈출에 대한 내용을 자전적으로 다룬 19세기 노예 서사slave narrative의 영향이 크다고 하겠다. 노예 서사란 노예로 살다가 탈출하여 자유를 얻은 노예가 쓴 자서전을 말한다. 대표적인 노예 서사로는 프레데릭 더글러스의 노예 서사 『미국 노예, 프레데릭 더글러스의 삶에 관한 이야기*Narrative of the Life of Frederick Douglass, an American Slave*』(1845)와 해리엇 제이콥스의 노예 서사 『어느 노예 소녀의 이야기*Incidents in the Life of a Slave Girl*』(1861)가 있는데, 『빌러비드』는 위 두 작품의 영향을 받았다. 당시 백인 작가인 해리엇 비처 스토의 『톰 아저씨의 오두막집*Uncle Tom's Cabin*』(1852) 역시 흑인의 불행한 처지와 백인 노예주의 탄압을 다룬다는 점에서 연관성이 있다. 또한 1920년대 할렘 르네상스의 흑인 소설가인 진 투머의 『사탕수수*Cane*』(1923), 백인 작가인 윌리엄 포크너의 『압살롬 압살롬*Absalom, Absalom!*』(1936), 알렉스 헤일리의 『뿌리*Roots*』(1976), 윌리엄 스타이론의 『냇 터너의 반란*The Rebellion of Nat Turner*』(1967) 등과 같은 작품들도 『빌러비드』의 탄생에 영향을 미쳤다.

한편, 흑인 작가의 노예 서사와 백인 작가의 모더니즘 서사의 영향을 받은 『빌러비드』는 신노예 서사Neo-slave narrative로 불리는데, 이런 장르의 소설로는 옥타비아 버틀러의 『킨*Kindred*』(1979), 마거릿 워커의 『주빌리*Jubilee*』(1966), 게일 존스의 『코리기도라*Corrigidora*』(1975) 등이 있다. 모리슨의 『빌러비드』는 그 후 콜슨 화이트헤드의 『언더그라운드 레일로드*The Underground Railroad*』(2016)의 탄생에 영향을 미친다. 19세기 노예 서사와 『빌러비드』에 나타난 지하철도가 가상의 탈출 공간이었다면 화이트헤드의 소설은 상상력을 발휘하여 실제 지하철도를 통해 탈출하는 흑인들의 자유를 향한 여정을 잘 그려내고 있다. 따라서 『빌러비드』는 흑인 비평가 헨리 루이스 게이츠가 『의미화하는 원숭이: 흑인 문학 비평 이론*The Signifying Monkey: A Theory of African-American Literary Criticism*』(1987)에서 주장한 바 있듯이, 앞선 흑인 선배 작품의 영향을 바탕으로 시그니파잉signifying 전략을 통해 발전된 흑인 소설을 탄생시켜 후대의 뛰어난 흑인 작품의 탄생에 지대한 영향을 미친 소설이라고 볼 수 있다.

작품의 주요 내용

『빌러비드』는 미국 노예제 동안 생긴 상흔이 노예제가 끝난 후에도 지속되어 그 희생자들의 괴로움뿐만 아니라 그 선조들의 고통을 다시 소환하는 복잡하고 스펙트럼이 넓은 시대적 배경을 보여준다. 즉 작품은 노예제가 끝난 후 피해 가족의 이야기로 시작하지만 다시 노예제 시기로 기억이 되돌아가고 그러다가 노예제 이전 아프리카에서 끌려온 흑인들의 이야기까지 제시되면서 미국 노예제뿐만 아니라 유럽의 노예무역의 비인간적 모습을 비판적으로 그리고 있다.

작품의 핵심적 내용은 노예제의 희생자인 세스가 두 살배기 딸을 살해한 후 고립된 삶을 살아가다가 사람으로 환생한 딸과 대면한 후 과거의 고통스러운 시간으로 되돌아가면서 그 딸에게 못다 한 사랑을 보상해주고, 속죄하는 모정에 관한 이야기다. 모리슨은 재기억rememory이라는 장치를 통해 세스와 딸 빌러비드와의 기억의 문제를 보여주는 것뿐만 아니라 그녀 주변의 동료 노예들의 고통, 백인 노예주의 잔혹함까지도 다루고 있다. 다시 말해, 『빌러비드』는 노예제도의 참상뿐 아니라 식소와 같은 용감한 노예의 저항적 삶과 강렬한 사랑, 흑인 공동체에서 일어나는 내부 갈등, 즉, 시기와 질투 그리고 용서와 자비의 문제도 다루고 있다. 또한 백인 노예주 중에서도 가너 씨와 같은 인자한 백인과 학교 선생과 같은 사악한 백인 그리고 노예제도를 거부하고 폐지 운동을 위해 힘쓰는 보드윈 씨도 자세히 다루면서 잘못된 제도 속에서 갈등하는 여러 인간 군상들의 모습을 그려내고 있다. 그러면서 모리슨은 흑인과 백인 모두에게 노예제를 잊어서는 안된다는 중요한 메시지를 전달한다.

3부 28장으로 구성된 『빌러비드』의 시간적·공간적 배경은 1873년 오하이오강 건너 신시내티다. 제1부의 시작 문장은 "124는 원한이 가득했다"[1]이다. 124 블루스톤 로드124 Bluestone Road에서 딸 덴버와 사는 세스에게 갑자기 18년 전 캔터키주 농장 동료 폴 디가 찾아온다. 124 블루스톤은 노예폐지론자 보드윈 씨가 제공한 집으로 18년 전인 1855년에 세스는 캔터키 스위트홈에서 탈출하여 시어머니 베이비 석스와 두 아들 하워드와 버글러와 함께 살고 있었다. 세스는 캔터키 농장의 새 주인인 학교 선생의 가혹한 처우에 집단 탈출을 계획한 동료 식소와 함께 도망가다 잡혀 고초를 겪은 후 임신한 몸으로 다시 탈출에 성공하여 오하이오강을 건너 124 블루스톤에 오게 된 것이다.

18년 만에 갑자기 찾아온 폴 디를 만나 반가운 것도 잠시 귀신들린 집인 124번지는 폴 디를 괴롭힌다. "그렇게 조그만 아기가 그리도 큰 분노를 품고 있을 줄이야 누가 생각이나 했겠는가?"[2] 폴 디가 강하게 저항하며 귀신을 쫓아내자 집은 조용해진다. 이에 대해 귀신과 함께 살아온 덴버는 슬퍼한다. 곧 124번지에는 또 다른 손님이 찾아오는데 그것은 다름 아닌 빌러비드가 사람으로 육화되어 나타난 것이다. 빌러비드의 출현에 대해 124번지의 세스, 폴 디, 덴버는 각기 다르게 반응한다. 즉 세스는 죽은 딸인지도 모르고 친절하게만 대하고, 폴 디는 세스와의 새로운 삶에 방해되는 인물로 여기지만, 덴버는 죽은 언니가 돌아온 것으로 여기고 성심성의껏 대해준다. 빌러비드의 출현 모습은 다음과 같이 묘사된다.

옷을 완전히 다 차려입은 여자가 물속에서 걸어나왔다. 마른 강둑에 채 닫기도 전에, 그녀는 주저앉아 뽕나무에 등을 기대었다. 여자는 그렇게 꼼짝도 않고 하루 밤낮을 꼬박 앉아 있었다. 밀짚모자의 챙에 금이 갈 정도로 완전히 방치한 자세로 나뭇등걸에 머리를 기대고 있었다. 안 아픈 데가 없었지만, 그중에도 허파가 가장 쓰라렸다. 흠뻑 젖어 물이 뚝뚝 떨어지는 와중에 밭은 숨을 몰아쉬며 여자는, 줄곧 눈꺼풀의 무게가 얼마나 될까 가늠하며 몇 시간인가를 흘려보냈다.[3]

빌러비드는 정상적인 여성으로 보이지 않는다. 그녀는 마치 물속에서 살아나온 여자인 것처럼 숨이 가쁘며 기력이 빠져 있다. 스무 살 정도로 보이지만 말하는 방식과 행동은 어린애 같은 빌러비드는 세스에게 여러 가지 질문을 한다. 예를 들면 "다이아몬드는 어디 있어?", "엄마가 머리를 빗겨줬어?" 등의 질문은 세스로 하여금 노예제하의 경험을 다시 떠오르게 만든다. 세스는 이런 질문들이 신선했지만 점차 빌러비드가 마을 공터clearing에서 세스의 목을 조르는 등 괴롭히자 세스도 견디기 힘들어한다.

한편 이야기는 세스와 폴 디와의 대화를 통해 참혹했던 캔터키 농장 생활이 드러난다. 폴 디와의 대화에서 행방불명되었던 남편 핼리의 당시 상황을 알게 되었고, 폴 디가 수탉보다 못한 자신의 처지를 이야기하는 동안 세스와 폴 디는 서로 동병상련의 정을 나눈다. 사실 폴 디는 세스만큼이나 고통을 겪었는데 학교 선생에게 팔린 후, 그는 새 주인을 죽이려 한 죄로 조지아주 알프레드 수용소에 감금되었다. 폴 디는 그곳에서 45명의 죄수와 함께 탈출을 시도하는데, 폴 디의 탈출 과정에서 독자는 수용소의 백인 간수의 잔혹함뿐만 아니라 탈출할 때 폴 디를 도와주었던 체로키 인디언과의 협력을 통해 흑인과 인디언의 집단적 트라우마를 드러내는 모리슨의 전략을 간파할 수 있다. 모리슨의 작품 중 인디언의 비극과 고통을 보여주는 또 다른 소설은 『자비』인데 이 작품에서 인디언 생존자 리나는 종족이 천연두로 죽은 후 백인에 의해 겁탈당하는 비극을 경험한다.

글을 읽지 못하는 폴 디는 동료 스템 페이드가 보여준 신문기사를 본 후 세스에게 아이를 죽인 것이 사실인지 확인한다. 세스는 한참 고민하다가 그때 있었던 일에 대해서 할 일을 했다는 듯이 말하자 폴 디는 동정이나 위로가 아닌 치명적인 말을 남기고 세스를 떠나는데, 그 말은 "세스, 너의 사랑은 너무 짙어 … 너는 발이 두 개이지 네 개가 아니야"[4]였다. 폴 디는 세스를 떠난 후 마을 교회에서 지내며 전전하다가 나중에 덴버의 제의로 세스와 다시 만나게 된다.

한편 세스가 딸을 죽이게 된 배경을 살펴보면, 베이비 석스가 며느리와 손녀딸이 켄터키 농장에서 탈출하여 살아 돌아오자 지하철도Underground Railroad 요원으로 도움을 준 스템 페이드에게 고마움을 표현하기 위해 조촐한 식사를 대접하려고 했던 것이 점점 규모가 커져 90명의 마을 사람들이 참여하는 잔치가 된 것에서 시작된다. 사실 베이비 석스는 세스의 유아살해를 목격하기 전까지는 신시내티 마을의 정신적 지주였다. 그녀는 흑인들에게 어려움에도 굴하지 말고 자신의 몸을 돌보라며 흑인들을 격려했다. 그녀의 설교는 다음과 같이 감동적이면서도 통렬한 내용으로 이루어져 있다.

> 이곳, 여기 이곳에서, 우리는 육신이지요. 울고 웃는 육신. 맨발로 풀밭에서 춤추는 육신. 사랑하세요. 육신을 열심히 사랑하세요. 저기 바깥에서 저들은 여러분의 육신을 사랑하지 않습니다. 그들은 여러

분의 육신을 경멸하지요. 저들은 여러분의 눈도 사랑하지 않습니다. 차라리 뽑아버리고 싶어 하지요. 마찬가지로 저들은 여러분의 등을 사랑하지 않습니다. 저 바깥에서 그들은 여러분의 등을 갈기갈기 찢어발깁니다. 그리고 오, 내 동포들이여, 그들은 여러분의 두 손도 사랑하지 않습니다. 그저 써먹고, 묶고, 얽어매고, 잘라내고, 수중의 모든 것을 빼앗아 텅텅 비게 만들어버릴 뿐입니다.[5]

이렇게 정신적으로 그리고 물질적으로 마을 사람들을 위해 일을 했지만 흑인들은 베이비 석스가 왜 같은 흑인인데 그녀만이 흑인 공동체의 중심 역할을 하고 하느님의 전지전능을 보여주는지에 대해 의문을 품으며 시기와 질투를 한다. 그리하여 학교 선생이 조카와 보안관을 데리고 124번지에 도착했을 때 아무도 언질을 주지 않아 세스는 아이들을 숨기지 못하고 고민하다 큰딸 빌러비드를 죽이게 된 것이다. 모리슨은 제16장에서 아이들을 죽이는 장면을 다음과 같이 묘사한다.

헛간 안에서는, 여자 깜둥이가 피칠갑을 한 아이 하나를 한 팔로 가슴에 꼭 껴안고 다른 팔로 또 다른 영아의 발목을 붙잡고 서 있었고, 그녀의 발치에서 남자아이 둘이 톱밥과 흙먼지를 뒤집어쓰고는 피를 줄줄 흘리고 있었다. 여자는 그들 쪽을 보지도 않았다. 그저 손에 붙잡은 아기를 빙빙 돌리며 벽의 널빤지를 세차게 치려다가 실패하자, 다시 제대로 벽을 맞히려 했을 뿐이다. 그러나 바로 그때 어디선가 느닷없이 —사내들이 그 엄청난 광경을 멍하니 바라보고 있던 찰나의 순간을 틈타— 아까의 늙은 깜둥이가 여전히 야옹거리는 소리를 내며 사내들 뒤로 열려 있던 문틈으로 쏜살같이 달려오더니 원을 그리고 있는 어미의 손에서 아기를 낚아채서 도망갔다.[6]

당시 도망노예법에 따르면 주인이 도망간 노예를 다시 잡으면 농장으로 데려올 수 있었는데, 세스는 주인의 재산을 훼손했기 때문에 감옥에 가게 된다. 이때 어린 딸 덴버도 엄마와 함께 감옥에 가게 되는데, 나중에 레이디 존스의 주일학교에서 친구 넬슨 로드가 덴버에게 "엄마랑 함께 감옥에 있었니?"[7]라는 말을 하자 덴버는 충격을 받아 할머니와 엄마에게 물어보지만 답이 없어 귀를 닫아버린다. 그래서 덴버는 귀가 안 들리는 대신 눈이 잘 보이게 된다. 딸을 노예로 살게 하지 않기 위해 살해한 세스의 행동은 이해가 되지만 지나치다. 이에 대해 모리슨은 한 인터뷰에서 세스의 영아살해infanticide에 대해 "그녀는 합당한 일을 했지만 그렇게 할 권리는 없다"라고 말하기도 했다.

모리슨의 재기억 전략은 제2부에서 잘 나타난다. 3인칭으로 전개되던 소설은 제20장부터 제23장까지 각각 세스, 덴버, 빌러비드가 화자가 되어 이야기하는 모노로그다. 그런데 제23장에서는 세 모녀가 한목소리가 되어 이야기를 전개한다. 특이한 것은 빌러비드의 독백은 정상적인 문장이 아니라 마침표 혹은 따옴표가 없을 뿐만 아니라 문장이 엉성하여 마치 어린애가 만든 문장처럼 보인다. 이것은 빌러비드가 두 살 때 죽어서 유아의 독백으로 여겨지기도 하지만 빌러비드는 이미 죽은 두 살의 딸을 넘어서 아프리카에서, 노예선에서 죽어간 모든 흑인을 대변하는 존재가 된다. 특히 노예선에서 백인 선원에 의해서 성적 유린을 당하거나 죽어간 흑인 여성을 그리기도 하고 바다에 투신한 사람을 떠오르게 하기도 한다.

제3부의 시작은 "124는 조용했다"[8]이다. 하지만 제3부의 시작에서 세스와 빌러비드의 싸움은 아직 끝나지 않았다. 빌러비드는 지속적으로 많은 것을 요구하고 세스는 그것을 들어주려 한다. 남은 38달러의 전 재산을 다 쓰면서까지 빌러비드가 좋아하는 물품을 사서 딸의 요구와 욕구를 들어주던 세스는 점점 몸이 쇠약해지고 작아진다. 반면 세스의 기를 뺏은 딸 빌러비드는 몸이 비대해지고 배까지 불룩해진다. 집이 혼란에 빠진 것을 목격한 덴버는 드디어 십수 년 만에 집 밖을 나가 마을 사람들에게 도움을 요청하는데 최초로 찾아간 사람은 주일학교 선생님인 레이디 존스다. 레이디 존스는 흑백 혼혈로서 당시 그녀의 처지에 있는 많은 흑인들이 백인 행세passing를 하며 신분 상승을 꿈꿀 때 그녀는 흑인임을 당당하게 인정하고 흑인들을 위해 행동을 하는 사람이었다. 레이디 존스에 대한 묘사를 보면 다음과 같다.

> 레이디 존스는 혼혈이었다. 회색 눈에 노란 양털 같은 머리칼, 머리칼 한 올 한 올을 그녀는 증오했다. 색깔이 마음에 들지 않은지 질감이 싫은지 그건 자기도 몰랐다. 그녀는 근처에 있는 남자 중에서 피부가 제일 검은 남자와 결혼했고, 다섯 명의 무지갯빛 아이들을 낳았고, 거실의 다른 아이들 사이에 끼워 앉혀서 자기가 알고 있는 걸 전부 가르친 후에 모두 윌버포스에 보냈다. 연한 피부색 덕분에 그녀는 펜실베이니아의 보통 흑인 학교에 입학할 수 있었기에, 대신 뽑히지 못한 아이들을 가르치는 일로 되갚으려 했던 것이다.[9]

레이디 존스의 주선으로 마을 여인들로부터 음식을 받은 덴버는 무척 고마워하며 나중에 보드윈 씨 집에서 일자리를 구하기도 한다. 보드윈 씨는 평생 흑인을 위해 살아온 사람으로 부친의 선한 영향으로 백인들이 행한 잘못된 것을 바로잡으려 했다.

한편 마을 여인들은 어려움에 처해 있는 세스를 도우러 엘라를 중심으로 124에 집결한다. 124번지 앞에서 기도와 외침을 하는 여인들에게 나타난 세스와 빌러비드의 모습은 충격적이었다. 빌러비드는 커진 덩치와 함께 마치 임신한 것처럼 배가 불러 있었기 때문이다. 세스는 덴버를 태우러 온 보드윈 씨의 모자를 본 후 얼음을 깨던 송곳을 들고 보드윈 씨에게 달려드는데 마을 사람들은 그녀를 저지한다. 멀리서 하얀 모자를 쓰며 다가오는 보드윈 씨를 학교 선생이라고 여긴 세스가 이번에는 딸을 지키기 위한 행동을 한 것이다. 모리슨은 세스의 적극적인 행동을 18년 전과 비교하여 아래와 같이 묘사한다.

> 그가 세스의 마당에 오고 있다. 세스의 가장 소중한 것을 가져가러 오고 있다. 그녀 귓전에 날갯짓 소리가 들린다. 작은 벌새들이 머릿수건 속으로 작은 바늘들을 찔러넣고 날개를 파닥거린다. 그때 세스가 생각이란 걸 했다면, 그런 '안 돼'였다. 안돼 안돼, 안돼 안돼 안돼. 그녀는 쏜살같이 달려간다. 얼음송곳은 그녀의 손에 들려 있는 게 아니라 그녀의 손 그 자체가 되었다. 현관문 앞에 홀로 서서, 빌러비드는 미소를 짓고 있다. 하지만 이제 그녀가 잡고 있던 손은 사라지고 손에는 아무것도 없다.[10]

엄마의 이런 행동을 본 빌러비드는 만족하듯이 사라지고 124번지에는 평화가 찾아온다. 또한 세스를 떠났던 폴 디도 덴버의 적극적인 중재의 역할을 통해 다시 124번지에 오게 된다. 폴 디는 처참한 몰골을 하고 있던 세스를 어루만져주며 그녀에게 "당신하고 나, 우리한테는 누구보다 어제가 많아. 이제 어떤 식으로든 내일이 필요해"[11]라고 말하며 다정하게 다가간다. 이때 폴 디는 세스에게 사랑하는 말을 표현하며 친구 식소의 메시지를 전한다. 식소는 그의 연인 30마일의 여인Thirty Mile Woman에 대해 "그 여자는 내 마음의 친구야. 조각난 나를 한데 모아주지. 나라는 조각들을 모아서, 제자리를 찾아 내게 돌려준다고. 아주 좋은 기분이야. 마음의 친구가 되는 여인을 갖게 된다는 건 말이지"[12]라고 말한 적이 있기 때문이다. 실제로 식소는 사랑하는 여인을 만나기 위해 왕복 30마일 이상을 걸어서 잠시 연인을 만난 이후 다시 농장으로 돌아오는 열정을 보였다. 그는 스위트홈 탈출 때 자신의 죽음이 예상되는 상황에서도 사랑하는 30마일의 여인을 먼저 보내 탈출시키는 희생정신을 보여준다. 이와 같은 식소의 낭만적 메시지는 그의 영웅적 행동과 함께 폴 디의 마음속에 간직되어 있다. 식소의 말을 인용하며 그는 세스에게 부드럽게 다가간다. "당신이 가장 최고"[13]라고 말하며.

작품의 마지막 장은 기억과 망각의 문제를 다루며 작가는 독자들에게 "이 이야기는 잊어서는 안 된다This is not a story to pass on"[14]는 재기억의 문제를 환기시킨다. 영어에서 'pass on'은 '전승하다'는 뜻과 '지나치다'라는 뜻이 함께 있다. 즉, 이 이야기는 너무 비참해서 더 이야기하면 안된다는 의미이기도 하지만, 다르게 보면 이런 참혹한 역사는 다시는 반복하면 안되기 때문에 그냥 지나쳐서는 안된다는 이야기이기도 하다. 소설에서 재기억의 사례는 집이 불타 사라져도 머릿속에 남아 있는 재기억이다. 재기억은 점차 의미를 확장하게 되는데, 즉 나쁜 기억들이 불현듯 떠올라서 당사자들을 괴롭히는 트라우마적 재기억 그리고 흩어진 몰랐던 기억들이 다시 합쳐지고 정리되는 통합적 재기억을 의미하기도 한다. 하지만 가장 중요한 재기억은 소설의 마지막 장에 제시되듯이 기억과 망각에 관한 재기억으로 옳지 못한 역사적 과오를 결코 잊어서는 안되며 후손들에게 끊임없이 전승해야 한다는 메시지의 재기억인 것이다.

모리슨은 이 소설을 "6천만 명 그리고 그 이상"에게 바친다고 했다. 6천만 명은 단순하게 노예제로 죽은 흑인이 아니다. 그 숫자는 노예선에 실리기 전에 아프리카 땅에서 포획되면서 저항하다 죽은 아프리카인에서부터 배 위에서 저항하다 죽은 흑인, 배 안에서 굶어서 죽거나 뛰어내린 흑인 그리고 미국 땅에 도착하여 노예로 살다가 여러 형태의 가혹 행위에 의해 죽은 모든 흑인을 포괄한다. 그래서 책의 제목 『빌러비드』는 단순하게 죽은 한 명의 노예의 딸을 넘어서서 노예무역과 노예제와 관련해 억울하게 죽어간 6천만 명에 이르는 흑인 영혼들을 망라하는 것이다.

『빌러비드』는 한 번 읽어서 이해될 수 있는 소설이 아니다. 독자들은 이 소설을 여러 번 읽어서 모리슨이 던진 복합적인 문제들에 대해서 생각해야 한다. 따라서 우리는 『빌러비드』를 읽은 후 다음과 같은 문제를 생각해볼 수 있다.

첫째는 노예제의 비판이다. 노예제는 부모의 관계, 부부의 관계를 끊어버리는 사악한 제도다. 노예제는 흑인 노예뿐만 아니라 백인 노예주도 정신적으로 황폐하게 만든다. 그러므로 이 작품은 독자들로 하여금 어떠한 형태의 노예제에 대해서도 반기를 들도록 성찰하게 해준다.

둘째, 자식에 대한 소유권이다. 세스는 자신의 딸을 노예로 만들고 싶지 않아 자식을 죽인다. 이것은 폴 디가 말한 대로 사람으로서 할 수 있는 일이 아니다. 세스는 자신이 딸을 노예로 살지 않게 했기 때문에 잘한 일이라 했지만 그것이 반드시 옳지만은 않다. 왜냐하면 딸의 삶에 대해 엄마가 사랑이라는 이름으로 함부로 통제할 수 없기 때문이다.

셋째, 사랑의 문제다. 『빌러비드』에는 모녀간 사랑, 성인 남녀 간의 사랑, 공동체의 사랑의 사례가 잘 제시된다. 특히 빌러비드가 돌아온 후 세스가 보여주는 회한과 뒤이은 사랑의 문제는 모정이 얼마나 질긴 것인가를 잘 보여준다. 이것은 단지 노예제하의 모정의 문제만은 아닐 것이다. 홀로코스트, 전쟁 등에서 비슷한 예를 찾을 수 있다. 마찬가지로 성인 남녀 간의 사랑도 중요한데, 우리는 주요 인물은 아니라 할지라도 식소와 30마일의 여인의 사랑을 눈여겨볼 필요가 있다. 식소는 지혜롭고 용감한 노예로서 당당하게 주인에게 권리를 요구하고 사랑하는 사람을 위해서는 목숨도 바치기 때문이다.

넷째, 공동체에서의 인간관계다. 흑인 공동체 안에서도 어떤 때에는 화합하기도 하고 또 어떤 때에는 인간이기 때문에 시기하고 질투한다. 하지만 흑인 공동체에서 시기와 질투는 적절한 시기에 속죄의식과 연대의식으로 전환되어 긍정적인 역할을 한다.

다섯째, 백인의 다양한 모습들이다. 노예주 중에서 가너 씨와 같은 선한 노예주가 있기도 하고, 학교 선생처럼 악한 노예주가 있기도 하며, 다른 한편으로는 노예제에 반대하는 보드윈 씨와 같은 휴머니스트도 있다.

여섯째, 기억과 망각의 문제다. 빌러비드가 떠나간 후 주변의 사람들이 그녀를 잊어버렸다고 하듯이 우리는 아무리 어려운 상황을 경험해도 시간이 지나면 잊기 마련이다. 모리슨은 이 점을 경계하며, 잘못된 제도로 인한 인간의 고통에 대해서 다시는 반복하지 않도록 일침을 가한다.

작품에 대한 평가와 제언

『뉴욕타임스』에서 소설가와 비평가를 대상으로 지난 25년간 출판된 소설 가운데 가장 훌륭한 소설을 꼽으라는 설문에서 단연코 1위에 오른 『빌러비드』는 문학성, 사회성, 시의성을 갖춘 명작이다. 모리슨의 작품들은 독창적인 문체와 문제 제기 방식으로 미국의 주류 사회와 지배 담론에 대해 끊임없이 도전하고 비판한다. 따라서 노예제와 인종 문제를 바탕으로 의식의 흐름, 다중 화자, 플래시백 등의 기법을 자유자재로 구사하는 『빌러비드』는 미국의 독자들뿐만 아니라 세계 여러 독자들의 찬사와 공감을 받고 있다. 이 소설은 미국 노예제에 대한 소설에 머물지 않는다. 빌러비드와 같은 희생자, 세스와 같은 힘겨우면서도 단호한 모정, 식소와 같은 저항적이면서 희생적인 인간, 학교 선생과 같은 억압자, 보드윈 씨와 같은 타자에 대한 애정을 가진 사람은 어느 시대에도 존재하며, 현재에도 전쟁으로 인한 것이건 폭압적인 국가에 의한 것이건 비슷한 희생자의 모습들은 또 다른 형태로 재현된다. 그러므로 『빌러비드』는 보편적이면서도 특수한 상황을 절묘하게 배합하면서 독자들의 심금을 울린다는 점에서 고전의 반열에 오를 수 있다.

독자는 난해한 모리슨의 문체의 특징을 좀 더 파악하기 위해 버지니아 울프와 윌리엄 포크너의 소설을 읽어본다면 큰 도움이 될 것이다. 『빌러비드』에는 울프의 문체와 페미니즘의 특징이 잘 나타나고 포크너의 노예제에 대한 진지한 고민이 잘 나타나기 때문이다. 또한 이 소설이 어렵다면 1998년에 개봉하여 오프라 윈프리와 대니 글로버, 탄디웨 뉴턴이 등장하는 조너선 데미 감독의 영화 「빌러비드」를 함께 본다면 도움이 될 것이다. 영화는 1985년 스티븐 스필버그가 감독한 앨리스 워커 원작의 「컬러 퍼플」만큼 흥행을 누리지 못했지만 난해한 작품을 효과적으로 전달하는 영화의 장점을 잘 확인할 수 있다. 노예제, 노예무역의 주제에 더 관심이 생긴다면 스필버그의 또 다른 영화인 「아미스타드Amistad」(1997)도 함께 볼 수 있다. 「아미스타드」에서 노예선에서의 반란 장면은 『빌러비드』 작품의 제22장에서 빌러비드의 독백 장면을 떠올리게 하기 때문이다. 또한 2013년도에 나온 스티브 맥퀸 감독의 「노예 12년」(2013)도 노예제의 통렬한 비판을 다룬다는 점에서 『빌러비드』와 함께 봐도 도움이 될 것이다.

비록 1868년에 흑인들도 평등하게 대한다는 수정헌법 14조가 통과되었지만 150년이 지난 현재까지 미국 사회에서 흑인들은 평등하게 대우받고 있지 않다. 『빌러비드』는 지금도 계속되는 미국 시민들의 평등권을 다시 한번 성찰하게 한다는 점에서 중요한 작품이다. 최근 미국 사회에서 트럼프 집권 이후 인종 문제가 첨예화되고 COVID-19와 관련하여 아시아계 인종이 차별받는 상황에서 모리슨의 『빌러비드』는 인종, 성차, 계급 등과 같은 주제에 대한 활발한 토론의 장을 열어주는 의미있는 텍스트다.

오에 겐자부로의 『만엔 원년의 풋볼』

폭력으로 점철된 일본의 근현대사 재조망

소명선·제주대 일어일문학과 교수

산골 소년의 상상력, 독서와 함께 시작되다

1994년, 일본에서 두 번째로 노벨문학상을 수상한 오에 겐자부로大江健三郎(1935~)는 시코쿠四國 에히메현愛媛縣의 깊은 산골 마을에서 태어나 자랐다. 제2차 세계대전 중인 1944년에 아버지가 심장마비로 사망하자, 해군 예과연습생인 맏형과 인근 도시에서 상업학교를 다니던 둘째 형을 대신해서 당시 아홉 살이던 오에가 장남 역할을 하게 된다. 전쟁과 전쟁 직후의 혼란기를 홀어머니 밑에서 보내게 되지만, 할머니와 어머니가 들려주는 옛날이야기(마을의 역사와 신화, 지역의 전승) 그리고 물자 부족과 식량난에 허덕이던 시대임에도 어머니가 어렵게 구해준 두 권의 책, 즉 『허클베리 핀의 모험』과 『닐스의 이상한 여행』을 통해 상상력과 감수성이 풍부한 소년기를 보냈다. 이 두 권의 책은 노벨문학상 수상 연설에서도 언급하고 있는 것처럼 오에의 삶에 큰 영향을 남기고 있다.

1945년 8월 15일, 열 살이 되던 해에 오에는 패전을 맞는다. 9월부터 연합군에 의한 군사점령이 본격화하고 점령군 주도로 일본은 민주주의국가로 재탄생한다. 그러나 천황을 절대적 군주로 하는 군국주의 체제하의 교육 경험은 오에에게 깊은 상처로 남았고, 민주주의로 전환한 후에도 상징적인 존재로 군림하는 천황의 존재는 소설 속에서 우익과 '아버지'의 문제로 끊임없이 소환된다. 오에가 중학교에 진학하는 시기에 새로운 교육제도가 실시되었고, 입학 후인 1947년 5월에는 평화헌법 혹은 전후 민주주의 헌법으로도 불리는 일본국 헌법이 시행되었다. 오에는 상하 2권으로 구성된 『민주주의』란 제목의 교과서를 통해 배운 "'주권재민主權在民'이라는 사상과 '전쟁 포기'라는 약속이 자신의 일상생활의 가장 기본적인 모럴"[1]이 되었고, 민주주의 헌법을 부정하는 목소리를 들을 때마다 자신의 인격이 부정당하고 있는 듯한 불안을 느꼈다고 한다. 한편, 이 시절, 오에는 하이쿠俳句와 단가短歌를 좋아한 맏형의 영향 때문인지 시詩와 단가에 관심을 보인다. 오에가 쓴 글 중 최초로 활자화된 것은 당시 시코쿠 지역에 유통된 국어교육 팸플릿에 실린 시라고 한다. "빗방울에/ 경치가 비쳐 있다/ 물방울 속에/ 다른 세계가 있다"라는 4행의 시는 소년기의 "자신의 현실에 대한 태도"를 나타내는 것으로 그의 세계관의 원형原型을 이루고 있다고 회고한다.[2]

한국전쟁이 발발한 해인 1950년 4월에 현립우치코縣立內子고등학교에 진학하는데, 상급생과 불량한 야구부원의 폭력과 괴롭힘으로 인해 마쓰야마히가시松山東고등학교로 전학한다. 이곳에서 오에 "인생의 가장 행복한 만남"[3]으로 기억되는 친구를 만난다. 그 친구는 바

로 훗날 오에의 처형이 되는 배우이자 영화감독인 이타미 주조伊丹十三다. 그리고 고등학교 재학 시절 또 한 번의 운명적인 만남이 이루어지는데, 그것은 와타나베 가즈오渡邊一夫의 『프랑스 르네상스 단장フランスルネサンス断章』(1950)이란 책이다. 이 책은 당시 대학 진학에 큰 관심이 없던 오에로 하여금 프랑스 문학을 공부하기로 결심하게 만드는 결정적인 계기가 되었다. 첫 입시에 실패하고 이듬해인 1954년 4월에 도쿄대학에 입학한 오에는 소설과 희곡을 쓰기 시작했고, 교내 공모전에서 여러 차례 입선을 경험한다. 1957년 『도쿄대학신문』이 주재한 오월제상을 수상한 「기묘한 일奇妙な仕事」이 문예비평가의 눈에 띄면서 문단의 주목을 받게 된다. 이듬해 발표한 「사육飼育」이 제39회 아쿠타가와상芥川賞을 수상하면서 학생 작가로 본격적인 출발을 하게 된다. 풍부한 이미지와 상상력에 기반을 두고 기성의 작가에게서는 찾아보기 어려운 참신한 소재와 독특한 문체를 구사하는 오에의 소설은 단번에 독자들을 매료시켰다. 초기에는 점령된 일본의 상황과 전후 청년들의 내면을 보이지 않는 벽에 감금된 상태로 보고, 미래에 대한 기대와 희망을 가질 수 없는 무기력한 청년상을 주로 그려냈다. 장편소설 『우리들의 시대われらの時代』(1959) 즈음부터 '성적인 것'을 문학적 방법으로 채택하면서는 '성적 인간'의 국가가 된 일본과 행동 불능에 빠진 청년의 모습을 담아낸 작품들을 다수 발표했다.

한편, 1963년 6월 지적장애를 가진 장남 오에 히카리大江光가 태어나고 8월부터 시작된 피폭지 히로시마廣島 취재와, 이어서 1965년부터 시작되는 오키나와沖縄 취재는 오에 문학에 커다란 전환을 가져다준다. 장남의 출생을 기점으로 한 이러한 일련의 경험은 오에의 문학적 테마의 근간을 이루게 된다. 반세기가 넘는 동안 오에는 수많은 작품을 발표했고, 그런 오에 문학의 근간에는 국가주의와 천황제 문제, 핵 문제, 히로시마와 오키나와, 지적장애를 가진 장남과의 공생 문제, 미래 사회의 환경 문제 등이 자리하고 있다. 장남의 출생 이후 개인적인 일상에 대한 서술이 차지하는 비중이 커지지만, 그의 작품은 언제나 현실적인 문제와 결부되어 있고, 현대사회뿐 아니라 인류의 미래 문제로 연결되어 인간 회복과 인류 구원의 비전을 제시한다.

오에는 스스로를 "읽는 인간"이라고 말한다. "자신의 서고의 책과 자신이 혈관으로 연결되어 있다는 느낌"[4]을 갖고 살아왔다는 오에는 '읽으면서 쓰는 작가'라는 수식이 꼭 맞는 작가라 할 수 있다. 오에는 3년간씩 기간을 정해놓고 특정 시인, 소설가, 사상가를 골라 그 작품과 관련 연구서를 계속 읽어나가는 독서 습관을 갖고 있다. 이것은 그가 작가 생활 내내 유지해온 '인생의 습관'이다. 그리고 이러한 독서 경험은 곧 소설 집필과 연결된다. 특히 시는 오에에게 창작의 불쏘시개와 같은 역할을 한다. 시는 "소설을 쓰는 인간인 자신의 육체=영혼을 꿰뚫고 있는 가시"로 자극해오기 때문에 그 "불타는 가시"와 맞서기 위해 "소설의 말"로 풀어내고자 하는 욕구에서 집필이 시작된다고 말한다.[5]

이와 같이 활자를 통한 오에의 상상력은 『안녕, 나의 책이여!さようなら, 私の本よ!』(2005)에서 노년의 주인공이 전 세계에서 발생하고 있는 일들을 통해 어떤 사건이 일어나기 전에 미세한 전조를 읽어내고자 한 것처럼, 현실 사회로부터 다양한 '징후'를 읽어내고 있다. 신흥 종교 집단의 광기와 원자력발전소 사고를 예고한 오에의 소설은 이러한 '읽는' 습관에서 비롯된 예지력에 의한 결과물이라 할 수 있다. 또한 이러한 '인생의 습관'은 소설을 쓰는 방법 면에도 영향을 주고 있

다. 읽고 있는 책의 일부를 인용하거나 새로운 해석을 제시하는 인물의 조형은 물론, 등장인물을 통한 오에 자신의 작품에 대한 언급과 인용 그리고 비판이라는 형태로 나타나는 자기 언급은 1980년대 이후 오에의 소설 기법의 주요 특징이 되고 있다.

인간의 말보다 새 소리에 먼저 반응을 보였던 장남 오에 히카리는 열세 살부터 작곡을 배우기 시작해 지금까지 총 네 장의 클래식 음반을 발표했다. 1994년 9월에 발표한 두 번째 앨범은 일본 골든디스크대상을 수상하기도 했다. 아들이 음악을 통해 자기표현을 달성했다는 판단도 있었겠지만, 그해 10월 노벨문학상 수상이 결정되자 오에는 돌연 집필 중단을 선언했다. 그러나 이 선언은 5년 후 다시금 장편 『공중제비宙返り』(1999)를 발표함으로써 자연스레 철회되었다. 이후에도 꾸준히 소설을 발표해왔고, 2013년에 발표한 『만년양식집晩年様式集』이 사실상 오에의 마지막 소설이 되었다.

스스로를 '전후 민주주의자'로 규정하고 평화헌법에 역행하는 움직임에 비판적인 자세를 취해온 오에인만큼 노벨문학상을 수상하면서 천황이 수여하는 문화훈장과 공로상을 거부한 것은 자연스러운 일일지 모른다. 젊은 시절에도 다양한 정치 활동에 참여했지만, 노년기인 현재까지도 헌법 개정을 저지하기 위한 모임, 핵무기와 핵 폐기, 반원자력발전소 운동의 중심에서 활동하고 있다. 그런 의미에서 오에의 삶과 작품은 또 다른 형태로 일본 전후사에 큰 궤적을 남기고 있다고 할 수 있다.

1960년대 일본 사회와 소설 성립의 배경

오에의 소설은 한국 독자뿐 아니라, 일본인들에게도 대단히 난해하다는 평가를 받고 있다. 『만엔 원년의 풋볼萬延元年のフットボール』도 예외는 아니다. 이 작품은 1967년 『군조群像』 지에 연재한 후 단행본으로 간행되었고, 제3회 다니자키 준이치로상谷崎潤一郎賞을 수상했으며, 오에의 노벨문학상 수상을 결정지은 대표작 중 하나다.

『만엔 원년의 풋볼』은 만엔 원년萬延元年(1860)과 1960년이라는 "두 개의 다른 차원"[6]의 시대를 한 곳에 응축시킨 듯한 시코쿠의 숲 속 골짜기 마을을 공간적 배경으로 하여 제각기 자신의 정체성을 찾고자 한 형 미쓰사부로蜜三郎와 동생 다카시鷹四의 이야기를 그리고 있다.

소설이 발표된 1967년은 1960년 6월 미·일 안전보장조약 개정에 반대하는 민중운동, 즉 '60년 안보투쟁'이 실패로 끝나고, 이어서 '70년 안보투쟁'을 준비하던 시기다. 소설 속 등장인물인 다카시의 경우, '60년 안보투쟁'의 현장에서 정치투쟁을 한 학생 운동가였으나 전향한 후 혁신 정당의 우파인 여성 의원이 인솔하는 학생 연극단 멤버로 자신들의 정치 행동을 참회하는 「우리들 자신의 치욕われら自身の恥辱」이란 제목의 연극을 미국에서 순회공연한 인물이다. 그리고 미쓰사부로의 친구도 데모에 참가한 부인을 무장 경관대의 습격으로부터 보호하려다가 머리에 부상을 입은 것으로 설정되어 있다. 소설의 시간적 배경은 이러한 정치적 혼란의 시기를 경험한 이후로 설정되어 있는데, 소설의 제목인 만엔 원년으로부터 정확히 100년 후가 되는 1960년은 소설 해석에서 중요한 의미를 갖고 있다. 경제적인 측

면에서 보면, 소설의 현재적 시점인 1960년대 중반은 고도경제성장으로 인해 일본 사회가 크게 변모하던 때다. 1964년의 도쿄 올림픽을 성공리에 마무리함으로써 경제적 부흥과 함께 국가적 자긍심을 회복한 일본은 1970년의 오사카 만국박람회라는 또 하나의 국제적 행사를 준비하고 있는 들뜬 분위기였다. 경제성장으로 인해 물질적 풍요를 누리게 된 일본인들의 소비생활의 패턴이 변화해갔고, 소설에서도 등장하는 대형 슈퍼마켓 체인점과 텔레비전의 보급이 상징하는 것처럼 도시와 시골의 생활이 균질화되었으며, 이와 더불어 전통적인 생활방식도 점차 사라지고 있었다.

한편, 소설의 제목이 왜 '만엔 원년의 풋볼'인가 하는 점은 이 소설이 집필된 사회적 배경에서 찾을 수 있다. 도쿄 올림픽을 성공리에 마무리한 일본 정부는 1966년에 '메이지 백년제明治百年祭' 개최를 공식 발표한다. 『만엔 원년의 풋볼』 집필은 메이지유신明治維新 100주년을 맞이하는 1968년에 예정된 기념 이벤트 준비로 술렁이던 시기와 겹쳐진다. 패전을 딛고 경제성장을 이뤄낸 일본의, 메이지유신 이후의 100년간의 역사를 재평가하는 움직임이 학계와 언론계를 비롯하여 대중문화계에서도 메이지 시기를 무대로 하는 연재소설과 대하드라마 방송 등으로 일본 사회는 메이지 붐을 이루게 된다.

이러한 사회적 분위기와 함께 작가 생활 10년을 맞은 오에가 이 시기에 직면했던 문제는 1963년 6월 지적장애를 가진 장남의 출생에서부터 비롯된다. 머리에 큰 혹을 달고 태어난 장남의 혹 제거 수술은 지적장애라는 후유증을 남겼고, 장애를 가진 자식과 어떻게 함께 살아가야 할 것인가 하는 현실적인 문제가 있었다. 『개인적인 체험個人的な體驗』(1964)을 통해 장남과의 공생 의지를 확고히 했으나, 현

실의 과제를 껴안은 채 작가로서 글을 써간다는 창작의 측면에서도 난관에 부딪히면서 『만엔 원년의 풋볼』 발표까지 3년의 공백기를 갖게 된다.

일본의 근현대사를 재조망하는 장대한 스케일의 이 소설을 구상하고 완결하기까지 오에에게 그 집필 과정이 순탄하지만은 않았던 것으로 보인다. 1988년에 고단샤講談社에서 문고본으로 발행되었을 때 오에는 후기에서 『만엔 원년의 풋볼』이 작가로서의 자신에게 "하나의 극복점"을 새긴 작품이라고 말한다. 서른 살이 되었을 때, 앞으로 쓰고자 하는 소설의 구상과 문체에 대한 고민으로 울적한 나날이 계속되었고, 이 울적함은 위스키를 마시고 바다에 입수하는 "자기 파멸의 충동"으로 나타났다고 한다. 당시 오에는 작가로서의 길을 계속 갈 것인가, 다른 방향으로 전환하여 새로운 출발을 할 것인가 하는 분기점에 서 있었던 위기의 상황이었다고 회고한다.[7]

1963년은 장남의 출생과 함께 오에의 소설에 중대한 전환을 가져온 해이기도 하다. 장남이 태어나고 두 달이 채 지나지 않은 8월 초에 오에는 피폭자들을 만나기 위해 히로시마로 향한다. 르포르타주 『히로시마 노트ヒロシマ·ノート』(1965)의 서두에서 오에는 아래와 같이 말한다.

> 이러한 책을, 개인적인 이야기에서부터 쓰기 시작하는 것은 타당하지 않을지도 모른다. 그러나 여기에 담은 히로시마에 관한 에세이의 모든 것은, 나 자신에게 있어서도, 또, 시종 함께 이 일을 한 편집자 야스에 료스케安江良介 군에게도 각각 지극히 개인적인 내부의 깊은 곳에 관련되어 있다. 따라서 나는, 1963년 여름의 히로시마에 우리

가 처음으로 함께 여행했을 때의, 두 사람의 개인적인 사정에 대해 써 두고 싶은 것이다. 나에 대해서는 자신의 첫아들이 빈사 상태로 유리 상자 안에 누운 채 회복 가능성은 전혀 없는 상태였고, 야스에 군은 그의 첫딸을 잃은 때였다. 그리고 우리들의 공통의 친구는 그의 일상의 과제였던 핵무기에 의한 세계 최종 전쟁의 이미지에 압도된 끝에 파리에서 목을 매 죽어버렸다.[8]

"빈사 상태"로 병실에 누워 있는 아들과 피폭 이후를 살아가는 히로시마인 그리고 핵전쟁에 대한 공포로 자살한 친구의 죽음은 『만엔 원년의 풋볼』에도 그림자를 드리우게 된다.

히로시마 취재를 마무리한 오에의 다음 행선지는 오키나와였다. 1965년 3월, 당시 미국의 시정권施政権하에 있던 오키나와를 처음으로 방문하고, 7월에는 히로시마에 대한 보고를 하기 위해 미국으로 향했으며, 세미나 참가 후 초겨울까지 미국을 여행한다. 이러한 행보는 소설의 주인공 형제의 성姓, 즉 인간 영혼의 뿌리가 있는 곳이란 의미의 '네도코로根所'와 같은 의미를 가진 류큐어琉球語 넨도코루ネンドコル—와의 연관성이 소설에서도 언급되고 있으며, 기괴한 형태의 자살로 생을 마감한 친구와 학생 운동의 전향자인 다카시가 체재한 곳이 미국인 점은 오에의 미국 체험과 연결되는 부분이다.

오에는 시코쿠의 숲속 골짜기 마을을 배경으로 한 초기작과는 달리 『만엔 원년의 풋볼』에서는 의식적으로 '역사'를 삽입시켰다고 한다. 그것이 가능했던 것은 할머니와 어머니에게 들으며 자란 지역의 민화적 전승이 있었기 때문이고, 전시戰時에는 중단되었던 마을의 가을 축제를 패전 직후 군대에서 귀환한 젊은이들이 부활시켜 지역에서 발생한 두 번의 농민 봉기 이야기를 무대에 올렸기 때문이라고 한다. 이러한 기억을 토대로 도쿄로 나갔던 형제를 고향으로 불러들이고 여기에 100년 전과 1960년대의 이야기를 마을의 지형학적 구조 속에서 연결시키는 방법을 찾아낸 것이다. 이러한 시도는 자신에게 "작가로서의 재출발"을 의미하는 것이었고, 참된 자기 자신을 재발견하기 위해서는, 떠나온 시코쿠의 숲으로 둘러싸인 마을로 "내면적인 회귀를 반복"함으로써 "소설의 신화적 우주를 만들어내고, 그것을 통해 다시 살아가는 수밖에 없다"는 자각을 하게 되었다고 말한다. 결국 『만엔 원년의 풋볼』의 완성으로 오에는 "청년기의 아이덴티티의 위기에서 탈출"할 수 있었던 것이다.[9]

소설의 개요

『만엔 원년의 풋볼』은 총 13개의 장으로 이루어져 있고 아래 인용은 제1장 「죽은 자에 이끌려」의 시작 부분이다.

> 날이 밝아오기 전의 어둠 속에서 눈을 뜨며, 뜨거운 '기대'의 감각을 찾아, 고통스러운 꿈의 기분이 남아 있는 의식을 더듬어 찾는다. 내장을 타오르게 하며 삼켜지는 위스키의 존재감처럼, 뜨거운 '기대'의 감각이 확실히 몸속 깊은 곳에서 되살아오기를, 초조한 마음으로 바라고 있는 손끝의 움직임은, 언제까지고 공허할 뿐이다. 힘이 빠진 손가락을 모은다. 그리고 온몸에서, 살과 뼈의 무게가 제각각 구별되며 느껴지고, 더욱이 그 자각이 둔한 통증으로 변해가는 것을, 밝은

곳을 향해 마지못해 뒷걸음질 치듯 나아가는 의식이 알아차린다. 그러한, 몸의 각 부분이 둔하게 아프고 연속성이 느껴지지 않는 무거운 육체를, 나 자신이 체념의 감정으로 다시금 받아들인다. 그것이 대체 어떤 것의, 어떤 때의 자세인지 생각해내는 것을, 분명 자신이 바라지 않는, 그러한 자세로, 손발을 구부려서 나는 자고 있었던 것이다.[10]

작자의 숨결에 맞춰 읽어나가기 위해서는 고도의 집중력이 요구되는 문체를 구사하고 있다. 행위의 주체가 누구인지 알 수 없는 문장으로 시작되는 소설은 네 번째 문장에 이르러서야 어둠 속에서 무언가를 뜨겁게 갈구하고 있는 주체가 '나'가 아닌 '나'의 의식임이 드러난다. 뱃속의 태아처럼 손발을 웅크린 채 잠들어 있는 '나'는 늘 "뜨거운 '기대'의 감각"을 회복하는 것에 실패하고, 자신의 존재감은 오로지 육체의 통증만을 통해 느낄 뿐이다.

앞의 인용에서처럼 소설은 태아처럼 몸을 웅크리고 누운 '나'가 잠이 깨기 전의 의식 세계를 묘사하는 데서 시작된다. '나'는 희미한 의식 속에서 "뜨거운 '기대' 감각"을 갈구하면서 잠들고자 하지만 잠들지 못한다. 정화조를 묻기 위해 인부가 파놓은 마당의 구덩이를 떠올리고 오른쪽 눈의 시력을 잃은 '나'는 구덩이를 향해 어둠 속을 더듬어 걸어나간다. 개 한 마리가 '나'에게 달려왔고, 그 개를 안고 구덩이로 내려간 '나'는 엉덩이가 축축하게 젖어드는 바닥에 웅크리고 앉아 생각에 잠긴다. "주홍색 도료로 머리와 얼굴을 온통 칠하고, 알몸으로 항문에 오이를 꽂아 넣고 목을 매어 죽"은 도무지 이해할 수 없는 친구의 죽음에서 시작된 '나'의 생각은 친구의 장례를 치르고 돌아온 날 처음으로 위스키를 마시고 있던 아내, 두개골의 이상으로

척수액을 가득 채운 커다란 혹을 달고 태어난 아기, 미국에 있는 동생, 패전 직후 조선인 부락에서 맞아 죽은 S형, 어머니가 죽은 후 큰아버지 집에 맡겨진 후 자살한 여동생에게로 이어진다.

스물일곱 살인 '나'는 대학의 영어 강사를 그만두고 현재는 주로 "야생동물 수집과 사육 기록"을 번역하고 있다. 아내인 나쓰코菜採子와의 사이에서 태어난 아기에게 중증 장애가 있어 현재 양호시설에 맡겨놓은 상태다. 나쓰코는 머리에 혹을 단 아기를 출산한 충격으로 부부관계도 소원해지고 위스키에 의존하며 살아가고 있다. 미쓰사부로의 동생 다카시는 "1960년 6월의 정치 행동에 참가한 학생"만으로 구성된 전향 극단의 멤버로 미국으로 건너갔다. 미국 시민을 향해 미 대통령의 일본 방문을 방해한 것을 사죄하며 워싱턴을 기점으로 여러 도시를 돌며 참회극을 공연하기 위해서다. 이후 극단을 빠져나와 혼자 방랑한 후 돌연 귀국한 다카시는 '나'에게 도쿄 생활을 접고 새로운 삶을 살기 위해 고향으로 돌아가자는 제안을 한다. 다카시를 신봉하는 10대 남녀 호시오星男와 모모코桃子와 함께 다카시가 먼저 돌아간 후 '나'와 아내도 고향으로 향한다.

> 웅덩이에 몸을 구부려서 그대로 샘물을 마시려던 나는, 어떤 느낌에 사로잡혔다. (중략) 20년 전에 내가 이곳에서 봤던 바로 그것이라는 확실한 느낌. 끊임없이 솟아올라 흐르는 물도, 그때 솟아나서 흘러간 그 물과 똑같은 것이라는, 자가당착에 빠진 그러나 나 자신에게는 절대적인 설득력을 가진 느낌 …. 그리고 그것은 직접, 지금 실제로 여기에 몸을 구부리고 있는 내가, 일찍이 거기에 무릎을 드러낸 채로 웅크리고 앉아 있던 아이였던 나와 동일하지 않고, 그 두 개의 나 사

이에 지속적인 일관성은 없으며, 실제로 여기에 구부리고 있는 나는 진짜 나 자신과는 이질적인 타인이라는 감각으로 발전했다. 현재의 나는, 진짜 나 자신에 대한 아이덴티티identity를 상실하고 있다. 나의 내부에도 외부에도 회복의 계기는 없다.[11]

골짜기 마을로 향하는 숲길에서 또다시 위스키를 찾는 나쓰코를 샘물이 있는 곳으로 안내하고 '나'가 먼저 시음해 보이려는 장면이다. 끊임없이 솟아서 흘러내리는 샘물 앞에 쭈그리고 앉은 '나'는 20년 전에 고향을 떠나오면서 자기 정체성을 완전히 상실한 자신을 발견한다.

다카시가 귀국한 목적은 두 가지였다. 미국에 있을 때 슈퍼마켓을 시찰하러 온 일본인 여행단의 통역을 한 적이 있는 다카시는 '네도코로'라는 자신의 성에 흥미를 보이는 인물을 만나게 된다. 그는 골짜기 마을에서 슈퍼마켓 체인점을 운영하는 자로 네도코로 집안의 곳간채를 매입해서 건물을 해체하여 도쿄로 이전한 뒤 향토 음식점을 개점할 계획을 갖고 있었다. 이 인물과의 거래를 성사시키는 것과, 또 하나는 만엔 원년의 농민 봉기에 관여한 증조부와 그 동생을 둘러싼 사건의 진상을 파악하는 것으로, 그런 의미에서 곳간채가 해체되는 모습도 지켜볼 생각이었던 것이다.

증조부의 동생은 만엔 원년의 봉기를 주도한 인물이었으나 봉기 후의 그의 신상에 관해서는 여러 가지 설이 나돌고 있고, 미쓰사부로와 다카시의 생각도 일치하지 않는다. 다카시는 증조부가 자신의 안위를 위해 봉기의 주동자였던 동생을 살해한 것으로, 미쓰사부로는 증조부가 그의 동생이 고치현高知縣으로 도망치도록 도와주었고,

도쿄로 간 증조부의 동생은 개명하여 메이지 신정부의 고관이 되었다고 알고 있다.

두 사람의 기억은 둘째 형 S의 죽음에 관해서도 어긋나고 있다. 대학을 졸업한 큰형은 자발적으로 입대해 전사했고, 예과연습생에 지원한 둘째 형 S는 전쟁이 끝난 후 귀환하지만, 패전 직후의 혼란 속에 발생한 조선인 부락 습격 사건에 휘말려 죽고 만다. 다카시는 이런 S형에 대해 습격을 주도하다가 죽은 영웅으로 기억하고 있고, 미쓰사부로는 조선인 부락 습격에 동참한 무법자들이 조선인을 죽이자, 사건을 무마하기 위해 체구도 작고 가장 약한 S형이 희생양이 되어 시신으로 돌아온 것이라 믿고 있다.

이들의 아버지는 만주에서 정체불명의 일을 하고 있었으나 전쟁이 시작되자 귀국하겠다는 연락만 남긴 채 행방불명되었다. 석 달 후 의문의 죽음을 맞이한 아버지의 시신을 인수하러 간 어머니는 그 후 아버지의 죽음에 대해 줄곧 침묵했고, 큰아들이 전사하고 둘째 아들이 예과연습생에 지원하자 광인처럼 살다가 죽는다. 그리고 두 형제에게는 경증의 지적장애를 가진 여동생이 있었는데 부모가 사망한 뒤 다카시와 함께 큰아버지 집에 맡겨졌으나 자살해버렸다. 현재 고향에는 끊임없이 먹을 것을 찾으며 점점 비만해지는 대식병에 걸린 진ジン이 그녀의 가족과 함께 별채에 거주하며 고향 집을 관리하고 있다. 이외 형제를 기억하고 있는 마을의 구성원으로는 S형의 동급생이었던 절의 주지승과 징병을 피해 숲으로 도망쳐 들어간 자로 전쟁이 끝난 후에도 숲에서 살아가는 은둔자 기ギー 정도에 지나지 않는다.

골짜기 마을의 외곽에는 전쟁 전부터 강제 징용되어 산림 벌채에 동원된 조선인들이 마을을 형성해 살고 있었다. 지금은 이 조선인 부락 출신의 인물이 '슈퍼마켓 천황'이라 불리며 마을의 경제적 지배자가 되어 있었다. '천황'이라는 호칭에 대해 주지승은 20년 전에 강제로 끌려와 벌채 노동을 했던 조선인들에게 경제적 지배를 받고 있다는 사실을 인정하고 싶지 않은 마을 사람들의 악의적인 감정이 만들어낸 것이라고 설명한다. 그는 이러한 마을의 변화를 "말기적 증상"으로 보고 있다.

마을 청년들은 조선인 부락에서 '슈퍼마켓 천황'의 자본으로 양계장을 운영하고 있었는데, 키우던 닭들이 모두 죽어버리는 일이 발생한다. 그 뒤처리로 '슈퍼마켓 천황'과의 교섭에 적극적으로 나섰던 다카시는 청년들의 신뢰를 얻게 된다. 그러나 '슈퍼마켓 천황'이 조선인 부락 출신이라는 것을 알게 되면서 '슈퍼마켓 천황'의 경제력으로부터 자립하고 싶어 하는 청년들을 모아 풋볼 팀을 결성해서 육체를 단련시킨다. 나쓰코는 점차 알코올 중독에서 벗어나 생기를 되찾아 갔고 풋볼 팀을 위해 점심 도시락을 준비하는 등 다카시의 활동을 돕는다. 다카시 일행이 합숙하고 있는 안채에서 함께 생활하는 것이 어색해진 미쓰사부로는 자신의 거처를 곳간채 이층으로 옮기고 죽은 친구와 공동 번역하던 책의 번역을 재개한다.

아래 인용은 폭설이 내리던 날, 다카시가 한밤중에 앞마당에서 체력을 단련하고 있는 장면이다.

> 눈은 여전히 내리고 있다. 이 1초간의 모든 눈송이가 그리는 선 모양이 골짜기 공간에 눈이 쏟아지는 동안 그대로 계속해서 유지되는 것이고, 달리 눈의 움직임은 있을 수 없다는 묘한 고정관념이 생긴다.

1초간의 실질이 무한히 연장된다. 쌓인 눈에 소리가 완전히 흡수되고 있는 것처럼, 시간의 방향성 또한 언제까지고 내리는 눈에 흡수되어 사라졌다. 편재하는 '시간'. 벌거벗고 달리고 있는 다카시는, 증조부의 동생이며, 나의 동생이다. 100년간의 모든 순간이 이 한순간에 빽빽이 겹쳐 있다. 벌거벗은 다카시가 달리던 것을 멈추고 잠시 걷는다. 그러고 나서 눈 위에 무릎을 꿇고 양손으로 눈을 어루만졌다. 나는 다카시의 야위어 앙상한 엉덩이와 무수한 관절을 갖춘 벌레의 등처럼 유연하게 구부러진 긴 등을 보았다. 이어서 다카시는 앗! 앗! 앗! 하고 강한 힘이 담긴 목소리를 내며 눈 위를 뒹굴었다.[12]

"100년간의 모든 순간이 이 한순간에" 겹쳐 있다고 느끼는 시간 감각 속에 증조부의 동생과 다카시가 동일시되고 있다. 과거와 현재가 혼재하는 신화적인 공간을 창출하고 있고, 이곳에는 네도코로 집안의 100년의 역사 속에 죽어간 자들 즉 100년 전 농민 봉기의 지도자였던 증조부 형제, 일본제국의 아시아 침탈기에 만주에서 정체 모를 일을 하다가 죽은 아버지, 태평양전쟁에 참전해 필리핀에서 전사한 맏형, 패전 직후 조선인 부락을 습격하다가 죽은 S형, 자살한 여동생, 광기에 사로잡혀 죽은 어머니도 모두 소환된다. 다카시에게서 증조부의 동생을 발견하는 것은 '나' 안에서 증조부의 동생과 S형 그리고 다카시를 하나의 계보로 연결되고 있음을 의미한다. 여기에는 1860년(만엔 원년의 농민 봉기)과 1945년(태평양전쟁) 그리고 1960년(60년 안보투쟁)이라는 분기점을 중심으로 지난 100년간의 역사를 재조망하고자 하는 작가의 의도도 함께 읽을 수 있다.

설을 이틀 남겨둔 날, 마을 입구의 다리 위에서 아이가 떨어지는 사고가 발생한다. 지난여름 홍수 때 무너진 다리에는 임시로 가설된 다리가 놓여 있었는데, 그 널빤지 틈새로 떨어진 아이가 다리 아래의 부서진 콘크리트 덩어리 위에서 떨고 있었다. 세찬 물살에 휩쓸릴 수 있는 위급한 상황에 다카시가 풋볼 팀을 이끌어 아이를 무사히 구출해낸다. 이 사건을 계기로 다카시와 풋볼 팀은 마을에서 존재감이 커진다.

다카시의 구출 현장을 지켜보고 돌아오는 길에 만난 부촌장으로부터 곳간채의 등기 이전이 이미 완료된 사실을 전해 들은 미쓰사부로는 고향에서 새로운 삶을 시작하자던 다카시의 제안이 결국 자신의 명의로 되어 있는 집과 토지를 지장 없이 처분하기 위한 것이었음을 깨닫는다. 그렇다면 자신의 역할은 끝난 것으로 보고 짐을 챙겨 도쿄로 돌아가려 하지만, 나쓰코는 남아서 다카시 일행의 합숙을 돕겠다는 의외의 반응을 보인다.

그러나 그날 밤부터 눈이 내려 쌓이면서 미쓰사부로는 출발하지 못한다. 슈퍼마켓 습격을 계획하고 있는 다카시는 풋볼 팀에게 만엔 원년의 봉기 때 이야기를 들려준다. 풋볼 팀은 만엔 원년의 마을 청년단과 자기 동일시하며 습격을 향한 그들의 분위기는 고조되어 간다.

그런데 그즈음 마을에서는 어른들끼리 난투극을 벌이는 이상한 장면이 목격되고 있었다. 예전 같으면 마을 젊은이들의 거친 몸싸움을 구경하면서 자신들의 "폭력적인 욕구"를 발산시켜왔겠지만, 그들에게 카타르시스 역할을 하던 거친 젊은이들이 지금은 다카시와 합숙하며 훈련을 받고 있다. 설 연휴 동안 슈퍼마켓은 문을 닫았고, 폭설로 인해 파출소에는 경찰도 없는 상태다. 교통도 전화도 차단된 마을에는 아침부터 공공연하게 어른들이 의미 없는 싸움질을 하고 있는 광경이 펼쳐지고 있는 것이다.

설날, 슈퍼마켓에는 붉은 깃발이 휘날리고 예정되었던 오후 4시가 되자 마을에서는 환성 소리와 함께 슈퍼마켓 약탈이 시작된다. 다카시 일행이 슈퍼마켓의 지배인을 감금하고 마을 사람들의 약탈을 관리 지도한다. 폭동의 기운을 북돋우는 염불 춤 행렬의 음악이 울려 퍼지는 가운데, 100년을 뛰어넘어 만엔 원년의 봉기를 추체험하고자 하는 다카시의 "상상력의 폭동"이 슈퍼마켓 약탈을 통해 실현된 것이다.

다음 날도 폭동은 계속되었지만 마을에는 북과 징이 멈추고 정적이 흐른다. 마을 사람들 사이에는 슈퍼마켓의 지배인이 탈출에 성공해서 곧 '슈퍼마켓 천황'이 폭력단을 대동해서 들이닥칠 것이라는 불안과 공포가 감돌았다. 그날 곳간채로 점심을 가져다준 호시오는 미쓰사부로에게 다카시와 나쓰코가 육체관계를 가진 사실을 알려준다. 곳간채 바깥에서는 '슈퍼마켓 천황'과 그 부인을 분장한 혼령들이 음악에 맞춰 염불 춤을 추고 구경꾼들이 환호하자 침체되었던 폭동의 분위기는 다시 회복된다.

그러나 그날 밤 흰색 치마저고리를 입고 '슈퍼마켓 천황'의 아내의 혼령을 분장한 마을 처녀가 사망하는 사건이 발생한다. 다카시는 은둔자 기를 목격자로 내세우며 자신이 그녀를 강간하려다 살해했다고 주장하지만, 미쓰사부로는 믿지 않는다. 그리고 다카시는 지적장애를 가진 여동생을 범하고 임신한 여동생을 낙태시켜 결국 자살하게 한 사실을 고백한 뒤 엽총으로 역시 자살한다. 죽기 전 다카시는 오른쪽 눈의 시력을 잃은 미쓰사부로에게 사형을 선고받을 자신의 눈을 받아달라고 한다. 이를 거부한 때문일까? "자신은 진실을 말했다"는 붉은 글씨를 남긴 채 죽은 다카시의 네 발의 총상은 얼굴과 가슴에 집중되어 있었다.

> 생각해보면 난 늘 폭력적인 인간으로서의 자신을 정당화하고 싶다는 욕구와 그러한 자기를 처벌하고 싶다는 욕구로 분열되어 살아왔어. 그런 자신이 존재하는 이상, 그렇게 계속 살고 싶다는 희망을 가지는 것은 당연하잖아? 하지만 동시에 그 희망이 강해지면 강해질수록, 반대로 그처럼 혐오스러운 자신을 말살하고 싶다는 욕구도 강해져서 나는 더욱더 심하게 분열됐지. 안보투쟁 때 내가 굳이 폭력 장소에 돌입하기로 한 것은, 게다가 학생 운동가로서, 부당한 폭력에 어쩔 수 없이 반격하는 약자로서 폭력을 행사하는 것과는 반대로, 폭력단에 참가해서 그 어떤 의미에서도 부당한 폭력을 휘두르는 입장에 선 것은, 이러한 자신을 있는 그대로 받아들이고 싶고, 폭력적인 인간으로서의 자신을 정당화하길 바랐기 때문이었어 ….[13]

인용은 다카시와 나쓰코가 같은 침상에서 나누는 대화의 일부분으로, 나쓰코에게 자기 처벌의 욕구와 자기 정당화 사이에서 고통스러워하는 자신을 고백하는 장면이다. 다카시가 상반된 욕구 사이에서 번뇌하며 폭력적인 인간으로 살아갈 수밖에 없었던 것은 여동생과의 근친상간과 그런 여동생을 자살로 몰고 간 죄의식 때문이었다. 그리고 그런 자신의 죄, 즉 숨겨왔던 '진실'을 폭로한 후, 다카시가 선택한 길은 가장 폭력적인 방법으로 스스로를 처벌하는 것이었다.

다카시의 사망 후 백승기라는 이름을 가진 '슈퍼마켓 천황'이 곳간채를 해체하려고 나타난다. 그는 슈퍼마켓 약탈을 문제 삼지 않았다. 그러나 '나'는 100년의 역사를 고스란히 담고 있는 곳간채가 파괴되어가는 것을 지켜보면서, 곳간채 해체가 마을 사람들의 폭동에 대한 '슈퍼마켓 천황'의 응징처럼 느껴졌다. 그런데 해체 작업 중 곳간채의 지하실이 발견되면서 미쓰사부로는 증조부의 동생에 관한 새로운 사실을 알게 된다. 증조부의 동생은 봉기 후 동지들을 저버리고 혼자 도망친 것이 아니라 곳간 지하에서 유폐 생활을 해왔고, 일생 전향하지 않고 메이지 초기의 두 번째 폭동을 성공시킨 후에도 20년 넘게 유폐 생활을 하다가 생을 마감했던 것이다.

소설은 나쓰코가 양호시설에 맡겨둔 아이를 되찾아와서 태어나게 될 다카시의 아이와 함께 키워갈 결심을 하고, 미쓰사부로는 제안이 들어온 대학의 영어 강사와 통역 가운데, 아프리카에서의 통역을 맡기로 하면서 두 사람의 새로운 삶이 시작될 것임을 암시하는 것으로 끝이 난다. 아래 인용은 소설의 마지막 장면이다.

그 숲을 넘어서 나와 아내와 태아는 출발하고, 분지를 다시금 찾을 일은 없을 것이다. 이미 다카시의 추억이 '혼령'으로서 골짜기 마을 사람들에게 공유된다면, 우리가 그의 무덤을 지킬 필요는 없다. 분지를 떠난 후의 나의 일터는, 아내가 양호시설에서 되찾아온 아들을 우리들의 세계로 되돌리고자 노력하는 한편, 또 한 명의 아기의 출산을 기다리는 나날, 헬멧을 쓰고 스와힐리어를 외치며, 밤낮없이 영문 타이프를 치고, 자신의 내부에서 무엇이 일어나고 있는지 검토할 여유도 없는, 땀과 흙먼지로 더럽혀진 아프리카 생활이다. 초원에서 잠복하는 동물 채집가의 통역 책임자인 내 눈앞에, 거대한 쥐색 배에

페인트로 '기대'라고 쓴 코끼리가 성큼성큼 걸어나오리라 생각하는 것은 아니지만, 일단 이 일을 맡고 보니 아무튼 그것은 나에게 있어서 하나의 새로운 생활의 시작이라고 생각되는 순간이 있다. 적어도 그곳에 초가집을 짓는 것은 쉽다.[14]

폭력으로 점철된 100년의 역사

이상, 소설의 흐름을 따라 전개되는 내용을 살펴봤다. 소설의 전개 과정을 단순화하면, 소설은 만엔 원년의 농민 봉기를 주도한 증조부 동생의 봉기 후의 삶을 둘러싸고 그 진상을 밝히는 형태로 전개되고, 그 과정에서 패전 직후 조선인 부락을 습격하고 죽은 S형의 죽음의 의미도 규명하게 된다. 최종적으로 다카시가 자살해버림으로써 증조부 동생과 S형을 영웅시하고 그들과의 자기 동일화를 추구한 끝에 폭력적인 죽음을 맞이한 다카시의 죽음의 의미를 미쓰사부로가 풀어가야 할 과제로 남게 되는 구조다. 증조부 동생의 봉기 후의 삶에 대해서는 서로 다른 견해를 갖고 있는 미쓰사부로와 다카시의 논쟁에 향토사 연구자이기도 한 주지승이 개입하면서 새로운 사실이 밝혀지기도 하지만, 전모가 드러나는 것은 네도코로 집안의 100년의 역사를 상징하는 건물을 해체하는 과정에서다. 미쓰사부로는 증조부의 동생이 곳간채 지하실에서 자기 유폐하며 "평생을 전향하지 않고, 봉기 지도자로서의 일관성을 지속"했던 사실을 알게 된다.

오에는 미쓰사부로와 다카시 형제에게 각각 반폭력적이고 비행동적이며 방관자적인 인물(사회에 용인되는 인물)과 폭력적이고 파괴적인 행동형 인간(사회에서 배제되는 인물)이라는 성격을 부여하고 있다. 이들이 산골 마을에서 갈등하고 충돌하는 이야기는 일반적인 인간 사회의 양상을 노정하고 있으면서, 동시에 상반되는 두 성향을 함께 지닌 한 인간의 내면 이야기로도 읽을 수 있다.

한편, 네도코로 집안의 100년의 역사는 '폭력적인 것'으로 점철되어 있다는 점에 주목할 필요가 있다. 농민 봉기 지도자였던 증조부 동생, 태평양전쟁에 출전하여 필리핀에서 전사한 맏형(맏형의 수기를 읽은 다카시는 "전쟁터에서도 일상생활자의 감각으로 살면서, 게다가 유능한 악의 집행자"였다고 말한다), 패전 후 마을 청년들과 함께 조선인 부락을 습격하다 죽은 S형, 안보조약 개정 반대 투쟁에 참가하여, 진압하는 경관대가 아닌 참가자에게 폭력을 휘둘렀으며, 풋볼 팀을 결성해 조선인이 경영하는 슈퍼마켓 약탈을 주도한 후 자살한 다카시. 특히 증조부 동생-S형-다카시로 연결되는 계보는 폭력 그 자체를 의미한다.

뿐만 아니라 미쓰사부로가 초등학생 무리가 던진 돌멩이에 맞아 오른쪽 눈의 시력을 상실하지만, 지금까지 자신이 당한 사고의 의미를 모르는 미쓰사부로처럼 비폭력·반폭력적인 인간도 "폭력적인 것"으로 인해 고통받고 있다. 소설에 등장하는 인물은 폭력을 행사하는 입장이건 당하는 입장이건 저마다 "자신의 내부의 지옥을 견디고 있는 인간"으로 그려지고 있다. 미쓰사부로는 물론, 머리에 혹을 달고 태어나 절개수술을 받아야 했던 신생아, 그런 아기를 출산한 충격으로 고통받는 나쓰코, 정치 운동 현장에서 누군가가 휘두른 곤봉에 머리를 다친 후 경증의 정신이상을 앓다가 결국 기괴한 형태의 자살을 선택한 친구가 그러하고, 폭력적인 인간인 다카시도 마찬가지다.

증조부의 동생에 관한 새로운 사실을 통해 미쓰사부로는 동생 다카시 또한 비록 자살이라는 폭력적인 죽음을 선택했지만, '진실'을 외치며 자신의 신념과 의지를 관철시킨 끝에 결국 자신의 '지옥'을 극복한 것으로 받아들인다. 증조부의 동생과 다카시에 대한 자신의 '판결'이 잘못된 것임을 깨닫고, 모든 사태를 방관자적인 입장에서 관조하기만 해왔던 자신이 이제 '재심'을 받게 된 것이라 생각한다. 그리고 소설은 이러한 미쓰사부로가 네도코로 집안의 살아남은 혈족으로 어떠한 삶을 살아가게 될 것인가를 암시하는 데서 멈추고 있는 것이다.

1994년 10월 13일, 오에 겐자부로의 노벨문학상 수상 결정이 발표되었을 때, 스웨덴 아카데미는 수상 이유를 "시적인 정취가 넘치는 표현력을 갖고 있고, 현실과 허구가 일체된 세계를 창작해 독자의 마음을 뒤흔들 듯 현대인의 곤경을 부각시키고 있다"[15]고 밝혔다. 이 수상 이유는 『만엔 원년의 풋볼』을 어디에 초점을 두고 읽으면 좋은가라는 물음에 힌트가 되어줄 것이다. 이 수상 발표 후인 10월 17일, 국제일본문화센터에서 개최된 강연에서 오에는 "우리는 에도시대江戸時代에 시작되어 유신에 이은 근대의 발생과 전개를, 개국 이후의 제2의 근대로 잘 살릴 수 없었다. 오히려 역행하는 방식으로 깊은 나락 속으로 빠져들었고, 거기에 히로시마, 나가사키長崎의 섬광이 번쩍였던 것이다"[16]라고 말하고 있다. 여기서 "개국 이후의 제2의 근대"란 메이지유신을 가리킨다.[17] 오에의 언급처럼 에도 말기부터 시작된 일본의 근대화는 식민지 개척과 침략 전쟁이라는 방향으로 나아갔고, 원자폭탄 투하로 멈추게 되었다. 이러한 근대화 과정을 1960

년 현재와 100년 전의 시간을 하나로 연결하여 재조명하고자 한 작품이 『만엔 원년의 풋볼』이다.

철학자이자 문예비평가인 가라타니 고진柄谷行人은 폭력적인 피가 흐르고 있는 네도코로 집안의 100년의 역사는 일본 근대사 그 자체를 의미한다고 한다. 또한 네도코로 혈족의 폭력적인 것의 계보가 모두 아시아와 관련되어 있음을 지적하면서, 오에는 전후 일본의 담론 공간에서 금기시되었던 제국주의와 아시아주의를 둘러싼 담론을 소설의 영역을 통해서 해방시키고자 한 것으로 해석하고 있다. 소설의 화자인 '나'는 금기를 해방하기 위한 장치이고, '나'의 '자기 구제'는 곧 "근대 일본사의 자기 구제"로 이어진다고 보고 있다. 그런 의미에서 산골은 "근대 일본의 담론 공간"이자 "일본 근대사의 '총체'"이기도 한 것이다.[18]

『만엔 원년의 풋볼』은 제1장 「죽은 자에 이끌려」 고향 마을로 돌아간 네도코로 집안의 형제 이야기가 마지막 장인 「재심」으로 종결되는 구조였다. 소설은 미쓰사부로가 증조부 동생과 다카시에 대한 '판결'의 오심을 깨닫고, '재심'의 대상은 자신이라고 생각하는 것으로 끝나고 있으나, 주인공 미쓰사부로를 근대화 100년을 맞이하는 현대 일본인에 대한 제유라고 본다면, 미쓰사부로가 말하는 '재심'은 구체적으로 무엇에 대한 그리고 누구를 대상으로 한 것인지 또 다른 시각으로 모색이 가능할 것이다. 또한 일본의 근대사 100년에 대한 '재심'은 『만엔 원년의 풋볼』 이후의 소설에서는 어떤 식으로 전개되고 있는지 살펴보는 것도 오에의 소설을 읽는 방법의 하나가 될 것이다.

귄터 그라스의 『양철북』

현실과 환상의 변증법으로 그려낸 20세기 독일 역사와 소시민 사회비판

박병덕·전북대 독어교육과 명예교수

20세기의 마지막 해인 1999년 9월 30일 스웨덴 한림원은 노벨문학상 수상작으로 귄터 그라스의 장편소설 『양철북*Die Blechtrommel*』[1]을 선정했다. 노벨문학상 심사위원장 호라스 엥달은 축사에서 "『양철북』은 20세기 독일 소설의 재탄생을 의미한다"고 평가하면서 "그라스는 미학적으로나 정치적으로나 일체의 금기를 넘어섰고, 모든 기대를 뛰어넘었다"고 격찬했다.

우리나라에서 그라스는 독문학 전공자들에게는 일찍이 1950년대 말부터 전후 독문학의 대표 작가로 잘 알려져 있었지만, 1974년 박환덕 서울대 교수에 의해 『양철북』 번역본이 출간된 후에도 일반 대중에게는 결코 친숙한 작가가 아니었다. 그라스가 일반 대중에게 어느 정도 알려지게 된 계기는 소설 『양철북』을 각색한 영화 「양철북」 상영과 비디오(1989, 화인) 출시였다. 뉴저먼 시네마의 기수 폴커 슐뢴도르프 감독이 그라스와 긴밀한 협력 아래 제작한 영화 「양철북」

은 1979년 칸 영화제 황금종려상, 아카데미 영화제 외국어영화상을 수상한 화제작으로, 우리나라에서는 1985년 7월에 세종문화회관(유럽영화제)과 남산 독일문화원에서 몇 차례 상연된 후, 1988년 5월 서울 국도극장에서 유료 관객을 대상으로 상연되었다. 그러나 영화 「양철북」은 상영 시간(136분)이라는 현실적인 제약 때문에, 총 3부로 구성된 소설 가운데 제1부와 제2부만을 다루고 있다. 전후 서독 사회를 배경으로 나치 과거 청산의 문제를 다룬 소설의 제3부가 통째로 생략됨으로써 영화는 소설의 역사·시대 비판적 성격을 제대로 드러내지 못하는 한계를 보인다. 영화에서 유난히 강렬한 인상을 남기는 장면으로, 주인공 오스카르 마체라트의 어머니 아그네스와 그녀의 외사촌이자 정부인 얀 브론스키 그리고 오스카르의 법적인 아버지 알프레트 마체라트와 오스카르의 첫사랑이자 계모인 마리아 사이에 이루어지는 거칠고 노골적인 섹스 장면, 오스카르 가족과 얀 브론스키가 바닷가에 놀러 갔을 때 죽은 말 대가리에서 살찐 뱀장어들을 꺼내는 그로테스크한 장면 등을 들 수 있는데, 영화만 본 관객은 자칫 소설에 대한 그릇된 선입견에 사로잡힐 수도 있다는 점에 유의할 필요가 있다.

전투적인 참여 작가 그라스의 생애와 사상[2]

그라스는 1927년 10월 16일 현재는 폴란드령 그단스크인 자유시 단치히의 변두리 랑푸르의 소시민 가정에서 태어나 2015년 4월 13일 북부 독일 항구도시 뤼베크의 한 병원에서 세상을 떠날 때까지 작가로서 창작 활동을 꾸준히 해왔을 뿐만 아니라 독일이 걸어온 길을 깨어 있는 눈으로 지켜보면서 현실에 비판적으로 참여하는 양심적인 지식인의 역할도 충실하게 해왔다.

그라스의 경우 문학과 정치는 서로 뗄 수 없는 상호 관계를 맺고 있다. 그러나 그라스 자신은 정치와 문학을 근본적으로 다른 영역으로 여겼다. 정치가 "이성에 호소"[3]하는 영역이라면 문학은 상상력을 토대로 한 영역이고, "작가도 사회를 초월하거나 사회와 동떨어진 곳에 위치한 존재가 아니라 사회 한가운데 몸담고 사는 존재"[4]이며, "내가 없어도 된다는 자세"[5]로 "침묵을 지키는 것은 죄악을 저지르는 일"[6]이라는 의식을 지니고 사회 현실 속에 직접 뛰어들었지만, 이러한 현실 참여는 작가로서가 아니라 시민으로서 행한다는 의식을 늘 지니고 있었다. 그는 문학적 형식을 통한 직접적인 사회비판이 문학의 다양한 기능 중 하나에 불과하다고 생각했다. 문학이란 근본적으로 허구라고 생각한 그는 문학의 기능을 상상력과 환상을 통해 현실 사회에 총체적으로 참여하는 데 있다고 생각했으며, 문학작품에 어떤 경향이나 이념을 제시하는 폐쇄적이고 좁은 의미의 '참여작가'라는 개념에 반대하면서, 만약 정치적 참여 의사가 있다면 작품 속에 '선언과 항의'를 담을 것이 아니라 직접 현실에 뛰어들어야 한다고 주장했다. 그라스는 감각적으로 파악할 수 있는 것만 현실로서 받아들이는 편협한 리얼리즘 개념에 반대하면서 환상도 현실의 일부로 포함하는 소위 '환상적 리얼리즘phantastischer Realismus'의 개념에서 출발했다. 따라서 그의 작품에는 현실적 요소와 환상적 요소가 서로 구분할 수 없을 정도로 상호 침투하는 매우 독특한 현상이 두드러지게 나타난다.

그의 문학 세계를 제대로 이해하려면 먼저 그의 역사관을 알아야 한다. 헤겔의 관념론적 역사관에 대한 비판의식으로부터 출발한 그는 추상적인 전체성 또는 보편성의 이념에 빠져 개별적인 것들의 구체성과 가능성을 말살하는 관념론적 역사 개념을 부정했으며, 역사를 필연적인 질서와 법칙을 지닌 과정으로 보는 것은 미신에 불과하며, 그렇게 보게 되면 역사상 가장 악랄한 범죄 행위조차도 필연으로서 변명될 수 있고, 개별적인 것을 말살하고 추상화된 전체의 신격화를 야기할 위험이 너무 크다고 생각했다.[7] 따라서 직선적 진보의 개념을 부정하는 반복과 순환의 역사관이 그의 역사관의 중심을 이룬다. 그는 이상주의적 이데올로기, 전체주의적 국가 체제 그리고 정치적·종교적 극단주의도 거부했다.[8] 추상적 이념에 대한 그의 적대적 태도는 어린 시절 삶의 모든 영역에 깊숙이 침투한 나치즘이라는 "불에 덴 아이gebranntes Kind"[9]로서 겪었던 체험과 무관하지 않다. 그는 나치즘 때문에 고통스러운 체험을 한 동년배 세대의 입장을 이렇게 밝혔다.

> 채색된 제복을 입고 우리는 폐허 사이에 조숙하게 서 있었다. 우리는 회의적이었고 앞으로는, 무슨 말이든 검증할 준비가, 무슨 말이든 이제 더는 맹목적으로 믿지 않을 준비가 되어 있었다. 어떤 이데올로기도 우리 귀에는 들어오지 않았다.[10]

그라스는 자신이 우연히 살아남았을 뿐이며, 이데올로기 때문에 목숨을 잃은 수많은 재능 있는 사람들을 대신해서 글을 쓰고 있다는 의식을 항상 잊지 않고 있었다.

그라스는 "오늘날 독일에 대해 심사숙고하고 독일 문제에 대한 답을 찾고자 하는 자는 아우슈비츠를 함께 생각해야 한다"[11]는 점을 끊임없이 상기시키면서 나치 독일이 인류에 저지른 역사적 죄과에 대한 반성과 청산을 주장해왔다.

그는 과거 청산 문제뿐만 아니라 독일 국내의 온갖 정치·사회적 현안 문제들에 대해서도 이의를 제기하고 그 문제의 해결을 위해 맞서 싸워온 전투적 지식인이었다. 1961년 사회민주당 연방총리 후보였던 빌리 브란트를 돕는 연방의회 선거전을 시작으로 현실 정치에 직접 뛰어든 그라스는 독일 국내 문제를 넘어서 범세계적 차원의 각종 문제에 대해서도 평화와 인권이라는 보편적 가치를 위해 끊임없이 싸워왔다. 그는 반핵운동을 비롯한 환경운동, 난민들을 위한 국제인권운동은 물론이고, 정치적·종교적 이유 등으로 박해받는 작가와 지식인에 대한 국제적인 연대 활동, 베트남전쟁, 아프가니스탄 전쟁 등에 대한 반전운동, 특히 신자유주의라는 세련된 형태의 야만적 횡포에도 맞서 치열하게 싸워온 그야말로 행동하는 양심이었다. 그렇지만 그라스는 급진적 변혁을 가져오는 혁명에는 반대하며, 사회적 진보란 달팽이의 속도에 비교될 수 있는 것으로 오직 인내를 통해서만 진보가 달성 가능하다는 점진적 개혁주의자의 입장을 고수해왔다. 그것은 급진적 변혁에는 항상 반동의 부작용과 유혈 사태가 일어나고, 인간 자체의 본질적 변화가 뒤따르지 않는 외형상의 제도적 변화는 단지 지배 방식과 권력자의 이름만 바꿀 수 있을 뿐 여전히 기층 민중은 억압받는 상태에서 벗어나지 못한다는 생각 때문이었다.

『양철북』 탄생의 시대적 배경

1918년 제1차 세계대전이 끝난 후 독일에는 바이마르공화국이 들어섰다. 그러나 바이마르공화국은 막대한 전쟁배상금 문제와 경제대공황이라는 악재가 겹쳐 정치·경제적으로 몹시 불안한 상태로 겨우 존립해나갈 수 있었다. 이런 불안한 정세를 이용해 아돌프 히틀러가 1933년 권력을 장악하게 되고 결국 바이마르공화국은 무너지고 말았다. 히틀러와 나치의 등장이 가능했던 것은 무엇보다도 평범한 소시민들이 현실에 대한 비판의식 없이 맹목적으로 부화뇌동했기 때문이었다. 히틀러 권력 장악 후 6년이 지난 1939년 9월 1일 독일의 폴란드 침공으로 시작된 제2차 세계대전은 1945년 5월 8일 독일의 무조건 항복으로 끝이 났다.

독일 서부 지역에는 자유민주주의를 지향하는 독일연방공화국이 성립해 미국, 영국, 프랑스의 공동통치를 받았고, 동부 지역에는 마르크스주의에 입각한 독일민주공화국이 성립해 소련의 단독 통치를 받았다. 동서 냉전의 국제 정세 속에서 동서로 분단된 독일은 평화통일이 요원해졌고 대립은 점점 심화되어갔다. 동·서독을 막론하고 독일 민족이 시급히 해결해야 할 당면 과제는 두 가지였는데, 하나는 전쟁으로 폐허가 되어버린 국가의 경제 재건, 또 다른 하나는 독일 민족이 인류에 엄청난 죄악을 저지른 토대였던 나치즘에서 벗어나는 것이었다.

그런데 1949년 출범한 서독은 초대 연방총리 콘라트 아데나워 정권 시절 반공反共을 국시로 내세우며 "서독만이 독일의 유일한 합법 정부이며 동독을 승인하거나 동독과 수교하는 국가(소련 제외)와는 외교 관계를 맺지 않겠다"는 내용을 골자로 한 할슈타인 독트린을 내세웠으며 이로 인해 동·서독 간의 긴장감은 더욱 고조되었다. 한편 미국의 마셜플랜에 의한 경제원조는 전후의 황폐한 서독 사회를 서방 자본주의 체제에 편입시켜 소위 '라인강의 기적'으로 불리는 비약적인 경제 부흥을 가져왔다. 아데나워 정부는 경제 부흥을 기치로 내세웠으며 정권 안정이라는 명분 아래 과거 나치 정권에 협력한 인사들도 등용했다. 서방 진영이 서독을 공산주의 세력 견제를 위한 체제로 전환하면서, 결과적으로 서독에서는 탈나치즘 노선이 수정되고, 나치 시절 독일 민족이 인류에 저질렀던 죄악을 상기하지 않으려는 과거 기피 심리가 사회 전반에 팽배하게 되고, 나치 청산 시도가 중단되면서 소위 "극복되지 못한 과거unbewältigte Vergangenheit"라는 말이 유행하게 되었다. 그라스는 과거 청산은 뒤로 미루고 경제 부흥과 안락함만을 추구하는 전후 서독 사회의 타락한 풍토에서 국수주의가 다시 대두할 수 있다는 심각한 위기의식을 느꼈으며, 1950년대 중반부터 집필을 시작한 『양철북』에는 이런 시대 상황이 직간접적으로 반영되고 있다.

그라스의 문학 세계[12]와 『양철북』

맨 처음에는 조각가, 그래픽 작가로 예술 활동을 시작한 그라스는 환상적 비유로 가득한 첫 시집 『바람닭의 장점들*Die Vorzüge der Windhühner*』(1956)을 출간한 후 부조리극 계열의 드라마 작품들을 몇 편 발표했지만 이렇다 할 반응을 얻지 못한다. 그러다가 미완성

상태의 '양철북'으로 1958년 47그룹상을 받음[13]으로써 문단의 큰 관심을 받게 되며, 1959년 마침내 『양철북』이 출간되자 서독 비평계는 즉각 찬반의 소용돌이에 휘말리게 된다. 한편에서는 이야기꾼으로서의 서술 능력, 독자를 사로잡는 형상 의지, 신랄한 시대비판 정신 등을 높이 평가해 전후 독일 문학을 세계 수준으로 끌어올린 작품이라는 찬사가 쏟아졌지만, 다른 한편에서는 외설적·신성모독적 측면과 그로테스크한 분위기에 초점을 맞추어 작품 전체가 비인간적인 분위기에 휩싸인 저열하고 비도덕적인 소설이라는 혹독한 비난이 쏟아졌다.[14]

첫 장편소설 『양철북』에 이어 그라스는 노벨레 『고양이와 쥐*Katz und Maus*』(1961), 장편소설 『개들의 시절*Hundejahre*』(1963)을 잇따라 발표했다. 이 세 작품은 물론 각각 독립된 작품이지만, 공통점이 세 가지 있다. 첫째, 단치히가 주 무대로 설정되어 있다. 둘째, 작중인물들이 나치즘과 구조적으로 연관된 소시민계층에 속한다. 셋째, 전후 시점에서 최근 역사를 회고하면서 독일 민족이 저지른 범죄에 대해 보고하며, 극복되지 않은 과거에 대해 비판적인 입장을 보이고 과거청산 문제를 테마로 삼고 있다. 때문에 통상 '단치히 3부작Danziger Trilogie'으로 불리는데, 아무튼 그라스는 이 '단치히 3부작'으로 작가로서 더욱 확고한 위치를 굳히게 된다. 그러나 그라스가 정치적 색채가 강한 제2의 산문 시기에 접어들자, 그러니까 1953년 6월 17일의 동독 노동자 항쟁을 소재로 한 희곡 『평민들 반란을 시험하다*Die Probejer proben den Aufstand*』(1966), 1960년대 후반 서독의 사회 현실을 다룬 『국부마취*örtlich betäubt*』(1969), 사민당을 위한 선거 기간 중의 정치적 체험과 인식을 담은 자서전적 소설 『어느 달팽이의 일기에서*Aus dem Tagebuch einer Schnecke*』(1972)를 잇달아 발표하자, 그는 문학적 재능이 죽었다는 비난을 받았다. 이러한 비난은 사실상 작품 자체에 대한 미학적 평가에서 비롯된 것이라기보다는 오히려 그라스의 정치 활동에 대한 보수적인 독일 비평계의 반감이 반영된 것으로 볼 수 있는데, 이 작품들에 대해서는 계속 재평가 작업이 이루어져 왔다.[15] 그 후 남녀 대립의 모티브와 식량의 모티브를 중심으로 인류 역사를 서술한 동화적 장편소설 『넙치*Der Butt*』(1977)를 통해 탁월한 이야기꾼으로서의 명성을 되찾은 그라스는 1990년 10월 3일의 독일 재통일의 문제점을 다룬 『아득한 벌판*Ein weites Feld*』(1995), 영욕에 찬 20세기 전체를 매년 한 개씩 100개의 이야기로 구성한 연작소설 『나의 세기*Mein Jahrhundert*』(1999) 등을 발표했고, 1999년 노벨문학상 수상 이후에도, 전쟁의 가해자로서가 아니라 피해자로서의 독일인 문제를 다룸으로써 격론을 불러일으킨 노벨레 『게걸음으로*Im Krebsgang*』(2002), 자신이 나치 친위대 기갑사단에 복무했다는 충격적 사실을 고백함으로써 찬반 격론을 불러일으킨 자전적 소설 『양파껍질을 벗기며*Beim Häuten der Zwiebel*』(2006) 등의 문제작을 계속 발표했다.

그라스가 이처럼 수많은 화제작을 꾸준히 발표해왔음에도 불구하고 그의 모든 작품 가운데 가장 유명하고 가장 높은 평가를 받고 있는 작품은 여전히 첫 장편소설 『양철북』이다. 그라스 자신이 『양철북』보다 더 높게 평가한 『개들의 시절』, 세계적인 성공을 거둔 『넙치』, 그라스의 비판자 마르셀 라이히라니츠키조차 칭찬한 『텔크테에서의 만남*Das Treffen in Telgte*』 등도 『양철북』의 명성을 뛰어넘지 못하고 있다.[16] 나아가 『양철북』은 "전후 독일 문학을 잠에서 깨운 경보 신호이자 그 실질적인 시작이며 또한 이미 그 절정이기도 했다"[17] 는 찬사를 받을 정도로, 전후 독일 문학 최고의 성과로 꼽히고 있다. 『양철북』은 순수 문학작품으로서는 판매에서도 유례없는 대성공을 거두어, 1996년의 시점에서 24개 이상의 언어로 번역되고 300만 부가 넘게 팔렸다.[18]

『양철북』의 서술 형식 및 줄거리

『양철북』은 총 3부 46장, 즉 제1부는 제1장 「폭넓은 치마」부터 제16장 「믿음·소망·사랑」까지 16개 장, 제2부는 제1장 「고철더미」부터 제18장 「화물열차 안에서의 성장」까지 18개 장, 제3부는 제1장 「라이터돌과 묘석」부터 제12장 「30세」까지 12개 장으로 이루어져 있다.

1. **서술 시간**Erzählzeit과 **피서술 시간**Erzählte Zeit: 주인공이자 일인칭 서술자로 등장하는 오스카르 마체라트는 1952년 9월 간호사 도로테아 살인 사건의 용의자로 체포되어 재판을 받은 후 정신이상을 의심받아 서독 뒤셀도르프의 한 '치료감호소Heil- und Pflegeanstalt'[19]에 수감되어 1952년 10월부터 1954년 7월까지 지내다 진범이 잡히자 석방된다. 2년 가까운 이 **서술 시간** 동안 오스카르는 자신이 살아온 삶의 발자취를 가족 이야기와 연관해 회고하는 허구적 자서전을 집필하는데, 1899년 10월 어느 날 오스카르 외할머니와 외할아버지의 기이한 만남을 시작으로 1954년 7월 치료감호소에서 자신이 강제로 퇴소당할 때까지 약 55년 동안의 시간이 이 자서전의 **피서술 시간**, 즉 사건 시간을 이룬다.

2. **순환적 액자 구조**: 서술 구조는 순환적 액자 구조를 취하고 있다. 액자 구조란 바깥 틀을 이루는 **외화**外話 속에 안쪽 이야기인 **내화**內話가 있는 구성 형식으로, 외화는 틀을 제공할 뿐이고, 내화가 핵심적인 역할을 맡는다. 『양철북』은 하나의 외화 속에 하나의 내화가 있는 단일 액자 구성 방식이 아니라, 하나의 외화 속에 여러 개의 내화가 있는 순환적 액자 구성 방식을 취하고 있는데, 내화와 외화가 독립적으로 존재하는 것이 아니라 반복적으로 서로 넘나들고 있으며, 소설의 끝부분에 이르러서는 서로 접맥되고 있다.

외화는 다시 두 차원, 즉 **픽션** 차원과 **메타픽션**metafiction 차원으로 나눌 수 있다. **픽션** 차원에서는 치료감호소에 수감된 이래로 오스카르가 치료감호소의 감호인(브루노 뮌스터베르크), 자신을 면회 오는 변호사 및 가족 친지들과 관련된 이야기를 들려준다. 다른 한편, 소설이 하나의 인공물artifact임을 의식적으로 드러내는 소설 쓰기로서 글쓰기 행위에 대해 비판하고 반성하는 자의식적 행위를 드러내는 **메타픽션** 차원에서는 오스카르가 자신의 글쓰기에 대해 의문시하거나 성찰하는 과정이 반복적으로 이야기된다. 에피소드로 구성된 거의 모든 장에서 오스카르가 자신의 글쓰기 과정에 대해 성찰하고 의문을 제기하고 수정하는 대목이 반복적으로 나타나, 현재와 과거 사이의 긴장이 끊임없이 조성되고 있다.

내화는 사적 사건에 대한 허구적 서술 차원과 공적 역사에 근거한 사실적 서술 차원, 두 차원으로 구분될 수 있다. 허구적 사건을 서술하는 차원에서는 제1부 제1장에서 1899년 10월 어느 날 감자밭에서 일하던 안나 브론스키(오스카르의 외할머니)와 방화범으로 쫓기던 요셉 콜야이체크(오스카르의 외할아버지)의 만남을 시작으로 전후 서독 뒤셀도르프의 소시민 사회에서 살아가는 허구적인 작중인물들과 관련된 온갖 사건 이야기가 서술된다. 역사적 사실에 근거한 서술 차원에서는 제2차 세계대전이라는 사건을 중심축으로 그 앞뒤로 일어난 숱한 역사적 사건들 및 그 사건들과 연관된 역사상 실재 인물들에 관한 이야기가 파노라마처럼 펼쳐지고 있다.

제1부는 1899년 10월 오스카르의 외할머니와 외할아버지의 만남을 시작으로 어머니 아그네스의 잉태와 출생에 관한 이야기, 아그네스와 제국 독일인 알프레트 마체라트의 결혼, 오스카르의 탄생과 그가 세 번째 생일 선물로 받은 양철북, 오스카르의 성장 정지, 황달과 생선 중독으로 인한 아그네스의 죽음 등을 거쳐 1938년 11월 9일 나치의 선동으로 유대인 거주 지역에서 건물 파괴와 방화가 자행된 소위 '수정의 밤Kristallnacht'이라는 역사적 폭력 사건에서 완구점 주인 유대인 마르쿠스가 사망하는 11월 10일까지의 시기를 서술하고 있다.

제2부는 독일군의 폴란드 공격으로 제2차 세계대전이 발발한 1939년 9월 1일 며칠 전인 8월부터 하루 전인 8월 31일 밤의 폴란드 우체국 전투, 1943년 나치 선전부대에 들어간 오스카르의 전방 위문 공연 활동, 전쟁 막바지 소련군이 점령한 단치히에서 알프레트 마체라트가 나치당 배지를 목에 삼키다 소련군에 의해 사살된 사건, 오스카르가 첫사랑이자 계모인 마리아와 그녀의 아들 쿠르트를 데리고 1945년 6월 12일 화물열차를 이용해 단치히에서 탈출할 때까지의 과정을 서술하고 있다.

제3부는 종전 후 서독 뒤셀도르프로 피난 온 오스카르와 그 주변 인물들을 비롯한 소시민들의 삶을 중심으로 이야기가 서술된다. 전

후 서독인들이 잘못된 과거를 반성을 통해 극복·청산하려는 노력은 내팽개친 채 과거를 망각해버리고 오직 물질적 풍요와 안락한 일상생활을 추구하며 살아가는 타락한 정신적 풍토가 희화적으로 그려지고 있다. 오스카르는 1951년 7월 어느 날 개를 데리고 산책을 나가는데, 그 개가 입에 누군가의 손가락을 물어온다. 개가 물어온 무명지를 손수건에 챙겨 떠나려 하는 오스카르를 지켜보고 있던 비틀라르가 자신도 유명해지고 싶다고 하자 오스카르는 자신을 고발하라고 권한다. 오스카르는 체포되고 살인 혐의로 유죄 판결을 받는데, 법정에서는 그가 정상이 아니라고 판단하여 치료감호소에 수감하도록 한다. 치료감호소에서 오스카르는 회고록을 집필하는데, 1954년 30세 되던 생일에 무죄가 입증되어 치료감호소에서 나오게 되고 2년간의 집필을 마치는 것과 더불어 소설도 끝이 난다. 이처럼 내화와 외화는 따로 존재하는 것이 아니라 서로 넘나들고 있다.

환상적 리얼리즘 소설로서의 『양철북』

『양철북』은 제1부와 제2부에서는 단치히와 그 주변 지역, 제3부에서는 전후 서독 뒤셀도르프의 소시민 사회를 무대로 20세기 전반의 독일 역사를 비판적으로 그린 역사·시대소설의 성격을 명백히 지니고 있다. 그러나 환상적 요소들이 현실적 요소들과 구분할 수 없을 만큼 서로 뒤섞여 있어서 통상적인 역사·시대소설과는 질이 전혀 다른 성격의 환상적 리얼리즘 소설이다.

동화적 서술자 오스카르와 환상적 요소의 기능

오스카르는 경험적인 현실 세계에서는 도무지 존재할 것 같지 않은 환상적 존재로, 그에게 부가된 환상적 요소들은 서술 내용과 관련해 비유적 의미를 함축하고 있다.

1) 고의적인 성장 정지와 개구리 시각: 오스카르는 세 살이 되는 생일날 고의로 지하실 계단에서 추락하여 94센티미터의 신장에서 성장을 멈춘다. 고의적인 성장 정지라는 환상적 요소의 도입은 서술 시각과 관련해 특히 중요한 기능을 한다. 작은 키는 주변의 의심이나 경계의 대상이 되지 않음으로써 자기보호의 수단이 된다. 양철북으로 쳐낸 왈츠 리듬으로 나치 대중 집회를 엉망으로 만들 때,[20] 진열장 유리를 깨서 사람들에게 도둑질하도록 유혹할 때,[21] 폴란드 우체국 방어를 하다 체포되었을 때,[22] 그리고 성상을 파괴했을 때[23]에도 오스카르는 작은 키 때문에 의심을 받지 않는다. 작은 키는 관찰자로서 매우 유리한 입장을 제공해주기도 한다. "아래에서 보여주면서 변형시키고 전통적 가치체계를 완전히 뒤엎는 그의 개구리 시각Froschperspektive"[24]으로 보면 세상이 전혀 다르게 보이며, 보통 은폐되어 일어나는 사건들과 메커니즘을 들여다볼 수 있다. 나치즘의 토대가 된 타락한 소시민 사회의 허위와 속물적인 욕망으로 가득한 악취의 분위기를 폭로하는 데 매우 효과적인 개구리 시각은 자연스럽게 나치즘의 기만성을 투시하는 "뒤로부터의 시각"으로 옮겨간다. 제1부 제9장 「연단演壇」에서 잘 나타나듯이 연단을 뒤에서 바라본 사람은 연단 위에서 거행되는 모든 일이 거짓임을 알 수 있다. 뒤로부

터의 시각을 통해, 질서로 가장된 나치즘이 사람을 현혹하는 마술임을 꿰뚫어본다는 점에서 이 시각은 외형적인 질서의 배후에 숨은 기만적 허구를 폭로하는 서술 장치로서 기능하는 것이다.

오스카르의 신체 변화와 관련된 환상적 요소는 시대사적인 맥락과 연관시킬 때 그 감추어진 의미가 드러난다. 나치 시대에 세 살배기 키로 머문 것은 역사, 사회, 정치에 대한 의식이 발전하지 못한 채 소아 상태에 머문 독일 소시민계층을 비유적으로 보여주는 것이다. 전후에 다시 성장을 결심한 후 서서히 자라는 키는 나치 붕괴 이후 점차 소시민의 역사의식과 사회의식이 발전하는 단계를 비유한다. 121센티미터에서 더 자라지 못하고 성장이 멈춘 꼽추가 된 것은, 전시에 무고한 수녀들을 사살한 잘못을 반성하기는커녕 과거를 이미 지나가버린 일로 치부하고 망각하려 하면서 경제 부흥을 통해 현실에 안주하려는 전후 서독 사회가 여전히 역사의식과 사회의식이 왜곡된 상태에 있음을 비유적으로 보여준다.

2) 양철북과 유리 파괴의 목소리: 양철북은 사물 상징으로서 다양하고 모순된 의미와 기능을 함축하고 있다. "… 1914년 8월부터 모든 사람이 따를 수밖에 없었던 저 빠른, 급격한 리듬을 연주했다."[25] "… 북을 쳐서 누군가를 불러내어 함께 치다가 마침내 북을 쳐서 무덤 속으로 보낸다"[26]의 예문에서는 양철북이 "군국주의의 상징 martialischer Symbol"[27]으로서 나치 시대의 선동과 파괴를 암시하는 도구로 기능한다. 양철북을 두드리는 오스카르 역시 공격적인 시대의 분위기를 구현하는 나치의 화신으로서 부정적 의미를 지니게 된다. 오스카르가 양철북을 두드림으로써 과거를 회상하며 이야기를 진

행하는 서술 시간의 차원에서는 양철북이 서술의 매개체 구실을 하는 서술 도구의 기능을 갖는다. "무슨 일이 있어도 결코 정치가나 식료품 장사는 되지 않겠다"[28]고 결심한 오스카르가 성장을 멈춘 것은 일상 현실 세계를 거부하고 양철북 고수로서 예술가의 길을 가겠다는 의미로 해석될 수 있는데, 이때 양철북은 예술적인 삶의 상징이자 예술 작품 자체를 의미한다고 볼 수도 있다. 오스카르는 소위 "예술을 위한 예술"[29]을 추구하는 예술가로서, 예술을 절대화하고 현실을 경시함으로써 나치의 하수인이나 방조자로 머물렀던 예술가들을 희화화하는 기능을 한다. 현실을 초월하는 유미주의 예술이 특권적 예술로 전락하거나 정치권력에 굴복하고 봉사하는, "교체되는 권력들의 창녀"[30] 노릇을 함으로써 사회와 인간을 심각하게 파괴할 수 있는가 하는 점이 잘 드러나는 것이다. 양철북은 과거를 망각해버리고 싶어 하는 전후 서독 사회에 과거를 망각하지 못하도록 경고하고 각성시키는, 기억을 불러일으키는 매체의 기능도 한다. 잊어버리고 싶고 벗어나버리고 싶은 욕구에도 불구하고 과거의 역사를 기억해내야만 하는 의무를 행하는 기능, 이것이야말로 양철북의 기능 중에서 가장 중요한 기능이라고 말할 수 있다. 양철북이 역사라는 것을 지나가버려 어쩔 수 없는 것, 잊어버려야 하는 과거지사로서가 아니라 끊임없이 현재의 차원에 다시 불러들여 새롭게 해석하고 성찰해야 하는 것으로 보게 만드는 기능을 하고 있다는 점에서 소설 『양철북』은 일종의 이야기 역사책이 된다. 이것은 브로데가 "『양철북』은 세상에 만연된 경향, 즉 나치 시대를 기억에서 떨쳐내버리려는, 연대 책임을 부인하는 과정을 통해 사적·공적 기억에서 지워버리려는 경향에 맞서서 씌어진 것이다"[31]라고 지적한 그라스의 집필 의도와도 일치하는 것이다. 양철북은 자아 표현의 도구이자 오스카르와 분리될 수 없는 존재의 증거이기도 하다. 이는 양철북을 빼앗기지 않기 위해 방어적으로 사용하는 유리 파괴의 목소리라는 또 다른 환상적 요소와 직결된다. 오직 파괴에서만 존재의 의미를 찾는 공격적인 오스카르에게 존재를 실증하는 증거의 역할을 하는 것으로 양철북 외에 유리 파괴의 목소리가 있다.

> 나의 북이 나에게는 아직도 남아 있었다. 나에게는 나의 목소리도 남아 있었다. … 나에게는 아무튼 오스카르의 목소리가 북 이상으로 나의 존재의 영원히 신선한 증거였는데, 왜냐하면 내가 노래를 불러 유리를 산산조각 내는 한 나는 존재하고 있었고, 내가 겨눈 호흡이 유리의 숨통을 앗는 한, 내 안에는 여전히 생명이 존재하고 있었기 때문이다.[32]

유리 파괴의 목소리는 양철북보다 더 적극적인 공격성을 띤다. 유리 파괴의 목소리가 처음부터 적극적 공격성을 띤 것은 아니다. 오스카르는 더 자라지 않으려고 고의적으로 지하실 계단에서 떨어진 직후에 유리 파괴의 목소리를 얻게 되지만 처음에는 양철북을 지키기 위한 정당방어의 수단으로 사용했다. 생일 선물로 받은 양철북을 알프레트 마체라트가 빼앗으려 하자 오스카르는 뺏기지 않으려는 과정에서 "최초의 파괴적이고 효과적인 비명"[33]을 지르는 데 성공한다. 그 후 홀라츠 박사가 진찰을 위해 북을 뺏으려 하자 진료실의 표본 수집 유리병들을 박살 내고, 초등학교 입학 날 회초리로 북을 때리는 여교사 슈폴렌하우어의 안경을 소리 질러 박살 내버리기도 한다. 어머니와 외당숙 얀 브론스키 사이의 불륜을 알고 나서 느끼는 분노, 동네 악동들이 오물로 만든 수프를 억지로 먹이자 겪게 되는 역겨운 체험을 거치면서, 마침내 "순전한 유희 충동에서, 후기의 매너리즘에 빠져, 예술을 위한 예술에 탐닉하면서"[34] 유리 파괴의 목소리는 점차 무차별적 공격성을 띠게 되는데, 이것은 공격적·파괴적인 시대의 분위기를 암시하는 것이다. 1932년 단치히 시립극장의 유리창을 깨는 것을 계기로 강요도 이유도 없이 오스카르는 소리를 질러 유리창을 깨뜨린다. 나치가 권력을 쟁취한 시기와 가까운 이 시점은 파괴의 시대를 예고한 것이며, 유리 파괴는 계속되는 전쟁과 도시 폭격으로 야기된 군사 목표와 민간 목표물에 대한 무차별적 파괴를 암시하는 것일 수도 있다.[35] 진열장 유리를 깨고 지나다니는 점잖은 신사 숙녀들의 도벽 본능을 유혹하고 시험하는 기능을 할 때 유리 파괴의 목소리는 인간의 마음 깊숙이 감추어진 어둡고 부도덕한 본성을 드러나게 하는 기능도 하며, 오스카르가 베브라를 따라다니며 전선 위문극장에서 공연할 때 유리 파괴의 목소리는 정치에 봉사하는 시녀로서의 예술의 부정적 기능을 비유적으로 보여준다.

3) 믿을 수 없는 서술자와 회의적인 서술 방식: 오스카르는 태어날 때 자신이 정신적인 발전이 완료된 상태였다고 말하고 있다.[36] 이 환상적 요소의 도입으로 오스카르는 거의 전지적 서술자의 입장에 도달하고 있다. 그는 "내가 태어나기 훨씬 이전의 이야기부터 시작하겠다"[37]고 하면서 자신의 출생 이전의 사건, 예컨대 외할아버지와 외할머니의 만남, 어머니의 출생 과정에 관한 이야기도 할 수 있다.

오스카르는 살인 용의자로 체포되었지만 정신이상이 의심되어 치료감호소에 갇힌 수감자이므로 그의 이야기는 믿기가 어렵다. 그런데 이야기의 내용조차 고의적인 성장 정지, 유리 파괴의 목소리 등 환상적이고, 더구나 "불확실하고 회의적인 서술 태도"를 보인다. 요셉 콜야이체크에 관한 이야기에서 특히 이런 불확실한 서술 태도가 두드러지게 나타난다. 그는 시신이 발견되지는 않았지만 외할아버지가 뗏목 아래에서 죽었다는 것을 굳게 믿는다고 하면서도 "말도 안 되는 어부들의 잡담"[38] 운운하면서 외할아버지가 생존했을 것으로 추측하는 이런저런 이야기들을 덧붙인다.[39] 그리고 외할아버지가 미국에서 조 콜치크라는 이름으로 백만장자로 살고 있는 것이 기정사실인 것처럼 언급하기도 한다.[40]

이렇듯 오스카르는 서술자로서 신뢰할 수 없는 존재이지만 독자는 서술자가 이야기하는 정보에 의지할 수밖에 없다. 서술적 자아das erzählende Ich는 자신이 체험적 자아das erlebende Ich로서 겪은 사건들에 대해 거리를 두고 반어적으로 서술할 수도 있고, 기억이 희미하므로 애매하게 이야기할 수도 있다. 따라서 서술자가 전달하는 이야기들 가운데 가장 타당한 것을 선택하는 것은 독자에게 남겨진 몫이다. 믿을 수 없는 서술자의 존재를 프란츠 슈탄첼은 독자에게 우월감을 주기 위한 장치로 보고 있다.[41] 그러나 독자들에게 능동적이고 비판적인 독서 행위를 요구하는 지극히 의도적인 서술 장치라고 보는 편이 더 옳을 것 같다.[42]

한편 오스카르는 자신을 '나'로 부르기도 하고 '그'로 부르기도 한다. 1인칭과 3인칭의 잦은 교체는 서술자의 정체성과 관련해 일종의 자기 분열 인식으로 볼 수도 있다. 그러나 서술적 자아인 1인칭과 체험적 자아인 3인칭이 동일 인물 오스카르임이 의심의 여지 없이 받아들여지고 있기 때문에, 3인칭으로 제시되는 경우 서술적 자아가 자신의 주관적 시각을 넘어서서 자신을 객관적인 시각으로 바라보기 위한 서술 장치로 보는 것이 더 타당할 것이다.

공적 역사와 사적 사건의 병렬 제시

오스카르가 전달하는 역사적 사실들은 독자의 머릿속에 한 시대 전체를 떠올리도록 하기에 충분하다. 유행성 독감 등과 함께 제시되는 제1차 세계대전을 필두로 자유도시 단치히의 설립, 라팔로 조약, 주식 공황, 횃불 행렬과 퍼레이드, 베를린 올림픽 경기를 거쳐 전후에 있었던 베를린 봉쇄, 통화개혁에 이르기까지 역사적인 사실들이 수없이 몽타주되어 있다. 이 역사적 사실들은 병렬적으로 제시되는 허구적인 사적 이야기에 현실성을 부여하기 위한 장치로서, 사적 사건을 돋보이게 해주는 배경 역할을 한다. 제1부 제2장 「뗏목 밑에서」부터 개인적이고 일상적인 삶의 이야기가 세계 역사와 병렬적으로 제시된다.

> 1899년 10월 오후, 남아프리카에서 엉클 크뤼거가 영국에 적대적인 다발 모양의 눈썹을 솔질하고 있는 동안, 디르샤우와 카르트하우스 사이에서 … 어머니 아그네스가 잉태되었다.[43]

이 대목부터 소설 전체에 걸쳐 허구 차원의 사적 역사와 실제 있었던 공적 역사가 병렬적으로 제시되면서 질적으로 전혀 다른 두 가지 역사의 동시성이 거듭 강조된다. 서술자 오스카르에게는 자신과 그의 가족, 또는 주변 사람들의 삶에 중요한 의미를 지닌 사적인 사건들이나 문제들이 그 배경이 되는 공적인 역사적 사건들보다 훨씬 더 중요하게 나타난다.

> 이렇듯 나는 그러니까 43년 1월에 스탈린그라드라는 도시가 볼가 강가에 위치하고 있음을 알게 되었다. 하지만 그 무렵 나는 제6군단보다는 오히려 그 당시 가벼운 유행성 감기에 걸려 있었던 마리아가 더 염려스러웠다.[44]

사적 사건과 공적 사건을 의도적으로 병렬하여 제시한 데는 역사적 사건을 지나가버린 과거지사로 나타나게 하는 것이 아니라 당시 사람들이 라디오나 신문 등을 통해 구체적으로 보거나 들어서 알았던 것처럼, 과거 사건을 과거 상태 그대로 생생하게 유지하려는 의도도 숨어 있다고 볼 수 있다. 오스카르는 역사적 사건들을 자기중심적인 입장에서 서술할 뿐, 그 사건들의 역사적·정치적 의미를 묻고 성찰하는 일이 없다. 제2차 세계대전이 일어난 도화선이 된 폴란드 우체국 전투도 그에게는 새 양철북을 하나 얻을 수 있었다는 의미밖에 없다.[45]

다른 한편, 역사적 사실과 인물의 몽타주는 역사의 파괴성을 드러내는 수단으로도 사용된다. 이런 맥락에서 보면, 오스카르의 허구적 자서전은 역사를 자기 나름의 시각으로 해석하기 위한 서술적 구실이다. 공적인 역사는 일상적인 삶 속에 파고드는 폭력적 사건들의 반복이다.

그 후에 거친 프루츠인들이 왔으며 그 도시를 약간 파괴했다. 그 후에 브란덴부르크인들이 먼 곳에서 왔으며 마찬가지로 약간 파괴했다.[46]

그(소련군 로코소프스키 원수—인용자)는 그 신성한 도시를 보았을 때 국제적으로 위대한 선배들을 기억해내고는 일단은 포격으로 모든 것을 불태워버렸는데, 자기 다음에 오는 자들이 다시 재건된 상태에서 미쳐 날뛸 수 있도록 하기 위해서였다.[47]

난폭한 파괴 행위와 재건 작업이 반복되면 파괴와 재건의 역사는 무의미한 성격을 띨 수밖에 없다. "부조리의 모형"인 반복과 순환의 역사관[48]에 따라 역사적 사건들이 반복의 형태로 나타난다. "지나가 버리는 것은 아무것도 없다. 모든 것은 다시 돌아온다."[49] 똑같은 공간에서 똑같거나 비슷한 사건이 반복됨으로써 역사는 제자리걸음을 하는 것 같은 느낌을 준다. 이때 주 무대인 단치히와 그 주변 지역은 지리적·역사적으로 제한된 어떤 특정한 공간을 넘어서서 세계의 중심점으로서의 보편성을 획득한다. 이와 관련하여 그라스는 1975년 9월의 한 인터뷰에서 잃어버린 고향 단치히와 관련해 이렇게 밝혔다.

그건 사람들이 지니고 다니는 악취 때문이며, 그곳에서 경험했던 특징 때문이며, 그곳에서 일어나는 일은 다른 곳에서도 일어날 수 있으리라는 생각, 즉 세계 어디에서나 —물론 그 색조야 각양각색이겠습니다만— 일어날 수 있고 또한 일어났던 일들이 바로 그 지방에서 반영되고 굴절되어 나타난다는 생각이 들기 때문입니다. … 내가 단치히와 그 주변 세계에 대해 왜 집중하는가에 대한 또 하나의 다른 이유는 아마 내가 그 도시를 잃었다는 데 있을 것입니다.[50]

단치히는 그라스가 태어나 어린 시절을 보낸 공간으로서 그의 육체와 영혼의 고향일 뿐만 아니라 그라스 자신이 "나의 문학의 원천이 숨겨진 채 파묻혀 있는 곳"[51]이라고 밝히고 있듯이 그의 문학적 고향이기도 하다.

그라스에게는 단치히에서 일어난 사건이 세계사적 사건의 반영으로서의 의미를 지닌다. 그라스의 작품에서 단치히는 단순한 지방 도시의 개별성을 넘어선 보편성을 획득한다.

동화적 서술 방식

환상적 리얼리즘의 세계를 전달하는 데 가장 적절한 수단이 동화적 서술 방식이다. 사실주의적 사회소설이 인과적인 줄거리와 인물들에 대한 그럴듯한 심리묘사로 현실을 그리려 한다면, 동화적 서술 방식은 "경험적 현실의 인과론적인 네트워크를 뚫고 들어가 완전히 새로운 눈으로 사건들을 보도록 하는 현실 농축적 묘사를 위한 서술 전략"[52]을 통해 비합리적인 사건들을 논리적으로 설명하지 않은 채 쉽게 이해하도록 하는 서술 모델이다.

제1부 마지막 장 「믿음 소망 사랑」에 동화적 서술 형식이 잘 드러나 있다. '수정의 밤'을 배경으로 한 이 장은 동화에 전형적인 표어 "옛날 옛적에"로 시작한다. 고양이 네 마리를 셋집 다락방에 처박아 놓고 키우는 트럼펫 연주자 마인은 외롭고 따분하게 살고 있다. 현실에 적응하지 못하는 낙오자 마인에게 나치의 등장은 삶의 활력을 되찾을 수 있는 계기가 된다. 그는 공산주의 청년 단체 회원이었고, 사

회민주주의 단체에 회비를 내던 좌익분자였는데, 1938년 5월 갑자기 새 삶을 시작한다며 나치돌격대의 기마군악대에 들어가게 된다. 그는 자신이 키우던 고양이를 냄새가 독하다는 이유로 때려죽이게 되고, 그 장면을 목격한 시계방 주인 라우프샤트의 신고로 비인간적인 동물학대죄를 저질렀다는 이유로 돌격대에서 쫓겨난다. 그는 '수정의 밤'에 유대인 박해 활동을 열심히 했는데도 끝내 돌격대에 다시 복귀할 수 없었다.

마인의 운명은 한 소시민의 개별적 운명을 넘어 20세기 전반 독일 소시민계층 전체의 운명을 전형적으로 보여준다. 제1차 세계대전의 발발로 의해 삶의 토대와 방향감각을 상실한 소시민들은 나치즘에서 집단의 소속감과 사회적 아이덴티티를 얻지만, 정치적 사건의 진행 속에서 결국 몰락하고 만다. 마인의 예에서 소시민이 자발적으로 나치즘의 토대가 된 원인을 알 수 있다. 개인적 영역에서 겪은 삶의 좌절을 정치적 영역에서 해소하려는 보상심리, 개인적 결함을 은폐하기 위한 자기방어적 동조 현상, 역사의식과 정치의식의 결여 등이 바로 소시민들이 나치가 된 하나의 원인인 것이다. 알프레트 마체라트와 오스카르에 대한 서술을 보면 이를 더 분명히 확인할 수 있다. 식료품 장사 마체라트는 유대교회당의 물건들을 끄집어내어 불을 태우는 그 야만적인 현장에서 아무 가책도 느끼지 않은 채 오히려 "그 공인된 모닥불 위에서 그의 손가락과 그의 감정을 따뜻하게 녹였다. … "[53] 오스카르도 그 야만적인 행위에는 무관심한 채 눈길을 돌리고 오로지 양철북만 염려되었기 때문에 서둘러 그곳을 빠져나갔다.

동화적 서술 방식으로 이야기를 진행하던 오스카르의 생각 속에서, 사도 바울이 가장 중요한 기독교 복음으로 가르친 신약성서 『고

린도전서』 제13장의 "믿음 소망 사랑"이 어느 사이엔가 "산타클로스"를 거쳐 "가스검침원"으로 바뀐다.

> 그가 온다! 그가 온다! 도대체 누가 왔는가? 구세주, 아기 그리스도인가? 아니면 항상 째깍째깍 소리를 내는 가스계량기를 겨드랑이에 낀 하늘나라의 가스검침원인가? 그리고 그는 말했다. "나는 이 세상의 구세주다. 나 없이 너희는 요리를 할 수 없느니라. 그리고 그는 … 깨끗이 닦은 가스 마개를 틀어 비둘기를 요리할 수 있도록 그 성령이 쏟아져 나오게 했다.[54]

가스라는 말로써 나치가 저지른 유대인 대학살이 연상된다. 군중들이 '가스검침원' 즉 나치 일당을 구세주라 믿고 추종했기 때문에 나치의 만행이 가능했다. 나치즘을 지탱해준 장본인은 비판적인 정치의식과 역사의식 없이 부화뇌동한 소시민들이었음이 드러나는 것이다. 이 장은 시작과 마찬가지로 "옛날 옛적에"로 끝난다. 과거에 저지른 죄악이 오늘날에도 위장된 채 존재할 수 있다는 가능성이 동화적 서술 형식을 통해 강조된다. 마인의 트럼펫으로 상징되는 나치즘의 비이성적 공격성이 초시간적으로 재현될 가능성이 있음을 경고함으로써 동화적 서술 형식은 폭력적인 역사의 반복적 성격을 드러내는 효과적인 수단이 된다. 그라스는 나치의 역사를 다루면서도 기존의 도식적인 사회학적 모델처럼 나치즘을 도식적이고 이론적으로 공격하는 것이 아니라 소시민 사회의 일상생활 속에서 개별적인 인물들의 행동과 태도를 구체적이고 세부적으로 보여줌으로써 나치가 등장하고 발전하는 사회적 분위기를 묘사할 뿐이다.

『양철북』이 과거 청산이라는 주제의 심각성에도 불구하고 흥미롭게 읽힐 수 있는 이유로, 치밀한 구성과 기발한 착상, 특유의 유머 감각에 따른 입담 등 그라스의 탁월한 언어 구사와 서술 능력을 들 수 있다.

『양철북』의 가장 큰 매력은 무엇보다도 현실과 환상이 변증법적으로 상호 작용하는 환상적 리얼리즘의 세계에 있다. 『양철북』에는 환상적 요소들이 사실적 요소들과 서로 구분될 수 없이 상호 침투함으로써 역사적-실제적 모사와 미학적-허구적 이야기 서술이 거의 구분될 수 없을 정도다. 더구나 세부적이고 치밀하게 묘사하는 디테일 리얼리즘Detailrealismus의 서술 방식이 사용됨으로써 서술된 내용이 허구인지 사실인지 분간할 수 없는 독특한 효과가 생겨난다. 이때 환상적 요소는 경험적인 현실 세계와 동떨어진 황당무계한 영역으로서가 아니라, 오히려 경험적인 현실의 이면을 들추어냄으로써 보다 더 높은 차원의 총체적인 현실상을 그려내는 또 하나의 다른 현실의 영역으로서 기능하고 있다. 환상적인 것과 실제적인 것이 서로 배타적이지 않고 상호 보완적으로 작용하는 이 환상적 리얼리즘의 세계를 가장 효과적으로 그려낼 수 있는 서술 수단이 동화적 서술 형식이다. 논리적 인과율에 따르는 가시적인 경험적 현실의 이면을 뚫고 들어가 전혀 새로운 시각으로 사건을 바라볼 수 있기 위한 서술적 전략인 동화적 서술 형식을 통해 새로운 제3의 현실을 보여줌으로써 이 소설은 독자들을 서사적 상상력의 영역 속에 끌어들이고 있다.

그라스 연구의 대가 폴커 노이하우스가 잘 지적한 대로 "그라스의 작품에는 동화와 구체적인 시대사, 아주 생경한 환상성과 아주 견고한 리얼리즘, 가공적인 것과 실제적인 것, 신화적인 것과 정치적인 것이 서로 배타적이지 않고 상호 보완하고 있다."[55] 요컨대 『양철북』에 엄청난 탄력성과 유연성, 시적인 생명력을 부여해주는 것은 바로 현실과 환상이라는 상호 보완적인 두 차원 사이에서 일어나는 끊임없는 반어적 상호 작용인 것이다.

『양철북』을 더욱 깊이 있고 흥미롭게 읽기 위해서는 **색채 상징**(순결과 죽음을 상징하는 하양, 불안과 공포를 상징하는 '검은 마녀'로 대변되는 검정, 정열과 죄악을 상징하는 빨강), **라이트 모티브**(특히 피난처와 안식처로서 기능하는 외할머니의 폭넓은 치마, 치료감호소의 격자 침대 등 현실도피 모티브), **그로테스크** 등에 대한 세부적인 분석 등이 필요한데 지면의 제약으로 이 작업을 생략할 수밖에 없었음을 밝힌다.

가오싱젠의 『영혼의 산』

나를 찾아가는 여정

기영인·경북대 미주유럽연구소 전임연구원

노벨문학상을 수상한 최초의 중국인 작가

가오싱젠高行健은 중국 남동부에 위치한 간저우贛州 시에서 1940년 두 형제 중 맏이로 태어났다. 1937년에 시작되었던 일본의 중국 대륙 침략의 여파 속에 성장한 그는 어릴 적부터 책 읽기, 글짓기, 그림 그리기와 연극에 대한 관심을 보이며 자랐다. 베이징외국어대학에서 프랑스어를 전공한 그는 졸업 후 중국국제서점에서 일하며 현대 프랑스 작가들을 읽고 중국어로 번역하기도 했다.

1966년 문화대혁명이 일어나면서 가오싱젠은 하방下放[1]을 거의 6년간 겪었고, 그동안 써왔으나 출간하지 못한 숱한 원고들을 모두 불태워야 했다. 노벨문학상 수상 소감에서 작가가 밝혔듯이, 그는 "문학이 가능하지 않던 시기에 비로소 문학이 얼마나 근본적으로 필요한 것인지 깨닫게 되었다."[2] 이후 자유로워진 사회 분위기 속에 그는 베이징으로 돌아왔다. 잡지사 및 중국작가협회에서 번역가로 일하면서 작가협회 대표단의 일원으로 프랑스와 이탈리아를 방문했고, 작품도 출간하기 시작했다. 이 당시 중국 문학은 사회주의 혁명기의 교조주의적인 문학 이념을 탈피해 리얼리즘과 현대주의(모더니즘 혹은 아방가르드)를 통해 새로운 출로를 모색하고 있었다. 1980년대 초반부터 중·단편소설, 희곡과 평론을 잇따라 발표하며 활발한 활동을 하던 가오싱젠은 특히 중국에서 모더니즘 및 아방가르드의 수용과 탐색에 있어 선구적 역할을 했다. 그의 비평서 『현대 소설의 기교에 대한 초보적 탐색現代小說技巧初探』(1981)은 중국 문단에서 소설의 현대화를 둘러싼 상당히 중요한 논쟁을 야기했다. 그는 현대 소설이 반드시 이야기를 서술해야 하는 것이 아니며, 인물이나 배경을 묘사하지 않을 수 있다고 지적하며 '의식의 흐름'이나 '2인칭' 서술자와 같은 기법을 현대 소설의 특징으로 꼽았다. 이는 『영혼의 산』에서 작가가 즐겨 사용하는 창작 기법이기도 하다. 그는 또한 영화 같은 시청각 매체에 길들여진 현대 독자의 심미관에 걸맞게 소설 형식이나 기법에 대한 새로운 실험과 시도가 요구된다고 주장했다.

가오싱젠의 이름을 알린 대표적인 희곡 세 편은 실험적이고 선구적인 작품들로, 베르톨트 브레히트, 앙토냉 아르토와 사뮈엘 베케트 등의 영향을 엿볼 수 있다. 그의 첫 희곡 작품 「절대 신호絕對信號」(1982)는 베이징인민예술극원에서 공연된 최초의 실험극으로, 커다란 성공을 거두었다. 그리고 이듬해 발표한 「버스 정류장車站」(1983)[3]으로 극작가로서 그의 명성이 확립되었다. 오지 않는 버스를 막연히 기다리는 인물 군상의 모습을 통해 중국 사회에 대한 매서운 풍자와 함께 세상의 부조리함을 보여주고 있는 이 작품은 그러나 개혁·개방으로 사회 기강이 문란해졌다고 판단한 중국 공산당의 '정신오염제거 운동'에서 '오염원'으로 지목되며 공연이 금지되었다. 브레히트의 소외 효과 같은 서양의 현대 연극 기법과 중국 전통 경극을 기반으로 한 노래, 춤, 곡예 등의 요소가 등장하고, 이러한 실험적인 형식을 통해 사랑, 결혼, 윤리, 전통, 생태환경, 부정부패 등을 다루는 「야인野人」(1985)[4] 역시 국제적으로 관심을 끌었으나 중국 내에서 논쟁을 불러일으켰다. 마침내 1986년에 희곡 「피안彼岸」[5]마저 공연이 금지된 이후 가오싱젠의 연극은 중국에서 공연된 적이 없다.

한편, 미술을 전공할까 고민할 정도로 회화에도 재능이 있었던 가오싱젠은 1979년 유럽 방문 중에 박물관과 미술관에서 유럽 명화를 관람하면서 그동안 그렸던 유화를 포기하고, 동양화의 재료인 먹을 이용한 현대적인 수묵화를 그리게 되었다. 신비감에 싸인 무채색의 풍경들이 등장하는, 작가의 말을 빌리자면 "추상도 구상도 아닌 그 중간"에 있는 그의 그림들은 작가의 책 표지로도 자주 선보였다. 1985년에는 유럽 여러 나라에 초청을 받아 장기간 유럽에 체류했고, 독일 베를린에서 성공적으로 미술 전시회를 열기도 했다. 그는 1987년 독일 정부 초청 창작기금을 받아 중국을 떠났고, 이듬해에 프랑스에 정착했다. 당시 생활에 대해 가오싱젠은 자신이 이미 극작가로 연극계와 문학계에 이름이 알려진 데다 프랑스어와 프랑스 문화가 익숙하여 정착하는 것이 순탄했던 편이라고 회상했다. 1985년과 2012년 사이 유럽, 아시아, 미국 등지에서 그의 단독 미술 전시회가 수십 차례 넘게 열렸다. "언어가 미치지 못하는 지점"에 그림이 시작한다고 말하는 그는 이 같은 회화 작업 덕분에 "많이 팔리지 않은 책들"을 쓰면서도 망명 작가로서 생계를 이어갈 수 있었다고 했다.

1989년 톈안먼天安門 사태가 발발하자 가오싱젠은 프랑스 언론 기고를 통해 공개적으로 중국 정부의 대응을 비판하고 1962년에 가입했던 중국 공산당과의 인연을 끊었다. 그가 톈안먼 사건을 배경으로 하는 희곡 「도망逃亡」을 발표하자 중국 당국은 그의 모든 작품을 금서로 정하고 입국을 금지했다. 한편, 이 작품 창작을 의뢰한 미국 극단이 극중 학생들이 영웅적인 인물로 그려지도록 수정을 요구하자 작가는 이를 거부했고, 작품은 결국 스웨덴에서 초연되었다. 이처럼 양쪽의 정치적 요구에 순응하기를 거부한 그의 모습에서 정치가 아닌 문학에만 집중하고자 하는 작가의 태도를 볼 수 있다. "문학과 예술은 정치로부터 자유로워야 절대 자유를 확보할 수 있다"고 말한 작가는 문학의 도구화를 강하게 거부해왔다. 작가의 유일한 책임은 "작가가 쓰는 언어"에 있다는 가오싱젠은 그 어떤 정치적 이념도 탈피하고, 여러 풍조와 유행에 휩쓸리는 시장 중심 소비사회의 압력에도 굴하지 않은 "무無-주의"를 주장한다. 대중의 대변자나 정의의 화신임을 자처하는 지식인들의 태도와 분명히 거리를 두는 가오싱젠은 이렇게 대변자이고자 하지 않을 때 작가는 미약한 한 개인에 불과하다는 점을 시인한다. 그러나 그 개인이 내는 목소리는 진실을 담고 있다고 지적한다. 그리고 그 안에 언어의 마술이, 문학의 영원한 힘이 있다고 말한다.

1992년에 프랑스는 가오싱젠에게 문화예술공로훈장을 수여했고, 1997년 작가는 프랑스 국적을 취득했다. 2001년에는 프랑스 최고훈장인 레지옹 도뇌르 훈장을 받기도 했다. 2000년에 가오싱젠은 노벨문학상을 받았다. 스웨덴 한림원은 그가 "보편적 타당성, 씁쓸한 통찰과 언어적 독창성을 지닌 작품을 통해 중국 소설과 드라마의 새로운 지평을 열었다"고 평했다. 가오싱젠은 아시아 출신 작가로는 네 번째, 중국 출신 작가로는 최초로 노벨문학상을 받았으나, 중국 당국은 '중국어 작가'의 수상 소식을 거의 알리지도 않았으며, 중국작가협회장은 노벨문학상이 "정치적 목적으로 이용되어 그 권위가 실추되었다"며 적대적인 반응을 보였다. 주 스웨덴 중국 대사는 프랑스 대사에게 "프랑스인이 중국어로 쓴" 작품이 노벨상을 받은 점에 대해 축하를 건네기도 했다. 중국 망명 작가가 세계 최고 권위의 문학상을 받았다는 사실에 대한 이 같은 중국 당국의 냉대는 이후 2012년에 중국 소설가 모옌莫言이 노벨문학상을 받았을 때의 환영하는 반응과는 사뭇 대조적이었다.

프랑스로 이주한 후 가오싱젠은 『영혼의 산』 외에 문화대혁명기의 경험을 다루는 자전적 장편소설 『나 혼자만의 성경一個人的聖經』(1999)[6]과 소설집, 여러 평론집 및 희곡을 다수 발표했다. 작가는 줄곧 소설 작품은 중국어로 써왔으나, 중국에서 희곡 작품의 상연이 금지된 이후 공연을 전제로 하는 희곡은 직접 프랑스어로 쓰기도 했다. 그는 1991년 「삶의 경계에서Au bord de la vie」를 시작으로, 프랑스어로 지금껏 다섯 편의 작품을 썼다. 작가는 이렇게 자신이 프랑스어로 쓴 작품들을 직접 중국어로 옮겼는데, 번역이 아닌 다시 쓰기(개작)임을 강조한다. 그래서 「삶의 경계에서」는 중국어로 「생사계生死界」가 되었다. 프랑스 문화부의 의뢰를 받아 집필한 여러 작품들 중 「주말 사중주Quatre quatuors pour un week-end」(1999)는 유서 깊은 프랑스의 국립극장인 코메디 프랑세즈에서 초연되기도 했다. 또, 프랑스 마르세유에서 2003년을 '가오싱젠의 해'로 지정하고 여러 행사를 개최했는데, 그 일환으로 마련된 그의 작품으로 오페라-경극 「8월의 눈八

月雪」(2002)과 단편영화 「실루엣/그림자La Silhouette sinon L'ombre」(2005)가 있다. 이 밖에도 그는 '영화시ciné-poème' 「혼돈 이후Après le déluge」(2008)와 「아름다움의 장례Le Deuil de la beauté」(2013)를 쓰고 연출했다. 프랑스로 건너온 뒤 자신을 제약하던 습관에서 벗어나 자유롭게 창작을 하면서 더 좋은 작품을 발표하고 있다고 스스로 평가하는 작가는 노벨상 수상 이후 더욱 뜨거워진 세계인의 관심 속에 빡빡한 일정으로 건강이 상당히 악화되었음에도 불구하고 여전히 다방면에서 활발한 활동을 이어가고 있다.

자신을 찾아가는 순례의 여정

문화대혁명 시기에 그동안 써온 자기 원고를 수십 편 불태우는 등 강한 자기 검열을 해왔던 가오싱젠은 30대 후반이라는 비교적 늦은 나이에 이르러서야 작품을 발표하기 시작했다. 「절대 신호」, 「버스 정류장」, 「야인」 같이 그의 이름을 세계적으로 알리고 중국 현대 연극의 한 획을 그을 만한 희곡 작품들은 평론가와 관객의 큰 관심과 환영을 받았지만 중국 정부의 강한 제재의 대상이 되었다. 작가의 말에 따르면, "중국 정부는 내 작품이 자산계급의 나쁜 풍조와 반사회주의적 문학을 모방해 중국 문학을 더럽힌다고 비판했다. 그들은 내 작품이 사회주의 리얼리즘에 정면 대치된다고 생각했던 모양이다. 그들은 내 작품 출판을 일절 금지했고, 연극을 무대에 올리는 길도 막았다"고 한다. 당국의 감시망과 비난을 피하고자 작가는 베이징을 벗어나 중국 남서부로 향했다. 1982년과 1983년 사이 세 차례에 걸쳐 수개월씩 쓰촨四川의 깊은 숲속에 위치한 자연보호구역, 양쯔강의 발원지에서 바다에 이르기까지 산과 숲과 강가를 누볐다. "나는 피난처를 찾고 있었다. 그것은 아직 정치에 오염되지 않은 근원, 중국 문화의 근원을 찾는 영적이고 문화적인 탐색이기도 했다"고 작가는 말한다. 1만 5천 킬로미터를 거친 이 긴 여정이 그의 첫 장편소설 『영혼의 산』의 기반이 되었다. 출판을 염두에 두지 않고, 있는 그대로 자신을 온전히 표현할 수 있는 글을 쓰겠다는 생각으로 1982년 여름부터 구상해온 이 책의 원고를 들고 작가는 1987년 중국을 떠났고, 프랑스에서 책을 집필하면서 중국에 대한 그리움을 극복했다고 한다. 1989년 톈안먼 사건을 지켜보며 그는 자신이 더는 중국으로 돌아갈 수 없는 현실을 직시하고, 책을 출간해야 할 시기라는 생각을 하게 되었다. 그는 원래 더 길게 써서 완성할 계획이었던 책을 톈안먼 사건 이후 한 달 만에 끝내고, 두 달 뒤 "망명을 상징하는" 희곡 「도망」을 발표했다.

『영혼의 산』의 중국어 원작인 『링산靈山』은 1990년 대만에서 중국어로 처음 출간될 당시 90여 부밖에 팔리지 않을 정도로 주목을 받지 못했다(그다음 해에는 고작 63부가 팔렸다고 한다). 작가는 이 책의 원고를 직접 자신의 스웨덴 번역가에게 보냈고, 책은 1992년 스웨덴에서 번역 출간되었다. 프랑스에서는 가오싱젠과 긴밀하게 작업해온 뒤트레 부부에 의해 1995년 번역 출간되었다. 한국어 번역본 『영혼의 산』은 중국어판과의 비교를 거친 프랑스어판을 옮긴 것으로, 2001년 처음 출간되었다.[7]

스웨덴 한림원은 『영혼의 산』을 두고 "그 자체가 아니고서는 그 어떤 작품과도 비교할 수 없을 듯한 흔치 않은 문학작품"이라고 평했는데, 어쩌면 작가가 이 책을 집필할 당시 이 작품이 문학계에 일으킬 파장이나 예상 독자층에 대한 고려 없이, 자신만을 위해 썼던 작품이기 때문에 더욱 독특함을 지니게 된 것일지도 모른다.

『나 혼자만의 성경』과 더불어 가오싱젠의 양대 장편소설인 『영혼의 산』은 집필 당시 작가가 관심을 가졌던 중국 문화의 근원과 사람들이 처한 사회적 조건에 대한 탐색이자, 세상 속에 자신의 가치와 자기 위치에 대한 자신 없음과 자기 회의를 포함해, 한 사람이 성장해가는 과정에 대한 분석이다. 또한 이 같은 주제들을 언어로 표현하는 문제 그리고 언어를 통해 어디까지 표현할 수 있는가의 문제에 대한 작가의 관심을 담고 있다. 가오싱젠에게는 한 권의 작품이기보다는 "하나의 과정"으로, "사람이 겪는 여러 변화에 관한 책"이었다고 한다. 작가는 500쪽이 넘는 이 책 속에 여러 갈래로 펼쳐지는 이야기를 통하여 이 모든 것을 다루고 있다. 자전적인 독백의 흐름 중에서도 '나(1인칭)'와 '당신(2인칭)' 등으로 작중인물의 목소리가 가까워졌다가 멀어졌다가 하며 순식간에 관점의 전환을 가져오는 독특한 구성을 지닌 소설이다. 그래서 쉽게 읽히는 단순한 문장들로 이루어졌지만, 소설이 품고 있는 여러 갈래를 전체적으로 조망하려면 한동안 곱씹어봐야 한다. 여기를 펼쳤다가 저기를 펼쳤다 하면서, 소설이 던져주는 생각거리와 감각적 체험, 은근한 유머 그리고 빠져들게 되는 이야기들, 흥미롭고, 때로 충격적이고, 가끔은 은은한 이야기들이 이 작품을 읽는 묘미가 아닌가 싶다.

여정 중에 마주치다: 나, 자연, 사람, 추억

… 그가 한 일이라곤 언어에 취해 이야기한 것뿐이다.[8]

『영혼의 산』은 시간과 공간 속으로 떠나는 여행기다. 그 시작은 중국 남서부 티베트고원과 양쯔강의 협곡 사이의 먼 산과 오래된 숲속을 여행하는 '당신'의 여정이다. 기차 안에서 '당신'은 우연히 누군가가 영산, '영혼의 산'을 언급하는 것을 듣게 된다. 책의 제2장에서는 작중인물 '나'가 길을 나서게 된 동기를 제시한다. 이 장은 작가가 책을 집필하게 된 사연의 재구성이라고 할 수 있다.

당신, 당신은 영산으로 가는 길을 찾고 있고, 나, 나는 양쯔강을 따라 거닐며 진리를 찾고 있다. 나는 최근 아주 심각한 일을 겪었다. 의사들이 나에게 폐암 선고를 했는데 그것이 오진으로 판명되었다. 죽음이 내게 농담을 했던 것이다. 나는 결국 죽음이라는 장애를 극복하기에 이르렀다. 나는 속으로 쾌재를 부르고 있다. 삶이 나에게 엄청난 신선함을 다시 가져다주었던 것이다. 나는 진작 내가 몸담고 있던 오염된 환경을 떠나 진정한 삶을 찾아 자연으로 되돌아갔어야 했다.

내 주변 사람들은 나에게 삶이 문학의 원천이라고, 문학은 삶에, 삶의 진리에 충실해야만 한다고 가르쳤다. 그리고 내 잘못은 바로 삶에서 멀어지고 삶의 진리에 역행하는 데에 있었다. … 삶의 진리 다시 말해 삶의 본성은 다름 아닌 바로 있는 그대로의 것이어야만 한다. … 담배 연기에 찌든 내 방에서 … 쌓여 있는 책들이 숨도 제대로 쉬지 못할 정도로 나를 억누른다. … 난 이제 더 이상 그것들이 무슨 소

용이 있는지 모르겠다. 그것들은 나를 속박할 뿐이다.[9]

이렇게 '당신'은 '영산'을 찾아가고, '나'는 삶의 진리를 찾고 있다. 스웨덴 한림원은 노벨문학상 선정 이유를 밝히면서 이 소설을 두고 "주인공이 자신에게로 순례를 떠나는 순례 소설이자 허구와 삶, 상상과 기억을 구분하는, 거울처럼 반사되는 표면을 따라가는 여행"이라고 표현했다. 소설 속에 '나', '당신', '그' 등 여러 인칭대명사로 지칭되는 작중인물들은 거울처럼 서로를 반사하고, 때로는 같은 시간과 공간, 때로는 상이한 시공간적 차원에서 움직인다. 이야기를 따라가다 보면 이들이 한 인물의 다양한 면모를 보여준다는 생각이 들게 된다. 이러한 서술 방식은 독자로 하여금 소설의 이야기에 빠져들기 어렵게 하지만, 한편으로는 신선함을 가져다주기도 한다. 인칭대명사로 표시되는 발화자의 정체성을 불분명하게 만들고 발화의 다양한 층위를 숨기는 기법은 1950년대 프랑스의 전위적인 문학운동인 '누보로망nouveau roman(새로운 소설)'이 대표적으로 선보인 것이다. 소설은 무엇인가라는 질문에서 시작하여[10] 소설을 구성하는 매체인 언어에 대한 문제 제기에서 가오싱젠은 호칭의 문제, 인칭대명사라는 설정에 관심을 가지게 되었다. 그런데 "언어를 사용하는 순간 누가 말하고 누가 서술하는가의 문제에 이르게 된다. … 나는 인칭대명사와 호칭이 독자들이 이야기 속으로 들어갈 수 있게 하는 한 방법이 될 거라 생각했다"고 설명한다.

가장 중요한 것은 인물이 아니라 세상을 바라보고, 듣고, 관찰하고, 성찰하고, 생각하는 주체다. … 내가 만들어내는 '나' 역시 무엇으로 정의된 '내'가 아니라 하나의 관찰 지점이다. … 나는 독자의 상상력을 자극하려고 가능한 한 모호하게 묘사한다. 그러면 독자는 자신의 경험으로 공백을 채울 수 있다. … 따라서 묘사가 없다. 말하고 관찰하는 누군가, 서술만 있다.[11]

소설에서 서술자의 인칭이 바뀌면서 독백이라는 흐름이 변형되어 이어진다. 이를 두고 가오싱젠은 "언어의 흐름"이라는 표현을 쓴다. 남들과 터놓고 자유롭게 대화하지 못하던 시절, 혼잣말을 하다 보니 머릿속에 여러 자신들과 대화했다는 작가의 회상을 떠올리게 하는 소설의 제52장은 인칭대명사(로 나타낸 인물)들 사이의 관계를 더 면밀하게 돌아본다.

나는 여행을 하고 있다. 삶은 좋건 싫건 하나의 여행이다. 나는 여행 중에 내 상상 세계 속에 침잠해 나의 그림자인 당신과 함께 나의 내면을 여행한다. … 당신은 당신 자신의 영적 여행을 하고 있다. 당신은 당신 생각들을 따라 나와 함께 세계 속을 헤매고 있다. 멀리 나아가면 갈수록 당신은 불가피하게도 우리를 서로 분리하는 것이 불가능해지는 지점으로 점점 더 다가서게 된다. 그래서 당신은 한 걸음 뒤로 물러설 필요가 있다. 그때 만들어지는 그 거리, 그것이 '그'다. '그'는 나를 떠나 멀어져갈 때의 당신 뒷모습이다.

… '그들' 역시 '그'의 복수 이미지일 뿐이다. 온갖 일들이 일어날 수 있는 거대한 세계는 '당신'과 '나'의 바깥에 있다. 달리 말하자면 '그'는 내 뒷모습의 투사일 뿐이다.

… 나는 만약 내가 당신과 자리를 바꾼다면 과연 어떤 일이 벌어

질까, 하고 생각해보았다. 다시 말해 내가 당신의 그림자가 되고 당신이 실재하는 내 몸을 가지게 된다면, 재미있는 놀이가 되지 않겠는가.[12]

'나'와 '당신'이 서로가 서로를 반영하는 한 인물의 "영상"이고 "그림자"라면, 소설 속 '그녀'라는 하나의 대명사는 여러 인물을 대변한다. '그녀'는 '당신'이 여행길에서 우연히 마주치고, 당신이 해주는 여러 이야기를 들어주고 또 자신의 이야기를 하며 같이 동행했다가 결국 헤어지는 그녀이고, 베이징에 있던 시절 알게 된 그녀이고, 이 여인들과 같은 그녀인지, 다른 그녀인지가 분명치 않은, 칼부림을 하며 격정적으로 싸우다가 결국 다시 얽매이지만 헤어지고만 싶은 그녀다. 이 점에 대해서는 작가가 소설을 통해 하는 말을 살펴보자.

나는 당신으로 하여금 '그녀'를 만들어내게 했다. 당신도 나처럼 고독을 견뎌내지 못하니까, 당신에게도 말할 누군가가 있어야 하니까. 그러니까 내가 '당신'에게 도움을 청한 것처럼 당신은 '그녀'에게 도움을 청한 셈이다. … '그녀'는 기억 속을 어렴풋이 떠다니다가 생각들의 연상에 의해 희미하게 떠오른 하나의 이미지에 불과하다. 끊임없이 변한다면 그 이미지를 붙잡는다 한들 무슨 소용이 있겠는가?

당신에게 있어서나 나에게 있어서나 '그녀들'이란 '그녀'의 다양한 형태들을 모아놓은 것일 뿐, 다른 그 무엇도 아니다.[13]

이렇게 '그녀들'은 "'그녀'의 다양한 형태들을 모아놓은 것뿐"이라고 하더라도, 이 책의 여성 인물들을 다루는 시각이 지극히 남성 중심의 시각이라는 것은 비단 이 독자의 느낌만이 아닐 것이다. 소설 속에 등장하는 여성 인물들은 남성 서술자가 자신의 불안감이나 욕망을 투영하는 존재에 그치고 마는 경우가 많다. 주인공이 여성 인물의 고민이나 그 인물의 운명을 심도 있게 고려하거나 공감하는 모습을 보인다고 느껴지는 대목들은 손에 꼽힌다(예컨대 제39장이나 제45장). 그래서 이를 두고 작가가 집필 당시 중국 사회의 여성혐오적 시각을 내포하고 있다는 비판을 받기도 했다. 책에서 설명을 찾는다면, 제52장에서 '당신'은 "내 경험과 상상을 '당신'과 '그녀' 사이의 관계들로 바꾸어놓았"고, "'그녀'는 기억 속을 어렴풋이 떠다니다가 생각들의 연상에 의해 희미하게 떠오른 하나의 이미지"라고 말한다. 그렇다면 '그녀'와 작중인물이 맺는 관계는 실상 주인공의 '경험과 상상'이 기반이며, '그녀'는 희미하게 연상된 '이미지'에 지나지 않는, 주인공의 생각과 기억의 투영체인 것이다.

『영혼의 산』의 주인공은 자신이 "삶에서 멀어지고 삶의 진리에 역행하"게 되었다고 생각하고 "오염된 환경을 떠나 진정한 삶을 찾아 자연으로 되돌아가"기로 마음먹는다. 그래서 "모든 게 원시 상태 그대로"인 미지의 산을 찾아 도시를 탈출한다. 그가 어렵게 도달한 고지대의 원시림. 아무런 움직임이 감지되지 않는 광활하고 깊은 숲은 작고 미약한 인간 존재의 덧없음을 실감케 한다. 그 가운데 그는 "기품이 넘치는" 새하얀 진달래의 "놀라운 순수함"에 감동하고, 날것의 자연과 교감한다.

> 내가 저 아래에서 보았던 붉은 진달래보다 꽃잎도 더 두텁고 꽃술도 더 크다. 시들 줄 모르는 순백의 꽃잎이 나무 발치를 뒤덮고 있다.

… 그 꽃은 바라는 것도, 목적도 없이, 상징에도 은유에도 도움을 청하지 않고, 억지스러운 비교나 관념적인 연상을 용납하지 않은 채, 자신을 드러내고픈 억제할 수 없는 욕망을 있는 그대로 표현하고 있다. 그것은 순수한 상태로 있는 자연의 아름다움이다.

눈처럼 하얗고 옥처럼 반짝이는 진달래가 지칠 줄 모르고 인간의 영혼을 점점 더 멀리 끌어들이는 보이지 않는 새처럼, 우뚝 솟은 전나무숲 속에 용해된 모습으로 듬성듬성 저 먼 곳으로 이어져 있다. 나는 숲의 맑은 공기를 깊이 들이마신다. 숨은 가쁘지만 기운이 빠진 것 같지는 않다. 폐가 깨끗이 정화되고 공기가 내 발바닥까지 파고드는 느낌이다. 내 몸과 정신은 자연의 거대한 순환 속으로 몰입했다. 나는 이전에는 한 번도 경험해보지 못한 평온함을 맛본다.[14]

그런데 "자연의 거대한 순환" 속에 맛본 "평온함"은 순간 경외감으로 바뀐다. 곧 짙은 안개 속에서 길을 잃고 협곡을 혼자서 헤매면서 아무도 없는 자연 앞에 두려움에 휩싸인다. 그러면서 안개가 만들어내는 회색빛의 공간과 무성한 숲과 이끼가 보여주는 선명한 초록색이 대비되는 그림처럼 그려지는 이 장면에서는 화가로서 작가의 면모가 엿보인다.

나는 안개를 좇아 조금 달려보지만 그것은 손에 잡히지 않고 나를 살짝 스치고 지나갈 뿐이다. 내 앞에 펼쳐진 풍경이 점점 흐릿해진다. … 이 어두운 골짜기에서 보이는 것이라곤 무성한 총림들과 깎아지른 듯한 묘한 바위들뿐 인간의 자취는 전혀 찾아볼 수가 없다. 그 광경을 보는 것만으로도 등골이 서늘하다.

곧 해가 다시 나타나 갑자기 맞은편의 산들을 비춘다. 공기가 너무나 맑고, 구름층 아래 솔숲이 그 순간 너무나 짙고 선명한 초록을 드러내어 나를 황홀하게 만든다. 그것은 마치 내 폐 깊숙한 곳에서 올라와 눈 깜짝할 사이에 음조를 바꾸어가며 빛과 그림자를 따라 퍼지는 고요한 노래와 같다. … 내가 안개로부터 달아날 방법은 전혀 없다. 안개가 서두르지 않고 나를 다시 따라잡는다. 나는 안개 속에 파묻힌다. 내 앞의 풍경은 사라지고 없다. 모든 것이 어슴푸레하다. 내가 금방 느낀 느낌들만 내 머릿속에 남아 있다.

… 나는 기다린다, 길을 잃은 채. 나는 소리쳐 불러본다. 대답이 없다. … 곧 두려움이 내 목을 조인다. … 주변에는 온통 검은 전나무들의 그림자만 우뚝 솟아 있다. 기준이 될 만한 것은 아무것도 없다. 이미 모든 걸 봤지만 나는 아무것도 보지 못한 것이나 다름없다. 관자놀이가 힘차게 뛴다. 자연이 믿음 없는 하찮은 인간이면서도 뭐라도 되는 양 겁 없이 돌아다닌 나에게 한 방 먹였다는 것을 나는 비로소 깨닫는다.[15]

소설에는 이처럼 "어둡고 황량한 산길", "이 잔잔한 강, 이 깊고 어두운 물" 등 여행 중 마주치는 자연경관과 날씨가 자주 묘사된다. 주인공은 때로는 비, 때로는 먼지 바람 그리고 눈발도 날리는 산길을 다니고, 고개를 들어 해 질 녘의 어두운 산등성을 보거나 주룩주룩 내리는 비를 맞으며 실존의 상태를 인식하고 성찰의 계기를 맞이한다.

또한 소설에서 드러나는 자연과 생태에 대한 관심과 우려는 기후변화가 끼치는 영향을 곳곳에서 발견할 수 있는 현재를 사는 우리에게 경각심을 다시 한 번 일깨워준다.

"사람은 땅을 본받고 땅은 하늘을 본받고 하늘은 도를 본받고 도는 자연을 본받는다."[16] 그(노식물학자—인용자)가 큰 목소리로 암송한다. "자연에 역행하는 짓들을 해서는 안 돼, 저지르지 말았어야 했을 일은 아예 저지르지를 말아야지."

"팬더를 보존하는 데 어떤 과학적 가치가 있나요?"

"상징적일 뿐이야, 일종의 위안이지. 인간은 스스로를 속여야 할 필요가 있거든. 한편으로는 생존 능력을 상실한 종을 보호해주면서 다른 한편으로는 그 종이 살아남는 데 없어서는 안 될 환경을 더 무서운 속도로 파괴하지. … 인간이 이렇게 계속 자연을 훼손한다면 언젠가는 자연이 무서운 복수를 하리라는 걸 명심해야 돼!"[17]

소설에는 판다 보호구역의 생물학자, 의술을 행하는 노승, 수천 년 이어진 도교 의식을 행하는 이들, 산가를 목청껏 불러주는 가객, 민요를 수집해온 공무원, 관능적이면서 순진한 시골 처자, 소수민족 처녀와 샤먼(사제), 자기 사연을 들어달라는 문화대혁명의 가해자와 피해자들, 다시 만나게 된 어릴 적 친구들 등 작중인물이 여정 중에 마주치게 되는 여러 사람들과 나누는 대화와 그들이 전하는 사연들이 다양하게 펼쳐진다.

진실은 경험 속에서만 그것도 각자의 경험 속에서만 존재한다. 이 경우에도 경험은 남에게 옮겨지는 순간 이야기로 변해버린다. 사실의 진위를 증명하는 것은 불가능하다. 그리고 그렇게 해서도 안 된다. 삶의 진리에 대해선 변증법론자들이나 왈가왈부하도록 내버려두자. 중요한 것은 삶 그 자체다. … 진실된 것은 바로 나 자신, 내가 금방 맛본, 남에게 전할 수 없는 순간적인 느낌이다. 바깥에는 안개가 깔리기 시작해 어둠에 잠긴 산들의 윤곽이 점점 흐려진다. 급히 흐르는 강물 소리가 당신 내부에서 울려 퍼진다. 그것으로 충분하다.[18]

"모두 객설에 불과하지만 어떻게 보면 역사 속의 일화로 간주될 수도 있"는 이야기들에 덧붙어, 양쯔강 유역의 역사와 지리지, 민속문화 등을 묘사하고 설명하는 문화인류학 보고서 같은 서술이 때로 이어진다. 작가는 이 작품을 준비하면서 중국 남방 지역의 역사에 대해 방대한 자료를 찾아보고 고고학이나 인류학 전문가들을 만나서 이야기를 나누며 공부했다고 설명했다. 당시 서구 문학계에는 신선함을 주었으리라 가늠되는 내용을 담은 이러한 대목들이 1980년대 중국 문학의 한 경향인 '뿌리찾기 문학尋根文學'[19]의 맥락에서 읽히는 것은 어쩔 수 없다. 그러나 다분히 교훈적이고 계몽적인 설명에서 한 걸음 나아가 생각을 확장해주는 순간에 소설이 흥미로워진다. 예컨대 어느 지방 문화원에 전시된, 실을 잣는 원반 모양의 도구에서 주인공은 "태극도의 최초의 원형"을 보며 고대의 시간을 상상한다.

… 음과 양, 화와 복과 같은 상반되는 관념들이 그 상반성으로 인해 서로를 보충하고 도와주며 맞물려 있다. … 인류의 최초의 관념은 문양으로부터 나와 나중에 소리와 결합했고, 그다음에 언어와 의미가 출현했다. … 이 시기에 개인은 존재하지 않았다. 그들은 아직 '나'와 '너'를 구별하지 못했다. '나'는 처음에 죽음에 대한 공포로 인해

생겨났다. '나'가 아닌 낯선 것이 사람들이 '너'라고 부르는 것으로 변했다. 당시 인간은 아직 자기 자신을 두려워할 수 없었다. 자신에 대한 앎은 오로지 타인으로부터 왔다. 소유하느냐 소유당하느냐, 정복하느냐 정복당하느냐 하는 사실만이 그의 존재를 확인시켜주었다. … 인간은 타인과의 생존투쟁을 통해 자신의 '나'를 잊었다. 무한한 세계 속으로 끌려 들어간 그는 이제 한낱 모래알갱이에 불과하다.[20]

정재서는 『영혼의 산』이 "개인적인 차원에서는 불가해한 삶의 진상, 역사적·집단적인 차원에서는 중국 민족의 정체성에 대한 탐색이라는 중층적인 주제를 함유하고 있다"고 정리하면서, 작가가 중국 문화의 정수를 한족漢族과 유교 중심이 아닌, 주변 문화로 인지된 소수 민족과 산사람들 사이 전해지는 여러 관습과 원시 종교와 설화 속에서 찾으려 하는 점이 문화를 상호 텍스트적이고 다원적으로 보려는 오늘날의 경향과 통한다고 지적한다.[21]

한편, 소설 초반부터 "당신에게도 고향이 있다는 걸 느낄 필요"를 인식하고 향촌에서 마음의 위안을 구하려는 '당신'은 여행지 곳곳에서 어린 시절의 추억을 불러낼 수 있는 장소를 찾아내고자 한다.

당신은 이 추억의 장소들을 다시 둘러보았지만 예전의 모습은 어디에도 없었다. 잔해들로 뒤덮여 있었던 공터도, 조그만 건물도, 쇠사슬이 달려 있었던 검은색의 크고 육중한 대문도, … 그 자리엔 아스팔트 도로가 깔려 … 장거리 운행 버스들이 먼지와 아이스케키 봉지를 휘날리며 지나다니고 있다.[22]

이렇게 집착처럼 "줄곧 … 어린 시절을 찾아 헤"매는 여행길의 스쳐 지나가는 골목길 풍경에서 어린 시절의 기억을 떠올리면서 자신의 뿌리, 내면의 평화와 자유에 대한 탐색을 해나가는 주인공은 향수라는 감정, '고향'이라는 곳의 실체에 대해 생각하게 된다. 그리고 추억이란 어떤 편린에서 어렴풋이 떠올린, 꿈처럼 "불분명하고 모호한 기억들"로 구성된 것임을 깨닫는다.

… 당신은 당신이 거쳐온 곳들 역시 당신으로 하여금 어린 시절의 흔적들을 되찾게 해주었다는 것을 깨달았다. … 비록 당신이 살았던 곳은 아니지만 이 모두는 당신의 어린 시절 추억들과 뒤섞이고 당신의 내부에 걷잡을 수 없는 향수를 불러일으킨다.

… 당신은 헛되이 그 흔적들을 찾고 있긴 하지만 당신이 어린 시절을 오로지 한 장소에서만 보낸 것은 아니라는 사실을 갑자기 깨닫는다. 사람들이 고향이라 부르는 것도 똑같은 것이 아닐까?

… 당신이 도시에 살고 있고, 도시에서 자랐고, 도시에서 당신 삶 거의 모두를 보냈다 할지라도 당신이 늘 그 도시들을 고향으로 여기는 것은 아닐 것이다. 아마도 그것들이 너무나 거대하기 때문일 것이다. 어떤 구석, 어떤 방, 어떤 순간만이 당신의 추억을 일깨워줄 수 있다.

… 당신은 당신이 이 세상에서 찾을 수 있는 것이 아주 적다는 것을, 욕심이 지나쳐서는 안 된다는 것을 깨달아야만 한다. 당신이 궁극적으로 얻을 수 있는 모든 것은 결코 말처럼 분절되지 않는, 당신의 꿈들처럼 불분명하고 모호한 기억들뿐이다.[23]

"나는 태어날 때부터 피난민이었다. … 평생 도망만 다녀야 하는 운명을 타고났는지도 모른다"고 말하는 작중인물은 작가처럼 가장자리, 변두리, 경계와 주변을 맴돌게 되면서 그곳에서 마주치는 자연과 사람들 그리고 또 아주 작고, 어렴풋한 꿈결 같은 자신의 기억과 "순간적인 느낌"으로 경험하는 진실 속에서 삶의 진리를 발견하고 문학의 본령에 가닿는 것일지도 모른다.

폐암 오진이 계기가 되어 살아오던 삶의 방식을 반성하고 새로운 삶의 방식을 모색하는 여정에 나선 주인공은 이처럼 특이한 여러 만남과 이야기들, 꿈과 환영, 형이상학적인 고민과 실증적 증언을 상세하게 기록하며 마침내 여행의 끝에 이른다. 작중인물들이 다다르는 장소는 각기 다르지만 어딘가 연결이 된다. 우선, 제76장에서 '그'는, "홀로 멀고 먼 길을 헤맨 끝에" 어느 노인에게 영혼의 산이 어디냐고 묻지만, 자신이 이미 갔던, "거기, 강가" 혹은 "저기, 강가"에 있다는 선문답 같은 답만 듣는다.

> 그가 잘못된 길로 온 것일까? …
> "길은 항상 옳아. 잘못된 건 그 길로 접어든 사람이지."
> … 그래서 그는 우이진의 건너편, 강 이편에 홀로 서 있다.[24]

그다음 장에서 '나'는 어느 얼어붙은 강가에 서서 "완결된 그림"같이 "아무것도 움직이지 않는" 풍경 속에 날아든 새를 본다.

> 물은 줄어 있고 나뭇잎들은 모두 떨어지고 없다, 가지들은 짙은 회색이다, … 고요를 깨뜨리는 것은 아무것도 없다, 가지들 끝의 떨림

도 바람도 없다, 모든 것이 굳어 있다, 마치 죽은 것처럼, 어디서 오는지 모를 가느다란 선율만이 허공을 떠다니고 있다. … 그리고 더 이상 아무것도 움직이지 않는다, 죽은, 수면처럼, 더 이상 어떠한 변화도 일어나지 않는 완결된 그림 같다, 변화시키려는 의지마저 사라져버렸다, 동요도, 충동도, 욕망도 없다, … 멀리서 새 한 마리가 날아와 가는 버드나무 가지 위에 앉는다, 내려와 앉는 걸 눈으로 좇지 않았다면 그것을 알아보기가 무척 힘들었을 것이다, 날아오를 때에야 비로소 그것이 새라는 걸 알았을 것이다, … 모든 것이 그것을 알아보느냐 그렇지 못하느냐에 달려 있다, 그것이 거기에 있느냐 없느냐 하는 문제는 중요한 것이 아니다, 그것이 거기에 있건 없건 간에, 그것을 알아보지 못하다면 그것은 없는 것이나 다름없다, … 모든 것이 어떻게 생각하느냐에 달려 있다, 저 아래 있는 것이 틀림없이 길이라고 생각한다면 비 온 뒤에 물에 잠겨 있다 하더라도 그것은 길, 진짜 길이다.[25]

그 새의 움직임을 감지하면서 비로소 새라는 것을 알아차린 자신의 경험을 계기로, 모든 것은 그것을 알아봐야지만 존재감이 있고 의미를 품게 된다는 사실을 깨닫는다.

마지막으로 제80장에서 '당신'은 힘들게 오른 빙하의 "얼어붙은 광대한 고독"에 압도된다.

당신은 번들거리는 얼음 위에서 미끄러진다, 매서운 추위가 당신이 뺨을 마비시킨다, 당신 눈앞에 보이는 얼음 조각들이 수많은 빛깔로 아롱져 반짝인다. … 모든 것이 하얗다, 당신이 찾아다녔던 상태가 바로 이것이 아닌가? 아무것도 가리키지 않고 아무 의미도 없는 그림자

들로 이루어진 모호한 이미지들로 가득한 이 얼음의 세계 같은 상태, 즉 완전한 고독.[26]

"얼음을 두드리듯" 내적으로 어떤 "가느다란 방울 소리"가 끊임없이 들리는 가운데 계속 빙벽을 기어오르던 '당신'은 "점점 투명해지는, 정돈되고, 여과되고, 정화된 침묵의 음악" 속에 유영하듯 떨어진다. '당신'의 기억은 점점 가늘어지더니 미세한 빛으로, 수많은 입자로 분산되어 '당신'을 감싸고, 또다시 "맑고 날카로운 소리"들이 점점 강한 "소리의 물결"을 이루어 '당신'을 휩쓸어간다.

점점 형태를 취해가는 그 소리가 증폭된다, 길게 늘어난다, 그 소리가 당신을 관통한다, 당신은 당신이 어디에 있는지 알 수가 없다, 그 맑고 날카로운 소리가 사방에서 당신의 몸을 뚫고 들어온다 … 어두운 달 속의 태양의 그림자가 점점 더 요란한 소리를 내며 커지고 커지고 커지고 커지고 커지고 커지고 커지고 커져, 마침내 폭발한다, … 또다시 절대적인 침묵, 당신은 더욱더 짙은 어둠 속에 잠긴다, 당신은 당신의 심장이 고동치는 것을 느낀다, 육체적 고통, 살아 있는 그 몸이 죽음을 앞에 두고 느끼는 공포는 구체적이다, 당신이 떨쳐버리지 못하는 그 몸이 의식을 되찾았다. …

어둠 속 방 한 구석, 녹음기의 소리 강도 표시가 끊임없이 깜박거리고 있다.[27]

"숨을 참고 생각을 멈춘" '당신'이 죽음을 경험한 것일까? 마침내 작중인물은 녹음기로 책을 집필 중인 작가에게로 돌아온 듯 소설은 마무리된다. “사실 나는 아무것도 이해하지 못하고 있다”면서.

‘영산’은 ”어디에나 있을 수도 있고 어디에도 없을 수도 있다. 그것은 공간일 수도 있고, 시간일 수도 있고, 인간일 수도 있고, 인간의 내면일 수도 있”는, 다양하게 구현되는 “상징이며 기호”라고 성민엽은 설명한다.[28] 이처럼 『영혼의 산』은 지리적 지층에 정신적 층위, 샤머니즘과 도교라는 성스러운 층위를 겹쳐놓는다. 자기 자신을 바라보고 자기 인식을 찾는 주인공을 통해 오늘을 사는 사람들의 여러 사연을 이야기하고, 현대 소설의 실험적 형식에 옛 민담과 전설과 구전 가요를 버무려 넣는다. 정재서는 이를 두고 『영혼의 산』이 동양의 전통 서사 기법과 서구 모더니즘 소설의 기법을 결합시켜 새로운 소설 형식의 가능성, 나아가 “동아시아 전통 서사의 … 보편화의 계기”를 마련했다고까지 평가한다.[29]

가오싱젠은 “작가가 쓰고 독자가 읽는 바로 그 순간에” 문학이 실현되고 의미가 있다고 했다.[30] “자기 인식에 한 줄기 빛을 가져다주”기 바라며 자기 자신을 관망하는 과정을 통해 “순간의 영원성”을 추구한다는 점에서, 『영혼의 산』은 작가가 말하는 문학의 존재 이유를 가장 잘 드러내는 작품이라 하겠다.

오르한 파묵의 『내 이름은 빨강』과 『순수 박물관』

문학과 타 예술 장르와의 경계 허물기

이난아·한국외국어대 터키·아제르바이잔어과 강사

"동양에 새 별이 떠올랐다, 터키 작가 오르한 파묵 …"(『뉴욕타임스』 북리뷰), "오르한 파묵은 일류 소설가다. 현대의 가장 독특한 작가 중 한 명, 놀랄 만한 성공"(『타임스 리터러리 서플먼트』), "유럽과 미국의 문학계와 비평가들이 제3세계 국가 출신의 작가를 이렇게 극찬한 적은 매우 드물다"(『조날 데 브라질』), "절대적인 문학의 승리"(『시드니 모닝 헤럴드』), "놀랄 만한 재능의 소유자"(『더 뉴 리퍼블릭』) …. 이 모든 찬사는 2006년 노벨문학상을 수상한 터키 작가 오르한 파묵(1952~)에 대한 세계문학계의 반응이다. 세계문학계는 왜 그에게 이토록 열렬한 찬사를 보내고 있는 것일까? 이에 대한 답은 그의 작가 정신과 문학적 행보 그리고 일련의 작품들을 살펴봄으로써 가늠해볼 수 있을 것이다.

오르한 파묵은 1952년 이스탄불의 부유한 가정에서 태어났다. 어렸을 때 그의 부모가 이혼하면서 파묵은 어머니와 함께 살게 되었고, 정신적으로 힘든 시기를 보냈다. 터키의 명문 고등학교인 로버트 칼리지를 졸업하고 이스탄불 공과대학 건축공학과에 입학한 그는 한 인터뷰 기사에서 건축공학을 택한 이유에 대해 다음과 같이 밝힌 바 있다. "우리 가문은 전통적으로 토목 관련 일에 종사했다. 할아버지 역시 토목기사로 철도 건설 일을 하며 많은 부를 일구셨다. 아버지와 삼촌들도 이스탄불 공과대학 출신이고, 나 자신도 당연히 뒤를 이어 토목을 전공해야 했다. 그러나 집안에서 나의 미술적 재능을 인정하던 터라 미술과 연관이 있는 건축공학을 전공할 마음을 갖게 되었고, 이것은 가족 모두를 만족시킨 결정이 되었다."[1] 그러나 3학년 때 그동안 심취했던 미술에 갑자기 흥미를 잃고, 글을 쓰겠다는 생각에 건축공학을 포기하게 된다.

비록 중도에 포기했지만 건축공학과에서 수학한 학문적 경험은 건축 설계도처럼 치밀하게 잘 짜인 그만의 고유한 플롯 설정에 일조했을 것이다. 파묵의 작품 전반에서 살펴볼 수 있는 것처럼, 그는 기능적으로 독립적인 건축 자재들을 정교하게 엮어서 건물을 시공하듯, 설계도와 같은 정교한 소설 구조를 세워놓고 소재와 에피소드를 엮어 소설적 허구를 완성하고 있다. 즉 시멘트, 철근, 석재, 목재, 유리 같은 건축 재료들을 적재적소에 투입해 상호 보강하고 연결시켜 튼튼한 구조를 이루며 건물을 완성해가는 것처럼, 여러 소설적 소재와 에피소드를 정돈해 투입하고 이들을 효과적인 기법으로 엮어 작품을 완성해나가는 것이다. 뿐만 아니라 그는 매 작품마다 다른 양식의 플롯과 기법을 도입하고 있는데, 이는 새로운 건물마다 새로운 디자인과 공법을 적용하는 건축가의 정신에 비견할 수 있다. 오르한 파묵이 매번 새롭게 창안하는 소설의 구조 그리고 그 구조에서 볼 수 있는 치밀함과 정교함은 그가 한때 수학했던 건축공학과의 인연이 있었기에 가능했다고 할 수 있다.

작가가 되겠다고 결심한 후, 그는 건축공학을 포기하는 대신 이스탄불대학에서 저널리즘을 전공하며 본격적으로 독서와 글쓰기에 몰입했다. 그는 대학 졸업 두 해 전인 1974년 전업 작가가 될 것을 선언했고, 이후 전문 직업인으로서의 작가의 삶을 올곧게 유지해오고 있다. 그의 치열한 작가 정신은 전문 직업인으로서 글쓰기를 결심한 것과 무관하지 않을 것이다. "글쓰기 말고는 인생에 경이로운 것이 없다. 글쓰기는 유일한 위안거리다", "무슨 일이 있더라도 매일 새벽 일찍 일어나 글을 쓴다", "남은 생애를 수도승처럼 방 한구석에서 (글을 쓰며) 보낼 수 있다"는 그의 말에서 글쓰기에 대한 결연한 의지를 읽을 수 있다. 그에게 집필 행위는 그 자신의 존재 양식과 다름없는 것이다.

오르한 파묵은 신작 소설을 발표할 때마다 새로운 형식과 기법을 선보여왔다. 그는 기존 소설의 틀을 의도적으로 해체하는 동시에 자신이 기존에 선보인 소설 형식이나 기법을 다른 소설에 똑같이 사용하지 않기 위해 부단히 고민해왔다. 이러한 그의 고민은 서구의 포스트모더니즘 이론과 맞닿아 있다. 그는 자신의 작품에 포스트모더니즘의 여러 기법을 적용시켜 소설 자체의 다양성을 가능하게 하고 소설의 외연을 넓혀왔다. 마치 실험실에서 새로운 원리의 실험에 성공한 후 실험실 밖으로 나와 공장에서 신제품을 완성해 소비자에게 만족을 주는 엔지니어와 같은 역할을 해온 것이다. 그의 작품들에서 포스트모더니즘의 여러 기법이 총망라되어 실용화된 용례는 숱하게 끄집어낼 수 있다. 이런 점에서 그의 작품들은 포스트모더니즘 기법의 실험실, 무기 창고의 역할을 하고 있다고 할 수 있다. 오르한 파묵의 작품을 좀 더 꼼꼼히 살펴보면, 그가 소설을 쓰며 시도해온 다양한 실험은 기존에 발표된 포스트모더니즘 기법들을 넘어서서 그만의 고유한 기법을 창안하는 데까지 이르렀음을 알 수 있다. 그러한 고유한 기법을 자신의 작품에 성공적으로 반영했다는 점에서 그의 문학적 능력이 높이 평가되는 것이다.

소설이란 장르 자체는 서양에서 전래된 것이다. 하지만 서양의 새로운 기법을 수용하여 터키의 역사와 이스탄불의 현재를 담아 완성해낸 오르한 파묵의 소설들도 따지고 보면 그가 늘 관심을 갖고 있는 주제인 동·서양 문화의 절묘한 만남의 소산이며, 동양 문화의 장점과 서양 문화의 장점을 취해 이를 슬기롭게 결합하여 창조해낸 결과물이라 할 수 있다. 또한 그의 작품들은 동·서양 문화 충돌에 대한 해법을 보여주는 하나의 전형으로도 꼽을 수 있을 것이다. 이런 면에서 그의 소설은, 그의 조국이 그러하듯, 아시아와 유럽을 잇는 문학적 다리와 같은 역할을 충실히 수행하고 있다.

그는 직장인이 회사에 출근하듯 매일 별도로 마련한 집필실에서 열 시간 이상을 글쓰기에 매달려왔다. 대부분의 작가들에게 글쓰기란 자기표현의 방식이자 격정의 발로이며, 삶과 현실에 대처하는 몸짓이자 의미를 창출하려는 노력일 것이다. 오르한 파묵에게는 여기에 직업인으로서의 소명이라는 점 하나가 더 보태져야 한다. 그는 이삼 년을 주기로 작품을 발표하겠다고 선언한 바 있으며, 노벨문학상 이후에도 이러한 노력을 지속하고 있어 현재의 유명세에 안주하지 않고 자신을 부단히 채찍질하려는 의지의 표명이라 할 수 있다.

또한 그는 "소설가란 개미와 같은 끈기로 조금씩 거리를 좁혀가는 사람이며, 마법적이고 몽상적인 상상력에 의해서가 아니라 오로지 그 자신의 인내심으로 독자들을 감동시키는 사람"이라고 정의 내리고, 소설가의 자질로 끈기와 인내를 강조하고 있다. 물론 자기 자신에게도 철저한 근면성을 요구해왔다. 오르한 파묵은 "작가는 바늘로 우물을 파듯이" 글쓰기를 해야 하고 "작가에게 필요한 것은 첫째도 인내요, 둘째도 인내요, 셋째도 인내"라고 강조한다. 2006년 터키 문학사상 최초로 노벨문학상을 수상하고, 세계문학계의 거장 반열에 오를 수 있었던 것도 이러한 직업정신과 근면성 덕분이었다는 사실은 의심의 여지가 없다.[2]

『내 이름은 빨강』[3]

소설 『내 이름은 빨강*Benim Adım Kırmızı*』(1998)은 전 세계적으로 오르한 파묵의 작가로서의 입지를 확고하게 만들어준 작품일 뿐만 아니라, 세계적으로 권위 있는 문학상[4]을 두루 수상한 그의 대표작이라고 해도 과언이 아니다.

이 작품은 특히 소설이라는 큰 틀 안에서 회화(소설에서는 '세밀화')를 재현하려는 시도를 한 점에서 그 특이성이 있다고 할 수 있다.

이야기는 1591년, 눈 내리는 이스탄불 외곽의 버려진 우물 속에서 시작된다. 우물 바닥에 죽어 누워 있는 세밀화가 엘레강스는 어떻게 해서 자신이 나흘 전에 살해당해 우물 바닥에 던져졌는지를 토로한다.

이 작품의 여주인공이자 이스탄불 최고의 미인인 셰큐레는 4년째 페르시아와의 전쟁터에서 돌아오지 않는 남편을 기다리며 개구쟁이 두 아들과 친정아버지 집에서 살고 있다. 새 남편으로 적당한 사람을 찾기 위해 그녀는 아버지를 방문하는 궁정 화원 소속 세밀화가들을 몰래 숨어서 훔쳐본다. '에니시테'라고 불리는 셰큐레의 아버지는 수년 전, 베네치아의 궁전과 귀족의 저택에서 보았던 초상화의 매력에 푹 빠져 있었고, 유럽의 화풍을 도입한 삽화가 들어간 책을 제작하게 해달라고 술탄을 설득했다. 술탄으로부터 헤지라hegira(622) 천 년 되는 해를 기념하여 술탄과 술탄의 세계를 서양 화풍으로 그린 책을 비밀리에 그리라는 명을 받고 궁정 화원에서 가장 기예가 뛰어난 장인들을 선발해 이 밀서密書 제작에 참여시킨다. 그리고 이 과정에서 세밀화가들은 에니시테를 통해 점차 서양 미술의 영향을 받게 되고, 이것은 그들 사이에 커다란 갈등과 불안을 가져온다. 전통적인 화풍을 고수하는 것과 새로운 화풍을 받아들이는 것, 신성모독적인 것과 예술적인 것 사이의 격렬한 논쟁은 결국 세밀화가들의 희생을 불러오고, 서양 화풍의 적극적인 도입을 지지했던 에니시테조차 살해당함으로써, 이야기는 점점 더 피투성이로 변해간다. 술탄은 이러한 살인 사건이 자신을 향한 도전이라 여기고 궁정 화원장인 오스만과 에니시테의 조카인 카라에게 사흘 안에 살인범을 찾아내도록 명한다.

작품은 표면적으로 살인범의 정체를 알아나가는 추리소설의 형식을 띠고 있다. 그러나 다른 한편으로는, 절세미인 셰큐레를 어릴 적부터 사랑해온 카라, 그녀를 향한 끈질기고 맹목적인 연정을 품고 있는 시동생 하산 그리고 자신의 딸을 너무나 사랑한 나머지 늘 곁에 두고 싶어 하는 아버지 에니시테 사이의 복잡하고도 미묘한 심리가 섬세하게 묘사된 러브스토리다. 그러나 무엇보다도 이 작품은 시대적·정치적 변화 속에서 갈등하고 번민하며 자신의 정체성을 찾아가며 장인정신을 구현하는 예술가들에 관한 소설이다.

원근법을 사용하여 사실적으로 대상을 재현하는 서양의 화가들이 인간 중심의 세계를 추구한다면, 높은 곳에서 아래를 내려다보는 것처럼 대상을 평면적이고 투시적으로 묘사하는 페르시아의 옛 대가들은 신의 관점에서 세상을 바라보고자 한다. 이 둘 사이의 대립은 수백 년간 이어져온 이슬람 회화의 전통이 쇠퇴기로 접어들었다는 비애스러운 인식을 반영한다. 세밀화가들 사이의 질투와 긴장감, 낯선 그림에 대한 종교적인 두려움과 그 때문에 벌어지는 살인은 소설 전체를 감싸고 있는 슬픈 분위기와 패배감과 함께 세큐레와 카라의 불운한 사랑 이야기에 맞물려 전개되고 있다.

이질적인 두 대륙인 유럽과 아시아 사이에 자리한 터키의 문화적 정체성은 그 독특한 지정학적 위치의 영향을 끊임없이 받아왔다. 이것은 동양과 서양의 대비를 통해 터키의 정체성을 탐구하고자 하는 파묵의 작품을 이해하는 데 중요한 실마리가 된다.

파묵은 『내 이름은 빨강』에 대해 "나의 모든 소설 중에서 가장 색채감 있고 가장 긍정적인 소설"이라고 말한다. 『내 이름은 빨강』은 먼저, 페르시아를 위시하여, 모든 다른 이슬람 국가의 회화 전통과 비교하여 터키의 세밀화가 가장 혁신적인 시도를 했다는 것을 강조하고 있다. 페르시아의 회화 전통과는 달리, 터키의 세밀화는 일상생활을 사실적이고 경쾌하게 묘사하고 있다. 따라서 오르한 파묵이 화집 『기예의 서』나 『축제의 서』를 제작한 실제 인물인 궁정화원장 오스만과 술탄 무라트 3세(재위 1574~1595), 그러니까 터키 세밀화의 황금기를 소설의 시간적 배경으로 택한 것은 우연이 아니다. 일례로 『축제의 서』에는 다른 이슬람 회화 전통에서 볼 수 없는 '근대성'이 발견된다. 오스만제국 시대의 모든 길드들, 다양한 직업에 종사하는 사람들, 귀족들, 축제 장면들과 함께 고유의 의상, 문화, 다소 과장되게 표현된 면도 있지만 오락 문화까지 생동감 있게 묘사되고 있는 것이다.

등장하는 인물들이 저마다 자신의 언어로 말을 하고, 죽은 자, 개, 나무, 금화, 죽음조차 제 목소리를 내는 『내 이름은 빨강』은 예술과 사랑, 결혼 그리고 행복에 관한 소설인 동시에 잊힌 터키 전통 회화의 아름다움에 호소하는 애가라 할 수 있다. 이와 함께 『내 이름은 빨강』은 역사소설이며 추리소설이자 생물과 무생물 등이 모두 자신의 목소리로 말하는 동화적 요소로 쓰인 포스트모던 소설이다.

최근 수많은 예술 장르에서 경계 허물기가 시도되고 있다. 누구나 알 수 있는 분명한 장르의 틀이 혼성 혹은 서로의 장르의 경계를 넘나드는 것으로 우리에게 상상력의 무한대를 펼쳐 보여주고 있다. 이러한 현상은, 단일 장르로는 대중들의 다양한 욕구를 충족시키기에 역부족일 뿐만 아니라, 다중 성격의 장르를 통해 급변하고 있는 세계를 더 다양하고, 흥미롭게 표현할 수 있기 때문에 장르와 장르를 가로지르는 '크로스오버' 양식이 대거 등장하게 되었다는 데 그 배경이 있다고 할 수 있다.

이와 같은 현상은 문학 방면에서도 예외가 아니다. 문학적 상상력을 통한 장르 간 경계 허물기는 더 이상 생소하지 않으며, 이러한 시도가 빈번히 행해지고 있어 우리에게 자연스럽고, 익숙한 현상으로 다가오고 있다. 문학작품이 다른 예술 장르로 확장된 예를 들자면, '리처드 김'으로 알려진 한국계 미국 작가 김은국이 쓴 영문 소설 『순교자』(1964)는 영화를 비롯하여 연극과 오페라 등으로 만들어졌다. 마찬가지로 어떤 작가들은 그림을 소재로 작품을 쓰기도 한다. 가령 시인 황지우는 경기도 파주 보광사 벽에 그려놓은 그림을 보고 「게 눈 속의 연꽃」(1990)이라는 작품을 썼다.[5]

국내에서도 '미술 소설'이라고 분류되거나 명명될 만한 소설들이 잇달아 출간된 바 있다. 일례로, 『렘브란트의 유령』, 『반고호의 마지막 연인』, 『진주 귀고리 소녀』, 『다빈치 코드』 등의 번역 작품과 『바람의 화원』, 『베르메르 vs 베르메르』, 『미술관의 쥐』 등과 같은 국내 소설가의 창작품 등이 이러한 유의 소설로 분류될 수 있을 것이다.

위에서 언급한 소설들은 미술의 역사상에 존재한 작가들과 그들의 작품을 소재로 하여, 미술사에서 알려진 예화나 작품에 대한 전문 지식, 즉 팩트와 작가의 상상력의 소산인 픽션을 잘 엮어서 한 화가의 삶의 애환, 사랑, 장인정신 그리고 예술가적 고뇌를 담아내거나, 실존한 회화 작품에 대하여 있음직한 사건의 전모를 추리 기법을 통해 밝혀내거나, 미술 작품의 주제나 상징성을 소설 작품의 서사 도구로 차용하거나 그 모티브로 삼거나 한 작품들이다.

『내 이름은 빨강』의 경우, 터키의 전통 화풍인 세밀화에 대한 전문 지식과 세밀화의 역사 지식을 바탕에 깔고, 오스만제국 시대에 실존한 세밀화가들의 예술가로서의 장인정신과 고뇌를 묘사하고, 이와 대치되는 베네치아 회화라는 새로운 화풍과 전통 화풍 속에서 갈등하는 예술가의 모습을 배치하면서 세밀화가 살인 사건의 비밀을 밝혀가는 추리 기법을 채용하고 있다. 그러나 『내 이름은 빨강』은 위에서 언급한 작품들과는 달리 이 작품에서 소설과 회화의 '경계 허물기'를 실험한 흔적과 소설의 미술적 효과를 드러낸 점에서 그 차별성이 있다고 할 수가 있다.

오르한 파묵은 자신의 문학 세계와 그림은 떼려야 뗄 수 없는 불가분의 관계임을 여러 차례 시사했으며, 『내 이름은 빨강』의 초입부에서 살해당한 엘레강스의 입을 통해 "만약 내가 겪은 일을 책으로 쓴다면 제아무리 세밀화의 거장이라도 결코 그 내용을 모두 그림으로 표현할 수는 없을 것이다"[6]라는 말을 하게 하면서, 이야기를 그림으로 묘사하는 새로운 글쓰기 실험을 할 것임을 독자들에게 암시하고 있다.

더불어 여주인공 세큐레를 통해, "그럴 때면 나는 (그림 속의) 그녀들이 바라보고 있는 감상자가 누구일지 몹시 궁금해지곤 합니다. 어쩌면 나의 이야기도 언젠가, 아주 먼 곳에 사는 누군가에게 전해질지도 모르니까요. … 한쪽 눈으로는 책 속의 삶을, 다른 한쪽으로는 책 밖의 세상을 바라보고 있는 그 아름다운 여자들처럼, 나 역시 언제 어디서일지는 모르지만 나를 바라보는 여러분과 이야기하고 싶습니다"[7]라는 묘사를 통해, 자신의 이야기가 그림책으로 전달되었으면 하는 욕망을 암시하고 있다. 한편 소설의 끝부분에서 "그려지지 못할 이 이야기를, 어쩌면 글로 쓸 수 있을 거라고 여겼기 때문에 제 아들 오르한에게 말해주었습니다"[8]라는 표현은, 작가가 이야기를 그림으로 완전히 녹여내지 못한 아쉬움을 다시 글로 재현할 수 있을 거라는 바람을 시사하고 있다. 이는 이야기와 그림이 뫼비우스의 띠처럼 앞뒤의 구별 없이 서로 맞물려 있는 상태를 암시하는 의미일 수 있다.

이렇듯, 오르한 파묵이 한때 꿈꾸었고 재능을 보였던 미술이라는 장르, 그중에서 터키의 전통 화법인 세밀화와 소설과의 경계 허물기 시도를 『내 이름은 빨강』에서 어떻게 접목시켰는지를 살펴볼 만한 충분한 근거가 있다.

소설 전개의 발단이 되는 살해당한 엘레강스는 금박을 입히는 장인이며, 탐정 역할을 하는 카라와 서양화 유입을 시도하는 에니시테를 비롯하여 소설에 등장하는 거의 대부분의 인물은 세밀화라는 회화와 직·간접적으로 연관되어 있다. 파묵은 적지 않은 분량의 소설에서 세밀화 그리고 세밀화가와 관련된 많은 이야기를 풀어내고 있다. 이렇듯, 『내 이름은 빨강』에서 오르한 파묵이 문학적 상상력을 통해 회화와의 경계 허물기를 시도하면서, 소설을 매개로 회화를 재현하려 할 때 소재로 삼은 회화 장르는 세밀화다. 원래 세밀화는 종교 서적의 삽화나 장식에 이용되어 중세 유럽에서 유행되었다.

이슬람 종교권의 미술사를 볼 때 15세기에 이르기까지 회화와 조각의 전통을 찾아보기 어렵다. 이슬람교에서는 생명을 지닌 사람이나 동물의 형상을 표현하는 것을 불경시해왔기 때문이다. 실제로 이슬람교의 경전인 코란에서는 이에 대한 언급은 없고, 예언자 무함마드의 언행록을 기록한 '하디스'에 이를 금지하는 구절이 나온다.

인쇄술이 발전되지 못한 당시에는 코란과 다른 경전들을 전파하는 수단은 오직 경전의 필사에 의존할 수밖에 없었다. 필사하는 문자들을 아름답게 꾸미려는 욕망에서 다양하게 미적 요소를 가미한 필사체가 개발되었고, 서예가 발달했으며, 또한 제책술이 발전했고, 표지를 아름답게 꾸미기 위하여 기하학적 디자인이나 문양을 발전시켜왔다. 이 다양하고 아름다운 글자체, 기하학적 디자인, 또 수많은 문양은 종교 서적뿐 아니라, 비종교적 책이나, 사원이나 궁전의 현판, 도자기, 카펫 등에 회화 대신 사용되었다.

한때 몽골의 침입으로 중국풍의 그림이 이슬람 세계로 전래되었으나, 이슬람의 교의에 어긋난 까닭으로 그림이 한동안 수용되고 있지 않다가, 종교 경전이나 종교적 서책에 삽화 형식으로 그림이 사용되었다. 이러한 삽화 형식의 그림은 처음에는 교리를 보다 잘 이해하게끔 하는 보조 수단으로서, 또한 문맹인 신자들에게 교리를 보다 잘 전달하는 수단으로서 종교적 목적에 사용되었다.

『내 이름은 빨강』에서 언급되는 세밀화는 바로 이 이야기를 전달하는 데 부차적으로 사용된 그림이며, 그림으로 표현한 형상은 문맹인 신자들에게 글의 역할을 했을 것이고, 그들에게 경전 속의 교훈이나 사건에 대한 이야기를 전달하는 중요한 수단이 되었다. 소설 속에 나오는 세밀화 역시 그림 그 자체로 존재하지 않고, 서책의 삽화로서 이야기의 일부로 존재하거나 그림 안에 문자가 들어간 형태로 존재한다는 것을, "본질은 이야기이니라. 멋진 그림은 이야기를 우아하게 완성시켜주는 게야"[9]라는 말로 증명하고 있다.

문학과 미술의 상호 관련은 내용, 형식, 수용 등 여러 방면에서 조명해볼 수 있는데 작품의 제재나 주제를 예로 들면, 그리스신화나 신·구약 성서는 고대 및 중세에서 현대에 이르기까지 두 예술에 공통된 소재를 제공한다. 중세 성화나 르네상스 문학과 예술이 대표적이다. 또 어떤 자연 풍경, 역사적 사건, 사회 현상은 시인과 화가 모두에게 작품의 대상이 된다. 한 작가가 인접 예술의 작품에서 창작의 영감을 얻을 수는 얼마든지 있다. 상상력이란 모든 예술에 공통된 창조의 원류다. 이탈리아 르네상스 화가들의 불후의 명화는 후세의 많은 시인들에게 시작詩作의 동기가 된다. 이와 같은 사실은 예술

상호 간의 영향과 수용의 관계를 형성한다.[10]

이러한 문학과 미술의 상호 관련 측면에서 보면, 파묵 역시 『내 이름은 빨강』이라는 소설을 통해 회화적 재현을 시도하는데, 이에 대한 예들을 다음과 같이 나열할 수 있을 것이다.

첫째, 소설 전체적인 구도의 회화화라고 할 수 있다. 이는 작가가 한 폭의 대형 세밀화에 등장하는 사람, 악마, 말, 동전, 나무, 개, 수도승 등이 이야기를 하는 서사 구조를 택했다는 의미다.

실제로 독자들은 이 사물들이 세밀화의 소재라는 것은 소설을 읽어 내려가면 파악할 수 있다. 일례로 『내 이름은 빨강』 제1권 제2장의 마지막은 "이야기꾼 옆에는 거친 종이에 서둘러 그리긴 했지만 솜씨 좋은 화가가 그린 것이 분명한 개 그림이 한 점 걸려 있었다. 이야기꾼은 이따금 그걸 가리키면서 그림 속 개의 입을 빌려 이야기를 하고 있었다"[11]라는 서술로 끝나고, 바로 이어 제3장은 「나는 개입니다」라는 부제로 시작된다. 이는 세밀화에 그려진 개가 소설의 화자로 등장하는 가장 확연한 실례다. 또한 소설에서 「저는 한 그루의 나무입니다」, 「저는 금화올시다」, 「나는 죽음이다」, 「내 이름은 빨강」, 「저는 말馬입니다」, 「나는 악마다」, 「저는 여자예요」, 「우리는 두 명의 수도승」 등 각 부제의 화자는 모두 세밀화에 등장하는 생물, 무생물 혹은 사물이다.

이러한 작법은 독자들로 하여금 섬세하고 치밀하게 그려진 세밀화를 글로 읽는 듯한 착각을 불러일으킨다. 오르한 파묵은 자신이 이야기하고자 하는 것을 독자에게 전달하기 위한 방법으로 세밀화에 등장하는 소재들을 내세워 한 폭의 세밀화로 완성하는 독특한 구성법을 택해 소설을 회화로 재현하는 시도를 하고 있다.

둘째, 파묵은 소설에서 세밀화의 터키 유입사, 화파 및 화풍, 세밀화의 기법, 화가들과 그들의 작품에 대해 언급하고 있다.

세밀화의 터키 유입사에 대한 부분들은 소설 곳곳에서 서술되고 있다. 예를 들면 터키에 들어온 말 그림은 카즈빈 출신의 대가 제말렛딘이 유럽 화가들보다 먼저 고안해냈으며, 그가 말을 그리는 방법에 대한 방법을 쓴 『말의 묘사』, 『말의 질주』, 『말의 사랑』 등의 책은 한때 백양白羊 왕조(1378~1514)의 영향력이 미쳤던 모든 나라에서 즐겨 찾는 책이 되었다. 하지만 우준 하산의 백양 왕조가 멸망하고 이후 헤라트 화풍이 페르시아 전역을 지배하게 된 후로는 잊혔다. 이후 백양 왕조의 우준 하산의 보물은 정복자 술탄 메흐메트 1세(1382~1421)에 의해 약탈되어 이스탄불로 왔다.

이러한 약탈에 의한 세밀화의 터키 유입 이외에도 카라와 오스만이 술탄의 보고에 들어가 책을 달라고 하자 그곳 내부를 샅샅이 알고 있는 제즈미 아아라는 늙은 난쟁이가, "어떤 책들 말입니까? 아라비아에서 온 것들 말인가요? 천국에 계신 셀림 1세가 타브리즈에서 가져온 것들인가요?"[12]라고 묻자 "30년 전, 샤 타마스프가 천국에서 고이 잠들어 계신 술탄 셀림에게 선물로 보냈던 것 말일세"[13]라고 대답한다. 이렇듯 세밀화의 터키 유입 경로는 약탈과 선물 그리고 다른 지역에서 오스만제국으로 온 세밀화가들이 전파한 것으로 추정된다.

소설에서는 다양한 화파와 화풍에 대한 언급들이 나온다. 예를 들면 시라즈파의 세밀화가들이 지평선을 화폭의 맨 위에 그렸는데 이것은 시라즈에서 개발된 새로운 화풍이었다.

파묵은 다양한 세밀화들을 예로 들면서 어떤 장면들을 모두 똑같이 그리는 세밀화 기법에 대해 서술하고 있다. 이는 시간과 장소가 달라도 세밀화에서 변하지 않는 화풍이 있다는 것을 의미하고 있다. 중국 화풍의 영향을 많이 받은 터키의 세밀화가들은 최고의 미녀를 표현할 때 반드시 달덩이 같은 얼굴에 눈꼬리가 위로 올라간 중국 미녀를 그렸다. 하지만 오르한 파묵은 이러한 화풍들이 만나 오스만 제국만의 조화롭고 새로운 화풍을 만들어냈음을 설파하고 있다.

한편 소설에서는 세밀화의 기법에 대해서도 할애하고 있다. 위에서도 잠시 언급한 바, 세밀화는 하나의 독립적인 예술 양식이 아니라 제책술 즉, 책을 장식하거나, 이야기를 완성하기 위해 부차적으로 그려진 것들이며, 대상을 평면적으로 묘사하는 투시법을 사용하고 있고, 이렇게 평면적인 묘사를 하기 때문에 그림자는 있을 수 없다. 세밀화에서는 그 중심부에 놓이는 대상이 주로 술탄이며, 술탄은 실제 위치 여부에 관계없이 가장 크게 그려지곤 했다. 또한 세밀화에서는 개성, 즉 스타일이 금지되기 때문에 옛 거장들의 묘사 방식을 그대로 답습하는 것이 미덕으로 여겨졌다. 또한 그림을 그리는 일은 '기억'에 의존하여 그리며, 시대나 주인에 따라 화풍을 바꾸는 것은 불명예스럽다고 여겨 옛 장인들의 기법을 바꾸지 않으려고 눈을 찔러 장님이 되는 경우도 있었다. 세밀화의 기법에서 가장 중요한 것은 여러 세밀화가가 동참하여 하나의 작품을 완성한다는 것이다. 테두리 장식, 금박 장식, 인물, 말 그림, 나무 그림 등 이 분야의 전문가들이 있으며, 그 누구도 두드러지게 그림을 그리지 않고 협업을 하여 조화를 추구한다고 할 수 있다.

많은 이슬람 고전이 세밀화의 소재로 그려졌고, 전설적인 세밀화가들의 일화들 중 일례로, 이스탄불에서는 우준 메흐메트로, 페르시아에서는 호라산의 무함마드로 알려진 전설적인 세밀화가의 눈멂에 대한 이야기, 도제와의 사랑 이야기, 비흐자드가 장님이 된 사연, 타브리즈 출신의 위대한 장인 미르자가 빨간색을 만드는 비법, 유명한 삽화들의 제작 과정과 역사 등이 소설 곳곳에 서술되고 있다. 이는 소설 장르를 통해 회화와 화가를 소생시키려는 시도다.

셋째, 작품 속 어느 장면은 과거에 존재하는 그림의 장면으로 대치하고 있는 것을 볼 수 있다. 일례로, 창문을 통하여 세큐레와 카라가 만나는 장면을 보자.

> 말을 타고 가는 나와 창문에 기대선 그녀의 모습은 휘스레브가 쉬린의 창가로 다가가는 장면, 숱한 화가들에 의해 수천 번도 더 그려진 장면 … 과 얼마나 닮았는지를 나는 나중에, 그녀가 보낸 편지 속에 든 그림을 보고야 알았다. 그 둘의 유사성을 깨달았을 때, 나는 우리가 몹시 아끼고 좋아했던 그 책 속의 그림처럼 사랑으로 활활 타올랐다.[14]

이렇듯 독자들은 등장인물들이 그림에 대해 상세하게 설명해줌으로써 마치 그 그림을 눈앞에 떠올리며 그 심상을 즐기게 된다.

넷째, 소설 속의 어느 단락이나 장면은 삽화로 대치될 수 있게끔 세밀한 묘사를 했다. 예를 들면, 『내 이름은 빨강』 제1권 제4장 「나를 살인자라고 부를 것이다」에서 살인자는 세밀화의 거장인 비흐자드의 그림인 「휘스레브와 쉬린」을 예로 들며 살인자인 자신의 처지를 그림을 통해 감정이입을 하고 있다.

> 장인 중의 장인이자 세밀화가의 거장인 비흐자드의 그림 하나를

예로 들어보자. 그것은 살인에 관한 그림이므로 지금 내 처지와 잘 맞아떨어진다. … 사랑에 빠진 이 두 연인은 수많은 난관과 장애를 이겨내고 마침내 결혼식을 올린다. 그러나 휘스레브의 전처소생 아들인 사악한 왕자 쉬루에는 그의 젊은 부인 쉬린에게 눈독을 들인다. … 그리고 어느 날, 아버지가 쉬린과 함께 잠든 방으로 들어가, 칠흑 같은 어둠 속에서 시퍼런 단검으로 아버지의 심장을 찌른다. 아무것도 모른 채 평온하게 잠든 쉬린의 곁에서, 휘스레브는 아침까지 피를 흘리다 죽는다.[15]

소설 속 살인자는 누군가를 살해한 후 느끼는 자신의 공포감을 이렇게 그림을 통해 감정이입을 하고 있다. 파묵은 우리가 알지 못하는 그림을 섬세하게 묘사하면서, 서술로서 이 세밀화를 우리 눈앞에 생생하게 떠오르게 만든다.

또한 『축제의 서』를 서술로 재현해 놓은 장면은, 마치 우리가 그 작품을 눈앞에서 보기라도 하듯 생생하게 묘사되어 있다. 이뿐만 아니라 파묵은 술탄의 보고에 보관되어 있는 삽화들을 하나하나 세밀하게 '묘사'하고 있어, 독자들은 자신들이 그 보고에 들어가 당시 오스만제국이 소장하고 있던 세밀화들을 한눈에 다 '볼 수' 있는 기회를 갖게 된다.

다섯째, 소설의 발단이 된 살인 사건의 범인을 찾아내는 가장 중요한 줄거리조차 '그림의 고고학적 추적'에 의해서 단서를 포착하여 범인을 밝히는 점을 들 수 있다.

세밀화는 여러 명이 공동으로 하는 작업이기 때문에 한 화가의 개성이 두드러지는 것은 커다란 결함으로 간주되었다. 그럼에도 불구하고 세밀화에서는 그림을 그린 화가를 판별하는 방법으로 그림 속 인물의 귀를 보며 확인하는 '시녀 방법'이 있었다. 이는 만약 세밀화가들이 그림을 그리거나 작은 장식을 한 후, 자기가 작업하지 않았다고 할 경우, 누가 그렸는지를 알아내는 방법이다. 귀, 손, 풀, 잎 등은 그림에서 중요한 사항이 아니어서 급히 그리거나 반복해 그릴 경우 자신도 모르게 습관적으로 똑같이 그리게 되어 있어 화가가 누구인지 알게 된다. 이렇듯 소설에서는 소설의 발단이 된 살인 사건을 풀어가는 과정에서 그림의 고고학적 감별법을 적용하여 살인자를 색출하려는 시도를 하고 있음을 알 수 있다.

지금까지 오르한 파묵의 『내 이름은 빨강』을 통해 회화를 재현해 보고자 했던 시도들을 살펴보았다. 세밀화가 이야기로 존재하기 때문에 가능한 것이다. 서사가 없으면 그림도 없다는 의미다. 이러한 점에서 오르한 파묵은 『내 이름은 빨강』의 발단부에서 이야기(소설)와 그림의 상관관계를 에니시테의 입을 빌려, "각각의 그림들은 하나의 이야기의 부분들이다. 세밀화가들은 우리가 읽을 책을 더 아름답게 만들기 위해 이야기 가운데 가장 멋진 장면을 그리지. … 우리는 책을 읽는 동안 이런 그림들을 보면서 피로해진 눈을 쉬곤 하지. 또 우리가 이성과 상상력을 전부 동원해도 이야기 속의 장면을 연상하기 어려울 때면 그림들이 얼른 도와주곤 하지. 그림은 이야기에 색채를 더해 아름답게 만들어주는 것이다. 물론 이야기가 없는 그림을 상상할 수도 없지"[16]라는 말을 하게 함으로써, 서사와 그림의 상호 보완성을 시사하고 있다.

오르한 파묵은 『내 이름은 빨강』에서 포스트모더니즘적인 글쓰기로 16세기 세밀화에 얽힌 이야기를 복원해내는 실험을 하고 있다.

이 작품은 소설이라기보다는 문자로 그려진 하나의 미술 작품이라는 느낌, 세밀화로 그려진 한 폭의 대형 그림을 작가가 수많은 퍼즐 조각으로 해체하여 그 많은 조각들을 독자들로 하여금 하나씩 맞추어 그림을 완성하는 퍼즐 놀이 같은 인상을 남긴다. 이러한 측면에서 『내 이름은 빨강』은 소설적 상상력을 통한 '회화의 재현'으로 해석할 만한 근거가 있으며, 이로서 문학과 회화의 경계를 넘나들었다고 할 수 있다. 우리가 이 작품에 가치를 부여하는 것은 이러한 점에서 이전의 작품들과는 다른 새로운 모습을 보여주기 때문일 것이다.

문학과 회화는 비록 그 해석 방식에서 다르게 표현되기는 하지만 이것들이 추구하는 심미적 목표나 파급력은 동일하다고 간주될 수 있다. 즉, 문학과 회화가 글과 그림으로 대표될 수 있는 질료나 제작 기법 면에 있어 차이가 있으나, 대상의 예술적 표현이라는 점에서 연관성이 있다고 할 수 있다.

『내 이름은 빨강』에서 파묵은 서술적 상상력을 통해 회화를 재현하는 데 있어, 소설의 전체적인 구도의 회화화, 미술사, 화파, 기법 그리고 화가와 그들의 작품을 일부 소개하는 것에 할애하며, 작품 속 어느 장면이 과거에 존재하는 그림의 장면으로 대치되거나, 소설 속의 어느 단락, 장면은 삽화로 대치될 수 있게끔 세밀하게 묘사하고, 소설의 발단이 된 살인 사건의 범인을 찾아내는 가장 중요 줄거리조차 그림의 고고학적 추적에 의해서 단서를 포착하여 범인을 밝히는 형식 등의 작법을 통해 이를 구현하고 있다. 더불어 파묵은 소설에서 미술사적으로 중요한 미술 장르에 관한 지식들을 언급하고, 예술가의 삶과 창작 과정을 함께 다루면서 회화와 문학의 경계 허물기를 시도하고 있다.

『내 이름은 빨강』에서의 실험적 글쓰기란 소설 속 각각의 이야기들이 넓은 화폭 위에 정교하고 섬세하게 그려진 오브제들을 연상시키는 것인데, 이런 서사를 통해 이슬람 문화의 꽃인 세밀화를 복원해내는 데 성공했다고 할 수 있다.

파묵은 "책상 앞에 혼자 앉아서 글을 쓴 35년 동안 끊임없이 보이지 않는 경계를 발견했다"며 "작가는 금기되어 있는 것들, 삶을 제약하는 것들을 깨서 일상화하는 사람"이라고 말한 바 있다. 그는 또 "사회적 금기도 있겠지만, 작가는 가슴에서 나오는 진정성을 동력 삼아 숨겨진 미적 금기를 깨는 사람"[17]이라며, 정해진 공식에서 벗어나 새로운 미적 세계를 추구하는 '작가'의 역할을 강조했다. 여기에서 작가라는 대상을 다른 장르의 예술가들로 확장 해석할 수 있을 것이다. 『내 이름은 빨강』은 문학적 상상력으로 회화를 재현하고, 장르 간의 경계를 허무는 실험을 한 작품으로서 세계문학사에 한 획을 그은 작품이라고 주저하지 않고 말할 수 있다.

『순수 박물관』[18]

인문학이 다루어야 할 주제로서 가장 중요한 것 중 하나는 문학 공간이라고 할 수 있다. 문학 공간은 등장인물의 삶과 경험, 역사와 문화 등이 형상화된 곳이며, 인간의 삶, 사회를 종합적으로 표현하는 영역이기 때문이다. 따라서 문학 공간에 대한 깊이 있는 연구는 국가, 지역, 문화권, 언어권 등을 막론하고 그 작품을 한층 더 심도 있게 이해할 수 있는 단서를 마련하는 것이다. 이러한 이유로 모든 문학작품에서는 사건을 다룰 때 시간과 공간이 필수적으로 묘사되고, 이는 암묵적으로 동의된 사항이다.

대중문화의 대두와 함께 출현한 영상전자 매체는 문학에 치명적인 타격을 가했고, 고도로 발전한 전자영상 매체가 지금까지 활자 매체의 총아로 군림해온 문학을 밀어내고 그 자리에 이미지의 제국을 건설하기에 이르렀다. 하지만 객관적인 현상이나 사실에 기초를 두고 있는 과학이나 역사보다 주관적 직관과 감성을 중시하는 문학이 오히려 우월하다고 주장해온 것은 바로 문학이 지닌 상상력이라 할 수 있다.

한편 문학은 독자들에게 자기반성과 내면 성찰의 계기를 마련해 주기도 한다. 독자들은 문학작품을 통해 내적 대화를 나누며 인간의 정신세계를 탐색하는 지적 모험을 하며 내적 탐구를 체험한다. 이러한 문학의 유용성을 극대화하기 위해 문학을 기점으로 한 새로운 장르로의 확장이 요구된다고 할 수 있다. 특히 문자 매체보다 영상 매체의 선호도가 높아진 현대사회에서 대중과의 소통을 꾀하기 위한 일환으로 문학 공간을 '읽는 것'에서 '보여주기'로 확장을 시도하는 등 '읽는 예술'이 '보는 문화'로 전이되는 사례가 눈에 띄게 나타나고 있다.

터키 문학사상 최초로 2006년 노벨문학상을 수상한 오르한 파묵은 신작 소설을 발표할 때마다 새로운 형식과 기법을 선보이며 장르 간의 해체나 새로운 콘텐츠로의 확장을 시도를 하고 있다. 그는 기존 소설의 틀을 의도적으로 해체하는 동시에 자신이 기존에 선보인 소설 형식이나 기법을 자신의 다른 소설에 똑같이 사용하지 않기 위해 부단히 고민하는 작가다. 일례로, 『눈』에서는 연극과 문학의 경계 허물기 시도, 『내 이름은 빨강』에서는 소설과 세밀화라는 회화의 한 분야와의 경계 허물기, 『검은 책』에서는 주인공 제랄의 칼럼을 통해서 매스미디어와 접목 시도, 『순수 박물관』에서는 박물관 콘텐츠와의 접목 등 장르 간 크로스오버 시도를 왕왕 볼 수 있다. 이러한 사례는 터키 문학이 세계적으로 주목받고 중심으로 우뚝 설 수 있었던 이유 중의 하나인 창조적 해석과 실험 그리고 문학의 확장 양상 사례로 볼 수 있다.[19]

오르한 파묵이 2006년 노벨문학상 수상 이후 처음 발표한 소설 『순수 박물관*Masumiyet Müzesi*』(2008년, 국내에서는 2010년 출간)은 한 여성(퓌순)을 집착적으로 사랑한 한 남자(케말)의 평생에 걸친 사랑 이야기가 주요 골격을 이루고 있다. 이 소설이 이전에 발표된 작품들과 변별되는 점은 소설과 같은 이름의 '순수 박물관'의 실제 건립이라 할 수 있다. 이는 이 글에서 살피고자 하는 소설(허구)이 실제(문학 공간)로 확장된 사례 그 자체인 것이다. 케말은 자신이 일평생 사랑했던 퓌순을 영원히 기억하기 위해 그녀가 살았던 집을 그대로 복원하여 소설과 동명의 박물관을 세계의 독자들에게 공개한다. 케말이 이미 이 세상을 떠난 사랑하는 여인을 영원히 가슴에 간직하는 방식은 그녀를 기억하는 박물관을 짓는 것으로 실현된다. 이러한 이유로 오르한 파묵은 "『순수 박물관』은 단지 소설만이 아니라, 동시에 제가 이스탄불에서 오랫동안 세우려고 했던 박물관입니다"[20]라고 말하고 있다. 『순수 박물관』은 케말이 오르한 파묵에게 '순수 박물관'에 전시될 물건들에 얽힌 사연들을 소설 형식으로 써달라고 부탁한 작품이며, 소설은 이렇게 탄생하게 되었다.

오르한 파묵이 지금까지 발표한 모든 소설에서 터키 내의 동·서양 갈등 및 충돌, 전통과 현대와의 대립을 중점적으로 다루었다고 하면, 『순수 박물관』에서는 '사랑'을 중심축으로 하여 파묵의 다른 작품들에서 서술되고 있는 전형적인 소재를 함께 풀어나가고 있다. 국내에 소개된 파묵의 소설들 중 『하얀 성*Beyaz Kale*』을 제외한 다른 소설들에서도 남녀 간의 '사랑' 테마가 작품을 관통하고 있다.

『순수 박물관』에서는 처음부터 끝까지 사랑을 축으로 하여, 사랑과 관련된 우리 인간의 모든 감정, 예컨대 배신, 집착, 고통, 거짓, 질투, 상실감 등이 세세하게 투영되어 있다. 하지만 파묵은 "이 소설은 사랑을 칭송하거나 사랑이 얼마나 아름다운지를 설명하는 작품은 아닙니다. 그렇다고 유행가에 등장하는 가벼운 사랑 이야기도 아닙니다. 무척 무거운 면이 있는 소설입니다. 사랑이 우리 마음에 어떤 작용을 하고, 어떤 영향을 미치는지를 고심했던 책이라고 할 수 있습니다"[21]라고 밝히고 있다. 파묵의 언급처럼 이 소설을 단순히 '애정 소설'로 분류하기에는 그 무게가 묵직하다. 소설에서 파묵의 의도대로 심도 있게 다루지 않았지만 계엄령하의 암울한 터키 사회, 주인공 케말이 속한 상류 사회의 이중성과 이에 대한 회의, 젊은이들의 애정관, 결혼관, 퓌순이 속한 서민계층, 퓌순을 알게 된 후 케말이 겪는 인식의 변화 등이 1970~1980년대를 배경으로 하여 터키 사회, 정치, 문화상과 함께 전반적으로 묘사되고 있기 때문이다.

오르한 파묵의 최신작 『순수 박물관』이 한 여성을 평생 집착적으로 사랑한 한 남자의 처절한 개인사를 다룬 작품임을 위에서 잠시 언급했다. 세계문학사에서 오랜 세월 동안 한 여성만을 사랑하며 기다린 남자들을 다룬 소설들이 있다. 일례로 『위대한 개츠비』, 『콜레라 시대의 사랑』 등을 들 수 있으며, 이러한 작품들은 영화화되어 많은 독자들에게 사랑받고 있다. 앞의 작품들과 『순수 박물관』의 변별성은, 이 작품이 허구를 창작함과 동시에 그 허구의 창작 과정에 대해 진술한다는 면에서 메타픽션이라고 할 수 있다. 주지하는 바, 메타픽션은 자의식적 혹은 자기 반사적인 소설이라고도 하며, 종래의 소설이 대체로 어떤 사실을 객관화시켜 하나의 완결된 구성물로 창작함에 반하여 소설가 자신이 소설 쓰는 행위를 간단없이 의식하면서 쓰는 경우다. 소설 쓰는 행위를 독자에게 끊임없이 보여주면서, 혹은 언급하면서 쓰는 것을 의미한다.[22] 일례로 파묵은 소설 종반부에 "안녕하세요, 나는 오르한 파묵입니다"[23]라는 말을 하며 자신이 어떻게 이 소설을 쓰게 되었는지 그 경유를 독자들에게 말해준다.

또 다른 면에서 보면 소설에서 의식의 흐름 수법을 사용한 흔적이 왕왕 눈에 띄는데, 화자의 독백에 가까운 관찰이 이에 대한 실례라고 할 수 있다. 주인공 케말의 일인칭 시점으로 전개되는 소설이기 때문에, 그의 상상, 생각의 추이, 추측 등 화자의 시선을 따라가며 우리는 그의 의식의 흐름을 읽을 수 있다.

소설의 내용을 살펴보자면, 주인공 케말은 터키 이스탄불의 상류층 집안의 아들이며, 미국에서 유학한 전도양양한 젊은이다. 아버지의 사업체에서 일하며, 같은 상류층 집안의 여성인 시벨과 약혼을 앞두고 있으며, 곧 결혼할 예정이다. 그러던 어느 날 약혼녀 시벨이 마음에 들어했던 가방을 사러 한 부티크에 들어갔다가 그곳에서 일하는 먼 친척이자 열두 살 연하의 여성 퓌순을 보고 한눈에 반한다. 퓌순에게 걷잡을 수 없이 이끌리면서 그녀와 사랑을 나누지만, 시벨 역시 놓치고 싶지 않았던 케말은 예정대로 약혼식을 치른다. 약혼식에 참석한 퓌순은 케말에 대한 배신감에 종적을 감추고 만다. 케말은 퓌순이 자신을 떠난 후에야 그녀를 향한 자신의 감정이 진정한 사랑임을 깨닫고, 시벨과 헤어진 후 그녀를 찾아 헤맨다. 그녀를 찾는 동안 그녀와 밀애를 즐겼던 아파트에서 그녀가 만지고 놀았던 물건들에서 위로를 받고자 하는 자신을 발견한다. 천신만고 끝에 퓌순과 만났지만 그녀는 이미 다른 남자와 결혼한 후였다. 케말은 상류사회의 모든 것을 버리고, 유부녀인 퓌순의 집에 일주일에 서너 번씩 방문하며 그녀의 사랑을 다시 찾을 날만을 인내하고 기다린다. 결국 퓌순은 남편과 이혼을 하지만, 케말과 함께 외국 여행을 떠나는 길에서 자동차 사고로 죽고 만다.

퓌순이 사라졌던 시기에 케말은 과거 그녀와 사랑을 나누던 어머니 소유의 아파트에 퓌순이 만지거나 가지고 놀아서 향기가 배어 있는 물건들을 수집하고, 이 물건들과 관련된 기억을 떠올리며 그녀를 느끼며 물건에 위로하는 힘이 있다는 것을 알게 된다. 그는 퓌순이 세상을 떠났을 때, 그녀와 연결되는 사소한 물품들을 모아 박물관을 건립하기에 이른다. 이 박물관은 케말 자신이 경험한 사랑에 대한 증거이자, 기록이자, 불멸의 상징이라고 할 수 있다. 우리가 박물관의 유물을 보며 그 시대를 떠올리며 상상을 할 수 있겠지만, 그 시대로 돌아가 경험할 수는 없다. 하지만 케말은 퓌순의 물건들을 모아, 전시하는 것으로 옛사랑의 시간으로 거슬러 올라가는 방법을 택한다.

오르한 파묵은 『순수 박물관』에서 주인공 케말이 강박적으로 사랑하는 여자 퓌순의 물건들을 수집하면서, 이 물건들로 이루어진 박물관을 만든다는 내용을 소설로 서술하면서, 동시에 박물관을 건립할 장소(퓌순이 살던 집)를 구입했으며, 전시관 콘셉트의 '순수 박물관'은 2012년 4월 말에 개관했다.

세계 학계뿐만 아니라 국내 학계에서는 시대별 연구 주제가 다를 수 있겠지만 문학을 다른 장르와 상호 연계하여 연구하는 양상은 공통적으로 보이고 있으며, 많은 작품이 끊임없이 시대의 조류에 맞게 재창조, 재생산되어 새롭고 다양한 문화예술 콘텐츠로 재탄생되고 있다. 세계 고전들이 현대 영상미학과 만나고, 음악과 미술로 확장되는 경우는 흔히 목격되며 우리 역시 이러한 현상을 자연스럽게 받아들이고 있다. 나아가 예술 장르에서의 패러디나 혼성 모방, 이미지 차용이나 오마주, 리메이크나 시대의 요구에 따른 재해석 등을 통해 고전 작품들이 해를 거듭할수록 다양하게 창작되고 있다. 이러한 시대적 흐름 아래에서 문학 연구 분야에서도 다른 콘텐츠와의 접목을 통한 작품의 확장 및 재창조에 관한 연구가 활발하게 전개되고 있다.

문학을 소재로 한 문화 콘텐츠 기획에 대한 논의를 보면 그 기획에 참여한 인력이 주로 문학 연구자들임을 확인할 수 있다. 문학 연구자들이 콘텐츠 기획에까지 선보이게 된 데에는 문학작품을 가지고 문화 콘텐츠를 만들려면 스토리텔링이나 인터페이스 등 정보기술 쪽의 지식도 필요하지만 무엇보다도 작품 해석 및 주변 상황에 대한 정보가 필수적이기 때문일 것이다. 그런 면에서 본다면 문화 콘텐츠 기획에 문학 연구자들이 관심을 갖는 것은 상당히 바람직한 것으로 보인다.[24]

문화 콘텐츠의 파급력은 다른 제반의 분야처럼, 문학작품의 생산과 소비의 관계망을 새롭게 하고, 문학의 개념과 범주를 확장시키고 있다. 예전의 활자에 의해 생산되던 작품에서 영상으로, 멀티미디어를 활용한 새로운 작품으로 문학 환경이 바뀌고 있다. 이뿐만 아니라 문학 공간 역시 다양한 문화 콘텐츠로 재생산되어 문학을 체험하는 장으로 활용되기도 한다.

문학 공간의 문화 콘텐츠화는 스토리텔링이라고 할 수 있다. 즉 문학작품을 문학 공간으로 변환하는 데에는 스토리텔링을 기반으로 기획, 창작되기 때문에 문학작품의 적실성 여부가 콘텐츠 대상 작품의 성패를 가르는 중요한 척도가 된다고 할 수 있다. 문학작품 내에서 문학 공간은 사건이 진행되는 배경이기 때문에 작품의 전개, 구성, 성격에 매우 중요한 영향을 준다. 예를 들면 소설 『해리 포터』의 배경인 마법학교(호그와트)와 존 그리샴의 『펠리컨 브리프』의 배경인 미국의 도시 워싱턴은 전혀 다른 역할을 한다. 마법학교는 존재하지 않기 때문에 '해리 포터'를 판타지 소설로 만드는 반면에 실제로 존재하는 워싱턴이라는 도시를 배경으로 이야기가 전개되는 『펠리컨 브리프』를 읽으면 마치 현실에서 일어난 사건을 보는 듯한 느낌을 준다.

이 글과 관련하여 보자면, 문학 공간이 문학 박물관으로 확장된 사례는 세계의 곳곳에서 경험할 수 있다. 일례로 일본의 '어린 왕자 박물관', 영국의 '셜록 홈스 박물관', 박경리의 소설 『토지』의 배경인 하동 평사리의 '평사리 문학관' 등을 들 수 있을 것이다. 어린 왕자 박물관은 『어린 왕자』와 작가 생텍쥐페리를 테마로 하여 작가가 어린 시절을 보낸 생모리스 성과 파리의 거리를 재현한 재현 박물관이다. 셜록 홈스 박물관은 영국 런던에 있으며, 아서 코난 도일이 창조한 인물인 셜록 홈스가 살았던 베이커가 221B번지에 만들어진 문학 공간이다. 이 박물관에는 소설 속에서 그가 사용하던 안경, 돋보기, 파이프, 모자, 바이올린, 책 등의 소품들이 전시되어 있다. 이러한 전시물들은 작중인물인 셜록 홈스가 실제 살았던 인물이라는 착각을 불러일으키지만 그는 어디까지나 허구의 인물이다. 평사리 문학관[25]은 경상남도 하동군 평사리에 소설 『토지』의 주 무대인 최참판댁 가옥을 비롯하여 하동 및 지리산 문학에 대한 이해를 돕고자 건립되었다. 이곳은 한민족의 대서사시인 작품을 드라마화한 「토지」의 촬영지였으며, 「토지」에 등장하는 사람들의 집, 마을 그리고 밭이 재현되어 있어 당시의 모습을 상상하며 거닐 수 있는 문학 공간이다.[26]

위에서 언급한 박물관들은 작가의 의도와는 상관없이 후세의 사람들이 그들을 기리거나 기억하기 위해 만들어낸 콘텐츠로, 작가 본인의 생각이 아닌 다른 사람들의 생각이 많이 개입되어 있다. 하지만 '순수 박물관'은 작가가 집필과 동시에 건립을 추진하여 완성했다는 점에서, 타인의 의도나 생각이 개입되지 않은 작가 본인만의 창작물이라는 변별성이 있다. 이러한 점에서 본다면 '순수 박물관'은 현존하는 문화 콘텐츠화된 문학 공간 중에서도 가장 작품의 의도나 내용을 잘 반영한 원형 그대로의 박물관이라고 할 수 있다. 또한 다른 문학 공간들은 작가의 생가, 작품의 내용 등 주로 작가 중심의 공간들이지만, '순수 박물관'은 소설에 등장하는 오브제들을 그대로 생생하게 전시하고 있다는 점 즉, 오브제 전시 중심의 박물관이라는 점에서 또 다른 변별성이 있다고 할 수 있다. 다른 표현을 빌리면 시각의 공간화 혹은 평면의 입체화를 이룬 소설이라고 할 수 있다. 파묵은 오브제를 구상하고 전시하기 위해, 오브제들을 통해 소설에서의 구성과 박물관 전시를 구현하는 형식을 채택하고 있다. 일례로 소설에서, "그날 퓌순의 가방에서 끝내 나오지 않았지만 정성스럽게 접어 놓은 그녀의 꽃무늬 손수건을 여기에 전시한다."[27] 혹은 "퓌순이 입었던 하얀 팬티, 어린이용 하얀 양말, 지저분한 운동화를, 우리의 그 슬픈 침묵의 순간들을 나타내는 뜻에서 그 어떤 해석도 하지 않고 여기에 전시한다"[28] 등의 구절들이 왕왕 있으며, 이러한 구성 형식은 실제 박물관으로 구현하고 있다는 것을 보여주는 일체감을 형성하고 있다. 즉, 이 소설이 집착적인 사랑 이야기임과 동시에 작가가 전시를 염두에 두고 전시 카탈로그로 사용할 수 있도록 구성된 작품이라는 것이다.

국제박물관협회ICOM(International council of museum)는 박물관을 "인간 환경의 물질적인 증거를 수집하고 보존함은 물론 그 자료들을 연구하여 전시라는 행위를 통해 사회의 발전에 봉사할 수 있도록 대중에게 공개함으로써 연구와 교육, 과학에 이바지하는 비영리적이고 항구적인 시설을 말한다"라고 정의하고 있다.[29] 하지만 순수 박물관은 실재하는 인간환경의 물질적인 증거가 아니라, 허구 속에 등장하는 오브제들을 실제화하여 전시한 박물관이라는 점에서 그 차별성이 있다.

실제로 오르한 파묵은 이 소설에 등장하는 특히, 퓌순과 관련된 물건들을 모아서 이스탄불에 소설을 재현하여 지은 '순수 박물관'을 2012년 4월 27일 세계 언론 앞에 대대적으로 공개하며 개관했다. 이 점이 현존하는 다른 문학 박물관과의 가장 커다란 차별성 즉 소설 작품의 실제화라고 할 수 있다. 한편, 책의 맨 앞부분에 '순수 박물관'을 찾아가는 위치가 표시되어 있는 지도가 들어가 있으며, 소설 종반부에 삽입되어 있는 입장권은 박물관의 실존 여부를 알려주면서 독자들에게 소설의 허구성을 잊게 해준다. 이러한 장치들을 통해 파묵은 허구의 산물인 소설과 실재 세계의 박물관을 연결시키며 이 둘

사이의 경계를 무너뜨리고 있다. 허구와 실제가 조우하는 순간이다.

파묵은 소설과 동명의 순수 박물관의 설립 배경에 대해 이렇게 말하고 있다.

> 오랜 세월 동안 이스탄불에 박물관을 세우려는 작업을 하고 있습니다. 이를 위해 제 집필실과 가까운 추쿠르주마 지역에 1897년에 설립된 폐허가 된 건물을 샀고, 건축과 친구들의 도움으로 그 건물을 서서히 오늘날의 취향과 제 마음에 드는 박물관으로 변모시켰습니다. 이 작업을 진행하면서 한편으로는 소설을 쓰고, 그 소설에 이 집에 1975년에서 1984년 사이에 살았다고 상상했던 허구의 가족이 사용할 물건들을 고물장수, 벼룩시장에서 샀습니다. 저의 집필실은 서서히 오래된 약병, 단추가 가득 찬 자루, 복권들, 게임 카드, 옷 그리고 주방 기구들로 가득 차기 시작했습니다.[30]

앞서 언급한 문학 박물관들의 설립 배경을 보면, 작품이 세상에 나오고, 베스트셀러 대열에 들어선 이후 설립되었다는 공통점이 있다. 하지만 '순수 박물관'은 오르한 파묵이 작품을 쓰면서 동시에 동명의 박물관 설립에 착수했다는 점에서 그 차별성이 있다고 할 수 있다. 예컨대, 대부분의 소설들이 출판 이후의 성공에 힘입어 영화나 드라마로 제작되었던 것과는 다르게 '순수 박물관'은 철저히 소설의 구상 단계에서부터 박물관의 공간화를 염두에 두고 계획했다는 사실이다. 파묵은 작품을 쓰기 전에 이미 '순수 박물관'이 설립될 공간을 구입했으며, 박물관을 설립할 목적으로 기획과 제작 그리고 전시에 참여했다. 즉 파묵은 독자들에게 소설을 읽는 것만으로 그치지 않고, 작품의 배경이 된 곳을 직접 박물관이라는 구체적인 형태로 공간화시켜 독자들에게 상상의 산물을 실제로 만끽하게 해주는 콘텐츠 또한 제공해주고 있는 셈이다.

기존의 다른 문학 박물관과 '순수 박물관'의 변별성은 인류가 공통으로 공유하고 있는 기억이 아닌 소설 속 인물의 지극히 개인적이며 은밀한 기억들이 전시되고 있다는 점이다. 우리들이 사용한 모든 물건에는 영혼이 깃들어 있다. 만약 영혼을 중요시 여긴다면 새로운 물건은 의미가 없다. 옛 물건 혹은 사용한 물건에는 다양한 사람의 다양한 추억과 영혼이 깃들어 있다. 오래된 물건을 의미 있게 만드는 것은 다른 누군가가 그것을 사용했다는 데 있다.

우리는 우리가 일상생활에서 사용하기 위해, 예컨대 의류, 전기제품, 식기 등은 아무도 사용하지 않았던 새 물건을 산다. 이렇게 우리가 이러한 새 물건을 사는 이유는 알아채지 못하지만, 장차 그 물건들에 우리의 영혼이 담기기를 바라기 때문일 수도 있다. 우리가 흔히 말하는 '손때 묻은' 물건은 이러한 의미에서 중요하다. 우리는 사용 목적이 아니라, 바라보기 위한 목적인 경우 새 제품이 아니라 다른 누군가가 사용한 물건을 사는 경우가 많다. 그 이유는 아마도 그 물건들이 분위기를 풍부하게 만들기 때문일 것이다. 우리는 우리가 사랑하는 사람이 만진, 소유한 것을 좋아한다. 케말에게 퓌순이 만지거나 소유한 물건의 중요성은 바로 이것이다.

> 성냥을 식탁에서 집어 모르는 척하며 주머니에 넣을 때 느꼈던 행복에는 또 다른 면도 있었다. 집착적으로 사랑하지만 '소유할 수 없는' 누군가에게서 작지만 어떤 것을 떼어내는 행복이었다. 물론 무언

가를 '떼어낸다'라는 말은, 사랑하는 사람의 숭배할 만한 몸의 일부를 떼어낸다는 의미다.[31]

연인이 헤어질 때 손수건을 주는 이유는, 그 손수건에 연인의 향기가 배어 있어서다. 중요한 것은 사랑하는 사람이 사용한 물건이라는 점에 있다. 그렇다면 어떤 물건을 의미 있게 하는 것은 무엇일까? 간디의 물건들을 보면, 지팡이, 옷, 안경, 물컵, 이외에 그가 남긴 다른 것은 없다. 한편, 2008년에 타계한 세계적인 디자이너 이브 생 로랑의 물건들을 보자면, 그는 디자이너답게 수백 개의 안경이 있을 것이다. 이 안경들 중 하나는 일주일 정도, 어떤 것은 하루 정도 착용한 것일 수도 있다. 반면 검소했던 간디가 썼던 안경은 하나밖에 없었기 때문에 항상 그것을 착용했을 것이고 이러한 이유로 그의 안경에는 그의 영혼, 손때가 더 많이 묻었을 것이다. 이러한 측면에서 간디의 안경은 이브 생 로랑의 안경보다 더 귀중한 가치가 있다. 또 다른 실례를 들어보자. 성배는 왜 그렇게 중요할까? 예수가 마지막 만찬 때 사용했다는 성배에 대해서는 소설, 영화 등 많은 예술 장르에서 다루어지고 있다. 그 이유는 물론 그 성배로 마지막 만찬 때 포도주를 마셨다는 것이 중요해서이기도 하지만, 세상에 하나밖에 없다는 희귀성 때문이기도 하다. 더불어 더 중요한 것은 그것이 우리 인류 역사에서 가장 중요한 물건들 중 하나이기 때문이다. 즉, 중요한 사람의 흔적, 향기, 땀이 배어 있고, 유일무이한 물건이라면 인류사적으로, 역사적으로 가치가 있다고 할 수 있다.

그렇다면 우리는 왜 '순수 박물관'에 전시된 여러 가지 오브제들을 관람하고자 할까? 그것은 박물관에 전시된 물건들이 소설 속 케말과 퓌순의 가슴 아픈 사랑의 증거이자, 세계적 권위의 작가가 창조한 인물이 소유하거나 만진 물건이기 때문이다. 케말은 자신의 사랑의 기억, 그 아름다운 순간을 간직한 물건들의 중요성을 이미 소설의 초반부에서 암시하고 있다.

> 하지만 가장 행복한 순간을 생각했을 때, 그것이 이미 아주 오래전 일이며, 다시는 오지 않을 것이고, 그래서 우리에게 고통을 준다는 것도 알고 있다. 이 고통을 견딜 수 있게 하는 유일한 방법은 그 황금의 순간이 남긴 물건을 소유하는 것이다. 행복한 순간들 이후에 남겨진 물건은 그 순간의 기억, 색깔, 보고 만지는 희열을, 그 행복을 느끼게 해준 사람보다 더 충실히 간직하고 있다.[32]

이렇게 해서 케말은 퓌순이 사라졌을 때 그녀가 만지거나 소유했던 물건들을 만지며 물건들이 주는 위로를 깨달았던 것이다. 소설은 다양한 물건들 속에 깃든 이야기를 축으로 펼쳐지고 있으며, 소설의 결론 부분인 「사고 후」라는 장부터 케말의 수집품 일부가 박물관이라는 실제적 공간에 모이는 과정이 자세하게 설명되고 있다. 퓌순이 불의의 사고로 죽은 후 케말은 그녀와의 추억을 불멸화하기 위해 박물관을 건립할 계획을 세운다. 이를 위해 그는 세계 곳곳의 작은 하우스 박물관들을 방문하며 자신이 건립할 박물관이 어떠한 형태가 되어야 하는지에 관한 아이디어들을 모으기 시작한다. 케말의 이러한 행위에 대해 오르한 파묵은 이렇게 말한다.

> 박물관은 시간이 공간으로 변하는 곳입니다. 제 생각에 박물관의

매력적인 힘도 이것에 있습니다. 시간이 지났다는 느낌을 순간이나마 우리에게 느끼게 해주지요. 박물관은 바깥의 삶과는 소리, 분위기, 공기들이 다른 특별한 곳이지요. 제 소설의 특히 종반부에서 케말은 그가 모은 퓌순의 물건들로 이루어진 박물관을 세우고 싶기 때문에 서양의 많은 박물관을 돌아다닙니다. 특히 작은 박물관을 보며 퓌순을 떠올립니다.[33]

케말은 자신의 삶에서 가장 의미 있었던 순간은 퓌순을 사랑한 순간이었다는 것을 깨닫고, 이러한 순간들을 박물관에 모은 오브제들로 설명할 수 있을 것이라고 여겼던 것이다. 그는 "이렇게 위안을 받으면서, 나의 수집품들도 어떤 이야기의 틀 안에 모아 설명할 수 있을 거라고, 어머니와 형 그리고 모든 사람들이 낭비했다고 생각하는 나의 삶을, 퓌순이 남겨놓은 것들과 나의 이야기와 함께 누군가의 교훈이 될 수 있는 박물관에 전시해 설명할 수 있을 거라고"[34] 상상하며 행복해한다. 케말이 퓌순과 관련된 물건을 수집하는 것은 사랑의 고통을 그것으로나마 달래고자 하는 것이다. 이러한 이유로 그는 "한 여인을 너무나 사랑해서, 그녀의 머리카락과 손수건, 머리핀 등 그녀가 가졌던 모든 물건을 숨겨놓고, 오랫동안 그것에서 위안을 찾았습니다"[35]라는 고백을 하게 된다. 이후 케말은 지난 세월 동안 자신이 모은 물건들에 대한 이야기를, 자신이 박물관을 지은 이야기를 소설로 완성하기 위해 같은 도시에 살고 있는 작가인 오르한 파묵를 만나, 자신의 이야기를 소설로 써달라는 의뢰를 한다. 그녀의 향기가 남아 있고, 전시되는 공간을 만들고, 이를 기록으로 남김으로써 영원히 기억하고자 했기 때문이다. 이러한 행위는 즉, 기록과 재현은 자신의 사랑의 방식 혹은 사랑의 완성 그 자체인 것이다.

많은 세월이 흐른 후, 삶은 나를 내가 경험했던 것에 관한 인류학자로 만들 것이었기 때문에, 먼 나라에서 가지고 온 그릇, 물건, 도구들을 전시하며 그들의 삶과 우리의 삶에 어떤 의미를 부여하고자 하는 이 열정적인 사람들을 절대 경시하고 싶지 않다. 하지만 '첫 경험'의 흔적과 물건에 보이는 지나친 관심은, 퓌순과 나 사이에 생긴 깊은 온정과 더없는 기쁨의 감정을 이해하는 데 걸림돌이 될 수 있었다. 이러한 이유로 침대에서 서로 말없이 껴안고 누워 있을 때, 열여덟 살의 나의 연인이 서른 살의 나의 피부를 사랑으로 어루만졌던 정성을 보여주기 위해, 그날 퓌순의 가방에서 끝내 나오지 않았지만 정성스럽게 접어놓은 그녀의 꽃무늬 손수건을 여기에 전시한다. 이후 퓌순이 담배를 피우면서 책상 위에서 만지작거렸던 어머니의 크리스털 잉크병과 필기도구 세트가, 우리 사이에 존재하는 섬세하고 연약한 온정의 징표가 되었으면 한다. 남자다운 자긍심과 죄책감을 동시에 느끼게 했던, 당시 유행한 두꺼운 남성용 벨트도, 천국에서 방금 나온 듯한 우리의 벌거벗은 몸에 옷을 걸치는 것, 더럽고 낡은 세계를 훑어보는 것조차 우리 둘에게 아주 힘들었다는 것을 설명해주었으면 한다![36]

파묵은 작품 전체에 걸쳐 퓌순의 향기가 담긴 오브제들을 소설 전개와 함께 일일이 열거한다. 예컨대, 립스틱, 영화 입장권, 영화 전단지와 사진들, 극장 막간에 퓌순이 마시다 버린 사이다 빈 병, 레스토랑의 양은 수저, 퓌순의 식탁에 놓여 있던 소금통, 그녀의 귀걸이,

메뉴판, 퓌순이 먹다 길거리에 버린 아이스크림 콘 부분, 퓌순의 손목시계, 머리빗, 괘종시계, 톰발라 놀이 세트, 게임에서 이겨 얻은 그녀의 손수건, 골무, 단추, 실패, 뜨개질 도구, 성냥갑, 퓌순의 담배꽁초, 슬리퍼, 다양한 머리핀, 그녀와 처음 사랑을 나눈 침대 매트리스, 그녀를 죽음으로 몰고 간 56년형 쉐보레 자동차의 잔해물들 … . 이러한 오브제들은 이스탄불 추크르주마에 있는 소설 속 연인의 집을 개조하여 만든 박물관에 전시될 목록 중 일부다.

이렇듯 파묵은 소설에서 '순수 박물관'에 전시될 전시품들, 그 물건에 얽힌 사연들, 그것들의 확보 과정을 세세히 묘사하고 있다. 카탈로그 소설의 탄생이라 할 수 있다. 박물관의 완공이 가까워지자 케말은 자신의 이야기를 소설로 써달라고 부탁한 오르한 파묵에게 이렇게 말한다.

> 모든 곳에서 동시에 모든 물건들, 그러니까 내 모든 이야기를 볼 수 있기 때문에 관람객들은 시간이라는 개념을 잊을 겁니다. 삶에서 가장 커다란 위안은 이것입니다. 마음에서 우러나온 본능으로 만들어지고 정렬된 시적인 박물관에서 사랑하는 옛날 물건들을 만났기 때문이 아니라, '시간'이 사라졌기 때문에 위안을 얻는 것입니다.[37]

이는 박물관 설립의 의미에 대한 케말의 생각이다. 파묵은 소설에서 아리스토텔레스의 '시간'에 대한 정의를 언급하면서, 순간과 순간들을 하나의 선으로 잇는 것이 바로 케말이 퓌순과 관련된 물건 하나하나를 수집하면서 그녀와 같은 시간을 공유하고 있다는 믿음을 갖게 된다. 그는 박물관에 순간순간을 간직하고 있는 물건들을 결합시켜 결국 하나의 시간이라는 개념으로, 그 물건들에 시간들이 멈춰 있다는 의미부여를 한다. 파묵은 케말이 왜 박물관을 세웠는지에 대한 답으로 "어차피 소설과 박물관의 목적은 우리의 기억을 진심으로 설명하여 우리의 행복을 다른 사람들의 행복으로 만드는 것이 아니겠는가?"[38]라는 독백을 한다. 이는 소설과 박물관의 목적이 창작자가 그것들을 창조하면서 느꼈던 행복을 보여줌과 동시에 소비자들에게도 그 행복을 전달하고자 싶은 의도로 한 말이다. 소설과 박물관이 이러한 공통점으로 조우하는 순간이다.

인류학적으로 인내심 많은 수집가들 덕분에 '박물관'이 생겨났고, 이 장소는 우리가 과거를 들여다보고 그 시대의 삶을 추적해보는 유일한 공간이 될 수 있었다. 박물관에 전시된 물건들은 당당하게 살아 자신들의 존재를 과시하고 있지만, 그 물건들을 사용했던 사람들은 이미 사라지고 없다. 오르한 파묵은 어쩌면 이렇듯 매력적인 소재인 '박물관'과 '수집품'에서 영감을 얻어 『순수 박물관』을 집필했는지도 모른다. 파묵은 치밀하게 준비하고 작업을 한 끝에 허구의 산물인 소설 작품과 동시에, 세세한 부분까지 모두 재현한 '순수 박물관'을 건립하기에 이르렀고, 독자들에게 그 박물관을 선보이기까지 한다. 즉, 자신의 소설을 실제 공간으로 어떻게 변모시켰는지에 대한 신선한 접근 방식의 실험이라고 할 수 있다. 이는 작가의 무한한 상상력이 현실로 존재하는 성과를 거두며, 문학의 확장 가능성을 증명하고 실현한 좋은 사례로 간주된다.

많은 이론가들과 문학 전문가들은 소설이 예전과 같은 매력적인 장르로 군림하는 시대는 지났다고 진단하기도 한다. 한때 순수소설은 문학 장르의 대표 주자로서 적지 않은 영향력을 행사했지만 이제

자기 계발서나 판타지 장르에 그 자리를 내놓고 있는 것만 봐도 실감할 수 있는 현상이다. 이에는 어쩌면 정보화 시대의 도래(예컨대 미니 홈피나 블로그를 통해 자기 생각을 다른 사람들과 공유하는 등), 영상문화의 발전에 따른 외부적인 요소들도 분명히 있겠지만, 다른 한편으로는 문학 내부적인 문제에 눈을 돌려 그 해결책을 찾는 것도 한 방법이라 할 수 있다. 전통적인 권위 즉, 국가, 사회, 가족 등이 해체되는 작금에서 과거와 같은 문학 형태를 고수하는 것을 시대적 변화에 순응하지 못하는 결과를 낳기도 한다. 이러한 현실에서 작가들은 이에 대한 돌파구를 찾고자 부단히 노력하고 있으며, 한 장르에 국한되지 않고, 장르 간 크로스오버 혹은 장르 파괴 등 다양한 시도를 하고 있다. 오르한 파묵은 현재까지 다른 작품에서도 장르 파괴 시도를 한 바 있으며, 소설 『순수 박물관』에서는 세계문학사상 최초로 '허구'가 '실제'로 변모하는, 즉 소설을 현실 속으로 끌어낸 문화 콘텐츠적 시도, 그러니까 실제 박물관으로의 전환은 문학의 확장 가능성을 보여준 파격적이고 신선한 발상이라고 할 수 있다. 『순수 박물관』은 오르한 파묵이 노벨문학상 수상 이후 처음으로 발표한 소설로, 자신의 인생을 지배한 연인에 대한 기억의 보관 장소로 '박물관'을 세우는 남자의 이야기다. 다른 말로 하면, 『순수 박물관』은 순수하고 열정적인 사랑에 대한 기억과 그 사랑을 영원히 기억하고자 그녀에 관한 물건들을 모아 박물관을 세우고, 그 박물관에 전시된 물건들을 통해 그녀를 영원히 기억하고자 하는 이야기이자, 오르한 파묵이 실제로 소설의 공간이 된 장소에 세운 박물관의 이름이다. 박물관은 케말이 자신이 경험한 사랑에 대한 증거이자, 기록이자, 불멸의 상징인 것이다.

'순수 박물관'이 기존의 문학 박물관과 구별되는 점은 작가가 작품을 집필하면서 박물관을 지을 건물을 구입해 소설에서 등장하는 오브제들을 수집했다는 사실이다. 즉 작품의 구상 단계에서 박물관 건립이 예정되어 있었다는 것이다. 파묵은 소설 속 이야기를 집요하게, 한편으로는 독자의 주의를 끌기 위해 박물관에 전시된 물건들과 연결하여 서술하고 있다. 이러한 소설 구성은 독자들을 소설 속 이야기의 일부로 참여시킨다는 점에서 의미가 있다고 할 수 있다. 예컨대 마치 독자들이 소설을 들고 박물관을 돌아다니는 효과를 주고 있는 것이다. 이렇듯 『순수 박물관』은 소설이자 박물관의 카탈로그라는 이중의 역할을 하고 있으면서, 한편으로는 소설을 쓰는 동시에 박물관을 세운 것인지, 소설을 다 쓴 후에 박물관을 세운 것인지에 대한 모호한 의문을 품게 만들기도 한다.

'순수 박물관'에 수집되어 전시된 물건들은 케말과 퓌순의 짧지만 긴 사랑에 관한 기억과 추억이 담겨져 있지만, 한편으로는 당시 이스탄불의 부유층을 비롯한 다양한 사람들이 공유했던 기억도 내재되어 있다. 『이스탄불: 도시 그리고 추억』 등의 작품을 통해 과거의 기억에 집요하게 매달렸던 파묵은 어쩌면 『순수 박물관』을 통해 다시 언어로 이루어진 세계 속에서, 과거 기억의 수집품들을 모아 이를 재구성하여 소설을 쓴 것일 수도 있다. 이는 마치 소설 속 케말이 퓌순의 기억으로 '순수 박물관'을 만들고, 그리하여 그 과거가 현존하는 실재 박물관으로 탈바꿈하여 영원불멸이라는 새로운 생명체로 탈바꿈한듯하다. 소설에서도 자주 언급되었듯이 박물관은 한정된 순간들의 추억을 공간에 가두어 그 시간의 끝을 영원토록 연장하고 싶어 하는 사람들의 장소다. 케말 역시 퓌순과 공유했거나 퓌순의 체취가 묻은 물건들을 모아 박물관에 전시함으로써 그녀와 함께 있지 않는 순간에도 그들의 추억은 박물관에 영원히 존재할 것이고, 그들의 사랑 역시 그 물건들을 통해 영원히 우리들에게 기억될 것이다. 더불어 소설 『순수 박물관』은 읽는 행위를 넘어 과거를 눈앞에 복원함과 동시에 박물관에 전시되는 물건들을 일일이 세세하게 설명한 '카탈로그 소설'이라고 명명할 수 있는 새로운 문학 장르 개척에 공헌했다는 점에서도 그 의의를 찾아볼 수가 있을 것이다.

르 클레지오의 『조서』와 『사막』

문학이라는 꿈, 시적 모험, 관능적 희열을 향한 도주의 몸짓

오보배·강원대 불어불문학전공 교수

들어가는 글

2008년 10월 스웨덴 한림원은 "새로운 출발, 시적 모험, 물질적 도취의 작가, 지배 문명 너머 또 그 아래에서 인간을 탐사한 작가"라는 찬사와 함께 그해의 노벨문학상 수상자로 소설가 장 마리 귀스타브 르 클레지오가 선정되었음을 발표했다. 직관적으로 이해되기보다는 다소 모호하게 느껴질 수 있는 수상자 선정의 변이다. 하지만 전공자로서 나는 다양한 변화를 거듭해온 동시에 한결같은 신념을 바탕에 둔 르 클레지오의 문학 세계를 이보다 더 절묘하게 압축해낸 문장을 보지 못했다.

스물세 살에 발표한 첫 소설 『조서*Le Procès-verbal*』(1963)로 프랑스의 가장 권위 있는 문학상의 하나인 르노도상을 받으며 화려하게 문단에 데뷔했던 르 클레지오는 그로부터 45년 뒤 노벨문학상의 영예를 안기까지 40권이 넘는 소설과 소설집, 에세이 등을 출간했다. 산술적으로 계산하자면 1년에 약 한 권꼴로 단행본을 발표한 셈이고, 그 길이도 —동화 등 일부를 제외하면— 대부분 300쪽이 넘는 작품이니 그의 '창작욕'은 글을 쓰려는 마음을 넘어서 쓰지 않을 수 없는, 일종의 본능적 욕망에 가까운 것이 아닐까 짐작하게 된다. 실제로 언제나 펜과 수첩을 갖고 다니며 어디서든 영감이 찾아오면 몇 시간이고 앉아 글을 쓴다는 이 작가는 노벨문학상 수상이라는 '큰 사건'을 겪은 뒤에도 변함없는 성실함으로 꾸준히 작품을 발표하고 있다.

저자의 생애와 사상

장 마리 귀스타브 르 클레지오. 전체를 부르기에는 상당히 긴 이름이라 프랑스에서는 약어로 'J. -M. G. Le Clézio(불어 발음은 쥐엠줴 르 클레지오)'로 쓰고, 국내에서는 흔히 성씨 '르 클레지오'로만 표기한다. 그의 성姓은 브르타뉴 방언으로 'le clos(닫힌, 둘러싸인)'라는 어원을 갖는다. 이름과 운명의 상관관계를 어느 정도는 믿고 있는 우리식 관점에서 상상해보자면 정적이고 은둔하는 삶을 살았을 법도 한 이 작가의 실제 인생은 그러나 성씨가 정해준 운명과는 거의 정반대로 전개된다. 탄생 무렵부터 청년기까지는 여러 역사적 사건들의 영향으로, 그 후에는 작가 자신의 '방랑가 기질'에 힘입어 르 클레지오는 세계 각지로 여행을 떠나 길게는 몇 년씩 체류하며 살았고, 코로나19로 전 세계가 마비되기 전인 2018년 여름에도 중국 난징南京대학에서 초빙교수를 지내는 등 아주 최근까지도 '노매드nomade'

의 삶을 유지했다. 그의 일생을 채우고 있는 수많은 여행은 작가 르 클레지오와 그의 문학의 탄생에 중요한 밑거름이 된다.

르 클레지오는 1940년 4월 13일 프랑스의 지중해 도시 니스에서 태어났다. 제2차 세계대전 중이었고, 아버지 라울은 나이지리아에 군의관으로 파병을 가 있었다. 어머니 시몬은 할머니의 도움을 얻어 어린 형제를 돌보기 위해 로크빌리에르로 피난을 가게 된다. 니스에서 내륙으로 약 50킬로미터 정도 들어간 곳에 있는 이 산간 마을은 작가에게 처음으로 자연의 경이를 경험하게 한 곳이다. 바라보고 감상하는 '대상으로서의 자연'이 아니라 몸을 담그고 오감으로 만끽하는 '물질로서의 자연'이 그의 작품 속에서 자주 등장하는 것은 이 시기의 영향으로 생각할 수 있다. 소설 『떠도는 별*Etoile errante*』(1992)에 묘사된 것처럼 베수비 계곡의 생명력은 어린 르 클레지오의 삶을 무겁게 누르던 전운과 공포를 잠시나마 완벽히 잊을 수 있게 해주었다.[1] 세찬 물소리와 함께 어린 장 마리가 전쟁으로부터 도망쳐 숨어들었던 또 다른 도피처는 할머니의 서재였다. 그중에서도 특히 삽화가 수록된 백과사전전집은 외출금지령으로 집 안에 갇혀 있어야 했던 그에게 세상으로 열린 문과도 같았다.

1948년, 시몬은 남편을 만나기 위해 두 아들을 데리고 아프리카행 배에 오른다. 훗날 소설 『오니샤*Onitsha*』(1991)의 소재가 될 이 중요한 항해는 여덟 살 소년에게 무엇보다 먼저 상실을 의미했다. 정든 할머니의 품, 함께 뛰놀던 친구들, 첫사랑의 추억을 삼키는 파도 위로 그를 태운 커다란 배는 아버지라고 불리는, 하지만 그에겐 그저 편지나 보내올 뿐이던 "낯선 사람", 엄마를 빼앗아갈 그 남자를 향해 한 달 밤낮을 무심히 나아간다. 슬픔과 분노, 두려움이 뒤섞인 감정을 달래려 작은 선실에 틀어박힌 아이는 처음으로 글을 쓰고, 그렇게 완성된 두 개의 이야기는 다정한 어머니의 손길 덕분에 세상에서 유일한 책으로 만들어진다. 시몬은 아이의 삐뚤빼뚤한 글자와 그림이 담긴 낱장의 종이들을 실로 엮고, 첫 페이지 상단에 '루Loup'라는 가상 출판사명까지 적어넣는다.[2] 글을 쓰는 사람에게 자신의 '첫 책'을 품에 안는 순간에 비할 기쁨이 또 있을까. 이 두 권의 얇은 책은 그로부터 약 60년 뒤 노벨상의 영예를 안게 될 작가의 탄생과 결코 무관하지 않은 선물이었을 것이다.

나이지리아에서 보낸 1년여는 르 클레지오와 그의 문학 세계를 이해하는 가장 중요한 열쇠 중의 하나다. 인간의 한계를 직시한 채 자연의 섭리를 따라 사는 이들, 그들이 발전시켜온 신화와 풍습, 예술을 발견한 일은 유럽에서 왔고 다시 그곳으로 돌아가야 했던 백인 소년의 정체성과 세계관을 뿌리부터 흔들어놓았다. 또한 식민주의의 폭력성을 아이로서 목격한 경험과 스스로를 '침략자의 아들'로 인식하게 된 순간들은 그의 작품들이 서구 문명 비판적인 목소리를 지니게 된 배경이라 하겠다. 노벨문학상 수상 연설에서 작가가 쓴 표현을 빌리자면 이 체류 생활을 통해 그가 얻은 것은 단순히 "앞으로 쓸 소설의 소재가 아니라 제2의 인격이라 할 수 있는 것"이라 정의된다.[3]

아프리카의 대자연 속에서 어린 르 클레지오가 느꼈던 해방감과 희열이 너무나 강렬했기에 니스로 돌아온 그는 중·고등학교 시기, 적응에 어려움을 겪었다. 나이지리아를 향한 그리움이 컸고, 프랑스식 공교육과 아버지의 양육 방식에도 불만이 많았다. 1954년 발발한 알제리 전쟁(1954~1962) 역시 그의 분노와 불안을 더했다.[4] 자전적 소설들에서 자주 드러나는 당시의 감정은 일종의 역향수逆鄕愁로

풀이된다. 이미 그때부터 르 클레지오의 정체성은 '프랑스인', '흰 피부'와 같은 고정되고 단일한 요소로 설명할 수 없는 복합적이고 혼종적인 상태로 형성되고 있었던 것이다.

질풍노도 시기의 그에게 위안이 되어준 것은 역시나 예술이었다. 한동안은 만화가를 꿈꿀 정도로 만화에 열정을 보이기도 했던 르 클레지오는 영화감독 장 비고가 운영하던 시네 클럽을 드나들며 잉그리드 버그먼, 오슨 웰스의 영화들과 일본 고전주의, 이탈리아 신사실주의 작품들을 탐닉했다. 러디어드 키플링과 조지프 콘래드, 쥘 베른의 모험소설을 섭렵하고, 아르튀르 랭보의 시와 소크라테스 이전 철학의 매력에 빠졌던 것도 이 시기의 일이다.

20대의 르 클레지오는 직업적으로나 개인적으로나 많은 변화를 겪는다. 니스와 엑상프로방스 문과대에서 학부를 마친 뒤 영국으로 건너가 불문학 강사로 교편을 잡았고, 1960년 런던에서 만난 마리 로잘리와 결혼했으며 이듬해 딸 파트리샤를 품에 안았다.[5] 그중에서도 가장 큰 사건은 갈리마르 출판사에 보냈던 그의 친필 원고가 책으로 출간되고, 무려 르노도상을 수상한 일일 것이다. 『조서』의 등장과 신인 르 클레지오의 데뷔는 실존주의 문학과 누보로망 이후 약간의 침체기에 있는 듯 했던 프랑스 문단에도 반가운 사건이었다. 이듬해인 1964년에는 『앙리 미쇼 작품에서의 고독*La solitude dans l'oeuvre d'Henri Michaux*』에 관한 연구로 문학 석사학위를 받았으며, 이후 약 10년간, 국내 평단에도 큰 관심을 모았던 『홍수*Le Déluge*』(1966)를 비롯해 여러 장편소설, 단편소설과 깊은 철학적 통찰이 담긴 에세이들을 꾸준히 출간한다.[6]

그리고 그의 여행은 계속됐다. 알제리 징집을 피하기 위해 여러 방법을 찾았던 그는 '청년해외협력단coopérant' 자격을 얻어 1967년부터 방콕에서 대체 군 복무를 한다. 그러나 태국에서 자행되던 아동 성매매 고발글을 언론에 발표한 일로 태국 정부로부터 추방 명령을 받고, 남은 군 복무 기간을 채우기 위해 멕시코로 떠난다. 작은 우연이었지만, 이는 곧 운명이 된다. 라틴아메리카 프랑스연구소 도서관에서 근무하며 그는 스페인어를 독학하고 16세기 스페인 침략 이전 고대 멕시코 문명에 관한 책들을 탐독한다. 이를 계기로 1970년부터 4년간 아메리카 원주민이 거주하는 파나마의 다리엔 숲을 수차례 찾아 엠베라스와 와우나나스 부족과 공동생활을 하기도 한다. 아스테카, 마야 등 사라진 왕국과 문명의 이야기가 어째서 그를 그토록 매료시켰는지는 그로부터 한참 뒤에야 세상에 나오게 될 그의 에세이 『멕시코의 꿈*Le Rêve mexicain*』(1989), 『노래가 있는 축제*La Fête chantée*』(1992), 소설 『우라니아*Ourania*』(2006) 등을 통해 밝혀진다. 작가는 스페인의 아메리카 침략사에서 현대 사회의 병인病因을 찾았고, 역사 속으로 사라져버린 고대 문명의 지혜를 집요하게 추적함으로써 인류의 다른 미래를 꿈꿀 수 있다는 믿음을 갖게 됐던 것이다. 비슷한 시기, 새로운 연인을 만난 것 또한 세상을 보는 작가의 눈을 변화시키는 데에 일조했다. 자신의 독자로 처음 만난 제미아와 사랑에 빠진 르 클레지오는 1975년 그와 결혼했고, 두 사람은 지금도 변함없는 부부이자 두 딸의 부모로, 때로는 책을 같이 쓰는 공저자로 인생과 글쓰기 여정을 함께하는 중이다.

낙관주의의 회복과 함께 문장도 부드러워졌다. 출구 없는 불안과 분노를 맹렬히 쏟아내던 초기의 글쓰기, 멸망으로 질주하는 세상을 직감하고 그로부터의 도주만을 택했던 20대 청년의 반항은 별

안간에 멈췄다. 1978년 출간된 단편집 『몽도 그리고 다른 이야기들 *Mondo et autres histoires*』과 에세이 『지상의 미지인*L'inconnu sur la terre*』은 전작들과 뚜렷한 차이를 보인다. 하지만 르 클레지오 문학의 변곡점이자 중기작의 정수로 꼽히는 것은 그의 나이 마흔에 출간된 『사막*Le Désert*』(1980)이다. 전통적 소설로의 회귀를 결심한 듯한 르 클레지오의 신작을 받아든 평단은 적잖이 놀랐다. 하지만 부정적인 방향만은 아니었다. 문체의 시적 아름다움이 탁월했던 이 작품을 출간한 직후, 르 클레지오는 아카데미 프랑세즈가 수여하는 폴 모랑 상을 받으며 다시 한 번 현대 불문학을 견인하는 작가로서의 입지를 공고히 한다. 뒤이어 발표한 『황금을 찾는 사람*Le Chercheur d'or*』(1985)과 『황금 물고기*Poisson d'or*』(1997) 등이 자국과 해외 독자의 많은 사랑을 받으며 르 클레지오라는 이름을 전 세계 대중에게 각인시킨다.

1980년부터 2000년대 초반까지 르 클레지오의 작품은 타자의 문제와 자전적 글쓰기라는 두 가지 경향으로 설명된다. 타자의 목소리를 담은 작품으로는 전술한 『사막』과 『떠도는 별』, 『황금 물고기』 등이 대표적이고, 자전적 소설로는 『황금을 찾는 사람』과 『오니샤』를 비롯해 『섬*La Quarantaine*』(1995), 『혁명*Révolutions*』(2000), 『허기의 간주곡*Ritournelle de la faim*』(2008) 등이 주요하게 꼽힌다. 그러나 그의 작품들이 상기 기준에 따라 엄밀히 양분되는 것은 아니다. 그보다는 대부분의 소설에서 서구 유럽 근현대사의 타자, 즉 여성, 유색인, 이민자, 미성년 인물의 삶이 조명되고, 그중 일부는 작가 자신이나 가족, 조상의 실제 삶이 분명한 모티브로 쓰여 자전적 작품으로 분류 가능하다는 설명이 더 적절할 것이다. 게다가 르 클레지오의 '뿌리찾기' 여정과 역사적 타자의 문제는 불가분의 것이기도 하다. 유럽은

긴 세월 아프리카를 식민 통치한 역사가 있고, 보다 가까이는 대독對獨 협력, 알제리 전쟁, 인종주의의 과오로부터도 자유롭지 않기 때문이다. 특히 18세기 말 프랑스의 혁명전쟁이 한창이던 때, 작가의 6대조 할아버지는 고향 브르타뉴를 떠나 일 드 프랑스(지금의 모리셔스)로 이주해 '메종 유레카Maison Eureka'라는 집을 짓고 정착하여, 가문의 여러 세대가 식민 통치자로서 그 섬에 머물기도 했다. 그렇기에 작가 르 클레지오의 자전적 글쓰기란 통렬한 반성과 성찰을 바탕으로 하며, 서구 유럽 사회가 스스로에 유리한 방식으로 기록해온 역사를 뒤집어보는 일이자 그 과정에서 지워진 목소리들을 되찾는 작업이다.

2010년 이후 최근까지의 글쓰기에서는 동아시아 사회, 그중에서도 특히 한국에 대한 관심이 두드러진다. 2001년 대산문화재단의 초대로 한국을 처음 찾은 그는 전남 화순의 운주사를 방문하고 깊은 영감을 얻어 「운주사 가을비Unjusa, pluie d'automne」(2001)라는 시를 썼고, 2007년부터 1년간 이화여자대학교 불어불문학과의 초빙교수를 지내기도 했다. 칸영화제 60주년을 기념하고자 쓴 에세이 『발라시네*Ballaciner*』(2007)에서 제7의 예술의 미래로 한국 영화를 지목하기도 했던 그는 그 후로도 수차례 방한하여 서울 곳곳을 탐방하고 제주, 영월, 경주 등을 여행했다. 이러한 작가의 애정은 『발 이야기와 또 다른 상상들*Histoire du pied et autres fantaisies*』(2011), 『폭풍우*Tempête: Deux novellas*』(2014), 『빛나, 서울 하늘 아래*Bitna, sous le ciel de Séoul*』(2017) 등 한국을 배경으로 한 소설을 출간하는 문학적 결실로 이어졌다.

대표작 『조서』와 『사막』

워낙 다작하는 작가이고, 시기별로 형식과 주제에 많은 변화가 있었던 작가이기에 단 하나의 대표작을 꼽는다는 것은 쉽지 않다. 더욱이 국내에도 잘 알려진 지한파 작가로서 그의 소설 대부분이 한국어로 번역되어 출간된 상황에서 불어권 독자와 우리 독자 사이의 선호 차이도 있어 선택의 어려움은 더욱 크다. 여러 조건을 고려하여 최종적으로 『조서』와 『사막』을 대표작으로 택했다. 먼저, 르 클레지오라는 이름을 프랑스 문단에 알린 데뷔작 『조서』는 사실주의, 실존주의, 누보로망 등 앞선 사조들의 영향하에 있으나 작가만의 독창적인 스타일로 1960년대 초 프랑스의 사회 분위기와 시대정신을 담아낸 소설이다. 그로부터 17년이 지난 뒤 발표된 『사막』은 르 클레지오 문학이 대중성을 확보하는 데에 큰 기여를 한 작품이고, 불혹不惑의 나이에 들어선 작가가 내면의 균형을 되찾고 문학의 역할에 대해 고민하며, 과장되지 않았으되 쉽게 사라지지도 않을 담대함으로 인류가 미래를 낙관할 수 있다고 얘기하기 시작한 소설이다. 따라서 이 두 작품이 르 클레지오의 다채로운 문학 세계를 어느 정도는 정리해 줄 수 있으리라고 생각한다.

『조서』의 줄거리와 작품 소개

정신병원 또는 군대에서 탈출했을지도 모르는 한 남자의 이야기

『조서』의 줄거리는 낯설다. 독자들에게 익숙한 기승전결의 구조가 없고, 인물의 행동에도 구체적인 동기가 드러나지 않기 때문이다. 부모님 댁에서 살다가 가출을 한 29세 남자 주인공 아담 폴로는 자신의 오토바이를 바다에 던져넣어 죽음을 위장하고, 인근의 빈집을 무단 점거해 생활하고 있다. 창가에서 볕을 쬐고, 담배를 피우고, 피리를 불고, 초등학생용 공책에 여자 친구 미셸을 수신인으로 한 편지를 쓰는 게 일상의 전부이며, 가끔은 밖으로 나가 먹을 것을 사거나 훔친다. 사람들의 눈에 띄지는 않지만 그는 기행奇行이라 할 법한 행동을 보인다. 길에서 만난 개를 좇아가며 흉내 낸다든가 동물원에 들어가 암컷 사자를 유혹하는 식이다. 카페에서 미셸을 만나 그녀를 강간하려 했던 날의 이야기를 나누고, 하루는 집에서 발견한 쥐 한 마리를 당구공으로 죽여버리기도 하는데, 이튿날에는 쥐의 사체를 보며 누가 그런 짓을 벌였는지 궁금해한다. 음반 가게 여직원에게 존재하지 않는 음반을 찾아달라고 부탁한 뒤 그의 몸을 관찰하는가 하면 바닷가에 인양된 익사자를 구경하면서 주위에 모여든 사람들의 대화를 엿듣는다. 이어서 그는 연락이 끊긴 미셸을 찾아다니다 음식점에서 한 미국인과 함께 있는 그녀를 발견하고 술에 취해 그 남자와 싸움을 벌인다. 다음 날 경찰이 집에 들이닥치자 창문으로 달아난 아담은 우체국에 가서 어머니의 편지를 찾아 읽고 무성의한 답장을 보낸 뒤, 길거리 행인들을 상대로 장광설을 늘어놓고 신체 노출을 한 혐의로 체포된다. 소설 마지막 장에서 정신병원으로 호송된 그는 교수를 따라온 정신의학과 학생들의 질문을 받고 대답을 한 다음 실어증에 걸린다.

이런 소설을 읽은 대다수 독자의 감상은 난감함일 것이다. 이 남자는 왜 이러는 것인지, 이게 무슨 이야기인지 모르겠다는 기분을 느끼게 된다. 제목을 보자면 소설은 '조서調書'를 표방하고, 여기에 부제의 형태로 "정신병원 또는 군대에서 탈출했을지도 모르는 한 남자의 이야기"라는 설명이 덧붙는다. 그렇다면 이 소설은 그 자체로 '어떤 범죄'에 관한 조서일까? 정확한 출신을 알 수 없는 주인공은 실제 소설 속에서 몇 가지 범법 행위를 저지른다. 사유지 무단 침입, 강간, 동물 학대, 절도, 폭행, 풍기문란 등이고, 경찰에게 체포됐을 때 방화를 자백하기도 한다. 그러나 이 사건 중 어느 것도 소설의 주요 서사를 이루거나 줄거리에 결정적 영향을 미치는 것은 없다. 아담 폴로의 스토리를 통해 제목의 기원이나 소설의 중심 주제를 찾으려는 노력은 거의 무용하고, 그러한 독서에 익숙한 (대다수) 독자들은 이 작품 안에서 —다분히 작가가 의도한 바에 따라— 반드시 길을 잃게 된다. 그 까닭은 주인공 아담 폴로와 마찬가지로, 이 소설이 그 자체로 끝없이 '도망을 치고 있기' 때문이다. 소설이 독자로부터 도망을 친다니, 이게 무슨 말인가?

도주하는 주인공과 소설의 도주

르 클레지오의 초기작은 '도주fuite'라는 문제를 중요하게 다루고 있으며 『조서』도 예외가 아니다. 먼저, 주인공 아담 폴로는 —소설 서문의 설명에 따르면— 정신병원 혹은 군대에서 탈출한 사람이다. 어머니가 보낸 편지에서 암시되는 바, 그는 부모와의 갈등 때문에 벌써 두 번째로 가출을 했다. 또한 그는 기본적인 사회 규범들도 거부한다. 아직 젊고 대학을 나온 남성인데 직업이 없고 구직 의사도 없다. 위생과 소유 개념이 흐릿하며, 뚜렷한 목적도 없이 거짓말을 일삼고, 도벽도 있다. 죽음을 위장하고 빈집으로 숨어드는 행동 역시 사회로부터의 자발적 고립을 상징한다. 미국의 히피와도 닮아 있는 아담 폴로의 도주는 그가 속한 사회 시스템에 대한 근원적 문제 제기라고 해석할 수 있다.[7] 그런가 하면 동물의 행동을 따라 하고 그 암컷을 유혹하려는 시도, 쥐를 죽이면서 살육의 욕망과 살해당하는 공포를 동시에 느끼는 인물의 분열적 감각, 물고기에게 살점을 뜯기고 퉁퉁 부어오른 익사자의 시신에서 '승리자'의 평온을 읽어내는 화자의 시선은 단순히 사회를 넘어 종種으로서의 인간, 그 자체로부터 탈주하고자 하는 열망을 암시한다. 철학자 질 들뢰즈(1925~1995)가 고안한 '되기devenir'와 '탈영토화déterritorialisation' 개념의 문학적 모범으로 여겨지는 아담 폴로의 이상행동은 서구 문명의 인간 중심적 자연관을 향한 도전이자 반항을 구현한다.[8]

그렇다면 이제 '소설의 도주'는 어떻게 이루어지는지를 살펴야 할 것이다. 『조서』는 총 17개의 장으로 구성되어 있으며 각 장에는 제목을 대신해 A부터 R까지 알파벳이 붙어 있는데 P장과 R장 사이에 Q장이 빠져 있다. 물음question을 던지는 능력을 상실한 사회에 대한 암시일까. 해당 부분에는 신문의 몇 면이 콜라주 형태로 들어가 있어서 이것을 하나의 장으로 본다면 총 18개의 장이 있다고 하겠으나, 어쨌든 형태적으로는 문학 텍스트의 중간에 매우 이질적인 언론 텍스트가 끼어드는 구조를 갖는다. 장場 구성에서뿐 아니라 전술한 대로 이 텍스트는 전통적 소설의 기승전결 구조를 완전히 벗어나 중심 사건이라 부를 만한 것이 없고, 극단적으로 반사회적인 인물의 행동 역시 논리적 인과를 파악하기는 어렵게 되어 있다. 다시 말해 기존의 문학 전통에서 작가가 으레 설명해주기 마련인 것들이 끝까지 수수께끼로 남겨져 있는 것이다. 아담의 시선에 포착된 글자들(찢겨진 포스터, 광고판 글씨, 우연히 펼친 어떤 책의 페이지 등)은 맥락이 없거나 부서져 있다. 언어를 기호로 인식하고 그 내용(기의)을 포착하려 애쓰는 독자는 계속해서 일종의 껍데기(기표)만을 남긴 채 흐름을 벗어나 도망치는 서사를 뒤쫓다가 아무것도 손에 쥐지 못한다. 아담의 노트에서 잘려나간 부분을 소설 페이지 중간에 공백으로 고스란히 남겨놓고, 그가 써놓은 문장의 일부에는 삭제선을 그어 원래의 내용을 '남기면서 지우는' 방식으로 그 기록의 진위를 따지기 어렵게 만드는 소설가의 전략은 공고한 체계로서의 언어를 붕괴시키는 문학 실험으로 설명되곤 한다.[9] 이러한 까닭에 『조서』를 비롯한 르 클레지오의 초기작은 '포스트누보로망'으로 분류되기도 했지만 완전히 합의된 의견은 아니다.[10] 『조서』를 둘러싼 분류의 논란 역시 이 작품이 '전통적 문학 장르'라는 기존의 체제로부터 탈주하는 데에 성공했다는 증거가 아닐까.

다시 아담의 이야기로 돌아오자면 그가 미셸에게 보내는 편지는 물론이고, 그녀를 포함해 다른 타인들과 나누는 대화, 부조리극 대사를 방불케 하는 행인들의 잡담, 도시 곳곳에서 등장하는 상표와 광고 문구, 아담 폴로의 사건을 보도한 신문 기사, 소설 마지막에 그를 분석하는 정신의학적 용어와 표현들까지 이 소설에서 등장하는 언어는 말이든 글이든 파편화된 조각들, 쓸모없는 유해처럼 보인다. 때문에 실어증 진단을 끝으로 정신병원에 수용된 아담 폴로는 타락한 인간 사회의 언어로부터 벗어나 최대한의 평안을 얻은 것으로 해석해볼 여지가 있다.[11]

실존주의의 투지를 잃어버린 무력한 인물

장 폴 사르트르(1905~1980)와 알베르 카뮈(1913~1960)의 작품에 익숙한 독자라면 『조서』를 비롯한 르 클레지오의 초기작에서 실존주의 문학의 영향을 어렵지 않게 발견한다.[12] 구체적으로 언급되지는 않지만 내면에서부터 사회와 불화하고 있는 아담 폴로에게서는 『구토*La Nausée*』(1938)의 로캉탱이 경험한 부조리의 감각과 유사한 것이 느껴지고, 미셸이나 어머니를 대하는 그의 무미건조한 태도라든가 지중해 태양의 열기에 몸을 내맡기고 있는 모습에서는 『이방인*L'Etranger*』(1942)의 뫼르소가 중첩되기도 한다. 그러나 차이도 분명하다. "신을 잃어버린 시대", 부조리한 세계에 맞서는 방법으로 카뮈가 "형이상학적 반항"을 택하고, 사르트르가 "자유로운 선택"을 강조한다면, 르 클레지오의 인물들은 "무엇도 되지 않은 채 그저 견디기" 또는 스스로를 일종의 제물로 바치며 타락한 세계에서 구원받을 매우 가느다란 가능성을 제시하고 있다는 점이 그렇다.[13] 다시 말해 세상을 구원할 힘을 지닌 문학과 그러한 글쓰기 사명을 지닌 존재로서 스스로를 인식했던 선배 세대의 투지를 르 클레지오는 공유하지 않는다. 남프랑스에 거주하는 20대 남성이라는 점에서 이 소설의 출간 당시 스물셋이었던 작가 자신을 어느 정도는 투사했으리라 추정하게 되는 아담 폴로는 눈먼 세상이 놓치고 있는 사회의 부조리와 다가올 재앙을 감지하는 예민한 인물이다. 문자와 언어가 진정한 소통과 물음의 기능을 상실한 세계에서 철저히 고립된 채 무력하게 도주를 거듭하던 주인공은 자신의 언어 능력을 포기하면서 속죄를 시도한다. 소설의 전반에 걸친 어두운 분위기, 이 같은 회의주의는 어떻게 이해할 수 있을까? 이것에 대해 답하기 위해 우리는 당시 프랑스의 정치·사회적 상황을 짚어볼 필요가 있다.

알제리 전쟁과 영광의 30년

『조서』의 서문에서 르 클레지오는 "리얼리즘에 대해 별로 신경 쓰지 않았다"며 "이 소설이 전적인 허구로 받아들여지기를 바란다"고 썼지만 어쩌면 이 또한 자신의 작품을 정치, 사회 상황이라는 고정된 담론의 틀로부터 벗어나게 만들려는 작가의 계획이었을지도 모른다. 소설이 탄생할 즈음의 시대적 배경을 살피는 것은 실제로 이 수수께끼 같은 작품을 이해하는 데에 상당한 도움이 된다.

때는 알제리민족해방전선FLN이 1954년부터 주도해온 독립전쟁이 8년 만에 알제리의 승리로 막을 내린 직후다. 이로써 알제리는 프랑스의 식민 통치에서 벗어나 독립국으로서의 지위를 획득했고, 종전 과정에서 파리 지식인 사회의 알제리 지지 선언 역시 탈식민지 시대를 여는 데에 기여한 것으로 평가받는다. 그러나 이처럼 간략한 역사 요약에 동조하기에는 이 전쟁이 르 클레지오에게 안겨준 공포와 분노가 너무 컸다. 알제리 무장 세력이 병력 13만 명에 이르는 인민전선으로 발전했던 1958년, 만 18세가 된 르 클레지오는 "언제든 징집될 수 있는 청년"의 무리에 속했다.[14] 동창생 다수가 자원입대하거나 징집되었고, 그중 일부의 사망 소식도 들려오는 등 이 재앙은 그의 일상으로 무섭게 들이닥쳤다.[15] 결과적으로는 그의 징집 유예 신청이 받아들여져 르 클레오는 알제리 참전을 피할 수 있었지만, 프랑스의 이 명분 없는 전쟁은 그에게 커다란 무력감을 안겼고, 죽음의 공포, 불안, 고통, 죄책감과 같은 감정이 복잡하게 뒤얽힌 기억으로 남게 되었다.[16] 이런 맥락에서 소설 『조서』는 조국이 저지른 범죄의 고발이며, 아담 폴로는 그로부터의 위태로운 도주를 감행한 인물이라고도 볼 수 있다. 그의 도주가 특히나 위태로워 보이는 이유는 정치의 언어를 벗어난 작가가 은신하고자 했던 문학의 언어 역시 거의 붕괴된, 매우 앙상한 형태를 하고 있기 때문이다. 아담 폴로의 실어증, 언어의 소멸이라는 결말은 작가가 문단을 포함해 프랑스 사회 전반을 향해 느꼈던 절망과도 무관하지 않을 것이다.[17]

하지만 소설을 지배하는 깊은 무력감은 시대착오적인 식민 통치자의 욕망으로 8년이나 되는 세월 동안 양국의 수많은 청년들을 죽음으로 내몰았던 자국 정부에 대한 작가의 반감만으로는 충분히 설명되지 않는다. "20세기 중반 이후 삶의 모든 면을 모아놓은 일종의 회고록"과도 같은 『조서』에서 우리는 소위 '영광의 30년Trente Glorieuses(1946~1975)'의 절정에 있던 현대 프랑스 사회의 풍경을 만나게 된다.[18] 경제 급성장과 맞물린 과학기술의 발전, 본격적 소비사회로의 진입, 새로운 미디어의 출현과 광고의 확산, 여가 활동의 증대는 대중에게 미래를 향해 막연한 희망을 품게 해준 동시에, 아주 근래의 것일지라도 지난 과거는 빠르게 망각할 기회를 제공했다. 불빛과 소음으로 가득한 도시에서 살육의 역사와 죽음의 공포는 처음부터 존재한 적이 없었던 것처럼 평범한 일상을 유지하고, 심지어 물질적 풍요를 영위하는 군중은 거의 폭력에 가까운 무감각으로 특징된다. 이것이 예민한 감각기를 지닌 인물, 아담 폴로가 그 안에 섞여들지 못하고 차가운 길거리를 끝없이 배회하게 되는 이유다.

『사막』의 줄거리와 작품 소개

하나로 만나는 두 가지 이야기

『사막』은 서로 독립된 두 개의 서사가 번갈아 제시되는 독특한 구성을 하고 있다. 이후 다수의 소설에서 반복되어 나타나는 이 '다성성polyphonie'은 하나의 공간을 다른 시대에서, 또는 동일한 역사적 사건을 다른 관점에서 접근하기 위해 자주 사용되는 르 클레지오의 글쓰기 전략으로, 독자들은 소설의 전개에 따라 처음에는 완전히 분리된 것으로 보였던 서사들이 점진적으로 만나는 과정에 동행하게 된다.

소설의 첫 번째 스토리는 20세기 초 프랑스가 모로코의 식민지화를 준비하던 때, 이에 저항했던 사막의 유목민 부족 이야기를 다룬다. 전설적 전사戰士 청인의 후예인 소년 누르의 시선이 이 서사의 중심을 이룬다. 역사 속 실존 인물이기도 한 지도자 마 엘 아이닌(1831~1910)이 이끄는 유목민들은 남쪽에서 진군해오는 기독교군을 피해 북으로 피난길에 오른다. "인간들을 원치 않는", 적대적인 땅, 사막에서 모래바람과 더위, 허기와 갈증에 지친 사람들과 가축 떼는 "모두를 위한 물과 땅이 있는 곳"을 향해 말없이 계속해서 걸어나간다. 하지만 1910년 6월 21일 타들라 전투에서 프랑스군에 처참히 패하고, 같은 해 10월 25일 마 엘 아이닌마저 숨을 거두자 사막에 남은 '최후의 자유인'이었던 청인 군대는 1912년 3월 30일 아가디르 전투에서 프랑스군에 전멸당하는 비극적 최후를 맞는다.

1980년대를 배경으로 '소설적 현재'에 해당하는 『사막』의 두 번째 서사는 바다와 사막 사이에 위치한 모로코 빈민촌에서 고모와 함께 사는 고아 소녀 랄라의 이야기다. '행복'이라는 소제목이 알려주듯 그의 일상은 대자연이 주는 시원적 기쁨으로 충만하다. 어부 나망 할아버지가 들려주는 모험 이야기, 목동 하르타니와의 사랑, 가끔씩 그녀 앞에 환상처럼 나타나는 비밀의 시선 '에 세르Es Ser'의 보호

속에서 랄라의 삶은 풍요롭고 안전하다. 하지만 고모가 자신을 조혼시키려 한다는 것을 알게 된 랄라는 하르타니와 함께 사막으로 도망을 치려다 실패하고 프랑스 마르세유로 떠난다. 「노예들의 삶」이라는 제목이 붙은 장에서 그녀는 하늘까지 온통 회색빛인 이 도시를 배회하며 무관심과 비탄, 빈곤과 굴욕을 겪는다. 그러다 우연히 랄라의 아름다움을 알아본 사진가 덕분에 그녀는 단숨에 유명한 '커버걸'이 되고, 원한다면 그러한 인생을 지속할 수도 있었다. 하지만 사진가가 데려간 클럽에서 춤을 추며 황홀경에 빠졌을 때, 에 세르의 시선을 다시 만나고 사막으로의 부름에 응한다. 바다가 내려다보이는 사구에서 아침 첫 햇살을 받으며 하르타니와 자신의 딸인 하와를 낳는 것으로 소설은 끝난다.

두 서사의 주인공 누르와 랄라는 모두 청인의 후예로, 어머니 쪽이 알 아즈라크와 연결되어 있다. 랄라에게만 보이는 비밀의 시선에 세르는 오래전에 죽은 알 아즈라크의 영혼이다. 이런 맥락에서 랄라의 가족이 처한 불안정한 환경과 이민자로 살며 겪게 되는 고난들은 과거 청인들에게 가해졌던 유배와 핍박의 역사가 현대에도 이어지고 있는 것으로 볼 수 있다. 하지만 조상과 후손이라는 족보 관계 덕분에 20세기 초 슬픈 꿈처럼 사라져버린 유목민 부족의 비극은 세기말 새로운 여자아이의 탄생이라는 사건으로 완전히 끝나지는 않은 이야기, 새로운 희망의 서사로 열린다.

오리엔탈리즘을 벗어난 사막의 등장

줄거리에서부터 전작들과 완전히 다른 분위기가 느껴지는 『사막』은 르 클레지오의 초기작과 달리 전형적인 성장소설의 면모를 갖추고 있다. 미숙한 상태의 '준비(모로코 빈민촌에서의 삶)' 단계에서 '상징적 죽음(하르타니와의 동굴 속 정사)'을 겪고, '시련을 동반한 여행(마르세유 이민)'을 거쳐 '깨달음(사막이 주는 시원적 기쁨)'을 얻은 뒤 '새로운 삶을 시작(사막으로 돌아와 딸을 출산)'한다는 성장소설의 단계는 랄라의 여정과 완벽히 일치한다. 목동 하르타니와 어부 나망은 입문 지도자initiateur의 역할을 하는 것으로 볼 수 있다.

이 소설이 흥미로운 것은 사막이라는 공간을 활용하는 르 클레지오의 전복성 때문이다. 독자 대다수가 속해 있을 현대 사회 '정주민'의 관점에서 보자면, 사막은 인류에게 정복되지 않은 야생의 공간이라는 점에서 주인공에게 시련과 깨우침을 주는 '통과의례'의 무대로 적절할 것이다. 하지만 랄라와 누르의 이야기에서 사막은 그들의 일상이 이어지는 삶의 터전이자, 현실이 맞닿은 조국이다. 불모의 혹독한 자연환경이 일으키는 신체적 고통을 생생히 그리고, 족장부터 노예에 이르는 유목민 사회의 위계서열이나 고정된 성역할, 여전히 문제가 되고 있는 소녀의 조혼 제도 등을 가감 없이 묘사한 것 또한 이 장소를 이상화하거나 추상화하지 않으려 한 작가의 노력이 엿보이는 지점이다. 그런 맥락에서 랄라가 돌아간 곳은 세상에 존재하지 않는 유토피아 혹은 그에 준하는 상징적 공간이 아니다. 그것은 지도에서 찾을 수 있고, 뉴스에서 만날 수 있는 실재하는 땅이며, 그렇기에 우리는 랄라와 그의 딸 하와의 삶이 그곳에서 이어지리라는 것을 낭만적이지 않은 방식으로 생각할 의무가 있는 것이다.

침묵과 음악을 표현한 시적 언어의 정수

이 소설을 통해 새로이 발견된 르 클레지오 문학의 매력은 바로 시적인 문체다. 기존의 문학 언어와 차별화된 텍스트를 지향하며 과감한 언어 실험을 감행했던 1960~1970년대 소설들에서는 가려져 있던 그의 탁월한 문장력이 『사막』을 통해 재평가된다. 1970년대 말 발표한 에세이에서 "단어로 음악을 하고 싶다faire de la musique avec les mots"고[19] 글쓰기의 궁극적 목표를 밝혔던 작가는 『사막』을 집필하면서 음악과 침묵, 자연의 소리를 표현하는 시원적 언어를 찾아낸 것으로 보인다.

고요와 적막이 지배하는 광활한 대지, 모래바람 소리와 간간이 들려오는 짐승의 울음소리, 침묵의 땅에 속한 사람들답게 침묵을 지키며 계속해서 걸어가는 유목민들의 숨소리와 발소리는 사막의 신성성을 온전히 느끼게 해준다. 또한 사막의 경계를 넘을 때마다 울려 퍼지는 유목민들의 구슬프고 느린 노래 소리와 피리 소리, 그들의 춤사위는 극한의 고통 속에서도 끈질기게 이어지는 이들의 생명력과 희망을 그려 보인다. 앞서 밝힌 것처럼 '언어'는 르 클레지오의 초기작에서도 중요한 주제의 하나였다. 다만 초기작의 인물들이 타락한 언어에서 도망치기 위해 사회를 등지고 논리의 끈을 놓고 알아들을 수 없는 말을 하거나 실어증에 빠져버렸다면 『사막』과 그 후 인물들은 음악과 침묵을 통해 원소적 세계와 영적 세계 양쪽 모두와 합일에 이른다.

독특한 것은 랄라가 프랑스 클럽에서 추는 춤이 20세기 초 사막을 건너던 유목민들의 춤과 다르지 않다는 점이다. 옛 향수에 젖거나 추억에 잠기기를 좋아하는 고리타분한 작가였다면 동시대 음악을 가볍고 상업적인 것으로 여겼겠지만, 르 클레지오 문학에서는 소수민족의 전통음악과 마찬가지로 다양한 장르의 현대음악들도 우리의 영혼을 흔들고, 가슴을 울리는 진동으로 표현된다. 그렇기에 랄라가 플로어에 자신의 발을 대고 리듬에 맞추어 다리를 움직일 때, 드럼 비트와 일렉 기타의 선율이 그녀 안으로 들어와 도취를 일으키고, 시공간을 넘어서는 합일의 순간을 만들어내는 것이다.

낙관주의의 회복과 영적 진실의 추구

르 클레지오의 중기 문학은 인물, 공간, 주제, 문체 등 거의 모든 면에서 초기작과 분명한 차이를 보인다. 대도시에 사는 성인 남성 주인공이 타자나 사회로부터의 '부정적 도주'를 시도하는 초기 텍스트들과 달리 1970년대 말부터 발표된 작품들은 원소적 공간인 대자연을 통해 기원적 순수에 다가가고 영적 진실을 발견하는 주인공의 '긍정적 자아 탐색' 여정을 보여준다. 파편이 된 언어들을 이질적으로 이어붙인 것 같던 텍스트는 부드러운 흐름이 독자들을 이끄는 전통적 서사로 대체된다. 1980년 출간된 『사막』은 이런 차원에서 르 클레지오 중기 문학의 정수로 꼽힌다.

앞서 밝힌 대로 이러한 글쓰기의 변화는 고대 멕시코 문명의 발견, 평생의 동반자가 될 제미아와의 만남과 결혼 등이 영향을 주었다. 특히 『사막』은 사하라 유목민 부족의 후예인 제미아의 뿌리를 찾고자 두 부부가 함께한 서사하라 북부의 옛 지명 사기아 엘 함라 여행에서 영감을 얻은 작품이라는 점에서 어느 정도는 가족의 이야기가 담긴 소설로 볼 수도 있다.[20] 원치 않게 이 지방을 떠나야만 했던 제미아의 선조가 겪었을 유배의 고통은 태양과 모래, 바람의 원소적 세계에서 멀어져 가난을 경험하는 랄라의 이야기를 통해 생생히 재현된다.[21]

역사적 배경: 프랑스령 모로코

『사막』을 구성하는 두 개의 서사, 즉 20세기 초 모로코가 프랑스의 보호령에 들어가던 당시의 상황과 1980년대 마르세유로 떠난 모로코 소녀 랄라의 스토리는 작품의 출간 연도에 비추어보자면 프랑스와 모로코, 양국의 과거사와 동시대를 각각 조명한다고 볼 수 있다.

알제리가 19세기 초부터 프랑스의 식민 통치를 받았던 것과 달리 모로코는 20세기 초까지도 독립국으로서의 지위를 유지했다. 모로코는 영국, 스페인, 독일, 프랑스 등 유럽 열강이 오랫동안 탐을 냈던 나라로, 결국 1912년 3월에는 '보호령'이라는 체제하에 스페인과 프랑스의 지배를 받게 된다. 『사막』의 첫 번째 서사는 프랑스 보호령이 점차 공식화되던 1909년부터 약 3년을 역사적 배경으로 한다.

당시 모로코의 술탄이었던 물레이 하산의 외교 정책은 폐쇄적인 방향이었으나, 유럽 국가들의 경제적 지배까지 피할 수는 없었다. 마리나 살이 정확히 분석하고 있다시피 『사막』에서 르 클레지오가 프랑스의 모로코 식민지화를 다루는 주된 관점은 "국가에 대한 지배를 보장해주는 돈의 권력"이라는 차원이다.[22] 알헤시라스 회담(1906)을 통해 독일의 모로코 진출 야욕을 꺾는 데에 성공한 프랑스는 점진적으로 모로코 보호령제를 실현해간다. 이를 암묵적으로 받아들이고 있던 모로코 왕가와 달리 원주민들은 큰 불만을 가졌고, 자신들의 정체성과 영토를 지키고자 했다. 특히 사하라 서부의 유목민들이 지도자 마 엘 아이닌을 중심으로 결집하여 프랑스에 대항하는 무력투쟁을 이어갔다. 이를 진압하기 위해 술탄은 프랑스에 무력 개입을 요청했고, 타들라 전투(1910)와 마 엘 아이닌의 사망, 아가디르 폭격(1912)을 거치면서 유목민 부족들의 목숨을 건 저항은 좌절된다. 르 클레지오는 『사막』 서사의 한 축을 이 연대기에 충실히 구성하면서도, 역사를 전복적으로 해석해 침략국의 입장에서는 반역자인 마 엘 아이닌을 위대하고도 비극적인 운명을 지닌 카리스마 있는 지도자로 그려낸다.[23]

현대 프랑스의 정치적 쟁점: 이민자 문제

『사막』의 배경에 깔린 또 하나의 사회적 이슈는 이민자 문제다. '영광의 30년' 시절 프랑스 각지에서 급격한 도시화가 이루어지며 많은 노동력이 필요했다. 이는 소위 '마그렙'이라고 불리는 북아프리카의 모로코와 튀니지, 알제리 지역에서 유입된 외국인들로 충당되었다. 당시 프랑스 정부의 유연한 이민 정책은 자국의 산업 발달을 가능하게 했을 뿐 아니라 식민 통치로 얼룩진 과거사를 딛고 프랑스와 북아프리카 국가들 간의 새로운 외교 관계를 다지는 틀이 되기도 했다. 랄라가 나망 할아버지로부터 전해 듣는 프랑스 이야기에 환상을 갖게 된 것도 그러한 맥락이다.

하지만 경제성장 곡선이 완만해진 1980년대부터 외국인 이민자들은 프랑스 사회에 부담이 되기 시작했다. 정부의 이민자 정책이 보수적으로 변경되면서, 다수의 외국인 노동자들이 법적 지위를 보장받기 어려워졌고, 경제 안정망 바깥으로 밀려나게 되었다. 꿈의 도시였던 마르세유에 도착해 랄라가 목격하게 되는 이민자들의 공허와 비탄, 배고픔과 두려움은 오랜 세월 '인권의 나라'로 여겨졌던 프랑스 사회의 그늘을 보여준다. 물론 1998년 프랑스 월드컵에서 다인종으로 구성된 대표팀이 승리를 거둔 순간에는 '모두의 프랑스La France pour tous'라는 이상이 정말로 실현된 것처럼 보이기도 했다.[24]

그러나 실제로는 프랑스의 정교분리 정책과 오랜 시간 마찰을 빚은 무슬림들의 '히잡 착용', 장기화된 경기침체 속에서 게토화된 이민자 집단, 극우주의자 마린 르펜의 정치적 득세, 2010년 이후로 심각해진 테러 위협까지 현대 프랑스 사회에서의 이민자 문제는 현재 진행형이다. 1980년 『사막』을 통해 이 문제의 심각성을 예고했던 작가는 2015년 '샤를리 에브도' 테러로 시민들의 반이슬람 정서가 확산되자 신문 지면에 발표한 글을 통해 이러한 폭력 사건의 바탕에는 그간 이민자들을 소외시키고 차별해온 프랑스의 책임이 있음을 환기하며, 문화 다양성을 존중하고 모든 인간을 동등하게 대하는 사회로 거듭나야 한다는 주장을 펼치기도 했다.

나가는 글

르 클레지오는 자신의 삶과 문학 창작 모두에 있어서 급진적인 변화를 거듭했고, 모험이라는 단어가 어울릴 만큼 과감한 언어 실험과 감각적 글쓰기를 시도해왔다. 또한 감상 대상으로서의 자연이 아니라 인간을 비롯해 우주의 모든 존재를 구성하는 물질로서의 자연을 작품 안에 생생히 옮겨 지구의 주인처럼 군림해온 인류의 과거를 반성하고 생태적 가치를 강조하는가 하면, 소수민족과 소수 문화에 대한 깊은 이해와 애정이 담긴 작품을 통해 다양한 사람과 문화가 상호 교류하며 생겨날 '혼종성métissage'에서 인류의 미래를 낙관할 수 있다고 주장해왔다. 2008년 스웨덴 한림원의 결정은 이러한 맥락에서 이해할 수 있을 것이다.

르 클레지오가 노벨문학상 수상자로 선정되었던 것은 내가 파리에서 유학을 시작하고 한 달이 지났을 때였다. 연일 수많은 언론이 그의 수상 소식을 대서특필하고, 서점마다 'Prix Nobel'이라는 띠지를 두른 그의 작품들이 가장 눈에 띄게 진열되었다. 퐁피두센터 도서관과 7대학 도서관, 미테랑 국립도서관에 르 클레지오 특별 코너가 마련됐던 그때의 열기가 지금도 기억에 생생하다. 노벨문학상 수상 작가라는 타이틀은 큰 명예이자 기쁨인 동시에 생존 작가로서 그가 짊어져야 할 부담스러운 무게였을 것이다. 특히나 68세의 나이에도 여전히 왕성한 집필 활동을 하고 있던 작가였기에 이 수상으로 인해 그의 글쓰기에 어떤 식으로든 변화가 생길 수 있으리라는 염려들도 적지 않았다. 그러나 그제야 비로소 자신이 "계속 글을 써도 된다는 적법성légitimité을 얻은 것 같다"는 소감을 밝혔던 이 겸손한 작가는 상금의 사용 계획에 대해 집요하게 묻는 기자들의 질문에도 "대출금을 갚을 수 있게 됐으니 내 은행 담당 직원이 좋아할 일"이라고 일축한 뒤, 늘 그래왔던 것처럼 최근까지도 꾸준히 신간을 발표하고, 언론 지면을 통해 환경과 난민, 이민자 이슈에 목소리를 내고 있다.

스베틀라나 알렉시예비치의 『전쟁은 여자의 얼굴을 하지 않았다』와 『체르노빌의 목소리』

유토피아의 붕괴와 작은 인간의 목소리

윤영순·경북대 노어노문학과 교수

스베틀라나 알렉시예비치와 그녀의 조국들

2015년 벨라루스 작가 스베틀라나 알렉시예비치는 '목소리 소설'이라는 새로운 장르를 개척하여 소비에트와 포스트소비에트 시기의 비극적 사건을 새로운 관점에서 서술한다는 평가를 받으며 노벨문학상을 수상했다. 그녀는 기존의 문학 장르와 변별되는 독특한 글쓰기 방식과 첨예한 역사 인식, 적극적인 정치적 입장의 표명으로 많은 독자와 비평가들의 관심을 끌고 있다. 노벨상위원회는 "작가의 다성악적 글쓰기, 우리 시대의 고통을 담아낸 기념비적 문학과 용기"를 노벨상 수여 동기로 발표한 바 있다.[1] 그렇지만 '우리 시대의 고통'을 담아냈다는 그녀의 작품들은 정작 조국인 벨라루스와 그 문학적 조국 러시아에서는 그다지 환영받지 못하고 있다. 구소련이 해체되고 벨라루스가 독립한 이후 정권을 잡은 '유럽 최후의 독재자' 루카셴코는 1990년대 초반 알렉시예비치의 작품을 벨라루스 내에서 출판 금지한 적도 있었다.

1948년 벨라루스인 아버지와 우크라이나인 어머니 사이에서 당시 소련에 속했던 소도시 스타니슬라프(현재 우크라이나의 이바노프란키우스크)에서 태어난 알렉시예비치는 '호모 소비에티쿠스'로[2] 교육받고 성장한 세대였다. 소련의 많은 가정이 그러했듯 알렉시예비치의 가족들 역시 이 비극적인 전쟁의 피해자였다. 작가의 할머니는 빨치산 활동을 하다가 병으로 사망했으며, 삼촌 두 명은 전선에서 실종되고 그녀의 아버지만 겨우 살아 돌아왔다. 외할아버지 역시도 제2차 세계대전에서 목숨을 잃었다. 작가가 전쟁, 특히 제2차 세계대전에 천착한 것은 이와 같은 시대의 비극이 개인의 삶에 얼마나 큰 영향을 미칠 수 있는지를 자신의 경험으로 알고 있었기 때문이다.

벨라루스국립대학에서 저널리즘을 전공한 후, 역사와 독일어 교사로도 잠시 일했던 알렉시예비치는 이후 신문기자로 활동하면서 동시대 소련의 비극적 사건들을 현장에서 목격하게 된다. 아프가니스탄 전쟁, 체르노빌 원전 참사와 소련의 붕괴, 체첸 전쟁과 러시아를 공포에 빠뜨린 일련의 테러 등 20세기 소련의 비극을 시민이자 기자로서 경험하게 된 것이다. 작가는 아프가니스탄 전쟁에 종군기자로 참여하고, 체르노빌의 피해자들을 만나면서 자신들이 맹신하던 견고한 이념의 벽이 소련 붕괴와 더불어 무너지는 것을 목격했다. 이 과정에서 알렉시예비치는 '조국과 이념을 위해서' 희생을 강요받는 사람들의 목소리를 듣게 된다. 그녀는 그런 사람들 하나하나를 인터뷰하고 그 기록들을 모아서 각색하여 문학작품의 형태로 발표하기 시작한 것이다.

이렇게 소비에트의 역사를 다룬 알렉시예비치의 다섯 편의 대표작은 '유토피아의 목소리'라는 제목으로 하나의 큰 사이클을 이룬다. 제2차 세계대전 참전 여성들의 인터뷰를 모은 『전쟁은 여자의 얼굴을 하지 않았다*У войны не женское лицо*』(1985), 역시 제2차 세계대전 당시 어린 시절을 보낸 사람들의 체험을 다룬 『마지막 목격자들*Последние свидетели*』(1985), 아프가니스탄 전쟁에서 아들을 잃은 어머니들과 참전 병사들의 회고를 모은 『아연 소년들*Цинковые мальчики*』(1989), 체르노빌 원전 사고 이후 죽음의 땅이 된 우크라이나와 벨라루스 생존자들의 증언을 담은 『체르노빌의 목소리*Чернобыльская молитва*』(1997),[3] 이른바 유토피아였던 폐쇄된 국가의 와해가 개인의 의식에 미치는 영향 관계를 소비에트 붕괴 이후 러시아와 구소련 국가 사람들의 삶을 통해 이야기하고 있는 『세컨드 핸드 타임*Время секонд хэнд*』(2013) 등이 바로 그것이다.

이들 작품에서 알렉시예비치는 개인의 힘으로는 극복하기 힘든 역사적 사건에 대한 국가의 목소리가 아니라, 상처 입은 '작은 인간'의 내면에 집중했다. 그들은 강요된 희생에 의문을 표하기도 했고 때로는 국가의 공식적 입장과는 다른 목소리를 내기도 했다. 그렇기에 알렉시예비치의 창작은 소비에트 시절부터 '다른', '낯선' 어떤 것으로 여겨지면서 논쟁의 대상이 되었고 때론 가혹한 검열을 받기도 했다. 그러다 보니 작가의 이념적 입장에 대해 친미적이며, 친서구적이라는 비난과 더불어 '목소리 소설'이라는 장르도 인터뷰를 짜깁기한 것에 불과하며, 그 내용은 조국의 아픈 역사를 선정적으로 까발리는 센세이셔널리즘이라고 평가절하하는 의견도 러시아에서는 심심치 않게 볼 수 있다.

알렉시예비치의 노벨상 수상으로 미지의 나라Terra incognita[4] 벨라루스가 갑자기 전 세계인의 주목을 받던 바로 그 시기, 정확히는 그로부터 사흘 후 압도적인 지지율로 다섯 번째로 대통령을 연임하게 된 알렉산드르 루카셴코는 세계인들의 따가운 눈총을 견디다 못해 어쩔 수 없이 그녀에게 축전을 보내야만 했다. 마뜩잖은 축하를 보낸 며칠 후 5선 연임이 확정되자 루카셴코는 "벨라루스의 일부 예술가와 작가들, 심지어 노벨상 수상자까지도 해외에 나가서 조국에 먼지를 뿌려 더럽히고 있습니다. 이건 잘못된 것입니다. 여러분의 부모와 어머니를 선택할 수 없듯 여러분은 조국도 선택할 수 없기 때문입니다"라며 알렉시예비치를 지목하여 비난했다. 여기에 대해 작가는 "나는 한 번도 벨라루스 민중을 비판한 적이 없습니다. 내가 비판한 사람은 루카셴코예요. (중략) 국민은 개혁을 원하며, 이를 위한 에너지도 축적되어 있어요. 그런데도 권력자들은 아무런 생각이 없어요. 어떻게 이 권력을 유지할지 그것 말고는 말이죠. 즉 전쟁에 대한 이념 말고는 아무런 생각이 없죠"라면서 날카롭게 대응했다.[5]

알렉시예비치는 루카셴코뿐만 아니라 서슬 퍼런 러시아 대통령 푸틴과의 정치적 논쟁도 불사했다. 노벨문학상 수상 기자회견에서 작가는 "선하고 인간적인 러시아 세계, 즉 지금까지도 모든 사람이 경배를 올리는 문학과 발레, 위대한 음악으로 대변되는 러시아 세계와 베리야와 스탈린, 푸틴과 쇼이구의 러시아는 다르다"고[6] 직시하면서 소련 시절 스탈린의 폭력성과 비견될 정도의 위험으로 푸틴 정권을 비난했다. 이와 같은 그녀의 태도 때문에 러시아와 벨라루스에서는 작가를 서구의 입맛에 맞게 작품을 쓰고, 노벨문학상 역시 그런 정치적 입장에 대한 일종의 보상일 따름이라고 매도하기도 했다.

이념적·정치적 논쟁 이외에도 작품의 문학성과 장르 규명에 대한 논쟁 역시 알렉시예비치가 피해갈 수 없는 부분이었다. 기자로서 사건을 먼저 접하고, 이후 인터뷰 대상자를 물색하고, 채록, 선별하여 텍스트로 옮긴 알렉시예비치의 작품은 순수문학으로 여겨지기엔 논란의 여지가 있는 것이 분명하다. 이와 연관하여 1990년대 초 『아연 소년들』 출간 이후, 작품에 등장한 한 여성이 자신의 이야기를 왜곡했다고 작가를 고소하면서 작품의 장르가 소설인지 다큐멘터리인지에 대해 재판을 받았던 적도 있다. 노벨문학상의 수상 이후에도 러시아에서는 타티야나 톨스타야 등의 저명한 작가와 비평가를 중심으로 알렉시예비치의 창작을 수준 높은 문학으로 정의할 수 없다는 이야기도 심심치 않게 나왔다. 물론 이는 요시프 브로드스키 이후 근 30년 만에 노벨문학상을 수상한 러시아어권 작가가 벨라루스 출신이라는 데 대한 부러움과 질투 섞인 반응과도 연관이 있지만, 알렉시예비치의 창작이 전통적 의미에서의 문학작품과 여러 면에서 변별되는 것도 분명하다.[7]

여러 면에서 논쟁적인 알렉시예비치의 조국은 실은 지금은 지구상에 존재하지 않는 소련이라고 할 수 있을 것이다. 그녀의 작품은 소련의 비극적 사건들과 이를 겪었던 사람들의 경험에 기대고 있는데, 작가는 푸틴과 루카셴코가 이끄는 오늘날 러시아와 벨라루스의 정치 상황을 사회주의 이념으로 점철되었던 소련 시절의 반복으로, 일종의 '세컨드 핸드 타임'으로 보고 있다. 노벨상 수상 이후 작가는 푸틴과 루카셴코의 독재에 대항하는 일종의 상징적 존재로 여겨지면서 작품 활동과 더불어 적극적인 정치적 행보를 보여주고 있다.

2020년 벨라루스에서 반反루카셴코, 반독재 시위가 격화된 이후,

야권의 정신적 지주였던 알렉시예비치가 당국의 감시와 위협을 피해 독일로 잠시 피신했다는 이야기도 들린다. 2010년대 이후 벨라루스를 비롯하여 이탈리아와 프랑스, 독일 등을 옮겨가며 살아가던 그녀인지라, 이 잠시의 피신이 영원한 망명이 되지 않기를 바라는 마음이다.

알렉시예비치와 '목소리 소설'의 시학

'유토피아의 목소리' 작품군에서 알렉시예비치는 개인이 관여하기 힘든 거대한 사건들을 주로 이야기하고 있다. 알렉시예비치의 작품에서 이야기되는 제2차 세계대전, 아프가니스탄 전쟁, 체르노빌 원전 폭발, 소비에트의 붕괴는 역사를 통해 익히 알려져 있던, 또는 국가가 말하던 공식적인 목소리와는 다른 진실을 담아낸다. 작가는 이런 사건을 국가적 기억이나 역사적 사실로서만이 아니라, 이를 겪은 사람들의 내적 체험의 집합으로 재구성한 것이다.

20세기는 이념으로 점철된 '극단의 시대'이자 인간이 대량으로 다른 인간을 학살할 수 있는 능력을 지니게 된 잔인한 시대였다. 소련은 이 이념의 한 극단에 있었고, 철의 장막 안에서 호모 소비에티쿠스들은 전 인류의 행복을 추구한다는 이념의 틀 안에서 '유토피아'의 시민으로 살아가고 있었다. 작가는 이 행복한 환상이 깨지는 순간, 그 이념의 허울이 벗겨지는 순간에 주목한다. 주인공들이 토로하는 최고의 고통은 맹신하던 국가의 이념이 진실과 어긋나는 순간으로, 이는 유토피아의 거주민 호모 소비에티쿠스에겐 죽음보다도 더 힘든 체험이다. 그들은 이념을 위해서는 죽음조차 사랑하라는 교육을 받았고, 실제로 조국을 위해 죽을 준비가 되어 있었지만, 조국이 자신들을 속였다고는 상상조차 하지 못했다.

알렉시예비치의 주인공들이 접하는 새로운 진실은 역사적 사건을 직접 체험했던 개개인의 경험으로부터 나온다. 예를 들어 오랫동안 러시아인들에게 제2차 세계대전, 히틀러에 대한 승리는 신성불가침의 것으로 여겨졌다. 그런데 『전쟁은 여자의 얼굴을 하지 않았다』와 『마지막 증인들』에서 작가는 전쟁의 주인공인 국가-남성-승리자의 목소리가 아니라, 전쟁에서 약자가 될 수밖에 없었던 여성과 아이들의 경험에 주목한다. 그녀는 사회주의 리얼리즘의 법칙에 따라 나치즘에 대한 '위대한 승리'를 묘사하던 것과 달리 승리를 미화하지 않고 삶과 죽음, 가해자와 피해자의 경계가 없어지는 공포의 순간에 주목했다. 『아연 소년들』에서는 동맹을 돕기 위한 고귀한 목적으로 파견된 아프가니스탄 전쟁에서 희생당한 병사와 간호사들 그리고 어머니들의 목소리를 옮긴다. 바로 옆에서 동료가 전사해도 의연하던 호모 소비에티쿠스들은 아프가니스탄의 평범한 사람들이 증오하는 시선으로 자신들을 바라볼 때, 자신들이 구원자가 아니라 침략자임을 깨달았을 때 더 크게 상처 입고 무너진다. 『체르노빌의 목소리』에서 의사와 과학자들이 겹겹이 방호복을 입고 원폭 현장을 피할 때, 방사능이 무엇인지도 모르고 그 현장에 뛰어들었던 젊은이들과 그들의 가족들은 몸이 녹아내리는 고통보다도 국가가 그들을 기만했다는 사실에 더 큰 아픔을 느낀다.

알렉시예비치의 목소리 소설은 바로 이 기만당한 작은 인간들의 목소리를 엮어서 모자이크처럼 하나의 작품으로 완성한 것인데, 각각의 목소리들은 내밀한 체험을 이야기하면서 완결된 하나의 이야기를 구성하게 된다. 이와 같은 장르의 특성은 역사를 지배 권력의 일방적 독백이 아니라, '작은 인간'들의 목소리의 결합체로서 바라보고, 반쪽이든 한쪽이든 자신만의 진실을 이야기하는 목소리들의 종합으로 보려는 작가의 역사관에 상응하는 것이기도 했다.[8]

1980년대 초반 『전쟁은 여자의 얼굴을 하지 않았다』의 초판에서 검열로 삭제된 인터뷰들은 30여 년이 지난 지금도 러시아에서는 거리낌 없이 말해지기 어려운 것이다. 독일군만큼이나 잔인한 러시아군의 얼굴은 당시 러시아 독자들에게는 전혀 낯선 것이었다. 자신들이 배웠던 역사와 다른, 수용할 수 없는 진실 앞에서 호모 소비에티쿠스들은 당혹감을 감추지 못했다. 과거 잔혹한 고문과 학살은 오로지 나치들의 몫이었다. 비록 원수를 갚기 위해서라도 붉은 군대의 일탈 행위는 문학과 예술에서 그려지지 않았다.

> 독일 군인을 포로로 잡으면, 우리는 부대로 데려왔어. 그들을 총살하진 않았지. 왜냐면 그건 너무 편안한 죽음이니까 말이야. 우리는 그자들을 돼지처럼 담금질하고, 토막토막 자르기도 했어. 나는 이걸 구경하러 다녔어. … 기다렸지! 고통으로 그놈들의 눈알이, 눈동자가 터지기 시작하는 그 순간을 기다렸다고. …
>
> 당신이 뭘 알겠어?! 그놈들은 마을 한가운데 모닥불을 피우고 내 어머니와 여동생들을 태워 죽였다고![9]

"당신이 뭘 알겠어?"라는 화자의 반문은 기록자로서의 작가에게 그리고 그런 사건을 경험하지 못한 독자에게 던지는 말이기도 하다.

호모 소비에티쿠스로 살아온 작가 자신에게도 똑같이 낯설고 충격적이던 진실은 소비에트 이념 안에서는 밝혀낼 수 없는 것이었다. 검열이 아직도 살아 있던 1980년대 초반 알렉시예비치의 이러한 입장은 검열관에게도 큰 충격을 불러일으키는 '낯선' 적들의 사상이었다.

도대체 어디서 이런 생각이 나온 거요? 이건 낯선 사상이오. 소련의 사상이 아니야. 당신은 형제들의 무덤에 있는 사람들을 비웃고 있소. 레마르크를 너무 많이 읽었군. 우리나라에선 레마르크주의는 통용될 수 없어. 소련 여성은 동물이 아니오.[10]

유토피아의 목소리를 대변하는 검열관은 '레마르크'를 들먹이며, 작가가 서구의, 즉 '타자의' 입장에서 글을 쓰고 있다고 비난했다. 그에게 알렉시예비치가 보여주는 주인공들의 일화는 조국을 위해 죽어간 사람들에 대한 모독이었기 때문이다.

알렉시예비치는 이처럼 과거에는 무시되었던, 또는 말해질 수 없었던 진실을 개인의 목소리라는 수단을 통해 전하고 있다. 하나의 거대한 목소리에 대항하는 인간들의 목소리, 그 다양한 목소리를 작가는 수집하고 텍스트로 옮겼다. '목소리 소설'이라는 새로운 장르를 찾은 이유를 작가는 20세기 비극이 과거에는 경험한 적이 없는 미증유의 것이라는 점을 지적한다. 작가는 기존의 문학 장르에서도 그리고 신문 기사와 같은 기록에서도 표현의 한계를 느꼈다고 고백한 바 있다. 작가가 절감한 글쓰기의 한계는 20세기 이후 인류가 체험한 사건의 비극성이 과거의 것과 본질적으로 다르다는 점에서 기인한다. 작가는 아프가니스탄 전쟁의 비극을 상징적으로 보여주는 '아연관'을 헬리콥터에서 목격한 순간의 충격에 대해 다음과 같이 기록했다.

헬리콥터를 타고 이륙했다. … 위에서 보니 햇살에 아름답고도 끔찍하게 빛나고 있는, 미리 준비해둔 수백 개의 아연관들이 보였다. … [11]

죽음을 예견치 못하고 전쟁터로 향하는 젊은 병사들의 시신을 안치해서 소련으로 돌아갈 아연관이 아프가니스탄 사막의 햇살 아래 빛나는 모습에서 작가는 형언하기 힘든 충격을 경험한다. 그것은 이념의 허울이 '아름답게 빛나는' 그로테스크한 광경이었다. 작가는 그 순간을 온전히 전달할 언어와 방법의 부재를 통감하는데, 이는 문학과 저널리즘 두 가지 모두의 한계에 대한 절규로 이어진다.

문학은 자신의 한계에서 질식해 있다. … 복사와 사실로는 눈으로 보이는 것만은 표현할 수 있겠지만, 사건에 대한 상세한 보고서가 대체 누구에게 필요하단 말인가? 뭔가 다른 것이 필요하다. … 삶으로부터 찢겨 나와 각인된 순간들 말이다. …[12]

전쟁의 비극을 상징하는 아연관이 찬연히 빛나는 순간, 알렉시예비치는 비극적 전쟁과 그것을 교묘히 포장하여, 심지어 아름다워 보이기까지 하는 이념의 모순에 직면한다. 사실을 있는 그대로 전달해야 하는 저널리즘과 허구로 표상되는 문학은 개별적으로는 이 모순적 현실을 온전히 표현할 수 없다고 작가는 판단한다. 저널리즘이 전달해야 할 그 순간의 진실은 감춰지거나 전쟁의 이념으로 포장되어 왜곡되었으며, 현실로부터 떨어져 나온 허구로는 이를 재현할 수 없었기 때문이다. 그녀는 사실로서의 다큐멘터리와 예술로서의 문학이 추구하는 서로 다른 방법론을 결합하려 했고 그렇게 만들어진 알렉시예비치의 텍스트가 바로 목소리 소설이며 다큐멘터리 소설이다.

『전쟁은 여자의 얼굴을 하지 않았다』와 『체르노빌의 목소리』 읽기

알렉시예비치의 대표작 『전쟁은 여자의 얼굴을 하지 않았다』에서 작가는 승리와 영광의 역사인 제2차 세계대전에서 잊힌 여성들의 목소리에 주목했다. 전쟁은 늘 국가와 이념, 큰 명분을 위해서 치러졌고, 전쟁은 남자들의 임무로 여겨왔다. 하지만 제2차 세계대전은 남자와 여자, 아이와 어른 그 누구에게도 상관없는 거대한 비극으로 다가오며, 과거 전쟁에서는 배제된 존재들이었던 여자들도 자원병으로, 간호병으로, 저격수로, 빨치산으로 전쟁에 참여하게 되었다. 이들이 겪은 전쟁은 그 누구도 승자가 없는 비극일 따름이었으며, 개인적인 고통의 경험을 털어놓았다. 이 작품에서 '여자'는 성별로 나뉘는 존재가 아니라 국가와 이념에 희생되는 평범한 국민-약자들 전체로 치환해서 볼 수 있다.

알렉시예비치는 소련이 늘 전쟁을 하거나 전쟁을 준비했다고 기억한다. 그리고 소련의 시민들은 이 전쟁을 당연한 것으로 여겼으며, 전쟁에서의 죽음을 사랑하라고 교육받아왔다고 밝힌다. 죽음은 "그 무엇인가를 위해서" 행해져야 하는 것이었는데, 여기서 '그 무엇'은 바로 국가와 이념이었다.

우리는 항상 전쟁을 했고, 그리고 전쟁을 준비했다. 그리고 어떻게 싸웠는지를 기억하곤 했다. 우리는 다른 식으로는 살았던 적이 없고, 사는 방법도 모른다. 다른 식으로 어떻게 살아야 할지 상상도 할 줄 모르기에 아마도 우리는 언제가 되든 오랫동안 이를 배워야 할 것이다. … 학교에서는 우리에게 죽음을 사랑하라고 가르쳤다. 우리는 "그 무엇인가를 위해서" 얼마나 열렬히 죽기를 원하는지에 대해 작문을 했다.[13]

오랫동안 러시아인들에게 제2차 세계대전, 히틀러에 대한 승리는 신성불가침의 것으로 여겨졌다. 거대 권력의 명분을 위해 치러진 전쟁에서 많은 평범한 인간들은 당연하게도 그리고 열렬히 죽어갔다. 전시에도 그리고 전후에도 소련에서는 전쟁에서 죽어간 사람들에 대해 책을 썼고 음악을 만들고 그들을 영웅시했다. 무고한 사람들의 평범한 삶과 생명을 앗아간 전쟁은 문학과 영화 등 다양한 예술 장르에서 '위대한 조국 전쟁'으로 묘사되었으며, 숭고한 희생과 자랑스러운 승리라는 관점에서 그려졌다. 하지만 알렉시예비치는 이와 같은 일반적 정서와 달리, 승리를 미화하지 않고 오직 패자만이 존재하는 전쟁의 비극에 주목했다. 숨어 있는 아군이 독일군에게 발각되지 않도록 우는 아이를 자기 손으로 죽인 어머니의 이야기를 읽어보자.

누군가 우리를 배신하고 밀고했어. … 독일 군인들이 우리 빨치산 부대 근거지가 어디 있는지를 알아차렸지. 숲을 포위하고 사방에서 압박해 들어온 거야. 우리는 깊은 숲속에 숨었는데, 다행히 늪이 우리를 구한 거지. 그쪽으론 독일 부대가 들어올 수가 없으니까. 축축한 늪지대였어. 늪은 전차든 사람이든 빨아 당기지. 며칠인지 몇 주인지, 우리는 물속에서 목만 내놓고 숨어 있었어. 우리 부대엔 얼마 전에 아이를 낳은 통신병 여자가 한 명 있었는데 말이야. 아기는 굶주려서 … 젖을 달라고 보챘어. 하지만 엄마도 굶었으니 젖이 나올 리가 없고 아이는 울어댔지. 독일 부대는 바로 곁에 있었어. … 경비견도 같이 말이야. 개가 이 소리를 듣기라도 한다면, 우린 다 죽은 목숨이지. 우리 부대는 모두 서른 명 정도였어.… 이해하겠어? 결정해야 했지. …

그 누구도 대장의 지령을 아이 엄마에게 전달하지 못했지만, 그녀 스스로 알아차렸어. 그녀는 아기 띠를 풀더니 아이를 물속에 집어넣고 오랫동안 가만히 있더군. 아이는 더는 울지 않았어. 그 어떤 소리도 들리지 않았지. 우리는 눈을 들 수가 없었어. 그 어머니에게도 서로 서로에게도. …[14]

예를 들어 과거에는 소련군과 독일군이 절대선과 악의 이분법적인 접근법으로 그려졌다면 이제 작가는 그 누구도 승자가 될 수 없는 전쟁의 비극을 이야기한다. 독일군 포로들을 잔혹하게 고문하거나 베를린 입성 이후 독일 소녀를 윤간한 소련 군인들의 다음과 같은 증언들은 러시아인들이 왜 알렉시예비치에게 분노하는지 그 이유를 보여준다.

진격했어 … 드디어 최초의 독일인들 마을이 나타났지. 우리는 젊고, 강한 군인들이었어. 4년이나 여자 없이 살았고. 창고에는 술도 있고 음식도 있더군. 독일 처녀들을 잡으면 열 명이서 한 명을 윤간했어. 여자들이 부족했으니. 마을 사람들은 소련군을 피해서 도망가버렸으니, 어린 여자애들을 잡아왔지. 열두 살, 열세 살 남짓 … 울기라도 하면 때리고, 입에다 뭔가를 쑤셔 넣어서 입을 막았지. 그 아이야 아팠겠지만 우린 우스웠어. 어떻게 내가 그럴 수 있었는지 지금도 이해가 되지 않아 … 인텔리 출신으로 잘 교육받은 청년이었는데 말이야. 하지만 그것도 역시 나였지.

우리가 겁냈던 건 단 하나였어. 우리 편 여군들이 이 사실을 알기라도 할까 봐. 우리 간호병들 말이야. 그들 앞에선 부끄럽더라고. …[15]

이러한 다양한 목소리는 작품이 처음 출판되었을 때는 오히려 배제되었던 이야기였다. 위대한 조국의 다른 얼굴을 부정하는 검열관은 공식적인 유토피아의 목소리를 대변한다. 전쟁에서 승리의 기쁨이 아니라 복수와 증오의 순간에 주목했던 작가에게 검열관은 이것이 '낯선' 사상이자 '타자의' 즉 적들의 목소리라고 작가를 비난했다. 그러나 작가는 전쟁과 승리를 찬미하는 국가의 독백적 목소리에 낯선, 때로는 상반되는 진실들을 모으고 이를 기록했다. 왜냐하면 그녀는 "모두가 역사의 한 조각이며" 서로 다른 목소리들이 내는 말의 결합이 진짜 역사라고 판단했기 때문이다.

다시 같은 말을 하고 싶다. 나는 영혼의 역사가다. 내겐 사건 자체가 아니라 감정의 사건들이 흥미롭다. 내겐 감정이 바로 현실이다. 그럼 역사는? 역사는 거리에, 군중 속에 있다. 나는 모두가 역사의 일부분이라고 믿는다. 누군가는 반쪽을, 누군가는 두세 쪽을 장식하겠지만 말이다. 우리는 모두 함께 시간의 책을 쓰고 있다. 모두 자신의 진실을 소리친다. 그리고 이 모든 것을 들어야 하며, 이 모든 것에 녹아들어야 하고, 그리고 이 모든 것이 되어야 한다. 그리고 동시에 자기 자신이 되어야 한다. 사라지지 말아야 한다.[16]

알렉시예비치의 작품들에서 각각의 목소리들은 자신의 진실을 주장하지만, 서로 녹아들면서, 그렇지만 사라지지도 않으며 비공식적인 또 하나의 역사를 만든다. 서로 다른 방향을 지향하는 말들의 충돌과 대화로 이해되는 도스토옙스키의 다성악과 달리 알렉시예비치의 다성악은 이렇게 오히려 하나의 목소리로, 거대한 합창으로 수렴된다. 다양한 거리의 말에 귀 기울이고, 이를 모으고 기록해서 문학의 말로 바꾸는 작가의 역할은 창조주가 아니라 기록자이자 수집가에 더 가까우며, 여기서 우리는 비공식적인 연대기 기록자로서 작가의 새로운 존재 방식을 볼 수 있다. 그녀의 작품에서는 주인공과 마주 앉아 귀 기울이고 고개를 끄덕이는 작가의 형상이 감지된다. 작가는 인터뷰를 청한 기자이며, 고백의 청취자이자 녹취자이고, 공감하는 사람이며 텍스트를 구성하는 사람이다.[17]

알렉시예비치는 전쟁만큼이나 큰 비극인 체르노빌 원전 폭발 사고를 『체르노빌의 목소리』에서 이야기한다. 전쟁이 인간에게 어느 정도 알려진 재앙이라면 체르노빌은 전혀 알지 못했던, 그리하여 예상할 수도 대응할 수도 없었던 비극이었다. 알렉시예비치는 권력자나 과학자들이 아니라 사고 수습에 투입된 소방관과 군인, 학생 등 무고한 사람들의 희생에 주목하면서 그들이 경험한 미증유의 비극을 텍스트로 옮긴다. 그녀는 체르노빌의 재앙이 호모 소비에티쿠스에겐 공산주의 몰락이라는 또 다른 큰 재앙과 함께 도래했음에 주목한다. 그녀의 말처럼 체르노빌 사건은 "지구에서 처음 일어난 일"이며, 그들은 이를 경험한 최초의 인간들이었다. "혈액 성분 구조가 바뀌고 유전자 코드가 변했고, 익숙한 풍경들이 사라졌는데" 그 이유를 알 수조차 없었다. 우리는 알려진 비극으로부터는 피할 수가 있지만 미지의 것으로부터는 피할 방법이 없기에 작가는 아직 생존해 있는 목격자들로부터 더 많은 이야기와 신호를 수집하는 것이 자신의 의무라고 여겼다. 이 책의 부제가 '미래의 연대기'이며, 이 책이 "체르노빌에 대한 것이 아니라 체르노빌 이후의 세계"에 대한 것이라는 작가의 말은 원전 폭발이 반복되어서는 안 된다는 그녀의 의지를 보여주고 있다.

1986년 우크라이나와 벨라루스 접경 지역에서 발생한 이 비극의 현장에 두 나라의 젊은이들이 수습을 위해 파견되었으며, 그들은 이유를 알지도 못한 채 병에 걸리고 또 죽어갔다.

> 아직도 밝혀지지 않은 수치가 많다. 너무 끔찍해서 지금도 기밀로 유지하는 것이다. 소련 정부는 80만 명에 달하는 현역 군인과 긴급 소집한 해체 작업자를 사고 현장으로 파견했으며, 당시 해체 작업자의 평균연령은 33세였다. 또한 학교를 갓 졸업한 청소년을 징병했다.
>
> 벨라루스에만 11만 5,493명이 해체 작업자로 근무한 것으로 나타났다. 보건부에 따르면 1990년에서 2003년 사이 8,533명의 해체 작업자가 사망했다. 하루에 두 명이 사망한 것이다.[18]

『체르노빌의 목소리』에서 희생자들은 방사선 피폭의 위험을 알리지 않고 자신들을 그곳으로 내몬 국가와 피해자에 불과한 자신들을 우스갯소리의 대상으로 전락시킨 사람들에게 절망하면서 새로운 형태의 비극을 증언한다. 체르노빌 현장에 투입된 소방수의 아내는 어떻게 남편이 그 작전에 투입되었는지 그리고 죽어갔는지를 생생히 증언한다. 작가의 말처럼 이것은 죽음의 이야기가 아니라, '사랑 이야기'다. 갓 스무 살을 넘긴 젊은 아내는 원전 폭발 현장에 투입된 남편이 방사능에 오염되어 자기 눈앞에서 죽어가는데도 그에게 접근하면 안 된다는 말을 이해할 수가 없다.

누군가 말했다. "잊지 마세요. 당신 앞에 있는 사람은 남편도, 사랑하는 사람도 아닌 전염성 높은 방사성 물질이에요. 죽고 싶어요? 정신 차리세요! 나는 미친 사람처럼 대답했다. "그를 사랑해요! 사랑한다고요!" … "아직 젊잖아요! 도대체 무슨 생각을 하는 거예요? 이제 사람이 아니라 원자로예요. 같이 타버린다고요." … "내 남편이 죽나요?" 그녀가 대답했다. "뭘 바란 거예요? 400뢴트겐이면 죽는 방사선을 1,600뢴트겐이나 쏘였어요."[19]

방호복을 겹겹이 입고도 환자에게 접근하지 않는 의사나 간호사와 달리 그녀는 사랑하는 남편의 옆에서 그를 간호한다. 방사능이 어떻게 몸에 작용하는지에 대한 지식이 없었던 그녀는 죽어가는 남편 곁에서 과거에는 없던 형태의 죽음과 매장을 목격한다.

병원에서의 마지막 이틀 … . 그의 팔을 들어 올리면 뼈가 흔들렸다. 뼈가 덜렁거려서 피부조직이 뼈에서 떨어져 나갔다. 폐와 간의 조각이 입으로 나왔다. 자기 내장을 스스로 삼켜야 했다. … 손에 붕대를 감아서 입속에 있는 것들을 훑어냈다. 이건 말로 할 수 없다. 글로 쓸 수도 없다. 그리고 견딜 수도 … . 그의 모든 것이 그토록 가까웠는데 … 그토록 … . 어떤 신발로 그의 발에 맞지 않았다. 맨발인 채로 그를 입관했다.

내 눈앞에서 제복을 입은 그를 비닐 자루에 넣고 묶었다. 그리고 자루를 나무 관 속에 넣었다. … 그리고 관을 다시 자루에 담았다. 비닐은 투명했지만, 흡사 풀을 먹인 듯 두꺼웠다. 그리고 이 모든 것을 아연 관에 겨우 집어넣었다. 그 위에 모자 하나만 남았다.[20]

남편이 죽은 후 태어난 딸은 이미 간경화증과 선천성 심장병에 걸려 있었고 4시간 만에 사망했다. 방사능 오염의 염려 때문에 그녀는 딸의 시신조차 볼 수도 없었다. 그리고 자신의 삶조차도, 나중에 다른 남자와의 사이에서 태어난 아이조차도 온전히 건강한 상태가 아님을 증언해주고 있다. 체르노빌의 비극을 겪은 다양한 인물들의 개별적인 체험을 작가는 이 책에서 독자들에게 전해주고 있다. 그리하여 단순히 희생자들의 숫자로만 남는 기록으로서가 아니라 개별적 체험으로서의 고통을 들어주고 또 들려주는 것이다.

알렉시예비치의 글쓰기와 작가의 독특한 위상은 문학이 모든 예술의 중심에 있었던 러시아의 오랜 전통에 비추어서도 아주 새로운 것이었다. 알렉시예비치의 주인공 중 한 명의 말처럼 오랫동안 러시아에서 작가는 특별한 위치를 차지해왔다. 푸슈킨에서 시작하여 톨스토이와 도스토옙스키 그리고 고리키와 솔제니친에 이르기까지 러시아에서 작가는 스승이자 예언자였으며 혁명가이자 순교자라는 특별한 존재였다. 19세기 전제정치의 억압과 20세기 공산주의 독재로 점철된 러시아에서 '무엇을 할 것인가'와 '누구의 죄인가'를 외쳤던 작가들은 진리의 수호자이자 민중들을 새로운 세상으로 이끄는 전위적인 역할을 해왔던 것이다.

> 저를 위로하고 싶으신가요? 우리나라에서 작가는 작가 이상의 의미를 가지죠. 스승이기도 했고, 성직자이기도 했죠. 예전에 그랬다는 거지, 지금은 아니에요. 교회들에선 많은 사람들이 예배를 드려요. 깊은 신앙심을 가진 신자는 몇 없고 전부 고통받는 사람들이에요. 저처럼 말이에요.[21]

'예전에', 정확히 소비에트 시절까지도 작가는 진실을 말하면서 박해받는 존재들로 민중들의 스승이자 성자인 고귀한 존재였다. 하지만 소비에트 붕괴 이후 러시아인들은 더 이상 문학이나 예술이 자신들을 구원할 수 있다고 믿지 않는다. 그들은 종교를 통해서 위로받고 싶어 하며, 차라리 역술가들에게 고통을 호소하고 미래를 묻는다. 그러나 알렉시예비치는 바로 이런 현실에서 작가의 새로운 역할이 가능하다고 여기는데, 그것이 바로 '위로하고' 공감하면서 사람들의 상처 입은 영혼을 기록하는 연대기 작가의 역할이다. 그녀가 옮기는 것은 사건의 역사가 아니라, 사람들의 '영혼의 역사'로, 그녀는 스스로를 '영혼의 역사가', '영혼의 엔지니어'라고 명명한다. 국가권력이 남긴 영광의 역사와 자신이 남기는 '영혼의 역사' 중 무엇이 남게 될 것이며, 무엇이 진실에 더 가까운가의 문제는 시간이, "우리들 모두가 사라진 다음의 먼 시간이" 판단해줄 것이라고 작가는 믿고 있다. 그녀의 주인공들이 작가에게 기대하는 것도 바로 이와 같은 역할과 소명이다.

선생님은 작가시잖아요. 아마 저를 이해하실 거예요. 말이라는 건 사람의 내부에서 일어나고 있는 일들과 공통점을 갖고 있지 않아요. 예전에 저는 제 안에 있는 것들과 좀처럼 대화를 나누지 않았었죠. … 아니 사랑하는 내 딸들아. 난 말이지. 내 감정들이 내 눈물들이 그냥 이렇게 사라지는 걸 원하지 않는단다. 흔적도 없이, 표시도 없이 … 전 그게 제일 큰 걱정거리예요. 제가 겪은 모든 일을 내 아이들에게만 남기고 싶지는 않아요. 다른 사람에게도 이것을 전해서 이 일들이 어딘가에 저장돼 있으면 좋겠고, 그리고 원하는 사람들이 가져갈 수 있게끔 하고 싶어요.[22]

2004년 모스크바 지하철 테러 현장에서 불구가 된 딸로 인해 고통받던 엄마는 작가에게 자신의 이야기를 기록해달라고 부탁한다. 그 말들이 보존되고 원하는 사람들이 "가져갈 수 있게끔" 하고 싶다는 그녀의 말은 고통의 분담과 공감에 대한 절실함을 보여준다. 그녀에게 '작가'라는 존재는 자기 내부의 설명조차 힘든 복잡한 감정들을 말로 옮겨줄 수 있는 사람이다. 스스로 밝혀주고 있듯 작가 자신도 그 사건들을 체험한 동시대인이며 그 누구에게도 설명할 수 없고 '말로 옮겨질 수 없는' 감정까지도 공유 가능한 '호모 소비에티쿠스'였기 때문에 이것은 가능할 수 있었다.

결론을 대신하여

인류사에서 문학이나 예술이 위기가 아니었던 적도 드물겠지만,

오늘날 즉자적인 감각에 기댄 다양한 매체의 발달로 최근 전통적 문학 장르가 전에 없던 위기에 처한 것은 사실이다. 장르 자체의 위기와 함께 독자층도 줄어들고 있으며, 매체의 다각화와 더불어 문자 그대로의 의미에서 '지면'은 점차 사라지고 있다. 다양한 종류의 새로운 서사 텍스트들이 등장하면서 '문학성'의 본질과 문학의 경계에 대한 질문도 종종 제기되고 있다. 그렇지만, 아니 그렇기에 '노벨문학상'은 오늘날 더욱 중요한 상징이자 기호가 되었다. 노벨문학상을 받은 작가는 언론에 집중적으로 조망되고 작품들은 세계적인 베스트셀러의 반열에 올라갈 수 있기 때문이다. 일회적이든 그렇지 않든 활자화된 매체에 대한 관심은 위기의 문학에 대한 일종의 구급 조치가 되기도 한다.

노벨문학상은 알렉시예비치의 경우처럼 종종 정치 또는 권력과 긴밀하게 얽혀서 읽히거나 배척되기도 한다. 과거에도 노벨문학상은 문학적 성과나 예술성 자체보다는 문학 외적인 요인, 특히 정치와 연관되곤 했다. 이는 문학이 순수하게 예술을 지향해야 하는가, 아니면 사회의 문제에 눈감지 말아야 하느냐는 해묵은 논쟁과는 별개의 질문이다. 말 그대로 문학이 외부 정치와 긴밀히 연관되어 생산되고 읽히며 평가된다는 것인데, 특히 소비에트-러시아 출신 수상자들의 이름과 더욱 자주 연루되었음도 사실이다. 1987년 망명 시인 브로드스키를 마지막으로 30년 가까운 세월 동안 러시아는 노벨문학상 수상자가 없었다. 기묘하게도 이 시기는 소련의 와해와 냉전 양극 체제의 붕괴와 맞물린다. 이 현상은 포스트소비에트 시대 두각을 나타낸 러시아 작가들이 드물었기 때문으로 해석될 수도 있지만, 문학의 정치로 서구와 러시아가 서로를 압박할 필요가 없는 시대의 도래로도 이해할 수 있다. 그렇다면 알렉시예비치의 수상을 둘러싼 정치적 논쟁은 반대로 또 다른 구도의 이념적·정치적 대립의 시대가 왔다는 징후로 해석될 수 있을까? 우연처럼 보이지만 2014년 크림반도 사태 이후 수년 동안 지속된 긴장과 2022년 2월 러시아의 우크라이나 침공이라는 초유의 사태 등 러시아와 서구를 둘러싼 급박한 정치적 환경은 이와 같은 가정을 어느 정도 뒷받침해준다.

알렉시예비치의 창작과 노벨상 수상은 문학의 안과 밖 모두에서 다양한 의미를 지니고 있다. 목소리 소설은 분명 문학과 다큐멘터리의 경계를 넘나드는 흥미로운 시도였으며, 작가의 이념적 경향성 역시 그간 소비에트/포스트소비에트 공간에서 존재하지 않는 것으로 치부되었던 다른 목소리의 발현으로 나름의 의미를 지닌다. 그렇다면 문학성 및 진영 논리와 상관없이 알렉시예비치는 계속 읽힐 것인가? 인터뷰 기록을 문학 텍스트로 창조한 작가의 실험이 지속적 위기에 봉착한 문학에 미래 중 하나가 될 수 있을까? 여전히 답을 찾는 과정 중인 이러한 질문들에 "모든 것은 문학이 될 수 있다"는[23] 작가의 말을 의문부호와 함께 제기하고 싶다. 과연 모든 것은 문학이 될 수 있는가? 왜냐하면 이 질문들이야말로 향후 문학의 생존 및 그 존재 방식의 문제와 긴밀히 연관되어 있기 때문이다.

가즈오 이시구로의 『남아 있는 나날』[1]

"영국보다 더 영국적인" 영국과 세계주의 문학[2]

김영주·서강대 영문학부 교수

가즈오 이시구로의 생애와 작품

2017년 10월 스웨덴 한림원 노벨상위원회는 그해 노벨문학상 수상자로 일본계 영국 작가인 가즈오 이시구로를 선정했다. 1982년 첫 소설 『희미한 언덕 풍경*A Pale View of Hills*』부터 2015년에 발표된 『파묻힌 거인*The Buried Giant*』에 이르기까지 일곱 편의 장편소설을 통해 이시구로의 소설 문학이 "위대한 정서적인 힘"으로 우리가 "세계와 연결되어 있다"는 환상과 "그 아래의 심연을 드러낸다"고 선정 이유를 밝혔다(『가디언』 지). 한림원 사무총장 사라 다니우스는 이시구로의 소설에 깃들어 있는 서구 문학의 전통을 위트 있게 표현했다. 칵테일 제조법을 소개하듯, 제인 오스틴과 프란츠 카프카를 절묘하게 섞은 후 마르셀 프루스트를 살짝 가미하면 이시구로를 만들어낼 수 있다고 묘사했던 것이다. 다니우스는 이시구로를 범유럽적인 문학 전통에 뿌리를 두고 있으면서도 "곁눈질하지 않고 자신만의 아름다운 우주"를 만들어낸 "위대한 진실성을 지닌 작가"라고 평했다(『뉴욕타임스』). 이러한 평가는 한마디로 아우를 수 없을 정도로 깊고 다채로운 이시구로의 문학적 특징을 잘 포착하는 동시에 그의 소설에 일관되게 내재한 독특한 상상력과 주제의식이 있음을 보여준다.

가즈오 이시구로는 1954년 11월 8일 일본 나가사키長崎에서 태어났다. 해양학자였던 부친이 영국 정부의 초청으로 영국 국립해양연구소에서 일하게 되면서 1960년 4월 이시구로는 아버지 시즈오, 어머니 시즈코, 누나인 후미코와 함께 일본을 떠나 영국에서 살게 되었다. 이시구로의 가족은 잉글랜드 남부 서리주 길퍼드에 처음 정착했을 때만 해도 영국 체류가 단기간일 것으로 예상했다. 그러나 시즈오 이시구로의 연구에 대한 영국 정부의 지원이 계속되면서 이시구로 일가는 일정 간격을 두고 체류를 연장했고 결국 일본으로 돌아가지 않았다. 여섯 살 때인 1960년 이래 줄곧 영국에서 살았지만 이시구로가 1983년에야 영국인으로 귀화했던 데에는 이러한 가족사가 영향을 미쳤을 것이다. 이시구로는 일본에서의 유년기와 영국에서의 성장기를 모두 행복한 시절로 회고한다. 하지만 친할아버지와 함께 3대가 살았던 나가사키에서의 삶에 갑자기 일어난 단절과 어린 시절 정다웠던 친할아버지의 임종을 지키지 못했던 상실감은 그에게 깊이 각인되었다. 이시구로는 이주와 체류, 정착과 지연을 둘러싼 경험으로 인해 늘 자신이 살지 않았던 삶에 대해 상상하곤 했다고 밝히며, 자신의 문학적 상상력에는 상실감과 멜랑콜리가 깊어 배어 있다고 진단한 바 있다.

1974년 이시구로는 영문학과 철학 학사 과정으로 켄트대학에 입학했다. 이시구로는 영국 문학뿐 아니라 프루스트와 안톤 체홉, 도스토옙스키, 카프카 등 유럽 문학과 헨리 제임스나 가브리엘 가르시아 마르케스 등 북미 및 남미 문학에도 관심을 가졌다. 1976년 휴학 기간 동안 이시구로는 글래스고의 취약 지구에서 자원봉사자로 일하기 시작했는데, 경제적으로 어려움을 겪는 이들과 노동조합 운동을 접하면서 사회적 약자들이 겪는 고통과 사회 문제에 민감하게 관심을 갖게 되었다.

1978년 대학 졸업 이후에도 이시구로는 자원봉사 활동을 계속하여 런던 노팅힐 지역에서 노숙자들을 도왔고, 이때 같은 단체에서 일했던 로나 맥두걸을 만나 1986년 결혼했다. 1979년 이시구로는 이스트앵글리아대학 문예창작 석사 과정에 등록했다. 당시 저명한 교수이자 작가인 맬컴 브래드버리의 강의를 듣고, 독창적이고 대담한 상상력을 지닌 소설가인 앤절라 카터의 지도를 받으며 글쓰기를 본격적으로 시작했다. 대학교에 입학하기 이전인 1974년 히치하이킹을 하며 3개월 동안 미국 서부와 캐나다의 브리티시콜롬비아를 배낭 여행한 후 이시구로는 두 편의 단편소설을 완성했지만, 문예지에 단편소설을 발표하기 시작한 것은 1980년으로 이스트앵글리아대학 재학 시절부터였다. 1981년 세 편의 단편소설이 런던의 페이버 앤드 페이버Faber and Faber 출판사가 발간한 『신진 작가선집*Introductions 7: Stories by New Writers*』에 수록되면서 이시구로는 주목을 받기 시작했다. 페이버 앤드 페이버 출판사의 소설 편집자 로버트 맥크럼은 이시구로가 당시 쓰고 있던 장편소설을 선인세 계약하자고 제안했다. 이 소설이 바로 1982년 출간된 이시구로의 첫 장편소설인 『희미한 언덕 풍경』이다.

『희미한 언덕 풍경』으로 이시구로는 그해 위니프레드 홀트비상을 수상하는 동시에, 1983년에는 샐먼 루시디, 이언 매큐언, 줄리언 반스 등과 더불어 '영국 청년 작가 베스트 20인'에 최연소 작가로 선정되었다. 두 번째 소설인 『부유하는 세상의 예술가*An Artist of the Floating World*』로 1986년 휫브레드상을, 그의 대표작으로 알려진 『남아 있는 나날*The Remains of the Day*』로 1989년 부커상을 수상한 것을 포함하여 이시구로가 현재까지 발표한 소설은 대부분 저명한 문학상을 수상하거나 최종 후보작에 올랐다. 1993년 문예지 『그랜타the *Granta*』는 이시구로를 영국 최고 작가 중 한 명으로 선정했다. 1995년 발표한 『위로받지 못한 사람들*The Unconsoled*』은 첼튼엄상을 수상하는 동시에 부커상 최종심에 올랐고, 『나를 보내지 마*Never Let Me Go*』는 『타임』 지 선정 2005년 최고의 소설에 선정되었을 뿐 아니라 전미도서협회 알렉스상, 독일 코리네상을 수상했다. 이후 10년 만인 2015년 발표된 『파묻힌 거인』은 발표와 동시에 문단과 평단의 주목을 받으며 2016년 세계 판타지 문학상 후보작으로 선정되었다. 이시구로는 문학 분야에 대한 기여도를 인정받아 1995년에 대영제국훈장과 이탈리아 프레미오 스카노 훈장을, 1998년에는 프랑스 예술문화훈장 기사장을, 그리고 2017년 노벨문학상을 수상했다.

이시구로는 1980년대 이후 현재에 이르기까지 영국 문학계뿐 아니라 세계문학과 문화에도 폭넓게 각인되었다. 첫 장편소설인 『희미한 언덕 풍경』은 출간 직후 13개 언어로 번역되었고 이시구로의 후속 소설들은 30여 개 언어로 번역되었다. 『남아 있는 나날』은 머천트-아이보리 제작사에서 영화화되어 1993년 8개 부문에서 오스카상 후보에 올랐다. 2010년에 영화화된 「나를 보내지 마」 역시 작품상과 각본상을 포함하여 여섯 개 부분에서 영국독립영화상을 수상했다. 『파묻힌 거인』과 2021년 발간된 『클라라와 태양*Klara and the Sun*』 또한 영화로 제작될 예정이다. 장편소설 이외에도 이시구로는 중단편집 『녹턴: 음악과 황혼에 관한 다섯 가지 이야기*Nocturnes: Five Stories of Music and Nightfall*』(2009)를 출간했고, 영화 「이 세상에서 가장 슬픈 노래The Saddest Music in the World」(2003)와 「화이트 카운티스The White Countess」(2004)의 각본을 쓰기도 했다. 일본계 영국 작가라는 이국성으로 처음 주목받았던 이시구로는 점차 인종적 정체성과 언어의 국지성, 매체의 단일성을 넘어서는 글쓰기를 하는 작가로 세계문학과 문화계에 뚜렷한 족적을 남기고 있다.

1982년부터 2021년에 이르기까지 이시구로가 발표한 여덟 권의 장편소설은 삶의 여러 길목에 선 다양한 인물들의 목소리를 다양한 장르로 들려준다. 이시구로의 첫 두 소설은 원자폭탄 투하(1945) 이후인 1950년대 일본 나가사키와 1930년대 군국주의가 휩쓰는 일본에 살았던 일본인 중년 여성과 남성의 이야기를 다루지만, 세 번째 소설은 양차 세계대전 사이와 제2차 세계대전 이후 수에즈 위기 당시의 영국을 배경으로 전형적인 영국인 노집사의 회고를 담고 있다. 1995년 발표된 『위로받지 못하는 사람들』은 중부 유럽의 가상 도시를 방문한 중년의 음악가의 파편적인 기억과 꿈을 초현실주의 기법으로 다루는가 하면, 2000년에 발표된 『우리가 고아였을 때*When We Were Orphans*』는 20여 년 전 상하이 국제 거류지에서 실종된 부모를 찾고자 동양과 서양의 제국주의가 충돌하는 1930년대 상하이를 찾아가는 사립 탐정의 여정을 따라간다. 아편 무역과 중일전쟁(1937~1945), 제1차 세계대전·제2차 세계대전과 원자폭탄 투하와 같은 공적인 역사의 안자락을 들추는 전작들과 달리, 21세기에 들어 발간된 이시구로의 소설은 공상과학과 판타지를 넘나든다. 평범해 보이는 영국 기숙학교를 배경으로 장기기증자와 간병사로 성장하는 복제 인간의 이야기를 담고 있는 『나를 보내지 마』(2005)는 SF에 어울리는 소재를 성장소설의 얼개에 절묘하게 접목하며 유년과 청소년기의 정서, 우정과 사랑, 성인이 되어 맞이하는 삶에 대한 희망과 불안을 탁월하게 그려낸다. 2015년 발간된 『파묻힌 거인』은 아서 왕의 기사와 용, 도깨비가 출몰하는 판타지 형식을 통해 고대 브리턴족과 앵글로색슨족의 불화와 전쟁이 휩쓸고 간 후 망각의 안개로 뒤덮인 잉글랜드의 평원과 계곡을 건너가는 브리턴족 노부부의 여정을 따라가며 한 민족 공동체의 집단적 기억과 망각을 다룬다. 가장 최근작인 『클라라와 태양』은 DNA 조작이 가능해진 미래 시대에 인공지능 로봇과 병약한 소녀 사이의 교감과 우정을 소녀의 친구가 된 인공지능 로봇 클라라의 시선으로 섬세하게 그려낸다.

40여 년 동안의 글쓰기를 통해 이시구로는 회고록, 장원莊園소설, 추리소설, 초현실주의 기법, 공상과학소설, 판타지 등 이질적인 장르의 혼종을 과감하게 시도한다. 공적인 역사를 소설의 배경으로 설정하거나, 혹은 가상의 시공간을 설정하거나 이시구로의 소설은 한결같이 폭력적인 역사와 불안정한 삶의 조건 앞에 선 개인이 감당해야 할 고통과 불안, 희망과 좌절에 대해, 삶의 조건을 수용하거나 이에 저항하는 선택에 대해 깊이 숙고한다. 대체로 간결하고 정돈된 문체를 구사하는 이시구로는 이러한 문체 아래 숨겨진 복잡하게 얽힌 감정의 타래를 탁월하게 펼쳐낸다. 과거와 현재가 중첩되거나 단절되는 시간 속에 미로와 같은 화자의 의식 세계가 드러나고 화자가 의식하지 못하는 사이 독자는 언어의 수면 위로 떠오르는 파편적인 진실을 발견한다. 마치 가수가 음색으로 복잡하게 뒤섞인 감정을 표현하듯이 이시구로의 언어는 헤아릴 수 없이 깊고 복잡한 감정, 여러 결을 동시에 지닌 감정을 포착하는 데 탁월하다. 이시구로의 상상력은 대담하면서도 섬세하다. 이시구로 문학은 간결하고 우아한 문체로 역사와 문명을 비판적으로 고찰하는 동시에 격변하는 역사, 혹은 불안정한 문명의 내부인으로 살아가는 개인의 삶의 내면을 오래도록 응시한다.

이시구로의 『남아 있는 나날』과 "영국보다 더 영국적인" 영국

일본계 영국 작가라는 특이한 이력에도 불구하고 이시구로는 영국은 물론이고 영어권 문화와 세계문학계에 있어서 "영국보다 더 영국적"인 소재를 다룬 그의 세 번째 소설 『남아 있는 나날』의 저자로 잘 알려져 있다. 『남아 있는 나날』은 영국의 전통적인 장원 저택 달링턴 홀을 배경으로 전형적인 영국 신사인 달링턴 경에게 헌신한 영국인 노집사 스티븐스의 회고록 형식을 띠고 있다. 1993년 알란 보르다와 킴 허징거와의 인터뷰에서 이시구로는 자신의 소설 속에 구현된 너무나도 영국적인 세계에 관해 이렇게 이야기한다.

> 이 작품을 통해 내가 시도하려던 것은 … 영국에 관한 특정한 신화를 재해석하는 것입니다. 당시 영국에는 그다지 머지않은 과거 속의 영국, 여러 정형화된 이미지에 부합하는 영국에 대한 강한 생각이

있었지요. 말하자면, 점잖은 사람들과 집사들이 사는 나른하고 아름다운 마을이 있고 사람들이 잔디밭에서 차를 마시는 영국 … 신화적인 영국 … 영국보다 더 영국적인 영국이지요.[3]

역설적이게도 이렇게 실제 "영국보다 더 영국적인", 즉 신화적인 영국을 소환하는 상상력은 지극히 명민한 현실 역사 인식에 기인한다. 같은 인터뷰에서 이시구로는 실제 "영국보다 더 영국적인" 영국은 전후, 특히 1980년대 영국 사회에 만연한 집단적 향수의 표출이라 지적한다.

특히 당시 영국에는 이렇듯 오래된 영국을 재포착하려는 커피 테이블 책자나, 텔레비전 프로그램 그리고 여행사 등으로 이루어진 거대한 향수 산업nostalgia industry이 번성하고 있었습니다. 대부분 이러한 신화적인 영국의 풍경은 있지도 않았던 시절에 대한 그다지 해롭지 않은 향수일 뿐이지요. 하지만 그 이면은 이러한 향수가 정치적인 도구로써, … 에덴동산을 위해하려는 어떤 세력이라도 후려치는 방법으로 이용되었다는 점입니다. … 그들은 노조가 보다 평등한 사회를 구축한다고 설치기 전에, 또는 이민자들이 몰려오기 이전에, 혹은 60년대의 방종한 세대가 모든 것을 망쳐버리기 이전에 영국은 이렇듯 아름다운 곳이었다고 주장했습니다.[4]

이시구로가 지적하듯이 이 목가적이고 신화적인 영국은 제2차 세계대전 이후 대영제국의 몰락과 포스트산업화, 탈식민화에 수반된 급격한 사회 변화를 맞이한 영국 사회의 문화정치적 소산이다. 전후 영국 사회에서는 노동당 정부 주도하에 급진적인 복지국가 체제로 대대적인 사회구조 혁신이 이루어졌다. 서인도제도와 아프리카, 아시아 지역의 영국령 식민지에서 탈식민주의 운동이 활성화되면서 대영제국이 영연방으로 전환되었고, 동시에 옛 대영제국의 변방에서 영국으로의 대규모 이민 물결이 이어지면서 영국 사회는 다문화·다인종 사회로 변화했다. 1970년대 석유 파동의 여파와 세계 자본시장의 불경기로 영국의 경제 위기가 가속화되었을 때 인종 분규와 계층 갈등을 포함한 사회적 혼란이 점차 더 커져갔다. 다인종·다문화적 사회로의 변화를 맞아 전통적인 국가와 민족 정체성에 대한 혼란도 가중되며 사회 전반적으로 위기의식이 확산되었다. 이러한 사회 현상을 배경으로 1979년 대처 정권이 들어서며 사회·경제 체제를 급진적으로 재정비하는 과정에서 과거 대영제국의 안정과 권위를 회복하자는 정치적 수사가 동원되었다. 전통과 이에 근거한 사회적 안정을 희구하는 사회적 분위기 속에서 영국 문화유산에 대한 폭넓은 공감대가 사회 전반에 확립되었다. 점차 사라져가는 영국적인 것들을 되찾아 보존하여 영국적 정체성을 지키는 보루로 삼으려는 영국문화유산운동the English Heritage Movement은 폭넓은 대중의 지지를 얻어 사회 전반에 확산된 것이다.

시각적인 화려함으로 일반 대중에게 화려한 볼거리를 즉각적으로 제공할 수 있다는 점에서 영국 내에 산재한 장원들은 1980년대 거대한 문화유산 산업의 핵으로, '영원한 영국'을 대변하는 이미지로 떠올랐다. 1980년대 대처 정권의 국가문화유산 보존 시책은 이러한 장원의 미화와 상품화에 일조한다. 1980년과 1983년에 제정된 국가문화유산보호법에 근거하여 다수의 장원을 원형 그대로 보존하기 위한 국가기금이 조성되었고 영국 곳곳에 있는 유서 깊은 저택과 영지가 일종의 박물관으로 관리되어 대중에게 유료 개방되었다. 드넓은 영지에 웅장하게 지어진 장원 저택과 그 내부를 채우고 있는 값진 초상화나 풍경화, 동양에서 수입된 진귀한 도자기와 카펫, 보석류와 가구류는 수 세기에 걸쳐 축적된 영국의 위대한 전통과 문화의 표상이 되었다. 1985년 미국 국립예술박물관에서 열린「영국의 보가The Treasure Houses of Britain」전시회는 당시의 영국적인 문화유산 열풍을 잘 드러낸다. 영국문화원 주최로 열린 전시회에서는 영국 전역에 흩어져 있는 200여 곳의 장원에 소장되어 있던 그림, 가구, 도자기, 장식품 및 보석류 590여 점이 전시되었다. 이 전시회는 영국의 장원 문화를 최대 규모로 수집하여 대서양 너머 대중들에게 소개하여 영국 문화에 대한 호기심과 동경을 가진 관객들에게 큰 호응을 얻었다. 실제로 내셔널트러스트 소속인 다수의 장원 순회 방문은 영국인뿐 아니라 대서양 건너 미국인들을 대상으로 대중적인 관광 상품화되었고 장원의 건축양식 및 실내장식의 아름다움과 역사에 관한 책과 잡지들은 선풍적인 인기를 얻기도 했다. 영화계에서도 장원을 배경으로 과거 영국의 삶을 재현하는 시대물들이 제작 배포되어 많은 관객의 시선을 끌었다. 제인 오스틴, 샬롯 브론테, 에블린 워, E. M. 포스터 등 영국의 장원 문학의 전통을 잇는 소설들이 대거 영화화되는 한편 장원 스타일의 복고적인 실내장식 및 의류, 침구류도 영미 문화권에서 인기를 얻어 영국적 취향을 대중화했다. 영국의 장원은 역사의 부침 속에 건재한 영국성의 가시적 표상으로서 1980년대 영국 사회의 문화적 상상력 속에 깊숙이 자리 잡은 것이다.

정부 주도의 국가문화유산 보존 시책과 그와 맥락을 같이하여 활성화된 문화유산 산업은 과거의 전통과 질서 그리고 권위에 호소한다는 점에서 대처 정권의 신보수주의와 맥락이 닿아 있다. 대처 정권은 대영제국의 와해 이후 계속되는 영국의 국제적 위상 실추 및 불안정한 국내 현황에 당면하고 있었다. 제2차 세계대전 후 노동당의 주도로 시도되었던 사회보장 시책이 전반적으로 실패했다는 평가와 더불어 노동조합의 득세가 영국의 산업 경쟁력을 악화시켰다는 주장이 대중적인 힘을 얻기 시작했을 뿐 아니라, 과거 영국 식민지로부터 유입된 유색인종 이민자들이 백인들의 일자리를 빼앗고 사회 불안을 조성하며 영국의 민족 정체성을 와해한다는 위기의식이 팽배해졌다. 이러한 가운데 과거의 영국을 되찾자는 신보수주의가 1980년대 영국성을 재창출하는 강력한 기제로 정치, 문화, 경제 전면에 등장한다. 대처 정권은 1982년 포클랜드 사태에서 공격적인 군사정책을 통해 과거 대영제국의 위상을 되찾으려는 한편, 1981년 국적법 개정을 통하여 유색인종의 이민을 강력하게 제한했다. 인종적 순혈주의를 국가 정체성의 토대로 삼고 잃어버린 제국의 위상을 회복하려는 대처 정권의 신보수주의는 아름답게 미화된 과거에 대한 향수를 정책적으로 장려했던 것이다.

이시구로가 인터뷰에서 언급한 "영국보다 더 영국적인" 영국은 1980년대 영국 사회에 팽배한 과거에 대한 무비판적인 향수에 부합한다. 자연경관 속에 어우러진 목가적인 영국성은 산업화와 도시화를 겪으며 역사적으로 재구성된 신화적 영국성을 자연스러운 것으로 여기게 한다. 또한 신화적 영국은 실제로는 끊임없이 변화하고 유동적이며, 점점 더 다인종화·다문화하는 영국의 현실을 대체하며 실제 이상으로 미화된 과거에 대한 향수를 자극한다. 이시구로는 『남아 있는 나날』에서 실제 영국보다 더 영국적인 영국을 형상화함으로써 오히려 1980년대에 대한 역사 인식을 첨예하게 드러낸다. 1980년대의 문화적 실천으로서 『남아 있는 나날』은 현재보다 항상 더 좋았던 것으로 기억되는, 그래서 낭만화된 영국성을 역사의 무대로 이끌어낸다. 이시구로는 영국 문학의 주요 전통인 장원소설 형식을 대담하게 차용하여 영국의 계급제도 및 영국 신사 담론의 경직된 이데올로기, 혈통에 근거한 민족성을 근간으로 한 배타적인 영국성을 낱낱이 해부하며 포스트제국주의 시대의 영국의 문화사에 대해 비판적으로 반추한다.

『남아 있는 나날』: 잃어버린 보석과 신사복을 입은 집사

『남아 있는 나날』에서 가장 인상 깊은 장면 가운데 하나는 달링턴 홀의 집사 스티븐스가 저택의 가정부인 켄턴과 함께 어느 여름날 저녁 무렵 그의 아버지가 잔디밭을 오락가락하는 모습을 지켜보았을 때를 회상하는 장면이다. 평온하고 아름다운 여름날 오후, 석양 직전의 부드러운 햇살과 상쾌한 바람, 잘 자란 아름드리 나무들이 저녁 해를 맞아 길게 드리운 그림자 속에 잘 손질된 드넓은 잔디밭을 거니는 노인의 모습 등 이 장면은 켄턴의 표현대로 일종의 "불가사의한 마법과도 같은 분위기"를 지닌다. 그러나 이 장면은 노쇠와 쇠락의 징후가 그 아름답고 목가적인 공간에 이미 자리 잡고 있음을 암시한다. 평화롭고 고즈넉해 보이는 이 장면은 실제로는 일흔이 넘은 노집사가 그날 오후 차와 다과를 나르다 넘어졌던 그 여정을 반복하여 되짚어보는 모습을 담고 있다. 평소 훌륭한 집사라는 자부심을 지녀왔던 스티븐스 시니어는 이 일로 자존심에 큰 상처를 입었을 뿐더러 부집사라는 직책에서 물러나 바닥 청소와 같은 하찮은 일을 맡게 된다. 땅에 시선을 고정한 채 한 걸음 한 걸음 신중하게 되짚어 걸어보는 스티븐스 시니어의 모습은 자신의 노쇠함을 인정하고 싶지 않은 심중을 드러낸다. 스티븐스 시니어를 지켜보며 켄턴은 "그가 마치 땅에 떨어뜨린 귀중한 보석을 찾으려 하는 듯"하다고 표현하는데, 여기서 보석은 아마도 노집사의 잃어버린 자부심이라 할 수 있을 것이다. 그러나 저녁 해는 이미 지기 시작하고 어둠이 깔리면서 그는 자신이 잃어버린 소중한 것, 그래서 필사적으로 되찾고자 하는 것을 결코 발견할 수 없을 것이다. 이 장면은 1980년대 당시 장원 문화 보존 운동으로 대변되는 영국 사회 전반에 스며 있는 정서를 잘 표현하고 있다. 일흔이 넘어서도 시간의 흐름이 가져오는 변화의 법칙을 거스르고자 하는 노집사의 무거운 발걸음과 이제는 자신도 또한 나이 들어 아버지의 모습을 지켜보던 시절을 회상하는 스티븐스를 통해서 달링턴 홀은 되찾을 길 없는 과거, 현재보다 훨씬 더 좋았던 시절로 기억되는 과거에 대한 집단적인 향수가 지배하는 1980년대 영국 사회의 모형이 된다.

시간의 흐름에 따라 피할 수 없는 노쇠, 이에 따른 상실감과 자기부정은 『남아 있는 나날』 전체에 깔려 있다. 소설의 프롤로그에서부터 달링턴 홀과 스티븐스는 거스를 수 없는 시대의 흐름을 맞이한다. 1956년 7월, 달링턴 경의 죽음 이후 화려하고 웅장한 달링턴 홀은 경매에 부쳐지고, 충실한 집사 스티븐스는 부유한 미국인의 소유가 된 달링턴 홀에서 새 주인을 맞이하게 된다. 달링턴 경의 죽음과 패러데이에게 매각된 달링턴 홀의 상황은 제2차 세계대전 이후 새롭게 구축된 세계질서, 즉 대영제국의 몰락과 초강대국으로서의 미국의 부상을 상징적으로 보여준다. 막을 내린 팩스 브리태니카 시대의 부와 권위를 토대로 지어진 달링턴 홀은 이제 영국적인 것에 깊이 심취한 미국인 소유가 되고, 패러데이와 그의 미국인 친구들에게 달링턴 홀과 스티븐스는 "진정한 영국의 옛 저택"과 "옛날 방식 그대로를 지켜온 진정한 영국인 집사"를 소유하고 체험하는 장이 된다. 달링턴 홀로 대변되는 영국, 언뜻 보기에 낭만적으로 그려진 듯한 소설 속의 영국은 엄연히 존재하는 냉혹한 역사의 흐름과 정치·경제적인 변화에 휩싸여 있다.

『남아 있는 나날』은 패러데이의 권유로 몇십 년 만에 처음으로 달링턴 홀을 떠나 6일간의 여행길에 오른 노집사의 여정을 따라간다. 여행의 목적지는 영국 서남부 콘월로 스티븐스는 오래전에 결혼하며 달링턴 홀을 떠난 가정부 켄턴을 찾아 여행길에 오른다. 스티븐스는 1930년대 초 달링턴 경의 친구에게서 물려받은 신사복을 여행가방에 담고 역시 1930년대에 씌어진 여행 안내서를 들고 "독일의 폭격으로 영국이 그다지 바뀌지는 않았으리라"는 믿음으로 길을 떠난다. 1956년 달링턴 홀의 매각에서 암시되는 세계질서의 급격한 변화 속에 1930년대에서 멈춰버린 듯한 스티븐스의 모습은 그 자체로 시간의 흐름을 거스르면서도 역설적으로 시간의 흐름을 속절없이 드러낸다. 솔즈베리를 거쳐 데번을 지나 낯선 콘월 지역의 바닷가 마을 웨이머스에서 마침내 켄턴과 재회할 때까지 스티븐스는 이중의 여정에 오른다. 켄턴을 찾아가는 그의 여행은 곧 달링턴 경을 헌신적으로 섬겼던 자신의 삶을 반추하며 기억의 미로를 더듬어가는 여정이기도 하다.

여행 첫날 스티븐스는 솔즈베리의 언덕 위에서 내려다본 전원 풍경에 "가장 빼어난 영국의 경관"이라고 감탄한다.

> 들판 옆에 또 들판이 일렁이는 물결처럼 까마득히 이어졌다. 땅은 솟았다 꺼졌다 하며 완만한 기복을 이루고 들판마다 울타리와 나무들로 경계가 쳐져 있었다. 멀리 보이는 들판 군데군데에 양 떼로 짐작되는 점들이 박혀 있었다. 오른쪽 지평선 부근에서 교회의 네모난 탑을 본 것 같기도 했다.
>
> 사방에서 여름 소리가 들려오는 가운데 가벼운 미풍을 얼굴에 받으며 서 있으니 정말 기분이 좋았다. 내 앞에 놓인 여행길에 어울리는 기분을 처음으로 받아들인 것도 거기에서 그렇게 경치를 구경하고 있을 때였던 것 같다.[5]

여행의 첫날을 마감하며 스티븐스는 솔즈베리의 자연 풍경을 되새기면서 그가 아침나절에 보았던 풍경이야말로 다른 나라에서는 찾아볼 수 없는, 오직 영국에서만 찾아볼 수 있는 영국적인 아름다움을 드러낸다고 말한다. 스티븐스에게 솔즈베리의 풍경은 "노골적인 볼거리"를 과시하지 않기에, 즉 그 아름다움을 '절제'하여 평온함을 담고 있기에 빼어나다. 흥미롭게도 스티븐스는 수려한 풍경에서 찾아볼 수 있는 '절제'라는 미덕은 오직 영국 민족만이 소지한 자질이며, 더 나아가 진정한 집사라면 반드시 갖춰야 할 덕목이 절제이므로 진정한 집사는 오로지 영국에만 존재한다고 역설한다.

"진정한 집사는 오로지 영국에만 존재하며 진정한 집사는 영국인

일 수밖에 없다"고 주장하는 스티븐스는 집사의 '위대함'이란 유창한 화술과 교양에 있는 것이 아니라 어떤 상황에서도 '품위'를 잃지 않는 데에 있다고 믿는다. 그는 역시 집사였던 아버지가 들려준 전설적인 집사 이야기를 소개한다. 주인을 따라 인도로 간 한 집사가 식탁 밑에 자리 잡은 야생 호랑이를 아무런 두려움도 드러내지 않은 채 사살한 후에 호랑이의 사체를 저녁 만찬이 시작하기 전에 흔적도 없이 말끔하게 치울 예정이라고 침착하게 보고했다는 일화다. 스티븐스는 이 전설적인 영국인 집사의 일화를 진정한 집사의 필수 요건인 "감정을 절제하는 능력"을 발휘한 사례로 제시한다. 또한 그는 자기 부친의 사례 또한 자랑스럽게 소개한다. 보어전쟁(1899~1902)에서 민간인 부락을 공격했던 명예롭지 못한 장성의 지휘 탓에 아들을 잃었음에도 불구하고, 부친이 미움과 증오라는 개인적인 감정을 억누르고 주인의 뜻을 살펴 그 장성의 시중을 살뜰하게 듦으로써 진정한 집사라는 소명을 이루었다고 그는 평가한다.

'절제'라는 덕목을 강조하는 데서 알 수 있듯이, 스티븐스의 위대한 집사론은 결과적으로 사적인 감정과 욕망을 억압한다. 스티븐스는 달링턴 경이 달링턴 홀에서 주최했던 1923년의 국제회담과 1930년대 비밀 회담을 자신이 집사로서 위대함을 성취한 분수령이라고 회고한다. 이 두 회담에서 그는 삶의 사적 면모들, 예컨대 아들로서 혹은 연인으로서의 역할과 감정을 철저하게 억제하고 주어진 직무에 헌신했기 때문이다. 전성기를 지난 부친이 달링턴 홀에 부집사로 부임하게 된 이후 스티븐스는 부친과의 관계를 깎듯이 직무 논의에만 국한한다. 그러면서도 부친이 서서히 노쇠해가고 있음을 드러내는 징후를 못 본 척 부인한다. 마지막 순간까지 보조 집사의 직무에 충실하던 부친이 뇌졸중으로 쓰러져 임종을 맞는 순간에도 스티븐스는 국제회담이 진행되는 동안 달링턴 경의 손발이 되어 활약한다. 죽음이 임박한 것을 느낀 듯 평소 과묵하고 무뚝뚝하던 부친이 "나는 네가 자랑스럽다. 좋은 아들이야. 나도 네게 좋은 아버지였기를 바란다만, 그렇지 못했던 것 같구나"라고 힘겹게 말을 꺼냈을 때, 스티븐스는 "죄송하지만 지금 무척 바쁩니다. 아침에 다시 이야기하시지요"라고 대답하고는 발에 물집이 생겼다고 소동을 피우는 프랑스 대사의 시중을 들러 황급히 자리를 뜬다. 부친의 임종을 지키는 대신 만찬 시중을 완벽하게 들었다고 칭찬 세례를 받았던 그날 저녁을 떠올리며 스티븐스는 "가슴 아픈 기억들에도 불구하고" 자신이 집사로서 위대함에 도달했다는 "뿌듯한 성취감"을 느꼈노라고 자부한다.

스티븐스의 성취감은 단순히 집사로서의 일상적인 직무를 다했다는 만족감에 기인하지 않는다. 그는 주인이었던 달링턴 경이 "진정으로 훌륭한 사람, 신사 중의 신사", "도덕적 의무에 대한 깊은 자각"을 가지고 있는 신사임을 믿어 의심치 않는다. 명예를 중시하여 패배한 적이라도 "공명정대"하게 대해야 한다는 신념을 지닌 달링턴 경은 제1차 세계대전 이후 유럽 내의 질서를 재건한 베르사유조약이 패전국 독일에게 취해진 비신사적인 협정이라 여기고 독일에 대한 프랑스의 보복적인 태도를 "야만적"이라 비판한다. 패전국에게 가혹한 조항들을 수정하여 독일을 도울 방안을 찾고자 달링턴 경은 비공식적 국제회담을 개최한다. 그는 영국 신사의 도덕적 우월성에 근거해 영국의 국제적 지도력을 행사하는 것이 유럽 내 평화와 정의라는 도덕적 이상을 실현하는 것이라고 믿고 있기 때문이다. 스티븐스는 진정한 영국의 신사였던 달링턴 경에게 헌신함으로써 그 자신도 올바른 역사의 흐름에 기여했다고 믿는다. 그러기에 스티븐스의 기억 속에 달링턴 경은 전쟁 발발 후 대중이 기억하듯 부도덕한 나치의 협력자가 아니라 유럽의 평화 유지라는 숭고한 목표를 이루기 위해 한때 적군이었던 독일과도 친화적인 외교를 도모했던 진정한 영국 신사다.

그러나 과연 그러했을까? 국제회담에서 달링턴 경은 프랑스의 입장을 고립시켜 회담을 자신이 원하는 방향으로 진행하고자 면밀하게 계획한다. 고의적으로 프랑스인 듀퐁이 독일인이나 이탈리아인들보다 달링턴 홀에 늦게 도착하도록 일정을 조정한다. 저택의 응접실을 무대로 "평범한 사교 행사의 모양새를 유지"하며 은밀하게 진행된 회담에서 스티븐스 자신도 듀퐁과 미국 상원의원 루이스의 대화를 엿듣고 달링턴 경에게 고하는 밀정의 역할을 거리낌 없이 수행한다. 달링턴 홀은 공명정대함이라는 신사의 규범을 어기는 장이 되며, 스티븐스는 달링턴 경의 나치 협력에 공모하게 된다. 회담의 마지막 날 미국인 루이스는 달링턴 경을 신사이자 아마추어라고 칭하며 고지식한 영국 신사가 주도하는 국제정치는 이미 막을 내렸음을 선언한다.

> 그는 신사입니다. … 그러나 그는 아마추어입니다. … 그리고 오늘날의 국제 정세는 더 이상 아마추어 신사들에게 적합하지 않습니다. … 여러분을 둘러싼 세계가 어떻게 변해가고 있는지 아십니까? … 여기 유럽에 있는 여러분들에게는 여러분의 문제를 관장할 전문가들이 필요합니다. 일찍 이 점을 깨닫지 못한다면 여러분은 재난으로 향하게 될 겁니다.[6]

이 회담의 여파로 달링턴 경은 히틀러의 외교사절인 리벤트로프와 밀접한 관계를 맺게 되고 뉘른베르크 전당대회 무렵 독일인들이 주최한 연회를 참석하기도 하는 등의 행보로 이어진다. 훗날 달링턴 경이 나치의 협력자이자 꼭두각시라는 불명예를 안게 되는 점을 고려할 때, 고결한 아마추어이길 선호하여 20세기 국제정치를 빅토리아 왕조 신사의 지도력을 펼칠 장으로 보는 달링턴 경은 미국인 루이스가 경고했듯이 분명 현실 인식에 어두운 시대착오적인 인물이다.

스티븐스는 여행의 중반에 이르러 기억의 어지러운 미로를 헤쳐 나오면서 스스로 편치 않은 기억의 편린들을 발견한다. 달링턴 경이 충직하게 일해오던 두 명의 하녀를 유대인이라는 이유로 해고했던 사건을 회고하면서 주인의 지시를 충실히 이행하기만 했던 자신과는 달리 그 부당함에 격하게 항의했던 켄턴을 떠올린다. 켄턴은 격앙된 목소리로 "루스와 사라를 해고하는 것이 '잘못됐다'는 생각도 안 드나요, 스티븐스 씨? 전 그런 일에 찬성할 수 없어요"라고 항의하며, 두 하녀가 해고된다면 자신도 사직서를 내겠다고 선언한다. 스티븐스는 켄턴에게 대답한다. "켄턴 양, 당신은 그처럼 차원 높고 중대한 문제를 가볍게 판단해버릴 위치에 있지 않다고 지적해주고 싶소. 오늘날의 세상에는 당신이나 내 위치에서는 이해하지 못할 일들이 수두룩해요. 유대 민족의 본질 같은 것도 그중 하나요. 반면에 우리 나리는 무엇이 최선인지를 판단하실 수 있는 좀 더 나은 위치에 계신다고 감히 말하고 싶소." 이 일화는 스티븐스가 달링턴 경의 도덕적 우월성을 맹목적으로 추종하여 달링턴 경이 표방하는 인종차별과 여성 비하, 엘리트주의 등 폭력적인 지배 논리에 한 번도 제대로 의

문을 제기하지 않았음을 단적으로 보여준다. 게다가 스티븐스는 켄턴이 불의에 분노를 느끼면서도 아무것도 하지 못한다는 자괴감에 고통스러워하는 모습을 지켜보면서도 전혀 공감하지 못할 뿐 아니라 공감하려 애쓰지도 않는다.

달링턴 경으로 체화된 지배계급의 가치와 규범을 자신의 것으로 수용한 스티븐스는 정체성의 모순과 혼란을 맞이할 수밖에 없다. 소설은 나치즘을 승인하고 영국 내 반유대주의 정당과 결탁한 달링턴 경을 무비판적으로 수용한 스티븐스의 자기기만적인 면모를 신사의 옷을 입은 집사의 모습을 통해 예시한다. 스티븐스가 여행길에 오르면서 달링턴 경의 친구가 물려준 신사복을 차려입고 패러데이가 빌려준 자동차를 타고 영국 신사들의 억양과 어투를 따라 익힌 어조로 이야기할 때 그를 대면한 이들은 줄곧 스티븐스의 계급적 정체성을 오인하거나 의아해한다. 여행 중 데번에 이르러 길을 잃고 곤경에 처했던 스티븐스는 모스콤 마을 사람들의 호의로 머물 곳을 찾게 된다. 그를 '신사'로 오인하고 극진하게 환대하는 마을 사람들과 대화를 나누면서 스티븐스는 처칠을 포함하여 영국의 주요 인사들과의 친분을 은연중에 과시하고 국제정치에서의 자신의 역할에 대한 자부심을 드러낸다. 결국 스티븐스는 의도하지 않았으나 달링턴 경 행세를 함으로써 스스로 곤란하고 민망한 처지로 자신을 몰아간다.

『남아 있는 나날』에서 화자인 스티븐스는 현재와 과거를 넘나들며 이야기를 풀어낸다. 여행길에서 스티븐스가 소소하게 겪는 사건들은 기억의 저편에 묻혀 있는 과거를 헤집어낸다. 모스콤에서 겪은 일, 특히 "품위란 무엇인가?"라는 질문을 두고 논박을 벌인 스티븐스는 "누구나 노예 상태로 살지 않고 자유민으로 자유롭게 자신의 의

견에 따라 사는 것"을 '품위'의 본질이라고 목소리를 높였던 마을 주민 해리의 주장에 이의를 제기하며 '품위'를 지닌 진정한 집사로 살고자 했던 자신의 삶을 다시 되돌아본다. 20여 년의 세월 동안 기억의 한 켠으로 밀어두었던 과거를 회고하면서, 스티븐스는 점차로 파편적인 기억의 조각들을 이어 붙이며 "그 오랜 세월 생생하게 남아 있는 한순간이라고 하는 것이 좋을 옛 모습"을 떠올린다.

> 뒤편 복도, 켄턴 양의 집무실, 닫힌 문 앞에 홀로 서 있는 내 모습이 바로 그것이다. 정확히 말하자면 그때 나는 … 몸을 반쯤 튼 채 노크를 할까 말까 망설이며 꼼짝 않고 서 있었다. 내 기억에 따르면 그때 나는 켄턴 양이 바로 저 문 뒤에서, 내게서 불과 몇 미터 거리에서 엉엉 울고 있으리라 확신한 나머지 충격을 받은 상태였다. 좀 전에도 말했듯, 그 순간이 내 마음에 깊이 새겨졌을 뿐 아니라 그렇게 서 있는 동안 내 마음에 일었던 독특한 감정의 기억까지 함께 각인되었다.[7]

혼란스러운 기억의 결을 더듬어 올라가자 그 장면은 스티븐스가 위대한 집사로서의 열망과 켄턴에게 향하는 마음 사이에서 갈피를 잡지 못하고 서성이던 순간으로 드러난다. 파시즘이 유럽의 정세를 파국으로 몰아갈 당시 달링턴 경은 은밀하게 영국의 총리와 외무장관 그리고 독일 대사인 리벤트로프를 달링턴 홀로 초청하여 비밀 회담을 진행한다. 비밀리에 열린 회담 당일에 달링턴 경의 대자代子인 카디널은 히틀러의 꼭두각시로 전락하고 있는 달링턴 경의 행보를 막고자 예고도 없이 방문하여 달링턴 홀의 긴장감을 높인다. 카디

넡은 스티븐스에게 달링턴 경이 히틀러가 판 "수렁에 빠져" "조정당하고" 있다고 경고한다. 그러나 스티븐스는 언제나처럼 달링턴 경의 "훌륭한 판단을 전적으로 신뢰"한다는 원칙을 고수할 뿐이다. 바로 그날 외출했던 켄턴은 스티븐스에게 자신이 청혼을 받았다는 사실과 그 청혼을 수락했음을 알려준다. 사무적으로 축하를 건넨 후 후속 조치만을 언급하는 스티븐스에게 켄턴은 마치 화가 난 듯, 더 듣고 싶은 말이 있는 듯 평상시와 다르게 행동한다. 하지만 스티븐스는 "위층에서 아주 중대한 일이 진행되고 있어서 한담을 나눌 형편이 아니라며" 물러난다. 감정에 서툰 스티븐스에게 "독특한 감정의 기억과 함께" 마음속에 생생하게 각인된 그 문제의 장면은 바로 이때의 것으로 응접실의 부름에 응하다 말고 켄턴의 방 앞에 서 있던 순간이다.

위 장면에서 스티븐스는 비밀 회담 자리를 위해 포도주를 쟁반에 받쳐 들고 어둑한 복도를 지나가다가 혼자 멈춰 서 있다. 스티븐스는 다른 남자의 청혼을 수락하고 달링턴 홀을 떠날 것을 선언한 켄턴이 혼자 북받치는 울음을 삼키고 있다는 확신에 사로잡힌다. 그리고 무엇인지 모를 어떤 감정에 사로잡힌 채 방문을 두드릴까 망설인다. 그러나 스티븐스는 곧 상념을 접고, 켄턴의 방문을 두드리는 대신 "이 나라 최고의 신사들을 시중들기 위해 한시바삐" 위층으로 올라간다. 하인의 영역인 아래층을 떠나 신사의 영역인 위층으로 올라갔지만, 스티븐스의 자리는 위층도 아래층도 아닌, 아무 곳도 아닌 지점이다. 응접실에서 물러나 스티븐스는 홀을 가로질러 아치 아래 우두커니 서 있다. 응접실에서의 밀담이 파할 때까지 그가 할 일은 더 이상 없었고, 그는 그 자리를 떠나지 않았다. 스티븐스는 그의 로맨스를 찾을 마지막 기회를 저버리고, 신사들의 세계 밖에서 그들이 불러주기를 기다리며 서 있다. 처음에는 울적한 마음이었지만, 차츰 그는 "아주 깊은 승리감"이 솟구치는 것을 느꼈노라고 회고한다. 홀 건너편 그를 물린 응접실에서 "유럽 최고의 실력자들이 우리 대륙의 운명을 논"하고 있었고, 그 자신은 "직위에 상응하는 품위"를 지켜내면서 "세상의 저 위대한 중심축에 거의 도달했다"고 스티븐스는 자부한다.

이렇게 스티븐스는 달링턴 경의 도덕적 우월성을 절대적으로 신뢰하여 그 지배 규범을 실행하는 손발이 되고자 한다. 아버지와 아들로서 마음을 드러내거나 켄턴과의 로맨스를 추구하는 것과 같은 개인적인 삶을 살 수 있는 기회를 기꺼이 버리고 오히려 이러한 희생을 감내하면서 집사로서의 직무에 충실했을 때 스티븐스는 삶의 의미를 찾았던 것이다. 그러나 스티븐스는 6일간의 짧은 여행 동안 파편적이고 굴절된 기억의 미로를 헤매다 결국 그가 실현하고자 했던 삶의 공허함을 깨닫게 된다. 여행의 종착지인 콘월의 바닷가 마을에서 스티븐스는 드디어 켄턴을 마주한다. 켄턴은 스티븐스에게 못다 한 고백을 솔직하게 한다. "저는 남편을 사랑해요. 처음에는 아니었어요. 처음 오랫동안은 아니었어요. 그 옛날 달링턴 홀을 떠나올 때만 해도 제가 정말, 영원히 떠나게 될 거라곤 생각지 못했답니다. 그저, 스티븐스 씨, 당신을 약 올리기 위한 또 하나의 책략쯤으로만 생각했던 것 같아요." 자신의 선택이 실수였음을 자책할 때면 이따금 스티븐스와 함께했을 수도 있는 삶을 상상하곤 하지만, 자신이 있어야 할 자리는 남편 곁이라는 켄턴의 말에 스티븐스도 이제 숨김없이 슬픔을 드러낸다. "그녀의 말에는, 여러분도 짐작하겠지만, 내 마음에

슬픔을 불러일으킬 만한 의미가 함축되어 있었다. 이제 와서 뭘 숨기겠는가? 실제로 그 순간, 내 가슴은 갈기갈기 찢기고 있었다."

여행 초반 스티븐스는 달링턴 홀에서의 자신의 삶을 자부심과 만족감을 가지고 회고하지만, 차츰 자신이 헌신적인 삶을 통해 나치 추종자의 공범이자 지배 규범의 하수인이 되었을 뿐임을 깨닫는다. 한동안 스티븐스는 이를 인정하지 않으려 하지만 여행 마지막 날 바닷가의 한 부두에서 처음 만난 낯선 이 앞에서 눈물을 터트리며 달링턴 경에 대한 자신의 맹목적인 신뢰가 낳은 공허한 삶에 대하여 씁쓸하게 털어놓는다.

> 달링턴 나리는 나쁜 분이 아니셨어요. 전혀 그런 분이 아니었습니다. 그리고 그분에게는 생을 마감하면서 당신께서 실수했다고 말씀하실 수 있는 특권이라도 있었지요. 나리는 용기 있는 분이셨어요. 인생에서 어떤 길을 택하셨고 그것이 잘못된 길로 판명되긴 했지만 최소한 그 길을 택했노라는 말씀은 하실 수 있습니다. 나로 말하자면 그런 말조차 할 수가 없어요. 알겠습니까? 난 '믿었어요.' 나리의 지혜를. 그 긴 세월 그분을 모시면서 내가 뭔가 가치 있는 일을 하고 있다고 믿었지요. 나는 실수를 저질렀다는 말조차 할 수 없습니다. 여기에 정녕 무슨 품위가 있다는 말인가 하고 나는 자문하지 않을 수 없어요.[8]

그렇게 스티븐스는 진정한 집사라면 꼭 갖추어야 할 자질이라 그 자신이 규정했던 감정의 절제와 억제라는 원칙을 스스로 깨트리며, 전직 집사였다는 낯선 이에게 자신의 삶에 대한 비애를 토로한다. 이렇게 소설의 마지막 부분, 여행의 끝에서 스티븐스는 달링턴 홀에서의 자신의 삶에 대한 뼈아픈 자각을 얻는다. 아이러니하게도 스티븐스는 눈물을 추스르고 낯선 이의 위로를 받으며 집사라는 자신의 정체성에 대한 새로운 열의를 발견한다. 영원히 완벽한 영국인 집사 스티븐스는 달링턴 경으로 상징되는 지나간 시대의 지배 규범 대신, 패러데이로 상징되는 새로운 세계질서 속 자신의 자리에서 최선을 다하고자 떠나왔던 곳으로 되돌아간다.

세계주의 문학과 공감의 상상력

『남아 있는 나날』을 역사소설로 볼 때 이 작품은 양차 대전 사이 나치즘과의 유화정책을 폈던 영국과 제2차 세계대전을 미연에 막지 못했던 국제사회에 대해 정치윤리적 책임을 묻고, 또 이상화된 국가적·민족적 과거에 대한 강한 향수를 자극하는 1980년대 대처 시대의 영국성 담론을 날카롭게 해부한다. 동시에 이시구로는 이 소설을 통해 격변하는 역사의 회로에 매몰된 한 개인이 자신이 살아낸 삶의 윤리적 정당성에 대해 깊이 성찰하는 모습을 보여준다. 자신의 삶을 회고하는 스티븐스의 이야기는 의미를 드러내는 동시에 숨기는 언어의 긴장을 아슬아슬하게 유지한다. 굴절된 기억의 미로를 따라가는 스티븐스의 이야기에는 스스로에 대한 확신과 의심이 동시에 드러나고, 자기기만과 자기성찰의 순간들이 교차한다. 역사의 흐름을 벗어나 거리두기를 할 수 없는 주체라는 측면에서 우리 모두는 스티븐스와 같은 집사라고 이시구로는 단적으로 말한다.

『남아 있는 나날』은 1980년대의 문화적 소산인 "영국보다 더 영국적인" 신화적인 영국에 관한 이야기이면서도 동시에 역사와 문명의 묵직한 무게를 감당하며 살아가는 사람의 보편적인 삶을 이야기한다. 이시구로는 자신의 소설을 통해 "오십 년의 시간이 지나도, 백 년이라는 시간이 흘러도 사람들이 관심을 가질 수 있는 것들, 서로 다른 여러 문화권에 있는 사람들이 관심을 가질 수 있는 것들에 대해" 쓰고자 한다고 밝힌 바 있다. 이시구로의 소설은 다양한 시공간을 배경으로 다양한 장르를 아우른다. 제2차 세계대전 전후의 영국, 1930년대의 일본이나 원폭 투하 이후의 일본, 또는 1930년대 런던과 상하이, 또는 복제 인간이나 인공지능 로봇과 더불어 사는 미래 사회를 배경으로 이시구로의 소설은 늘 역사와 문명의 무게를 직시하고 그 시공간이 제시한 삶의 조건에 대해 깊이 숙고하는 한편 이를 안고 살아가는 인물들의 의지와 감정, 불안과 희망, 우정과 사랑, 자기기만과 자기성찰이라는 깊고도 복잡한 인간의 심리를 우아하고도 간결한, 정돈되어 있으면서도 섬세한 언어로 탁월하게 구현한다.

제2부

희곡

사뮈엘 베케트의 『몰로이』와 『고도를 기다리며』

존재에 대한 반추

김소임·건국대 영어문화학과 교수

사뮈엘 베케트, 영원한 이방인[1]

1969년에 노벨상을 수상한 사뮈엘 바클리 베케트(1906~1989)는 아일랜드 더블린 시 남쪽의 폭스로크에서 건축 측량사였던 윌리엄 베케트와 간호사였던 메이 베케트의 차남으로 출생했다. 아일랜드는 가톨릭 신자가 90퍼센트에 이르렀으나 폭스로크는 신교도들이 주로 사는 곳이었고 그는 신교도로 성장했다. 베케트는 경제적으로 풍족한 가정에서 최상의 교육을 받았으나 성장하면서 어느 집단에도 완벽하게 소속되었다고 느끼지 못하고 고질적으로 외로웠다. 베케트가 성장하던 시기 아일랜드는 가톨릭교도들이 중심이 되어 아일랜드 독립을 지지하는 공화파와 개신교 중심의 왕당파로 나뉘어 극심한 갈등을 겪고 있었다. 베케트는 열 살 무렵이던 1916년 부활절 봉기를 실제로 목격했을 뿐 아니라 1922년 아일랜드가 분할되면서 영국령에 위치한 학교를 다니기 위해서 국경을 넘어 다녀야 했다. 베케트의 작품 세계를 지배한 고독, 소외, 분열, 단절의 키워드는 아마도 아일랜드 속 이방인이란 정체성과 관련이 있을 것이다.

1923년 트리니티대학에 진학한 베케트는 대학 생활 동안 J. M. 싱을 비롯한 선배 극작가들의 연극에 매료되고 유럽의 문화에 직접 접하게 된다. 연극과 유럽 문화는 그의 평생 문학 활동의 현장이며 원천이 된다. 1928년 파리고등사범학교의 교환 교수로 재직하면서 베케트의 시야는 아일랜드를 넘어 유럽으로 확장되고 문학 활동도 본격적으로 시작된다. 모더니즘의 대가 제임스 조이스(1882~1941)를 만나 영향을 받게 되지만 결국 그를 넘어선 자신만의 문학 세계를 구축하게 된다. 문학적으로 성과도 있었는데 데카르트와 점성술을 연결시킨 시 「호로스코프Whoroscope」가 우르 출판사가 주최한 시 경연 대회에서 우승작으로 선정되고 단편소설과 비평문도 발표한다.

교환 교수 계약 기간이 만료되어 베케트는 아일랜드로 돌아와 트리니티대학에서 교수 생활을 시작한다. 하지만 베케트는 모교 대학도 조국 아일랜드와도 맞지 않아 탈출을 꿈꾸게 된다. 베케트는 결국 1931년 대학에 사표를 제출하는데 그때부터 프랑스로의 영구 이주를 단행하는 1937년까지 6년은 베케트의 생에 중에 가장 힘든 시간이었다. 어렵게 출판한 단편집은 출판 금지가 되고 다른 저서들도 대중의 외면을 받았다. 검열을 남발하는 아일랜드의 편협하고 경직된 국수주의와 베케트를 낙오자 취급하는 어머니가 그를 괴롭혔다.

1937년 파리로 이주한 후 그를 기다리고 있던 것은 처음 보는 괴한의 칼부림과 제2차 세계대전이었지만 베케트는 시련을 이겨내고 작가로서 우뚝 서게 된다. 레지스탕스로 활동하기도 한 베케트는 다행히도 무사히 전쟁을 견뎌내고 파리로 돌아온다. 전쟁 기간 동안 축적되었던 경험과 에너지가 작품으로 분출된다. 1949년 『고도를 기다리며*En attendant Godot*』를 완성하고, 소설 『몰로이*Molloy*』, 『마욘 죽다*Malone Meurt*』를 탈고한다. 모국어인 영어로 글을 쓰게 될 경우 스타일에 집착하게 될 것을 경계한 베케트는 불어로 작품을 집필한다. 1951년과 1952년 『몰로이』와 『고도를 기다리며』가 출판되고, 1953년 「고도를 기다리며」가 초연되면서 베케트는 하룻밤 사이에 유명 작가로 부상하게 된다. 하지만 애증 관계였던 어머니가 1950년 파킨슨병으로 사망하면서 베케트는 큰 충격을 받게 된다. 1954년 형까지 사망하면서 베케트의 아일랜드와의 고리는 사라졌다. 상실과 죽음에 집착하는 비관적인 세계관은 더욱 깊어지게 되었다.

베케트의 창작에 대한 열정은 다양한 매체를 통해서 발현된다. 1956년에 희곡 「유희의 끝Fin de partie」, 1958년에 「크랩의 마지막 테이프Krapp's Last Tape」가 연이어 발표된다. 1957년과 1959년에 라디오 드라마 「쓰러지는 모든 것All That Fall」과 「타다 남은 장작Embers」이 발표된다. 1961년, 최초의 불어 라디오 드라마 「카스캉도Cascando」를 집필하고 1962년에 또 다른 라디오 드라마 「말과 음악Words and Music」이 BBC를 통해서 초연되었다. 소설도 계속 써서 1959년 「그것이 어떻다고Comment C'est; How It is」를 탈고하고 1961년에 출판한다. 베케트는 영화에도 관심을 갖고 1964년 앨런 슈네이더 연출로 영화 「필름Film」을 발표한다. 그 후 1965년에 최초의 텔레비전 드라마 「에이 조Eh Joe」를 집필하고 1966년 7월 BBC를 통해 방송하게 된다.

라디오, 텔레비전 등 다른 매체에 대한 관심에도 불구하고 연극에 대한 베케트의 실험은 중단된 적이 없었다. 전 세계인을 놀라게 했던

「고도를 기다리며」의 연극 스타일이 더욱 강화된다. 베케트는 연극에서 꼭 필요한 요소가 무엇인지를 치열한 미니멀리즘을 통해 확인한다. 극의 길이는 짧아지며 등장인물, 언어, 배경도 극소화되어 인물이 처한 상황은 더욱 모호해진다. 1961년 「행복한 나날Happy Days」이 뉴욕에서 초연되었다. 1962년 「유희Play」 이후 그의 극은 「왔다 갔다Va et Vient」(1966)를 통해 미니멀리즘이 스타일로 확립되었다.

1969년 노벨상 수상 후에도 베케트의 예술 실험은 더욱 과격해졌다. 1969년의 무인극 「숨소리Breath」, 1973년의 입이 주인공인 「나는 아니야Not I」 등에서 보듯이 플롯은 사라지고, 언어의 전달 능력은 더욱 축소되며, 인물은 파편화된다. 연극은 시간과 공간 속에서 배우의 존재를 필요로 한다는 연극의 기본 전제조차 흔들린다. 1989년에 사망하기 4~5년 전까지 베케트는 매년 작품을 발표하고 연출했으며 그의 명성 또한 점점 더 커져갔다. 1976년에는 베케트 탄생 70년 기념 공연으로 「그때That Time」와 「발소리들Footfalls」이 초연되었다. 1981년 75회 생일 기념행사는 유럽과 미국 양 대륙에서 개최되었다. 미국 뉴욕주립대학 버펄로 캠퍼스에서 「자장가Rockaby」가, 오하이오주 베케트 심포지엄에서 「오하이오 즉흥극Ohio Impromptu」이 초연되었다. 1981년 10월에는 베케트가 직접 연출을 맡은 텔레비전 드라마 「쿼드Quad」, 1983년에는 「낮과 밤Naught and Traume」, 「무얼 어디서What Where」가 첫 방송되었다. 1982년에는 연극 「파국Catastrophe」이 초연되었다.

베케트는 1989년 요양원에서 쓸쓸하게 세상을 떠났지만 그의 명성은 시간이 흐를수록 더욱 커져가고 있다. 그의 예술 세계의 어떤 면이 현대인에게 그토록 큰 의미를 준 것일까? 작품 세계를 관통하는 베케트의 일관된 사상은 인간의 실존적 현실은 설명 불가능한 우주 속 미아의 것과 같다는 것이다. 대학 재학 시절 기독교 신앙과 결별한 베케트의 세계에 기독교적 구원은 없다. 기존에 서방 세계에서 인간의 구원을 위해 활용되었던 종교와 철학은 더 이상 추종자도 없고 설득력도 없는 농담이 되어버렸다. 그런 우주에 던져진 인물들은 시간과 공간 지각 능력, 기억력, 공감 능력이 불완전하고 정체성이 불확실할 뿐 아니라 보고 듣고 말하고 움직이는 육체적 능력 또한 망가져간다. 따라서 탄생은 저주가 되어버렸다. 인물들은 자신의 탄생을 조롱한다. 하지만 베케트는 이 세계를 외면하지 않고 용감하게 직시한다. 작가의 대표작인 『고도를 기다리며』나 『몰로이』 속 인간의 상황은 너무나 초라하고 그들의 인식 능력은 정상 궤도에서 이탈한 지 오래이나 그들은 존재를 포기하지 않고 끈덕지게 버텨내고, 작가는 그 버텨냄을 기록한다.

이 누추한 세계를 표현하기 위해서 베케트는 그에 맞는 서술 기법을 찾아낸다. 소설이든 연극이든 19세기 이후 서구 문화계를 지배한 사실주의나 자연주의 작품과는 전혀 다른 세계를 만들어냈다. 비평가 마틴 에슬린은 베케트의 연극을 부조리극이라고 불렀다. 세상이 부조리하다는 것은 베케트만의 생각은 아니다. 장 폴 사르트르, 알베르트 카뮈 등 실존주의 철학자들이 이미 주장한 내용이다. 그리고 시간관은 기억을 통해 잃어버린 시간을 찾는 프랑스 소설가 마르셀 프루스트의 것에 기대고 있다. 하지만 부조리한 세상을 표현하는 방법에 있어서 베케트는 독보적이다. 자신의 인물인 정신적·육체적 낭인을 제대로 표현해내기 위해서 베케트는 희비극적 기조 안에 소설에서는 누보로망, 메타픽션, 연극에서는 뮤직홀, 서커스에서 보이는 테크닉을 융합시킨다. 그의 세계관과 기법에는 1920년대 초현실주의, 다다이즘, 독일의 표현주의 등 아방가르드의 영향이 드러난다. 다양한 스타일이 그만의 인물과 결합할 때 커다란 충격을 불러일으킨다.

고통과 외로움 속에서 탄생한 대표작들

이 글에서 다루는 『몰로이』와 『고도를 기다리며』의 배경으로는 개인적인 것과 문화사적인 것을 들 수 있다. 개인적으로 이 두 작품 모두 베케트가 가장 힘든 시기에 집필한 것으로 자신이 부딪힌 인생의 암흑에 대한 고백이라고 할 수 있다. 『몰로이』가 집필된 1947년 9월에서 1948년 1월은 베케트가 제2차 세계대전 중에 어렵게 쓴 소설 『와트*Watt*』가 출판 거부되고 경제적으로나 정신적으로 힘든 시기였다. 구체적인 어려움뿐 아니라 집필 직전 베케트는 자신의 작품 활동의 방향성을 전환시킬 근본적 경험, 일종의 '계시'를 체험했고 이 체험이 자신에게 큰 영향을 주었다고 토로한다.[2] 1946년 겨울 더블린 부둣가에서 체험한 계시는 그의 희곡 「크랩의 마지막 테이프」에도 기록되어 있는데 결국 생에 있어서 가장 중요한 것은 자신이 싸워왔던 '어두움the dark'이라는 것이다.[3]

베케트는 『몰로이』가 자신의 '어리석음'을 알게 된 것에서 비롯되었으며 자신이 느끼는 것들을 쓴 것이라고 말하기도 했는데[4] 어리석음에 대한 이 고백은 1946년 작가가 체험한 '어두움'이 중요하다는 깨달음과 연결된다. 이 경험 이후 베케트의 소설은 결국 고통스러운 자신의 경험과 느낌을 그리게 되며, 이를 잘 표현하기 위해서 1인칭 내레이터를 활용하게 된다.[5] 소설에서는 공간도, 시간도, 플롯의 구체성도 사라지고 인물과 내레이터의 구별이 없어진다. 인물은 기억력도, 인지 능력도, 운동 능력도, 사라져가는 정체불명의 낭인이거나 버려진 존재가 대부분이다. 『몰로이』는 『마욘 죽다』, 『이름을 붙일 수 없는 것*L'Innommable*』과 3부작을 이루게 되고 1951년 제롬 랭동이라는 신예 출판인을 통해서 출판된다.

장르로 본다면 베케트의 소설은 누보로망으로 분류된다.[6] 누보로망은 1950~1960년대 프랑스를 중심으로 발전한 소설 형식으로 전통적인 소설에 반하는 안티로망 즉 반反소설에서 비롯되었다. 가장 활발하게 활동한 작가인 알랭 로브그리예는 1963년 『누보로망을 위하여』라는 산문집에서 '작중인물', '이야기', '인본주의', '사실주의' 등이 19세기적인 낡은 개념이며 누보로망만이 새로운 인간 조건과 세계의 모습을 제시할 수 있다고 주장한다. 로브그리예는 그의 산문집에서 같은 방향성을 가진 작가로 프루스트와 베케트를 들고 있다. 물론 누보로망 작가들이 공통의 선언문이나 방법론을 채택한 것은 아니다. 김치수는 그들 작품의 유일한 공통점으로 "세계와 인간 조건에 대한 새로운 탐구로서의 소설의 가능성을 제시하고자 한다"를 들고 있다.[7]

『몰로이』 이후 베케트의 소설에서 전통 서사는 사라지고, 이야기는 파편화되어 흩어지며, 원형 구조를 통해 끝이 시작과 맞물려 플롯의 발전적 전개는 거부된다. 또한 내레이터와 등장인물의 모호한 정체성을 통해 "소설에 있어서 화자란 누구인가?", "나는 누구인가?"와 같은 근본적 질문이 제시된다.[8] 메타픽션적 글쓰기를 통해서 글쓰기 자체의 문제들도 탐색된다. 『몰로이』 1부와 2부의 중심인물인 몰로이와 모랑은 둘 다 글쓰기의 의무를 지니고 글쓰기에 대해 성찰하며 임무를 수행한다. 그들은 정말 아무것도 아닌 누추한 그들의 경험을 글로 기록해야 하는 운명을 거부하지 않고, 수시로 글쓰기에 대해서 성찰할 뿐만 아니라 자신이 누구이며 무엇을 하는지에 대한 성찰도 지속한다. 그 성찰은 인물들이 처한 상황과 상태의 초라함을 드러낼 뿐이지만 또한 그들이 아직 존재하고 있음을 증명한다. 이런 성찰은 소설뿐 아니라 희곡에서도 계속된다.

『고도를 기다리며』는 1948년 10월 9일에 시작하여 1949년 1월 29일 탈고되었는데 베케트는 이것이 소설 쓰기의 고통을 잊기 위한 기분전환용 작업이었다고 한다. 베케트는 "산문쓰기가 몰아넣은 끔찍한 우울로부터 벗어나기 위해서 희곡을 쓰게 되었어요"라고 희곡을 쓰게 된 계기를 설명한다.[9] 『고도를 기다리며』를 쓰게 된 것도 별로 다르지 않은 상황이었다. 베케트는 소설 『와트』를 쓰고 있을 때 사람들의 움직임을 조절할 수 있는 작은 공간, 조명까지 있는 공간을 만들고 싶어서 『고도를 기다리며』를 썼다고 설명한다.[10] 막연한 언어의 세계인 소설과 달리 실제 공간에서 인간이 움직이는 연극을 통해서 베케트는 보다 자신이 통제할 수 있는 세계를 만들어낸 것이다.

하지만 『고도를 기다리며』가 상연되기까지는 탈고를 한 뒤에도 4년이 더 걸렸다. 텅 빈 시골길 초라한 관목 옆에서 오지 않는 구원자 고도를 하염없이 기다리는 두 떠돌이의 이야기를 담고 있는 이 작품은 여러모로 획기적이었다. 인물들이 직면한 문제는 어느 것도 해결되지 않고 등장인물들은 자신이 어디에, 왜 있는지도 잊어버리기 일쑤다. 이 낯설고 이해하기 어려운 연극에 참여할 연출가, 배우, 극장,

출판사를 찾는 것은 쉬운 일이 아니었다. 아방가르드의 선두주자였던 로제 블랭이 연출뿐 아니라 포조 역으로 출연을 결정하면서 『고도를 기다리며』는 1953년 1월 5일, 바빌론 극장에서 초연되었다. 비평가들은 반응은 혼란스러웠지만, 대중의 반응은 폭발적이었다. 이 작품은 바빌론 극장에서만 400회 공연되었다.

베케트는 자신의 작품을 부조리극이라고 부른 적은 없지만 마틴 에슬린이 저서 『부조리극』(1961)을 발표한 이후 그렇게 분류되고 있다. 에슬린은 베케트뿐 아니라 아르튀르 아다모프, 외젠 이오네스코, 장 주네 등을 부조리극 작가로 분류했다. 에슬린은 부조리란 용어를 카뮈의 『시지프의 신화』에서 가져온다.

> 부당한 이유를 가지고라도 설명할 수 있는 세계는 친근한 세계다. 그러나 이에 반하여 환상과 이성의 빛을 빼앗긴 우주 속에서 인간은 이방인으로 느낀다. 이 망명지에는 구원이 없다. … 인간과 그의 삶, 배우와 그의 무대 사이의 단절, 이것이 바로 부조리의 감정이다.[11]

『고도를 기다리며』는 여러모로 카뮈가 말한 부조리의 감정을 불러일으킨다. 인물들은 왜 자신들이 이 쓸쓸한 시골길에서 오지 않는 고도를 기다려야 하는지에 대한 합리적인 설명을 하지 못한다. 이 불확실한 장소에서 그들은 영원한 이방인이다. 자신의 과거도 현재도 이해하기 어려운 그들은 자신의 삶으로부터도 소외되어 있다.

『몰로이』, 글쓰기에 대한 반추

『몰로이』는 늙은 몸으로 어머니의 집에 도착하기까지의 과정을 글로 쓰고 있는 몰로이라는 노인의 현재 상황과 과거의 여정을 다루고 있다. 이 소설은 2부로 구성되어 있는데 그중 내레이터인 몰로이가 어머니의 집을 찾아가는 여정을 다룬 제1부는 단 두 개의 문단으로 구성된다. 첫 문단은 몰로이가 머무르고 있는 어머니 방에서 벌어지는 상황을 설명한다. 몰로이에 의하면 그 방에서 자신은 글을 쓰는데 어떤 남자가 일요일마다 들러 자신이 쓴 글을 가져가 표시를 한 후 돌려준다고 한다. 글을 가져갈 때 남자는 돈을 주기도 한다. 몰로이는 어머니가 죽었는지, 자기에게 아들이 있었는지도 확실히 알지 못하고 철자법도 잊어버렸고 말도 절반은 잊어버렸음에도 자신은 글을 쓰고 있다고 주장한다. 글을 쓰는 것은 그에게 죽기 전에 "내게 남아 있는 것들에 대해" 말하는 작별 인사다.

제1부의 두 번째 문단은 과거 언젠가 벌어졌던 어머니의 집까지 가는 여정이다. 가는 여정은 몰로이의 관심이 계속 분산되기 때문에 산만할 뿐 아니라 그의 운동 능력이 점점 더 저하되기에 지난하다. 몰로이는 어머니의 집을 찾아가는 길에 A와 B를 만나서 그들에 대해 이런저런 생각을 하기도 하고, 자전거에 잠시 몸을 기대고 서 있다가 음란죄로 체포되기도 한다. 길에서 지팡이를 든 노인, 경찰관, 개를 데리고 나온 여인 등을 만나는데 자전거로 개를 치어 죽이는 바람에 그 여인의 집에 가서 개를 같이 매장해준다. 여정 중에 몰로이에게 위안이 되는 순간은 돌을 빠는 것으로, 많게는 16개의 돌을 빨면서 욕구를 충족시킨다. 그는 자전거를 버리고 아픈 다리를 끌고

겨우 나아가다가 숲에서 숯장수를 때려죽인다. 걷는 것이 힘들어 기어가는 것을 택한 몰로이는 결국 도랑에 떨어지고 어머니 집에 도착하는 데 실패한다.

몰로이의 내레이션을 종합해보면 몰로이는 육체적으로 매우 쇠약해져 있으나 어머니 집으로 향하는 여행을 지속했던 의지가 강한 인물이다. 몰로이는 이도 다 빠지고 다리가 점점 뻣뻣해져서 고통 없이 걷지도 못 하지만 어머니 집으로 향하는 여행을 멈추지 않았다. 단테의 『신곡』의 인물을 알고 있을 정도로 고등교육을 받은 듯 하지만 기억력이 희미해져서 고향의 이름도 기억하지 못하고 방귀와 배변에 집착하는 이상 증후를 보인다. 그는 여러 신체·정신 능력의 저하에도 끝까지 어머니 집을 향해가고 있다는 것을 '잊지' 않았다고 주장한다. 몰로이와 어머니의 관계는 복잡하다. 그는 자신을 세상에 내어놓은 어머니를 경멸하면서도 어머니에게 집착한다. 귀가 들리지 않는 어머니의 머리를 두드리거나 때려서 의사소통을 하는 엽기성을 보인다.

제2부는 어느 여름의 일요일, 모랑이란 탐정이 유디라는 인물의 지시를 받아 아들 자크를 데리고 몰리를 추적하는 내용을 다루고 있다. 모랑은 사설탐정으로 아들 자크, 가정부 마르트와 살고 있다. 유디의 지시를 받은 연락원 게이버의 말을 따라 모랑은 몰로이를 찾아 떠난다. 일에 대해서 신중하고 치밀하게 접근하기에 출발하는 데도 긴 시간이 걸린다. 모랑은 몰로이를 찾으러 가는 중에 다리에 점점 통증을 느끼면서 불구가 되어가고 정신력도 약해진다. 그럼에도 몰로이를 찾으려는 노력을 멈추지 않고 찾기를 포기하지 않는다. 비바람과 싸우면서 시골길을 헤매다가 몸이 아프고 움직임이 둔해진

모랑은 자전거를 찾아보라고 아들을 보낸다. 아들이 없는 사이 낯선 사람 두 명을 만난 모랑은 둘 중 한 명을 죽이게 되고 시신을 숲에 유기한다. 육체적·정신적 쇠약과 더불어 살인을 저지르는 점까지 모랑은 점점 더 몰로이를 닮아간다. 8, 9월쯤 집으로 돌아오라는 명령을 받고 비바람을 뚫고 어렵게 걸어서 집으로 돌아온다. 결국 아들에게도 버림받고 온전치 못한 몸으로 힘겹게 집으로 돌아오면서 모랑은 신과 종교적 관습과 자신의 삶과 현재 상황에 대한 우스꽝스러운 질문들을 제기한다. 집으로 돌아온 후 게이버로부터 보고서를 요구받는다. 제2부의 내용은 그가 제출해야 하는 보고서로 보인다. 내부의 목소리는 그에게 보고서를 쓰라고 지시한다. 하지만 그 보고서는 사실이 아니다. 왜냐하면 자정이고 비가 창문을 때리고 있다고 썼다가 곧 자정이 아니었고 비가 오고 있지 않았다고 썼기 때문이다. 집으로 돌아온 모랑은 결국 몰로이처럼 지팡이를 사용하게 된다. 모랑이 몰로이와 화해가는 모습을 통해서 제2부가 제1부 전에 있었던 일을 다루고 있다는 추측이 가능하다.

일반 독자에게는 생경스럽게 느껴지는 『몰로이』의 주제와 형식을 살펴보자. 『몰로이』는 크게 인간의 삶, 글쓰기와 자아 탐구를 다루고 있다. 인간의 삶은 여정의 모티브를 통해서 표현된다. 그 여행은 고통스럽기 짝이 없다. 왜냐하면 육체와 정신이 다 온전하지 않기 때문이다. 자신이 위치한 장소가 어디인지도 불분명하다. 몰로이는 여행을 하면서 단테의 『신곡』에 나오는 연옥을 떠올린다. 여정 중에 여러 사람을 만나지만 그들과의 만남은 의미 있는 결실을 맺지 못하고 일회성으로 흩어져버린다. 때로 돌발적인 분노가 떠올라 살인을 저지르기도 한다. 하지만 몰로이는 여행을 포기하지 않는다. 그가 접하는 세계는 논리적 설명이 불가능하기에 부조리하고 그런 상황에서 여행을 지속한다는 것 또한 부조리하기 짝이 없다. 마치 '악몽'과도 같은 길고 지루한 여정을 끈질기게 계속하고 그것을 기록하는 것, 그것이 베케트가 보는 인간의 의무다.

또 다른 면에서 이 소설은 작가의 위상과 글쓰기에 관한 것이다. 몰로이와 모랑 둘 다 글을 쓴다. 하지만 그들의 글은 논리적이지도 않고 감동을 주지도 않는다. 이 소설은 언어가 인간의 실제 상황을 전달하는 데에 그리고 인간 간의 커뮤니케이션 기능을 수행하는 데에 얼마나 무기력한지를 보여준다. 글은 생각의 흐름을 따라 옆으로 새기 일쑤이고 비속어도 남발된다. 이 소설 속 글 쓰는 사람들은 작가로서 제대로 대접도 받지 못한다. 그래도 그들은 글쓰기를 포기하지 않는다. 글쓰기는 이 세상에 대한 마지막 인사이며 생존에 대한 고백이다.

여정과 글쓰기는 자아 탐구이기도 하다. 어머니의 집을 향해가면서 몰로이는 자신이 어떤 존재인지를 자신의 내면과 밖에서 탐색한다. 여행이 계속될수록 정신적·육체적으로 수렁에 빠져가는 몰로이가 '반영웅anti hero'인 것은 분명하다. 모랑이 몰로이를 찾아가는 것은 몰로이와 유사한 자신의 자아를 발견해가는 과정이다. 생각도 외모도 정리가 되지 않은 몰로이는 깔끔한 모랑의 숨겨진 자아, 다가올 미래의 자아일지도 모른다.

인간의 삶, 글쓰기, 자아 탐구를 보여주기 위해서 이 소설은 다양한 기법들을 보여준다. 전통적인 소설의 형식을 거부[12]하는 이 소설은 "소설의 패러디"[13]라고 불리기도 한다. 이 소설은 18세기 이후 전통적인 소설에서 기대되는 분명한 시간과 공간 개념, 구체적이면서 심도 있는 인물 묘사, 시간의 진행과 인과관계에 따라 전개되는 플롯, 품격이 있으면서 감동을 주는 언어 사용 등을 거부한다. 또한 메타픽션이란 프레임을 활용해 글쓰기를 탐색한다. 전통 소설의 관습이 의도적으로 파괴된 자리에는 정체를 알 수 없는 1인칭 화자가 한 인간의 의식과 기억, 그것들에 의해서 구성된 정체성이란 무엇인지를 탐색한다.

소설 속 언어는 노골적으로 희화화된다. 몰로이는 여행의 도입부에서 "말하길 원치 않는 것, 무슨 말을 하고 싶은지 알지 못하는 것, 말하고자 하는 바라고 믿는 바를 말할 수 없는 것 그리고 항상 말하는 것, 혹은 거의 항상 말하는 것, 그것을 작문의 열기 속에서 잊지 않는 게 중요하다"[14]라고 쓰고 있는데 바로 이 소설이 그러하다. 몰로이는 자신의 여행에 대해서 200여 쪽을 쉬지 않고 "말하는"데 그 속에서 정말 몰로이가 하고 싶었던 이야기가 포함되었는지는 알 수 없다. 그 정도로 여행담은 초라하다. 그가 말하려는 의도가 무엇인지도 확인하기 어렵다. 왜냐하면 그의 주장들은 곧 스스로에 의해서 반박되거나 가정이 변경되기 때문이다. 극단적인 예를 들자면 소설의 끝, 자기가 방금 말한 것을 반박하는 "자정도 아니었고 비도 오지 않았다"는 모랑의 고백이다.

플롯의 끝은 결국 여행의 실패이며 원형 구조 또한 희화된다. 끝이 시작과 맞닿아 있는 원형 구조는 전통적으로 등장인물이 경험을 통해서 성장하는 것을 보여주었다. 하지만 『몰로이』에서 몰로이와 모랑은 여행을 통해서 성장하는 대신 괴멸해가는 것을 보여준다. 베케트가 심취하기도 했던 데카르트의 "나는 생각한다. 고로 존재한다"라는 명제를 따른다면 인물들은 여행을 통해 점점 더 사고 능력이

망가지면서 '무존재'에 근접해간다. 그것이 베케트의 인생과 글쓰기에 대한 진단이다.

『고도를 기다리며』, 기다림과 구원에 대한 반추

『고도를 기다리며』는 2막으로 구성되는데 시간과 공간 배경은 동일하게 저녁 무렵, 시골길이다. 저녁 무렵이 되면 늙은 방랑자, 블라디미르와 에스트라공은 시골길에 있는 나무 곁에서 고도를 기다린다. 블라디미르는 디디라고도 불리는데 에스트라공보다는 인지 능력과 기억력이 좋아 시골길에서 고도를 기다려야 하는 상황의 의미에 대해서 어렴풋이 이해하고 구원에도 더 관심이 있다. 순무 따위를 주머니에 넣고 다니며 배고픈 에스트라공을 돌본다. 소변을 봐도 개운치 않아서 고통을 당한다. 에스트라공은 고고라고 불리는 늙은 방랑자로 블라디미르보다 정신적·육체적 능력이 떨어진다. 수시로 졸고 밤을 혼자 보낼 때는 정체불명의 불한당들에게 매를 맞는다. 장화가 잘 벗겨지지 않아서 고통을 당하며 장화를 벗느라 광대극에서 흔히 볼 수 있는 몸동작을 하기도 한다.

고도가 올지 안 올지도, 자신이 맞는 장소에서 기다리는지도 확실하지 않지만 그들은 고도가 자신들을 구원해줄 것으로 믿으며 나무 옆에서 기다린다. 기다리는 지루함을 덜기 위해 둘은 여러 가지 게임을 한다. 1, 2막 모두 포조와 럭키가 두 방랑자가 있는 시골길을 지나간다. 포조는 럭키를 데리고 다니는 여행자로 디디와 고고가 있는 곳이 자기 소유의 땅이라고 주장한다. 1막에서는 피크닉 가방에서

닭다리를 꺼내 먹는 등 자본가의 풍모를 풍기나 2막에서는 기억력을 잃은 초라한 맹인으로 전락한다. 럭키는 포조의 늙은 하인으로 버림받을까 두려워 짐을 절대로 내려놓지 않는다고 한다. 포조가 "생각하라"고 명령하면 철학적인 수사가 뒤범벅이 된 장광설을 장시간 외쳐댈 수 있다. 모자가 벗겨지면 생각을 할 수 없다. 2막에서는 언어능력을 상실한다.

시간은 이 작품에서 인물들에게 우호적이지 않는다. 시간이 경과되어도 구원자는 오지 않지만, 인물들은 노쇠해간다. 1막에서 당당하던 포조는 2막에서는 눈이 먼 채 하인인 럭키에게 끌려다닌다. 1막에서는 장시간 장광설을 내뱉던 럭키는 벙어리가 된다. 1, 2막 모두 소년이 등장해서 고도가 오지 않는다고 전한다. 소년은 고도가 보낸 심부름꾼인데 전에도 온 일이 있었으면서 기억을 하지 못한다. 소년이 나가자마자 달이 뜨고 밤이 온다. 고도가 오지 않았음을 확인한 블라디미르와 에스트라공은 자살을 할까 생각하지만 결국 자살에도 실패한다. "떠나자" 하면서도 떠나지 못하고 머물러 있는 것으로 연극은 끝난다.

텅 빈 무대에서 의미 없는 행동이 반복되는 이 연극은 사실주의적 연극에 익숙해 있던 관객에게 큰 충격을 주었다. 수수께끼 같은 이 작품이 다루는 주제는 심오한다. 이 극은 인간 조건 중의 하나인 기다림, 보다 구체적으로는 구원의 기다림의 의미를 탐구한다. 하지만 이 작품에서 기다림의 대상은 번번이 오지 않는다. 기다리는 두 사람은 기억력도 인지 기능도 떨어져 자신들이 맞는 시간과 장소에서 기다리고 있는지도 확인할 길이 없다.

블라디미르: 이 장소를 알아차리지 못하겠어?

에스트라공: (갑자기 화를 내며) 알아차린다고! 알아차릴 게 뭐가 있어? 누추한 인생 내내 나는 진흙 속을 기어 다녔다고! 그런데 너는 나한테 경치 얘기를 하는 거니? (주위를 흥분해서 바라보며) 이 거름 더미를 보라고! 나는 여기서 벗어나본 적이 없다고![15]

이 극은 오지 않을 것이라는 것을 짐작하면서도 떠나지 못하는 상황을 보여준다. 따라서 두 방랑자가 처한 상황은 본질적으로 부조리하다. 떠날 수 없기에 더욱 그렇다. 베케트는 육체적·정신적으로 온전하지 못한 중년의 떠돌이 남자 두 명을 인간의 대표로 내세우고 그들의 상황이 인류가 처한 상황을 대변한다고 본다.

부조리한 상황을 강조하기 위해서 이 극은 사실주의 극에서 볼 수 있는 현실의 시간과 공간과의 연결 고리를 차단한다. 블라디미르와 에스트라공이 살고 있는 시점도 불분명하고 장소도 확실하지 않다. 텅 비어 있는 길과 잎이 몇 개 달린 나무는 특정 장소가 아니라 인간의 삶의 은유가 된다. 블라디미르와 에스트라공의 전기적 정보도 제한된다. 그들의 과거 행적에 대한 정보도 파편적이다.

이 극은 인류의 대표격인 블라디미르와 에스트라공의 품격을 떨어뜨리기 위해서 광대극에서 볼 수 있는 의상과 몸동작을 활용한다. 두 인물이 입고 있는 짧은 바지와 중절모는 무성영화의 유명 광대 로렐과 하디를 연상시킨다. 『고도를 기다리며』의 초연을 본 장 아누이는 작품을 두고 "파스칼의 『팡세』를 (유럽에서 유명한) 프라텔리니 광대가 뮤직홀 스타일로 스케치한 것"이라고 촌평했다.[16] 지루함과 답답함을 떨치기 위해 우리에 갇힌 동물처럼 좁은 무대 위를 반복해서

왔다 갔다 하는 인물들의 모습은 웃음을 자아내기도 하지만 안쓰러움을 느끼게 한다. 이 극의 부제는 '2막으로 된 희비극'이다. 그것이 인생에 대한 작가의 전망이라고 할 수 있다. 작가는 절망스럽지만 그 상황에서 웃음을 찾아내고, 인물들 또한 그러하다. 그런 면에서 블라디미르와 에스트라공은 인생으로부터 도망치지 않는 용감한 광대라고 할 수 있다.

이 연극은 블라디미르와 에스트라공이 처한 상황의 부조리함을 부각시키기 위해서 언어를 통한 의사소통의 한계를 강조한다. 둘은 서로의 말을 오해하기 일쑤다.

> 블라디미르: 바지를 올려.
>
> 에스트라공: 뭐라고?
>
> 블라디미르: 바지를 올리라고.
>
> 에스트라공: 나보고 바지를 내리라는 거니?
>
> 블라디미르: 바지를 올리라고.
>
> 에스트라공: (바지가 내려간 것을 깨닫고) 그래.
>
> (바지를 올린다. 침묵.)[17]

언어는 두 친구에게는 의사소통의 수단이 되기보다는 기다리는 지루함을 덜어주는 도구, 유희의 방편이 된다.

> 에스트라공: 그동안 조용히 대화나 나누지. 우리는 조용히 있을 수 없으니 말이야.
>
> 블라디미르: 네 말이 맞아, 우리는 지칠 줄 모르지.

에스트라공: 생각하지 않으려고 그러는 거야.[18]

두 친구는 말장난으로 시간을 때운다. 언어 희화화의 가장 극단적 사례는 럭키의 장광설이다. 럭키의 장광설에서는 철학적·신학적 용어들이 변형되고 파편화되어 나열된다. 이는 언어가 진리를 전달하는 기능을 상실했음을 시사한다.

블라디미르와 에스트라공이 느끼는 지루한 절망감을 강조하기 위해서 이 극은 1막과 거의 유사한 내용을 2막에서 반복한다. 뿐만 아니라 2막의 끝에서 같은 상황이 지속될 것을 암시한다. 즉 기다림은 무한히 반복될 것이라는 것이다. 막이 반복될 뿐 아니라 대사도 빈번하게 반복된다.

에스트라공: 가자.

블라디미르: 갈 수 없어.

에스트라공: 왜 안 돼?

블라디미르: 우리는 고도를 기다리고 있어.[19]

위의 대사는 1, 2막에 걸쳐 여러 번 반복됨으로써 두 인물이 처한 상황이 진전 없이 계속해서 되풀이되고 있음을 시사한다. 포조와 럭키의 등장 또한 반복되고, 소년의 등장 또한 그러하다. 1, 2막의 마지막에 고도가 오지 않는다는 것을 전하는 소년은 동일인이다. 하지만 그는 블라디미르에게 그를 본적이 없다고 말함으로써 블라디미르가 존재했다는 사실조차 부인하며 그의 존재를 위협한다. 반복이 때로는 위협이 된다.

노벨상 수장자로서의 베케트

1969년 노벨상 위원회는 베케트에게 노벨문학상을 수여하면서 선정 취지를 "소설과 연극에 있어서 새로운 형태를 보여주는 그의 글 속에서 현대인의 궁핍함이 고양감을 획득하게 된다"라고 설명한다. 얼핏 보면 베케트의 작품이 고양감을 준다는 주장에 동의하기 어렵다. 베케트는 대담록 「세 가지 대화Three Dialogues」(1949)에서 미술에 대해 언급하면서 "표현할 것이 없으며, 표현의 도구도 없고, 표현의 근원도 없으며, 표현할 힘도 욕망도 없으나, 표현의 의무만 있는 것의 표현The expression that there is nothing to express, nothing with which to express, nothing from which to express, no power to express, no desire to express, together with the obligation to express"[20]을 선호한다고 말한 바 있다. 이는 앞에서 설명한 몰로이의 말과 일맥상통하는데 작품 창작에 임하는 베케트의 자세를 보여준다. 베케트는 전달 능력도 없는 인간의 언어를 사용해서 말할 거리도 없는 초라한 인간 세상에 대한 표현 의무를 완수한다. 인용문은 작가의 상황에 관한 것이기도 하지만 많은 경우 그의 인물들의 상황이기도 하다. 그러나 바로 이 지점에서 노벨상 위원회가 지적한 '고양감'이 배어나온다. 구원자 고도가 오지 않더라도 블라디미르와 에스트라공은 나무 곁을 떠나지 않으며 어떻게든 자신이 존재하고 있음을 표현하고 전달하려고 애쓴다. 정신과 육체가 소멸되어가는 말로이는 끈덕지게 자신의 시작인 어머니의 방으로의 여행을 지속하고 그 과정을 묘사한다. 따라서 그들은 나름의 영웅성을 지닌다. 베케트의 인물들은 삶에 대한 의무를 수행한다. 그 삶이 아무리 이해 불가하고 부조리할지라도 삶이 던져준 숙제를 묵묵히 수행한다.

베케트는 절망을 유머로 승화시킬 수 있는 작가다. 『말로이』를 출판한 출판인 랭동은 원고를 받자마자 지하철에서 읽고 있었는데 주위에 사람이 있건 말건 웃음을 참을 수 없었다고 토로하고 있다.[21] 베케트의 작품에는 많은 웃음 코드가 숨어 있다. 말로, 몸짓으로, 침묵으로, 다른 인물과의 관계를 통해 베케트의 인물들은 웃을 거리를 만들어낸다. 그들은 그런 점에서 연금술사와 같다. 절망과 패배의 징후가 농후한 세상에서 그들이 웃음의 원천을 찾아낸다는 것은 부족한 인지력에도 불구하고 여전히 세상의 모순과 문제를 간파하는 능력이 있음을 드러낸다. 즉 그들은 이 세상의 겉과 속의 다름을, 인간의 정체성의 균열을, 꿈과 현실의 차이를, 육체와 정신의 간극을 간파해내고 그것을 웃음으로 피어올린다. 그런 점에서 베케트뿐 아니라 그의 인물들도 어두운 현실을 직면해내는 용감한 현대인이다.

해럴드 핀터의 「생일 파티」, 「마지막 한 잔」, 「축하 파티」

정치성과 성정치성 사이에서 생성된 정치극

정문영·계명대 영어영문학과 명예교수

해럴드 핀터의 삶과 극작의 주요 동인

해럴드 핀터(1930~2008)는 런던 이스트엔드에 정착한 유대인 이민자 가정에 태어나 해크니에서 성장기를 보냈다. 그 시기에 발발한 제2차 세계대전으로 그는 피난과 대공습의 전시 상황 속에서 공포, 불안과 좌절감을 생생하게 경험했다. 유대계 이민 2세로 그가 겪은 전쟁 경험과 해크니에서의 성장 과정은 '반대자dissenter'로서의 핀터의 성향을 형성하는 데 밑바탕이 되었다. 그는 열두 살에 이미 어떤 체제도 지지하지 않겠다는 결단으로 유대교를 거부했다. 핀터의 배우와 극작가로의 수업 시대인 1950년대를 배경으로 한 자전적 소설 『난쟁이들*The Dwarfs*』(1952~1956/1990)에 등장하는 유대인 청년들, 특히 냉소적인 마크 길버트를 통해 해크니 시절 "본능적 아웃사이더"[1] 로서의 핀터의 모습을 볼 수 있다. 그의 첫 소설에서도 알 수 있듯이,

극작을 유도한 것은 전후 그를 사로잡고 있는 체제적 권력이 초래한 "인간에 대한 인간의 비인간성의 이미지들과 공포"와 체제적 억압에 대한 거부와 저항, 즉 그의 정치성임이 분명하다.

그러나 핀터는 등단과 더불어 사뮈엘 베케트(1906~1989)를 선구자로 한 현대 드라마의 주요 전통인 부조리극 작가로 현대 연극의 정전 비평가 마틴 에슬린에 의하여 분류되었다. 에슬린의 부조리극 비평은 예술과 정치를 분리하는 이분법적인 냉전 시대 미학을 반영한다. 이러한 극비평은 현대 드라마 전통을 앙토냉 아르토의 잔혹극the theatre of cruelty 이론이 일조한 부조리극the theatre of the absurd 전통 그리고 베르톨트 브레히트의 서사극epic theatre 이론에 기초한 정치극 전통으로 크게 양분하여 파악하고 있다. 이에 따르면, 도덕적·정치적 메시지를 전달하고자 하는 정치극과는 반대로 부조리극은 "작가의 내적 세계 밖에 존재하는 인물들의 운명이나 문제를 제시하거나 정보를 전달하는 데는 관심이 없는", 즉 정치적 관심이 전혀 없는 극으로 규정된다.[2] 따라서 이러한 이분법적인 관점에 입각한 부조리극 비평은 핀터와 같이 부조리 극작가로 분류되는 작가의 작품 세계 속에 내재되어 있는 정치성을 배제하거나 부조리성으로 대체하는 읽기를 시도한다.

사실 핀터 자신도 그의 정치성이 직접적으로 드러난 "성난 드라마"인 「핫하우스The Hothouse」(1958/1980)의 출판과 공연을 1980년까지 금지시킨 것에서 알 수 있듯이, 그는 오랫동안 정치적 무관심을 표명하며, 자신의 정치성이 드러나는 것을 유보했다. 그러나 1980년대 중반에 이르러 그는 자신의 정치적 관심을 공언하면서, 이러한 관심이 새로운 것이 아니라 그의 초기극에까지 거슬러 올라간다고 밝혔다. 그렇다면 왜 「핫하우스」보다 먼저 쓰여진 「생일 파티The Birthday Party」(1957)의 정치성을 부정했는가라는 질문을 받고, 그는 이미 작품이 말하고 있는 것을 대단한 주장인양 말하고 싶지 않았기 때문이라고 대답하면서, 일부러 정치성을 감출 의도는 없었다고 밝혔다.[3] 어쨌든 그는 초기 위협희극comedy of menace[4]에서는 정치적 관심과 이슈를 직접적으로 표현하지 않고, 정치적 은유로 다루었지만, 정치성은 그의 초기 극작부터 일관되게 주요 동인이 되었다는 것이다. 그러나 이러한 핀터의 공언에도 불구하고, 부조리극 비평에 근거한 핀터의 정전 비평은 여전히 그의 정치성을 부조리성으로 읽어낼 수 있음을 주장한다.

핀터가 정치적 관심을 공언한 1980년대는 대처의 우익 보수파 정권이 집권한 시기이고, 이미 기존의 영국 정치극 운동은 끝나가고 있을 때였다. 1990년대에 이르러 후기 자본주의 체제가 더욱 공고화된 "관리되는 세계administered world"[5]의 파국적 현실에 대한 비관적 인식이 팽배해졌지만, 그는 "우리의 정치성이 모두 끝난 것이면, 우리는 정말로 끝장이 난 것"이라고 할 정도로 정치성의 중요성을 더욱 강조했다.[6] 그리고 2000년대에 이르러서 그는 극작가로서보다는 이제 '한 시민'으로서 정치성에 더 관심을 두고 있음을 밝히고,[7] 이를 실천하기 위해 2005년 극작 중단을 선언하기에 이르렀다. 따라서 그의 전반적인 삶과 극작은 사회적 권위의 힘들과 불안스럽게 직면하고 있는 개인들을 그리고 있는 초기 위협희극부터 후기 정치극에 이르기까지 체제적인 권력의 부당한 행사에 저항하는 정치적 의식과 지성을 갖춘 시민의 도덕적·정치적 행위의 실천으로서의 정치성을 구현하기 위한 것으로 볼 수 있다.

핀터의 극작가로서의 삶과 극작에 있어서 또 하나의 중요한 동인은 정치성과 상호 밀접한 연관성을 지닌 성정치성이다. 그에게는 중요한 의미를 갖는 세 여자, 즉 어머니 그리고 혼란스러운 성정치성을 대변하는 「귀향The Homecoming」(1964)의 루스를 가장 잘 연기한 여배우 비비안 머챈트와 1980년대 그가 정치적 관심을 표명하는 데 상당한 영향력을 행사한 귀족 출신 전기작가 안토니아 프레이저, 두 아내가 있다. 그는 이들이 그의 극작, 특히 그의 여성 인물들을 창조하는 데 영감을 주었다는 것을 인정한 적은 없다. 그러나 핀터의 여성들을 분석한 엘리자베스 사켈라리두에 의하면, 그의 초기 작품들에 등장하는 거의 모든 부인들은 유대인 가정 내에서 매우 특별한 위치를 갖는 유대인 어머니를 연상시킨다.[8] 예컨대, 「방The Room」(1957)의 로즈, 「생일 파티」의 메그, 무대에 등장하지 않는 골드버그의 이상화된 어머니 그리고 「귀향」의 유대인 맥스의 죽은 아내 제시와 새로운 여가장matriarch으로 등극하는 루스에 이르기까지 그가 창조한 모든 부인들은 유대인 어머니와 연관성이 있다.

사실 핀터는 정치성과는 달리 성정치적 관심에 대해서 어떤 공적인 표명도 하지 않았지만, 그의 첫 작품 『난쟁이들』에서 등장한 매우 독립적이며, 생각이 분명한 여자 버지니아의 세 유대인 청년들과의 관계에서 알 수 있듯이 처음부터 성정치성이 주요 동인이 되었던 것은 사실이다. 그러나 그가 이 소설을 1990년까지 출판하지 않았고, 1960년에 극작품으로 각색하면서 버지니아를 배제시켰다는 점 그리고 첫 극작품 「방」과 첫 성공작 「생일 파티」의 로즈와 메그가 거부감을 주는 여자들로 재현되었다는 사실은 그가 처음부터 그의 성정치성에 대한 은폐 또는 억압을 시도했다는 것을 또한 의미한다. 핀터의 성정치성에 대한 이러한 태도는 1980년대 중반 그의 정치적 관심의 공언에 앞서 보여준 정치적 무관심과 같은 맥락에서 이해될 수 있으며, 역시 상반된 논란을 초래하고 있다. 따라서 빌링턴은 핀터의 부고에서, "여성의 성욕을 물신적으로 착취한" 남성 중심적 작가이자 "여성의 힘과 탄력성을 찬양한 은밀한 페미니스트"라는 상반된 평가로 핀터의 성정치성을 요약한다.[9] 그러나 핀터는 현대 극작가들 가운데 성정치성의 관점에서 가장 많은 관심을 끌고 있는 극작가임에는 틀림없다. 따라서 그의 작품 세계에 대한 정확한 파악과 이해는 그의 정치성과 성정치성의 밀접한 상호 관계를 고려한 복합적인 관점에서 접근되어야 가능할 것이다.[10]

21세기를 맞아 핀터는 29번째이자 마지막 작품인 「축하 파티 Celebration」(2000)를 썼다. 그 이후 그는 "다수"의 정치적 언어가 만들어낸 "거짓의 거대한 태피스트리"[11]를 벗어나 진실을 직면할 때임을 역설하며, 한 예술가로서가 아니라 한 시민으로서 의무를 다하기 위해 극작 중단을 선언했다. 2002년 진단받은 식도암으로 투병하면서 동시에 끝까지 한 시민으로서 의무를 다하기 위해 투쟁하면서, 그는 삶의 진정한 진실을 찾아 2008년 12월 24일 마침내 무대 밖으로 나갔다.

> 현존하고 있는 무지막지한 곤경에도 불구하고, 시민으로서, 우리의 삶과 사회의 '진정한' 진실을 규명하고자 하는 굽힐 줄 모르며, 확고하고도 맹렬한 지적 결단이야말로 우리 모두에게 맡겨진 주된 의무라고 저는 믿고 있습니다. 사실 그것은 강제적인 것입니다. 만약 그러한 결단이 우리의 정치적 비전 안에서 구현되지 않는다면, 우리가

지금 거의 놓쳐 버린 —인간의 존엄성을 회복할 수 있는 희망은 없는 것입니다.[12]

핀터의 작품 세계

핀터는 반세기에 걸쳐 시와 소설을 비롯하여 29편의 극작품, 27편의 영화 대본, TV와 라디오 등 여러 매체를 위한 다양한 작품들을 썼다. 이 오랜 극작 기간은 핀터의 정치성에 대한 획기적인 공식적 입장 표명을 기준으로 분류될 수 있다. 핀터 자신의 이러한 선언은 그의 정치성에 대한 다양한 논의를 불러일으키는 계기가 되었지만, 최근 핀터 극은 "그 나름대로의 방식으로 늘 정치적"[13]이었다는 결론으로 수렴되었다. 따라서 극작 시기별로 핀터 나름대로의 정치성 구현 방식을 검토하는 것으로 그의 전반적인 극작 세계에 대한 분석과 이해를 시도할 수 있다.

1980년대 중반 핀터의 정치적 관심 선언을 기준으로 볼 때, 1960년대까지 그는 일종의 정치적 작가로 정치성을 간접적으로 다루는 정치적 은유로 설명될 수 있는 위협희극 작품들 즉 「방」, 「생일 파티」, 「핫하우스」, 「덤 웨이터The Dumb Waiter」(1959), 「관리인The Caretaker」(1959) 등과 그를 유명하게 만든 「귀향」을 썼다. 그 이후 20여 년 동안은 그의 가장 활발했던 극작 시기로 평가되지만, 정치적 작가로서는 '몽유' 상태에 빠진 시기였다고 하는데, 이때 쓴 작품들은 '기억극memory plays'으로 분류되는 「풍경Landscape」(1968), 「침묵Silence」(1969), 「옛 시절Old Times」(1971), 「무인 지대No Man's Land」(1975),

「배신Betrayal」(1978) 등이 있다. 그리고 기억극에 포함시키기도 하지만, 명백한 정치극overtly political plays 시기에 앞서 쓴 전환기적인 작품들로 「타지들Other Places」(1982)로 묶어 출판된 「일종의 알라스카A Kind of Alaska」(1982), 「빅토리아 역Victoria Station」(1982), 「가족의 목소리들Family Voices」(1981)이 있다. 이후 1980년대 중반에 이르러 마침내 그는 자신이 갇혀 있던 오이디푸스적 '방'이 외부 세계와 맞닿아 있으며, 방 밖에 있는 감당하기 어려울 정도로 견디기 힘든 그 무엇과 직면해야만 한다는 사실을 깨닫게 되어,[14] 정치극 작가로서의 극작에 주력할 것을 선언하면서, 일련의 명백한 정치극들과 스케치들을 썼다. 「마지막 한 잔One for the Road」(1986), 「바로 그대로Precisely」(1985), 「산악 언어Mountain Language」(1988) 등의 정치극과 「새로운 세계 질서The New World Order」(1991) 등의 스케치가 이 시기에 속한다. 그리고 다시 기억극으로 돌아갔다는 평가도 받지만, 정치극적인 특성이 더 부각되는 후기 정치극 「파티 타임Party Time」(1991), 「달빛Moonlight」(1993), 「재에서 재로Ashes to Ashes」(1996), 「축하 파티」(2000) 등으로 그는 반세기에 걸친 극작을 마무리했다.

핀터의 정치성 구현 방식은 그의 성정치성과 밀접한 연관성 속에서 검토되어야 한다. 핀터의 작품 전반에 "정치성과 성정치성 사이에는 구조적 간격"이 내재되어 있음을 지적한 드루 밀느는 그의 작품이 이 양자의 맞물린 관계와 그 구조적 차이를 다루고 있지만, 그 차이를 극복하지 못한 것을 핀터 극의 한계로 지적한다.[15] 그러나 그 간극은 극복해야 할 문제가 아니라 그 간극이 만들어내는 '사이'가 바로 '핀터 특유의Pinteresque' 정치극을 생성할 수 있는 창조적 공간이 된다.

비록 핀터가 정치적 관심을 선언했지만, 비평가들은 여전히 그의 정치성에 대한 평가를 유보했다. 그러다 1990년대에 들어와 「달빛」이 발표되자, 키스 피콕과 같은 비평가들은 「달빛」으로 그의 전성기 1970년대 기억극으로 돌아가 "비정치적 모호성과 불확실성"[16]을 다시 드러내 보이고 있다는 평가를 내린다. 「달빛」은 핀터가 「배신」 이후 15년 만에 처음으로 쓴 장막극이다. 그동안 무대 밖에서 핀터는 상당히 많은 영화 대본 작업을 했다. 레이먼드 암스트롱이 핀터가 1991년 프란츠 카프카의 소설 『심판*The Trial*』(1937)을 영화화하는 작업 과정에서 갖게 된 "영화와 정치성에 대한 공통된 관심"[17]을 지적했듯이, 핀터의 영화에 대한 열정은 정치성에 대한 열정과 서로 수반된다. 그러나 핀터의 정치성을 오이디푸스적이며 보수주의적인 성향으로 읽고자 하는 암스트롱 또한 「달빛」을 핀터의 오이디푸스적 구조로의 "최종적인 귀향"[18]으로 단언하고 있다.

핀터의 영화 「심판」 작업은 그의 정치극 극작의 난국을 극복하고 새로운 형식의 정치극 「달빛」을 쓸 수 있는 잠재력을 제공해주었다. 질 들뢰즈의 영화 이론에 따르면, 영화는 영화 이미지를 통해 새로운 사유 방식으로 우리의 지각을 변화시키고 세계를 변화시킬 수 있는 정치성을 구현할 수 있는 가장 유력한 매체다. 따라서 핀터의 영화 작업은 그를 오이디푸스적 구조로 다시 귀향하게 한 것이 아니라 그 한계를 인식하고 그로부터 벗어나려는 시도를 할 수 있는 동인을 제공하는 성과를 가져왔다.[19] 즉 핀터는 오이디푸스적 구조에서 탈주할 수 있는 탈영토화의 동력을 영화 매체로의 변환 과정에서 발견할 수 있었던 것이다. 따라서 「달빛」은 "최종적인 귀향"이 아니라 1980년대 중반의 명백한 정치극 단계를 넘어서 영화 매체 변환의 작업을 통해 새로운 핀터 특유의 정치극의 단계를 여는 작품이라고 볼 수 있다.

핀터는 극작품 외에도 라디오, TV, 영화 등 다양한 매체를 위한 작품들을 많이 썼지만, 특히 영화 대본은 주로 소설을 영화로 매체 전환을 하는 각색 영화 대본으로 「추적Sleuth」(2007)에 이르기까지 극작품 수에 버금가는 27편을 썼다. 그러나 그의 영화 작업은 극작가로서 갖는 휴식기의 작업으로 부차적인 성과로만 평가되어왔다. 사실 그의 영화 각색 작업은 매우 진지하면서도 유쾌한 '스크린-플레이'로 그의 정치성을 깨우고 새로운 사유 방식을 통해 더 높은 차원의 정치성으로 발전할 수 있는 "탄력과 도약의 변화"[20]를 가져다준다.

핀터의 영화에 대한 관심은 정치성뿐 아니라 성정치성에 대한 그의 관심과도 서로 맞물려 있다. 예컨대, 사켈라리두는 핀터의 「프루스트 영화 대본The Proust Screenplay」(1978)을 비롯하여 「프랑스 중위의 여자The French Lieutenant's Woman」(1991)에 이르기까지 여러 영화 대본 작업 경험이 마침내 여성을 "독립적·자주적인 실체"[21]로 등장할 수 있게 만드는 데 큰 역할을 했다고 본다. 따라서 후기 정치극 「달빛」의 벨과 브리짓은 핀터의 영화 작업 경험이 만들어낸 핀터의 여성들로 볼 수 있다. 이들은 「재에서 재로」의 레베카와 더불어 오이디푸스적 구조 내에서 부과되는 수동적인 창녀의 역할이 아니라 자주적이며 능동적인 주체로서 오이디푸스적 구조로부터 탈주를 시도하는 인물들로 등장하게 된다. 따라서 영화 매체 변환을 통해 핀터는 오이디푸스적 극이 기초한 여성혐오주의적 성정치성의 한계를 벗어날 수 있는 동인도 발견할 수 있었다.

2005년 더 이상 극작품을 쓰지 않겠다는 선언을 한 뒤 쓴 리메이크 영화 「추적」(2007)의 대본은 핀터의 마지막 스크린-플레이screen-play이자 작가로서의 엔드게임이라고 할 수 있다. 핀터가 앤서니 섀퍼의 원작 「추적」(1970)의 엔딩을 의도적으로 변경시켜 원작에서 부재를 강요당한 매기의 귀향을 알리는 장면으로 그의 마지막 작품의 엔딩을 삼았다는 사실은 그의 모든 극작의 플레이play와 영화 작업의 스크린-플레이가 정치적 작가와 은밀한 페미니스트 되기의 과정이었음을 입증한다.

주요 작품들의 내용

「생일 파티」: 초기 위협희극

부조리극과 정신분석적 비평은 핀터의 「생일 파티」를 스탠리의 본능적인 성적 욕망과 오이디푸스적 욕망을 다룬 꿈의 텍스트로 다루어왔다.[22] 스탠리의 생일 파티는 어머니의 자궁을 상징하는 피난처 메그의 방에 숨어 있던 스탠리가 부권 사회로 복귀하게 되는 탄생을 축하하는 의식으로 해석된다. 그 의식을 통해 무능한 피티를 대신하여 골드버그가 아버지의 법의 대변자로서 메그의 스탠리를 오이디푸스적 구조 속으로 소환하는 미션 수행에 성공한다. 그리고 그 의식을 통해 스탠리는 자신의 욕망을 대리 수행하는 침입자들을 침묵으로 지켜보는 피티와 같이 일종의 거세된, 무력한 존재가 된다는 것이다.[23]

어딘지 모르는 곳에서 골드버그와 맥캔이 와서 스탠리를 데려간다는 「생일 파티」의 기본 플롯은 말을 잘 안 듣는 아이들은 누군가 와서 데려간다는 서구 문화에 널리 퍼진 원형적인 도깨비 이야기를 연상시킨다. 따라서 이러한 원형적인 이야기를 극화한 「생일 파티」에서 무엇을 잘못했는지가 분명하지 않은 스탠리의 악몽 같은 경험은 아버지의 법을 어기는 어떤 잘못을 저지를지도 모른다는 공포, 일종의 오이디푸스적 불안에 대한 은유로 해석된다. 스탠리를 통해 보여주는 개인과 사회관계 그리고 개인의 죄의식은 모더니즘 문학의 주요 주제이기도 하다. 이러한 주제를 다룬 대표적인 작품이 바로 누군가의 허위 신고로 30세 생일 아침에 체포되는 요제프 K가 등장하는 카프카의 『심판』이다. 많은 공통점을 가진 『심판』과 비교한 「생일 파티」에 대한 기존 읽기들은 주인공 요제프 K와 스탠리의 갈등과 저항 그리고 이들의 소환을 오이디푸스적 불안과 죄의식에 따른 갈등과 저항 그리고 결국 아버지의 법에 굴복하는 아들의 최종적인 귀향homecoming으로, 즉 재오이디푸스화로 읽어내고 있다.

그러나 「생일 파티」는 부조리극 또는 부조리극의 변형이라기보다는 '위협희극'으로, 그의 후기 정치극 「재에서 재로」처럼 홀로코스트를 정치적 은유로 다룬 초기 정치극으로 평가될 수 있다. 들뢰즈와 가타리의 카프카 읽기는 그의 아들의 아버지에 대한 반역의 결과를 재오이디푸스화가 아니라 "부조리성의 지점까지" 오이디푸스를 "과장"한 "희극"으로 설명한다.[24] 따라서 카프카는 "심오한 환희로 웃을 수 있는 유쾌한 작가이며, 또한 미래 세계를 예언하는 정치적 작가"[25]로 평가된다. 핀터의 「생일 파티」 또한 그를 늘 따라다녔던 소리, 게슈타포의 문 두드리는 소리가 상징하는 홀로코스트의 잔혹성을 메그의 생일 선물인 장난감 드럼 소리, 전기 불장난, 술래잡기 놀이의 파티로 코믹하고도 유쾌하게 다루는 정치적 작가로 평가될 수 있다.

핀터는 그의 초기극의 정치성을 언급하면서, 미국이 니카라과에서 행한 것을 다룬 명백한 정치극 「마지막 한 잔」처럼, 「생일 파티」 역시 그의 구체적인 경험, 유랑극단 배우 시절 만났던 어느 바닷가 하숙집 다락방에 살면서 부두에서 피아노를 치던 한 외톨이 남자를 통해 "한 개인의 독립적인 목소리의 파괴"[26]를 다룬 작품이라고 설명한다. 만약에 두 명의 게슈타포가 찾아와 그 하숙집 남자의 방문을 두드린다면 어떻게 될까라는 발상에서 쓴 「생일 파티」는 「재에서 재로」처럼 홀로코스트를 다룬 정치극임을 그는 분명히 밝히고 있다.

핀터는 연출가 피터 우드에게 보내는 편지에서, 스탠리가 자신의 삶을 위해서 싸울 수 있는 그런 기질은 있지만, 자신이 처한 현실을 자각할 수 있는 능력은 없고, 늘어진 퓨즈 같은 정신을 가지고 있으며, 비록 저항은 하지만 결코 영웅도 아니고 반역의 본보기도 아닌 인물로 자신은 이해하고 있다고 밝혔다.[27] 이러한 스탠리가 극의 진행 과정을 통해, "불운하고 무력한 불확정적인 성의 인물"[28]이 되고 있다. 따라서 생일 파티에서 스탠리가 경험하는 것은 인격 해체를 통해 들뢰즈의 "소수-되기becoming-minor"로서의 "여성-되기becoming-woman" 과정, 즉 끊임없는 '추락fall'인 것이다.

스탠리의 추락, 소수-되기의 경험의 관점에서 볼 때, 2막 엔딩에서 그가 메그와 루루를 공격한 것은 골드버그와 맥캔의 위협에 대한 유일한 대응이 아니라, 자신이 아닌 타자를 향한 되기를 시도하는 사건으로 볼 수 있다. 즉 그는 메그와 루루를 그의 권력에 대한 욕망의 야만적 표출의 대상으로서의 타자가 아니라, 소수로서의 여성-되기를 지향하도록 유도하는 타자로 접근한 것이다. 메그와 루루에 대한 공격 또는 접근으로 시작한 스탠리의 추락은 이제 강도 제로에 도달하여 다수의 언어로서의 인간의 언어가 아닌 소수의 언어로서의 짐승 소리를 내는 소수-되기에 이르게 된다. 이러한 되기의 장으로 변환된 파티에서 파티의 주인공으로 참여를 강요당한 스탠리만 되기, 즉 추락을 경험하는 것이 아니다. 스탠리를 위해 파티를 열어준 골드버그와 맥캔 역시 정도의 차이가 있을 뿐, 그와 더불어 추락하고 있는 것이다.

골드버그와 맥캔은 유대인 스탠리를 체포하러 온 게슈타포를 연상시키지만, 다른 한편으로는 유대인과 아일랜드인임이 시사된다. 이러한 혼란스러운 정체성을 통해 핀터는 악한이 된다는 것이 악하다고 구분되는 체제적 집단의 구성원이 되어야 한다는 것을 요구하지 않는다는 것을 의미한다. 사실 골드버그가 "나는 세상을 … 믿기 때문에 … "[29]라고 절규하듯이, 그는 세상이 시키는 대로 행동했기 때문에 악한이 된 것이다. 이러한 골드버그는 홀로코스트의 집행자인 아이히만이 보여준 '악의 평범성'[30]을 입증해준다. 사실, 아렌트의 '악의 평범성'은 핀터의 정치성을 이해하는 데 상당히 도움이 되는 개념이다. 특별히 악마적이지도 않은 평범한 인간인 아이히만은 다만 현실에 대한 자각을 결여한 무사유의 순응주의자였을 뿐이다. 그러나 바로 그렇기 때문에, 평범하고 모범적인 시민인 골드버그가 그가 속한 세계가 시키는 대로 행동함으로써, 즉 "줄을 따라"[31] 잘 왔기 때문에 악을 자행하게 된 것이다. 그러나 그 자신의 의무로 여기며 악을 행한 그는 생일 파티에서 스탠리의 추락과 함께 그 자신도 지금까지와는 다른 이상한 추락을 경험하게 된다. 이상한 추락을 경험하면서, 골드버그는 무턱대고 따라온 상징계의 질서를 이루는 가부장적인 부계의 선조를 거슬러 올라가 귀결되는 '대모the Great Mother'의 존재를 무의식적으로 감지하게 된다.[32] 그러나 그에게 그 대모의 존재는 신화적 어머니이며, 전-오이디푸스적 어머니로, 오이디푸스적 구조 속에서는 환상 속에서만 존재할 뿐이다. 그는 그의 환상 속에만 존재하는 어머니, 아내, 여자 친구를 신성시하고 찬미하는 반면에, 무대 위에 실제로 등장하는 메그와 루루는 경멸하며 창녀 취급을 한다. 이러한 골드버그의 태도는 오이디푸스적 체제 속의 남성들의 성정치성의 억압 전략을 반영한다. 따라서 여자들을 어떻게 다루어야 할지를 나름대로 잘 아는 골드버그는 스탠리의 추락과 함께 그 자신도 추락을 경험하는 이상한 경험을 벗어나기 위해, 맥캔과 더불어 3막에서 다시 등장한 루루를 매몰차게 쫓아낸다. 즉 그는 자신의 죄의식과 불안을 해결하기 위해 그녀에게 여성혐오주의적 성정치성을 투사한 것이다.

메그와 루루가 핀터의 억압된 성정치성을 대체한 여성혐오주의의 기표로 취급되고 있는 것이 사실이다. 그러나 이들에게 여성-되기, 소수-되기와 그리고 그것을 유도할 수 있는 전복적인 성정치성의 동인이 잠재되어 있음을 스탠리의 생일 파티 과정에서 발견할 수 있다. 이들은 「일종의 알라스카」(1982)의 데보라 그리고 가장 강한 핀터의 여성으로 평가되는 「재에서 재로」의 레베카와 같은 깨어난 여자들을 예견하게 한다. 후일 깨어난 여성들의 성정치적 전복성이 바로 오이디푸스적 공간인 '방'에 몽유 상태에 있는 무력한 스탠리와 같은 남자들의 정치성을 깨울 수 있는 동인이 되는 것이다.

「생일 파티」의 정치성에 대한 대부분의 읽기는 결국 무력한 저항을 의미하는 스탠리의 "메아리를 넘어선 침묵"으로 끝이 난다는 비관적인 결론을 내리고 있다. 물론 스탠리의 저항은 그때로서는 무력할 수밖에 없었다. 그러나 초기 정치극으로서 「생일 파티」의 가장 중요한 대사는 골드버그와 맥캔에 의해 소환되어가는 스탠리에게 피티가 "스탠, 이 사람들이 너에게 명령하도록 내버려두면 안돼!"[33]라는 당부의 말이다. 이 당부의 말과 더불어 스탠리의 퇴장 후 등장한 메그가 자신이 파티의 여주인공이었음을 피티에게 강조하며 확신하는 모습을 보이며 끝난다. 「재에서 재로」의 레베카가 데블린에게 다시 끝을 반복할 수 있다고 엔딩에서 주장하듯이, 메그는 생일 파티가 끝나고 스탠리가 떠난 뒤에도 다시 끝을, 지난밤 파티를 다시 기억하며 여전히 무대 위에 남아 있다. 따라서 「생일 파티」의 엔딩은 스탠리의 무력한 저항으로 끝나는 것이 아니라 후일 마법에서 깨어나 성정치적 전복성을 발휘할 메그가 다시 열게 될 파티를 통해 스탠리의 강력한 정치성이 깨어나게 될 것임을 시사하는 결말로 끝나고 있다.

「마지막 한 잔」: 명백한 정치극

「마지막 한 잔」(1986)은 오랫동안 오이디푸스적 공간 '방'에 은둔해 온 핀터가 정치적 관심 선언과 함께 쓴 '명백한 정치극openly political play'의 첫 작품이다. 「마지막 한 잔」을 비롯하여 핀터의 일련의 명백한 정치극에서 발견되는 두드러진 공통점은 모든 작품 속에 수면병에서 깨어난 「일종의 알라스카」의 데보라와 같은 자유로운 정신을 소유한 독립적이며 강한 여자들이 등장한다는 것이다. 이러한 공통점은 핀터의 본격적인 정치극 극작이 정치성과 성정치성의 밀접한 연관성에 대한 인식에 기초하고 있음을 보여준다. 핀터의 명백한 정치극은 정치성뿐 아니라 성정치성 역시 명백하게 드러내 보일 뿐 아니라 자신이 그동안 오이디푸스적 기억극을 쓰면서 해온 여성혐오주의의 극화 자체에 대하여 의문을 제기하고 있는 작품이라고 평가된다.[34]

「마지막 한 잔」은 파티에서 만난 터키 인텔리 여성들이 자국의 정치적 현실을 모르고 잘못 알고 있는 것에 격분하여 관객에게 터키의 고문 실상을 보여주려는 "특별한 목적"에서 쓴 명백한 정치극이다.[35] 그러나 이 작품의 서문 격인 니콜라스 헌과의 대담에서 극작 과정에서는 그 특별한 목적보다 고문하는 자와 고문을 당하는 3인 가족과의 대면 자체를 "철저하게" 전개시켜 나가는 것에 몰입하여 주력했다고 한다.[36] 다른 작품의 극작과 마찬가지로, 고문을 하는 한 남자와 고문을 당하는 한 남자에 대한 이미지에서 출발하여, 이들 사이의 대면에서 벌어지는 극적 행위를 철저하게 전개시켜 나간 결과, 「마지막 한 잔」이라는 섬뜩할 정도로 잔혹한 연극을 쓰게 되었다는 것이다.

「생일 파티」에서 스탠리뿐 아니라 골드버그와 맥캔도 함께 '추락'을 경험하고 있듯이, 「마지막 한 잔」의 니콜라스와 빅터, 가일라, 닉키, 고문을 하는 자와 고문을 당하는 자들 모두 정도의 차이가 있을 뿐 끊임없는 연속적 '추락'을 경험하고 있다. 사실 핀터의 정치극은 고문을 하는 자의 정의로운 명분에 대한 확신을 극대화하는 동시에 그의 추락을 함께 보여준다는 점에서 기존 정치극과는 다른 특이성을 확보한다. 「마지막 한 잔」의 가해자 니콜라스는 단순히 사디즘적인 욕구에서가 아니라 가족, 국가와 종교에 대한 정의로운 신념, 들뢰즈와 가타리의 가족주의familialism, 즉 '신성가족holy family'이라는[37] 오이디푸스적 이데올로기에 대한 철저한 확신에서 행동을 하고 있다. 그러나 바로 이러한 신성가족주의로 니콜라스는 한 가정을 파괴하고 있으며, 그 역시 끝없이 추락하고 있다는 것이 핀터가 보여주고자 한 이 극의 아이러니인 것이다.

네 개의 짧은 취조 장면으로 이루어진 「마지막 한 잔」의 첫 장면은 니콜라스와 빅터의 대면으로 구성된다. 무엇이든 다할 수 있는 본인의 절대적인 힘을 강조하며 일방적으로 열변을 통하는 니콜라스와 강요를 반복하는 그의 질문에 아주 짧은 몇 마디로만 대답할 뿐 시종 침묵으로 일관하고 있는 빅터가 서로 맞서고 있다. 이 장면은 언뜻 보면 빅터의 일방적인 굴욕을 보여주는 것 같지만, 사실 확신에 찬 니콜라스의 어조는 처음부터 끊임없이 주장과 질문 사이를 오가며 그의 불안감을 내포하고 있다. 자신의 존재와 자신이 대변하고 있는 권력의 위력을 인정해주길 강요하는 니콜라스는 빅터로부터 그러한 승인을 얻어내기 위하여, 빅터의 힘, 즉 그의 남성성, 그의 소유물로서의 아내와 재산 그리고 아들, 그의 성적 능력 등을 "계산된 언어"[38]로 공격하며 그를 고문한다.

그러나 그 고문 과정에서 점점 그는 빅터에게 매료되고 있다는 느낌이 든다. 빌링턴은 이러한 끌림을, "고문을 당하는 자가 고문을 하는 자에게 주는 이상한 성적 매료"[39]로 해석하기도 한다. 이러한 "이상한" 끌림은 가부장적 이성애의 담론인 가족신성주의의 이면에 억압된 "남성의 동성사회적 욕망"[40]에 의한 끌림으로 설명될 수 있다. 이브 코소프스키 세지윅의 남성과 남성 사이의 관계 맺기만으로 이루어진 남성의 동성사회적 욕망에 대한 이해는 모더니즘 문학 작가들의 남성 중심적 여성혐오주의의 근거를 설명해준다. 정치적 반동기의 모더니즘 문학 전통이 보여주듯이, 남성 작가들은 남성적 특권과 쇼비니즘의 재확립, 즉 오이디푸스화의 강화를 위하여 여성혐오주의적 성정치성을 여성에게 투사하고 있다. 핀터 역시 정치성을 위해 성정치성을 전용, 즉 여성혐오주의적 성정치성으로 전용하여 여성들에게 투사해왔다는 것을 스스로 인정하고 있다.[41] 따라서 명백한 정치극 「마지막 한 잔」은 그가 그동안 끊임없이 극화해온 여성혐오주의 자체에 대한 문제 제기를 극화하고 있다고 말할 수 있다.

두 번째 장면에서 니콜라스는 자신과 같은 이름을 가진 빅터의 어린 아들 닉키에게 성과 잔인성 그리고 권력을 동격화하는 남성적 성적 환상과 여성혐오주의적 성정치성의 이데올로기를 주입하고자 한다. 그리고 세 번째 장면에서 그는 군인들에게 윤간을 당한 가일라와 대면을 하는데, 체념을 한 빅터와는 달리, 어린 닉키와 가일라는 용기 있는 태도로 니콜라스를 직면한다. 야만적인 집단 성폭행을 당한 가일라이지만 그녀는 니콜라스의 언어적 폭력에 빅터보다 훨씬 더 대담하게 대처한다. 니콜라스가 가일라를 특히 잔인하게 대하는 이유는 군인이었던 아버지에게 그녀가 불충했다는 것, 즉 그녀가 신성가족주의를 준수하지 않았기 때문이다. 어린 닉키를 잔인하게 죽인 것은 신성가족주의를 따르지 않는 어머니 가일라와 유대감을 유지하고 있기 때문이라고 볼 수 있다.

마지막 장면에서 퇴장하는 스탠리처럼 단정하게 옷을 입은 빅터는 니콜라스의 강요로 그와 함께 마지막 한 잔을 마시고 그곳을 떠나지만, 「귀향」의 테디를 보내고 뒤에 남아 있는 루스처럼, 가일라는 거기에 남아 있는 것으로 「마지막 한 잔」은 끝난다. "만약에 그러고 싶으면,"[42] 그녀는 빅터에게로 돌아갈 수도 있을 것이다. 그러나 핀터가 지금까지 창조한 등장인물들 가운데 "가장 자유롭고 독립적인 정신"[43]을 가진 루스보다 더 강한 여자 가일라가 어떤 선택을 할지는 예측하기가 쉽지 않다. 어떤 선택을 하더라도 그녀는 니콜라스가 대변하는 체제의 질서가 그녀에게 강요해온 창녀, 어머니, 연인이라는 상호 배제적인 역할을 요구하는 역설의 부당한 짐을 수동적이 아니라 저항적으로 실천하여 그 체제의 혼란과 해체를 초래할 수 있는 성정치적 전복성을 발휘할 것이라는 기대를 가능하게 한다. 따라서 여성혐오주의를 극화함으로써 명백한 정치극 「마지막 한 잔」은 정치성을 구현하고 있다고 주장할 수 있다.

「축하 파티」: 후기 정치극

핀터의 마지막 극작품 「축하 파티」는 작가 자신의 연출로 공연된 2000년 3월 런던 알메이다의 초연에서부터 그랬듯이, 그의 첫 작품인 「방」과 짝지어 통상 공연된다. 43년의 시간 간격을 두고 쓴 그의 첫 그리고 마지막 작품의 동시 공연은 핀터 극 세계 자체를 보여주는 무대를 만들어준다. 각각 1950년대 그리고 21세기가 시작되는 시점의 런던을 배경으로 한 두 작품은, 핀터도 지적했듯이 '폭력'을 다루고 있다.[44] 따라서 병치된 두 작품의 공연을 통해 폭력이라는 주제의 발전된 전개 양상과 각기 다른 접근 방식을 비교할 수 있다. 「방」은 위협희극이라는 핀터 특유의 우회적인 방법으로 폭력의 주제를 다루고 있다면, 「축하 파티」에서는 직설적인 풍자의 방식으로 그 주제를 다루고 있다. 많은 비평가들은 「방」의 우회적인 접근을 더 선호하며, 지나치게 노골적인 「축하 파티」에 대해서는 너무 쉽게 이해되는 것에 유감을 표하며, 사소한 것에 치중하여 진지성이 결여되었다고 평가한다.[45] 그러나 「축하 파티」는 진지성의 결여 그 자체를 우리로 하여금 직면하도록 요구하는 작품이다. 「축하 파티」에 대한 거부적인 반응은 이 극의 등장인물인 웨이터의 레스토랑에 머무는 것에 대한 선호—"이곳은 내게 자궁 같습니다. 전 자궁 속에 머무는 것이 더 좋습니다. 저는 태어나는 것보다 그걸 열렬히 선호합니다"[46]—를 연상시킨다. 아마도 "관리되는 세계" 속에 머물러 있기를 원하는, 거울 이면의 진실을 직면하고 싶지 않은 우리의 저항이 후기극의 직접적인 전략보다 위협희극으로서의 초기극의 우회적인 전략을 선호하도록 만드는 것일 수도 있다.

「달빛」을 비롯하여 핀터의 후기 정치극을 여전히 기억극으로 읽고자 하는 비평가들은 「축하 파티」 역시 오이디푸스적 기억극의 관점에서 읽고 있는데, 마틴 에슬린과 캐서린 버크맨의 경우가 대표적인 사례다. 핀터 극의 정치성보다는 부조리성을 부각시키는 에슬린은 핀터가 자신의 모습을 투영하고 있다고 볼 수 있을 정도로 아주 드물게 공감을 표하는 등장인물인 젊은 웨이터에 초점을 두고 「축하 파티」를 읽는다. 그의 조부에 대한 향수 어린 기억과 그의 개입을 잃어버린 오이디푸스적 가치들에 대한 지지(물론 냉소적인 면도 있지만)로 또한 핀터 자신의 그 가치들에 대한 지지로 읽어낸다.[47] 「축하 파티」를 오이디푸스적 "죄의식을 다루는 극"[48]으로 읽는 버크맨은 「축하 파티」의 중심인물을 램버트로 보고, 그가 그의 과거에 대한 기억에 힘입어 "괴물에서 인간"으로 변화하는 중대한 순간을 "생일"로 축하하는 것으로 읽어낸다.[49] 즉 그녀의 「축하 파티」 읽기는 램버트가 변한 것으로 그리고 이러한 변화의 순간을 절망 가운데 희망과 축하할 무엇인가를 가지고자 하는 핀터의 낙관적인 순간으로 포착하고 있다고 앤 홀은 지적한다.[50] 이러한 읽기들은 우리 모두가 행위자로서 개입해온 역사적 과거는 가능성들로 충만하며, 그러한 과거의 기억에 의존한 실존적인 선택으로 현실에 대처하고 미래를 열 수 있는 새로운 가능성을 찾을 수 있음을 전제로 하고 있다.

그러나 「축하 파티」를 비롯하여 핀터의 후기극들을 정치극으로 읽어내는 관점에서 볼 때, 이 작품들이 제시하는 정치적 비전은 실존적 선택 이상을 요구하고 있음을 알 수 있다. 사실 「축하 파티」의 정치성을 읽어내는 것은 쉬운 것이 아니다. 이 작품이 다루는 포스트모던 시대의 정치성은 탈중심화와 편재성을 특징으로 하고 있으며, 따라서 탈정치성의 오이디푸스적 기억극으로 오인될 수 있는 여지도 다분하다. 이러한 오해를 염두에 둔 핀터는 직접 「축하 파티」의 정치적 차원을 지적하기도 한다. 그는 "전략 고문"[51]으로 자신들을 소개하는 매트와 램버트 형제들을 총을 가지고 다니지 않고, 그럴 필요도 없는 "평화스러운 전략 고문"으로, 세계적인 지배권을 행사하는 권력의 일부이거나 무기상임이 틀림없다고 설명한다. 그러나 그들이 유지하는 평화는 "주먹을 쥔 평화"이며, 따라서 그들은 "폭력적인 평화적 사람들"로, 평화 애호를 주장하는 폭력 행사에 개입하고 있다고 부연하면서, 이 극의 정치적 차원을 명확하게 밝힌다.[52] 고돈도 버크맨의 해석과는 달리, 우리는 어떤 등장인물의 정서적 변화도 목격할 수 없고, 카타르시스도 경험할 수 없으며, 단지 세상은 이런 식으로 존재한다는 잔인한 사실만을 볼 뿐이라고 강조한다.[53] 그러나 이

정치극의 목적은 모든 가능성이 다 소진된 환경 속에서 우리는 무nothingness를 직시함으로써만이 새로운 잠재성의 현실화를 결단할 수 있는 정치적 비전에 이를 수 있음을 보여주는 것이다.

「축하 파티」는 런던의 최고급 레스토랑(아이비라는 실제 레스토랑을 모델로 했다고 함)의 두 테이블을 중심으로, 각각의 테이블에서 벌어지는 축하 파티 그리고 마침내 두 테이블의 고객들이 함께 합석한 축하 파티로 진행된다. 테이블 1에서는 매트와 프루 부부와 함께 자리한 램버트와 줄리 부부의 결혼기념 축하 파티가, 러셀과 수키 부부가 자리한 테이블 2에서는 러셀의 승진 축하 파티가, 최고급 식사와 시중으로 접대를 받으며 진행되고 있다. 레스토랑 고객들 외에 레스토랑 종업원들, 즉 지배인 리처드와 소냐 그리고 웨이터와 한마디 대사도 없는 웨이터리스 1, 2가 등장한다. 비록 오늘날의 우리 세계가 정치적 언어로 평등주의를 위장하고 있지만, 세 그룹으로 나눌 수 있는 등장인물들 사이에는 엄격한 위계질서가 존재하고 있다. 간단히 말해, 이 고급 레스토랑에서 벌어지는 파티는 "돈의 위력으로 계급 특권의 봉건제도를 대체한 것"[54]을 축하하는 의식에 비유될 수 있다. 1그룹 고객들은 전형적인 포스트모던 인간들이다. 그들은 자신의 적나라한 불안과 공격성을 완화시켜주기 위해 고안된 욕구 충족물들인 섹스와 음식 등으로 감각적인 쾌락과 사치스러운 특권의 위안을 추구하는, 즉 자신의 사소한 욕구들을 채워줌으로써 그들이 처한 현실의 모순들과 파국적 상황을 은폐하는 포스트모던 인간들이다. 이러한 속물적이고 불량한 포스트모던 인간들을 위하여 최고급 포스트모던 레스토랑은 그들의 포스트모던 소비문화의 물질주의적인 삶의 조야한 표면을 닦고 윤을 내기 위한 파티 의식을 제공한다. 그러나 「축하 파티」는 그의 일련의 다른 '파티'들에서처럼, 그러한 의식을 전용하여 표면의 윤을 내는 대신 그 표면을 깨뜨려, 그 이면에 숨어 있는 폭력적이며 야만적인 파국의 현실을 드러내 보인다.

에슬린은 「축하 파티」를 "핀터 특유의 특징적인 언어적 풍자의 진정한 향연"[55]으로 간결하게 정의한다. 등장인물들이 나누는 우연스럽게 보이는 대화는, 사실 핀터의 모든 글쓰기가 그러하듯이, 고도로 양식화된 것이다. 그들이 나누는 유년 시절과 부모, 섹스와 사랑, 부와 불안정에 대한 대화의 향연은 실패할 수밖에 없는 권력에 의지하여 성공적인 삶을 살고 있는 등장인물들의 "성공적인 실패의 패러독스"[56]를 보여준다. 비록 러셀은, 「축하 파티」의 파시스트 프레드와 더글러스의 움켜쥔 주먹을 연상시키는 위협적인 주먹을 추켜올리며, "책임을 다하며", "주도권을 잡고", "평화를 강요하는"[57] 램버트와 같은 인물을 열렬히 지지하지만, 이러한 웅변은 핀터 특유의 언어처럼, 드러내 보이는 것보다는 가리는 것이 더 많다는 것을 그리고 공적인 확신 뒤에는 사적인 불확실성과 두려움이 있다는 것을 말해준다. 램버트와 매트는 「마지막 한 잔」의 니콜라스를 연상시키기도 한다. 이들을 지지하는 파시스트적 웅변이 바로 "거짓의 태피스트리"를 만들어내는 정치적 언어의 담론인 것이다.

「축하 파티」의 레스토랑은 등장인물들에게 중요한 의미를 갖는 공간이다. 젊은 웨이터에게는 이 레스토랑이 자궁과 같은 곳이며, 고객들, 특히 "정신병자" 같은 러셀에게는 "평정과 조화의 의식"을 행하는 '치유센터'가 된다.[58] 또한 고돈에 의하면, 레스토랑은 "그것의 스타일과 '격조'를 통해, 당대 문화의 상스러운 물질주의를 안정시키기 위해 존재하는 일종의 신전", 즉 포스트모던 문화의 야비한 물질주의의 존속을 위한 신전이 되기도 한다. 또한 레스토랑의 환경은 불온하게도 유곽의 환경과 섞여 있다고 지적된다.[59] 램버트, 매트 그리고 프루와 줄리까지도 종업원들과 지배인들까지도 구매한 종 또는 성적인 상품으로 취급하고 있다. 사실 음식과 섹스는 욕망을 불러일으키는 것이며 돈으로 구매할 수 있는 것이다. 또한 레스토랑은 고급 소비자들을 위한 "일종의 21세기 고해실, 성공과 쾌락의 도시 기념물"로 간주되기도 한다.[60] 이 레스토랑은 그 나름의 방식대로 외국인들도 받아들일 수 있는 곳이다. 영어를 몰라도 섹스와 음식을 즐길 수 있는 구매력을 갖춘 외국인 고객들을 대하는 여지배인 소냐의 태도에서 볼 수 있듯이, 국제적으로 유명한 이 레스토랑은 실제 관계 맺기가 아닌, 즉 "타자성이 결여된 타자와의 경험으로서 오늘날의 관대한 자유주의적 다문화주의"를 표방하고 있는 것이다.[61] 간단히 말해, 레스토랑은 탐욕과 형편없이 추락한 교육과 지성의 수준이 지배하는 사회로 전락해버린 대처 집권 이후 영국의 소우주를 보여주고 있다.

자궁, 은신처, 신전, 고해실, 다문화주의적 공간 등 다양한 분위기를 만들어내는 레스토랑은 모든 사람들에게 한정된 공간 속에서 각자 주어진 역할을 연기하면서 자의식적인 공연을 할 수 있는 극장과 같은 장소로 해석될 수 있다. 이러한 극장으로서의 레스토랑에 대한 해석은 연극과 정치성을 함께 다루고 있는 장 주네의 「발코니The Balcony」(1956)의 유곽을 연상시킨다. 사실, 핀터의 레스토랑은 주네의 유곽과 상당한 유사성을 갖고 있다. '환영의 집house of illusions'이라고 불리는 최고급 유곽은 고객들의 욕망에 따라 장면 또는 역할극을 공연하는 무대를 고객에게 제공한다. 핀터의 레스토랑 역시 고객의 욕망에 따른 파티의 공연을 제공해준다. 주네의 유곽이 마담 이르마의 엄격한 통제로 관리되고, 핀터의 레스토랑 역시 지배인 리처드의 엄격한 통제로 관리되고 있다. 램버트가 지적하듯이, 레스토랑은 리처드가 고집하는 "진짜 제일 높은 그 우라질 수준"[62]에 따라 운영되고 있다. 종업원은 고객의 대화에 절대로 개입해서는 안 된다는 것이 최상의 수준을 지키기 위해 엄격하게 준수해야 할 원칙들 중 하나다. 그러므로 젊은 웨이터의 개입은 창녀 샹탈의 개입처럼 극장으로서의 레스토랑의 통제된, 관리된 체제에 저항하는 도전이 된다. 따라서 젊은 웨이터의 끈질긴 개입은 관객으로 하여금 레스토랑의 통제의 완벽성과 그 통제의 전복성을 동시에 볼 수 있도록 만든다.

모든 것을 목격해왔지만 냉담한 거리를 유지하는 지배인들과는 달리 "부적절한" 개입을 감행해온 젊은 웨이터의 마지막 독백은 극의 중요한 의미를 시사하고 있다.

> 할아버지가 나를 인생의 신비로 인도했는데 난 아직 그 한가운데에 있다. 나가는 문을 찾을 수가 없다. 할아버지는 문에서 나가버렸다. 그는 아주 가버렸다. 그는 그 문을 뒤로한 채 떠났고 뒤도 돌아보지 않았다. 그는 아주 잘하셨다. 내가 한 번 더 끼어들었으면 좋았을 텐데.[63]

세계를 볼 수 있는 망원경을 사준 모더니즘 전통의 할아버지가 인도한 삶의 한가운데서 아직 출구를 찾을 수 없어 혼란 속에 빠진 젊은 웨이터의 독백은 "감금, 봉쇄, 억류의 의식"[64]을 의미한다. 이러한 감금의 의식은 그가 목격한 "관리되는 세계"에 그 역시 붙들려 있다는 수동성과 좌절감의 경험에 의한 것으로 설명된다. 그러나 핀터가 강조하는 정치적 비전은 이러한 강력한 구속력을 의식하는 데에서 생성되는 것이다. 이러한 시점에 서 있는 혼란스러운 젊은 웨이터의 모습에서 마침내 현실의 파국을 피할 수 없는 것으로 단정하고, 초월적 방향 전환을 위해 과격하게 "거울을 깨뜨릴" 때를 기다리며 서 있는 극작가 핀터의 모습을 엿볼 수 있다. 우리는 소진한 핀터가 또다시 "한 번 더" 개입을 시도하기 위해 무대로 돌아올 것을 기다렸지만, 그는 젊은 웨이터의 조부처럼 혼란스러운 우리를 남겨두고 떠났다. 이제 우리가 그 젊은 웨이터의 입지에 서서 떠난 핀터를 기억하며, 개입을 시도할 때를 맞이한 것이다.

제3부

시

W. B. 예이츠의 「호수의 섬 이니스프리」

자연과 동화되는 삶에서 지혜와 평화를 갈망하다

윤일환·한양대 영어영문학과 교수

신비주의 사상가이자 민족주의자 W. B. 예이츠의 생애와 사상

우리는 흔히 작가의 체험과 작품 간에는 모종의 관계가 있을 것으로 여긴다. 작가는 자신의 고유한 체험을 상상력을 통해 작품에 투영한다. 어떤 작가는 자신의 흔적을 암호로 애써 감추려고 한다면, 또 어떤 작가는 그 흔적을 곳곳에 드러내놓는다. 윌리엄 버틀러 예이츠(1865~1939)는 작품에서 줄기차게 자신에 대해 말한다. 그에게 작품과 생애는 블루베리의 과육과 껍질처럼 쉽게 나누어지지 않는다. 작품마냥 예이츠의 삶은 단조로운 색조로 채색하기에는 너무나도 다양하고 독특하다. 작품에서 만나는 그의 생애는 거친 회오리를 에너지로 분출한다. 격동적이고 극적인 그의 삶과 마음은 작품에서 분신으로 끈질기게 등장하고 재등장한다.

예이츠의 작품은 '이중적인 의식'이나 '두 겹의 시각'을 특징적으로 보여준다. 고기압과 저기압이 부딪쳐서 그 힘을 얻는 태풍처럼 예이츠의 생애는 '초월적 상승'과 '지상에 뿌리박기'라는 강력한 두 경향성이 맞부딪친다. 그는 지속적으로 초월을 꿈꾸면서도 지상의 삶을 포기하지 못한다. 초월적 존재들과 영적 교류를 시도함으로써 시공을 뛰어넘는 초월적 상징체계를 구축하려는가 하면, 아일랜드의 전통과 역사적 현재를 꼼꼼히 담아내려 한다. 초월적인 존재를 지상으로 끌어내기도 하고, 반대로 지상의 인물들에게서 시공간을 넘어서는 불멸의 상징을 찾아내기도 한다. 예이츠의 초월적 성향은 주로 그가 평생에 걸쳐 관심을 가졌던 신비주의로 구현되고, 지상을 향한 그의 성향은 대개 아일랜드 민족주의와 모드 곤(1866~1953)에 대한 사랑에서 비롯된다. 본래 초월적 성향이 강했던 예이츠는 여러 현실 상황—아일랜드의 독립투쟁, 가톨릭과 프로테스탄트 간의 갈등, 레이디 그레고리(1852~1932)나 존 싱(1871~1909)과 같은 열정적인 인물들과의 만남 등—을 접하면서 초월 못지않게 지상의 열망을 지니게 된다.

예이츠의 초월적 성향은 어린 시절의 경험에서 형성된 것처럼 보인다. 예이츠의 아버지는 처음에는 변호사였으나 후에는 유명한 화가가 된 J. B. 예이츠다. 어머니 수전 메리 폴렉스펜은 아일랜드 서부 해안에 있는 슬라이고 지역 출신의 부유한 상인의 딸이다. 예이츠가 어린 시절과 학교 방학의 대부분을 조부모와 함께 지냈던 슬라이고 지역은 신화와 민담과 전설이 가득했던 곳이다. 그는 어린 시절부터 이들 이야기를 들으면서 이야기의 세계가 단순히 상상이 아니라 실재하며 우리의 삶에 영향을 미친다고 믿는다. 청년 예이츠는 과학과 현실을 초월하여 심령의 세계로 들어가 신과 우주의 신비를 표현하는 것에 매료되고, 심지어 1885년에는 조지 러셀, 찰스 존스턴과 함께 '더블린 신지회神智會'를 설립한다. 그 당시 예이츠는 이미 '황금여명회黃金黎明會' 등의 신비주의적 종교 단체에 지속적으로 참여하고 있었다. 태고 이후 우주와 인간의 기원을 둘러싼 비밀이 특정한 비의秘儀 참여자들 사이에서 전승되었는데, 그는 신지회 활동을 통해 그 비밀의 중요한 부분을 공유하고, 여러 종교 간의 대립을 초월하여 다시 근원적인 신적 예지에 접근하기를 희망한다. 예이츠의 신지회에 대한 관심은 이론적인 것을 넘어 여러 신비주의적 체험을 직접 하게 된다. 그는 영계靈界와의 접촉, 사자死者들과의 대면 등과 같은 초월적 존재들과 영적 교류를 하거나 이들이 제공하는 비전을 본다. 또한 행성, 태양, 달, 바다, 장미와 같은 특정 상징들을 통해 비전과 영적 존재와 힘을 접한다. 예이츠에 따르면, 상징은 한 개인이 부여하는 의미를 넘어서 고대 전통과 관련된 복잡한 의미를 상기시키며 시인이 의도한 것보다 더 깊고 함축적 의미를 띤다. 상징의 환기력을 시에 적용하려는 의도에서 젊은 시절의 예이츠는 대상에 대한 기술의 정확성이 아니라 기술된 대상이 암시하는 대상이나 암시하는 힘에 시의 가치를 둔다. 그의 초기 시를 물들인 상징주의는 이러한 신비주의적 상징의 힘에 대한 믿음에 바탕을 둔다.

1890년대 예이츠는 지상에 뿌리를 둔 경험의 삶을 넘어서는 미학적 삶을 추구한다. 그는 빅토리아 중산층의 삶을 경멸하고, 과학, 산업화 및 물질주의에 대해 불신하며, 변덕스러운 삶보다 영원한 예술을 중요시한다. 또한 예술 작품이 도덕성이 아니라 전적으로 작품의 완성도에 의해 평가되어야 한다는 신념을 갖게 된다. 예이츠의 미학적 삶의 추구는 1890년대 런던 '시인 클럽'의 시인들과의 교류로 한층 강화된다. 그는 자신을 비롯하여 어니스트 도슨, 리오넬 존슨, 오스카 와일드 등 당시의 저명한 작가들이 모두 소속되어 있던 '시인 클럽'의 활동을 통해 긴밀하고 까다로운 장인 정신을 배운다. 이들 시인과 함께 예이츠는 시를 쓸 때 수사적이거나 기계적인 논리를 버리고 미묘하고 섬세한 감성을 명확하고 확고한 시어로 환기하려 한다. 영원한 미를 표현하기 위해 그는 몽환적이고, 감성적이고, 음악적인 시어詩語를 주로 사용한다. 예이츠는 또한 '시인 클럽' 활동을 통해 '영원의 인공물'인 예술로의 헌신이 절실히 중요함을 깨닫는다. 또한 삶의 목적이 궁극적으로 미학적 삶이어야 하고, 영원하고 초월적인 아름다움과 사랑에 대해 헌신해야 한다고 다짐한다.

1889년 1월 예이츠는 민족주의 독립투사인 미모의 여배우 모드 곤을 만난다. 이 만남으로 예이츠는 그동안의 삶이 송두리째 뒤흔들린다. 눈앞에 모드 곤을 두고 그는 아득한 초월만을 추구할 수 없었다. 예이츠는 그녀를 만난 이래 20여 년을 줄곧 구혼하고 수많은 시를 써서 바쳤으나 모두 허사였다. 또한 그녀의 관심을 끌기 위해 능동적으로 정치에 참여하려고 무단히 노력했으나 소용이 없었다. 몽상적이고 비능률적인 자기 본연의 모습을 부정하고 인위적으로 행동하는 자로 가장하려 했지만 예이츠는 그녀를 얻을 수는 없었다. 모드 곤은 예이츠의 사랑을 받아들이지도 그렇다고 절교하지도 않는다. 그녀와의 관계는 미해결된 채 어중간한 상태를 유지할 수밖에 없었다. 예이츠에게 모드 곤은 열렬한 숭배의 대상, 아일랜드 민족운동의 동지, 불멸의 뮤즈였지만, 또한 희망 없는 사랑으로 그의 삶을 송두리째 뒤흔드는 모순의 존재였다. 여러 차례 구혼했고, 「그대가 늙었을 때When You Are Old」(1891)와 같은 수많은 시와 「캐슬린 니 훌리한

Cathleen Ni Houlihan」(1902)과 같은 여러 희극을 그녀에게 바쳤고 몽상적인 자기 모습을 부정하면서 정치에 참여했지만, 모두 허사였다.

예이츠는 모드 곤과의 사랑의 좌절과 더불어 1890년대 아일랜드의 정치 상황의 변화를 겪으면서 지상으로 한층 더 가까이 다가간다. 1891년 아일랜드의 정치인이자 독립운동가였던 찰스 스튜어트 파넬(1846~1891)이 간통 사건에 휘말려 정적과 힘겨운 싸움을 하다 세상을 떠나자, 아일랜드 자치권을 추진하던 파넬계 정치 세력은 사분오열되고, 아일랜드에는 정치적 진공 상태가 도래한다. 예이츠는 레이디 그레고리, 더글러스 하이드, 조지 무어, 조지 러셀 등과 함께 이 진공 상태를 문학과 예술을 통해 채우려 '아일랜드 문예부흥 운동'을 시작한다. 이들 작가는 문학과 예술이 아일랜드를 통합하고 계층과 종교와 종족 간의 연대를 고취할 수 있는 수단이라고 여긴다. 이들은 아일랜드의 독립에 이바지하기 위해 민중에게 아일랜드의 소중한 자산을 계몽하고 아일랜드 미래의 비전을 제시하고자 한다. 또한 가톨릭 소작 농민의 삶 속에 스며 있는 신화, 전설, 민담을 문학으로 형상화함으로써 민족의 정체성과 통합을 가져오려 한다. 예이츠는 이러한 일환으로 레이디 그레고리와 함께 가톨릭 소작 농민의 삶의 정신을 담고 있는 신화, 전설, 민담을 수집한다. 예이츠는 수집한 아일랜드의 신화, 설화, 민담을 고유하고 창조적으로 차용하여 「방황하는 앵거스의 노래The Song of Wandering Aengus」, 「누가 퍼거스와 동행하는가?Who Goes Fergus?」 등의 아름다운 시를 쓴다. 그는 아일랜드의 소중한 자산을 문학이나 예술에 표현함으로써 아일랜드 미래의 비전을 제시하고 아일랜드 민족의 정체성과 통합을 가져오려 한다.

1910년대에 이르자 예이츠는 이제까지 추구하던 추상적이고 아름다운 상징의 세계보다 구체적인 현실 세계를 반영하는 경우가 많아지고 시는 뚜렷하게 현실적인 색채를 띤다. 이러한 변화는 초기 시의 모호성에 대한 반성과 더불어 그가 처한 현실적 위치가 복잡해진 것에 따른 것이다. 최소한 네 차례나 예이츠의 청혼을 거절했던 모드 곤은 1903년 아일랜드 독립투사인 존 맥브라이드 소령과 결혼한다. 이 결혼은 예이츠의 마음에 깊은 상처를 입힌다. 모드 곤과의 좌절된 낭만적인 관계로 그는 초기 작품의 낭만적 이상주의에 냉소적이 된다. 한편 이 시기에 예이츠는 1904년 레이디 그레고리와 함께 설립한 애비 극장Abbey Theartre 일에 점점 몰두한다. 하지만 애비 극장 일은 순탄하게 진행되지 않는다. 1907년 1월 25일 초연된 존 싱의 「서쪽 나라에서 온 건달The Playboy of the Western World」은 과격한 민족주의자들의 격렬한 반발을 불러온다. 이 반발 속에서 예이츠는 아일랜드 민족정신의 고취에 대한 관심을 민족주의의 정치적 대의로 옮겨 자기 입장을 적극적으로 개진한다. 모드 곤의 결혼과 「서쪽 나라에서 온 건달」의 논란 등으로, 예이츠는 시의 소재를 아일랜드 신화와 민속학에서 아일랜드의 정치적 동요와 격동으로 전환한다.

격동의 아일랜드 역사 속에서 시인이자 민족주의자로 치열한 삶을 살던 예이츠는 1917년 52세가 된 어느 날 불현듯 자식 없이 홀로 늙어가는 자신의 모습을 되돌아보며 결혼을 해야겠다고 결심한다. 그는 오랫동안 자신을 따르며 자신에게 연정을 품고 있다고 여겼던 당시 스물세 살이던 모드 곤의 딸 이졸트 곤(1894~1954)에게 청혼한다. 하지만 우여곡절 끝에 청혼은 거절당한다. 몇 주 후 문학적 후원자이나 동료인 레이디 그레고리의 중매를 받아들여 예이츠는 스물다섯 살의 무녀巫女 조지 하이드리스(1892~1968)와 갑자기 결혼한다. 하지만 그는 이내 모드 곤을 포기하고 하이드리스와 결혼한 것에 대해 후회한다. 신혼 초 예이츠의 기분을 바꾸려고 하이드리스는 영매靈媒가 되어 무의식의 상태에서 영혼이나 죽은 망령亡靈에 접신接神을 시도한다. 곧 그녀는 영혼과 망령을 대신해서 말을 하고 종이 위에 글씨와 기호를 기술하는 이른바 자동기술을 시작한다. 접신에 지대한 관심을 가졌던 예이츠는 아내의 자동기술에 관심을 드러내며 이런저런 질문을 하고 대답을 옮겨 적는다. 이 작업은 몇 년 동안 지속되고 아내에 대한 사랑도 커진다. 예이츠는 아내와의 오랜 작업 끝에 1925년 『비전*A Vision*』을 완성한다. 이 저서에서 그는 지금까지 관심을 기울여온 플라톤주의, 중세 유대교의 신비주의 카발라, 접신술, 힌두교, 신비로운 체험을 시로 표현한 윌리엄 블레이크의 우주관 등을 집대성하여 우주와 인간 역사, 인간 정신 등의 뼈대와 체계를 구축한다.

1910년대와 1920년대는 아일랜드가 영국 제국주의의 예속으로부터 벗어나 탈식민의 빛으로 나오는 시기다. 1916년 4월 24일 부활절에 1천여 명의 아일랜드 독립군은 기습적으로 더블린 중앙우체국을 점령하고 아일랜드의 독립을 주장하는 「부활절 선언문」을 낭독한다. 영국군과 6일 동안의 전투 끝에 봉기는 진압되고 지도자들은 처형된다. 비극적 결말에도 1916년 부활절 봉기는 아일랜드의 독립운동의 전환점이 된다. 아일랜드 민족주의자들은 부활절 봉기의 유업을 이어받는 것을 명분으로 1919년 1월 21일 아일랜드공화국을 인정하지 않는 영국에 맞서 독립전쟁의 첫 총성을 울린다. 이후 1921년까지 고통스러운 게릴라전은 계속된다. 2년간의 전쟁 끝에 영국은 아일랜드에 자치령의 지위를 부여할 것을 최후 협상 조건으로 내세우게 되고, 아일랜드 의회는 논란 끝에 단 7표 차로 1922년 1월 그 조약을 인준한다. 이로써 아일랜드자유국이 탄생한다. 이듬해 예이츠는 노벨문학상을 수상하고, 후에 아일랜드자유국에서 6년 동안(1922~1928) 상원의원으로 재직한다. 후기 시를 구성하는 이 시기의 시행들은 다소 길어지고, 문체는 중기 시보다 복잡해지고, 몽환적인 초기 시에서 결여된 '열정과 정확성'을 지닌다. 초기 시의 다소 고풍스럽고 화려한 방식을 현대화하기 위해, 에즈라 파운드와 같은 모더니스트 시인의 문체를 채택한다. 그 결과 「재림The Second Coming」(1919)이나 「비잔티움으로의 항해Sailing to Byzantium」(1926) 등의 시는 어둡고 날카롭고 간결해진다. 주제의 선택이 자유로워지고, 언어의 절약과 사상의 집중이 가해진다.

1930년대 60대 후반에 들어서면서 예이츠는 개꼬리에 달린 깡통처럼 자신에 들러붙은 노년의 황폐함과 죽음이 다가옴을 절실하게 깨닫는다. 그는 육신의 활력을 소진시키는 늙음과 다가올 죽음을 체험하지만 초월 세계로 도피하거나 어쩔 수 없는 것으로 포기하지 않는다. 오히려 그는 늙음의 황폐함과 죽음을 대면하고 긍정하는데, 죽음을 통해서만 삶이 영웅적으로 완성되고 완전한 개성이 성취된다고 확신했기 때문이다. 예이츠에 따르면, 시인은 달콤하든 쓰든 늙음과 죽음의 위협을 "비극적 환희"로 마주해야 한다. "비극적 환희"는 늙음과 죽음처럼 현실이 부과하는 한계를 부정하지 않으면서도 초월을 이루는 하나의 방식이다. 셰익스피어의 햄릿이나 리어왕처럼 예이츠는 죽음이 다가올 때 안전부절하거나 신경질적인 반응을 보이는 것이 아니라 두려움 없이 영웅적으로 마주하려 한다. 마주하는 순간 시인은 갑작스런 황홀경에 빠져 천국이 머릿속에서 섬광처럼 작열하는 경험을 한다. 이 시기에 쓴 「청금석 부조Lapis Lazuli」(1938)는 암흑 같은 죽음을 마주하고 갑자기 다가오는 초월의 순간을 경험하는 셰익스피어의 인물들과 세계의 흥망성쇠를 초연히 성찰하는 중국 성인들을 그린다.

1937년 일흔두 살이 된 예이츠는 호흡과 보행이 곤란할 정도로 노쇠한다. 그는 요양차 남부 프랑스로 떠난다. 이듬해인 1938년 겨울, 로크브륀카프마르탱에 체류하고 있던 그는 병세가 악화된다. 멀리 고향인 더블린을 그리워하며 예이츠는 1939년 1월 28일 숨을 거둔다. 그의 시신을 슬라이고로 이장하려는 시도는 제2차 세계대전의 발발로 좌절되고, 1948년이 되어서야 슬라이고 드럼클리프에 있는 작은 개신교 교회 묘지에 매장된다. 예이츠는 1938년 9월에 탈고한 작품 「불벤산 아래Under Ben Bulben」에서 자기의 영면永眠의 장소와 비문을 손수 지정한 바 있다. 비문에는 "차가운 눈길을,/ 삶과 죽음 위에 던지며,/ 지나가라, 말 탄 자여!"가 새겨져 있다. 이 비문은 말 탄 자에게 슬픔이나 안타까움으로 머뭇거리지 말고 지나가라고 명한다. 예이츠에게 죽음은 끝이 아니라 새로운 삶으로 향하는 여정의 일부이기 때문이리라. 비문은 지상과 초월을 모두 포괄하려는 예이츠의 열망을 깊은 여운으로 남겨놓는다.

「호수의 섬 이니스프리」가 출판되기까지: 자연과 동화되는 삶의 열망

예이츠에게 호수의 섬 이니스프리는 힘든 순간마다 제자리를 찾게 해주는 위안과 치유의 공간이다. 불안정하고 불확실한 시기에 그 섬에 대해 좋았던 기억들을 간직하고 되새겨봄으로써 그는 자신을 날카롭게 관찰하고 자신의 진보와 후퇴에 대해 냉정하게 평가하여 위안을 얻는다. 그는 아늑하고 조용한, 물질주의로 부패하지 않은 호수의 섬으로 가서 오두막을 짓고 꿀벌의 윙윙거림과 귀뚜라미의 지저귐을 들으며 평화와 지혜를 누리기를 염원한다. 그곳에서 그는 인간 세상과는 다른 종류의 자유가 가득한 자연 속에서 삶을 살려 한다. 이니스프리는 그에게 자기 성찰의 대들보다. 다른 버팀목들이 쓰러지고 폐기되는 순간에도 그 대들보만은 꿋꿋이 서 있다. 그 섬은 그에게 사색의 결실을 거둘 낫이다.

예이츠는 『자서전*Autobiographies*』에서 「호수의 섬 이니스프리The Lake Isle of Innisfree」(1890)를 "내 자신의 음악적 리듬으로 쓴 첫 서정시"[1]라고 설명하면서 이니스프리가 이 세상으로부터 벗어나 낭만적인 은둔을 하고픈 자신의 꿈을 반영한다고 토로한다. 헨리 데이비드 소로(1817~1862)가 오두막을 짓고 홀로 살았던 월든 호숫가처럼, 이 호수 섬은 어렸을 때부터 예이츠가 상상의 나래를 펼치던 장소다. 부친은 어린 그에게 소로의 『월든*Walden*』을 읽어주곤 했다. 물욕과 인습의 사회와 인연을 끊고 자연 속에서 살면서 홀로 간소한 생활을 한 소로처럼, 어린 예이츠는 언젠가 이니스프리 호수 섬에 오두막을 짓고 자연에서 지혜를 구하며 살겠다고 다짐하곤 했다.[2]

예이츠는 우연한 결과로 「호수의 섬 이니스프리」를 쓰게 된다. 1888년 12월 런던의 플리트 가街를 거닐면서 슬라이고 지역을 그리워하던 중 창문에 진열되어 있는 작은 분수를 보고 갑자기 이니스프리의 물소리와 아일랜드 시골 풍경이 떠올랐다.

> 나는 10대 때 슬라이고 지역에 위치한 락길 호수의 작은 섬 이니스프리에서 소로를 모방하여 살 야망을 가졌는데, 그 야망은 아직도 변하지 않았다. 향수에 흠뻑 젖어 플리트 가를 걸어가고 있을 때 희미한 물소리를 듣고 가게 창문 안쪽을 들어다본 적이 있다. 분출하는 물줄기 위에 작은 공을 띄우고 있는 분수를 보고 이니스프리의 호숫물이 떠올랐다. 그 갑작스러운 떠올림에서 나의 시 「호수의 섬 이니스프리」가 나왔다. 이 시는 내 자신의 음악적 리듬으로 쓴 첫 서정시다. … 2년 후였더라면 나는 전통적 고어투의 "일어나 가리라"라는 구절로 첫 행을 시작하지 않았을 것이고, 또 마지막 연의 도치도 사용하지 하지 않았을 것이다.[3]

예이츠의 소설 『존 셔먼*John Sherman*』(1891)의 한 구절은 이 시의 창작 배경과 밑바닥에 깔린 개인적인 감정이 어떠할지를 보다 구체적으로 보여준다.

> 스트랜드 가에 쏟아져 나오는 군중 때문에 늦게 도착한 셔먼은 근처 분수에서 내뿜는 듯한 희미한 물소리를 들었다. 물소리를 따라가 보니 가게 창문에 분출하는 작은 분수가 나무 공을 균형 잡아 돌리며 물소리를 내고 있었다. 물소리를 듣자 긴 게일어 지명의 폭포가 마

음속에 떠올랐다. 그것은 발라에 있는 작은 바람 통로로 우렁찬 소리를 내며 떨어지는 폭포였다. … 이런저런 추억에 잠겨 방황하는 발걸음은 이곳저곳을 오르락내리락거렸다. 그러는 동안 메어리 카튼의 얼굴이 환영처럼 어른거렸다. 일요일 아침 집에서 이삼백 야드 떨어진 템스강 제방까지 산책하면서 셔먼은 온종일 꿈꾸듯 한 분위기에 휩싸여 있었다. 그러던 중 고리버들로 덮인 치즈윅의 호수 가운데에 위치한 작은 섬을 보았다. 그 섬의 모습을 보며 셔먼은 오래전의 꿈이 떠올랐다. 집 정원을 흐르는 강을 따라가면 어린 시절 흑딸기를 따러 자주 가던 숲 근처에 호수 하나가 있었는데, 그 호수 먼 쪽에 '이니스프리'라 불리는 자그마한 섬이 있었다. 여러 관목으로 둘러싸인 그 바위섬은 가운데가 약 40피트 솟아 있었다. 시행착오로 인해 여러 고난을 겪은 젊은이가 나이가 들어 고난을 교훈으로 여기듯, 이제 셔먼은 그 작은 섬으로 갈 꿈을 꾸는 일이 멋져 보였다. 그곳에서 나무를 엮어 오두막을 지어 몇 년을 한껏 보내고, 이리저리 노를 젓고, 물고기를 잡고, 낮에 산비탈에 누워 있고 하는, 그런 삶이 꽤 멋질 것 같았다. 밤이 되면 호수의 잔물결 철썩대는 물소리에 귀를 기울이고, 이름 모를 짐승들로 언제나 가득한 숲이 바람에 흔들리는 소리를 듣는 것이 좋을 것 같았다. 발자국이 선명하게 보이는 섬의 가장자리를 바라보려 아침 일찍 집을 나서는 것도 흐뭇할 것 같았다.[4]

소설의 한 단락처럼 시인은 자연과 교감하고 소박한 삶을 염원한다. 그에게 이니스프리는 일상의 반복에서 벗어나고 싶어 하는 마음 깊은 곳에서 갈망하던 이상향으로 다가온다.

「호수의 섬 이니스프리」: 고단한 노동과 영혼의 풍요

예이츠는 「호수의 섬 이니스프리」에서 도시의 문명 생활을 벗어나 이니스프리 호수 섬의 자연 속에서 평화와 지혜를 얻고자 하는 염원을 이상주의적 시선으로 그려놓는다. 시인은 소박한 삶을 누리는 순간에 대한 관심을 게을리하지 않으면서도 그 순간을 영원한 것으로 바꾸어놓기를 갈망한다. 영원은 지금 이곳의 삶에 충실할 때 얻어지는 축복이다. 고단한 노동만이 영적 풍요를 가져온다. 아홉 이랑의 콩밭을 일구고, 숲의 빈터를 조성하고, 꿀 벌통을 마련하고, 오두막을 짓는 등 힘든 노동에도 자연의 아름다운 풍경 속에서 삶을 일구어갈 때, 영원과 평화는 '지금 이곳'에 천천히 내려앉는다.

이 시는 고독하고 평화로운 삶을 향한 열망을 주제로 하고 있는데, 그 열망은 이니스프리로 떠나려는 결심으로 시작된다.

> 나는 일어나 가리라 이제, 이니스프리로 가리라,
> 거기 흙과 욋가지로 조그마한 오두막 짓고,
> 아홉 이랑 콩을 심고 꿀 벌통은 하나,
> 숲 가운데 빈터에 벌 잉잉거리는 곳, 나 홀로 게서 살리라.[5]

시인은 호수 섬에서 오두막을 짓고 손수 밭을 일구고 자급자족하는 생활을 꿈꾼다. 이 꿈은 물욕과 인습으로부터 탈출하는 것과 다르지 않다. 첫 행에서 "가리라"는 단어를 두 번 반복함으로써 시인은 의미 있는 삶을 살기 위해 현재 있는 곳에서 일어나 호수 섬으로 가려는 굳은 결심을 보인다. "가리라"와 쉼표(,) 사이에 위치한 "이제"라는 말은 지금 즉시 도시의 문명 생활, 소음, 군중, 삶의 의무로부터 벗어나 이니스프리에서 자유의 삶을 추구하고픈 시인의 갈망을 표현한다.

"나는 일어나 가리라"라는 구절은 성경의 '탕자의 비유'에서 비롯되었다. 한 아버지에게 두 아들이 있었다. 작은아들이 제 몫의 재산을 주십사 요청하자 아버지는 두 아들에게 재산을 나누어주었다. 작은아들은 모든 재산을 모아서 먼 마을로 떠났고, 방탕한 생활로 재산을 다 날려버렸다. 흉년이 되자 그는 한 사람에게 가서 더부살이를 했다. 집주인은 들판으로 그를 보내 돼지를 치게 했고, 작은아들은 돼지가 먹던 쥐엄나무 열매를 먹어 배를 채우고 싶었지만 주는 사람이 없었다. 그제야 제정신이 들은 그는 "일어나 아버지에게로 가리라(『누가복음』 제15장 제18절)" 결심하고 집에 돌아와 자신의 죄를 뉘우치고 회계한다. 아버지는 작은아들을 용서하고 잔치를 베푼다. 예이츠는 이 '탕자의 비유'에서 "아버지"를 "이니스프리"로 바꿨는데, 이는 도시의 문명으로 인해 잃어버린 영혼이 자연 속의 삶으로 되돌아갈 때에만 구원받을 수 있음을 암시하기 위해서다. "나는 일어나 가리라"라는 구절을 성경에서 가져옴으로써 예이츠는 이니스프리에 대한 염원이 본질적으로 영적인 것임을 나타낸다.

첫 연의 나머지 부분은 시인이 자연과 조화롭게 살기 위해 이니스프리에 도착했을 때 해야 할 일들을 나열한다. 우선 그는 "흙과 윗가지"로 은신처인 조그마한 오두막을 만들 계획이다. "조그마한"이라는 단어는 가족이나 친척 없이 시인이 오두막에 홀로 살게 될 것임을 알려준다. 오두막의 벽을 쌓으려면 나뭇가지, 잎, 덩굴 등의 재료로 거푸집을 만들고, 거기에 흙, 모래, 자갈 등의 혼합물로 채워 넣어야 한다. 2행의 "짓고"라는 시어는 오두막에 필요한 재료를 암시하며, 그 과정이 고되고 힘들다는 것을 드러낸다. "아홉 이랑 콩밭"은 넓지 않지만 세심한 손길이 필요하다. 식량을 얻기 위해서는 밭을 갈고, 씨를 뿌리고, 흙을 덮고, 비료를 주고, 콩을 수확해야 한다. 시인은 또한 벌집 한 통을 마련하여 꿀을 딸 것이다. 꿀을 따기 위해 그는 벌들의 활동성이 적은 이른 새벽부터 작업을 시작해야 하고, 벌에 쏘이지 않기 위해 무더운 여름에도 두꺼운 옷을 입고 망사를 쓰고 작업을 해야 한다. 마지막으로 오두막을 짓고 콩을 심고 꿀을 타기 위해서는 먼저 숲속에 빈터를 조성해야 하며, 나무를 베고 풀을 뽑고 자갈과 돌을 옮기고 땅을 다져야 한다. 이니스프리에서 오두막을 짓고 콩밭을 일구고 자급자족하기 위해서는 고된 노동과 가혹한 환경을 견뎌야 한다. 하지만 문명의 이기를 사용하는 것은 자연과의 깊은 교류를 원하는 사람들에게는 방해물이 된다. 공동체와 현대 기술이 제공하는 편리함을 탈피하기 위해서는 굳은 결심과 힘든 노동이 요구된다. 또한 자연과 조화롭게 지내기 위해 고독은 필수적이다. 시인은 홀로 숲속 가운데 빈터에서 지낼 것이다. 탈문명의 불편함을 손수 행하는 노동으로 채우고 소박하고 명상적인 생활을 해나갈 때, 자연이 약속하는 영적 풍요는 비로소 도래한다.

2연은 시인이 꿈꾸는 이니스프리에서의 평화를 아름다운 자연의 이미지로 그려낸다.

> 거기서는 나도 얼마쯤 평화를 가지리, 평화는 천천히 내려,
> 아침 면사포에서 귀뚜라미 우는 데로 흐르나니.
> 거긴 한밤중에도 환한 미광, 한낮엔 타는 보랏빛,

해 질 녘엔 가득한 홍방울새 나래 소리.[6]

2연은 이니스프리에서 얻을 영적 의미를 설명하기 위해 은유적 언어를 사용한다. 이니스프리에 가더라도 즉각적으로 내면의 평화를 얻을 수 없다는 것을 시인은 잘 알고 있다. 자연은 시간이 지남에 따라 점차적으로 그에게 신성한 지혜를 불어넣을 것이다. 시인은 평화의 도래를 안개가 서서히 섬을 뒤덮는 것에 비유한다. 평화는 "아침 면사포에서 귀뚜라미 우는 데로" "천천히 내리는" 것이다. 오두막을 짓고 콩밭을 일구고 벌통을 마련하고 숲속의 빈터를 조성한다고 당장에 영적 만족을 얻을 수 있는 것이 아니다. 평화는 더디게 온다. 손수 일한 것에서 큰 보상을 기대하는 것이 아니라 노동 자체에 감사해야 한다. 참을성 있게 노동을 하며 감사하는 마음으로 영적 삶을 추구할 때 서서히 평화는 다가온다.

숲속의 빈터는 귀뚜라미 우는 나무 잎사귀에서 대지의 풀잎까지 자연으로 둘러싸여 있다. 그곳에서 평화는 그 의미를 되새길 수 있을 만큼 천천히 내려온다. 평화는 우선 아침 안개로 제 모습을 먼저 드러내지만 하루 종일 얼굴을 바꾸어가며 다가온다. 낮에는 타는 보랏빛, 해 질 녘엔 홍방울새 가득한 날갯소리, 한밤에는 온통 미광 등, 여러 모습으로 평화는 시인을 황홀케 할 것이다. 예이츠는 자연이 가져오는 평화를 시각과 청각의 이미지로 담는다. 천천히 흘러내리는 평화(5행), "아침 면사포(6행)", 한밤의 미광(7행), 한낮에 타는 보랏빛(7행)에서의 시각적 이미지와 귀뚜라미 우는 소리(6행), 홍방울새 가득한 날갯소리(8행)에서의 청각적 이미지는 시인이 누릴 평화를 눈앞에서 펼쳐지듯 생생하게 표현한다.

이니스프리가 가져다주는 평화는 시인에게 자연 속에서 느끼는 평온하고 화목함을 넘어 영적인 의미를 지닌다. "아침 면사포"처럼 아침 안개가 종교의식에서 쓰는 얇은 망사에 비유되어 성스럽고 영적인 의미가 환기된다. 또한 "한밤중에도 환한 미광"이나 "타는 보랏빛"과 같은 구절은 이 평화가 지닌 몽환적이고 초자연적인 분위기를 떠올리게 한다. 이니스프리 호수 섬을 뒤덮는 여러 빛은 자연의 신성한 지혜를 상징하고, 하루의 지나감은 시인의 영적 순례를 나타낸다. 아침 안개에 가려 어렴풋이 드러냈던 자연의 진리는 그의 영적 순례에 따라, 아침 안개에서 타는 보랏빛으로 이내 바뀌더니 마침내 홍방울새의 날갯짓마냥 공중으로 솟아올라 찬란한 영적 위엄을 사방에 드러낸다.

3연은 시인이 현재 딛고 서 있는 현실의 세계로 되돌아온다.

> 나는 일어나 가리라 이제. 언제나 밤낮으로
> 그 호수의 언덕에 나직이 철썩거리는 물소리, 내 귀에 들리나니,
> 차로에서나 회색 인도에 서 있을 때,
> 내 맘의 깊은 곳에 들려온다.[7]

시인은 1연의 "나는 일어나 가리라 이제"를 반복함으로써 다시 한 번 이니스프리를 향한 갈망과 의지를 표현한다. 2연에서 추상적이고 서술적인 시어로 인해 사라졌던 "나"의 재등장은 시인이 이니스프리에 대한 백일몽에서 현재로 되돌아옴을 나타낸다. 9행의 "언제나 밤낮으로"이라는 시구詩句는 시인의 이니스프리를 향한 갈망이 끝없음을 암시한다. 시인은 "내 맘 깊은 곳에" 철썩거리는 호수의 물소리를

"언제나 밤낮으로" 들으면 "얼마쯤 평화"를 가질 것이다.

11행은 현재 시인이 위치한 곳이 어디인지를 보여준다. 그는 평화와 거리가 먼 어느 도시의 차도나 회색 인도에 서 있다. 황량한 도시의 거리에는 사람과 건물과 공장 따위가 모여 있고, 도시의 생활은 소음과 매연 등과 같은 것들로 가득하다. "회색"은 무감각하고 병들고 우울한 도시의 삶을 떠올리게 한다. "회색"이라는 말이 암시하듯, 시인은 백일몽과 현실 사이의 거리 때문에 문명화된 도시에서는 자연과 의미 있는 유대감을 달성할 수 없다.

시인은 마음 깊은 곳에서 호수 물이 철썩거리는 소리를 듣는다. 이니스프리의 기억은 시인의 머리가 아니라 마음 깊은 곳에서 메아리친다. 자연이 "언제나 밤낮으로" 그를 부르지만 시인은 여전히 도시에 머물러 있다. "가리라"는 말을 반복하여 굳건한 의지를 강조하지만 그는 시를 시작할 때 서 있던 곳에서 한 발자국도 벗어나 있지 않다. 그는 도시에 갇혀 "언제나 밤낮으로" 이니스프리를 그리워할 뿐이다. "거기"라는 부사는 이상적 삶의 성취가 '여기', 즉 현재 도시의 문명에서는 달성될 수 없음을 시사한다. 이니스프리에서의 이상적 삶은 현대 생활과 양립될 수 없으며, 현대의 문명은 평화와 진리 추구에 방해가 된다. 문명의 편리함은 영적 만족을 대가로 치른다. 이니스프리와 도시 사이의 거리는 시인의 환상과 현실 사이의 간극과 같다. 이니스프리를 향한 시인의 갈망은 짝사랑으로 남아 있다.

이니스프리는 시인의 백일몽에 존재하는 이상의 공간이다. "가리라"를 반복하지만 시인이 실제로 가게 될 것인가는 불확실하다. 마지막 행에서 시인은 이니스프리로 가서 홀로 생활하는 것이 실현 가능한 것인지, 아니면 백일몽으로 그칠 것인지에 대해 자문한다. 그는 홀로 숲속의 빈터에서 지내면서 영적인 평화를 누릴 것인가? 아니면 백일몽에 갇혀 갈망만 할 것인가? 시인의 꿈은 지금 실천할 수 있는 것인가? 아니면 언제나 밤낮으로 존재하지만 결코 현실화되지 못한 채 마음 깊은 곳에 남는 것인가? 이들 질문에 대한 답이 무엇이든, 철썩거리는 호수의 물소리는 시인의 귓전에서 맴돌며 그의 맘 깊은 곳에서 사라지지 않는다.

「호수의 섬 이니스프리」를 쓸 때 예이츠는 이니스프리의 전설에 매료되어 있었다. 이니스프리에는 한때 마법에 걸린 나무가 있었다. 그 나무에는 신비한 열매가 열렸다. 그 열매는 요정 투어허 데 다넌Tuatha de Danaan의 주식主食이었다. 그 열매를 먹는 이는 누구나 독성 때문에 요정의 세계에 빠져 일상의 모든 관심을 잃고 죽어갔다. 한 소녀가 그 나무의 열매를 간절히 생각하고 기원했다. 어느 날 그녀는 연인인 소년에게 과일을 가져와 달라고 애원했다. 연인은 소녀의 소원대로 우여곡절 끝에 그 열매를 땄다. 하지만 유혹을 이기지 못하고 그만 한입 맛보고 말았다. 기다리던 소녀에게 돌아갔을 때 소년은 열매의 독성 때문에 이미 세상에 대한 관심을 잃고 죽어가고 있었다. 결국 연인을 잃은 소녀는 슬픔과 후회 속에서 자신도 그 열매를 먹고 죽었다.

이 시에서 자연 속에서 생활하며 평화와 지혜를 얻으려는 시인의 충동은 신화적 의미에서 해석한다면 초월적 존재인 요정들의 유혹에 대한 이해에서 비롯된다. 시인에게 호수 섬에서 오두막을 짓고 손수 밭을 일구고 자급자족하는 생활은 물욕과 인습으로부터 탈출하는 것과 다르지 않다. 하지만 그 탈출은 또한 물속에서 사람들에게 손짓하는 요정 투어허 데 다넌의 유혹에 응하는 것이기도 하다. 시인에게 밤낮으로 마음 깊은 곳에 들려오는 물소리는 물의 요정이 부르는 소리다. 호수 섬에서 가지는 평화는 요정들과 머무르며 무감각하고 병든 물질주의에서 벗어났기에 도래하는 것이다. 이니스프리로 가는 것은 요정 투어허 데 다넌의 손짓에 응답하여 탈문명의 세계로 항해하는 것과 같다.

예이츠에게 이니스프리는 자연의 이상향이나 요정의 거주지일 뿐만 아니라 또한 식민 지배를 벗어난 아일랜드를 상징한다. 그는 "민족 없이 위대한 문학은 없고 … 문학 없이 위대한 민족도 없다"[8]고 말하기를 좋아했다. 19세기의 만연된 분위기에 따르면, 영국은 성숙하고 이성적이고 계몽 주체인 성인이고 남성적이었다. 반면 아일랜드는 불안정하고 감성적이고 아이 같고 여성적이었다. 이런 왜곡된 이미지 때문에 아일랜드는 자치할 능력이 부족하기에 영국의 지배가 필요하다는 생각이 널리 퍼져 있었다. 민족주의자인 예이츠는 오랜 식민 지배의 결과물인 아일랜드 민족을 왜곡하는 '재현의 위기'를 타개하려 한다. 현대의 산업적이고 물질적인 영국의 정신에 대항하여, 그는 아일랜드 민족의 고유한 특성인 자연과 병존하는 삶의 중요성을 강조하고 민담과 전설 등의 구전 전통이 중시되는 삶의 가치를 드높이려 한다. 예이츠는 문학을 통해 아일랜드의 국가적 자부심을 되살리고 통일된 문화를 창조할 수 있다고 믿는다. 그는 영국이 제공하는 식민지 아일랜드의 역사보다 더 낫고 더 영광스러운 아일랜드 민족의 기원을 되살리고, 아일랜드의 영웅과 신화와 종교를 재전유하려 하고, 그때 비로소 식민 지배로 왜곡된 민족의 이미지를 바로잡고 새로운 민족혼을 올곧게 세울 수 있다고 여긴다.

예이츠는 영국 제국주의에 대항하여 아일랜드의 모습을 새롭게 재현하고자 하는 염원을 드러내고자 의도적으로 아일랜드의 지명을 사용한다. 이 시의 제목은 그의 고향 슬라이고 러프 길 근처의 작은 호수 섬에서 따왔다. 'Innisfree'라는 단어는 '헤더heather의 섬'을 의미하는 고대 게일 지명 Inis Fraoigh에서 나온 말이다. 게일 지명이 암시하듯 이니스프리는 보랏빛 꽃이 피는 헤더로 가득한 섬이다. 7행의 "타는 보랏빛"은 호수 섬의 풍경을 잘 포착한 시어라 할 수 있다. 예이츠는 아일랜드의 지명을 사용하고 고장의 특색을 그림으로써 그 지역과 관련된 아일랜드의 역사를 불러낸다. 이 시에 제시된 이니스프리라는 이상향은 막연하고 추상적인 공간이 아니라 아일랜드에 실재하는 장소다. 이니스프리라는 지명은 또한 "free"라는 말에서 '자유'를 연상시킨다. 시인은 물질적이고 산업적인 영국의 어느 도시를 훌훌 자유로이 떠나 목가적이고 영적인 이니스프리로 가려 한다. 이 염원은 예이츠가 산업국가인 영국에서 벗어나 아일랜드의 가치를 되살리려는 아일랜드 시인으로서 의지를 반영한다. 그러하기에 시인이 갈망하는 평화는 목가적인 평화를 넘어서 영국의 식민 지배에서 벗어나 언젠가 아일랜드가 누릴 평화를 상징한다.

1920~1930년대 식민지 조선과 「호수의 섬 이니스프리」

1920~1930년대 식민지 조선에서 「호수의 섬 이니스프리」는 특별한 의미를 지닌 시였다. 김억(1896~?)과 김영랑(1903~1950)은 이 시가 세계문학의 보편성과 특수성을 지니고 있는 근대시의 특징에 주

목한다. 김억은 당시 데카당스 계열의 상징주의가 현실성이 결여된 이상향의 추구와 난해한 상징성을 띤다고 비판하면서 예이츠의 「호수의 섬 이니스프리」에서 대안을 찾는다. 그는 이 시가 이상향을 제시하면서도 특정한 공간을 실체화된다는 점과 평이한 상징적 수법으로 형상화되었다는 점에 관심을 갖는다. 한편 김영랑은 이 시를 운율과 정조 면에서 서정시의 특징을 고루 갖춘 것으로 수용하고, 또한 평화 등의 시어가 식민지적 정서를 우회적으로 보여준다고 여긴다. 그는 이 시를 서정시의 가치와 정서 면에서 세계문학의 보편성을 획득한 시로 받아들인다.

김억과 김영랑이 「호수의 섬 이니스프리」를 세계문학을 향한 문학적 기획으로 수용한다면, 한흑구(1909~1979)와 정인섭(1905~1983)은 이 시가 지닌 식민지 문학으로서의 저항성에 주목한다. 한흑구는 이니스프리에 대한 향수와 향토애가 애국이라는 함의를 지니고 있고, 이니스프리를 동경하는 시인의 염원이 아일랜드에 대한 사랑으로 확대된다고 여긴다. 그는 식민지의 시대 인식과 애국을 토대로 이 시를 식민지 문학의 구체적 전범으로 본다. 한편 정인섭은 이 시가 표면적으로는 식민지의 정치성을 드러내지 않지만 아일랜드의 호수 섬 이니스프리에 대한 애정과 의무를 나타낸다고 진단한다. 그는 노골적인 정치적 편향성을 드러내지 않으면서도 식민지의 현실에서 벗어나 조국의 평화를 염원하는 창작방법론에 주목한다.

「호수의 섬 이니스프리」가 각기 다른 함의로 호명되는 것은 이 시에서 얻는 미적 경험 때문일 것이다. 미적 경험은 예술이라는 영역에만 한정되지 않고, 자족적이고 자율적인 체험으로 그치지 않으며, 다양한 역사적 인식에 의해 간섭받는 정치적 실천으로 매개된다. 어떤 함의를 발견하든 누구나 한번쯤은 이 시의 마법에 걸린 경험을 할 것이다. 마법에서 깨어나더라도 마법의 껍질을 완전히 벗기는 것은 불가능하다. 「호수의 섬 이니스프리」의 껍질 속에는 우리의 호기심과 향수를 달래줄 끝없는 지혜가 숨겨 있다.

이오시프 브로드스키의 『존 던에게 헌정하는 대(大)비가』

정치적 아웃사이더의 철학적 순례

이대우·경북대 노어노문학과 교수

시인이란 직업

1987년 노벨문학상을 수상한 이오시프 알렉산드로비치 브로드스키(1940~1996)는 유대인이며, 러시아 시인이자, 미국의 에세이 작가로 소개된다. 브로드스키의 정체성에 대한 이런 이중적인 정의는 일면 부적절하게 비칠 수 있다. 시인이 소련에서 추방된 지 15년 만에 미국 시민권자로서 노벨문학상을 수상했으며 미국 국회도서관에 의해 '올해의 시인(1991)'으로 선정되었기에 그를 미국 시인으로 평가하는 것이 당연하다고 생각할 수 있기 때문이다. 하지만 그의 가까운 친구이자 시인의 전기를 집필한 알렉세이 로세프는 "브로드스키가 영어로 시를 쓰면서도 자신을 이중 언어의 시인으로 생각하지 않고 영작 시를 차라리 하나의 게임처럼 여겼다. 그는 언어적으로나 문화적으로 러시아인이었으며, 중년이 되어서도 그런 자신의 입장을 반복했다"[1]고 밝혔다. 실제로도 그는 자신의 시 대부분은 러시아어로 썼으며, 영어로는 주로 에세이를, 그것도 레닌그라드 시절의 경험과 기억을 회고하는 자전적 에세이와 시론을 쓰는 데 몰두했다. 브로드스키가 보여주는 러시아에 대한 이런 기억의 집착은 국외 추방의 압박 여론 속에서 "러시아의 국경을 넘어간다는 것은 나에게 죽음을 의미한다"[2]고 공개적으로 사죄하며 소련에 남았던 보리스 파스테르나크의 경우나 미국 망명 이후 은둔 생활을 하며 절필한 알렉산드르 솔제니친의 모습을 연상시킨다. 망명 작가들에게 망명지란 탄압과 시련이 없는 평온한 소시민적 삶을 보장하는 평화로운 곳이겠지만, 반대로 그곳은 작가의 사회적 역할이 사라진 창작의 무덤이 되기도 하기 때문이다. 브로드스키는 20세기 러시아 문단에 소비에트 권력이 만들어낸 망명문학이라는 기이한 문학 현상 속에 그 희생자, 대표 작가로 상징되고 있다.

브로드스키는 1940년 레닌그라드(오늘날의 상트페테르부르크)의 유대인 부모 사이에서 태어났다. 시인의 아버지 알렉산드르 이바노비치(1903~1984)는 제2차 세계대전 당시 해군 종군 사진기자로 참전했으며, 퇴역 후에는 해군성 박물관과 레닌그라드의 한 신문사에서 일했다. 그의 어머니 마리야 모이세예브나(1905~1983)는 회계원이었다. 브로드스키 가족은 유대인 출신으로서 전쟁과 스탈린 강압 시대를 지나면서 유대인 혈통에 대한 부당한 사회적 편견으로 불이익을 당하기도 했지만, 그 시대의 여느 가정과 크게 다르지 않은 평범한 가정을 꾸리고 있었다. 다만 브로드스키는 일찍이 대인공포증과 말더듬 증세를 앓으며 주변의 간섭을 극히 싫어하면서도 자의식이 강한 편이었다. 그가 사춘기가 되었을 때 스탈린 체제의 강압적인 사회 분위기는 그의 민감한 감수성에 상처를 주었는데 그때의 반항심은 곧 중학교 자퇴로 이어졌다. “열다섯 살에 내가 학교를 그만둘 때만 해도 그것은 의식적으로 선택한 행동이라기보다는 배짱이 맞지 않는다는 반발에 가까운 것이었다. … 그래서 어느 겨울날 아침에, 아무런 뚜렷한 이유도 없이, 나는 공부를 하다 말고 벌떡 일어나 학교 정문을 당당하게 나섰는데, 이때 절대로 돌아오지 않으리라는 사실을 분명히 알았다.”[3] 훗날 브로드스키가 이렇게 회고했음에도 불구하고 그의 자퇴에는 어려운 가정 형편도 작용했던 것으로 보인다. 그로부터 소년 브로드스키는 병기창 견습생, 보일러공, 등대지기, 병원 시체 안치실 보조원 등의 직업을 전전했고, 1955년부터는 막노동자로 백해와 시베리아 극지의 해양지질 탐사에 참여했다.

극지 탐사를 오가던 1959~1960년 사이에 브로드스키는 ‘생산협동조합 문화센터Дворец культуры пром кооперации(훗날의 렌소베트Ленсовет)’ 출신의 젊은 시인들과 교류하면서 예브게니 레인, 아나톨리 나이만, 블라디미르 우플랸트, 불라트 아쿠자바, 세르게이 도블라토프 등 시인들과 교분을 쌓았다. 브로드스키라는 이름이 레닌그라드 문단에 조금씩 알려지기 시작한 것도 바로 그 무렵이었다. 그가 다섯 편의 시를 발표하며 비공식적인 형태로나마 문학적 데뷔를 한 것은 1960년 ‘사미즈다트Самиздат(자가 출판 또는 지하 출판)’라고 불리는 비공인 시 잡지 『문장*Синтаксис*』[4]을 통해서였다. 그의 공식적인 데뷔는 그로부터 2년 후인 1962년 아동 잡지 『모닥불*Костёр*』에 「작은 예인선의 발라드Баллада о маленьком буксире」를 게재하면서 이루어졌다. 그사이에 그는 극지 탐사 도중 신경쇠약 진단을 받았으며 레닌그라드로 돌아올 수 있었고, 징집위원회에서는 ‘군생활 부적응자’

로 판정하여 군 입대가 면제되었다. 그 무렵 브로드스키는 시뿐만 아니라 번역과 영화 시나리오 집필 등 활동 범위를 넓혀가고 있었다.

그러나 1963년 11월 29일 『저녁의 레닌그라드*Вечерний Ленинград*』라는 신문에 「유사 문학을 행하는 기생충Окололитературный трутень」이라는 기사가 실리며 브로드스키는 사회적 공적이 되고 말았다. 그 기사는 브로드스키를 겨냥해 직업을 갖지 않고 부모에게 기대어 기생충처럼 생활하는 형식주의자, 퇴폐주의자로 낙인찍고 있었다. 당시는 소련 정부가 직업 활동을 기피하는 반사회적인 인물들에 대한 처벌을 강화하는 법령[5]을 제정한 직후였으므로 브로드스키에 대한 비판 기사는 그에게 닥칠 박해와 체포를 암시하는 것이었다. 이에 시인과 그의 친구들은 모스크바 정신병원에서 정신분열증 진단을 받으며 처벌을 면하고자 했다. 그럼에도 불구하고 그는 곧바로 체포되고 수용소에 수감되어 두 차례의 재판을 받게 되었다. 사실 브로드스키는 원고 수입이 적긴 했지만 직업 활동을 하지 않은 것이 아니므로 법령 위반이 아니었으며, 그의 초기작들도 반사회적인 내용이 아닌 개인적 서정시 유형들이었기에 이데올로기적으로도 문제가 되는 것은 아니었다. 더구나 소위 '반기생충법'은 투기, 매춘, 구걸 등의 불로소득으로 생활하는 사람들이나 알코올 남용자, 훌리건들을 추방하기 위해 만들어진 것뿐이었다. 그러나 재판은 사전에 준비된 한 편의 부조리극처럼 일사천리로 진행되었다. 심리 과정 속에 기록된 판사와 브로드스키 사이의 대화는 다음과 같다.

판사: 당신은 어떤 분야의 전문인입니까?

브로드스키: 시인입니다. 시인이자 번역가입니다.

판사: 누가 당신을 시인이라고 인정했습니까? 누가 당신을 시인으로 임명했습니까?

브로드스키: 그런 사람은 아무도 없습니다. (답변할 차례가 아님에도) 그렇다고 나를 인간으로 임명한 사람도 없지 않습니까?

판사: 그런 걸 배운 적이 있습니까?

브로드스키: 무엇 말입니까?

판사: 시인이 되는 방법 말입니다. 그걸 준비하고 교육받는 대학을 졸업하지도 않았군요. …

브로드스키: 그건 교육이 만드는 게 아니라고 생각합니다만.

판사: 그럼 무엇이 만든다는 겁니까?

브로드스키: 그건, … (주저하며) 신이 만든다고 생각합니다.[6]

판사는 결국 브로드스키에게 법정 최고형인 5년간의 강제노동형을 선고했고 그를 아르한겔스크주의 노렌스카야 벌목장으로 추방했다. 그러나 이 사건은 사미즈다트(지하 출판)를 통해 재판 기록이 해외로 송출되면서 '시인은 직업인인가?', '소련에 창작의 자유는 있는가?'라는 민감한 인권 문제로 비화하면서 전 세계 언론의 주목을 받았다. 결과적으로 갓 데뷔한 23세의 무명 시인인 브로드스키는 하루아침에 소련의 정치적 박해의 상징으로 국제적인 명성을 얻게 되었다. 그가 유형지에서 벌목공으로 형을 치르는 동안 안나 아흐마토바를 필두로 사무일 마르샥, 코르네이 추콥스키, 콘스탄틴 파우스톱스키, 유리 게르만 등의 작가들이 지속적으로 탄원서를 제출하고 유럽작가포럼에 파견된 소련 대표단이 곤경에 처할 것이라는 사르트르의 경고로 이어지며 세계 언론의 비판이 따가워지자, 소비에트 대법원은 유형 1년 반 만에 그의 조기 석방을 결정했다. 스탈린 없는 소련 사회에서 스탈린주의자들은 여전히 강력한 영향력을 발휘하고 있었지만 더 이상 과거의 방식대로 사건을 처리할 수는 없었던 것이다.

레닌그라드로 돌아온 25세의 젊은 브로드스키는 비평가 추콥스키와 미하일 바흐틴의 추천을 받으며 문단에 복귀할 수 있었다. 1966~1967년 사이에 브로드스키는 네 편의 시를 소비에트 언론에 발표하며 본격적인 문학 활동에 나서려고 했지만, 소비에트 정권의 보이지 않는 압력은 그에게 창작적 침묵을 강요하기 시작했다. 이 시기에 브로드스키는 영시 번역과 시 창작에 몰두하며 「황무지의 정류장Остановка в пустыне」, 「아름다운 시대의 종말Конец прекрасной эпохи」, 「고르부노프와 고르차코프Горбунов и Горчаков」 등 많은 대표작들을 창작할 수 있었다. 그의 시들은 동료들의 아파트에서 낭송 형식으로 발표되었고 사미즈다트나 외교 행랑을 통해 국내외에 배포되었다. 그의 시가 소련 내부에서 출판되지 못하는 동안 오히려 국외에서는 러시아어는 물론 영어, 폴란드어, 이탈리아어로 발표되면서 그의 명성은 점점 높아져갔다. 그러나 그럴수록 소련 당국은 감시를 강화하며 브로드스키의 창작 활동을 방해했다. 결국 1972년 6월 소련 시민권을 박탈당한 브로드스키는 이스라엘 비자로 레닌그라드를 떠나 미국 망명길에 오를 수밖에 없었다.

망명 이후 브로드스키는 미시간대학을 비롯해 컬럼비아, 뉴욕 등 미국과 영국의 여섯 개 대학에서 24년간 교수로 근무했다. 대학에서 그는 자신이 가장 사랑하는 시를 학생들에게 천천히 낭독하는 것으로 강의를 대신했다. 정규교육을 받지 못한 그에게 낭송 교육은 아마도 최선의 강의법이었을 것이다. 한편 망명 직후부터 에세이에 적극적으로 관심을 갖기 시작한 브로드스키는 『하나 미만 *Less Than One*』(1986),[7] 『수위*Watermark*』(1992), 『치유될 수 없는 것의 벽 *The Embankment of the Incurable*』(1992), 『슬픔과 이성 속에서*On grief and reason*』(1995) 등의 영문 에세이를 출판했다. 그중에서도 『하나 미만』은 미국 국립문학비평가 평의회가 선정한 최고의 비평 문학이 되면서 그의 에세이는 브로드스키의 명성을 세계에 널리 알리는 계기가 되었다. 얼마 후 브로드스키가 노벨문학상을 수상하자 페레스트로이카가 진행되던 소련에서도 그의 시집과 에세이집이 대대적으로 출판되기 시작했다. 그리고 곧이어 그는 자신의 오랜 굴레였던 유죄판결에서 25년 만에 완전히 복권되고 페테르부르크 명예시민으로 위촉되면서 러시아 시민의 권리를 회복했다. 그러나 그는 죽을 때까지 러시아를 방문조차 하지 않았고 미국에서 활동을 이어갔다. 이후 그는 미국에서 문학아카데미 회원으로 선정되기도 하고 여러 대학으로부터 명예박사 학위를 받기도 했다. 시인으로 또 에세이 작가로 최고의 영예를 누리던 1996년 브로드스키는 56세의 나이로 갑자기 사망하고 말았다. 1964년 투옥 당시 처음 발병했던 심장병이 재발했던 것이다.

형이상학적 시세계

브로드스키는 20세기 후반 러시아 최고 서정 시인으로 평가받는다. 일찍이 그는 동시대의 시인들 사이에서 '천재 시인'으로 통했으며,

그의 정신적 지주였던 시인 안나 아흐마토바로부터는 '최고의 시인'으로 인정받기도 했다. 그의 뛰어난 시적 재능은 러시아 문학의 전통, 특히 1910년대 아크메이즘Акмеизм[8] 시학을 기반으로 한 것이었다. 시어의 명료성을 제1의 창작 원칙으로 고수한 브로드스키의 창작관은 "마치 아담처럼 지상적 존재의 아름다움을 새롭게 느껴야 하며, 시선에 들어오는 최초의 인상을 표현해야 한다"[9]며 세계를 선입견 없는 눈으로 바라보려던 아크메이스트들의 창작 원리에서 비롯된 것이다. 브로드스키가 대상의 외관에 대한 시선의 명료함을 현상이자 본질로 인식한 점은 선배 아크메이스트들의 시학적 견해와 일치한다. 따라서 모더니즘적 전통을 계승한 마지막 아크메이스트라는 평가는 어느 정도 정당해 보인다. 그러나 그는 아크메이스트적 입장에 안주하지 않고 1960년대 중반부터는 영국 시인 존 던(1572~1631)과 위스턴 휴 오든(1907~1972)의 형이상학시에서 자극을 받으며 죽음, 불멸, 시간과 공간, 형제애 등의 철학적 명제들과 기독교적 세계관으로 시적 주제를 확장시켰다. 이런 과정을 통해 혁신가인 브로드스키는 비러시아적 요소들로 채워진 자신의 독창적인 창작 세계를 구축하게 된다.

브로드스키는 1950년대 말 창작 활동을 시작했는데 그 무렵 러시아에서는 스탈린 사망으로 새로운 시대에 대한 희망과 사회주의적 이상주의의 부활에 대한 기대감이 고조되고 있었다. 새로운 시대에 대한 기대와 희망은 러시아 문단에도 해빙기를 열고 있었는데, 이 시기에 브로드스키는 해빙기 문화 운동을 주도하던 음유시인들처럼 소비에트 정권과 대립하고 있었다. 그러나 브로드스키는 반스탈린주의의 사회적 흐름에 휩쓸리지 않고 당대 시 형식의 기본적 규범 안에서 시를 썼다. 초기 시 가운데 하나인 「새로운 세입자에게 집 안의 물건은 모두 낯설다 …Все чуждо в доме новому жильцу…」(1962)에는 당시 브로드스키의 창작적 입장이 드러나 있다.

> 새로운 세입자에게 집 안의 물건은 모두 낯설다.
> 그의 시선은 모든 가재도구들을 재빨리 훑어댄다,
> 누군가의 흔적이 이방인에게는 어울리지 않는지
> 그것 때문에 힘들어질 것이 무엇인지.
> 하지만 집은 비어 있기를 더 이상 원치 않는 듯
> 그리고 마치 용기를 내지 못하는 듯
> 인정받지 못한 이 성채는
> 홀로 어둠 속에서 저항한다.[10]

이 시에서는 이사를 앞두고 새집을 둘러보는 세입자의 망설임이 묘사되어 있다. 세입자의 망설임은 첫 4행에서 어쩌면 살던 집에 대한 그리움이나 어린 시절, 떠나버린 사랑, 이웃의 상실 등에 관한 은유적 표현이거나, 낯선 변화에 대한 불안감 혹은 그 두려움에 대한 저항의 묘사일 수 있다. 그러나 이어지는 4행에서 '새로운 세입자'의 시점은 거꾸로 세입자를 바라보는 의인화된 '집'의 시점으로 옮겨간다. 이처럼 급격히 전도된 시점은 대상과 주체의 관계를 역전시킴으로써 진부함에서 벗어나려던 아크메이스트적 태도라고 할 수 있다. 그런데 브로드스키는 여기에서 한 걸음 더 나아가 집이라는 공간에서 시작하여 정서적 불안 속에 내재된 과거와 미래의 시간으로 전환한다. 이처럼 브로드스키의 많은 시는 「새로운 세입자에게 집 안의 물건은 모두 낯설다 …」의 경우처럼 전도된 시각과 인식의 흐로노토프хронотов[11]적 변위를 통해 전통시의 한계를 넘어서고 있다.

브로드스키의 시세계에는 「새로운 세입자에게 집 안의 물건은 모두 낯설다 …」처럼 주변적 일상에서 출발하는 작품 유형이 많지만, 당시 소련 시인들에게는 매우 낯선 비러시아적 요소로 넘치는 형이상학시 유형이 대부분을 차지한다. 서정시 「나비Бабочка」(1972)는 영국 형이상학 시인들의 영향을 받으며 기독교적 개념과 용어들을 차용한 작품이다. 곤충채집이 취미이던 소설가 블라디미르 나보코프가 미국으로 망명하기 직전의 브로드스키에게 나비 표본을 보여준 적이 있는데, 이 서정시는 그때 받은 영감을 바탕으로 창작된 것이다. 다음은 「나비」의 12연이다.

> 놀라운 아름다움
> 그리고 너무나 짧은 시간
> 하나가 되자, 수수께끼처럼
> 입술을 삐죽거린다.
> 더 자세히 설명하지 않은 채로,
> 사실
> 세상은 목적 없이 창조되었고
> 목적이 있더라도
> 그 목적은 우리가 아니라고.
> 곤충채집가인 친구여,
> 빛에는 시계 바늘이 없으며
> 어둠에도 시계 바늘이 없단다.[12]

「나비」의 첫 행에서 브로드스키는 박제된 나비의 외양을 살피며 아름다운 색과 무늬로 장식된 나비의 모습에 잠시 감탄하는 모습을 보이지만, 곧 인간과 마찬가지로 신의 피조물 가운데 하나인 나비의 생명과 영혼으로 관심을 돌린다. 이어서 신이 창조한 세계 속에서 작은 곤충 한 마리의 영혼조차 시인의 영혼과 얼마나 복잡하게 연결되었는지 숙고한다("살았든 죽었든/ 그러나 신의 모든 피조물은/ 혈연의 증거로/ 소통하고 노래하기/ 위한 목소리를 부여받았다/ 한순간, 일분,/ 하루 동안 지속되는."). 죽은 나비의 모습("놀라운 아름다움/ 너무 짧은 시간이/ 하나가 되자")은 인간의 유한함을 깨달은 시인에게 신의 의도란 의심스러우며("수수께끼처럼/ 입술을 삐죽거린다"), 인간은 종교와 철학에서 위안을 찾는 비극적 존재("세상은 목적 없이 창조되었고/ 목적이 있더라도/ 그 목적은 우리가 아니다")에 지나지 않는다는 불만을 친구에게 털어놓는다. 그리고 인간의 순간성과 '빛과 어둠'의 영원성("빛에는 시계 바늘이 없으며/ 어둠에도 시계 바늘이 없단다")을 대비시키며, 인간의 유한성이야말로 신의 창조 목적이 아니라는 증거라고 결론짓는다. 박제된 나비에 대한 연민에서 시작한 시는 어느 순간부터 인간에 대한 애가로 변해버린 것이다.

이처럼 브로드스키의 시에서는 시간의 본질과 현상에 대한 철학적 성찰이 중심을 이룬다. 그가 주요 시적 테마로 삼은 삶, 죽음, 수난, 운명, 공간 등 역시 그에게는 시간의 변주가 낳은 하위 테마인 것이다. 그런 의미에서 브로드스키는 어떤 시인보다도 철학자적 면모를 가지고 있으며 감정의 과잉을 경계한 사실적 표현을 통해 형이상학 시인으로 발전했다.

「존 던에게 헌정하는 대(大)비가」

브로드스키는 KGB의 조사와 감시, 정신병원 입원, 유형, 망명 등으로 한때 몹시 굴곡진 삶을 살았다. 하지만 외부 환경의 변화가 그의 창작기를 구분할 정도로 영향을 주지 못했다. 그는 피렌체, 런던, 앤아버, 케이프코드 등 세계 곳곳에서 창작 활동을 이어가긴 했으나 본질적으로 그의 창작적 고향은 1960년대의 레닌그라드였다. 그가 한평생 독특하고 선명한 시세계로 일관했기 때문에 망명 이전의 여러 초기작들이 대표작으로 인정받는 것도 그런 이유에서다. 「존 던에게 헌정하는 대大비가Большая элегия Джону Донну」(1963)는 그의 초기 대표작 가운데 하나이며 대단히 매혹적인 작품인 동시에 브로드스키의 시학적 특징을 가장 잘 보여주는 작품이다.

「존 던에게 헌정하는 대大비가」라는 제목 때문에 브로드스키가 영국의 형이상학 시인 존 던으로부터 직접적인 영향을 받은 작품이 아닌가 하는 오해를 부르기도 한다. 그러나 1960년대 초반 러시아에서는 존 던의 시나 설교문 등에 대한 번역본이 거의 없었으며 그의 작품이 전혀 보급되지도 않아서 원작을 읽는다는 것 자체가 불가능한 상황이었다. 실제로 이 작품을 집필할 당시 브로드스키는 영국 시인의 성 '던Donne'에 러시아어 생격(소유격)이 적용된 '도나Donna'를 그의 진짜 성으로 오해할 만큼 던에 대해 무지했다. 대부분의 러시아 사람들과 마찬가지로 "브로드스키가 존 던의 시를 처음 접하게 된 계기는 20세기 미국의 소설가 헤밍웨이가 쓴 소설 『누구를 위하여 종은 울리나』의 제사題詞에서 인용되며 널리 알려진 던의 설교 「위급할 때 드리는 기도Devotions Upon Emergent Occasions」의 일부인 "인간은 섬이 아니다No Man is an Island"[13]의 한 부분을 읽은 후였다. 「존 던에게 헌정하는 대大비가」를 창작한 이후에야 브로드스키는 던의 작품에 흥미를 느끼고 그의 시를 번역했으며 그의 시학을 적극적으로 수용하기 시작했다. 350년이라는 시간적 간격과 러시아와 영국 사이라는 공간적 거리에도 불구하고 브로드스키와 던을 이어준 공통의 주제는 죽음과 불멸, 신 같은 형이상학적 문제였다. 브로드스키는 「존 던에게 헌정하는 대大비가」에서 기독교적 세계관을 공유하며 죽음이라는 문제에 대해 던과의 정신적 대화를 시도한다.

「존 던에게 헌정하는 대大비가」에는 '비가elegy'라는 제목이 붙긴 했지만 이 작품은 전통적 비가의 장르적 특징을 거의 보여주지는 않는다. 비가에서는 한 인간의 죽음을 애도하는 서정적 장르로서 '죽음', '무덤', '슬픔' 등의 전형적인 단어가 장식처럼 사용되지만, 이 시에서는 그런 슬픔을 표출하는 정서적 단어들이 일절 등장하지 않기 때문이다. 여기에서 서정적 주인공(존 던)의 죽음은 마치 의사의 사망확인서처럼 '잠들다уснул'라고 지극히 객관적이고 건조하게 기술될 뿐이다. 이처럼 이 시는 비가의 전통적인 장르 양식으로부터 멀리 벗어난 브로드스키의 새로운 형식에 속하고 있다. 「존 던에게 헌정하는 대大비가」의 첫 부분은 이렇게 시작된다.

> 존 던이 잠들자, 주변 사물이 모두 잠들었다.
> 사방의 벽이, 마루가, 침대가, 그림들이 잠들었고
> 탁자, 양탄자, 빗장, 걸쇠,
> 옷걸이, 찬장, 양초, 커튼이 잠들었다.[14]

비가는 주변의 일상과 단절하고 개인의 인품, 업적, 세평 등으로 장식되는 것이 일반적이다. 그러나 이 작품은 그와 반대로 고인에 대한 감정과 평가가 배제되고 '모든' 주변적 사물의 나열로 시작한다. 즉, 시인은 주관적·정서적 감정들이 물화된 주변적 사물들을 하나씩 언급하면서 하나의 거대한 단어 목록을 만들어내고 있다.

모든 것이 잠들었다. 큰 물병, 잔, 대야,
빵, 빵 칼, 질그릇, 크리스탈, 접시,
나이프, 내복, 장롱, 유리, 시계,
계단, 방문이 잠들었다. 밤이 사방에 깔려 있다.
사방에 밤이 깔려 있다, 집 안 구석구석에도, 사람들의 눈동자에도, 내복에도,
책갈피에도, 탁자에도, 의례적인 대화에도,
그 단어에도, 장작에도, 부젓가락에도, 차가운
벽난로 구석에도, 모든 물건들에도.
조끼에도, 장화에도, 양말에도, 그늘에도,
거울 뒤에도, 침대에도, 의자 등받이에도,
다시 대야에도, 예수상에도, 홑이불에도,
문가의 빗자루에도, 구두에도. 모든 것이 잠들었다.
모든 것이 잠들었다. 창문도. 창밖의 눈도.
옆집 지붕의 눈 덮인 경사면도. 테이블보 같은
추녀마루도. 그리고 창틀로 끔찍하게 나누어진
꿈속의 동네 전체도.[15]

208행에 달하는 이 비가에서 단어 목록은 무려 91행에 걸쳐 계속된다. 차라리 단어의 행렬이라고 부를 만한 이 긴 목록 속에서 브로드스키의 시선은 던의 침실로부터 시작하여 집 안 구석구석, 창문 너머의 도시, 자연의 세계("쥐들도, 사람들도 잠들어 있다. 런던은 깊이 잠들어 있다", "모든 것이 잠들어 있다. 강도, 산도, 숲도")로, 다시 신도 악마도 잠들어 있는 천상의 세계("모든 것이 깊이 잠들어 있다. 성령들도, 악마들도, 신도./ 그들의 사악한 하인들도. 그들의 친구들도. 그들의 자손들도")로 확대된다. 단어 나열을 통한 시선의 확장에 대해 브로드스키는 "내가 이런 시를 쓰게 된 이유는 시의 원심력을 보여줄 가능성 … 카메라가 중심에서 점차 멀어지는 '줌아웃'이라 불리는 영화 기법이었다. 그래서 그의 침대에서 시작하여 퍼스펙티브는 점차 확대된다"[16]고 설명한 바 있다. 그러나 브로드스키의 '시의 원심력'은 단순히 시선의 확대로 머물지 않고 이따금 비논리적 현상("쥐들도, 사람들도 잠들어 있다./ 별이 반짝인다. 쥐 한 마리가 회개하러 간다")이 삽입되기도 한다. "쥐 한 마리가 회개하러 간다"는 일탈적 묘사는 원심력의 작용 아래 이질적이고 다차원적인 사물과 현상이 서로 조화되는 브로드스키의 세계관을 보여준다. 이처럼 하찮은 사물이나 미물조차 「존 던에게 헌정하는 대大비가」 속에서는 개별적 존재가 아니라 초월적 관계로 긴밀히 연계된 영적 존재들인 것이다. 상호 긴밀한 관계를 맺고 있는 이 존재들은 시행 속에서 독립적인 시어처럼 나열되며 거칠고 반복적인 리듬을 만드는데 명상적이고 단조로운 그 리듬은 모든 것이 깊게 잠든 몽롱한 꿈속의 세계, 죽음의 세계로 빠져들게 하는 보이지 않는 시적 장치가 되고 있다.

원심력을 통해 확대된 공간은 마침내 빛도 소리도 사라진 무명의 세계에 이르게 된다. 그리고 그 고요한 죽음의 세계에서 존 던의 영혼은 추위, 공포, 외로움으로 고통받는다. 차가운 어둠 속에서 존 던의 영혼이 흐느끼는 울음소리는 잠자던 창조주를 깨우며 절망과 공포를 호소한다. 그러나 그의 기도는 창조주 신으로부터 외면당하고 존 던의 영혼은 방황하며 신앙으로부터 멀어져간다. 이처럼 브로드스키가 묘사한 형이상학적 죽음의 세계는 기독교적 세계관과 거리가 멀다. 거기에는 신과 악마는 있지만, 천국도 지옥도 없으며 구원도 부활도 없다. 이 비가의 마지막 16행은 기독교 원리에 대한 시인의 철학적 결론이 내려지는 가장 중요 대목이다.

모든 것이 잠들어 있다. 그러나 아직 두세 행이
남아서 이빨 빠진 입으로
세속적 사랑은 단지 시인의 의무이며
영적 사랑은 단지 수도원장의 육신이라 비웃는다.
이 물을 어느 누구의 물레방아에 붓지 않더라도
이 세상에서는 똑같이 곡식이 빻아진다.
만일 누군가와 삶을 공유할 수 있더라도
우리와 죽음을 함께할 사람이 있겠는가?
이 옷감에 구멍이 났구나. 원한다면 누구라도 구토하라.
사방에서. 떠나가겠지. 다시 돌아오겠지.
다시 돌진! 그리고 천상만이
어둠 속에서 때때로 재단사의 바늘을 집어 들겠지.
잠들어라, 잠들어라, 존 던이여. 잠들어라, 자학하지 마라.
외투는 구멍이 나고, 구멍이 났다. 처연하게 걸려 있다.

그걸 바라보며 너의 세계를 오랫동안 지켜온 별이
먹구름 속에서 바라보리라.[17]

비가의 결말에서는 브로드스키는 초월의 세계를 모른 채 세상에 대한 사랑을 의무로 여기며 살아가는 시인이나 신에게 봉사하고도 주검으로 남은 수도원장 모두 비웃음의 대상이라고 말한다. 그의 눈에는 시인이든 수도원장이든 "이 세상에서 (누구에게나) 똑같이 곡식이 빻아지듯이" 죽음을 피하지 못하는 허약한 피조물에 지나지 않으며 죽음 앞에서는 누구나 "함께할 사람이" 없는 외로운 존재일 뿐이다. 그럼에도 불구하고 신으로부터 버림받게 되었을 때("이 옷감에 구멍이 났구나") 존재론적 허무감에 빠져 신을 부정하면서도("원한다면 누구라도 구토하라") 신을 버렸다가도 모두 다시 돌아온다. 인간의 존재론적 허무감을 치유할 수 있는 권능은 오직 천상에 있기 때문이다("천상만이/ 어둠 속에서 때때로 재단사의 바늘을 집어 들겠지"). 그러므로 브로드스키는 존 던에게 포기하지 말고 천상의 응답을 기다리라고("너의 세계를 오랫동안 지켜온 별이/ 먹구름 속에서 바라보리라") 오히려 설교한다.

사실 브로드스키의 시에서 「존 던에게 헌정하는 대大비가」는 기독교적 용어와 개념이 처음으로 나타나는 작품이다. 여기에서 작품 전체를 관통하는 죽음과 영혼, 천사와 악마, 신과 구원 등의 기독교 원리는 브로드스키의 형이상학적 세계관과 크게 충돌하는 것처럼 보인다. 하지만 그의 비가에서 묘사된 죽음과 불멸의 문제는 어떤 결론에 도달한 것도 아니며 평생 시인이 짊어졌던 과제의 한 모색일 뿐이다. 그래서 마지막 시행에 분출된 형이상학적 혼란은 브로드스키의 많은 시 작품에서 수없이 반복되고 있다. 예를 들면 「존 던에게 헌정하는 대大비가」와 마찬가지로 죽음에 대한 종교적 철학적 성찰이 병행된 모티브가 변주되는 작품으로는 서정시 「신과의 대화Разговор с небожителем」(1970)를 들 수 있을 것이다.

셰이머스 히니의 『어느 자연주의자의 죽음』

현실의 비전으로서의 응시의 연단과 예술적 재현

김영민 · 동국대 영어영문학과 명예교수/항주사범대 석좌교수

북아일랜드 '피의 일요일' 사건에서 노벨상 수상에 이르기까지

1972년 1월 30일 북아일랜드 데리의 보그사이드 지역에서 '피의 일요일Bloody Sunday'이라 불리는 사건이 발발한다. 북아일랜드 시민권협회가 재판 없는 구금에 반대하기 위해 조직했던 행진에서 영국군의 낙하산병들이 비무장 시민운동가 13명을 살해하고 12명에게 부상을 입혔다. 모두 가톨릭 신자였다. 이 사건은 아일랜드 독립전쟁 기간인 1920년 11월 21일에 일어났던 원조 '피의 일요일'과 관련해 소위 IRA(아일랜드공화국군)가 더블린에서 더블린성의 정보부 소속 무장 영국 장교 11명을 살해했을 때, 그 보복으로 영국군이 더블린의 크로크 파크에서 축구 경기를 관람하는 관중 21명을 사살한 역사적 사건과 맞물린다. 북아일랜드 분쟁The Troubles이라 불린 이러한 극심한 정치적·사회적 동요 속에서, 벨파스트에 거주하던 셰이머

스 히니(1939~2013)는 마침내 퀸스대학의 강사직을 사임하고, 1972년 11월 가족과 함께 북아일랜드를 떠나 남쪽 아일랜드공화국 위클로 카운티의 글랜모어 코티지로 이주한다.

1972년 아일랜드공화국으로 이주한 히니는 활발하게 작품 활동을 해나가서, 같은 해 세 번째 시집 『겨울나기*Wintering Out*』를 출판한다. 히니는 1975년 더블린에 있는 캐리스포트교육대에 교수로 초빙되고, 그해에 네 번째 시집 『북녘*North*』을 출판한다. 1976년에는 앞으로 여생을 살게 될 더블린의 샌디마운트로 이사했다. 이후 히니는 다음 시집인 『현장 답사*Field Work*』를 1979년에, 『시선집 1965-1975*Selected Poems 1965-1975*』와 『선입견: 산문선집 1968-1978*Preoccupations: Selected Prose 1968-1978*』을 1980년에 출간했다.

이 시집과 평론집은 국내외적으로 인정을 받아 1981년 아일랜드 국립예술위원회인 이스다너Aosdána의 일원으로 선출되었고, 그 후 1981년 미국 하버드대학 애덤스하우스의 방문교수로 초청을 받았다. 1982년에는 퀸스대학과 미국 포드햄대학으로부터 명예박사 학위를 받는다. 1985~1997년에는 하버드대학 보일스턴 수사학과의 웅변학 석좌교수Boylston Professor of Rhetoric and Oratory로, 1998~2006년에는 하버드대학에 상주하는 랠프 월도 에머슨 시인으로 임명되었다. 1980년대에서 2000년 초반까지 20여 년 동안 히니는 아일랜드와 미국을 오가며 대서양을 가로지르는 시간을 보냈다. 1984년 가을, 히니의 어머니 마거릿이 사망하고, 1986년에는 그의 아버지 패트릭이 10월에 죽었다. 2년 만에 부모를 잃은 히니는 충격이 컸고 그 슬픔을 시집 『산사나무 등*The Haw Lantern*』(1987)과 『사물 보기*Seeing Things*』(1991)에서 시로 표현했다. 1988년에 그의 평론집 『언어의 통치*Government of the Tongue*』가 출판되었고, 1989년 옥스퍼드대학 시 석좌교수로 선출되어 1994년까지 5년 동안 재직했다.

아일랜드공화국으로 이주한 23년 뒤인 1995년 히니는 "일상의 기적과 살아 있는 과거를 찬양하는 서정적 아름다움과 윤리적 깊이의 작품"으로 노벨문학상을 수상했다.[1] 아일랜드 출신 노벨문학상 수상 작가 판테온에 W. B. 예이츠, 조지 버나드 쇼, 사뮈엘 베케트와 함께 나란히 이름이 기록된 것에 대한 소감을 묻자, 히니는 "산맥 아래 작은 산기슭에 있는 것과 같다"라고 겸손하게 대답한다.[2] 수상 소식을 전할 당시 히니는 아내 마리와 함께 그리스에서 휴가 중이어서 가족과 언론조차도 소재를 파악할 수 없었다고 하는데, 수상 소식을 들은 히니는 이틀 뒤 아내 마리와 함께 더블린 공항에 도착했고, 공항에는 당시 총리 존 브루턴이 기다리고 있었으며, 메리 로빈슨 대통령과 샴페인을 마시기 위해 공항에서 대통령 관저로 향했다고 한다.

노벨상 수상 후에 히니는 시인으로서 생애 최고의 명예를 누린다. 1996년에 로열 아이리시 아카데미Royal Irish Academy 회원으로 선출되었으며, 1998년에는 아일랜드 최고의 명문대학 트리니티 칼리지 더블린의 명예 펠로로 선출되었다. 2004년에는 히니의 업적을 기리기 위해 공식적으로 셰이머스 히니 시 센터가 퀸스대학에 설립되었다. 여기에는 히니 미디어 아카이브Heaney Media Archive와 히니의 라디오 및 텔레비전 방송의 전체 카탈로그가 보관되어 있다. 같은 해 히니는 에모리대학의 당시 은퇴한 총장인 윌리엄 체이스의 위업을 기념하기 위해 에모리대학에 자신의 문학 기록 보관소의 상당 부분(1964~2003)을 기증하여, 예이츠, 폴 멀둔, 키어런 카슨, 마이클 롱리 및 벨파스트 그룹을 포함한 현대 북아일랜드 시인들의 현존하는 자료 보존 중 최대 규모의 아카이브를 만드는 데 기여했다. 이 에모리 자료Emory Papers들은 히니의 문학작품을 가장 많이 소장하고 있는 아카이브다.

노벨상 수상 이후에도 히니는 2005년 테러리스트의 공격을 받은 런던 지하철 튜브London Tube의 지하철 구조를 기반으로 어린 시절의 기억 등을 깊이 파고든 시집 『구간과 순환선*District and Circle*』으로 2006년 시인으로서는 최고의 영예인 엘리엇상를 수상했다. 그러나 2006년 8월 히니는 뇌졸중 증상이 심해져 몇 달 동안 모든 공개 행사를 취소했다. 이러한 역경 속에서도 히니는 2010년 12번째 시집 『인간 사슬*Human Chain*』을 출판한다.

히니는 2013년 8월 30일 더블린에서 74세로 생을 마감한다. 그의 장례식은 샌디마운트에 있는 그의 집 근처인 더블린의 도니브룩에서 거행되었고, 북아일랜드의 벨라히에 있는 세인트 메리 교회 묘지에 안장되었다. 장례식장에서 그의 장남 마이클은 히니가 아내 마리에게 보낸 죽기 직전 마지막 유언인 "놀리 티메레Noli timere('두려워 말라'라는 뜻의 라틴어)"라는 메시지를 공개했다. 그의 묘비명은 시집 『기포수준기*The Spirit Level*』에 실린 시 「자갈길 산책The Gravel Walks」의 한 구절에서 인용한 "너의 보다 나은 판단에 거슬러 허공을 걸어라Walk on air against your better judgement"였다.[3]

이제 조그마한 나라 아일랜드 문학의 산맥에 히니와 같은 노벨문학상 수상자가 네 명이나 있다는 사실은 남북 갈등의 문제가 여전히 숙제로 남아 있는 한국에서 숙고해보아야 할 문제인 것 같다. 이 문제를 살펴보기 위해 히니의 시인으로서의 초심을 살펴보는 것이 중요하다. 히니의 생애에서 북아일랜드는 항상 글쓰기의 옴팔로스

omphalos(배꼽)이자 우물 속의 샘솟는 샘물인 '마음의 뿌리'였기 때문이다.

히니의 생애[4]: 북아일랜드, 마음의 뿌리

셰이머스 히니는 1939년 4월 13일 북아일랜드 데리 카운티의 모스반에서 아버지 패트릭 히니(1901~1986)와 어머니 마거릿 히니(1911~1984)의 아홉 남매 중 맏아들로 태어났다. 아버지 패트릭은 부모가 일찍 죽어서 삼촌들과 자라면서 가축 거래업을 하게 되었고, 어머니 마거릿은 친척들이 아마의 섬유로 마직을 짜는 리넨 공장에서 일했다. 히니의 에세이집 『선입견』의 첫 시작 부분을 「모스반Mossbawn」으로 시작할 정도로 모스반은 히니의 마음의 고향이다. 1972년 『가디언』에 수록된 기고문 「벨파스트」에서 캐슬도슨 빌리지와 툼 빌리지 사이에 있는 모스반의 어원을 설명한다.

> 우리 농장은 모스반이라 불렸다. 원래 스코틀랜드어인 이 단어 모스Moss는 초기 정착자인 스코트랜드 플랜터들에 의해 얼스터로 전해졌고, 본bawn은 영국 식민지 개척자가 요새화된 농가에 붙인 이름이다. 모스반 늪지에 있는 농부의 집을 일컫는다. 그러나 이 토지 측량Ordinance Survey의 용어에도 불구하고, 우리는 모스반Moss bann이라고 발음했고 반ban은 흰색을 의미하는 게일어다. 그렇다면 이 말은 흰 이끼, 늪지의 아마의 이끼를 의미하지 않을까? 우리 고향의 음절에서 나는 얼스터의 분열된 문화에 대한 은유를 본다.[5]

히니의 작품 세계의 무의식을 표현하는 초기 에세이집 『선입견』이 "늪지의 아마의 이끼" 곧 "흰 이끼"를 의미하는 모스반으로부터 시작된다는 것은 의미심장하다. 이 흰 이끼는 마치 목화와 같이 리넨 면을 짜내는 아마를 의미한다. 아일랜드의 역사를 대표하는 것 중의 하나로 아일랜드섬의 6분의 1을 차지하는 습지bogland를 들 수 있다. 아일랜드에 독특하게 남아 있는 습지에는 잔디turf or sods가 있어 이를 캐어 말리면 이탄peat이 된다.[6] 모스반 마을은 흰 이끼인 아마와 이탄을 만드는 잔디를 함께 볼 수 있는 습지에 있다. 이러한 문맥에서 모스반은 히니의 시 세계의 중심이다. 그런데, 히니는 왜 모스반의 지명이 북아일랜드 "얼스터의 분열된 문화에 대한 은유"라고 언급하는 것일까? 태생부터 히니는 영국의 영향권의 징표인 점유지demesne와 지역 토착민의 경험의 상징인 늪bog 사이라는 지정학적 역사의 '간극in-between or interstitiality'의 운명에서 출발한다. 이 사이에서 북아일랜드 습지에 인접한 모스반 농장에서 보낸 어린 시절은 히니의 평생에 걸친 시적 무의식으로서의 선입견preoccupations을 구성하여 잠재력으로서의 시적 자아를 형성하고 역동적인 기억의 저장고로 기능하게 된다.

히니는 모스반의 시골 소년으로, 1945년부터 1951년까지 가톨릭과 개신교 아이들과 함께 지역의 아나호리시 초등학교에 다녔다. 1947년 개정된 북아일랜드 교육법으로 가난한 농촌 가정의 아이들이 무상으로 중등교육을 받을 수 있게 되어, 열두 살 되던 해 1951년에 히니는 모스반 농장에서 40마일 떨어진 데리 시에 있는 가톨릭 기숙학교인 세인트 콜럼브 중등학교에 입학했다. 모스반에서 벗어나는 첫 출발이었다. 그 후 히니가 14세 되던 1953년, 동생 크리스토퍼가 집 근처 도로변의 사고로 죽자, 그의 가족 모두가 모스반 농장을 떠나 우드 교구의 벨라히 농장으로 이사를 갔다. 그 이후로 히니의 삶은 점차 고향 모스반에서 지리적으로 더 멀어지는 일련의 이동이었는데, 고향에서 멀어질수록 시골 데리 카운티의 모스반은 더 가까이 히니에게 '마음의 고향'으로 다가온다. 모스반은 히니에게는 몸으로는 떠나지만 마음으로는 항상 돌아오는 기억과 꿈의 배꼽인 '옴팔로스', 다시 말하면, 히니의 시인으로서의 의식과 무의식 그리고 그의 시 세계의 중심이 된다. 세인트 콜럼브 중등학교에서, 히니는 후에 유명하게 되는 셰이머스 딘, 존 흄, 브라이언 프리엘 등의 작가들과 함께 교육을 받는데, 영어, 라틴어, 아일랜드어인 게일어, 프랑스어 및 수학에서 전부 A학점으로 우수한 성적을 받는다. 특히 세인트 콜럼브 중등학교에서 배운 라틴어와 아일랜드어는 앵글로색슨어인 영어와 함께 후에 퀸스대학의 대학생으로, 시인으로 성장하는 데 중요한 기반을 마련한다.

18세 되던 때인 1957년, 버스로 두 시간 정도 걸리는 벨파스트로 갔다. 6년간 다닌 데리의 중등학교를 졸업하고, 이제 장학금을 받고 벨파스트에 있는 퀸스대학에 1957~1961년까지 다니게 된다. 그 후 1962~1963년에 퀸스대학원에서 대학원 과정을 받고, 1963~1966년에는 벨파스트에 있는 세인트 조셉 교육대학에서 교사자격증을 취득한 뒤 강의를 시작했다. 이 기간 동안 히니는 마이클 맥래버티의 멘토링으로 1962년에 처음으로 "불확실하고 초조한 수줍은 영혼 잉케르투스incértus('불확실한, 불명확한, 애매한'이라는 뜻의 라틴어)"라는 필명으로 시를 출판하기 시작했다.[7] 1962년 10월에 세인트 메리 교육대학에서 강사로 영어와 연극을 가르치던 마리 데블린을 만나 그

해에 결혼한다. 그 후 1966년 아들 마이클, 1968년에는 크리스토퍼, 1973년에는 캐서린 앤이 태어난다.

1963년에는 퀸스대학의 시인이자 교수인 필립 홉스바움이 이끄는 '벨파스트 그룹'에 참석하여, 그 당시 처음으로 아일랜드의 저명한 시인들인 패트릭 캐버노, 토머스 킨셀라, 존 몬터규, 리처드 머피 등의 시를 접하고, 후에 아일랜드 시의 주류를 형성하는 마이클 롱리, 데렉 마온과 제임스 시몬스 그리고 그 당시 젊은 시인으로서 폴 멀둔과 프랭크 옴스비 등과 함께 서로의 작품을 읽고 비평하는 습작기를 보낸다. 1962년 11월 히니는 자신의 최초의 시 「트랙터Tractors」를 『벨파스트 텔레그램*Belfast Telegram*』에 실어 등단하고, 이어서 「중간고사 방학Mid-Term Break」 등을 연속적으로 아일랜드의 문예지에 실어 시인으로서의 입지를 굳힌다. 벨파스트 그룹은 히니가 시인으로서의 위치를 확고하게 굳히게 한 중요한 모멘텀을 제공했다. 1965년 필립 홉스바움을 주축으로 벨파스트 시문학 축제가 개최되었는데, 런던의 『옵저버*The Observer*』에서는 이를 벨파스트 시의 "문화의 르네상스"라고 극찬했다. 이 축제에서 마이클 롱리, 데렉 마온 등의 시 팸플릿과 함께, 히니의 첫 시 모음집 『11편의 시*Eleven Poems*』 팸플릿이 처음 공개된다. 이 시들은 1966년 출판된 히니의 첫 시집 『어느 자연주의자의 죽음*Death of a Naturalist*』의 중심을 차지하고 있다.

『어느 자연주의자의 죽음』[8]의 작품 분석: 응시의 연단을 통해 불안에서 안정으로

평생 숱한 시 전집과 평론집을 출간하며 거대한 문학 세계를 구축한 한 시인의 전 작품을 조망하기는 쉽지 않다. 한 시인이 살아간 시대의 문맥에서 세계문학과의 상호 관계에서 그 시인의 작품을 위치시키는 작업 또한 만만치 않다. 숲을 보고 나무를 보거나, 나무를 보고 숲을 보는 방식의 시각은 더 이상 한 대상을 파악하는 데 적절한 모델이 되지 못한다. 그러나 요즈음같이 컴퓨터나 핸드폰의 스크린으로 무수한 문학적 데이터를 짧은 시간에 검색하고 파악할 수 있는 현실에서는, 우선 지역 현상의 미시적 규모와 글로벌 현상의 거시적 규모의 상호 관계에 대한 기본 이해를 갖추면 좀 더 다른 이해를 할 수 있을 것 같다. 예컨대 줌인zoom-in과 줌아웃zoom-out을 통한 거리두기와 확대 및 축소의 자유로운 행위의 역동성으로 문학작품을 읽어보면 한 시인의 전 인생과 연결된 작품 세계가 조금 더 잘 이해되리라 생각한다. 이제 히니의 첫 시집 『어느 자연주의자의 죽음』을 줌인하여 파고들어가보자. 마치 탐구가이자 고고학자로서 자신의 땅의 도면을 그리고 전통을 발굴하며 다시 써내려가는 히니처럼.

이 시집에 처음 등장하고 히니의 시 가운데 가장 많이 알려진 시 「땅파기」에서 시인인 화자는 펜으로, 아버지와 할아버지는 삽으로 작업한다. 이 시에 행위로서 명사화된 "땅파기"는 현재My father, digging, 기억 속에서 20년 전의 과거he was digging, 더 먼 과거의 할아버지와 현재 자신의 행위를 동시에 지칭하는 땅파기 등 세 번 등장한다. 첫 번째, 현재의 장면: 총의 방아쇠를 잡은 것처럼 가지런히 엄지 검지 사이에 펜이 놓여 있다. 창 아래에서 자갈땅을 깔끔하게 긁는 소리가 들려 내려다보니, 아버지가 정원에서 허리를 구부려 감자 이랑을 따라 삽으로 땅을 파고 있다.

> 내 검지와 엄지손가락 사이에
> 펜촉 만년필이 놓여 있다. 총의 방아쇠를 쥔 듯 가지런히.
> 창문 아래에서는 자갈밭에 꽂히는
> 깔끔하면서도 거친 삽질 소리가 들린다.
> 아버지가 땅을 파고 계신다. 나는 내려다본다.[9]

두 번째 장면: 방아쇠를 당기듯 기억은 연쇄적으로 농부인 아버지와 할아버지에 대해 조용히 회상한다. 먼저 창문으로 재현되는 기억의 스크린을 통해 20년 전 과거 속으로 상상의 나래를 편다. 아버지는 리듬을 따라 감자를 캐고 심거나 삽을 다루는 방식에서 기술technique을 지닌 장인technician의 수준에 이른다. 세 번째 장면: 할아버지는 하루 종일 토너의 습지에서 누구보다도 많이 이탄이 되는 잔디turf or sods를 캐는 성실한 일꾼이다. 가끔 할아버지께 새참으로 우유를 가져다드리면 몸을 세워 들이키고는 곧장 다시 잔디를 캐신다. 깊숙이 더 파내려가면서 품질 좋은 잔디를 말끔히 가려내고 파내어 어깨너머로 던지는 솜씨 좋은 잔디 이탄peat 캐내기의 달인이시다. 네 번째 장면: 이제 다시 장면이 바꾸어 현재로 돌아온다.

> 감자 곰팡이의 차가운 냄새, 축축한 이탄의 철벅 소리와 찰싹 소리,
> 살아 있는 뿌리를 자른 가장자리의 뭉뚝한 컷

내 머리에서 깨어난다.

그러나 나는 그들과 같은 사람들을 따라갈 삽을 가지고 있지 않다.

내 검지와 엄지 사이

펜촉 만년필이 놓여 있다.

그것으로 파볼 것이다.[10]

이 시에서 아버지의 감자 캐기와 할아버지의 이탄 잔디 캐기의 파내려가는 숙련된 땅파기digging 행위는 시인의 펜촉 만년필로 흰 종이에 검은 잉크로 홈을 파는 글쓰기writing 행위와 대조된다. 감자 이랑과 늪지의 어두운 땅속을 파내려가는 아버지와 할아버지의 현실적 작업에서, 히니는 고고학적 상상력으로 북아일랜드 정신적·역사적·문화적·영성적 공동체의 현실적 토착 토양을 펜으로 파내려가고자 하는 욕망과 의지를 보이고 있다. 여전히 펜과 총의 이미지가 독자의 뇌리에 남는다. 이 시를 펜과 총의 이미지로 시작하는 히니의 의식 속에는 총의 비유가 전하는 폭력적인 위험이 잠재해 있다. 이러한 이미지는 지뢰와도 같이 단편적으로 폭발적인 이미지로 시집 『어느 자연주의자의 죽음』에 여기저기 심겨져 있다. 히니에게 총의 방아쇠는 영감을 불러일으키는 감feel의 촉진제 역할을 한다.

시 「어느 자연주의자의 죽음」에서는, 어린 시절의 자연현상은 더 이상 목가적이고 낭만주의적인 시선으로 보이지 않는다. 「땅파기」에서 언급된 총은 방아쇠가 당겨지면 폭력적인 위험을 상징하여 공포와 두려움을 자아낸다. 초기의 시인 히니는 폭력의 이미지가 지배하는 북아일랜드 데리에 살면서 자신도 모르는 공포와 두려움에 사로

잡혀 있다. 히니의 초기 시에는 이러한 대상을 알 수 없는 공포와 두려움으로 가득 차 있다. 이제 히니 자신이 만들어낸 "감정이 담긴 언어feeling into words"의 문맥에서 히니의 두려움의 시를 살펴보자.

서두에서 언급한 것처럼 히니의 고향 모스반에는 흰 이끼 아마와 이탄을 만드는 잔디가 함께 보이는 습지가 있다. 어린 시절의 히니는 이 습지가 놀이터인 셈이다.

… 여기서, 봄마다
나는 점박이 젤리를 잼 유리병 한가득 담아서
집 창틀에 학교의 선반에 놓고서
기다리고 기다린다.
통통한 반점들이 민첩하게 헤엄치는 올챙이로
터져나갈 때까지.[11]

이곳에서 화자는 끈적끈적한 개구리 알을 잼을 담는 유리병에 가득할 정도로 넣어 집과 학교의 선반에 놓고, "통통한 반점들이 민첩히 헤엄치는 올챙이로 터져나갈 때까지" 노심초사 지켜본다. 이 과정을 묘사하는 히니의 언어는 치밀하고도 함의적이다.

그러던 어느 무더운 날, 풀 위의 소똥 냄새가
진동하는 들판에, 성난 개구리들이
아마 댐에 침입하듯 범람한다: 나는 울타리 사이로 숨어들어
생전 처음 듣는 거친 삐꺽거리는 소리 쪽으로
다가갔다. 공기는 베이스 합창 소리로 두터워진다.

댐 바로 아래로는 배가 크게 부푼 개구리들이 이탄 잔디 위로 고개를 치밀고,

늦어진 목들이 돛 모양으로 맥박을 치며. 몇 마리는 폴짝거린다.

찰싹 풍덩 소리는 야한 위협이다. 몇 마리는

뭉툭한 머리로 방귀 뀌며, 진흙 수류탄처럼 자리 잡고 앉아 있다.

나는 토할 것 같아 뒤돌아 달린다. 커다란 끈적이는 왕들이

거기에 복수를 위해 모였다. 그리고 나는 알게 되었다.

만약 내가 손을 집어넣으면 개구리 알들이 내 손을 꽉 잡고 놓지 않으리라는걸.[12]

성난 개구리들이 히니 고향의 아마 댐flax-dam에 "침입하듯 범람한" 장면을, 소년 화자는 댐 바로 아래에서 숨어서 관찰한다. 이들의 모습은 생전 처음 듣는 거친 삐걱 소리와 깊고 두터운 베이스 합창 소리를 내며, 배가 부풀고 잔디 위로 고개를 치밀어 돛 모양의 늘어진 목을 지닌 채 폴짝거리고 찰싹 풍덩 소리를 내어, 처음에는 "야한 위협" 정도였다. 그런데 점점 뭉툭한 머리로 방귀를 뀌어, 이제는 "진흙 수류탄"의 통합 이미지로 소년에게 보인다. 이에 놀라 긴장하고 공포에 질린 나머지 소년 화자는 도망치기 시작했다. 갑자기 이 끈적거리는 왕들이 복수를 위해 모여서, 화자가 개구리 알을 잡기 위해 손을 넣으면 그 손을 잡고 놓지 않을 것이라는 위험의 공포를 느꼈기 때문이다. 시 전반부에서 소년 화자가 자연 속에서 체험한 개구리 알에 대한 인식 그리고 후반부에서 초등학교의 미스 월스에게서 개구리 알에 대한 자연 시간의 교육은 더 이상 작동하지 않는 선입견이 된다. 이제 소년에게 개구리 알로 재현되는 자연은 현실적인 체

험에서 생경하고도 낯설게 위협과 공포의 대상으로 다가온다. 이러한 새로운 인식의 전환은 이제 낭만주의적 자연주의를 벗어나 새로운 형태의 '자연주의의 종말'의 '현실의 비전vision of reality'을 가져다준다. 생명의 신비가 생명의 위협으로 변환되는 현실의 비전으로서의 의식의 전환이 일어나고 있다.

습지에서 개구리를 보는 시각뿐 아니라, 곡식 창고barn에서, 강둑에서, 우물에서, 개울에서 그리고 모스반의 사람들에 대해서도 인식의 전환이 일어난다. 목가적이라고 생각했던 데리의 모스반 곳곳의 공간적 장소에서 의식의 전환이 일어나는 것이다. 현실을 직시하여 감정을 언어에 담게 되는 것이다. 개구리에게서 느꼈던 공포는 「헛간The Barn」에서 더 심화된다. 히니의 기억은 익숙하게 일상생활에서 바라보았던 헛간에 보관된 농장의 물건들을 이제 상상의 세계에서 빛과 어두움 속에서 낯설게 바라본다. 헛간 안으로 들어가니 점차 안에 있는 것이 보이기 시작하는데 그때 거의 숨 막힐 정도의 공포를 느낀다. 무언가가 화자를 "두렵게 응시하고 있다."

> 어둠이 지붕의 공간처럼 깔렸다. 나는
> 새가 공기구멍으로 총알처럼 날아올 때 쪼아 먹힐 겨였다
> 나는 위의 공포를 피하기 위해 얼굴을 아래로 엎드렸다.
> 두 개의 자루들은 마치 커다란 눈먼 쥐처럼 움직였다.[13]

화자는 "박쥐가 날갯짓하는 밤"에, "두 개의 자루들은 마치 커다란 눈먼 쥐처럼 움직이는" 것으로, 자신을 "새가 공기구멍으로 총알처럼 날아올 때 쪼아 먹힐 겨"로 공포에 질려 상상한다. 총알과 박

쥐, 쥐에 대한 공포가, 마치 크리스토퍼 놀란 감독의 「다크 나이트」에서 우물 속에서 박쥐 떼의 공격으로 공포에 질린 후 트라우마에 빠진 배트맨의 어린 시절 브루스를 상기시키듯, 무의식적으로 드러나고 있다.

「배움의 진전Advancement of Learning」에서 시인은 공포의 대상인 쥐를 이번에는 다리가 있는 강둑을 걸으면서 난간에 기대어 백조를 바라보다가 다시 대면하게 된다. 처음에는 "식은땀을 흘리며" 공포에 질려 도망가다가 "또 다른 쥐"를 "저 멀리 둑에서" 보았을 때, 이번에는 공포에 질리면서도 눈을 돌려 쥐를 과감히 "신중하고도 소름이 돋는 주의를 기울이며" 응시한다, "뚫어지게 바라보면서."

> 쥐는 한참 동안 목적 없이 시계를 벌며.
> 멈추더니, 등을 웅크리고 번득이며,
> 귀는 혹 있는 두개골에 달라붙어
> 은밀하게 듣고 있다.
>
> 뒤로 이어지는 가늘어진 꼬리,
> 빗방울 같은 눈, 늙은 주둥이:
> 하나하나 모두 살펴본다.
> 쥐는 나를 훈련시킨다. 나는 쥐를 뚫어지게 바라보았다.[14]

시인은 자신이 이제까지 쥐 공포증이 있었다는 것을 잊은 채 이제 자신이 가야 할 길을 미루어 놓았던 다리를 건너서 계속 간다.

나는 쥐의 뒤를 1분 동안 응시했다.

그러고 나서 나는 계속 길을 걸어 다리를 건넜다.[15]

다른 한편으로 어린 시절의 경험은 시인에게 여러 형태의 관찰을 통해 무의식적인 공포증의 원인을 엿보게 해준다. 고양이, 칠면조, 새끼 밴 암소, 토끼 등의 동물을 다룬 시에서 살펴볼 수 있다. 「조기 숙청The Early Purges」에서는 새끼 고양이를 익사시키는 인간의 잔혹 행위에 대해서 공포를 느끼면서도 상세히 관찰하고 있고, 「새벽 사냥Dawn Shoot」에서도 정찰 근무를 하는 저격수처럼 토끼 사냥에 덤덤하게 동참하지만 주의 집중하며 살펴보는 시인의 모습을 그려놓고 있다. 「칠면조 관찰Turkeys Observed」에서는 가족이 함께하는 크리스마스 디너의 식탁에 놓일 칠면조 고기를 마치 그림을 그리듯 칠면조의 살아 있을 때와 죽은 고기였을 때를 대비하여 객관적으로 묘사하고, 「새끼 밴 암소Cow in Calf」에서는 호기심에 찬 눈으로 긴장해서 새끼 밴 암소의 고통을 관찰한다. 공포에서 벗어나면 사물을 보는 눈이 달라진다. 공포의 대상을 보는 시각이 달라진 것은, 배트맨이 된 브루스처럼, 「배움의 진전」에서 제시한 쥐 공포증을 극복하는 과정에서 체득한 것이다. "신중하고도 소름이 돋는 주의를 기울이며", "뚫어지게 바라보는" 새로운 응시의 현실감각을 초기 시에서 구현한 것이다.

동물뿐만 아니라 식물에서의 현상도 보는 시각이 달라진다. 블랙베리가 발효되는 과정과 버터 만드는 과정에서도 확인되고 있다. 사물을 바라보는 새로운 응시의 현실감각을 체득한 시인은 특히 「버터 만드는 날Churning Day」에서 시인은 이제 단편적인 응시에서 더 나아가 전체를 보는 시각에서 버터 휘젓는churning 과정을 포함한 버터 만드는 전 과정을 집중적인 응시의 눈으로 관찰한다. 발효해서, 청결, 응고, 세척, 완성 등의 발효와 정화 과정을 통해 마치 연금술과 같이 우유에서 "금빛 자갈 같은" 버터로 만들어진다. 시인은 아일랜드의 전통적인 수제 버터 제조 과정을 관찰하면서 나름대로의 느낌을 언어로 놀랍게 변신시켜 마치 독자가 버터를 만드는 데 참여하는 것 같게 한다. 히니가 "감정을 담은 언어"라고 할 때, 그 대표적인 예라고 할 수 있다. 이제 독자들도 시인 히니가 「칠면조 관찰」, 「새끼 밴 암소」, 「블랙베리 따기」, 「버터 만드는 날」에서 보여준 동식물에 대한 집중력으로 사물을 응시할 수 있다. 사실적인 묘사를 통해 독자의 상상력을 일깨워 자연현상을 그려보고 연단된 응시로 다른 대상인 인간, 물고기, 폭포에 대해서도 바라볼 수 있게 된다. 우리는 시인이 놀라운 기술로 집중된 관찰을 언어에 담아feeling into words 독자에게 시를 읽는 즐거움을 주는 것을 느낄 수 있다.

비록 두려움을 극복해서 정서적 안정을 찾으려고 노력하지만, 히니의 무의식적인 공포와 두려움은 여전히 불안으로 치환되어 「두 번의 수줍음Twice Shy」, 「애런섬의 연인Lovers on Aran」, 「작별Valediction」, 「마리를 위한 시Poem For Marie」, 「신혼여행 비행Honeymoon Flight」 등의 사랑과 결혼의 시에서도 등장한다. 특히 「신혼여행 비행」에서 히니는 비행기에 탑승하는 데 필요한 믿음과 신혼부부가 앞으로 겪어야 할 미지의 불안을 병치시킨다. 비행은 미지의 영역으로 의도적인 이동을 하는 것으로, 지속적인 동반 관계를 유지하기 위해 필요한 여정에 대한 은유다. 비행기 아래에 신혼의 부부인 자신들이 살아야 할 얼스터의 조감도가 "조각난 땅, 산울타리의 어두운 끝자락,/ 평범한 결혼 생활의 마을과 들판을 엮고 푸는/ 긴 회색 태엽 같은 길"로 펼쳐져 있다. 그들의 잠시나마 안정된 정서의 "뚜렷했던 녹색 세계"는 이제 비행기가 방향을 틀어 날개 각도를 바꾸자 거꾸로 보이고 엔진 소리가 바뀐다. 익숙하지 않은 변화는 친숙한 풍경마저 낯설게 느껴져 신부는 신랑을 불안한 마음으로 바라본다. 신혼부부의 미래는 아직 알 수가 없다.

보이지 않는 대기에 의존하여
우리를 계속 공중에 머물고 더 멀리 데려다주기 위해
우리는 기적적으로 물 위에 매달려 있다.[16]

유일하게 확신할 수 있는 것은 서로에 대한 믿음뿐일 것이다. 「발판 만들기Scaffolding」에서 그 믿음에 대한 발판을 제시한다. 좋은 건물을 올릴 때 석공이 유의해야 할 것은 발판을 든든하게 만들어 돌의 벽을 견고하게 세워야 한다는 것이다. 성공적인 결혼에 대한 비유로 돌벽을 쌓는 석공을 얘기하고 있다. 안전한 통로를 보장하기 위해("분주한 지점에서 널빤지가 미끄러지지 않도록 주의") 발판을 테스트하여 안정적으로 접근할 수 있도록 해야 하며("모든 사다리를 고정"), "볼트 조인트를" 조여 약한 부분을 안정화한다.

그래서, 내 사랑, 만약 때때로,
당신와 나 사이의 오래된 다리들이 부서진다면

두려워하지 마. 우리가 벽을 쌓았다고 확신하며

우리는 그 발판이 떨어지도록 내버려둘 수 있으니까.[17]

비록 일시적이기는 하지만, 견고한 돌의 벽을 세우기 위해서는 발판이 필수적이다. 때로는 결혼 전의 존재가 그들의 관계를 굳건하게 하는 데 위협이 된다고 하더라도, 오히려 그런 순간은 이미 벽을 만들고 나면 그 발판은 더 이상 필요하지 않게 되고 탄탄히 만들어진 기초에 저해 요인이 되지 않을 것이라는 히니의 자신감에 찬 설명이다. 「섬에 부는 폭풍Storm on the Island」에서는 발판을 준비하고 안전한 집을 짓고, 시인의 믿음과 확신에도 불구하고, 폭풍을 만난 섬은 불가항력이라는 불안을 드러내고 있다. 왜냐하면 두려움의 실체는 바로 "실체 없는 거대한 것"이기 때문에.

토한다. 우리는 그냥 쪼그리고 앉아 있다.
바람이 전투기처럼 하강하며 눈에 보이지 않게
폭격하고 있을 때. 공간은 기습공격,
우리는 빈 공기로 폭격을 당하고 있다.
이상하게도, 우리가 두려워하는 것은 실체 없는 거대한 것이다.[18]

이 모든 불안과 두려움을 보다 시공간을 초월한 시각에서 바라보면, 불안에 떨고 있는 아내 마리와 시인 자신에게 정신적 안정을 줄 것이다. 「중력Gravities」의 첫 부분에서 히니는 자유롭게 날아다니는 듯 보이지만 "엄격하면서도 보이지 않는reined by strings, strict and invisible" 줄에 매달려 있는 연이나, 갑자기 둥지를 향하는 비둘기들 그리고 작은 다툼으로 소원해져 있다가도 다시 사랑의 자리를 찾는 부부들의 모습을 병치시킨다. 또한 파리에서 망명 생활을 하지만 항상 마음속에서는 고향 더블린을 생각하며 고향의 거리를 따라 파리의 상점들 이름을 작품 속에 붙이는 제임스 조이스, 항상 아일랜드를 잊지 못하는 스코틀랜드 아이오나섬의 세인트 콜롬바 콜름실St. Columba Comcille 등의 예를 들며, 정서적 안정을 찾고 있는 여러 유형을 제시하고 안정을 향한 중력의 여러 이미지를 제시한다.

> 파리에서 시력을 잃어가던 조이스는 파티에서
> 더블린의 오코넬 거리를 따라 늘어선 상점 이름들을 읊었고
> 아이오나섬에서 콜름실은 아일랜드 흙을
> 신발에 넣어 밟고 다니면서 평온을 얻었다.[19]

다른 한편으로는 히니가 제시하는 이 여러 가지 이미지들은 히니의 작품 세계를 관통하는 가장 핵심적인 주제가 북아일랜드의 역사와 사회라는 것을 보여주는 시적 도구이기도 하다. 이러한 이미지들은 아무리 멀리 떨어져 있거나 눈에 보이지 않는다 해도 다시 제자리로 돌아가는 모습을 보여주기 위해 사용되는 보이지 않는 무의식의 뿌리인 것들이다. 히니는 이를 통해 신혼부부뿐 아니라 아일랜드 공동체라는 주제가 자신의 시 세계에 중력처럼 작용하며 자신의 시의 근원을 이루고 있음을 암시한다. 마지막 연에 나타난 제임스 조이스의 모습은 바로 히니의 모습이 투영된 인물이다. 히니가 자기 시의 모델로 삼았던 제임스 조이스는 히니의 여러 시들에서 아일랜드를 상징하는 메타포로 쓰이다가 결국 후에 『스테이션 아일랜드*Station Island*』에서 그 모습을 드러낸다. 이처럼 히니는 공동체 속에서의 시

인인 자신의 모습을 제임스 조이스와 콜름실의 모습으로 형상화하고, 파리나 스코틀랜드 등 아무리 지리적으로 멀리 떨어져 있다 해도 시인으로서 자신의 정체성은 바로 아일랜드에 있음을 은유적으로 보여주고 있는 것이다. 부부간의 정서적 불안을 초월하여 아일랜드 공동체라는 광범위한 시간적·공간적 안정을 확장시켜 보여주고 있다.

히니의 시적 소명: 현실의 비전과 예술적 재현

히니의 「애런섬의 싱」, 「성 프란체스코와 새들」, 「조그마한 마을에서」 등 세 편의 시에서 응시와 연단을 통한 예술적 재현의 현실적 비전을 찾아볼 수 있다. 「애런섬의 싱」에는 애런섬의 사방에서 불어오는 바람이 소금으로 그 날카로움이 더해지고, 땅을 깎아 내려가며, 절벽을 깎기도 한다. 아일랜드의 극작가 존 밀링턴 싱(1871~1909)은 애런섬의 '영감'의 바람과 함께하며 항상 머릿속에는 작품을 구상하며 "소금 바람으로 다듬어지고" 연마되고 감정의 격동 속에서 "통곡하는 바다에 담긴 펜촉"으로 글을 써 내려가는 천재적이고 날카로운 비평적 시각을 지닌 작가가 된다. 「성 프란체스코와 새들」에서는 1209년 프란체스코 수도회의 설립자인 아시시의 성 프란체스코(1191~1226)가 새들에게 사랑을 전파하는 언어는 새로운 신비로운 의사소통의 선물로 재창조되어, "날개로 춤을 추고,/ 투명한 기쁨을 위해 놀며 노래하는" 날개 달린 단어가 되어 새와 함께 춤을 춘다. 사랑의 믿음을 가진 이들의 진심과 희망을 주는 빛나는 밝은 어조가 바로 독자의 마음을 사로잡을 것이라는 비전을 제시한다. 「조그마한 마을에서」에서 반 고흐와 살바도르 달리 스타일로 풍경화를 그리는 초현실주의 화가 콜린 미들턴(1910~1983)은 총처럼 장전된 돼지털 쐐기로 큰 브러시 윤곽선과 세척을 사용하여 바위 안의 수정이 나타날 때까지 화강암과 점토를 구별하여 쪼개어, 석재의 그라운드가 더 선명하게 정의되고 배경이 고정될 때까지 가장자리를 연마한다.

히니의 첫 시집 『어느 자연주의자의 죽음』은 북아일랜드 데리 카운티의 모스반 마을의 자연환경 속에서 인간, 동물, 식물 등 생태계에서 시인이 지닌 느낌과 인상, 개인적 기억과 북아일랜드의 사회적·역사적 기억에 대한 시인의 언어적 묘사와 명상적 분석을 하고 있다. 감자 파내기와 이탄 잔디 캐기, 자연에서의 공포, 감자 기근과 북아일랜드의 역사와 현실 그리고 히니 자신의 결혼 등을 다룬 이 시집은 히니의 생애 내내 지속되고 있는 주제의 압축된 단면을 제시했다고 볼 수도 있다. 『어느 자연주의자의 죽음』의 단편으로 조각난 한 편 한 편의 시를 읽어 전체를 모아보면, 앞으로 평생 히니가 구성해나갈 작품 세계의 시적 비전이 제시되고 있음을 감지할 수 있다. 이 첫 시집에서 시인 히니는 탐구가이자 고고학자로서 자신의 땅의 도면을 그리고 전통을 발굴하며 다시 써내려간다. 마치 V자 모양으로 두 갈래로 갈라진 개암나무 막대로, 목표 장소를 빙빙 돌다가 가야금 줄을 퉁기듯 개암나무 가지의 떨림으로 물소리의 튕김을 감지하는 「수맥 탐지자The Diviner」처럼, 안나 스위르의 "세상의 목소리를 포착하는 안테나"처럼, 시인 히니는 자신의 잠재의식과 집단적 잠재의식 사이in-between의 안테나가 되어 영감의 물줄기를 찾아낸다.

이제 히니의 시는 우물이라는 제한된 공간의 증폭된 소리와 같이 자신의 시적 목소리로 '어둠을 메아리치는' 시적 소명을 결단한다. 이후 수십 년 동안 북아일랜드의 사회적·정치적인 동요와 소용돌이를 목격하고 시적인 현실의 비전을 재현하여 아일랜드 그리고 전 세계적으로 숭고한 어둠을 파헤쳐 메아리쳐 울려 퍼지게 할 것이다.

루이즈 글릭의 『야생 붓꽃』

상처에서 피어난 시의 언어

정은귀·한국외국어대 영미문학문화학과 교수

글을 시작하며

120년이 넘는 노벨문학상의 긴 역사에서 루이즈 글릭(1943~)은 여성 시인으로서는 두 번째 수상자다. 미국 내에서 퓰리처상, 볼링겐상 등 시인에게 수여하는 큰 상을 이미 여러 차례 수상했고 2003~2004년에는 계관시인이기도 했지만, 막상 글릭이 노벨상을 타게 되리라고 예견한 사람은 많지 않았다. 그간 117명의 노벨문학상 수상자 중 101명이 남성 작가였고 여성 작가는 단 16명에 불과했으며 문학의 여러 장르 중에서 시 분야에서는 1996년 폴란드 시인 비스와바 쉼보르스카가 유일했으니, 글릭의 수상을 지켜보면서 그동안 시로 큰 위안과 구원을 준 수많은 여성 시인들은 모두 어디에 있었는지 새삼스러운 느낌이었다. 한 작가의 위대함이 노벨문학상으로 규정되는 것은 아니지만 그 상이 가진 권위를 생각하면 시라는 장르에게나 여성에게나 노벨문학상은 쉽게 문을 열어주지 않았던 것은 분명하다. 그런 상황에서 글릭은 노벨문학상을 수상하는 자리에서 "나는 별 볼 일 없는 사람인데, 당신은 누구예요?I am Nobody! Who are you?"로 시작하는 에밀리 디킨슨의 시를 낭송했다. 상이 주는 권위나 격찬에 몰두하지 않고 자기 본래의 자리로 돌아가 시를 쓰겠다는 시인의 변함없는 마음을 보는 것 같아 신선하고 유쾌했다. 노년의 시인이 선사하는 메시지를 들으면서 머리에서 명랑한 종소리가 울려 퍼지는 느낌이었다.

루이즈 글릭은 생존자 시인이다. 거식증이라는 병을 7년의 집중 치료를 통해서 이겨냈다는 의미에서 생존자이지만 시인으로서 자리를 잡는 과정도 쉽지는 않았다. 1968년 첫 시집 『맏이*Firstborn*』는 28번의 거절 끝에 나왔고, 글릭은 초기 시집들에 대한 비평가들의 반응에 일희일비하지 않고 꾸준히 시를 썼다. 지금까지 개별 시집으로는 13권의 시집을, 두 권의 산문집을 출판했는데, 시집마다 나름의 변신을 꾀하면서 일상의 세계를 신화의 세계와 엮어 황폐한 세계의 풍경과 관계의 여러 양상, 사랑의 여러 모습까지 다채롭게 담았다. 이 글은 방대한 루이즈 글릭의 시 세계를 다 소개하기보다는 몇 편의 중요한 시들을 골라서 영미 시의 세계를 잘 모른다 하더라도 노벨문학상에 관심 있는 독자들이 궁금해할 글릭 시의 미학에 대해 소개하고자 한다. 글릭의 시가 전하는 몇몇 특징적인 풍경을 담은 약소한 초대장으로 이 글을 읽으면 좋겠다.

글릭은 어떤 점에서는 노벨문학상이 새롭게 발굴한 시인이라 해도 무방할 정도로 한국의 출판계에서는 알려지지 않은 시인이었다. 미국에서도 여러 의미 있는 문학상을 타긴 했지만 대중적인 인지도가 높은 시인이 아니었기에 노벨문학상이 아니었더라면 한국의 독자들에게 시집이 번역되거나 적극적으로 소개되기는 쉽지 않았을 것이다. 가끔 보석은 숨어서, 숨은 채로 변함없이 빛나는 것이다. 스웨덴 한림원은 "꾸밈없는 아름다움을 갖춘 확실한 시적 목소리로 개인의 존재를 보편적으로 그려냈다"고 이야기하면서 명징함을 특징으로 하는 글릭의 시 세계를 높이 평가했다. 글릭의 노벨문학상 수상은 시가 홀대받고 시가 아무것도 아니라고 치부되는 시대에 시라는 언어 형식이 우리의 삶에 무엇인지, 어떤 의미가 있는지를 겸허하게 돌아보게 한다. "꾸밈없는 아름다움"을 갖춘 시라는 말은 시에 드리워진 온갖 오해들, 가령 수많은 언어적 장식과 기교가 동원되는 아름다운 형식이라는 오해를 풀고 시가 무엇인지에 대해 다시 생각하게 한다. 어려운 단어가 없고 소박하고 단정한 글릭의 시는 자기 내면의 어둠과 이 세계의 불행들을 고요히 응시하면서, 그 응시를 먼 신화의 세계까지 확장하여 지금의 현실과 겹쳐 놓는다. 여러 겹의 역사를 동시에 품고 있는 셈이다. 이 세계를 살아가는 모든 고독한 존재의 숨은 아우성을 떠올리게 하는 상처받은 여린 목소리들은 고요한 집중력으로 우리에게 다가온다. 이 글은 상처받은 꽃들의 목소리, 상처를 이겨내고 부드럽고 강인한 힘으로 피어난 글릭의 시를 만나러 가는 한 가지 길이다.

소수자-시인의 탄생과 성장

시인이 된 사람들, 특히 노벨문학상 같은 큰 상을 타는 시인들은 어린 날부터 뭔가 큰 축복된 계기가 있나 생각하기 쉽다. 그러나 그렇지는 않다. 미국에서 여성 시인이 되는 길은 글릭의 시절에 쉽지만은 않았다. 에이드리안 리치나 실비아 플라스 등의 시인들은 어린 시절부터 교육열이 높은 부모님 아래서 전문적으로 시인이 되는 훈련을 했는데, 글릭 또한 시를 가까이 접하는 분위기에서 성장했다. 시를 즐겨 읽는 할머니가 들려주는 윌리엄 블레이크나 에밀리 디킨슨의 시들 그리고 신화의 세계를 좋아하는 아버지가 어린 글릭 자매들에게 책을 만들도록 가르쳐주는 등, 비교적 책과 가까이 하면서 자랐다고 한다. 할아버지 대에 미국으로 이민을 온 헝가리계 유대인 집안에서 글릭의 부모님은 모두 문학에 조예가 있었다 한다. 아버지는 시인을 꿈꾸었으나 사업가가 되었고 어머니는 동부의 명문 웰즐리대학을 나왔다. 글릭은 두 딸 중 맏이였다. 그에 앞서 언니가 있었는데 일찍 세상을 떠났다고 한다.

20세기 중반만 하더라도 미국 사회 안에서 유대인은 비주류 계층으로 간주되었다. 1976년 노벨문학상을 탄 소설가 솔 벨로(1915~2005) 등 많은 유대인 작가들이 소수자 의식을 강하게 보여주는 것은 20세기의 문화적 지형도에서 유대인의 위치를 말해주기도 하지만, 무엇보다 홀로코스트라는 대학살의 기억을 지닌 민족이라는 점도 큰 영향을 끼쳤다. 많은 여성 시인들이 좋은 대학을 나온 반면에 글릭은 섭식 장애 치료에 집중하느라 대학 교육을 정식으로 밟지 못했다. 시인으로 나온 이후에도 문단의 지형도에서 비교적 멀찍이 있었다. 시인으로서나 기질로서나 소수자로 살면서 특히 가족 관계 안에서 여러 형태의 상실을 경험한 글릭은 시라는 언어예술에 기대어 고독한 개인의 목소리를 보편의 목소리로 승화시킨다. 무엇보다 자신이 태어나기도 전에 있었던 언니의 죽음과, 그 죽음이 가족사에 미친 영향을 예민하게 의식하며 자랐기에 어릴 때부터 죽음과 상실의 문제에 대해 심각하게 고민했다고 한다.

극심한 섭식 장애로 고등학교를 중퇴한 글릭은 이후 7년이나 되는 긴 기간 동안 상담 치료를 받게 된다. 치료에 전념하느라 대학을 다닐 수 없게 된 상황에서 세라로런스 칼리지와 컬럼비아대학의 시 창작 수업을 수강하며 시의 세계에 입문한 글릭은 훗날 자신의 거식증은 강압적인 어머니로부터 독립하고 싶은 자아의 고달픈 싸움에서 시작했다고 고백하기도 했다. 자기가 태어나기도 전에 죽은 언니에게 자기 존재의 빚을 진 것만 같은 느낌에 시달리며, 죽을 것만 같은 두려움과 죽고 싶지 않은 열망 사이에서 힘겨웠다고 한다. 하지만 정규적인 대학 교육을 포기하면서 섭식 장애와 맞서 열심히 싸운 그 시기를 글릭은 후에 인생에서 가장 위대한 경험 중 하나였다고 회상하는데, 고통을 단련하던 그 시간이 시인을 단단하게 만들어주었기 때문이다.

글릭이 시를 발표한 첫 지면은 당대 여성 전문 대중지 『마드모아젤』이었고 이후에 『시』, 『뉴요커』 등에 시를 발표하게 된다. 1967년에 결혼하고 1968년에 첫 시집 『맏이』를 출판하는데, 이 시집은 임신과 낙태 경험, 깨어진 사랑, 가난한 이웃 등 상실과 고통의 풍경이 조금은 냉정한 듯, 절제된 어조로 그려져 있다. 로버트 로웰이나 실비아 플라스 등 당대의 고백 시인들의 시와 비슷하다는 평가를 받지만 이들 시인들에 비해서 시 내부에서 나오는 목소리의 변주가 한층 다양하다. 첫 시집을 낸 후에 다소의 침체기를 겪던 글릭은 버몬트주의 한 대학에서 시 강의를 하게 되었고, 다시 이 경험을 모아서 1975년

『습지 위의 집*The House on Marshland*』을 출판한다. 이 시집으로 글릭은 비로소 자신만의 독보적인 목소리를 획득했다는 평가를 받게 된다.

30대의 글릭은 아들 노아의 출산과 작가 존 드라노와의 두 번째 결혼이 중요한 분기점을 이루고, 1980년에는 세 번째 시집 『하강하는 형상*Descending Figure*』을 내게 된다. 두 번째 시집에서 다소 따뜻하고 안정적인 집과 성장, 가족 관계를 그린 데 반해서, 다시 세 번째 시집에서 글릭은 현실을 건조하고 냉정하게 그리고 있으며 특히 물에 빠져 죽은 아이들을 사실적으로 그린 첫 시로 인해서 "아이들을 미워하는 사람"으로 오해받기도 한다. 하지만 상처 입은 존재들의 상실과 박탈을 실감나게 그린다는 점에서 이 시집은 전반적으로 좋은 평가를 받았다. 1985년 출간된 『아킬레우스의 승리*The Triumph of Achilles*』는 시인으로서 글릭의 자리를 굳건하게 해준 시집이다. 이 시집으로 글릭은 전미비평가협회 상을 받았고, 이전 작품들에 비해 한층 예민하고 예리한 시선을 드러내는 시집이란 평가를 받았다. 특히 여성 주체로서의 자각을 명료하게 드러난 시들도 많고 몇몇 시들은 미국 시 선집에도 수록되어 대학 강의실에서도 글릭의 시가 읽히게 된다. 후에 1995년, 이 네 권의 초기 시집을 엮어서 『첫 네 권의 시집들*The First Four Books of Poems*』을 출판했다.

1984년 글릭은 윌리엄스대학 영문과에 임용되는데 그다음 해 1985년에 아버지가 세상을 떠난다. 글릭은 엄마보다 아버지의 성정을 닮은 딸이었다. 아버지의 죽음은 글릭에게 엄청난 상흔을 남겼는데 이 상실의 경험이 시로 엮여 1990년 『아라라트산*Ararat*』으로 출간된다. 터키의 가장 높은 산 아라라트산은 구약성경에서 노아의 방주와 함께 등장하는 산이다. 인간의 타락으로 하느님이 대홍수로 심판하게 되고 노아가 하느님의 계시로 방주를 만들어 도착한 곳이 바로 아라라트산이다. 아버지를 떠나보낸 후의 지독한 상실이 드리워진 이 시집 이후, 1992년에 글릭은 『야생 붓꽃*The Wild Iris*』을 펴낸다. 이 시집으로 윌리엄 칼로스 윌리엄스상과 퓰리처상을 수상하고 글릭은 시인으로서의 명성을 한층 확고히 하게 된다. 정원에서 꽃을 키우는 정원사와 온갖 다양한 식물들, 자연물의 대화로 가득한 이 시집은 독특한 꽃의 서정이다. 창조주 하느님까지 포함한 목소리의 서로 다른 층위들이 겹겹으로 놓여 있는데, 단순히 하나의 주체가 아니라 한목소리 안에 다른 목소리들이 복화술처럼 얹혀서 많은 해석을 가능하게 하는 재미있는 시집이다. 글릭의 가장 대표적인 시집이기에 미국의 대학에서도 이 시집을 많이 가르친다. 필자도 종종 학부 수업에서나 대학원 수업에서 글릭을 다룰 때 이 시집을 대표적으로 가르치곤 한다.

1994년에는 산문집 『증거와 이론들: 시에 관한 산문들*Proofs & Theories: Essays on Poetry*』을 냈고 이 산문집으로 펜협회에서 주는 상을 수상했다. 1996년에는 두 번째 남편과도 헤어지고, 같은 해 출판한 시집 『목초지*Meadowlands*』는 한때 사랑했던 이들이 점점 벌어지고 소원해지는 가족 관계에 대한 진솔한 이야기가 담겨 있다. 이 시기, 그 어느 때보다 더 왕성하게 시를 썼던 글릭은 뒤이어 1999년에 『새로운 삶*Vita Nova*』을, 2001년에 『일곱 시절들*The Seven Ages*』을 펴냈다. 윌리엄 셰익스피어의 로맨스 희곡 작품 중 『뜻대로 하세요*As You Like It*』가 있는데, 여기서 인생을 연극에 비유하는 독백에서 "인간의 일곱 시절"에 대한 이야기가 나온다. 유아기, 아동기, 연애기, 군인의 시기, 정의로운 시기, 노년기 그리고 망령과 죽음의 시기인데, 글릭은 이 시집에서 어린 날의 시절부터 쉰에 이르는 자신의 삶을 반추한다. 2004년에는 2001년 미국과 전 세계에 큰 충격을 준 9·11 테러 공격에 대한 시로 짧은 챕북 『10월*October*』을 내게 된다.[1] 한 편의 긴 시를 여섯 부분으로 나누어 구성한 이 챕북에서 글릭은 고통스런 사건 후에 새겨지는 상흔으로서 트라우마를 시의 형식으로 기록한다. 2004년은 글릭이 예일대학으로 자리를 옮긴 해이기도 하다.

2006년에 글릭은 시집 『아베르노*Averno*』를 출간하다. 앞서 『새로운 삶』으로 2000년에 수상했던 영어권 연합 대사들이 선정하는 상을 다시 『아베르노』로 2007년에 수상한다. 『아베르노』는 비평가들이 특히 좋아한 시집이고, 뉴잉글랜드 지역 펜협회 상을 시인에게 안겨주기도 했다. 노벨문학상을 수여한 스웨덴 한림원에서 특히 관심 있게 언급한 시집이기도 하다. 글릭은 이어서 2009년에 『마을의 삶*A Village Life*』을, 2012년에는 그간의 시들을 모두 모은 두꺼운 시집 『시들: 1962년에서 2012년까지*Poems: 1962–2012*』를 출간했고, 이 시집으로 글릭은 로스앤젤레스 타임스 북 어워드를 수상했다.

2014년에는 『신실하고 고결한 밤*Faithful and Virtuous Night*』을 출간했다. 이 시집도 좋은 반응을 얻어 전미도서상을 시인에게 안겨주었다. 2017년에는 두 번째 산문집 『미국의 독창성*American Originality*』을 냈으며 시집 출간은 잠시 뜸한 중에 2020년 영광스러운 노벨문학상을 수상하게 되었다. 2021년에는 7년 만에 15편의 제법 긴 시들을 묶은 『레시피 북에서 나온 겨울 요리법들*Winter Recipes from the Collective*』을 냈다. 13권의 시집을 내는 동안 글릭은 일관되게 이 세계에서 인간으로 겪는 상실과 슬픔 그리고 관계 안에서 직면하는 여러 갈등을 이야기해왔다. 개인적으로 시인은 1980년 버몬트에서 살던 집이 화재로 전소되는 사건을 겪는 등 크고 작은 '상실'의 경험을 평생 지나왔으며, 그 다양한 상실의 경험을 삭이고 또 삭여서 시라는 꽃을 피워낸다. 그에게 시의 꽃은 화려한 개화가 아니라 농익은 상처에서 흐르는 진물이 딱지가 되고 그 딱지가 굳어서 만든 무늬라고 해도 무방하겠다.

최근 들어 대화체의 극적 독백 형식을 시도하는 등 형식상의 변화를 끝없이 꾀하고 있지만, 글릭은 서정시가 홀대받아온 미국 시단에서 서정 시인으로서의 자기 정체성을 올곧게 지켜낸 시인이다. 자전적인 삶의 체험에 바탕을 두면서도 고백 시인들이 구사하는 직접적인 정서의 토로 대신 늘 자기 주체를 한 겹 감추고 다른 목소리의 서정 주체를 내세운다. 그래서 글릭의 명징하고 소박한 언어는 그 목소리의 다른 층위를 잘 읽어낼 때, 시의 보편적 공감이 확대된다. 자신이 직간접적으로 체험한 상실의 경험과 고통의 기억을 예술적인 상상의 형식으로 바꾼 시인 루이즈 글릭은 상실과 죽음을 내내 곁에 두고 살면서 자기 생을 잇고 버틴 자의 고투를 시로 기록한 증언자 시인이다. 한목소리로 말해지지만 여러 목소리를 취하는 복화술사의 목소리를 한 독특한 주체를 선보이는 글릭의 시는 쉽고도 어렵다. 이 글에서는 상실이 무의미한 상실로 그치지 않고 새로운 삶을 위한 힘이 되게 보여주는 글릭의 시 세계를 가장 잘 보여주는 시들을 시인의 대표적인 시집 『야생 붓꽃』에서 골라 읽어보려고 한다. 소설과 달리 시는 한 편 한 편의 해석이 중요하기 때문에, 시집 전체 내용을 정리하기보다는 몇 편의 시를 꼼꼼히 읽는 것이 중요하겠다 싶어서 될 수 있는 한 시를 찬찬히 짚어보고자 한다.

죽음에서 피어나는 생

상처에서 피어난 꽃으로 글릭의 시를 다시 읽고자 할 때 그의 시 세계를 잘 보여주는 대표적인 시로 「눈풀꽃Snowdrops」이 있다.

당신 아나요, 내가 어땠는지, 어떻게 살았는지?
절망이 어떤 건지 당신은 알지요; 그렇다면
당신은 겨울의 의미를 아시겠지요.

내가 살아남을 줄 몰랐어요,
대지가 나를 짓눌렀거든요. 내가 다시 깨어날 거라
예상하지 못했어요, 축축한 땅 속에서
다시 반응하는 내 몸을 느끼게 될 거라곤,
그토록 긴 시간 흐른 후에
가장 이른 봄
차가운 빛 속에서
다시 나를 여는 법을 기억해 내리라고는—

두렵냐고요, 네, 그래도 당신들 속에서 다시
외칩니다, 그래요, 기쁨에 모험을 걸어보자고요,

새로운 세상의 맵찬 바람 속에서.[2]

눈풀꽃은 흔히 설강화雪降花로 번역되는데, 차가운 눈 속에서 하얗게 피어나는 겨울의 꽃이기에 '눈'을 살려서 '눈풀꽃'으로 옮겼다. 시의 첫 시작, "당신 아나요, 내가 어땠는지, 어떻게 살았는지? 당신은/ 절망이 어떤 건지 알지요. 그렇다면/ 겨울이 당신에게 의미가 있겠지요"라는 자문자답은 시집 『야생 붓꽃』에서 시인이 즐겨 구사하는 대화체 화법이다. 나의 고통과 절망을 말하기에 앞서, 먼저 질문함으로써 당신도 절망이 무언지 알고 있을 거라는 말을 하는 것은 절망과 고통을 둘러싼 공감을 형성하는 과정이다. 겨울이라는 존재 조건은 당신과 나 사이에 공통으로 관통하는 폐허의 세계다. 꽃은 정원사-시인과 인간들에게 말을 걸면서, 다시 죽음 같은 침묵을 딛고 세상 밖으로 나온다고 선포한다. 이를 통해 시인은 절망에 처한 인간의 상황을 겨울에 빗대어 겨울을 이겨내고 피어난 꽃을 보며 절망을 건너는 법을 가르쳐준다. 차가운 대지는 생명의 발아를 막는다. 고통의 한가운데서 인간은 그 고통을 어떻게 건너게 될지 확신하지 못한다. 다만 견딜 뿐이다.

하지만 긴 시간이 흐른 후 무감해진 몸을 깨우는 어떤 힘이 생겨난다. 그 힘이 어디에서 오는지, 대지의 것인지 혹은 깨어나는 자신의 근원적인 생명력인지는 분명히 드러나지 않는다. 하지만 중요한 것은 기나긴 동면의 시간 후에 다시 깨어난다는 사실이고, 그러한 자각 속에서 다시 한 번 세상의 맵찬 바람 속을 살아갈 힘을 얻는다. 기쁨에 모험을 걸어보라는 것은, 고통이 선사하는 긴 동면의 시간을 이겨낸 생명의 외침이다. 이는 죽음과도 같은 절망을 이겨낸 인내의 선물이다. 아픈 질문에서 시작한 시는 말미에 이르러서는 세상이 선사하는 모험을 즐기자는 초대로 끝난다. 세상은 여전히 차가운 바람이 불지만 고독한 절망을 이겨낸 자의 굳건한 용기는 세상의 날

선 바람을 기쁜 도전으로 맞서게 한다. 눈 속에서 피어난 꽃처럼 우리는 조금 두렵더라도 함께 이 세상의 빛을 드러낼 수 있는 것이다.

위대한 것은
생각이 있는 게
아니랍니다. 느낌들:
아, 제게는 느낌이 있어요, 그
느낌들이 저를 다스리지요. 제게는
태양이라 불리는 하늘나라
영주가 계셔서, 그분께
나를 열어서, 제 가슴의
불을 보여 주지요, 그가 제 가슴에
있는 것만 같은 그런 불을.[3]

『야생 붓꽃』 시집 전체가 꽃이나 풀, 황혼 등 자연물을 시적 사유의 대상으로 삼으면서 동시에 목소리를 부여한다. 「꽃양귀비The Red Poppy」라는 제목의 이 시는 새빨간 꽃잎을 가진 양귀비꽃의 목소리를 빌리고 있다. 양귀비꽃은 일반인들에게는 꽃보다는 마약을 바로 연상하게 하는 꽃이다. 하지만 80여 종이 넘는 양귀비 중에 마약 성분이 있는 종류는 네 종류에 불과하다고 한다. 북미 대륙의 너른 들판에 우수수 피어나 붉게 흔들리는 꽃양귀비를 통해 시인은 시의 첫 줄부터 좀 담대한 선언을 한다.

생각이 아니라 느낌이라니. 영어 원문에서는 'mind'로 되어 있는 부분을 필자는 '마음'으로 옮기지 않고 '생각'으로 옮겼다. 하나의 단어가 여러 의미를 품는 것이 시의 가장 큰 매력인데, 번역에 있어서는 가장 큰 어려움이기도 하다. 여러 의미 중에 하나를 선택할 때는 시를 해석하는 시선에서 무엇이 가장 우위에 있는지를 본다. 이 시의 경우, 글릭이 mind와 feeling을 비교한 것이 단순한 비교가 아니라 인류의 역사와 문화사의 흐름 안에서 이어온 어떤 비판 의식이 작동했다고 보았다. 사람들이 위대하다고 하는 성취는 대개 정신적 사유의 결과였다. 과학과 기술 등 인간 지성사의 근간에 정신과 사유, 생각이 자리하고 있었다. 그런데 시인은 생각이 아닌 느낌이 대단하다고 말한다. 시의 첫 시작부터 시인은 느낌의 영역을 사유의 영역 위에 두면서 그간 우리의 의식을 암암리에 지배해온 "감정(느낌) < 정신(생각)"의 공식을 뒤집어서 감정(느낌) > 정신(생각)으로 확고히 한다. 고정관념에 반기를 드는 것을 넘어서 시인은 느낌이 위대한 것이며 느낌이야말로 가슴을 열게 하는 힘이라고 강조한다. 그다음 시인은 질문을 통해 꽃의 목소리를 인간적인 것으로 층위로 올려서 한층 더 굳건히 밀고 나간다.

심장이 없다면 그런 영광이
어떻게 가능할까요? 오, 형제자매들이여,
당신도 한때는 나와 같았지요, 그 옛날,
인간이 되기 전에요, 한때는 당신도
자신을 활짝 열었고, 다시는
열리지 않았지요? 왜냐하면 진실로
나는 당신이 말하는 방식으로
지금 말하고 있으니까요. 나는 말을 해요,

산산이 부서졌으니까요.[4]

이 시가 재밌는 점은 빨간 꽃양귀비가 인간들에게 질문을 하면서 동시에 자신들도 인간의 층위에서 이야기를 한다는 점이다. "심장이 없다면 그런 영광이/ 어찌 가능할까요?" 하는 질문은 꽃의 심장을 한번도 상상해보지 않은 독자에게 꽃의 심장을 상상하게 한다. 자신을 활짝 여는 일이란 대체 어떤 것일까, 인간을 "형제자매"라고 부르면서 계속되는 꽃양귀비의 질문 속에서 어느새 독자는 꽃양귀비의 호소에 이입된다. 꽃양귀비가 사람처럼 목소리를 내는 과정에서 이 시를 읽는 독자는 거꾸로 꽃양귀비가 된다. 나 자신을 열어 보이는 일에 대한 질문은 정원사-시인에게만 한정되지 않고 시를 읽는 독자에게 확대되어 누구나 그 까마득한 전생의 기억을 천천히 되짚게 한다. 심장을 열어서 보이는 일은 자신을 솔직하게 보여주는 것. 자기 속마음을 그대로 비추는 일은 쉬운 것 같지만 전혀 쉽지 않다. 우리는 많은 경우 자신을 숨기는 것이 미덕이라고 교육받는다. 솔직히 자신을 드러내기보다 점잖게 자기 느낌을 에둘러 감추는 것이 처세술의 큰 미덕으로 간주되기도 한다. 저마다 감추는 데 급급하다. 때로 위선의 가면을 쓰면서까지.

시의 말미, 붉은 꽃의 마지막 고백은 실로 서늘하고 처절하게 들린다. "나는 말을 해요/ 산산이 부서졌으니까요." 영시 원문 "I speak/ because I am shattered"에서 'shatter'는 '산산이 부수다/ 부서지다'의 의미로, 희망이나 신념이 산산조각 나는 경우에도 쓰인다. 산산조각이 났기에 말을 한다는 것은 무슨 뜻일까? 산산조각은 말을 하기 힘들 정도로 고통스럽고 통절한 상처의 경험이지만, 시의 화자는 그 산산조각을 말로 하지 않으면 안 되는, 기어이 말을 해야만 하는 절박한 존재론적 위기로 다시 돌려세운다. 이 간결한 선언은 어떤 의미에서 꽃이 어떻게 피어나는가, 생명이 어떻게 탄생하는가에 관한 가장 사실적인 관찰이면서 모든 존재가 미치는 존재 조건의 현장을 예리하게 포착한 고백이다. 꽃은 피어남으로써 말을 한다. 그 말은 산산이 부서지면서 매일의 생을 통과하는 우리네 인간의 삶의 현장을 증언하는 말이기도 하다. 여기서 붉은 양귀비꽃의 선언은 빨갛게 온 들판을 뒤덮으며 피어나는 꽃의 외침이자, 신산한 삶의 경험을 가련한 몸으로 통과하는 인간의 외침이기도 하다. 이처럼 시인은 말을 하지 못하고 오직 피어남으로써만 존재를 알리던 식물에게 인간의 말을 부여하여 존재의 피어남에 드리우는 상처와 인내의 시절을 실감나게 그린다.

말을 하는 행위는 증언의 행위이기도 하다. 이 증언이 산산이 부서짐으로써 나온다는 것은 한 존재가 가장 극한의 위기 속에서 처절하게 깨어지는 과정 속에서 다시 새로운 삶을 시작할 수 있는 창조의 자양분을 얻는 것으로 해석할 수 있다. 시인의 굳은 심지를 보여주는 구절이다. 7년의 긴 시간을 죽음보다 더한 거식증과의 싸움에서 이겨낸 생존자 시인답다. 입을 닫고 말을 잃고 속마음을 감추면서 살아가는 시간이 시인 자신도 매우 길었기에 거친 소란과 아우성 속에서 위축되고 작아지는 자아가 침묵의 벽에 갇힐 때, 그 침묵의 벽을 어떻게든 넘어가야 한다는 것을 알 것이다. 한 송이 붉은 꽃 양귀비뿐만 아니라 우리 각자도 목소리를 갖는 일이 쉽지 않다. 시를 쓰는 사람이나 시를 읽는 우리의 활동은 어쩌면 억압되고 다치고 부서진 목소리가 산산조각으로 부서진 그 폐허 위에서 만드는 리듬을 나누는 활동이다.

여기까지 생각을 이어가면, 시는 우리에게 말하는 것 같다. 더 많이 부서지고 더 많이 말하라고. 가감 없이 핏빛 가슴을 더 열어보라고. 허물도, 상처도, 부끄러움도, 아픔도, 절망도, 고통도, 상실도, 모두 드러내라고. 산산이 부서진 마음을 말하고 말을 듣는 과정 속에서 상처가 치유된다는 그 단순한 진실을 이 시는 꽃의 목소리를 빌려 이야기해준다. 억압되고 억눌린 말은 반드시 되살아나는 이치, 감춰진 느낌이 다시 부풀려 터지는 이치를 이 시는 일깨워준다. 매일 다치고 매일 부서지는 우리다. 부서진 마음들이 각각의 목소리를 얻어 붉은 꽃으로 피어나 푸른 들판을 환하게 밝히고 있다. 꽃잎은 천상의 햇살을 받아 피어난 말들이다. 부서진 가슴들이다.

뽑혀져 나가는 존재의 항변

글릭이 상처를 드러내는 방식은 직접적인 토로의 방식이 아니라 목소리의 주체를 시마다 달리하면서 엄청나게 단련된 형식으로 진행된다. 여성 시인으로서 시인의 정체성 또한 시인이 의식하는 것만치 두드러지게 페미니스트라든가 자연주의자의 외피를 입고 있지 않다. 꽃이나 풀, 정원 등 자연물을 대상으로 시를 쓰지만 여타의 생태 시인들처럼 기술 문명에 대한 비판이 두드러지는 것도 아니다. 글릭은 일관되게 이 세계의 존재를 만든 창조주 앞에서 모든 존재 조건에 개입되는 상실과 상처, 혼돈, 비애, 훼손 등의 경험과 마주한다. 「개기장풀Witchgrass」이라는 제목의 시에서 화자와 청자의 관계는 참 흥미롭다. 시의 전문을 한번 보자.

뭔가가
엉망이야, 엉망이야 외치며
반갑지 않은 세계로 들어오네요—

당신이 나를 그렇게나 끔찍이 싫어한다면
내게 애써 이름 붙여주시지
않아도 돼요: 당신의 언어에
비방하는 말이 하나 더
필요한가요,
한 부류에 모든 책임을
돌리는 또 다른 방식—

당신이나 나나 알잖아요,
하나의 신을 섬기려면
하나의 적만 있으면
된다는 걸—

내가 그 적은 아닙니다.
이 화단 바로 여기서
일어나는 일을 외면하기 위한
하나의 핑곗거리일 뿐,
실패의 작은

모범 사례죠. 당신 소중한 꽃들 중 하나가
여기서 거의 매일 죽고 있어서,
당신은 쉴 짬이 없는 걸요,
그 원인을 처리해야 하니, 이 말은
뭐가 남든지, 그 어떤 것도
당신 개인의 열정보다는
더 질길 거라는 뜻이지요—

세상에서 그게
영원히 계속될 것도 아니었는데.
하지만 왜 그걸 허락하는지, 당신은
늘 하는 걸 계속해 나갈 수 있는데,
애도하면서 동시에 탓하는 일,
늘 함께 가는 그 두 가지요.

살아남기 위해서 당신의 찬사는
필요 없습니다. 내가 여기 먼저 있었으니,
당신이 여기 있기 전부터, 당신이
정원을 만들기 전부터 말이지요.
그리고 나는 태양과 달만 남게 되어도
또 바다, 그리고 이 드넓은 들판만 있어도
여기 있을 것입니다.

내가 그 들판을 만들 것입니다.[5]

개기장풀의 이름을 뜯어보면 '마녀의 풀'이다. 유럽어권에서는 이 시의 이름이 '악마의 풀Devil's grass'로 번역되어 해석되는 것도 보았다. 마녀는 어떤 존재인가, 마녀는 이성적인 사회의 질서에 자리하지 못하고 사회에서 쫓겨나는 존재다. 개기장풀은 실제로 어디서나 볼 수 있는 흔한 잡초인데, 잡초는 정원에서 뽑혀져 나가야 하는 존재인 것이다. 이 시에서 흥미로운 부분은 이름을 부여하는 것에 대한 시인의 질문이다. 이름을 부여하는 쪽은 절대적인 힘이 있다. 그래서 풀/꽃과 정원사의 대화는 인간과 야훼 하나님의 관계를 강하게 암시한다. 정원사든 야훼 하나님이든, 이 세상에 질서를 주려고 하는 존재인데, 시의 화자인 잡초는 뭔가가 들어오면서 "엉망이야"라고 외친다고 한다.

일차적으로 이 뭔가는 정원사-시인의 입장에서 잡초를 말할 수도 있지만 시를 읽어보면 잡초의 시선에서 풀을 뽑으려고 오는 정원사를 이야기하는 것임을 알 수 있다. 재미있는 점은, 야훼 하나님과 인간, 정원사와 식물의 관계는 대개는 보호하고 복종하는 관계인데, 이 시에서 글릭은 '마녀의 풀'의 입을 통해서 그 보호-복종, 순종의 관계를 오롯이 반박한다. 창조주 하나님-정원사에게 '저를 만들어주셨으니 감사합니다'라고 해야 할 풀은 내게 이름 붙여주지 않아도 된다고 일갈한다. 왜 그런가? 금방 뽑혀나갈 존재이기 때문이다. 금방 이 세계에서 솎아낼 거면서, 정원을 망치는 존재라고 하면서 나를 매정하게 뽑아버릴 거면서, 뭐하러 애써 이름 붙이느냐구요? 난 이름 필요 없어요. 이 단호한 거부는 독자가 일반적으로 거는 기대를 배반하는 장면이고 동시에 믿음의 질서를 뒤집는 장면이다.

이 시선의 의미는 무얼 말할까? 글릭의 시선은 야훼 하느님이 이름을 주는 행위에 대한 알튀세르의 말을 생각나게 한다. 알튀세르를 빌려 말하자면 이름을 부르는 것, 즉 '호명interpellation'하는 행위는 이데올로기에 의해 주체가 구축되는 과정이기도 하다. 이 시의 화자는 그걸 정확히 안다. 잡초이면서 풀인 주제에 말이다. 어쩌면 잡초이기에 그걸 아는 것인지도 모른다. 우리는 다수자의 위치에 있을 때보다 힘없는 소수자의 위치에 있을 때, 이 사회가 돌아가는 권력관계를 더 예민하게 인식할 수 있기 때문이다. 그리고 이름을 호명하는 행위는 존재들을 가부장적 질서에 복무하게 하는 가장 쉬운 방식이기도 하다. 그러기에 그 호명에 저항하는 화자의 목소리는 단단하다.

이 조화롭고 아름다운 정원의 세계에서 너무 쉽게 솎아지는 운명의 잡초는 그래서 항변한다. 이 정원을 잘 가꾸는 문제에서 나 같은 잡초에게 핑계대지 말라고. "너 때문이야"라며 한 개인에게, 한 집단에게, 한 무리에게 너무나 쉽게 공동체 전체의 문제의 원인을 덮어씌우는 우리가 아닌가. 그러지 말라는 것이다. 내(잡초)가 문제의 원인이라고 하는 것은 너무 쉬운 핑계라고. 그래서 인간은, 죽어가는 것을 탓하면서 애도하는 것이다. 한 사회, 한 나라, 한 공동체의 가장 힘없는 대상을 죽이면서, 슬퍼하고, 슬퍼하면서 죽인다는 것이다. 문제의 원인이라고 하면서. 마녀 잡초의 말은 이 세계가 작동하는 원리를 너무나 정직하게 비추기에 실로 날카롭고 서늘하고 담대하다. 시의 마지막에 나오는 잡초의 선언은 더 확고하다.

"살아남기 위해서 당신 찬사는 필요 없다"는 말. 내가 이 들판에 당신(인간-정원사)이 있기도 전에 먼저 있었으니, 나는 이 세상이 망해서 해와 달만 남게 되더라도 여기 있겠다는 것. 내가 이 정원, 이 들판의 주인이란 것이다. 시의 마지막에 한 행을 하나의 연으로 독립적으로 처리하여 "내가 이 들판을 만들겠다"는 것은 영어 원문에서 "I will constitute the field."로 되어 있는데, 'constitute'는 영한 사전에는 '설립하다'로 나오지만, 그 본래 의미는 여러 부분을 가지고 전체를 만든다는 의미다. 이 마지막 부분은 내가 이 들판의 입법자, 설립자가 되겠다는 것이고, 내가 이 들판을 가꾸어 나가겠다는 뜻이다. 하느님이 이 세상을 만드신 것처럼, 정원사가 이 들판, 이 정원을 가꾸는 것처럼, 이제 그 역할을 내가 하겠다는 것이다. 자기가 속한 땅을 어지럽게 한다며 보이는 대로 뿌리 뽑혀 솎아지는 운명에 처한 존재의 당찬 결심이다.

아무도 돌아보지 않고 주의를 기울이지 않는 시시한 풀의 이야기는 이 세계에서 위험하고 불온하고 도움이 안 된다고 쉽게 규정되고 뿌리 뽑히는 수많은 존재들을 생각하게 한다. 이름을 부여하는 정원사의 칭찬마저 단단히 거부하는 마녀의 풀의 결심은, 이 세상을 만들고 질서를 부여하는 야훼 하나님의 칭찬마저 단단히 거부하는 어떤 소외된 인간의 결심과도 닮아 있다. 나아가 자신이 들판을 직접 만들 거라는 말은 내가 나의 판을 짜고 내가 내 들판을, 내 세계를 만들 거라는 다짐이다. 당신의 도움, 당신의 칭찬 없이 말이다. 기독교 전통의 가부장적 질서에 대한 도전이기도 한 이 시는 시의 말미에 '만드는 것'의 의미를 보다 공적으로 굳히는 단어 constitute를 택하여 시인은 잡초의, 혹은 잡초 같은 존재의 불온한 선언에 한층 더 큰 권위를 부여한다. 이 세계에서 보잘것없이 살아가는 우리 자신이지만, 우리가 스스로 자신의 판을 짜고 자신의 들판을 만들 수 있다는 다짐이야말로, 이 세상에 와서 온갖 핍박을 받으며 상처투성이로 살아가는 존재가 끝까지 살아남을 수 있는 용기 있는 결단의 순간을 보여준다.

질문하는 시의 힘

세 편의 시를 찬찬히 읽어보았지만, 글릭의 많은 시들은 하나의 단일한 서정 주체에 여러 존재의 그림자를 드리워서 많은 해석을 가능하게 한다. 그래서 어떤 평자는 글릭의 화자를 "신뢰할 수 없는 화자"라고 말하기도 한다. 일인칭 화자를 사용하지만, 꽃이 꽃이면서 또 인간이고, 정원사-시인이 하나님이 되기도 하는 것은 그런 이유다. 시를 읽는 이의 눈에 따라 다양한 변주가 가능한 주체를 내세워서 글릭은 자신의 자서전적 체험을 이야기하고 또 자신이 관찰한 시대의 문제를 반추한다. 신이 인간에게 들려주는 목소리는 자신이 엄마로서 다 큰 자식에게 이야기하는 목소리처럼 때로는 탄식과 항변과 함께한다. 인간이 신에게, 혹은 정원의 꽃들이 정원사나 신에게 말을 하는 과정에서 우리가 알고 있던 기존의 질서가 뒤집힌다. 신은 기독교 전통의 신인 듯 싶지만, 또 그리스신화에 나오는 인간을 닮은 온갖 허점을 가진 신이기도 하다.

이처럼 다변적이고 다성적인 성격 때문에 시 안에서 하나의 드라마가 만들어진다. 이 다양한 목소리의 변주는 모두 상실과 패배의 체험을 이겨내는 시적·언어적 발화로 드러나기에 상실에 침잠하는 패배의 형식에 머물러 있지 않고 죽음과 고통, 상실을 넘어서는 인내의 승리를 아로새긴다.[6] 그의 시를 "상처에서 피어난 꽃"으로 말할 수 있는 이유는, 산산이 부서지고 버림받고 타박을 입는 그 순간들을 다 지나서 명료하게 자기 존재의 모습을 각인시키는 언어가 꽃처럼 피어나기 때문이다.

한 산문에서 글릭은 어떤 고통의 경험을 통과할 때 마음이 거치게 되는 단계를 이야기한다. 시인에게 과거-현재-미래는 시간상의 순서로 오는 것이 아니다. 충격이 멍하게 지나면 과거는 안정되게 갈무리되는 것이 아니다. 그 시간이 닫히고 고정된 후에 자아는 어떤 상실을 부재의 형식으로 마주한다. 그때 다시 현재는 극심한 고통의 시간이 된다. 그러한 때 세계에 능동적으로 반응하는 것이 쉽지 않다.[7] 글릭에게 시는 상실로 인한 큰 고통을 겪고, 감각을 무디게 하는 그 고통이 지나가기를 충분히 기다린 후에 비로소 소리가 되어 나오는 언어다. 자아가 처절하게 부서지는 듯한 긴 슬픔의 시간을 천천히 통과한 후에 차분한 시선으로 변주하는 음성이다.[8]

글릭의 시가 갖는 독특한 점은, 상실과 고통, 아픔과 소외를 이야기할 때도 과도한 슬픔의 언어로 울부짖지 않고 매우 간결하고 압축된 언어로 표현한다는 것이다. 이 세계의 존재가 피할 수 없는 죽음의 압력을 대면할 때도 다음 생을 기다리는 긍정의 힘을 잃지 않는 글릭의 시는, 희망을 이야기할 때도 섣부른 방식으로 슬픔을 앞지르지 않는다. 이 세상의 모든 존재는, 매 순간을 살아내는 그 자체로 이미 어떤 경이를 달성하고 있기 때문이다. 이 시집의 마지막 시 「흰 백합The White Lilies」에서 백합이 자신의 구근을 땅에 묻는 손길을 느끼면서, "쉿, 사랑하는 이여. 되돌아오려고 내가/ 몇 번의 여름을 사는지 그건 내게 중요하지 않아요:/ 이 한번의 여름에 우리는 영원으로 들어갔어요"라고 말할 때, 다음 해에 내가 다시 꽃으로 피어날 거라는 약속 따윈 중요하지 않다고 말한다. 이 한 번의 여름에 흰 백합으로 피어난 것으로 나의 생명은 이미 가장 찬란하게 피어났기 때문이다. 그 한 번의 피어남으로 족하다는 말은 한 번의 사랑으로 족하다는 말로 바뀌어 들린다. 글릭의 꽃은 또 다른 글릭이고 또 다른 나이고 우리이기 때문이다. 이 얼마나 놀라운 존재됨의 찬탄인가. 상실을 예비하면서 슬퍼할 것이 아니라, 한 번의 피어남으로 족하다는 긍정. 구근이 땅에 파묻히는 순간, 그 피할 수 없는 죽음의 순간의 순간에도 시인은 찬란한 빛을 세상에 풀어놓는 자연의 섭리를 포착한다. 여기에서도 시인은 모든 존재는 상처와 죽음을 딛고 피어나는 꽃이라는 것을 그리고 꽃은 피어남 그 자체로 오롯이 기쁨이란 것을 다시 한 번 조용히 각인시킨다.

이처럼 글릭의 작업은 고요한 부재와 아픈 상실을 딛고, 고통의 소멸을 기다리고 난 후에 비로소 당도하는 어떤 탄생에 목소리를 부여한다. 그 과정에서 독자들에게 목소리의 진위를 끝없이 질문하게 한다. 이 목소리가 누구의 것이지? 꽃은 꽃인데, 다시 또 인간의 목소리를 입고 있고, 정원사의 목소리는 다시 또 신의 목소리를 입고 있다. 식물과 인간과 신이 서로 맞물려 돌아가며 독자들에게 말을 하고 숨바꼭질하듯 목소리의 자리를 흩뜨려놓고 또 찾게 한다. 독자로서 글릭의 시를 제대로 만나려면 그 과정을 전체로서 응시하는 시선이 필요하다. 시인이 통과한 시대와 역사, 문화 안에서 구체적인 위치를 차지하고 있는 개인을 섣불리 드러내지 않고 존재 보편의 목소리를 식물적 감수성으로 추구하는 시인의 독특한 시작법은 권력, 도덕, 성별, 인종적 정체성에 대해 어떤 확실한 입장을 취하지 않는다. 그보다는 존재의 감각 자체에 자기 성찰의 방식으로 집중하게 만든다.

『야생 붓꽃』에서 보여준 글릭의 참을성 많은 식물성의 세계는 시인의 인내와 닮았다. 노벨문학상이라는 큰 상을 수상하고서도 "아무 보잘것없는 사람"임을 재차 확인하던 시인, 아침 커피를 마시며 시를 쓰고 산책을 하는 일상으로 돌아가겠다는 시인의 말과도 닮아 있다. 모든 존재가 놓인 비루한 일상, 고통과 비참으로 얼룩져 있지만, 또 반짝 햇살 일렁이는 순간의 환희를 놓치지 않는 시인의 시선은 자연과 세상, 자연물과 인간 사이에 사회가 만든 층위를 있는 그대로 대입하지 않고 때로는 그 관계를 전복하면서 힘없는 존재에 목소리를 부여한다. 그런 글릭의 독특한 화법을 감정 과잉의 서정시가 판을 치는 현대 시사에서 글릭만의 "절제된 서정시disciplined lyric"로 보는 평자의 시선은 설득력 있다.[9]

글의 시작에서 루이즈 글릭을 '생존자'라고 했다. 생존자는 여러 각도에서 해석될 수 있지만 통상 전쟁이나 대참사에서 살아남은 사람을 말한다. 하지만 글릭을 생존자 시인이라고 말할 때는 섭식 장애, 우울증 등 정신적인 질환과 싸우면서 시를 쓴 시인이란 의미를 강조한 것이었다. 사실상 그 싸움은 자기 자신과의 싸움일 것이다. 글릭이 수행한 자신과의 지난한 싸움은 미국 시사, 특히 20세기의 시인들 중 앤 섹스턴과 실비아 플라스에 비견될 수 있겠다. 미국 시사가 잘 말해주듯, 플라스는 서른한 살의 나이에, 섹스턴은 마흔여섯의 나이에 스스로 생을 거두었다. 이 둘은 누구보다 생의 의지나 시에 대한 갈망, 시인으로서의 성취도 컸던 시인이었고 모두 여성이자 어머니이자 딸로서 책임감도 컸으며, 사랑과 우정의 폭도 넓었다. 이들 시인들은 세계가 부과한 어떤 여성상과 싸우면서 그 세계와의 불화를 자신과의 불화 속으로 태워버리고 시를 쓰면서 끝까지 생을 위해 고투하지만 결국 죽음을 선택한다. 아니, 죽음에 내몰린다.

그러나 루이즈 글릭은 이 두 시인과 달리 죽지 않고 살아남았다. 인간이기에 필연적으로 통과하는 상실과 아픔의 경험과 맞서 싸우는 인간 정신의 고투를 식물성의 세계 안에서 새겨 넣으면서 시인은 극심한 우울증과 맞서서 시를 썼다. 상상력과 감정, 느낌의 영역을 이성과 사유보다 더 중요한 기제로 들어 올리면서 글릭의 시는, 독자들의 마음 밭에 직접 공감의 씨를 뿌린다. 죽음과도 같은 정신적 위기를 견뎌낸 과정이 언제 피어나는지 모르게 피어나는 꽃잎처럼 어떤 과장된 외침 없이 순순히 독자들에게 이입된다. 들어달라고, 보아달라고, 아프다고 아우성치지 않고, 자기만의 목소리를 빛으로 만들어내는 식물들의 목소리 앞에서 독자들은 절망과 고통을 이겨내는 부드러운 인내의 힘을 얻는다. 죽음이라는 인간 필멸의 운명과 고립된 개인의 존재론적 위기가 공감의 영역 안에서 위안을 얻고 생을 이어나갈 힘을 얻는다. 부서지며 말하는 시의 언어를 통해 시인은 삶을 아프게 통과한 시가 다시 삶을 살게 하는 순간을 보여준다. 시의 힘이 구체적인 생의 힘으로 자각되는 순간이다. 내일 또 아플지라도, 오늘 살아 있게 하는 그 시의 힘은, 존재의 찬란한 빛을 놓아주려고 나를 파묻는 당신의 두 손을 느낄 때조차 힘을 발한다. 이보다 더한 광휘가 어디 있겠는가.

제4부

역사 · 철학

테오도르 몸젠의 『로마사』[1]

문학과 역사 내러티브의 교차와 맞물림

최호근·고려대 사학과 교수

문학계를 강타한 스캔들: 역사가 몸젠의 노벨문학상 수상

1902년 노벨상 선정위원회는 세간의 예상을 뒤엎고 독일의 역사가이자 문헌학자인 테오도르 몸젠(1817~1903)을 문학 부문 수상자로 결정했다. 위원회는 그 이유를, "몸젠의 『로마사』가 역사 서술의 예술적 경지를 생생하게 보여주는 탁월한 거작"이기 때문이라고 밝혔다.[2] 그러나 톨스토이의 수상을 기대했던 일부 문인들 사이에서는 반발도 생겨났다. 바로 전해인 1901년 제1회 노벨문학상 수상자가 프랑스의 시인 쉴리 프뤼돔(1839~1907)으로 결정된 직후 스웨덴 예술학술위원회에 소속된 42명의 회원이 톨스토이에게 공개 사과 서한을 발송한 터였기 때문에 파장이 컸다. 34명의 노벨문학상 후보자 중에는 톨스토이 외에도 이미 세계적으로 명성을 누리던 마크 트웨인, 에밀 졸라, 게르하르트 하웁트만, 헨리크 시엔키에비치, 윌리엄 예이츠 같은 거장들이 포함되어 있었다. 그럼에도 불구하고 위원회는 직업적 문인이 아닌 역사가를 선택했다. 이미 발표된 결과는 바뀌지 않았다.

몸젠을 후보로 추천한 독일의 베를린 학술원은 추천 사유를 이렇게 밝혔다.

> 그는 전통적 경계를 뛰어넘어 작가의 이름에 합당한 명성을 이미 얻고 수상 규정에 요구된 사항들을 충족했습니다. 그의 필봉에서 비롯된 모든 것이 풍요로운 정신을 보유한 개인, 예술가적 경지의 문필가, 생동적으로 표현할 줄 아는 조각가의 생생하고 예리한 특질을 보여주고 있습니다. 이 로마사 전공자는 근대 역사 서술이 낳은 가장 위대한 초상화가들에 속해 있습니다. 더욱이 형식의 매력이 몸젠의 『로마사』에 생동감을 불어넣어 교양 독자들이 열독하도록 만들었기에, 이제 신판의 출간이 필요하게 되었습니다.[3]

그러나 이러한 주장이 동시대의 문학인들과 비평가들을 충분히 설득할 수 없었음은 물론이다. 전통적인 문학의 잣대로만 보면, 몸젠에 대한 노벨상 수여는 '스캔들'이 되기에 충분했다. 그러나 "몸젠이 상을 받은 것이 아니라 독일이 받았다"거나 "톨스토이가 못 받은 것이 아니라 러시아가 받지 못한 것"이라는 당대의 주장은 지나치다. 문예 비평가들의 인색한 평가에도 불구하고, 몸젠의 『로마사』가 내용은 물론 내러티브의 구성과 전개 면에서도 주목할 만한 저작들 가운데 하나임이 분명하기 때문이다. 무엇보다 첫 출판 후 150년이 넘은 지금까지 판을 거듭하며 여러 언어로 번역되어 애독되고 있는 사실이 이를 뒷받침한다. 그렇다면, 이제까지 수많은 독자들을 흡인해 온 몸젠 『로마사』의 형식미는 어디서 찾아야 할까? 필자는 그것을 『로마사』를 관통하고 있는 역사 내러티브에서 찾을 수 있다고 생각한다.

이러한 생각에서 이 글은 몸젠의 『로마사』의 내용과 더불어 이 책에 구현된 역사 내러티브의 특징을 설명하는 데 초점을 맞춘다. 여기서 역사 내러티브란 문학에서 즐겨 쓰는 내러티브와 같으면서도 다르다. 한때 친구들과 함께 시집을 간행할 만큼 문학 소년이었던 몸젠의 『로마사』가 유려한 필체를 보여주는 것은 사실이다. 문학작품에 가까운 수사적 기법이 책의 곳곳에서 발견된다. 그러나 그 역할은 매우 제한적이다. 오히려 『로마사』의 많은 부분에서 독자들은 문학적 표현과는 거리가 먼 서술과 빈번하게 마주하게 된다. 그러므로 『로마사』 서술이 지닌 매력의 주요인을 유려하거나 재치 있는 문학적 표현 외에 다른 데서 찾아보아야 할 것이다. 이 글에서는 그 매력의 일단을 시간과 밀접하게 관련된 역사 내러티브를 통해 보여줄 것이다.

몸젠의 생애: 참여적 자유주의 지식인

몸젠은 1817년 11월 슐레스비히 공작령에 속한 소도시 가르딩의 개신교 목사 집안에서 6남매 중 장남으로 태어났다. 1838년 킬대학에 입학하여 법학을 전공한 그는 훗날 유명한 시인이 된 테오도르 슈토름과 함께 시집 『세 친구의 노래책*Liederbuch dreier Freunde*』을 출간할 정도로 문학에 큰 관심을 가졌다. 1843년에 로마 법제사 연구로

박사학위를 받은 후에는 이탈리아로 가서 고대 로마의 비문碑文 연구에 전력을 기울였다. 이때 보여준 성과에 힘입어 라이프치히대학에서 교수직을 얻었으나, 1849년 작센에서 발생한 5월 봉기에 가담한 혐의로 기소되어 결국에는 해고되고 말았다.

1852년에 스위스의 취리히대학에서 다시 교수직을 얻은 그는 1854년 브레슬라우대학으로 자리를 옮겨 1856년까지 필생의 저작으로 남게 될 『로마사』 원고를 완성했다. 1857년 베를린 학술원 연구교수로 이직한 그는 1861년에 베를린대학의 로마사 강좌 교수로 초빙되어 1887년에 은퇴할 때까지 강의했다. 퇴임 후에도 왕성한 활동을 이어가던 그는 1903년 11월 샤를로텐부르크에서 사망했다.

청년 시절의 이탈리아 유학 경험은 몸젠의 학문적 생애에서 중요하게 작용했다. 수년 동안 이곳에 머물며 그는 '검시의 원칙Autopsieprinzip'에 의거하여 라틴어로 된 로마의 비문들을 집대성할 원대한 계획을 수립했다. 이 원칙에 따라 그는 먼저 나폴리왕국의 비문을 수집했다. 야심적인 라틴어 비문 집성Corpus Inscriptionum Latinarum은 총 16권 분량으로 기획되었는데, 그중 15권이 몸젠 생전에 나왔고, 그 가운데 다섯 권을 몸젠이 직접 담당했다. 이 계획의 실행에 몸젠은 20년의 시간을 투입했다. 이와 함께 몸젠은 베를린학술원의 역사-철학 분과 책임자로서 1874년부터 1895년까지 대규모 사료 편찬 작업을 주도했다. 그는 독일 역사학과 문헌학의 금자탑으로 불리는 게르만 역사 사료 집성Monumenta Germaniae Historica 발간에도 적극 참여했다. 이러한 활동을 기리기 위해 독일어권의 고전학 연구자들의 모임이 몸젠의 이름을 따라 몸젠학회die Mommsen-Gesellschaft로 명명된 것은 널리 알려진 사실이다.

학자로서 몸젠의 작업은 고대 로마사나 법제사에 국한되지 않았다. 그의 명성은 일찌감치 독일의 울타리를 넘어서 에든버러 왕립학술원 명예회원(1864), 미국 예술·학술원 회원(1872), 로마의 국립학술원 회원(1876), 빈 황립학술원의 철학-역사 분과 명예회원(1877), 러시아 학술원 명예회원(1893), 프랑스 금석학·문학학술원의 객원회원(1895)에 차례로 추대되었다.

몸젠은 상아탑의 지식인이 아니었다. 이미 청년기에 1848/1849년 독일 혁명에 적극 참여했으며, 자기 시대의 반유대주의와 제국주의에 반대하는 활동을 전개한 자유주의자였다. 1879/1880년에 베를린에서 반유대주의 문제가 발생했을 때 "유대인은 우리의 불행"이라고 주장한 동료 역사가 하인리히 폰 트라이치케와 그가 펼친 논쟁은 유럽의 지식인 사회에서 큰 화제가 되었다.

몸젠의 정치 활동은 비평가 수준에 머물지 않았다. 그는 현실 정치가로서 1861년에 독일자유진보당 창당에 가담했고, 1860년대와 1970년대에는 프로이센 의회Landtag 의원으로, 1881년부터 1884년까지는 독일 제국의회Reichstag 의원으로 활동했다. 처음에는 진보당 소속으로, 그 후에는 국민자유당을 위해 정치에 헌신했던 그는 말년에는 자유주의자들과 사회민주주의자들 간의 협력을 위해 노력했다.

『로마사』 구성과 내용적 특징

『로마사』는 몸젠의 말년작이 아닌 청장년기 작품이다. 라이프치히의 출판업자 K. 라이머의 권유로 시작된 『로마사』 세 권의 집필을 마쳤을 때 몸젠의 나이는 39세에 불과했다. 그의 평생에서 통사 서술에 집중했던 매우 짧은 시기가 바로 이때였다. 40대 이후 몸젠은 고대 화폐와 같은 세부 연구에 매달리거나, 베를린 왕립학술원의 분과 책임자로서 거대 학술 프로젝트를 조직하거나 수행하는 데 몰두했다.

30대의 몸젠을 특징지은 것은 강렬한 현실 개혁 의지와 고전고대 세계에 대한 남다른 호기심이었다. 『로마사』는 이 두 기질의 산물이었다. 19세기 독일의 지식사회에서 고전고대는 현재 문제를 해석하는 데 필요한 준거의 틀이었다. 이 가운데 1848년 3월 혁명 이후 독일이 걸어가야 할 길을 비추어보는 거울 역할을 톡톡히 한 것이 로마 역사였다. 몸젠의 선배로서 로마사 연구의 개척자인 바르톨트 게오르크 니부어도 로마사 서술을 통해 독일의 현재에 관해 발언했다. 공화정 지지자였던 니부어는 자신의 서술에서 토지개혁에 대한 농민층의 열망과 그라쿠스 형제의 개혁의 의미를 강조하는 데 집중했다. 이에 반해 몸젠은 공화정의 모든 문제점을 일소하고자 했던 카이사르의 역할을 부각하기 위해 힘을 쏟았다. 니부어에게 카이사르는 공화정의 파괴자였지만, 몸젠에게 카이사르는 시대의 숙원을 해소하기 위해 자기 삶을 바친 '세계정신의 집행인Geschäftsführer'이었다.

니부어의 『로마사』[4]는 몸젠의 『로마사』가 탄생하는 데 필요한 숫돌이었다. 몸젠은 두 가지를 통해 니부어를 넘어서고자 했다. 내용적인 면에서 몸젠은 이탈리아의 복속과 신분 투쟁까지만 다루었던 니부어와 달리, 유럽과 아시아와 아프리카까지 세 대륙을 아우르는 세계 정치 국면까지 서술에 포함했다. 이러한 선택은 취급하는 시기의 확대 이상의 의미를 지녔다. 니부어는 초기 공화정 시대를 가장 건강하고 활력 있는 시기로 상정했다. 그리하여 소박한 농민층과 공동체 정신을 묘사하는 데 관심을 집중했다. 이에 반해 몸젠은 니부어가 농민층에 대한 목가적 향수에 사로잡혀, 농민이 로마의 세계사적 성취에 기여한 바를 과장했다고 비판했다. 몸젠은 로마가 보여준 정치적 역량 가운데 많은 부분이 귀족층에서 비롯되었다고 믿었다.[5] 문체와 서술 방식에서도 몸젠은 니부어의 로마사 서술에 만족하지 않았다. 몸젠은 독자들이 역사적 행위자들의 행동을 직관적으로 이해하고, 내적으로 추지각하며, 실천적으로 추체험하게 만들겠다는 니부어의 집필 의도에는 공감했다. 그러나 그는 니부어의 야심찬 시도가 시시콜콜한 사항에 대한 상술과 핵심에서 벗어난 군더더기 이야기 그리고 부담스러운 각주의 연속으로 인해 실패했다고 평가했다.

전체 5권으로 구상한 몸젠의 『로마사』는 제정 말기까지 서술하고자 했지만, 실제로는 제4권의 집필이 누락되면서 왕정에서 지중해 세계 정복과 혁명의 시기를 지나 카이사르 독재까지 다루고, 제정기의 속주들까지 포함하는 것으로 마무리되었다. 권별 구성과 포함 내용은 다음과 같다.

제1권 : 도시국가에서 지중해 세계 정복까지

1. 왕정
2. 이탈리아 통일
3. 카르타고 복속
4. 그리스 도시국가들의 복속

제2권 : 혁명

5. 농지개혁에서 드루수스까지

6. 술피키우스에서 술라까지

제3권 : 군사독재

7. 폼페이우스

8. 카이사르

제4권 : 제정시대(미집필)

제5권 : 카이사르에서 디오클레티아누스 황제까지의 로마 속주

9. 유럽의 속주

10. 아시아의 속주

몸젠은 각 권의 앞부분에서 주요 사건의 전개 과정을 서술한 뒤에 후반부에서 해당 시기의 법제, 종교, 경제, 문화와 예술 분야의 성취를 정리했다. 이러한 구성 방식보다 『로마사』 서술의 특징을 이해하는 데 더 중요한 것은 고대세계에 대해 몸젠이 가지고 있던 도덕적 열정pathos이다. 몸젠은 겉으로는 냉철한 학자적 객관성을 표방했지만, 실제로는 역사적 인물들의 행위를 이성적 필연성의 잣대에 비추어 평가하는 가치판단 방식을 일관되게 유지했다. 이를 통해 그는 독자의 시선이 진보의 열정과 비관적 현실 사이를 오가게 만들면서, 독자로 하여금 희망과 좌절을 반복적으로 경험하게 만들었다.[6] 이미 그 결과가 알려져 있는 역사적 사건들을 독자들이 긴장 속에서 돌아볼 수 있도록 하기 위해 몸젠은 다양한 사건들에 대한 세밀한 묘사를 과감하게 포기했다. 그 대신에 사건사들 가운데 중요하거나 인상적인 부분 그리고 전승 자료와 기존의 연구를 통해 어느 정도 내용을 상세하게 알 수 있는 부분을 중심으로 희망의 상한과 좌절의 하한 사이를 오가면서 때로는 속도감 넘치게 서술하고, 때로는 심리

묘사까지 불사하면서 서술의 긴장미를 유지했다. 칸나이 전투[7] 패배 후 불안에 휩싸인 원로원 의원들의 행동에 대한 상세한 서술이 하나의 예다. 이처럼 좌절과 불안, 동요와 실낱같은 희망의 변화무쌍한 연쇄를 통해 몸젠은 『로마사』에 극적 긴장감을 불어넣었다. 외교와 내정 간의 밀접한 상호관련성을 파악하기 좋도록 세부 절들을 배치한다든지, 각 장의 초입부에서 날카롭게 문제를 제기하고 말미에서 답변을 제시하는 방식을 통해 서술의 활시위를 팽팽하게 유지했던 점도 눈여겨봐야 할 점이다.

그러나 재치 있는 서술 기법보다 『로마사』에 더 많은 긴장과 활력을 불어넣은 것은 몸젠의 문제의식에 부합하는 설계 방식이었다. 몸젠이 즐겨 사용한 비유 중에는 건축의 언어가 매우 많다. 실제 집필로는 이어지지 못한 『로마사』 제4권의 구상에서 몸젠은 이렇게 밝혔다.

> 500여 년의 풍상을 겪은 건물이 폐허가 되어버렸다. 공화정 헌법이 왕정에 의해 대체되고, 고귀한 가문들로 이루어진 동아리의 통치가 한 사람의 대범한 장군의 지배로, 시민의 규칙이 군사조직으로, 위원회에 의해 임명된 태수들이 새로운 왕의 부관들로 대체되었다. 새로운 시대가 시작된 것이다. 정치적 규약과 경향뿐 아니라, 사람들의 정서, 사회적 양식, 문학과 언어에서도 새로운 시대가 시작되었다.[8]

구조와 변동을 염두에 둔 몸젠의 서술 구상은 본문의 곳곳에 등장하는 구조의 비유를 통해서도 잘 나타난다. 그는 『로마사』 집필을 마칠 무렵에 역사 연구와 서술의 궁극적 과제에 관해 다음과 같이 말했다.

> 올바른 역사 연구는 세계의 일기장을 가능한 한 있는 그대로 다 보여주거나 도덕적 귀감의 사례를 보여주는 데 있지 않다. 올바른 역사 연구란 높은 곳에 올라 멀리 조망할 수 있도록, 또 유리한 지점과 시간이 주어질 때에는 알프스산맥처럼 영원한, 필연적인 것의 불변하는 법칙들을 그리고 그 주위를 둘러싸고 있지만 아무런 변화도 주지 못하는 구름들과도 같은 인간들의 다양한 열정들을 굽어볼 수 있게 하는 데 있다.[9]

여기서 '세계의 일기장'은 사건의 역사에 해당하고, '도덕의 귀감'은 상황의 역사에 조응한다. 알프스산맥에 비유되는 '필연적인 것의 법칙들'은 구조의 역사와 상응한다. 이처럼 몸젠의 『로마사』에는 사건, 상황과 국면, 구조로 지칭할 수 있는 상이한 층위들이 공존하고 있다. 사건의 층위가 『로마사』 각 권의 전반부에서 다루어지고 있다면, 상황과 국면의 층위는 각 권 후반부에서 특히 법제와 경제를 다룰 때 전형적으로 나타난다. 이 두 개의 층위는 『로마사』 전체를 걸쳐 초입부에서는 지중해 세계라는 자연적 구조에 대한 묘사를 통해, 말미에서는 카이사르라는 화신을 통해 체현된 로마사의 전통, 즉 강력한 군주정과 강력한 시민계급을 동시에 추구하는 역사적 연속성을 통해 모습을 드러내는 구조적 층위와 관계를 맺는다. 『로마사』에서 몸젠은 수많은 변화와 단절을 겪으면서도 결국에는 지속되었던 법과 제도들을 통해 로마사의 특성을 보여주고자 했다. 몸젠은 바로 이 점에서 로마사가 그리스 역사와 결정적으로 달랐다고 보았다. 시민계급이 추구했던 공화정의 가치와 제도는 이탈리아 통일 이후에는 인접한 그리스와 완전히 다른 환경에 처했기 때문에, 역설적으로 왕정에 의해서 가장 잘 구현될 수 있었다고 보았던 것이다.

몸젠에게 카이사르는 민주주의적 가치를 지향하면서도 왕정의 방식을 추구하는 로마 역사의 아이러니한 필연성을 보여준 인물이었다.[10] 몸젠에게 중요한 것은 대의명분이 아니라, 오로지 통치 능력이었다. 어떤 혁명이건, 어떤 강탈 행위건 간에 그 정당성은 통치 능력을 갖추었는지 여부에 따라 오직 역사의 법정에서 판단받을 뿐이라는 것이다. 몸젠이 농민을 위해 토지개혁을 시도한 티베리우스 그라쿠스를 낮게 평가하는 반면에, 카이사르를 세계정신의 집행인으로 높이 평가했던 이유도 바로 여기에 있다.[11] 카이사르는 로마사에서 필연적인 것, 즉 훗날 막스 베버가 평민적 총통제plebiszitärer Führer[12]로 지칭했던 민주주의적 군주정을 구현했던 인물로 높이 평가되었다. 이것이 바로 몸젠이 『로마사』를 통해 독자들에게 말하고 싶어 했던 핵심 메시지였다.

『로마사』의 내러티브

몸젠의 『로마사』는 기원전 6세기(기원전 510) 왕정 시대부터 공화정을 거쳐 황제정으로 이행하기 직전(기원전 46)까지 500년의 시간을 다룬다. 공간적으로는 지중해에 위치한 이탈리아반도의 한 지점에서 지중해를 통해 서로 연계된 세 개의 대륙으로 취급 범위가 점차 확대된다. 이렇게 넓은 시공간 속에서 전개된 로마의 역사를 통일성 있게 서술하기 위해서 몸젠은 고심을 거듭했다. 이 점에서 『로마사』는 역사 내러티브의 전형을 보여준다.

몸젠은 『로마사』 각 권 전반부에 사건에 대한 서술을 배치했다. 이 사건사 영역에서 몸젠은 역사적 인물들의 판단과 행위를 상세하게 묘사했다. 이러한 상황 묘사는 앞 책에서 이미 다루었거나 같은 책에서 곧 다루게 될 사회·경제·법제 분야 서술을 매개로 그 상황들을 포함하는 더 큰 범주, 즉 구조들에 대한 설명과 맞물린다. 여기서 구조structure란 이탈리아반도를 포함한 지중해 세계 전체의 지리적 자연환경, 각 부족과 민족의 운명을 좌우하는 지정학적 위치, 언어와 의례, 관습과 상징으로 표출되는 집단의 전통적 특성에 더하여, 정치 발전의 다양한 경로와 법제적 특징까지 포함하는 넓은 개념을 의미한다. 이 다양한 구조의 계기들이 서로 맞물려 각 민족의 생활 세계 안에서 더 큰 구조를 이루고, 각 민족의 생활 세계는 다른 민족들과 대립하고 경쟁하며 서로 영향을 주고받는 관계 속에서 서양 고대사라는 더 상위의 구조를 형성한다. 로마사는 포에니 전쟁(기원전 264~기원전 146) 이후에 이 서양 고대 세계에서 주축이 되어 서양 고대사의 발전을 선도했던 것으로 평가된다.

이제 구조와 행위의 상호 관계를 풀어가는 몸젠의 방식을 살펴보자. 몸젠의 서술에서 나타나는 특징 가운데 하나가 형용사의 빈번한 사용이다. '위험천만한verhängnisvoll', '광적인wahnwitzig', '성급한hitzig' 같은 표현을 통해 그는 극적 효과를 높이고자 했다. 다음으로 그는 '저주Fluch', '증오Hass', '망연자실Taumel' 같은 명사를 빈번하게 사용했다. 이처럼 정서적 판단이나 도덕적 감정이 강하게 묻어나는 표현을 통해 그는 독자의 감응을 의도적으로 자극했다. 이러한 도덕적 언어의 적극적 활용은 그 시대의 표준으로 자리 잡은 랑케식의 절제된 글쓰기와 매우 대조적이었다.

이와 함께 몸젠은 독자의 몰입을 위해 대구법을 즐겨 사용했다. '바늘로 찌르기Nadelstich'와 '비수Dolchstich', '의기양양Stolz'과 '웃음거리Gespött' 같은 대구의 활용을 통해 몸젠은 수사학적 강행 효과를 도모했다. 이러한 서술은 전문적 역사가의 글쓰기와 역사소설 간의 경계를 허물면서, 니부어와 랑케 등의 압축적 글쓰기에 거리감을 느끼던 다수의 독자를 흡입하는 데 성공했다. 역사 서술의 문학화 전략 속에서 몸젠은 독자들이 주목하길 바라는 행위를 영웅의 독백이나 가공의 연설로 표현했다.

그렇다고 해서 몸젠이 문학적 표현으로 일관했던 것은 결코 아니다. 문학적 수사는 부분적 필요에 따른 선택이었을 뿐이었다. 오히려 그는 사실관계를 드러내는 빽빽한 문구들을 통해 진술의 사실 효과를 높이는 방식을 더 애용했다. 그러다가 사건사의 특정 부분에서 갑작스럽게 소설과 유사한 전환을 시도함으로써 독자의 전인격적 감응을 촉진했다. 이러한 전략은 특히 영웅적 인물들을 묘사할 때 돈독한 효과를 발휘했다. 의도적이고 선택적이며 제한적인 소설적 기법의 도입을 통해 몸젠은 독자들이 영웅의 감정 속으로 빠져들도록 유도했다.

몸젠의 『로마사』에서 발견되는 또 하나의 현저한 특징은 근대적 개념어의 차용을 통해 고대와 근대 세계 사이의 차이를 파괴하는 전략이다. 이러한 방법은 르네상스 인문주의 이후 서구 근대 역사학의 공리로 자리 잡은 '고대와 근대 간의 간격 유지 원칙'과 정면으로 충돌하기 때문에 직업적 역사가들로부터 비판받았다. 예를 들어 몸젠은 고대 로마의 집정관Konsul을 시장Bürgermeister으로, 총독Prokonsul을 지방관Landvogt으로 표현했다. 그는 이미 고대 로마에 근대의 공장주Fabrikannten와 공장 노동자들Fabrikarbeiter이 존재했다고 주장했다. 또 아르키메데스를 기술자Ingenieur로 묘사하면서 고대에도 이미 수많은 기술자들이 활약했다고 진술했다. 이처럼 멀리 떨어져 있는 고대 세계의 인물·제도·개념을 현실 세계와의 연계 속에서 독자들에게 익숙한 현재의 언어로 호명하여 불러내는 현실화Aktualisierung 전략은 그 자체로서 매우 파격적이었다.

동시대의 직업적 역사가들이 금기시했던 역사의 문학화와 정치-도덕화 전략은 지식 대중 사이에서 큰 호응을 얻었다. 그러나 이 두 가지만으로는 역사 서술가로서 몸젠이 누렸던 인기를 설명하기에 충분치 못하다. 역사책을 찾는 사람들의 기대가 역사소설 독자들의 기대와 같을 수는 없기 때문이다. 몸젠의 『로마사』 독자들이 귀스타브 플로베르나 월터 스콧의 책을 읽을 때와는 다른 방식으로 매력을 느꼈다면, 그 만족과 찬사는 어디에서 온 것일까?

직업적 역사가들 사이에서 압축적 글쓰기가 대세가 되어버린 19세기 중반 이후 본문 중의 인용문과 각주 처리는 전문가와 일부 교양 독서층의 기대감을 충족하는 중요한 장치였다. 그러나 몸젠의 『로마사』는 이러한 최신의 장치를 포기했다. 그 대신에 몸젠은 독자들을 위해 전략적으로 중요한 부분에서만 치밀한 세부 묘사를 시도했다. 하지만 이러한 방식만으로 사실적 확실성에 대한 역사서 독자의 기대감을 충족하기 어렵다는 것을 몸젠은 잘 알고 있었다. 그리하여 그는 사실 효과를 높여주는 또 다른 방식을 적극 활용했다. 역사를 관통하는 법칙에 대한 환기가 바로 그것이었다. 부분적 세계들 사이의 관계를 표현하는 다양한 용어들의 총체인 법칙을 적절하게 암시할 때, 독자는 역사가가 개별 사실들에 부여하는 의미가 마치 그 사실들 속에 이미 내재해 있는 것처럼 확신하게 되기 때문이다. 역사 진행의 법칙에 관해 절제된 언급은, 뉴턴의 만유인력 법칙이나 칸트의 도덕률과 유사하게, 복잡다단한 사태를 단순화·구조화·원리화하려는 독자들의 욕구를 충족하기에 유리했다.

이렇게 몸젠의 『로마사』에는 18세기 계몽사상 시대를 풍미했던 문학적 글쓰기, 19세기에 하나의 독립적인 분과 학문으로 거듭난 역사학의 압축적 글쓰기와 더불어 과학혁명 이후 법칙적 인과성을 해명하는 데 주력했던 논증적 글쓰기의 요소가 모두 담겨 있다. 랑케 이후 대부분의 역사가들은 사실 관계 해명에 대한 요구와 가치 지향에 대한 요구 사이에서 전자를 중시하면서 논문형의 압축적 글쓰기를 추구했다. 이에 반해 몸젠의 『로마사』는 개연성에 주목하는 문학적 글쓰기와 함께 역사 발전의 법칙을 해명하는 글쓰기를 동시에 도모했다. 이 때문에 그는 대중적 인기를 누릴 수 있었지만, 그 대가로 전문적 역사가 집단의 냉대를 받았다. 이것이 바로 몸젠이 40대부터는 『로마사』와 유사한 글쓰기를 하지 않은 가장 큰 이유였다.[13]

몸젠의 『로마사』 서술에서 중심을 차지했던 것은 로마 법제의 변화와 그 동인에 대한 파악이다. 그가 보기에 왕정에서 출발해서 공화정을 거쳐 다시 왕정으로 회귀하는 500년의 시간은 단순한 반복의 과정이 아니었다. 이것은 곧 시간의 계기 속에서 다양한 행위 주체들이 변화를 의식하고 행위를 통해 변혁에 대한 자기 의지를 표출하는 연속적 과정이었다. 변화의 과정을 재현하기 위해 몸젠이 사용했던 언어들이야말로 그의 역사 내러티브를 파악하는 데 중요한 단서다.

『로마사』 제1권에는 다음과 같은 표현들이 빈번히 등장한다. "왕정에서 공화정으로 변화하면서도 로마 공동체는 최대한 옛것을 유지했다. 도대체 어떤 나라의 격변이 이처럼 보수적일 수 있었을까 하겠지만, 로마의 격변이 바로 그러했으며, 공동체의 전통적 요소들 가운데 어떤 것도 격변을 통해 폐기되지 않았다. 이것이 격변의 전 과정을 통해 가장 특징적인 부분이다."[14] "곧이어 위기가 닥쳤다. 이 위기는 신분적 소외가 아니라 고통받던 농민의 절박함에서 시작되었다."[15] 신분투쟁Ständekämpfe을 설명하는 부분에서 매우 비중 있게 등장하는 '격변'과 '위기'는 성산聖山 사건[16]처럼 짧은 기간에 일어난 극적 변화를 재현하기에 적절한 표현이다. '변화의 폭풍'[17] 같은 비유 명사나 '갑자기'[18]처럼 시간과 관련된 부사들도 속도감을 더하며 사건의 급변을 설명하기에 유용했다.

『로마사』에는 이보다 더 긴 호흡을 요구하는 시간의 언어들도 등장한다. "이제 영주민이 민회에 참여함으로써 구 시민은 극복되었다. 왜냐하면 완전한 시민 평등까지는 아직 너무 부족할지 몰라도, 요새의 함락을 결정짓는 것은 진지의 점령이 아니라 최초의 돌파이기 때문이다. 따라서 로마 시민 공동체의 정치적 생명이 집정관직의 시작과 함께 탄생했다고 보는 것이 정당하겠다."[19] "그 시대의 많은 사람은 상민들 입장에서 혁명으로 인하여 더욱 강고한 독재체제가 초래되었다고 생각할 수도 있겠지만, 후대인인 우리가 보기에 그것은 새로운 자유를 위한 단초였다."[20] '탄생'과 '단초'는 적어도 100년이나 200년 이상 진행된 사건의 흐름들 속에서 변화의 정도와 그 의미를 표현하고자 할 때 적합한 언어들이다.

그런가 하면, '전환점'이나 '분수령'처럼 특정 인물과 사건에 결정적 의미를 부여하면서, 긴 호흡 속에서 관찰할 때 사건의 질적 변화가 전개됨을 예고하는 용어들도 등장한다. "카이사르와 세계의 운명을 뒤흔드는 전환점Wendepunkt" 같은 표현이 바로 그것이다.[21] 이와 비슷한 수준에서, 혹은 시간의 길이나 의미부여 수준에서 좀 더 중량감을 갖는 용어들도 등장한다. 대표적인 것이 '미래'다. "귀족들이 얻은 것에 비하면 시민 공동체가 획득한 것은 거의 무의미하고 … 가치가 미미했다. 그러나 그 안에는 미래의 시민 공동체가 있었다."[22]

이보다 다소 모호해 보이지만 변화의 범위와 수준, 속도와 방향을 가늠케 해주는 용어들도 빈번하게 출현한다. '개혁'과 '혁명', '발전'과 '진보'가 바로 그것이다. 『로마사』 제1권은 다음과 같은 문장을 포함한다. "정리된 연대기에 따르면, 우선 정치혁명이 로마 건국 244년(기원전 510)에 있었고, 곧 사회혁명이 로마 건국 259년(기원전 495)과 260년(기원전 494)에 뒤따랐다. 시간적 간격은 상당히 크지만, 두 혁명은 분명 서로 깊은 연관성을 지녔던 것으로 보인다."[23] 그 앞에서 몸젠은 좀 더 장기적인 시간의 차원에서 발전Entwicklung이라는 19세기 역사가들의 공용어를 가지고 로마사의 전개 과정에 대한 판단을 내린다. "이것(왕직의 폐지)이 역사의 발전 과정에서 필연적인 것임을 보여주는 명백한 증거는 동일한 국가체제의 변화가 이탈리아-그리스 세계 전체에서 유사한 방식으로 진행되었다는 점이다."[24]

이상의 용어들은 범위와 밀도의 차이에도 불구하고 시간의 계기를 축으로 삼고 있다는 점에서 공통점을 지닌다. 『로마사』는 시간의 종축을 지향하는 이러한 언어가 개인과 집단 간의 관계와 직결된 횡축을 규정하는 언어들과 만나 역사의 교직을 표현한다. 저항, 대립, 갈등, 내전과 같은 개념어들이 바로 그것이다. "이런 사회적 관계에서 생겨난 빈부의 대립은 혈통 귀족과 상민의 대립과는 전혀 일치하지 않는다."[25] 역사서가 다루는 범위가 넓어질수록 사건적 특수성, 지역적 특성, 시간적 변화의 계기를 약화시키는 추상적 성격의 사회과학적 개념어들의 출현이 잦아진다. 계급, 신분, 농업경제, 화폐경제, 장원경제 같은 표현이 바로 그것이다.[26]

그러나 『로마사』의 내러티브를 고찰할 때 어떤 식으로든 시간의 계기를 드러내주는 지금까지의 용어들과 함께 우리가 관찰해야 할 또 다른 범주의 언어들이 있다. 그것은 바로 시간의 계기를 거의 품지 않거나 아예 그것을 초월함으로써 매우 낮은 수준의 변화, 혹은 변화의 부재를 일깨워주는 용어들이다. 그 중요성에도 불구하고 독자들은 물론 역사 서술가들까지도 소홀하기 쉬운 이 변화에 반하는 탈시간, 초시간의 용어들이 중요한 이유는, 그것들이 인간의 삶에서 기저 조건으로 기능하는 구조들을 가리키고 있기 때문이다. 몸젠은 『로마사』 제1권의 후반부에서 로마의 민중이 "통치 세력의 개선 불가능성에 대하여 충분히 확신하게 되었다"고 말한다.[27] 이 문장을 통해 우리는 로마 공화정의 교착과 붕괴 원인을 명확하게 파악할 수 있다. '개선 불가능성'은 좀처럼 변하기 어려운 구조의 존재를 암시한다. 『로마사』 초반부에는 프랑스의 역사가 페르낭 브로델이 강조했던 장기지속la longue durée의 구조를 연상케 하는 표현도 등장한다. "근대사라는 것은 실제로 문화 지평의 새로운 출현을 의미하며, 발전 단계마다 다양한 방식으로 몰락해가거나 이미 몰락해버린 지중해 문명과 관련을 맺고 있었다."[28] 그 바로 앞부분에서 몸젠은 이탈리아반도를 포함한 지중해 세계를 이렇게 조감적으로 묘사했다.

유럽 대륙 안쪽으로 깊숙이 만을 형성하며 자르고 들어온 대서양에 의해서 만들어진 내해는 이리저리 다시 나뉘는데, 점점이 흩어진 섬들이나 튀어나온 반도에 맞닿아 협해를 이루거나 또는 상당히 넓은 폭의 대해가 되면서 구대륙을 셋으로 나누는 동시에 연결하고 있다. 고대로부터 내해에는 수많은 종족들이 정착해 살아 왔다. 이들은 … 역사적으로는 거대한 단일체를 이루었다. 역사적 단일체라는 용어는 적합하진 않아도 고대 세계의 역사를 지시하는 말로 사용되는데, 크게 보아 네 개의 발전 단계를 거친 것으로 알려진 지중해 거주민들의 문화사를 의미한다. … 이집트 계통의 역사, … 시리아 계통의 역사, … 그리스의 역사, … 로마의 역사를 아우르는 개념이다.[29]

이러한 지리적 구조가 각 지역과 민족의 관습·제도·심성에 미친 영향은 『로마사』 각 권 후반부에서 상세하게 정리된다. 그 가운데 가장 인상적인 것은 로마와 그리스를 비교한 부분이다. 몸젠은 로마의 특성을 밝히기 위해 우선 그리스와의 유사성을 상세히 거론하면서, 궁극적으로는 차이점들을 세밀하게 열거해 나가기를 반복한다. 이처럼 조밀한 비교는 로마의 그리스 세계 복속에 관한 서술에서 끝나고 만다. 이러한 서술의 전체적 틀을 이해하지 못한다면, 그리하여 인상적인 문학적 기법을 탐색하는 것으로 일관한다면, 『로마사』의 내러티브 이해는 매우 불충분하게 끝나고 말 것이다.

시간적 지속성을 기준으로 삼는다면, 몸젠의 『로마사』에는 세 개의 내러티브 층이 존재한다. 거시적 내러티브macro narrative로 명명할 수 있을 기저의 층위에서는 적어도 수 세기 이상 존속되는 지리·심성적 구조들에 대한 서술이 이루어진다. 여기서는 변화보다는 오히려 저底변화와 불不변화에 대한 규범적 설명이 중요하다. 그렇기 때문에 장기지속적 구조를 설명하기 위해 건축학과 지질학 용어가 주로 차용되며, 이 구조의 변동을 설명할 때는 사회과학적 개념들이 활용된다. 몸젠 연구자 알프레드 호이스는 이 층위를 서술의 건축학 Architektonik으로 명명했다. 『로마사』에서 두 번째 층위를 이루는 것은 중간 수준의 내러티브meso narrative다. 수 세대 이상의 시간 범위와 관련된 이 수준에서는 주어진 기간에 나타나는 변화의 양상·원인·영향과 의미를 재현하는 데 초점을 둔다. 마지막으로 미시적 내러티브micro narrative 층위에서는 구체적 인물(들)을 중심으로 한 세대 내에 전개된 사건의 경과를 주로 다룬다. 여기서는 구조와 상황보다는 행위의 의도를 해명하는 서술이 주로 활용된다.

『로마사』에서 미시적 내러티브의 층위는 카이사르 서술에서 가장 특징적으로 드러난다. 먼저 몸젠은 카이사르의 로마 귀환을 이렇게 묘사한다. "출발 명령이 떨어졌다. 카이사르는 전위부대의 최선봉에서서 자기 구역과 이탈리아를 나누고, 그 건너편에는 국헌이 갈리아 지방의 총독을 꼼짝 못 하게 하는 그 작은 개천을 건넜다. 9년 동안 떠나 있던 조국 땅을 다시 밟는 것과 동시에 그는 혁명의 길에 발을 디뎠다. '주사위가 던져진 것이다.'"[30] 몸젠의 문체에 관심을 갖는 사람들은 이 부분에도 주목할 것이다. "그러나 운명이 말하는 곳에서 카이사르는 언제나 그것을 존중했다. 알렉산더가 히파니스강에서, 나폴레옹이 모스크바에서 어쩔 수 없이 회군해서 그가 사랑했던 사람들에게 아주 제한적 성과만 허락한 운명에 화를 냈다면, 카이사르는 템스강과 라인강에서 자유의지에 따라 회군한 후 도나우강과 유프라테스강에서 세계를 극복하려는 부적절한 계획을 생각하지 않고, 심사숙고에 따라 국경 통제를 실현했을 뿐이다."[31]

카이사르에 대한 몸젠의 서술을 단순히 전기적 서술이나 사건사적 서술과 등치시켜서는 안 된다. 『로마사』에서 핵심을 차지하는 카이사르 서술은 장구한 법제사적 변화와 그 역사적 의미를 상술하면서, 재정·사법·군까지 포함하는 엄청난 개혁 과정의 묘사를 지향하고 있기 때문이다. 그러므로 『로마사』에서 카이사르는 미시적 내러티브와 중간 수준 내러티브의 유기적 결합을 가장 잘 보여주는 연결장치로 이해해야 한다. 이 점은 『로마사』 제3권에서도 잘 드러나 있다. 여기에서 몸젠은 구 당파들을 해체하고, 적절한 법제와 전투 준비가 되어 있는 군대와 질서 있는 재정을 구비한 새로운 공동체를 만들어내는 과제가 어려운 작업이기는 했지만, 카이사르가 담당해야 할 과제들 가운데 가장 어려운 일은 아니었다고 역설했다. 몸젠은, 이탈리아 민족이 진정으로 다시 태어나기 위해서는 거대한 제국의 갱생, 곧 로마·이탈리아·속주를 포함하는 모든 부분을 재조직하는 제국의 근본적 갱신이 필요했다고 강조했다.[32] 이러한 서술을 통해 독자는 중간 수준에 서서 로마의 옛 상태와 다가올 새로운 시대를 비교할 수 있다. 몸젠의 카이사르가 더 큰 공감을 얻을 수 있는 것도 바로 이와 같은 층위의 결속에 기초하여 그에 대한 평가가 이루어졌기 때문이다. 『로마사』에서 카이사르는 단순히 루비콘강을 건넌 결단의 인물이나 권력욕의 화신이 아니었다. 몸젠은 카이사르를 로마의 오랜 이상을 실현하고 적폐를 일소하고자 했던 역사적 인물로 묘사했다. "빈익빈 부익부의 경제가 이탈리아인들을 반도에서 몰아내고, 그 반도가 절반은 노예 무리로, 절반은 끔찍한 적막으로 채워진 상황"에서,[33] 카이사르는 화폐경제와 농업경제의 개혁을 단행하고 자치행정 강화와 달력 개혁까지 이루어낸 인물이었다는 것이다.[34]

우리가 주목해야 할 것은 이러한 개혁 조치들이 바로 카이사르의 지중해왕정Mittelmeermonarchie의 기초가 되었다고 몸젠이 높이 평가한 점이다. 지중해 세계가 오랫동안 염원했으나 그 어느 민족도 쉽게 이룰 수 없었던 목표를 바로 카이사르가 이룩했다는 것이다. 바로 이 점에서 카이사르에 관한 몸젠의 서술은 거시적 내러티브와도 맞닿아 있었다. 더 주목할 점은 미시-중간-거시 내러티브의 연계 속에서 이루어지는 카이사르 서술에 몸젠이 도덕적 후광까지 부여했다는 사실이다. "카이사르는 파괴하면서 나타났던 곳에서 역사적 발전의 금언을 완수하고, … 자기 나라만이 아니라 고대 그리스의 자매 민족들에서도 문화의 싹들을 지켰다."[35] 카이사르에 대한 몸젠의 상찬은 이렇게 마무리된다.

카이사르는 알렉산드로스의 절반도 안 되는 5년 반 동안 로마의 왕으로서 변속장치를 가동했다. 모두 합해야 채 15개월도 자기 제국의 수도에 머물지 못했던 일곱 차례의 전쟁 사이에 카이사르는 현재와 미래를 위해 세계의 운명을 정돈했다. 문명과 야만 사이의 경계선을 확정하는 데서부터 수도의 도로에서 빗물 웅덩이를 제거하는 일에 이르기까지, 그때마다 그는 충분한 시간과 즐거운 마음을 가지고 극장의 가격표를 주의 깊게 살펴보고 승자에게 즉석에서 만든 시문을 부여했다. 계획을 수행할 때 카이사르가 보여준 신속성과 확실성은 그가 오랫동안 숙고했고, 모든 부분에서 구체적인 확인을 거쳤음을 입증한다.[36]

이처럼 카이사르는 그 어떤 유한한 존재도 할 수 없는 것을 전무후

무하게 실행하고 창조했으며, 수천 년의 세월이 흐른 후에도 실행가와 창조자로서, 여러 민족들의 기억 속에 최초의 황제였을 뿐만 아니라 유일한 황제 카이사르로 생생하게 남아 있다.[37]

『로마사』의 독자 장악력은 이처럼 거시적 내러티브에서 필연성에 준하는 힘의 근거를 확보하고, 중간 수준의 내러티브를 통해 역사적 변화의 내용과 방향을 제시하는 가운데, 문학적 장치들을 통해 서술의 미학적 완성도를 높인 점에서 비롯되었다. 이처럼 수준을 달리하는 내러티브의 균형적 맞물림이 없었다면, 몸젠의 정치적 견해와 도덕적 가치판단은 독자들의 저항을 초래했을 것이다. "어느 면에서 보더라도 치료할 수 없는 상태에서 벗어나 공동체를 젊게 만드는 데 성공하기 위해서는, 무엇보다도 그 나라를 실제로 안정시키고 지난 재난 때부터 도처를 덮어버린 파편을 지상에서 쓸어내야만 했다."[38] 『로마사』는 이처럼 카이사르가 열정적이고 능숙하게 이 과제를 실행에 옮긴 인물이었다고 묘사했다. 몸젠을 통해서 독자들은 카이사르를 개혁과 쇄신의 의지는 있었으나 실행 능력은 갖추지 못했던 티베리우스 그라쿠스의 한계를 넘어서는 준비된 대안으로 받아들였다. 몸젠이 그려낸 카이사르는 '이성의 간지List der Vernunft'에 종속된 꼭두각시가 아니라, 언제나 '역사의 법정'을 의식하며 행동했던 세계사의 능동적 집행인이었다.[39]

앙리 베르그손의 『창조적 진화』

물질을 가로지르는 생명의 불꽃

주재형·단국대 철학과 교수

이름에 대하여

앙리 베르그손은 1859년 태어나 1941년 사망한 프랑스의 철학자다. 이 철학자의 생애와 사상에 대해 말하려면 그에 앞서 이름 표기 방식에 대해 한마디 하지 않을 수 없다. 그의 이름은 한국에서 베르그송, 베르크손, 베르그손 등 크게 세 가지 방식으로 표기된다. 이중 가장 오래된 표기 방식인 '베르그송'은 Bergson이란 철자의 프랑스어 발음을 반영한 표기다. 그런데 Bergson이란 성은 사실 베르그손의 아버지 세대에 개명한 것이다. 베르그손의 집안은 원래 폴란드의 바르샤바에서 영향력 있는 유대인 가문이었는데, 베르그손의 할아버지 때 썼던 존넨베르크Sonnenberg란 성이 베르그손의 아버지 대에 이르러 Berksohn이 되고 이것이 다시 Bergson으로 바뀌었다.[1] 베르그손의 아버지는 이 집안의 둘째 아들 미카엘 베르그손으로,

1837년 프랑스로 이민을 오게 된다. 이렇게 베르그손은 유대계 폴란드인 이민자 집안의 태생이었기 때문에, 그의 이름 Bergson의 발음에도 이 이국적인 흔적이 남아 프랑스인들도 그의 이름을 '베르그송'이 아니라 '베르그손'에 가깝게 발음한다. 이 글에서 베르그손이라고 표기하는 이유는 원래 발음을 최대한 반영하기 위한 것일 뿐 아니라, 이 유명한 철학자가 가진 의외의 모습을 시사하기 위한 것이기도 하다. 이미 이름에서부터 이 철학자는 가장 프랑스적인 철학자라는 자신의 외면적 이미지에서 벗어나 이민자 가계의 흔적을 간직하고 있는 셈인데, 그의 철학 또한 알고 보면 그간 알려져 있던 통상적인 이미지와 다른 점이 많다.

베르그손의 생애: 궤적들

독일의 철학자 마르틴 하이데거는 철학자의 생애에 대해 유명한(어쩌면 악명 높은) 대답을 한 바 있다. 그에 따르면 철학자의 인생은 "태어나서 사유하고 죽었다"라는 문장 하나로 요약될 수 있다. 그가 여기에 "그 외 나머지는 한낱 일화에 불과하다"라고 덧붙였을 때, 그의 의도는 보다 분명하게 드러난다.[2] 그는 철학자의 삶 속에서 두 부분을 더없이 명확하게 분리했다. 철학자의 사유와 그 밖의 것. 그는 이 단언을 통해서 철학자의 사유와 평범한 한 인간의 현실적인 삶 사이에 어떤 근본적인 연관도 없다고 말하는 것이다. 아마 이 말은 베르그손의 경우에도 해당할 것이다. 베르그손은 죽기 전에 남긴 유언장에서 자신이 출판한 책 일곱 권[3] 외에 어떤 글도 남기지 말고 파기할 것을 요구했다. 이 요구에는 오직 자신의 사유로만 존재하길 원했던 철학자의 엄격함이 담겨 있는 것 같다. 베르그손의 철학을 알기 위해서는 그의 저서를 읽어보는 것으로 충분하며 그의 삶을 들여다볼 필요는 없는 것이다. 예술 작품이라면 작가의 인격 전체가 어떻게든 작품에 표현되어 있으며, 작가의 인격은 당연히 그의 생애와 떼어놓을 수 없으므로 작가의 생애와 작품은 밀접하게 연관되어 있다고 말할 수 있을지 모른다. 베토벤의 말기 작품과 베토벤의 말년을 분리해서 생각하기란 거의 불가능해 보인다. 하지만 뉴턴의 만유인력 법칙을 이해하기 위해 뉴턴의 생애를 알아야 할 필요가 없고, 아인슈타인의 상대성 이론을 배우기 위해서 아인슈타인이 어렸을 때 낙제생이었다는 사실을 알 필요가 없듯이, 철학을 알기 위해서 철학자의 생애를 알아야 할 필요는 없지 않은가.

하지만 베르그손 자신이, 한 사람이 한순간 내리는 선택의 이유를 이해하려면 그의 과거 삶 전체를 알아야 한다고 말한 바 있다.[4] 게다가 철학자의 생애는 단지 지나가는 일화로만 이루어진 것이 아니다. 철학자가 자신의 삶 속에서 맺었던 관계들, 그가 했던 말과 행동들은 그의 사유의 표현이자 귀결이다. 철학자의 사유를 그의 삶을 통해 설명할 수 있다고 믿는 것은 사유의 자유를 과소평가하는 것이지만, 반대로 그의 사유를 삶으로부터 분리하는 것은 사유를 과대평가하는 일이다. 사유와 삶을 섣불리 연결시키려 하지는 말고, 간략하게나마 그의 삶의 주요 궤적들을 그려보자.

음악가였던 아버지 미카엘 베르그손은 아일랜드계 유대인이었던 캐서린 레빈슨과 결혼하여 슬하에 2남 3녀를 두었고 베르그손은 이 중 둘째 아이로 1859년 10월 18일 파리 라마르탱가에서 태어났다.

베르그손은 유대인 공동체와 프랑스 정부로부터 장학금을 받을 정도로 어릴 때부터 학업에 두각을 드러냈다. 이 장학 지원 탓에 베르그손이 열 살 되던 해, 그의 가족은 베르그손만 파리에 남겨두고 영국으로 이주하게 된다. 홀로 남은 이 소년은 예의 바르고 겸손하면서도 조용한 모범생으로 자라난다. 그는 수학적 재능이 뛰어났지만, 쥘 라슐리에의 『귀납의 토대에 대하여*Du Fondement de l'Induction*』를 읽고 철학을 공부하기로 결심한다.[5]

피아니스트였던 아버지의 예술성, 어머니의 영적인 감수성을 물려받고, 빼어난 지적 능력을 발휘하면서도 가족과 떨어져 스스로를 형성해간 예절 바른 천재가 유년기 베르그손의 모습이다.

베르그손은 최고의 명문 대학인 파리고등사범학교에 장 조레스, 에밀 뒤르켐 등과 동기로 입학한다. 3년간의 학업을 마치고 1881년 교수자격시험에 통과하여 이후 10여 년간 앙제 고등학교와 클레르몽페랑 고등학교, 루이르그랑 고등학교, 앙리4세 고등학교 등에서 교사로 근무한다.

그런 와중에 30세가 되던 1889년 박사 학위를 취득하게 된다. 그의 박사 학위 논문은 『의식의 직접 소여에 관한 시론*Essai sur les Données Immédiates de la Conscience*』이란 제목으로 출간되는 그의 첫 저작이다. 이후 베르그손의 인생은 전형적인 학자의 길을 걷는다. 서른세 살에 결혼하여 이듬해 딸 잔을 얻는 등 보통 사람들처럼 일상적 삶을 살며, 대학교수 지원, 강연과 논문 집필, 저서 출간 등 학문하는 삶을 충실히 살아간다. 유려하고 문학적인 문체로 알려진 바와 달리 철학을 자연과학에 버금가는 정확한 학문으로 생각했던 이 철학자는 자신이 확신을 가지지 못한 내용에 대해서는 아무것도 출판하지 않는 등 글에 엄격했다.

실증주의가 지배적이었던 당시 학계에서 그의 첫 저작 『의식의 직접 소여에 관한 시론』으로 철학자들 사이에서 주목받았던 베르그손은 7년 뒤에 두 번째 저작 『물질과 기억*Matière et Mémoire*』(1896)을 출간하여 보다 큰 성공을 거두고 4년 뒤인 1900년 저명한 프랑스의 대중 교육 기관 콜레주 드 프랑스의 철학 교수가 된다. 1903년에는 자신의 철학 방법론을 제시하는 영향력 큰 논문 「형이상학 입문」을 발표한다.

1903년 마흔한 살이 된 이 철학자는 학문적으로도 직업적으로도 더는 오를 곳이 없어 보였지만, 그럼에도 더욱 큰 명성과 성공의 미래가 그를 기다리고 있었다. 두 번째 책을 낸 지 11년이 지난 1907년 40대 중반에 대표작이라 할 『창조적 진화*L'Évolution Créatrice*』를 출판한 것이다. 이 저작은 프랑스 국내뿐만 아니라 국제적으로도 베르그손을 당대의 대표적인 철학자로 만든다. 수많은 예술가와 사교계 명사들이 그의 콜레주 드 프랑스 강의를 듣기 위해 몰려든다. 1930년대까지 프랑스를 비롯하여 유럽에서는 그의 사상이 인문, 사회, 예술계에 지대한 영향을 끼친다. 영국과 미국 등지에서 초청 강연을 하며 서구 학문계의 중심이 되었을 뿐 아니라, 제1차 세계대전이 터지자 1917년과 1918년 두 차례에 걸쳐 전쟁 지원을 요청하기 위해 미국의 윌슨 대통령을 만나는 외교적 임무를 수행하는 등 국제적인 저명인사가 된다.

이처럼 화려한 국제적 행보와 달리, 철학자로서 베르그손은 1907년의 『창조적 진화』 출간 이후 1928년 노벨문학상을 수상할 때까지 단 두 권의 책을 출간한다. 1919년 논문집 『정신적 에너지*L'Énergie*

Spirituelle』와 1922년 아인슈타인의 상대성 이론을 다룬 『지속과 동시성*Durée et Simultanéité*』이 그 책들이다. 『의식의 직접 소여에 관한 시론』, 『물질과 기억』, 『창조적 진화』와 같이 독립적인 철학적 문제에 대해 주제적으로 다룬 그의 네 번째 주저는 1932년에야 모습을 드러낸다. 『창조적 진화』가 나온 지 25년 뒤에 나온 『도덕과 종교의 두 원천*Les Deux Sources de la Morale et de la Religion*』이란 제목의 이 책에서 베르그손은 자신의 생명철학에 기반한 도덕론과 종교론 그리고 사회철학을 개진한다. 다시 2년이 지나 1934년에 철학 방법론과 철학에 대한 성찰을 담은 논문집 『사유와 운동체*La Pensée et le Mouvant*』를 출간하는데, 이는 베르그손의 마지막 저서가 된다.

1921년 62세에 공식적으로 콜레주 드 프랑스 교수직에서 은퇴한 후, 류머티즘으로 고생하던 차 점차 공적인 활동에서도 물러난다. 1939년 제2차 세계대전이 발발하고 인류가 다시 제 발로 파괴의 길로 접어드는 것을 참담한 심정으로 지켜볼 수밖에 없었던 이 철학자는 전쟁이 끝나는 것을 보지 못한 채 1941년 81세의 나이로 파리에서 폐렴으로 사망한다.

베르그손의 삶 속에는 그가 어떤 사람이었는지를 엿보게 해주는 이런저런 일화들이 많다. 이 중에서 하나를 기억해두고 싶다. 베르그손은 독일 점령하의 파리에서 유대인 등록을 하기 위해, 지인들의 부축을 받아가며 몸소 아픈 몸을 이끌고 길을 나섰다는 이야기가 전설처럼 전해진다.[6] 이 일화는 박해받는 유대인의 편에 서서 당대의 불의에 맞서고자 했던 정치적 태도, 신체적 고통을 넘어서는 정신적 의지 그리고 가톨릭의 보편적 교의에 깊이 공감하면서도 자신의 유대적 혈통을 끝까지 간직하고자 했던 고집, 또는 말년에 이르러 많은 이들에게 잊힌 초라한 노철학자에 이르기까지, 여러 가지 해석 가능성을 열어 놓는다. 그런 만큼 한 철학자의 삶은 명시적인 사유로 환원되지 않으며, 삶과 사유 사이의 이 간극 속에서 베르그손은 언제나 생생하게 살아 있을 것이다.

『창조적 진화』를 출간하기까지

우리가 보았듯이, 베르그손은 19세기 후반부터 20세기 전반에 걸쳐 활동한 철학자다. 이 시기는 서양 철학사에서 보면 근대에서 현대로 이행하던 시기라 할 수 있고, 그런 만큼 베르그손의 철학도 근대성과 현대성 양자의 측면을 모두 보여주는 다채롭고 복합적인 철학이다. 그의 첫 저작이 출간되었을 때 프랑스 철학계는 이폴리트 텐(1828~1893)으로 대표되는 실증주의 철학이 지배하고 있었다. 경험적인 증거로 입증할 수 있는 것 외에는 어떤 것도 학문적 논의의 장 안에 들여놓지 않으려는 이 사조는 효율적이고 강력하면서도 편협한 것이었다.

이러한 실증주의에 맞서 경험 너머의 것, 또는 다른 종류의 경험에 호소하려는 철학적 흐름의 대표자가 베르그손이다. 그의 첫 저작 『의식의 직접 소여에 관한 시론』은 당시 대두되던 심리생리학을 비판하고 인간의 의식 현상은 물질과는 다른 특성을 가진다는 점을 논증한다. 인간 의식의 고유한 특징은 시간성에 있다는 것, 즉 과거가 사라지지 않고 현재에 덧붙여져 항상 새로움을 창출해낸다는 것에 있다. 이것이 베르그손 철학을 대표하는 개념인 '지속durée'이 의미하는 바다. 이 개념을 통해서 베르그손은 경험과학적 방법을 통해 수량화할 수 있는 물질 대상들과 달리, 인간의 의식 현상들은 그렇게 수량화할 수 없고 따라서 일반 법칙을 통해 해명할 수 없는 성격의 현상임을 보여주었다. 인간의 의식은 시시각각 다채롭게 변화할 뿐 아니라, 이러한 매 순간의 현재적 변화들은 각자의 과거 전체와 본질적으로 연결되어 있어서 각 개인마다 고유하다. 이처럼 우리의 의식 현상들, 더 나아가 우리의 행위들이 각자의 과거 전체와 유기적으로 연결되어 있다면, 우리가 미래에 어떤 결정과 행동을 하게 될지 보편적으로 예측하고 결정할 수 있는 자연법칙이란 있을 수 없다. 이로부터 인간은 자유롭다는 결론이 자연스럽게 도출되는 것이다.

베르그손이 이 저작에서 보여준 철학하기의 방식은 이미 그를 탁월한 철학자로 만들기에 충분하다. 감각의 양을 측정하고 의식 현상을 법칙화하려는 심리생리학을 비롯한 당대의 심리학적 연구들을 섭렵하는 동시에, 멘 드 비랑에서부터 펠릭스 라베송으로 이어지는 프랑스 정신주의 전통의 고전 철학에 대한 이해를 체화한 바탕 위에서 자신만의 철학적 직관을 상식적인 비유와 선명한 문체로 펼쳐내는 그의 글은 새로운 철학의 시대를 열어젖혔다. 베르그손은 실증주의를 단순히 거부하거나 비판하면서 실증될 수 없는 초월적이거나 신비한 실체를 주장하지 않는다. 그는 실증주의가 이루어낸 경험적 과학의 확실성을 수용하면서도 그러한 관점의 한계 지점을 날카롭게 지적하여 실증주의와 정신주의가 종합되는 "실증적 정신주의" 또는 "실증형이상학"[7]을 보여주었던 것이다.

두 번째 저작인 『물질과 기억』은 이러한 베르그손의 스타일을 한 층 더 높은 수준으로 끌어올린다. 정신과 신체의 관계라는 고전적인 철학적 문제를 정면으로 다루는 이 저작은 당대의 뇌생리학 및 병리심리학 연구들을 면밀히 검토하면서 심신 이원론을 갱신한다. 우리의 지각은 사물을 있는 그대로 지각한다는 주장, 뇌는 행동의 도구일 뿐, 의식적 표상을 만들어내는 사유의 기관이 아니라는 주장, 기억은 뇌에 저장되는 것이 아니라 자체로 존속하는 정신적 실재라는 주장, 신체는 의식의 삶을 제한하는 것이라는 주장 등, 이 책에서 베르그손이 내세운 주요 주장들은 도발적이면서도 여러 경험과학적 증거에 의해 뒷받침되는 강력한 타당성을 갖춘 것이었다.

『의식의 직접 소여에 관한 시론』이 물질 대상과 인간 의식 간의 근본적인 차이를 규명했다면 『물질과 기억』은 여기에서 한층 더 들어가, 의식과 신체 간의 차이만이 아니라 정확한 관계가 무엇인지를 밝혀내고자 한다. 그는 의식의 본질은 지각이 아니라 기억에 있음을 밝힘으로써 의식을 시간적인 것으로 새롭게 규정하는 한편, 자신의 지속 개념 또한 갱신한다. 지속은 이제 과거가 현재 속으로 자연스럽게 이어지고 스며듦으로써 형성되는 연속성이 아니라, 매 순간 각자가 처한 현재의 필요에 따라 상이하게 선택되는 과거 기억들을 통해 다양하게 그리고 부단히 **재형성**되는 연속성이다. 과거와 현재가 맺는 관계가 이렇게 다양화됨에 따라 의식의 여러 수준이 구분될 수 있다. 과거에 지나치게 사로잡힌 의식은 몽상가와 같이 현실에서 동떨어진 삶을 살게 된다면, 현재에 너무 밀착한 의식은 눈앞의 상황에 매몰되어, 보다 먼 미래를 지평으로 자신의 삶을 창조적으로 이끌어가는 동력을 상실할 것이다. 정신의 건강은 과거와 현재의 적절한 균형에 있다. 정신과 신체의 관계는 이처럼 과거와 현재의 관계라는 시간적 관계로 이해되어야 한다는 것이 베르그손의 주장이다. 신체는 현재의 필요로 정신을 제한하고, 정신은 이 제한에 맞추어 적절한 기억을 선별하여 현재에 적응하도록 하는 것이다. 하지만 정신이 과거 기억을 보다 창의적으로 활용하여 현재의 범위를 확장할 가능성은 열려 있다. 그래서 정신은 신체에 의존하면서도 이를 초월하는 상대적 독립성을 가질 수 있는 것이다.

『창조적 진화』 속으로

저작의 문제의식

다윈의 『종의 기원』은 베르그손이 태어나던 해인 1859년에 출간되었다. 베르그손이 『창조적 진화』를 집필하던 시기에는 이미 과학계는 진화론적 관점을 널리 받아들이고 있었지만, 생명 진화의 과정에 대해서는 여러 상이한 이론적 가설들이 제안되던 때이기도 했다. 이처럼 어떤 하나의 경험과학이 태동하는 시기에, 즉 과학의 가능성과 불확실성이 혼재하는 시기에 철학자는 개입한다. 철학자는 과학자에게 올바른 길을 가르쳐주는 교사로서 과학적 담론에 개입하지 않는다. 베르그손은 그처럼 우월한 철학의 이미지를 전적으로 거부한다. 과학적 논쟁 속에서 철학자는 자신의 추상적인 사유를 구체적인 경험을 통해 입증하거나 검토해볼 기회를 얻게 된다는 점에서 과학자의 말에 귀 기울여야 할 것이다. 하지만 또한 과학자는 자신이 탐구를 위해 사용하는 개념이나 논리의 본질에 대해 성찰하지 않기 때문에 오류나 방황에 빠질 수 있다. 철학자는 이 지점에서 지성의 탐구 방법과 사유의 본성에 대해서 과학자에게 들려줄 말이 있다.

베르그손의 세 번째 주저인 『창조적 진화』는 이처럼 이중의 문제의식이 교차한 결실이다. 우선, 베르그손 자신의 고유한 사유 여정에 따라 생명의 문제는 의식과 범위와 기원 그리고 물질의 기원에 대한 문제를 해결하기 위해 반드시 대면해야 할 문제로 등장한다. 생명 진화는 생명의 본질과 기원에 대한 탐구이며, 이 탐구는 또한 생명의 상관자인 물질의 본성과 기원에 대해서도 어떤 방식으로든 알려줄 수 있을 것이다. 그런데 이러한 생명 진화의 탐구는 이미 자연과학적인 방식으로 진행되고 있다. 따라서 철학자는 이 문제에 대해서 과학자들의 이론을 전적으로 받아들이기만 하면 되는 것인지, 아니면 그를 보완하여 철학자만이 알아낼 수 있는 진리도 존재하는 것인지 여부를 알아야 한다. 요컨대, 생명의 본질 또는 생명 진화 과정에 대한 철학적 탐구는 과학에 대한 성찰 없이는 올바르게 시작될 수 없는 것이다.

『창조적 진화』의 서론에서 베르그손이 명료한 방식으로 말하고 있는 바가 바로 이러한 문제 상황이다. "인식 이론과 생명 이론 양자는 합류하여, 어떤 원환적 과정을 통해서 서로를 끝없이 전진시켜야 한다."[8] 왜냐하면, 인식 이론을 개혁하지 않고서는 생명을 올바로 이해할 수 없으며, 역으로 생명 진화의 역사 속에서 인간 지성을 파악할 때에만 인식의 본성에 대해 알 수 있고 따라서 인식 이론의 개혁이 가능하기 때문이다. 그러므로 『창조적 진화』는 생명에 대한 형이상학을 전개하는 저작일 뿐 아니라 철저한 과학 비판과 철학의 혁신을 시도하는 저작이기도 하다. 이 저작의 총체적 면모에 대한 정확한 이해는 인식 이론과 생명 이론의 원환을 따라갈 때에만 가능하다.

그런데 이러한 원환 관계는 또한 일종의 역설이기도 하다. 만약 생명 이론과 인식 이론이 서로를 전제한다면, 어떻게 탐구가 가능할까? 생명 진화를 올바로 파악하려면 그에 앞서 우리 지성의 개념들과 논리들을 근본적으로 재검토하고 변형시켜야 하는데, 이러한 재검토와 변형을 수행하기 위해서는 우리 지성이 생명의 진화 속에서 어떻게 생겨났는지를 알아야만 하지 않는가? 따라서 다시 생명 진화를 먼저 탐구해야 할 필요에 직면한다. 이 난점을 극복하기 위해 베르그손은 "생명과 외연이 같은 의식,"[9] 곧 생명 자체와 일치하는 의식적 인식의 가능성을 제안한다. 『창조적 진화』는 바로 이러한 인식에 도달하는 과정으로 구성되어 있다.

노벨상 위원회는 베르그손에게 노벨문학상을 수여하면서, 그 이유로 "그의 풍부하고도 생생한 생각들 그리고 이 생각들을 표현하는 빼어난 능력을 인정"한다고 밝혔다.[10] 실제로 『창조적 진화』에는 치밀하고 탄탄한 철학적 논리로 뒷받침된 창의적인 생각들이 가득하며, 또 이 생각들은 유려하면서도 구체적인 언어적 이미지로 형상화되어 있다. 우리는 언어적 이미지와 철학적 논리라는 이 두 요소에 초점을 맞추어 이 저작의 내용을 살펴볼 것이다.

「제1장 생명의 진화에 대하여」

제1장에서는 우선 생명 진화에 대한 기존의 과학적 또는 철학적 접근이 적절하지 않다는 점을 보여주며 지성의 한계를 드러낸다. 이 장은 비중이 상이한 두 부분으로 이루어져 있다. 처음 20여 페이지를 통해 베르그손은 먼저 생명의 본질에 대한 자신의 가설을 제시

한다. "생명은 의식적 활동처럼 발명이고, 의식적 활동과 마찬가지로 끊임없는 창조다."[11] 이 가설은 베르그손이 의식의 특징이라고 보았던 '지속' 개념을 생명에 적용하여 얻어낸 것이다. 이 장의 처음에서 베르그손은 지속 개념의 범위에 관한 문제를 제기한다. 우리의 의식이 지속한다는 것, 즉 우리의 의식에서 과거는 사라지지 않고 현재와 융합되며 이를 통해서 새로움을 창출한다는 것은 분명하다. 그런데 우리의 의식만 지속할까? 『물질과 기억』은 이미 다른 생명체들도 지속한다는 것, 물질도 지속한다는 것을 보여주었다. 유명한 설탕물의 예를 보자. 설탕물을 마시려고 물에 설탕을 넣으면, 우리는 설탕이 녹을 때까지 기다려야 한다. 이 단순한 사례는 무엇을 의미하는가? 바로 물질에는 고유한 변화의 속도가 있다는 점이다. 설탕이 더 빨리 녹기를 원하는 나는 인내심을 갖고서 기다려야 한다. 나의 이 기다림은 바로 내 의식의 시간과 설탕물의 시간이 같지 않다는 것, 나의 외부 사물들도 각자 고유한 리듬에 따라 변화하며 내가 그 변화를 경험한다는 것을 알려준다. 그런데 각각의 물질 사물들은 다른 물질 사물들과 끊임없이 영향을 주고받으며 연결되어 있다. 따라서 만약 물질에 고유한 시간이 있다면 그 시간은 개별 사물들이 각자 갖는 시간이 아니라 물질 사물들 모두가 이처럼 상호작용을 통해 연결되어 흐르는 시간, 곧 광대한 물질적 우주 전체가 갖는 시간이다. "우주는 지속한다."[12]

반면, 물질적 우주 안에 존재하는 생명체들은 물질 사물과는 구분되는 개별적 시간을 갖는다. 생명체들은 단지 외부 사물들과 상호작용할 뿐만 아니라, 각자 고유한 내적인 삶을 살기 때문이다. 설탕물은 우주 전체의 시간 속에서 변화하지만, 각각의 생명체는 각각의 고유한 과거와 현재 속에서 각자의 역사를 가진다. 그런데 이 역사는 단지 한 생명체의 삶 속에서 시작되고 끝나지 않는다. 부모 세대에서 자식 세대로 이어지는 연속성이 있기 때문이다. 바로 이러한 고찰로부터 베르그손은 생명체들이 아니라 "생명 일반"[13]의 시간성이 있지 않은지 질문한다. 지구상에 존재했고 존재할 모든 구체적이고 개별적인 생명체들을 아우르는 거대한 생명의 시간, 그것이 생명 진화의 역사인 것이다. 그리고 이 역사가 진정한 시간이라면, 지속하는 의식과 마찬가지로 끊임없는 창조의 운동이어야 할 것이다.

베르그손은 이 가설을 입증하기 위해서 두 단계의 과정을 거친다. 70여 페이지에 이르는 제1장의 나머지 부분은 생명 진화에서 창조성을 인정하지 않는 기존의 대표적인 두 입장인 기계론과 목적론을 검토한다. 누적된 미소변이微小變異나 갑작스러운 돌연변이에 의해 우연히 진화가 일어난다고 보는 기계론적인 진화론의 입장은 환경에 창의적으로 적응하는 생명체의 능동성을 제대로 고려하지 못하며 이에 따라 생명 진화에서 관찰되는 정교한 유기체 구조들의 발생을 설명해내지 못한다. 그렇지만 이 유기체 구조의 정교성을 목적론적으로 설명하려는 시도 역시 만족스럽지 못하기는 마찬가지다. 목적론은 생명의 창조를 미리 결정된 가능성이 시간 속에서 실현되는 단순한 과정으로 만들어버리기 때문이다. 기계론이 과거 원인에 의해 모든 것이 결정된다고 말한다면, 목적론은 이를 뒤집어 미래에 실현될 목적에 의해 모든 것이 결정되어 있다고 말할 따름이다.

이처럼 기존의 학설들이 생명의 진정한 창조성을 포착하지 못한다는 점에서 동일한 한계에 봉착한다는 점을 밝힌 뒤, 두 번째 단계의 논의 과정으로 들어가 베르그손은 제2장에서 생명 진화의 역사를 기계론이나 목적론과 같은 지성의 틀에서 벗어나 고찰하려는 시도를 펼친다. 그렇게 포착된 생명 진화의 역사는 예측 불가능한 창조의 역사로 드러날 것이다. 제2장은 풍부한 자연과학적 정보와 흥미로운 통찰들로 가득하며, 베르그손의 실증적 형이상학이 성취한 높은 학문적 수준을 유감없이 보여준다.

그런데 제2장의 내용을 간략하게나마 살펴보기 전에 제1장의 끝자락에서 반드시 짚고 넘어가야 하는 중요한 통찰이 있다. 기계론이나 목적론이 진화의 창조성 즉 다양한 생명체들의 정교하고 조화로운 형태와 구조 등을 설명하지 못한다면, 베르그손은 어떻게 설명할 수 있는가에 대한 원리적 대답이 등장하기 때문이다. 생명체의 정교한 구조를 이해하기 위해서는 단순한 요소들을 조합하여 형태나 구조를 만들어내는 인간의 제작적 사고방식을 버려야 한다. 생명이 창조하는 방식은 그와 전혀 다르다.

이를 설명하기 위해 베르그손은 하나의 은유 또는 이미지를 제시한다.[14] 만약 보이지 않는 손이 쇳가루 더미 속을 가로지른다고 해보자. 이 손은 쇳가루의 저항에 부딪혀 점차 힘을 잃고 어느 순간 멈추게 되는데, 그 순간 쇳가루 더미는 마치 장갑처럼 이 보이지 않는 손의 모양을 그려낼 것이다. 가정상 손은 보이지 않으므로 눈에 보이는 것은 미세한 쇳가루 알갱이들이 정교한 힘의 균형을 이루어 만들어낸 손의 형태다. 사람들은 어떻게 이 무수한 알갱이들이 조화를 이루어 이처럼 정교한 손의 형태를 만들어냈는지 감탄을 금치 못하겠지만, 사실 쇳가루 더미 안에 생겨난 이 형태는 보이지 않는 손의 운동이 쇳가루 더미의 저항에 부딪혀 쇳가루 안에 남겨놓은 흔적에 불과하다.

이처럼, 생명체의 정교한 형태나 구조는 생명의 창조적 힘이 그에 저항하는 관성적인 물질 안에 남겨놓은 흔적이나 잔여물에 불과하다는 것이 베르그손의 생각이다. 물질의 부분들을 하나하나 끼워 맞춰 생명체의 형태나 내적 구조를 만들어낸다면 그것은 거의 불가능한 우연적 확률이나 어떤 초자연적인 의도의 개입에 호소하지 않고서는 설명하기 어렵다. 하지만 만약 그러한 구조가 물질을 가로지르는 비물질적 힘과 그에 대한 물질의 저항이 부딪쳐 생겨나는 것이라면, 생각보다 설명은 간단할 수도 있다. 결과물의 복잡성이 반드시 형성 과정의 복잡성을 의미하는 것은 아니다. 거장의 그림은 매우 정교하고 섬세한 부분들의 조화로 이루어져 있지만, 거장은 일필휘지로 그 그림을 그려냈을 수 있는 것이다.

바로 이렇게 "구조의 복잡성과 기능의 단순성"[15] 간의 대비가 생명체의 창조성을 설명하고 이해하는 핵심 원리일 수 있다. 생명은 이처럼 단순한 운동, 어떤 도약의 운동이고 그러한 운동이 물질 속에서 중단되었을 때 다양한 생명체들이 창조되어 나오는 것이다. "생명의 도약élan vital"이라는 베르그손의 유명한 개념 또는 이미지는[16] 생명의 힘이 가진 이 운동적 단순성을 표현한다. 생명 진화의 역사를 수놓은 무수한 생명체들과 생명 종들은 태초의 생명이 물질 속에서 도약하기 위해 내딛은 구름판이면서 또한 도약하면서 뒤에 남겨놓은 발자국인 것이다. 이렇게 개별 생명체들을 가로지르면서 끊어질 듯 이어지는 생명 일반의 연속성, 베르그손이 생명 진화의 역사에서 보는 것은 바로 이것이다.[17]

「제2장 생명 진화의 분기하는 방향들: 마비, 지성, 본능」

생명 일반에 대한 이러한 이미지는 아직 가설의 수준에 머물러 있는 것이지만, 그럼에도 이 이미지가 제2장의 생명 진화의 역사에 대한 탐구를 이끈다. 이 이미지는 기계론과 목적론에 대한 비판, 곧 지성적 사고방식에 대한 비판을 통해서 무장해제된 순수한 의식의 눈에 비친 생명의 모습을 담고 있다. 그런 점에서 이 이미지는 생명 자체와 일치하는 직관적 의식의 가능성을 향해 인도한다.

『창조적 진화』 제2장은 폭발하는 유탄의 이미지로 시작된다. 이 이미지는 생명의 도약이 지구상에서 전개되는 역사적 과정을 공간적으로 구체화한다. 생명 진화의 역사는 하나의 유탄이 폭발하여 파열하고, 산산이 흩어진 조각들 각자가 또 파열하여 더 작은 조각들로 나뉘듯이, 그렇게 끝없이 터지는 불꽃놀이와 같다. 생명 진화는 기원적인 생명의 통일성이 산산이 조각나면서 시작한다. 제2장의 초반 몇 페이지들은 이 이미지가 나타내는 파열의 근본 원인에 대한 형이상학적 고찰에 할애되어 있다. 생명이 무언가를 창조하는 힘이라면, 이 힘은 아무런 장애 없이 단숨에 발휘될 수 없다. 물질의 저항 때문에 생명의 힘은 분산되지만, 더욱 근본적으로는 생명의 힘은 양립할 수 없는 가능성들 사이에서 선택해야만 한다. 생명의 진화는 생명이 실현할 수 있었던 여러 가능성을 향해 분화하는 길들을 그려낸다.

그러므로 생명 진화사는 좌절과 실패로 점철된 역사처럼 보인다. 생명이 본래 창조적 경향성이자 힘이라 할지라도, 생명은 물질이라는 외적인 저항과 함께 자기 내부의 분열로 인해 꺾이고 비틀리면서 점점 더 작은 조각들로 나뉘어 꺼져버리는 불꽃 아닐까? 하지만 철학자의 섬세한 시선은 분기하는 생명의 방향들 중에서 여전히 원초적인 추동력을 간직한 방향이 있지는 않은지 찾아 나선다. 만약 그러한 방향이 있다면, 생명 진화의 역사는 정반대로 이해될 수 있을 것이다. 더 이상 사분오열하며 지리멸렬하게 소멸하는 불꽃놀이가 아니라, 자신의 뒤에 많은 것들을 점점이 흩뿌리며 추진력을 얻어 더 멀리 나아가는 로켓의 운동일 수도 있는 것이다. 이 경우, 생명의 분기하는 무수한 방향들 중 어떤 것이 물질의 저항에 굴복하여 꺼져가는 불꽃이고, 어떤 것이 그러한 희생을 대가로 여전히 앞으로 나아가는 로켓인지를 판별하는 탐구가 필요할 것이다.

앞서 우리가 지적한 대로 이러한 탐구의 이중적인 성격에 대해 다시 한번 강조할 필요가 있다. 첫째, 생명 진화의 역사에 대한 철학적 탐구는 지성의 틀을 벗어나 생명의 역사 속에서 생명의 방향성을 읽고 생명의 본성을 파악하려는 작업이다. 둘째, 이 탐구는 또한 인간 지성이 생명 진화 속에서 어떤 과정과 목적을 위해 생겨난 것인지를 드러내고 이와 함께 인간 지성 속에 실현될 수 없었던 다른 생명의 가능성이 무엇인지도 보여줌으로써 지성의 한계를 넘어서는 인식론의 기초를 마련한다.

베르그손이 생명 진화의 주요한 세 가지 노선으로 마비, 본능, 지성을 말할 때 이는 식물, 동물, 인간의 세 방향으로 생명이 분기되어 진화했음을 의미한다. 태초의 생명은 우선 에너지 저장과 에너지 소비라는 두 가지 상이한 기능을 각자 충분히 발전시키기 위해서 식물의 계열과 동물의 계열로 분화했다. 식물은 에너지 저장의 기능을 효율적으로 발전시키기 위해서 부동성, 곧 마비의 방향으로 진화한 반면, 동물은 외부로부터 에너지를 얻어야 할 위험을 무릅쓰고 에너지를 소비하여 자유로운 운동을 행하는 방향으로 나아간 것이다. 이 동물성의 방향이 본능의 방향이다. 그런데 동물의 노선 안에서 다시 한번 분화가 일어나 인간의 지성이 출현하게 된다. 따라서 인간의 지성은 동물의 본능과의 대비 속에서만 올바로 이해될 수 있다.

하지만 또한, 생명 진화의 이러한 세 가지 주요 노선 또는 세 가지 경향들을 "상호 조합하면 이 경향들 각자의 도약이 유래한 불가분적인 운동 원리의 근사치나 모방물을 얻게 될 것이다."[18] 즉, 지성을 생명 역사의 부분적 산물로 파악하는 일은 또한 지성 바깥에 있는 생명의 가능성들에 대한 시야를 열어줌으로써 지성적이지 않은 방식으로 생명의 진상을 파악할 수 있게 해준다. 생명 자체와 일치하는 의식적 인식은 이처럼 생명 역사에 대한 새로운 재구성을 통해 가능해지는 것이다. 이를 보다 간명하게 정리하자면, 생명의 역사에 대한 탐구는 이 탐구를 수행하는 인간의 지성 자체를 그 역사 속에서 객관화하게 만들고, 이러한 객관화는 탐구자가 자신의 지성을 넘어서 있는 다른 가능성들을 발견하게 하여 생명 자체를 파악할 수 있는 새로운 주관적 인식으로 연결된다고 말할 수 있을 것이다.

그렇다면 동물의 본능과 인간의 지성은 어떤 이유에서 분기했을까? 제2장의 중심부에서는 본능과 지성의 차이와 관계를 해명하는 논의가 전개된다. 생명이 식물과 동물로 분기한 것은 에너지 저장과 에너지의 사용이라는 두 기능의 양립 불가능성 때문이었다. 동물 안에서 다시 본능과 지성의 분기가 일어난 것은, 에너지를 사용하는 방식의 차이 또는 물질을 이용하는 방식의 차이 때문이다. 이 차이를 드러내기 위해 베르그손은 본능과 지성을 행동과 인식의 관점에서 비교하고 대조한다. 행동의 관점에서 볼 때, 본능은 신체라는 **유기적 도구**instrument organisé를 만들고 사용하는 능력이고, 지성은 **무기적 도구**instrument inorganisé를 만들고 사용하는 능력이다. 인식의 관점에서는, 본능은 **대상의 본질**을 파악하는 능력이고 지성은 **대상들 간의 형식적 관계**를 파악하는 능력이다. 본능은 특정 대상에 전문화된 도구를 제작하고 사용하는 능력이자 그 대상의 특성을 파악하는 능력이므로, 적용 범위는 한정되는 반면 그 범위 내에서는 매우 효과적이다. 반면 지성은 새로운 도구를 만들어내고 변형하는 능력이자 불특정 다수의 대상에 적용되는 형식적 관계를 파악하는 능력이므로, 각각의 대상에 대한 장악력은 본능에 비해 열등하더라도 적용 범위를 무한정하게 확장할 수 있다는 장점이 있다. 요컨대, 본능이 고정불변하지만 자신의 제한된 범위 내에서는 확실하게 결과를 산출하는 능력이라면, 지성은 특정 대상에 전문화되어 있지 않아 결과가 불확실하지만 대신 매우 가변적이어서 무수한 대상들을 이용하고 파악할 수 있는 능력이다. 결과의 확실성과 범위의 확장성 사이에서 생명은 선택해야 했던 것이다.

본능과 지성의 이 차이들은 이 두 능력에 적합한 대상 또한 다르다는 점을 시사한다. 물질 대상들은 일반적인 형식에 따라 파악될 수 있기 때문에 지성은 물질 대상에 적합한 능력이다. 이와 달리 본능은 유기적 도구, 곧 생명체 자체를 만들어내는 능력이고, 몇몇 대상의 고유성에 전문화된 능력이다. 그러므로 다른 대상들과 구별되는 개별성을 갖는 대상 곧 생명체를 인식하는 데 적합한 능력이다.

그렇다면, 본능과 같이 각각의 생명체를 직접 파악할 수 있으면서도 지성과 같은 확장성을 지녀 특정한 몇몇 생명체에 국한되지 않을 수 있는 능력을 생각해볼 수 있지 않을까? 그러한 능력은 단지 몇몇 생명체만이 아니라 생명 일반, 곧 지구상의 모든 생명체를 창조하면서도 이 생명체들을 가로지르고 뛰어넘으면서 생명 진화의 역사를 추동하는 생명의 약동 자체를 파악할 수 있지 않을까? 베르그손이 말하는 직관intuition이 바로 이러한 능력이다. 베르그손은 직관이란 말을 『창조적 진화』 이전에 이미 사용하고 있었다. 직관은 대상의 본질을 내적 공감을 통해 직접 파악하는 인식을 가리키는 명칭이었다. 『창조적 진화』 제2장에서 이 인식의 정체가 생명철학적으로 해명되기에 이른다. 직관이란 "무사심하게 되어, 자신을 의식하고 자신의 대상에 대해 반성하고 이 대상을 무한정하게 확장할 수 있게 된 본능"[19]이다.

이러한 직관 개념은 오랫동안 오해의 대상이 되었다. 버트런드 러셀을 비롯한 많은 이들이 베르그손의 직관을 본능적 인식으로 이해했기 때문이다. 하지만 직관은 본능으로의 회귀가 아니다. 인간은 지성적 존재자인데, 지성은 모든 존재자의 본질을 파악하는 순수한 사고 능력이 아니라, 물질 대상을 파악하고 이용하는 능력이다. 그래서 베르그손에게 인간이란, 호모 사피엔스homo sapiens(생각하는 인간)가 아니라 호모 파베르homo faber(제작하는 인간)다. 그러나 인간에게서 본능이 완전히 사라진 것은 아니다. 인간은 지성의 방향으로 진화하면서 본능을 포기했지만, 본능은 지성의 주변에 마치 안개처럼 잠든 채로 남아 있다. 인간의 지성이 충분히 발전하여 확장된다면 지성은 자신 주변에 잠재하는 이 본능을 감지하고 일깨울 수 있는데, 그때 바로 직관이 나타날 것이다. 즉 직관이란 지성을 버리고 본능으로 퇴화하는 것이 아니라 반대로 지성을 충분히 발전시켜 본능적 잠재력까지 포용할 때 출현하는 고등한 능력인 것이다.

직관의 발견과 함께, 이 책의 서론에서부터 제기되었던 생명 이론과 인식 이론의 원환 문제가 해결된다. 생명 진화의 역사 속에서 인간 지성의 출현을 추적하던 작업은 동시에 지성을 넘어선 인식 능력인 직관의 가능성을 발견하기에 이른다. 생명 이론을 통해 인식 이론을 근본적으로 개조한 결과로 직관이 발견된 것이다. 직관은 서론에서 예감했던 "생명과 외연이 같은 의식"이다. 이제 이 직관에 근거하여 역으로 생명 자체의 본질을 파악하는 일이 남아 있다. 제2장에서 생명 진화의 역사에서 출발하여 생명 자체와 일치하는 의식의 가능성에 도달했다면, 제3장에서는 반대로 인식 이론, 곧 지성에 대한 인식 이론적 고찰에서 출발하여 의식과 일치하는 생명의 본질에 도달할 것이다.

「제3장 생명의 의미에 대하여.」

제2장의 유탄 이미지를 이어받는 제3장의 중심적인 이미지는 수증기로 가득 찬 용기의 이미지다. 지구상의 생명은 내벽 여기저기에 난 틈으로 수증기를 분출하는 용기와 같다. 틈새로 뿜어져 나온 수증기 가닥들은 곧 중력에 의해 아래로 떨어지겠지만, 개중에는 상승 운동을 계속하는 가닥도 있을 것이다. 이 이미지에서, 수증기로 가득 찬 용기는 모든 생명의 기원인 원천적인 생명 에너지를 가리키고, 용기에서 나와 떨어지는 수증기 가닥들은 물질을 의미한다. 반대로 위로 상승하는 추진력을 간직한 수증기 가닥은 생명적 창조의 운동을 이어가는 종이나 생명체에 해당할 것이다.

이 이미지는 생명과 물질의 관계 그리고 양자의 본성에 대한 베르그손의 최종적인 해답을 보여준다. 제1장의 쇳가루 더미를 가로지르는 보이지 않는 손의 이미지는 제2장의 산산조각으로 파열하는 유탄의 이미지를 거쳐 하강하고 상승하는 수증기의 운동들로 변형된다. 이 이미지의 의미를 살펴보기 전에 그가 제3장에서 어떻게 이 이미지에 이르는지 시간을 들여서라도 소묘해볼 필요가 있을 것이다.

제3장의 초반부에서 베르그손은 지성의 '발생'을 해명한다. 지성이 물질 대상을 파악하고 이용하는 데 특수화된 능력이라는 점은 앞서 본 바와 같다. 여전히 해명되어야 할 것은 이 특수화 자체다. 지성이 물질이라는 대상과 합치하여 물질의 본성을 파악할 수 있게 되는 근원적인 근거는 무엇일까? 이 물음은, 어떻게 우리의 인식이 외부 대상을 올바르게 알 수 있는가라는, 철학의 고전적이면서 고질적인 바로 그 문제다. 칸트는 이 문제에 대해 원칙적으로 세 가지 대답이 있을 수 있다고 말한 바 있다. 우리의 인식이 대상에 따르거나, 반대로 대상이 우리의 인식에 따르거나. 아니면 제3의 요인에 의해 인식과 대상이 일치하도록 조정되거나 우리의 인식이 대상에 따르는 경우는 경험적 인식이다. 경험을 통해 우리는 대상의 성질을 발견하고 인식한다. 하지만 이런 종류의 인식은 성공 여부가 불투명하며, 물질 대상이 필연적으로 따르는 물리 법칙들의 발견은 전적으로 운에 달린 것이 된다. 그런 만큼, 이 방식은 우리의 과학이 보여준 지속적이고 안정적인 성공을 설명하기 어렵다. 근대 과학이 그토록 정확하게 물질의 법칙들을 발견할 수 있었던 보다 근원적인 이유가 있어야 한다. 두 번째 경우는 대상이 우리의 인식에 맞추어 구성되는 것이다. 대상 자체가 우리의 인식 틀에 맞추어서만 인식될 수 있으므

로, 우리가 대상을 인식할 가능성은 원리적으로 보장된다. 칸트의 철학은 바로 이 선택지를 택했다. 베르그손이 보기에 이 선택지는 우리의 인식을 물자체物自體가 아닌 현상에만 국한시킨다는 중대한 양보를 대가로 과학의 성공을 설명할 수 있다는 점에서 전혀 만족스럽지 않다. 그렇다고 마지막 남은 세 번째 선택지, 곧 인식과 대상이 제3의 외적 요인에 의해 맞추어지도록 조율된다는 생각도 매력적이지는 않다. 신이 인식과 대상의 일치를 보장한다고 주장하는 라이프니츠의 예정조화설이 이에 해당하는데, 칸트는 이를 두고 나태한 가설이라고 비판한 바 있다.

베르그손은 여기에 네 번째 선택지가 있다고 주장한다. 그에 따르면 "지성과 물질은 점진적으로 상호 적응하면서 결국 하나의 공통된 형식에 이르게 되었다."[20] 하지만 보다 중요한 것은 이 상호 적응은 "동일한 운동의 동일한 역전이 정신의 지성성과 물질의 물질성을 동시에 창조"[21]했기에 가능하다는 점이다. 지성과 물질은 동일한 원천으로부터 동일한 방식으로 생겨난 것이기에, 양자 간의 일치도 자연스러운 결과라는 것, 이것이 베르그손의 대담한 가설이다.

이 가설은 어떻게 입증되는가? 이 점과 관련하여 베르그손의 논증을 보다 면밀히 따라가볼 필요가 있다. 그 가설을 지지해주는 가장 일차적이고 직접적인 근거는 내적인 의식 경험이다. 우리가 의식을 최대한 긴장시키고 집중시켜서 과거가 현재와 내적인 통합을 이룬 상태가 베르그손이 말하는 지속이다. 이제 반대로 의식을 이완시키고 아무런 노력을 기울이지 않는다면 어떻게 될까? 매 순간의 의식 상태들은 서로 연결되지 않고 분산되어 마치 공간 속에 있듯이 그리고 물질 대상들처럼 나란히 놓이게 될 것이다. 이처럼 의식의 집중과 이완이라는 내적 경험 자체가 물질이 어떻게 생겨나는지에 대해 시사해준다. 또 다른 예로, 어느 시인의 시 낭독을 듣는다고 해보자. 내가 시의 내용에 집중할수록 나는 그 시를 창조하는 원천이었던 시인의 영감 자체에 공감하게 된다. 반대로 주의를 이완시키면 "그때까지 의미 속에 잠겨 있던 소리들이 나에게 그 물질성 속에서 하나하나 구별되어 나타난다."[22] 베르그손이 이 예에서 주목하는 것은, 시를 이루는 낱말들과 문장들 그리고 이것들이 맺는 정교하고 복잡한 관계들 자체는 이것들 너머에 있는 단일한 감정(영감)이 분해된 결과라는 점이다.

우리의 의식이 아무리 이완되더라도 의식 상태들이 완전히 분리되거나 시의 낱말들이 상호 연결을 잃고 완전히 분산되는 일은 일어나지 않을 것이다. 하지만 이 내적 경험을 양방향으로 더 극단화하는 상상을 해볼 수 있다. 지구상의 생명체를 창조했던 생명의 근원이 우리의 의식보다도 더 고등한 지속이라면, 이 지속의 이완으로부터 물질 자체도 생겨나지 않았을까?

지속에 대한 직관에 기초한 이 상상을 타당한 철학적 논변으로 만들기 위해서, 베르그손은 인간 지성과 과학의 주요한 사고 절차인 연역과 귀납의 본성을 검토하는 동시에 당대에 알려진 자연법칙 중 가장 보편적인 법칙인 열역학 제2법칙의 의미를 고찰한다. 연역이나 귀납은 전제로부터 결론을 자동적으로 끌어내는 확실한 인식이지만 바로 그렇게 자동적이기에 새로운 것을 창조하는 의식의 적극적 노력을 요구하지 않는다. 연역이나 귀납이 지성의 주요한 인식 방식인 이상, 지성의 본성은 집중과 창조가 아니라 이완과 "포기,"[23] 자동성이다. 그런데, 물질의 본성 또한 그러하다. 열역학 제2법칙은 물질적 우주 전체의 운동 방향을 가리키는 가장 형이상학적인 과학 법칙이다. 이 법칙은 물질 우주가 잠재적 에너지의 고갈과 감소를 향해 나아간다는 사실을 보여준다. 우리의 지성도 물질도 모두 보다 근원적인 실재의 이완을 통해 공간화의 방향으로 나아가는 것이다.

지성과 물질의 공통 발생은 이처럼 내적인 의식 경험의 증거, 연역과 귀납의 본성에 대한 논리적 근거, 열역학 제2법칙에 의한 과학적·경험적 증거에 의해 입증된다. 하지만 또 하나의 중요한 장애물이 남아 있다. 그것은 이러한 발생을 이해하기 어렵게 만드는 지성의 사고 습관이다. 질서보다 무질서가 앞선다는 관념이 그러한 습관이다. 질서는 무질서한 상태에서 출발하여 생겨나는 것이라는 생각은 너무나 당연해 보인다. 그럴수록 어떻게 아무것도 없던 상태에서 물질계가 보여주는 온갖 다양하고 정교한 질서가 출현할 수 있는지는 신비로운 수수께끼가 되어버린다. 베르그손은 이에 맞서, 완전한 무질서란 없음을 주장한다. 어지럽혀진 방조차 사실은 내가 물건들을 차례로 여기저기에 던져둔 순서에 따른 것이다. 그러한 방이 무질서하다고 말하는 것은 그 방에는 내가 원하는 방식의 질서가 없다는 의미일 뿐이다. 무질서로부터 질서가 출현하는 것이 아니라, 물질이 보여주는 기계적이고 자동적인 질서와 생명이 보여주는 창조적이고 예측 불가능한 질서가 있을 뿐이다. 이렇게 무질서 관념을 비판하고 두 질서의 존재를 받아들이게 되면, 물질의 질서는 생명의 질서가 이완되거나 약화할 때 나타난다는 점도 무리 없이 이해될 수 있다.

이처럼 지성과 물질이 모두 더 우월한 생명의 운동의 이완 또는 역전에 의해 발생한다고 본다면, 인간의 지성이 어떻게 물질의 본성을 그토록 적합하게 파악할 수 있는지 해명되며, 근대 과학의 확실성은 철학적인 토대를 갖게 된다. 그뿐만이 아니다. 이 관점은 지성과 물질의 원천이자 그에 대립하는 생명의 운동 자체에 대해서도 무언가를 알려준다. 앞서 우리가 말했던 이 장의 중심적인 이미지인 수증기가 곳곳에서 분출하는 용기의 이미지로 되돌아오자. 이제 우리는 이 이미지가 포함하는 세 가지 요소의 의미를 보다 정확하게 이해할 수 있다. 우선 용기로부터 분출하여 위로 솟구치는 수증기의 운동이 있는데 이것은 생명의 근원으로서 우리의 지속보다 더 우월한 지속이다. 하지만 이렇게 솟구치는 수증기들은 점차 방향을 바꾸어 아래로 떨어지는 하강 운동을 하게 되는데, 이것이 바로 생명의 이완이자 역전을 통해 발생하는 물질 자체다. 마지막으로, 물질의 이 하강 운동 속에서 여전히 생명의 상승적 추진력을 간직한 부분이 있어 하강을 늦추거나 때로는 순간적으로나마 재역전시킬 수 있는데 이것이 지구상의 여러 생명체다.[24]

그렇다면 저 첫 번째 상승 운동의 경향인 생명의 근원, 곧 생명성 자체는 어떻게 이해되어야 할까? 그것은 물질의 경향에 반대되므로 반복과 자동성, 고정성에 대립하는 본성을 지닌 것이어야 하며, 우리의 지속보다 우월할지언정 여전히 일종의 지속일 것이다. 따라서 기원적 생명성은 우리의 지속처럼 과거와 현재의 내적 연속성을 통해 미래를 창조하는 운동일 것이다. "생명의 도약은 요컨대 창조의 요구로 이루어진다."[25] 이렇게 해서 베르그손이 제1장에서 입증하고자 했던 주장, 곧 생명 일반은 의식과 마찬가지로 창조적이라는 주장은 단지 제2장의 진화사에 의한 사실적 증거를 넘어 원리적·철학적으로 입증된다. 하지만 이 창조는 물질의 하강 운동을 먼저 만나고 물질의 제약 속에서 타협하며 이루어질 수밖에 없다. 그 타협에는 무수한 우연이 개입할 것이고 생명적 창조들은 대개 실패로 귀결될 것이다. 창조의 요구는 물질의 필연성 안에 최대한의 비결정성을 도입하는 과제가 되며, 이 과제는 물질 에너지를 저장하고, 자유로운 방향으로 이 에너지를 소비하는 것으로 구체화된다.

이렇게 볼 때, 제2장에서 본 대로 동물은 식물로부터 에너지를 얻어 자유로운 운동의 방향으로 나아갔고, 다시 동물 안에서 지성을 택해 물질을 지배한 인간은 생명이 물질의 제약을 벗어날 수 있는 결정적인 문턱을 넘어선 셈이다. 생명의 진화사가 인간을 만들 목적으로 진행된 것은 아니지만, 결과적으로 볼 때 자유와 비결정성, 창조를 향한 생명의 막연한 목적은 여러 우여곡절 끝에 인간에게서 가장 높은 수준으로 달성되었다고 볼 수 있다. 인간은 생명 진화사 속에서 무수한 우연에 의해 태어난 생명체에 불과하지만, 또한 운 좋게도 여전히 생명의 창조성을 간직하고 확장해나갈 수 있는 존재자이기도 한 것이다. 베르그손은 이러한 인간에게는 죽음마저도 극복하는 희망찬 미래가 열려 있으리라는 낙관적인 전망으로 제3장을 마무리한다.

「제4장 사유의 영화적 기제와 기계론적 환상」

이 책의 마지막 장인 제4장은 제3장에서 정점에 이른 베르그손 자신의 생명 형이상학을 두 가지 점에서 보완한다. 한편으로는 생명을 창조성으로 보는 이 이해를 방해하는 지성의 두 가지 고정관념을 비판한다. 제3장에서 이미 무질서 관념을 비판한 바 있지만, 제4장에서는 그보다 원리적인 수준에서 무 관념 자체가 생각할 수 없는 것이라는 점을 지적한다. 순수한 무, 곧 절대적인 없음의 사태는 말 그대로 아무것도 아니기에 생각할 수조차 없는 것이다.[26] 두 번째 고정관념은 생성 변화를 고정불변하는 것에서 파생된 것으로 보는 위계 관념이다. 세계의 모든 존재자는 항상 생성 변화하고 있으며 고정불변하는 것은 단지 우리의 추상적인 관념에 불과하기에 이러한 위계 관계는 전복되어야 한다. 변화가 고정성보다 더 실재적이다.

제4장의 나머지 부분은 이러한 두 가지 지성의 고정관념이 어떻게 서양 철학사의 흐름을 결정해왔는지를 일별하는, 베르그손의 눈으로 본 서양 철학사다. 플라톤, 아리스토텔레스부터 근대 과학을 거쳐 영국의 근대 철학자 허버트 스펜서(1820~1903)의 가짜 진화론에서 끝나는 이 짧은 역사 서술은 그 자체로 독창적이고도 유익한 철학사이지만, 또한 베르그손 자신의 철학이 어떤 역사적 의의를 갖는지를 보여준다는 점에서도 의미심장하다. 『창조적 진화』는 생명에 대한 새로운 형이상학을 제시할 뿐만 아니라, 그 형이상학이 서양 철학사 안에서 어떤 의미를 갖는지에 대한 역사적 고찰도 시도하고 있는 것이다. 생명을 인식하기 위해서는 이러한 인식의 주체인 인간이라는 생명체를 생명 진화의 역사 안에 위치시켜야 했듯이, 생명에 대한 새로운 형이상학은 이 형이상학의 주창자인 베르그손 자신의 철학사적 위치를 나타내는 것으로 마무리된다. 베르그손의 『창조적 진화』는 플라톤 이래로 철학을 규정해온 무 관념과 고정불변하는 형상 관념 양자를 비판하고 생성하고 변화하는 실재를 직관으로 파악한 결과물로서 철학사의 획기적인 전환점인 것이다.

『창조적 진화』와 오늘

지금까지 『창조적 진화』의 주요한 내용을 다소 숨 가쁜 속도로 살펴보았다. 달리는 말 위에서 흘낏 쳐다보기만 해도 『창조적 진화』라는 이 거대한 산이 복잡한 계곡과 험준한 골짜기를 무수히 품고 있음을 알 수 있다. 어떤 골짜기는 이 산을 넘어 2천 년이 넘는 서양 철학사와 서양 문명사의 물줄기에 닿아 있고, 어떤 계곡은 오늘날까지 이어지는 과학의 점점 올라가는 비탈길로 우리를 이끈다. 하지만 이 복잡다단한 속내를 넘어 산의 전체 형세는 치밀하고 정교한 철학적 사유와 아름답고 인상적인 예술적 언어 이미지 간의 감탄스러운 균형 위에 서 있다. 오늘날에는 이러한 균형을 찾아보기 어렵다는 점에서 『창조적 진화』는 20세기 초 인간 정신문화의 높은 성취를 표시하는 기념비적인 저작이다. 러셀, 사르트르 등의 몇몇 예외가 있긴 하지만 베르그손 이후 노벨문학상을 수상한 철학자는 거의 없다. 예술과 철학, 과학이 각자의 길로 접어들어 멀어진 지 오래인 오늘날의 시선으로 보면, 『창조적 진화』에는 예술, 철학, 과학이 함께 갈 수 있었던 행복한 시대의 기억이 간직되어 있다. 어떤 이는 현대 진화론과 생명과학의 성취에 기대어 『창조적 진화』를 오류로 가득 찬 과거 철학자의 망상록에 불과한 것으로 깎아내릴 수도 있을 것이다. 또 어떤 이는 『창조적 진화』가 보여주는 다소 건조한 논리적 사유에 숨 막힌 채 왜 이 책이 노벨문학상을 받았는지 의구심의 눈초리로 노려볼지도 모를 일이다. 하지만 예술적 상상력에 의존해서만 탐색해볼 수 있는 미지의 사유 영역이 있음을 현대 과학도 완전히 부정할 수 없으며, 문학을 비롯한 예술이 철학적 사유의 건조한 논리마저 예술적 표현 수단으로 삼을 수 있다는 점은 숱한 현대 작가들에 의해 여러 차례 입증된 바다. 베르그손의 『창조적 진화』는 지난 세기 초 유럽의 황금기를 특징짓는 이상적 낙관주의를 넘어, 철학, 과학, 예술의 상호 인정과 상호 대화를 모범적으로 보여준다. 이 지적 관용과 호기심의 태도야말로 오늘날에도 우리가 『창조적 진화』로부터 배울 수 있는 첫 번째 교훈일 것이다.

미 주

제1부 소설

아나톨 프랑스의 『페도크 여왕의 통닭구이 집』: 삶과 사랑 그리고 문학의 공간

1. 19세기 후반기에 정 토로 위주의 시에 대한 반발, 실증주의 정신의 수용에 의해 생겨나 이전의 낭만주의와 이후의 상징주의를 이어주는 주요한 시적 동향이다. 고답파 시인들의 시 쓰기는 보석 세공과도 같다. 따라서 정교한 형식미는 있으나 깊은 시정이 없다.
2. 1수는 5상팀이므로 2수는 10상팀, 즉 0.1프랑이다. 그러니까 10줄을 쓰면 1프랑을 받는다. 당시에 이 일은 무일푼이 된 젊은 작가 지망생들의 구세주였다.
3. 장 조레스(Jean Jaurès, 1859~1914)는 공화파 의원으로 정치 경력을 시작했으나 점차로 사회주의로 기울어 드레퓌스 대위를 옹호하고 1902년 프랑스 사회당 창당에 참여하며 일간지 『뤼마니테』를 창간하고 경영한다. 1905년에는 정교분리 법안의 작성에 참여한다. 1914년에는 제1차 세계대전의 발발을 막기 위해 애쓰고 유럽 차원의 총파업을 계획하다가 전쟁이 일어나기 한 달 전에 민족주의자 라울 빌랭에게 암살당한다.
4. 마르셀 프루스트가 마음에 들어 접근했으나 그를 거절한 여자다. 『잃어버린 시간을 찾아서』에서 스완과 오데트의 딸 질베르트 스완의 모델들 가운데 하나다.

펄 벅의 『대지』: 중국 농민의 초상

1. 펄 벅이라는 이름에서 벅이라는 성은 남편 존 로싱 벅(John Rossing Buck)을 따서 붙여진 것이다. 그녀는 중국에서 훗날 중국 농업 연구의 세계적 권위자가 되는 농업경제학자 존 로싱 벅과 결혼 후 안후이성의 북부 난쉬저우라는 가난한 농촌 지역에서 신혼 생활을 하게 되는데 이곳에서의 체험이 후에 『대지』의 공간적 배경이 된다. 그런데 펄 벅은 글쓰기를 격려하지 않는 남편과의 불화로 결혼 생활이 순탄치 않아, 당시로는 힘든 이혼을 결정하고, 『대지』를 비롯한 그녀의 작품들을 출판해준 존 데이 출판사의 대표인 리처드 월시와 재혼했다. 이러한 이유로 그녀는 벅이라는 이름을 쓰기를 꺼렸다. 그렇다고 해서 다른 남성 작가들은 이름이 아닌 성을 쓰는 것이 관례인데 여성 작가인 펄 벅을 성이 아닌 이름인 펄로 칭하기에는 불공평하다. 그러므로 이 글에서는 남편 벅과의 혼동을 피하기 위해 계속 펄 벅이라는 풀네임으로 그녀를 칭하고자 한다.
2. Emily Cheng, "Pearl S. Buck's 'American Children': Us Democracy, Adoption of the Amerasian Child, and the Occupation of Japan in *The Hidden Flower*", *A Journal of Women Studies*, vol. 35, no. 1, 2014, p. 190.
3. Pearl Buck, *My Several Worlds*, New York: John Day, 1954, p. 3.

4. Pearl Buck, *My Several Worlds*, p. 52.
5. Peter Conn, *Pearl S. Buck: A Cultural Biography*, New York: Cambridge UP, 1996, p. xvii. (피터 콘, 『펄 벅 평전』, 이한음 옮김, 서울: 은행나무, 2004, 17쪽.)
6. Jane Rabb, "Who's Afraid of Pearl S. Buck?", *The Several Worlds of Pearl S. Buck*, edited by Elizabeth J. Lipscomb, et al, Westport, Conn. and London: Greenwood, 1994, p. 109.
7. Peter Conn, *Pearl S. Buck: A Cultural Biography*, p. xiii. (피터 콘, 『펄 벅 평전』, 12쪽.)
8. Robert Shaffer, "Women and International Relations: Pearl S. Buck's Critique of the Cold War", *Journal of Women's History*, vol. 11, no. 3, 1999, pp. 151~175 참조.
9. 부모에 대한 두 권의 전기인 『유배(*The Exile*)』와 『싸우는 천사(*Fighting Angel*)』 자서전인 『나의 세계들』 그리고 중국을 배경으로 한 『어머니(*The Mother*)』, 미국을 배경으로 한 『자랑스러운 마음(*This Proud Heart*)』을 포함한 몇 권의 소설들을 말한다. Peter Conn, *Pearl S. Buck: A Cultural Biography*, p. xvii. (피터 콘, 『펄 벅 평전』, 17쪽.)
10. 펄 벅은 제1차 세계대전 중인 1942년 하워드대학 졸업식에서 「인종 편견의 벽을 깨기」라는 특별 강연을 한다. 이 강연에서 인종적 편견으로는 민주주의 국가가 될 수 없으며, 전쟁에서 이길 수 있는 진정한 평화는 인간의 평등권이 보장되고, 인권이 존중받는 국가에서만 가능하다는 점을 주장한다. 그녀는 피부색과 능력은 아무 상관이 없음을 강조함으로써 흑인 지도자들이 인종차별에 적극적으로 저항해야 한다고 역설한다. Pearl Buck, "Breaking the Barriers of Race Prejudice", *The Journal of Negro Education*, vol. 11. no. 4, 1942, pp. 447~448.
11. Peter Conn, *Pearl S. Buck: A Cultural Biography*, p. 185. (피터 콘, 『펄 벅 평전』, 310쪽.)
12. 한 예로 1930년에 미시시피주는 인종 간 결혼이나 사회적 평등을 옹호하거나 주장하는 문학을 출판, 인쇄, 유통하는 행위를 처벌하는 법을 제정했다. Werner Sollors, *Neither Black Nor White Yet Both: Thematic Explorations of Interracial Literature*, New York: Oxford UP, 1997. p. 4.
13. 이러한 '아메라시안'들은 냉전 시대 '인종적 순수성'을 중요한 민족적 가치로 내세우는 한국이나 일본에서 심각한 인종차별주의의 폐해로 은폐되거나 사라지거나 살해되는 위험에 처해진다. 펄 벅의 '아메라시안'에 대한 논의로는 졸고, 「펄 벅과 혼종 우월성: 『숨은 꽃』과 『새해』에 재현된 '아메라시안'을 중심으로」, 『영미어문학』 138호, 2020, 85~110쪽을 참조.
14. Pearl Buck, *The Good Earth*, New York: Random House, 1944, p. 138. (펄 벅, 『대

지』, 장왕록·장영희 옮김, 서울: 소담출판사, 2010, 194쪽.)

15. Peter Conn, *Pearl S. Buck: A Cultural Biography*, pp. 173~174. (피터 콘, 『펄 벅 평전』, 293쪽.)
16. Pearl Buck, *The Good Earth*, p. 79. (펄 벅, 『대지』, 116쪽.)
17. Pearl Buck, *The Good Earth*, p. 313. (펄 벅, 『대지』, 419쪽.)
18. Kang Liao, *Pearl S. Buck: A Cultural Bridge Across the Pacific*, Westport, Conn. and London: Greenwood Press, 1997, p. ix.
19. Peter Conn, *Pearl S. Buck: A Cultural Biography*, pp. 31~32. (피터 콘, 『펄 벅 평전』, 76쪽.); Stephen Spencer, "The Discourse of Whiteness: Chinese-American History, Pearl S. Buck, and *The Good Earth*", *The Journal of American Popular Culture(1900-Present)*, vol. 1, no. 1, Spring 2002, p. 13 참조.
20. Pearl Buck, *The Good Earth*, p. 107. (펄 벅, 『대지』, 153쪽.)
21. Pearl Buck, *The Good Earth*, pp. 18~19. (펄 벅, 『대지』, 32쪽.)
22. Pearl Buck, *The Good Earth*, p. 35. (펄 벅, 『대지』, 54쪽.)
23. Stephen Spencer, "The Discourse of Whiteness: Chinese-American History, Pearl S. Buck, and *The Good Earth*", pp. 7~11.
24. Pearl Buck, *My Several Worlds*, p. 10.
25. Pearl Buck, *My Several Worlds*, pp. 171~172.
26. Pearl Buck, *My Several Worlds*, p. 32.
27. Pearl Buck, *My Several Worlds*, p. 392~393.
28. Peter Conn, *Pearl S. Buck: A Cultural Biography*, p. 179. (피터 콘, 『펄 벅 평전』, 301쪽.)

보리스 파스테르나크의 『지바고 의사』: 시대와 불화했던 러시아 지식인의 운명과 사랑

1. 매카시즘은 미국 공화당 상원의원 매카시가 "국무부 안에 공산주의자 205명이 들어 있다"는 폭탄 발언으로 시작되었다. 1950년 2월 9일의 일이다. 소련의 원자탄 개발 성공과 중국이 장제스(蔣介石)에서 마오쩌둥(毛澤東)의 손으로 넘어간 직후의 일이었다. 매카시즘 광풍으로 과학자 로젠버그 부부가 사형당하고, 불멸의 배우 찰리 채플린마저 쫓겨나기에 이른다. 아인슈타인과 월트 디즈니, 전직 대통령이었던 트루먼과 아이젠하워까지 공산주의자로 의심받은 희대의 마녀사냥이었다. 매카시즘으로 최소 5,300명에 이르는 공직자들이 옷을 벗어야 했다. 매카시즘 광풍은 1954년 12월에 이르러 잦아들었다. 2006년 조지 클루니가 연출한 영화 「굿나잇 앤 굿럭」은 매카시즘 광풍을 다룬 수작(秀作)이다.
2. 보리스 파스테르나크, 『닥터 지바고』 상, 홍대화 옮김, 서울: 열린책들, 2008, 85쪽. 이후

본문에서 책 제목은 번역서의 제목 『닥터 지바고』가 적절치 않아 『지바고 의사』로 표기하고, 영화 제목은 「닥터 지바고」 그대로 표기한다.

3. '코마로프스키'라는 이름은 '모기'를 뜻하는 러시아어 '코마로프'에서 나온 것이다. 이것은 코마로프스키가 사악한 인간이라기보다는 사람을 귀찮게 하는 모기 정도의 인간임을 의미한다.
4. 러시아의 이름은 다소 복잡하다. 여기서는 부칭(父稱)을 제외하고, 이름과 애칭만 설명하겠다. 『지바고 의사』에서 인물들은 여러 가지 이름으로 불리지만, 애칭으로 등장하는 경우가 많다. 유리의 애칭은 유라, 라라는 라리사의 애칭이며, 토냐는 토네츠카의 애칭이다. 파벨의 애칭은 파샤이고, 슈라와 사샤는 알렉산드르의 애칭이다. 라라와 파샤의 딸 카테리나의 애칭은 카첸카다.
5. 이 장면에서 이준익 감독이 2008년 연출한 영화 「님은 먼 곳에」에 등장하는 여배우 수애를 떠올리는 관객이 있으면 좋겠다. 베트남에 파병되어 홀연 연락이 끊어진 남편을 찾아 떠난 순정한 여인 '순이' 이야기를 다룬 현대판 순애보가 「님은 먼 곳에」이기 때문이다.
6. 보리스 파스테르나크, 『닥터 지바고』 상, 149쪽.
7. 보리스 파스테르나크, 『닥터 지바고』 상, 177쪽.
8. 보리스 파스테르나크, 『닥터 지바고』 상, 231쪽.
9. '스트렐리니코프'라는 이름은 '총을 쏘다'는 러시아어 동사 '스트렐리치'에서 나온 것으로, 총을 쏘는 인간, 저격자를 의미한다.
10. 보리스 파스테르나크, 『닥터 지바고』 상, 300쪽.
11. 보리스 파스테르나크, 『닥터 지바고』 하, 홍대화 옮김, 서울: 열린책들, 2008, 344쪽.
12. 보리스 파스테르나크, 『닥터 지바고』 하, 363쪽.
13. 보리스 파스테르나크, 『닥터 지바고』 하, 459쪽.
14. 보리스 파스테르나크, 『닥터 지바고』 하, 477~478쪽.
15. 보리스 파스테르나크, 『닥터 지바고』 하, 505~506쪽.
16. 보리스 파스테르나크, 『닥터 지바고』 하, 560~561쪽.
17. 보리스 파스테르나크, 『닥터 지바고』 하, 562쪽.
18. 보리스 파스테르나크, 『닥터 지바고』 하, 606~607쪽.
19. 보리스 파스테르나크, 『닥터 지바고』 상, 217쪽.
20. 보리스 파스테르나크, 『닥터 지바고』 하, 311~314쪽.
21. 보리스 파스테르나크, 『닥터 지바고』 하, 358쪽.
22. 보리스 파스테르나크, 『닥터 지바고』 하, 406쪽.
23. 보리스 파스테르나크, 『닥터 지바고』 하, 343~344쪽.
24. 보리스 파스테르나크, 『닥터 지바고』 하, 489쪽.

25. 보리스 파스테르나크, 『닥터 지바고』 하, 551~552쪽.
26. 보리스 파스테르나크, 『닥터 지바고』 하, 627쪽.

장 폴 사르트르의 『구토』: 사람들의 오만과 사물들의 반란

1. 장 폴 사르트르, 『구토』, 임호경 옮김, 서울: 문예출판사, 2020, 306쪽.
2. 장 폴 사르트르, 『구토』, 34쪽.
3. 장 폴 사르트르, 『구토』, 297~298쪽.
4. 장 폴 사르트르, 『구토』, 299쪽.
5. 장 폴 사르트르, 『구토』, 312쪽.
6. 장 폴 사르트르, 『구토』, 163쪽.
7. 장 폴 사르트르, 『구토』, 200쪽.
8. 장 폴 사르트르, 『구토』, 222쪽.
9. 장 폴 사르트르, 『구토』, 25쪽.
10. 장 폴 사르트르, 『구토』, 78~79쪽.
11. 장 폴 사르트르, 『구토』, 267~268쪽.
12. 장 폴 사르트르, 『구토』, 362쪽.
13. 장 폴 사르트르, 『구토』, 405쪽.
14. 장 폴 사르트르, 『구토』, 409~410쪽.
15. "롤르봉 씨는 나의 동업자였다. 그는 존재하기 위해 내가 필요했고, 나는 내 존재를 느끼지 않기 위해 그가 필요했다." (장 폴 사르트르, 『구토』, 230쪽.)
16. Jean-Paul Sartre, *Situation X*, Paris: Gallimard, 1976, p. 179.

미하일 숄로호프의 『고요한 돈강』: 카자크 비극의 현장성을 담은 대서사

1. 이는 훗날 『고요한 돈강』을 둘러싼 원저자 또는 표절 논쟁으로 되살아난다. 이때 작가가 조사위원회로 가져갔던 필사 원고가 사라진 것을 기화로 작가 생전(1974)에 해외에서 솔제니친이 참여한 논쟁이 시작되었다. 장대한 작품 내의 크고 작은 불일치, 서로 다른 층위의 갖가지 사료의 사용 등이 논쟁의 근저에 있다. 장기간 우여곡절 끝에 원고가 발견되었으며, 전문가의 필적 감정과 컴퓨터까지 동원한 텍스트학적 연구에 의해 숄로호프가 저자라는 공식 결론이 내려졌다. 대체로 연구자들은 대작 소설의 전반에 저자의 구상이 일관되게 유지되며, 후반부로 갈수록 문체 등에서 저자의 성장이 엿보인다고 말한다. 하지만 다른 한편의 연구자들은 소설에 사용된 사료 등을 연구하여 여러 가설을 내놨고, 원저자를 둘러싼 논쟁은 가히 추리소설적인 수수께끼로 변모했다. 셰익스피어 작품의 원저자 논란과 유사한 측면을 지닌다.
2. Шолохов М. А., *Тихий Дон. Научное издание*. В *2-х* т. *3-е изд*., *ИМЛИ* Р

AH, 2021, book 1, p. 28. (미하일 숄로호프, 『고요한 돈강』(전 7권), 장문평·남정현 외 옮김, 서울: 일월서각, 1993, 1권, 28쪽.) 다만 원작 인용문은 모두 필자가 번역했다.

3. Шолохов М. А., *Тихий Дон* 1, p. 227~228. (미하일 숄로호프, 『고요한 돈강』 2, 363~364쪽.)

4. Шолохов М. А., *Тихий Дон* 2, p. 167. (미하일 숄로호프, 『고요한 돈강』 5, 1475쪽.

5. Шолохов М. А., *Тихий Дон* 2, p. 776~777. (미하일 숄로호프, 『고요한 돈강』 7, 2529~2530쪽.)

6. Шолохов М. А., *Тихий Дон* 2, p. 780. (미하일 숄로호프, 『고요한 돈강』 7, 2536쪽.)

7. Шолохов М. А., *Тихий Дон* 2, p. 724. (미하일 숄로호프, 『고요한 돈강』 7, 2446쪽.)

8. Шолохов М. А., *Тихий Дон* 2, p. 124. (미하일 숄로호프, 『고요한 돈강』 4, 1395쪽.)

9. Шолохов М. А., *Тихий Дон* 2, p. 5. (미하일 숄로호프, 『고요한 돈강』 3, 책머리.)

가와바타 야스나리의 『설국』: 비현실의 공간과 상징적 미의 세계

1. 가와바타의 생애에 관하여는 다음의 연보를 중심으로 참조. 林武志 編, 「年譜」, 『鑑賞日本現代文學第15巻川端康成』, 東京: 角川書店, 1982, 407~440쪽; 川端香男里, 「年譜」, 『川端康成全集第35巻』, 東京: 新潮社, 1999, 467~482쪽.

2. 川端康成, 「島木島木健作追悼」(1946. 11), 『川端康成全集第34巻』, 東京: 新潮社, 1999, 43쪽. 이하, 『川端康成全集全35巻』에서의 인용은 이 판본에 의하며 『설국』을 제외한 번역은 모두 필자가 했다.

3. 川端康成(1999), 「哀愁」(1947. 10), 『川端康成全集第27巻』, 東京: 新潮社, 339쪽.

4. 川端康成(1999), 「獨影自命」, 『川端康成全集第33巻』, 東京: 新潮社, 311쪽.

5. 「저녁 풍경의 거울(夕景色の鏡)」(1935. 1), 「하얀 아침의 거울(白い朝の鏡)」(1935. 1), 「이야기(物語)」(1935. 11), 「헛수고(徒勞)」(1935. 12), 「억새 꽃(萱の花)」(1936. 8), 「불 베개(火の枕)」(1936. 10), 「공 노래(手鞠の歌)」(1937. 5), 「설중화재(雪中火事)」(1940. 12), 「은하수(天の河)」(1941. 8), 「설국초(雪國抄)」(1946. 5), 「속 설국(續雪國)」(1947. 10).

6. 川端康成, 「夕景色の鏡」(1935), 『川端康成全集第24巻』, 東京: 新潮社, 1999, 73쪽.

7. 川端康成, 「夕景色の鏡」(1935), 74쪽.

8. 가와바타 야스나리, 『설국』, 유숙자 옮김, 서울: 민음사, 2009, 7쪽. 『설국』의 한국어 번역은 이 판본에 의한다.

9. 川端康成, 「獨影自命」(1949), 『川端康成全集第33巻』, 東京: 新潮社, 1999, 390쪽.

10. 가와바타가 실제 머물며 『설국』을 집필했던 방(가스미노마(霞の間))은 호텔이 개축된 현재에도 건물 내에 남겨져 '가와바타 자료관'으로 개설하여 일반에게 공개하고 있다. 현재의 다카항(高半)호텔의 홈페이지 타이틀이 '『설국』의 숙소 다카항.' 여기에서 3년에 걸쳐 단속적으로 체제하며 "설국을 집필했다"는 문구와 함께 가와바타의 사진도 싣고 있다.

http://www.takahan.co.jp/scenery/ (검색일: 2022. 1. 1.)

11. 川端秀子,『川端とともに』, 東京: 新潮社, 1983, 89~96쪽.

12. 川端康成,「創元社出版『雪國』あとがき」(1948),『川端康成全集第33巻』, 東京: 新潮社, 1999, 620쪽.

平山三男,「文學あるばむ『雪國』」,『川端康成『雪國』60周年』, 東京: 至文堂, 1998, 5쪽. 히라야마(平山)는 고마코의 모델로 알려진 에치고유자와의 게이샤 '마쓰에(松江)'의 사진 4매를 게재하고 있다.

13. 川端康成,「水野直治宛書簡」(1935),『川端康成全集補巻 2 巻』, 東京: 新潮社, 1999, 288쪽. 1935년 에치고유자와의 고치 창고에서 영화를 상영하다가 영사기에 불이 붙은 실제 화재 사고가 있었다. 가와바타는 이 사건을 소설에 도입할 것을 미즈노에게 보낸 서간에서 밝히고 있다. 1940년 「설중화재」에서 이 사건은 도입되어 작품의 마무리를 장식하게 된다.

14. 瀬沼茂樹,「『雪國』の成立について」,『文學·語學』, 1961. 12. 이 지적으로 이후 하야시 다케시(林武志) 등 많은 연구자들에 의해 받아들여져 정설처럼 여겨져왔다.

15. 가와바타 야스나리,『설국』, 10~11쪽.

16. 가와바타 야스나리,『설국』, 12쪽.

17. 가와바타 야스나리,『설국』, 13쪽.

18. 가와바타 야스나리,『설국』, 31쪽.

19. 가와바타 야스나리,『설국』, 24~25쪽.

20. 川端康成,「創元社版『雪國』あとがき」(1948),『川端康成全集第33巻』, 東京: 新潮社, 1999, 621쪽.

21. 川端康成,「岩波文庫版『雪國』あとがき」(1948),『川端康成全集第33巻』, 東京: 新潮社, 1999, 646쪽.

22. 川端康成,「水野直治宛書簡」(1935),『川端康成全集補巻 2 巻』, 東京: 新潮社, 1999, 228쪽.

23. 가와바타 야스나리,『설국』, 130쪽.

24. 가와바타 야스나리,『설국』, 151~152쪽.

25. "日本人の心の精髄を, すぐれた感受性をもって表現する, その叙述の巧みさ."

26. 박세진,「'일본 첫 노벨문학상' 가와바타, 앙드레 말로와 경쟁했다」,『연합뉴스』 2019년 1월 14일 자.

27. 일본국제교류기금,「일본문학번역작품데이터베이스(日本文學翻譯作品データベース)」. 이 자료에서는 한국어 및 중국어 자료는 대상에 넣지 않고 있다. https://jltrans-opac.jpf.go.jp/Opac/search.htm?s=1C9_d6JaCdalK1PL70dQQk8Nhhb (검색일: 2022. 1. 29.)

28. 川端康成·伊東整·三島由紀夫, 對談「特別番組川端康成氏を囲んで」. https://www.youtube.com/watch?v=jl8_fL1_G0g. (검색일: 2022. 1. 11.)
29. 박경희 외, 『일본의 번역 출판사업 연구: 일본 문학을 중심으로』, 한국문학번역원, 2006, 49~53쪽 참고.

알렉산드르 솔제니친의 『이반 데니소비치의 하루』: 자유를 향한 몸짓과 역사의 불안

1. Архангельский А. (сост.), *Русские писатели-лауреаты Нобелевской премии. Александр Солженицын*, М.: Молодая гвардия, 1991, pp. 43~44.
2. Архангельский А. (сост.), *Русские писатели-лауреаты Нобелевской премии. Александр Солженицын*, p. 50.
3. 이상의 전기적 내용은 주로 솔제니친 자신이 쓴 간략한 자서전에 근거한다. 솔제니친 공식 사이트(http://www.solzhenitsyn.ru/) 참조.
4. 아이가 하나 있었던 나탈리야는 1972년 솔제니친과 정식 결혼하고 아들을 셋 낳는다. 둘째 아들 이그나트는 저명한 피아니스트이자 지휘자로 성장한다.
5. 당시 수용소의 객관적이고 사실적인 묘사와 그 문학적 의미에 대해서는 다음을 참조. 김은희·김상원, 「수용소문학의 문법 (1): 솔제니친의 『이반 데니소비치의 하루』에 나타난 '수용소 체험의 객관적 사실화'」, 『슬라브학보』 35-4, 한국슬라브유라시아학회, 2020.
6. 알렉산드르 솔제니친, 『이반 데니소비치, 수용소의 하루』, 이영의 옮김, 서울: 민음사, 1998, 208쪽.
7. 김연경, 「기록문학을 넘어서: 솔제니친의 『이반 데니소비치의 하루』」, 『외국문학』 78, 2020. 8, 27쪽.
8. 알렉산드르 솔제니친, 『이반 데니소비치, 수용소의 하루』, 95~96쪽.
9. 김연경, 「기록문학을 넘어서: 솔제니친의 『이반 데니소비치의 하루』」, 26쪽.
10. 김남섭, 「굴라그 귀환자들과 흐루쇼프하의 소련 사회」, 『러시아연구』 25-1, 서울대학교 러시아연구소, 2015, 238쪽.
11. 알렉산드르 솔제니친, 『이반 데니소비치, 수용소의 하루』, 113~114쪽.
12. 알렉산드르 솔제니친, 『이반 데니소비치, 수용소의 하루』, 131쪽.
13. 알렉산드르 솔제니친, 『이반 데니소비치, 수용소의 하루』, 132쪽.
14. 알렉산드르 솔제니친, 『이반 데니소비치, 수용소의 하루』, 153~155쪽.
15. 알렉산드르 솔제니친, 『이반 데니소비치, 수용소의 하루』, 155쪽.
16. 알렉산드르 솔제니친, 『이반 데니소비치, 수용소의 하루』, 207쪽.

하인리히 뵐의 『여인과 군상』: "살 만한 나라, 살 만한 언어"

1. 뵐은 한스 리히터(1888~1976)가 설립했고, 전후 독일 문단을 이끌었던 '47그룹'에 그리 적극적이지 않았다. 그동안 뵐이 47그룹에서 주도적 역할을 했다고 국내에 소개된 것은 잘못되었다고 볼 수 있다. 뵐은 「검은 양들」로 47그룹상을 받은 후에 몇 번 정도 이 단체에 참여한 바가 있었으나, 뵐은 어떤 단체나 그룹에도 속하기를 꺼려 하는 아나키스트 성향이 있었다. 뵐이 47그룹과 다른 노선을 걷게 된 것은 이러한 뵐의 성향 때문이기도 했지만, 47그룹이 반사회참여적인 입장을 띤 제도화된 길을 갔기 때문이었다. 정인모, 『하인리히 뵐의 문학 세계』, 부산: 부산대학교출판부, 2017, 193쪽 참조.
2. 체코 방문 이후 뵐은 '독보자들의 연대'를 강조하고 있는데, 이는 몇 년 후에 쓰어진 『여인과 군상』의 '레니 후원회'에서 잘 드러나고 있다.
3. 김지하가 사형 선고를 받고 수감되어 있을 때 뵐은 「김지하에 대한 염려: 구속된 한국 문인을 위한 호소문」(1976)을 발표했다.
4. 필자와 하인리히 뵐의 아들 르네 뵐(1948~)과의 대담에서, 르네는 네 번이나 계속된 이 가택 수색은 본인뿐 아니라 가족에게 엄청난 충격이었다고 술회한 적이 있다.
5. 현재 베를린 슈만슈트라쉐에 있는 '하인리히 뵐 재단'도 그 정신을 녹색당과 공유하고 있다.
6. J. H. Reid, *Heinrich Böll*, München: dtv, 1988, p. 8.
7. Heinrich Vormweg, "Nachwort", in *H. Böll: Der blasse Hund*, 1. Aufl., Köln: Kiepenheuer & Witsch, 1995, S. 192.
8. J. H. Reid(Hg.), *Heinrich Böll, KA*. Bd. 2, Köln: Kiepenheuer & Witsch, 2002.
9. Hans Dieter Gelfert, *Wie interpretiert man einen Roman?*, Stuttgart: Reclam, 1993, p. 63.
10. Werner Bellmann, "Nachwort", in *Heinrich Böll: Der Engel schwieg*, Köln: Kiepenheuer & Witsch, 1992, p. 211.
11. 뵐 작품에 드러나는 '하차 모티브'는 뵐 작품에 나오는 주인공의 전형적 특징인 '탈락자'를 충족시키는데, 『프랑크푸르트 강연』에서 뵐은 '탈락자'를 주인공으로 내세울 수밖에 없었다고 하면서, '탈락자'로 남아 있음은 인간성이 살아 있음을 말하고, 인간성 회복, 참자아의 발견 가능성을 내포하고 있다고 말했다. 이 '하차', '탈락', '퇴각' 모티브는 이후 작품에서는 '업적 원칙 거부'로 나아가고 있음을 알 수 있다.
12. Rainer Moritz, "Graues Antlitz. Heinrich Böll im Pantheon der Werkausgabe", *Neue Zürcher Zeitung*, Dienstag, 11, Februar 2003, Nr. 34, p. 35.
13. 정인모, 「하인리히 뵐 문학의 '통속성' 문제」, 『독일언어문학』 70, 한국독일언어문학회, 2015, 12쪽.
14. Rudolf Walter Leonhardt, "Ein Roman stiftet verwirrende Ordnung", *Die*

Zeit, Hamburg, 21, Juni, 1963, S. 11. (Hans Joachim Berhard, *Die Romane Heinrich Bölls*, 2. Aufl., Berlin: R & L, 1973, p. 291에서 재인용.)

15. Wilhelm Johannes Schwarz, *Der Erzähler Heinrich Böll*, 3. Aufl., Bern: Francke Verlag, 1973, p. 43 참조.

16. Heinrich Böll, *Frankfurter Vorlesungen*, 4. Aufl., München: dtv, 1977, p. 7.

17. Bernd Balzer, "Einigkeit der Einzelgänger", in *Die Subversive Madonna*, hg. v. Renate Mattaei, Köln: Kiepenheuer & Witsch, 1975, p. 14.

윌리엄 골딩의 『파리대왕』과 『자유 추락』: 작가의 자기 출몰

1. John Carey, *William Golding: The Man Who Wrote Lord of the Flies*, London: Faber and Faber, 2009, p. 18.
2. John Carey, *William Golding: The Man Who Wrote Lord of the Flies*, p. 12.
3. John Carey, *William Golding: The Man Who Wrote Lord of the Flies*, p. 5.
4. Peter Moss, "Alec Albert Golding 1876-1957", *William Golding: The Man and His Books*, Ed. John Carey, London: Faber and Faber, 1986, pp. 16~17.
5. John Carey, *William Golding: The Man Who Wrote Lord of the Flies*, p. 11.
6. John Carey, *William Golding: The Man Who Wrote Lord of the Flies*, p. 8.
7. Peter Moss, *William Golding: The Man and His Books*, p. 17.
8. John Carey, *William Golding: The Man Who Wrote Lord of the Flies*, p. 14.
9. John Carey, *William Golding: The Man Who Wrote Lord of the Flies*, p. 14.
10. John Carey, *William Golding: The Man Who Wrote Lord of the Flies*, pp. 20~21.
11. Stephen Medcalf, *William Golding*, London: Longman, 1975, p. 3.
12. John Carey, *William Golding: The Man Who Wrote Lord of the Flies*, p. 24~25.
13. Stephen Medcalf, *William Golding*, p. 4.
14. Stephen Medcalf, *William Golding*, pp. 4~5; Stephen Medcalf, "Bill and Mr Golding's Daimon", *William Golding: The Man and His Books*, p. 30.
15. John Carey, *William Golding: The Man Who Wrote Lord of the Flies*, p. 17.
16. Judy Golding, *The Children of Lovers: A memoir of William Golding by his daughter*, London: Faber and Faber, 2012, p. 73.
17. John Carey, *William Golding: The Man Who Wrote Lord of the Flies*, p. 43.
18. John Carey, *William Golding: The Man Who Wrote Lord of the Flies*, p. 42.
19. John Carey, *William Golding: The Man Who Wrote Lord of the Flies*, p. 45.
20. John Carey, *William Golding: The Man Who Wrote Lord of the Flies*, p. 71.

21. John Carey, *William Golding: The Man Who Wrote Lord of the Flies*, p. 77.
22. Judy Golding, *The Children of Lovers: A memoir of William Golding by his daughter*, p. 73.
23. John Carey, *William Golding: The Man Who Wrote Lord of the Flies*, p. 82.
24. John Carey, *William Golding: The Man Who Wrote Lord of the Flies*, p. 108.
25. Raychel Haugrud Reiff, *William Golding: Lord of the Flies*, New York: Marshall Cavendish Bench, 2010, p. 28; John Carey, *William Golding: The Man Who Wrote Lord of the Flies*, p. 110.
26. John Carey, *William Golding: The Man Who Wrote Lord of the Flies*, p. 112.
27. Judy Golding, *The Children of Lovers: A memoir of William Golding by his daughter*, p. 74.
28. John Carey, *William Golding: The Man Who Wrote Lord of the Flies*, p. 113.
29. John Carey, *William Golding: The Man Who Wrote Lord of the Flies*, p. 82.
30. Anthony Barrett, "Memories of Golding as a schoolmaster", *William Golding: The Man and His Books*, p. 28.
31. Anthony Barrett, *William Golding: The Man and His Books*, p. 29.
32. William Golding, *A Moving Target*, London: Faber and Faber, 1988, p. 163.
33. William Golding, *Lord of the Flies*, London: Faber and Faber, 1973, p. 223. (윌리엄 골딩, 『파리대왕』, 유종호 옮김, 서울: 민음사, 2000, 303쪽.)
34. William Golding, "their voices had been the song of angels", *Lord of the Flies*, p. 147. (윌리엄 골딩, 『파리대왕』, 198쪽.)
35. William Golding, *Lord of the Flies*, p. 20~21. (윌리엄 골딩, 『파리대왕』, 25쪽.)
36. William Golding, "dark boy", *Lord of the Flies*, p. 23. (윌리엄 골딩, 『파리대왕』, 29쪽.)
37. William Golding, "squids-that are hundreds of yards long and eat whales whole", *Lord of the Flies*, p. 96. (윌리엄 골딩, 『파리대왕』, 129쪽.)
38. William Golding, *Lord of the Flies*, Ralph, Roger, Jack를 가리킨다.
39. William Golding, *Lord of the Flies*, p. 133. (윌리엄 골딩, 『파리대왕』, 181쪽.)
40. William Golding, *Lord of the Flies*, p. 134. (윌리엄 골딩, 『파리대왕』, 182쪽.)
41. William Golding, *Lord of the Flies*, p. 134. (윌리엄 골딩, 『파리대왕』, 182쪽.)
42. William Golding, *Lord of the Flies*, p. 136. (윌리엄 골딩, 『파리대왕』, 184쪽.)
43. William Golding, *Lord of the Flies*, p. 147. (윌리엄 골딩, 『파리대왕』, 198쪽.)
44. William Golding, *Lord of the Flies*, p. 75, p. 82, p. 126. (윌리엄 골딩, 『파리대왕』, 99, 108, 171쪽.)

45. William Golding, *Lord of the Flies*, p. 158. (윌리엄 골딩, 『파리대왕』, 214쪽.)

46. William Golding, *Lord of the Flies*, p. 157, p. 159. (윌리엄 골딩, 『파리대왕』, 213, 215쪽.)

47. William Golding, "Life expansively is scientific", *Lord of the Flies*, p. 92. (윌리엄 골딩, 『파리대왕』, 129쪽.)

48. William Golding, "Jolly good show. Like the Coral Island", *Lord of the Flies*, p. 223. (윌리엄 골딩, 『파리대왕』, 302쪽.)

49. William Golding, *Lord of the Flies*, p. 223. (윌리엄 골딩, 『파리대왕』, 303쪽.)

50. William Golding, "I do not believe rational choice stood any chance of exercise", *Free Fall: With an introduction by John Gary*, London: Faber and Faber, 2013, p. 244.

51. William Golding, *Free Fall: With an introduction by John Gary*, p. 284.

52. John Carey, *William Golding: The Man Who Wrote Lord of the Flies*, p. 226~227.

53. William Golding, "God–" Smack! "–is–" Smack! "–love!", Smack! Smack! Smack!, *Free Fall: With an introduction by John Gary*, p. 60.

54. John Carey, *William Golding: The Man Who Wrote Lord of the Flies*, p. 17.

55. John Carey, *William Golding: The Man Who Wrote Lord of the Flies*, p. 66.

56. John Carey, *William Golding: The Man Who Wrote Lord of the Flies*, p. 66.

57. John Carey, *William Golding: The Man Who Wrote Lord of the Flies*, p. 81.

58. John Carey, *William Golding: The Man Who Wrote Lord of the Flies*, p. 81~82.

59. Watts-Watt. 출처: William Golding, *Free Fall: With an introduction by John Gary.*

60. William Golding, *Free Fall: With an introduction by John Gary*, p. 250.

61. William Golding, *Free Fall: With an introduction by John Gary*, p. 250.

62. William Golding, *Free Fall: With an introduction by John Gary*, p. 250.

63. William Golding, *Free Fall: With an introduction by John Gary*, pp. 1~2.

64. William Golding, *Free Fall: With an introduction by John Gary*, for it is a part of my nature that I should need to worship, p. 121.

65. William Golding, *Free Fall: With an introduction by John Gary*, p. 146.

66. William Golding, *Free Fall: With an introduction by John Gary*, p. 160.

67. William Golding, *Free Fall: With an introduction by John Gary*, "Captain Mountjoy. This should not be happening. I am sorry", p. 287.

68. William Golding, *Free Fall: With an introduction by John Gary*, p. 287.

69. William Golding, *Free Fall: With an introduction by John Gary*, p. 275.

토니 모리슨의 『빌러비드』: 미국 노예제에 대한 반성을 통한 인종적 화해 모색

1. Toni Morrison, *Beloved*, New York: Plume, 1998, p. 3. (토니 모리슨, 『빌러비드』, 김선형 옮김, 서울: 들녘, 2003. 11쪽.)
2. Toni Morrison, *Beloved*, p. 5. (토니 모리슨, 『빌러비드』, 15쪽.)
3. Toni Morrison, *Beloved*, p. 50. (토니 모리슨, 『빌러비드』, 91쪽.)
4. Toni Morrison, *Beloved*, p. 165. (토니 모리슨, 『빌러비드』, 282쪽.)
5. Toni Morrison, *Beloved*, p. 88. (토니 모리슨, 『빌러비드』, 155쪽.)
6. Toni Morrison, *Beloved*, p. 149. (토니 모리슨, 『빌러비드』, 257쪽.)
7. Toni Morrison, *Beloved*, p. 104. (토니 모리슨, 『빌러비드』, 185쪽.)
8. Toni Morrison, *Beloved*, p. 239. (토니 모리슨, 『빌러비드』, 397쪽.)
9. Toni Morrison, *Beloved*, p. 247. (토니 모리슨, 『빌러비드』, 410쪽.)
10. Toni Morrison, *Beloved*, p. 262. (토니 모리슨, 『빌러비드』, 435쪽.)
11. Toni Morrison, *Beloved*, p. 273. (토니 모리슨, 『빌러비드』, 453쪽.)
12. Toni Morrison, *Beloved*, p. 272. (토니 모리슨, 『빌러비드』, 452쪽.)
13. Toni Morrison, *Beloved*, p. 273. (토니 모리슨, 『빌러비드』, 453쪽.)
14. Toni Morrison, *Beloved*, p. 275. (토니 모리슨, 『빌러비드』, 455쪽.)

오에 겐자부로의 『만엔 원년의 풋볼』: 폭력으로 점철된 일본의 근현대사 재조망

1. 大江健三郎, 「戰後世代と憲法」, 『嚴肅な綱渡り』, 東京: 文藝春秋, 1965, 132쪽.
2. 大江健三郎, 『私という小說家の作り方』, 東京: 新潮社, 1998, 8~9쪽.
3. 大江健三郎·尾崎眞理子, 『大江健三郎作家自身を語る』, 東京: 新潮社, 2007, 26쪽. (오에 겐자부로, 『오에 겐자부로, 작가 자신을 말하다』, 윤상인·박이진 옮김, 서울: 문학과지성사, 2012, 35쪽.)
4. 大江健三郎, 『讀む人間』, 東京: 集英社, 2007, 10쪽. (오에 겐자부로, 『읽는 인간: 노벨문학상 수상 작가 오에 겐자부로의 50년 독서와 인생』, 정수윤 옮김, 고양: 위즈덤하우스, 2015, 10쪽.)
5. 大江健三郎, 「なぜ詩でなく小說を書くか, というプロローグと四つの詩のごときもの」. 인용은 『大江健三郎全小說』 4, 東京: 講談社, 2018, 590쪽에 의함.
6. 大江健三郎, 「同時代性のフットボール」, 『持續する志』, 東京: 文藝春秋, 1968, 403쪽.
7. 大江健三郎, 「著者から讀者へ乘越え點として」, 『萬延元年のフットボール』, 東京: 講談社, 1988, 454~456쪽. 이러한 내용은 2002년에 발표한 장편 『우울한 얼굴의 동자(憂い顏の童子)』에서도 주인공 고기토(古義人)가 『럭비 시합 1860(ラグビー試合一八六〇)』을 집

필하는 과정에 발생한 해프닝으로 서술되고 있다.

8. 大江健三郎, 『ヒロシマ·ノート』, 東京: 岩波書店, 1965, 2쪽. (오에 겐자부로, 『히로시마 노트』, 이애숙 옮김, 서울: 삼천리, 2012, 8쪽.)
9. 大江健三郎·すばる編集部 編, 『大江健三郎·再發見』, 東京: 集英社, 2001, 22~25쪽.
10. 大江健三郎, 『大江健三郎全小説』 7, 東京: 講談社, 2018, 9쪽. (오에 겐자부로, 『만엔 원년의 풋볼』, 박유하 옮김: 파주: 웅진지식하우스, 2017, 8쪽.) 다만 원작 인용문은 모두 필자가 번역했다.
11. 大江健三郎, 『大江健三郎全小説』 7, 58~59쪽. (오에 겐자부로, 『만엔 원년의 풋볼』, 121쪽.)
12. 大江健三郎, 『大江健三郎全小説』 7, 131쪽. (오에 겐자부로, 『만엔 원년의 풋볼』, 293~294쪽.)
13. 大江健三郎, 『大江健三郎全小説』 7, 186~187쪽. (오에 겐자부로, 『만엔 원년의 풋볼』, 430~431쪽.)
14. 大江健三郎, 『大江健三郎全小説』 7, 240~241쪽. (오에 겐자부로, 『만엔 원년의 풋볼』, 556~557쪽.)
15. 尾崎眞理子, 「ノーベル賞はいかにしてもたらされたか」, 『大江健三郎全小説』 7, 東京: 講談社, 2018, 561쪽.
16. 大江健三郎, 「世界文學は日本文學たりうるか?」, 『あいまいな日本の私』, 東京: 岩波書店, 1995, 228쪽.
17. 여기서 개국은 1858년에 체결된 미일수호통상조약을 가리키고, 따라서 메이지유신은 제2의 개국이 된다. 1858년의 개국은 고메이(孝明) 천황의 칙허를 받지 않고 에도 막부가 추진하고 조인한 조약으로 당시 조약 체결의 대외 책임자였던 이이 나오스케(井伊直弼)는 조인 과정에 반대 세력을 대거 숙청했고(안세이(安政)의 변), 그 결과 반발 세력에 의해 암살되었다(사쿠라다문 밖(櫻田門外)의 사건). 이 사건이 발생한 해가 1860년이었다는 점을 고려하면, 소설 속에서 1960년의 미일안전보장조약 개정을 반대하는 대규모 시민운동은 만엔 원년의 농민 봉기뿐 아니라 위의 암살 사건과도 겹쳐 읽을 수 있는 복선이 깔려 있다.
18. 柄谷行人, 「大江健三郎のアレゴリー」, 『終焉をめぐって』, 東京: 講談社, 1995, 76~88쪽.

권터 그라스의 『양철북』:
현실과 환상의 변증법으로 그려낸 20세기 독일 역사와 소시민 사회비판

1. Günter Grass, *Die Blechtrommel*, Werkausgabe in zehn Bänden, Herausgegeben von Volker Neuhaus, Bd. Ⅱ, Darmstadt und Neuwied: Luchterhand, 1987. (귄터 그라스, 『양철북』, 박환덕 옮김, 서울: 을유문화사, 1974.)

2. 그라스의 생애와 사상에 관한 상세한 내용은 다음을 참조할 것. 박병덕, 『현실과 환상의 변증법: 귄터 그라스의 삶과 문학』, 전주: 전북대학교출판문화원, 2020, 33~66쪽.
3. Günter Grass, Werkausgabe in zehn Bänden, Herausgegeben von Volker Neuhaus, Darmstadt und Neuwied: Luchterhand, 1987, Bd. Ⅸ, S. 112.
4. Günter Grass, Werkausgabe in zehn Bänden Ⅸ, S. 113.
5. Günter Grass, Werkausgabe in zehn Bänden Ⅸ, S. 183.
6. Günter Grass, Werkausgabe in zehn Bänden Ⅸ, S. 36.
7. Vgl. Heinz Ludwig Arnold(Hrsg.), *Günter Grass. Text+Kritik 1/1a*, 5. Aufl., München: edition text+kritik GmbH, 1978, S. 1~3.
8. Dieter Stolz, *Günter Grass zur Einführung*, Hamburg: Junius, 1999, S. 11.
9. Günter Grass, Werkausgabe in zehn Bänden IX, S. 127.
10. Günter Grass, Werkausgabe in zehn Bänden IX, S. 134.
11. Günter Grass, "Kurze Rede eines vaterlandslosen Gesellen", In *Die Zeit*, 9. 2. 1990, Nr. 7.
12. 그라스의 문학 세계에 관한 상세한 설명은 박병덕, 『현실과 환상의 변증법: 귄터 그라스의 삶과 문학』, 66~81쪽을 참조할 것.
13. 1958년 10월 31일부터 11월 2일까지 알고이 그로스홀츠로이테(Allgäu Großholzleute)에서 열린 47그룹 제20차 회의 석상에서, 거의 완성 단계에 있던 700쪽에 달하는 대작 『양철북』의 두 장(제1장과 제34장)을 읽은 귄터 그라스는 47그룹상을 수상했다. Vgl. Rinhard Lettau(Hg.), *Die Gruppe 47: Bericht Kritik Polemik*, Neuwied und Berlin: Luchterhand, 1967, S. 137f.
14. Vgl. Franz Josef Görtz(Hrsg.), *Die Blechtrommel: Attraktion und Ärgernis*, Darmstadt und Neuwied: Hermann Luchterhand Verlag, 1984, S. 62f.
15. Vgl. Manfred Durzak, *Der deutsche Roman der Gegenwart: Entwicklungsvoraussetzungen u. Tendenzen: Heinrich Böll, Günter Grass, Uwe Johnson, Christa Wolf, Hermann Kant*, 3., erw. u. veränd. Aufl., Stuttgart: Verlag W. Kohlhammer GmbH, 1979, S. 289~301.
16. Volker Neuhaus u.a., *Interpretationen. Romane des 20. Jahrhunderts*, Band 2, Stuttgart: Reclam, 1993, S. 120.
17. Volker Hage, *Später Adel für das Wappentier*, in Der Spiegel, 40, 1999, S. 300.
18. Heinz Ludwig Arnold(Hrsg.), *Blechgetrommelt. Günter Grass in der Kritik*, Göttingen: Steidl Verlag, 1997, S. 11.
19. Günter Grass, *Die Blechtrommel*, S. 6. (귄터 그라스, 『양철북』, 13쪽.) 'Heil- und Pflegeanstalt'는 범죄를 저지른 정신 장애자나 알코올·마약중독자를 수용하여 치료하

는 시설을 의미하므로. '정신병원'보다는 치료감호소(治療監護所)로 번역하는 것이 옳을 것 같다.

20. Günter Grass, *Die Blechtrommel*, S. 143. (귄터 그라스, 『양철북』, 113쪽.)
21. Günter Grass, *Die Blechtrommel*, S. 153. (귄터 그라스, 『양철북』, 120쪽.)
22. Günter Grass, *Die Blechtrommel*, S. 297. (귄터 그라스, 『양철북』, 228쪽.)
23. Günter Grass, *Die Blechtrommel*, S. 469. (귄터 그라스, 『양철북』, 360쪽.)
24. Manfred Durzak(Hrsg.), a. a. O., S. 263.
25. Günter Grass, *Die Blechtrommel*, S. 38. (귄터 그라스, 『양철북』, 37쪽.)
26. Günter Grass, *Die Blechtrommel*, S. 47. (귄터 그라스, 『양철북』, 44쪽.)
27. Hanspeter Brode, *Die Zeitgeschichte im erzählenden Werk von Günter Grass*, Frankfurt am Main: Peter Lang, 1977, S. 31.
28. Günter Grass, *Die Blechtrommel*, S. 64. (귄터 그라스, 『양철북』, 56쪽.)
29. Günter Grass, *Die Blechtrommel*, S. 79. (귄터 그라스, 『양철북』, 67쪽.)
30. Günter Grass, Werkausgabe in zehn Bänden IX, 615쪽.
31. Hanspeter Brode, a. a. O., S. 91.
32. Günter Grass, *Die Blechtrommel*, S. 445. (귄터 그라스, 『양철북』, 341쪽.)
33. Günter Grass, *Die Blechtrommel*, S. 71. (귄터 그라스, 『양철북』, 61쪽.)
34. Günter Grass, *Die Blechtrommel*, S. 79. (귄터 그라스, 『양철북』, 67쪽.)
35. Hanspeter Brode, a. a. O., S. 89.
36. Günter Grass, *Die Blechtrommel*, S. 46. (귄터 그라스, 『양철북』, 43쪽.)
37. Günter Grass, *Die Blechtrommel*, S. 9. (귄터 그라스, 『양철북』, 15쪽.)
38. Günter Grass, *Die Blechtrommel*, S. 34. (귄터 그라스, 『양철북』, 34쪽.)
39. Günter Grass, *Die Blechtrommel*, S. 34. (귄터 그라스, 『양철북』, 34쪽.)
40. Günter Grass, Die Blechtromme , S. 727. (귄터 그라스,『양철북 』, 559쪽.)
41. Vgl. Franz K. Stanzel, *Typische Formen des Romans*, 8. Aufl., Göttingen: Vandenhoeck & Ruprecht, 1981, S. 25.
42. Vgl. Volker Neuhaus, *Günter Grass. Die Blechtrommel*, München: R. Oldenburg Verlag 1982, S. 27.
43. Günter Grass, *Die Blechtrommel*, S. 19. (귄터 그라스, 『양철북』, 23쪽.)
44. Günter Grass, *Die Blechtrommel*, S. 390. (귄터 그라스, 『양철북』, 297쪽.)
45. Günter Grass, *Die Blechtrommel*, S. 313. (귄터 그라스, 『양철북』, 239쪽.)
46. Günter Grass, *Die Blechtrommel*, S. 487, (귄터 그라스, 『양철북』, 374쪽.)
47. Günter Grass, *Die Blechtrommel*, S. 490. (귄터 그라스, 『양철북』, 376쪽.)
48. Manfred Durzak(Hrsg.), *Zu Günter Grass. Geschichte auf dem poetischen*

Prüfstand, Stuttgart: Ernst Klett Verlag, 1985, S. 16f.
49. Günter Grass, *Die Blechtrommel*, S. 582. (권터 그라스, 『양철북』, 447쪽.)
50. Günter Grass, Werkausgabe in zehn Bänden X, S. 180.
51. Volker Neuhaus, *Günter Grass*, Stuttgart: Metzler, 1979, S. 1.
52. Manfred Durzak(Hrsg.), *Zu Günter Grass*, S. 169.
53. Günter Grass, *Die Blechtrommel*, S. 242. (권터 그라스, 『양철북』, 188쪽.)
54. Günter Grass, *Die Blechtrommel*, S. 244. (권터 그라스, 『양철북』, 189~190쪽.)
55. Volker Neuhaus u. a., a. a. O., S. 127.

가오싱젠의 『영혼의 산』: 나를 찾아가는 여정

1. 문화대혁명 때 육체노동을 통한 사상 개조를 위해 지식인이나 도시인들을 농촌 벽지로 보낸 재교육 정책.
2. 가오싱젠, 「문학의 존재 이유」, 2000년 12월 7일 노벨상 수상 연설. 노벨상 공식 누리집(Nobelprize.org)에서 이 연설문의 중국어 원문 그리고 스웨덴어 및 영어 번역을 참조할 수 있다. 한국어 번역은 가오싱젠, 「문학의 이유」, 『창작에 대하여』, 박주은 옮김, 파주: 돌베개, 2013, 27~43쪽.
3. 한국어 번역은 가오싱젠, 『버스 정류장』, 오수경 옮김, 서울: 민음사, 2002.
4. 한국어 번역은 『버스 정류장』(2002)에 수록되어 있다.
5. 한국어 번역은 가오싱젠, 『피안』, 오수경 옮김, 서울: 연극과인간, 2008.
6. 한국어 번역은 가오싱젠, 『나 혼자만의 성경』 1·2, 박하정 옮김, 서울: 현대문학북스, 2002.
7. 가오싱젠, 『영혼의 산』 1·2, 이상해 옮김, 서울: 북폴리오, 2005. (한국어 번역본 초판은 『영혼의 산』 1·2, 이상해 옮김, 서울: 현대문학북스, 2001.) 이 글에서는 2005년에 출간한 책을 참조했다.
8. 가오싱젠, 『영혼의 산』 2, 232쪽. "이건 소설이 아닙니다!"라고 항의하는 비평가의 말로 시작하는 제72장은 『영혼의 산』이 무엇을 이야기하는지를 56가지로 제시하고 있다.
9. 가오싱젠, 『영혼의 산』 1, 21~22쪽.
10. 1980년대 초반 가오싱젠의 『현대 소설의 기교에 대한 초보적 탐색』이 중국 문단에서 화제가 되자 이 글에서 작가가 제시한 특성을 가진 소설을 실제로 써보라는 편집자의 제안이 『영혼의 산』의 집필 계기가 되었다.
11. 프라하 작가 축제에 초청된 가오싱젠과 기욤 바세가 2008년 8월 28일 파리에서 가진 대담에서.
12. 가오싱젠, 『영혼의 산』 2, 51~55쪽.
13. 가오싱젠, 『영혼의 산』 2, 51~53쪽.

14. 가오싱젠, 『영혼의 산』 1, 83쪽.
15. 가오싱젠, 『영혼의 산』 1, 83~85쪽.
16. 노자의 『도덕경』의 한 구절.
17. 가오싱젠, 『영혼의 산』 1, 66~67쪽.
18. 가오싱젠, 『영혼의 산』 1, 26쪽.
19. 향토적인 풍습과 전설 등에서 소재를 찾은 중국의 1980년대 중후반 문학 경향.
20. 가오싱젠, 『영혼의 산』 2, 45~46쪽.
21. 정재서, 「가오싱젠 소설 『영혼의 산』 출간」, 『중앙일보』, 2001년 7월 21일 자.
22. 가오싱젠, 『영혼의 산』 2, 68쪽.
23. 가오싱젠, 『영혼의 산』 2, 69~70쪽.
24. 가오싱젠, 『영혼의 산』 2, 262~264쪽.
25. 가오싱젠, 『영혼의 산』 2, 265~267쪽.
26. 가오싱젠, 『영혼의 산』 2, 291~292쪽.
27. 가오싱젠, 『영혼의 산』 2, 292~295쪽.
28. 성민엽, 「시원(始原)을 찾아가는 상상적 여행기」, 가오싱젠, 『영혼의 산』 2, 305쪽.
29. 정재서, 「가오싱젠 소설 『영혼의 산』 출간」. "『수신기(搜神記)』라든가 『요재지이(聊齋志異)』와 같은 고대 필기체 소설에서의 옴니버스 스타일의 설화 편집과 현실과 환상을 교차시키는 진환병겸(眞幻幷兼)의 기법"을 동양 서사 기법의 예로 든다.
30. 가오싱젠, 「문학의 이유」, 40쪽.

오르한 파묵의 『내 이름은 빨강』과 『순수 박물관』: 문학과 타 예술 장르와의 경계 허물기

1. 이난아, 「오르한 파묵의 작품세계와 작가정신」, 『문학동네』 제13권 4호, 2006, 513~514쪽.
2. 이난아, 『오르한 파묵: 변방에서 중심으로』, 서울: 민음사, 2013, 31쪽.
3. 이 글은 이난아, 「문학적 상상력을 통한 회화의 재현: 오르한 파묵의 소설 『내 이름은 빨강』을 중심으로」, 『중동문제연구』 제9권 2호, 중동문제연구소, 2010, 151~186쪽을 수정 및 보완한 것이다.
4. 2002년 프랑스 최우수 외국문학상, 2003년 이탈리아 그렌차네 카보우루상, 2003년 인터내셔널 임팩 더블린 문학상 등.
5. 김욱동, 『지구촌 시대의 문학』, 서울: 황금알, 2009, 275쪽.
6. 오르한 파묵, 『내 이름은 빨강』 1, 이난아 옮김, 서울: 민음사, 2004, 20쪽.
7. 오르한 파묵, 『내 이름은 빨강』 1, 84쪽.
8. 오르한 파묵, 『내 이름은 빨강』 2, 이난아 옮김, 서울: 민음사, 2004, 333쪽.
9. 오르한 파묵, 『내 이름은 빨강』 1, 192쪽.

10. 고위공, 『문학과 미술의 만남: 상호매체성의 미학』, 서울: 미술문화, 2004, 16쪽.
11. 오르한 파묵, 『내 이름은 빨강』 1, 28쪽.
12. 오르한 파묵, 『내 이름은 빨강』 1, 163~164쪽.
13. 오르한 파묵, 『내 이름은 빨강』 1, 164쪽.
14. 오르한 파묵, 『내 이름은 빨강』 1, 70쪽.
15. 오르한 파묵, 『내 이름은 빨강』 1, 41쪽.
16. 오르한 파묵, 『내 이름은 빨강』 1, 53~54쪽.
17. 위지혜, 「오르한 파묵 "우리 안의 금기를 허물고 싶다"」. http://www.ohmynews.com/NWS_Web/view/at_pg.aspx?CNTN_CD=A0000899800 (검색일: 2020. 1. 20.)
18. 이 글은 이난아, 「문학 공간의 박물관 콘텐츠 확장 사례 연구: 오르한 파묵의 『순수 박물관』을 중심으로」, 『한국이슬람학회논총』, 23-3, 한국이슬람학회, 2013, 223~247쪽을 수정 및 보완한 것이다.
19. 이러한 사례들에 관하여, 이난아, 「문학적 상상력을 통한 회화의 재현: 오르한 파묵의 소설 『내 이름은 빨강』을 중심으로」, 151~186쪽을 참조하시오.
20. Orhan Pamuk, *Manzaradan Parçalar*, İstanbul: İletişim, 2010, p. 404.
21. 이난아, 「소설은 주변에 있고 개인이 세운 박물관에 대해 이야기하는 것」, 『대산문화』 가을호, 2010, 98쪽.
22. 김상태 외, 『문학의 이해』, 서울: 학연사, 1996, 158~159쪽.
23. 오르한 파묵, 『순수 박물관』 1, 이난아 옮김, 서울: 민음사, 2010, 381쪽.
24. 조혜란, 「고전소설과 콘텐츠」, 『한국문화콘텐츠』, 서울: 채륜, 2009, 160쪽.
25. 국내에서 건립 운영되고 있는 전국 문학관 현황에 관하여, 박덕규, 『문학 공간과 글로컬리즘』, 서울: 서정시학, 2011, 22~24쪽 참조. 또한 웹사이트에 구축된 해외 문학 공간으로 미국, 일본, 러시아 등의 사례를 연구한, 김수복 편저, 『한국 문학 공간과 문화콘텐츠』, 서울: 청동거울, 2005, 89~92쪽을 참조.
26. 문학관을 활용한 문학 활성화 방안에 관하여, 유은지, 「문학관을 활용한 문학 진흥 방안 연구」, 단국대학교 석사학위 논문, 2007 참조.
27. 오르한 파묵, 『순수 박물관』 1, 61쪽.
28. 오르한 파묵, 『순수 박물관』 1, 68쪽.
29. 문화콘텐츠연구회, 『프랑스 박물관 기행』, 서울: 예림기획, 2008, 5쪽.
30. Orhan Pamuk, *Saf ve Düşünceli Romancı*, İstanbul: İletişim, 2011, p. 91.
31. 오르한 파묵, 『순수 박물관』 2, 이난아 옮김, 서울: 민음사, 2010, 168쪽.
32. 오르한 파묵, 『순수 박물관』 1, 125~126쪽.
33. Orhan Pamuk, *Manzaradan Parçalar*, p. 442.
34. 오르한 파묵, 『순수 박물관』 2, 352쪽

35. 오르한 파묵, 『순수 박물관』 2, 337쪽.

36. 오르한 파묵, 『순수 박물관』 1, 61~62쪽.

37. 오르한 파묵, 『순수 박물관』 1, 386쪽.

38. 오르한 파묵, 『순수 박물관』 1, 113쪽.

르 클레지오의 『조서』와 『사막』:
문학이라는 꿈, 시적 모험, 관능적 희열을 향한 도주의 몸짓

1. 『떠도는 별』은 넓은 의미에서 르 클레지오의 자전적 소설로 분류된다. 두 명의 소녀를 주인공-화자로 설정한 이 작품에서 작가는 '트리스탕'이라는 이름의, 비중이 그다지 크지 않은 소년 인물을 통해 자신의 유년기를 그린다.

2. 이 책의 이미지는 프랑스 국립시청각기구(INA) 아카이브 영상에서 볼 수 있다. "Interview avec J. -M. G. Le Clézio, à la sortie du roman *Onitsha* (à Nice, le 23 mai 1991)", (WEB), INA, https://youtu.be/_EEl1VGKjeQ.

3. J. -M. G. Le Clézio, "Dans la forêt des paradoxes", Stockholm: The Nobel Foundation, 2008. 작가가 나이지리아에서 보낸 유년기에 관해서는 소설 『오니샤』와 에세이 『아프리카인(*L'Africain*)』(2004)을 참조할 수 있다.

4. 소설 『혁명』의 주인공 장 모로가 바라보는 니스의 풍경이 당시 르 클레지오의 관점을 반영하고 있다. 도시는 폭력성을 숨긴, 무심하고 인종주의적인 분위기로 그려진다.

5. 르노도상 수상 소식을 알리는 기사에는 르 클레지오와 동석한 마리 로잘리의 사진이 실려 있다. 그러나 두 사람은 그로부터 오래지 않아 결별했다.

6. 『홍수』가 당시 국내 불문학 연구자들에게 불러일으킨 반향에 관해서는 *Les Cahiers J. -M. G. Le Clézio*, n°7에 수록된 졸고 "Réception de l'oeuvre de Le Clézio en Corée du Sud", Paris: Editions Complicités, 2014, p. 37~47을 참조할 것.

7. Jennifer R. Waelti-Walters, *J. M. G. Le Clézio*, Boston: Twayne Publishers, 1977, p. 18.

8. 실제로 들뢰즈는 유작 『비평과 진단』에서 "글쓰기란 생성/되기(devenir)와 미완(inachevé)의 일"이라 선언하며 이를 "거의 완벽한 방식으로 재현한" 문학작품으로 르 클레지오의 『조서』를 꼽는다. Gilles Deleuze, *Critique et clinique*, Paris: Les Editions de Minuit, 1993, pp. 11~17. (질 들뢰즈, 『비평과 진단: 문학, 삶 그리고 철학』, 김현수 옮김, 서울: 인간사랑, 2000, p. 15~24.)

9. 관련된 연구로 Claude Cavallero, *Le Clézio ou les marges du roman*, Thèse de doctorat, Université de Rennes: Rennes, 1992가 대표적이다.

10. 전후 프랑스 소설에 관한 저서에서 모리스 나도는 "일찍이 로브그리예와 뷔토르가 있었기에 르 클레지오가 무대에 오를 수 있었다"고 소개했지만 연구자들 간에 합의된 의

견은 아니다. 마리나 살은 아담 폴로가 매우 구체적인 인물이자 전지적 화자로 존재하는 『조서』가 "서술자가 존재하지 않거나 거의 지워져야 한다"는 누보로망의 제1원칙을 따르지 않고 있으며, 모든 종류의 레퍼런스로부터 독립되어 지극히 객관적인 글쓰기를 지향하는 누보로망과는 다른 형태의 언어 실험을 보여준다고 지적하고, 이자벨 루셀 지예 역시 르 클레지오를 포스트누보로망으로 명명한 것은 "조금 섣부른" 것이었다며 『조서』를 수용의 차원에서 접근해 "능동적 독자들이 길을 잃고 헤매기에 딱 좋은 비-소설(non-roman)"로 명명했다. Maurice Nadeau, *Le Roman français depuis la guerre*, Paris: Gallimard, 1970, p. 228; Marina Salles, *Etude sur Le Clézio. Désert*, Paris: Ellipses, 1999, p. 9; Isabelle Roussel-Gillet, "Troubles et trouées, le cas du Procès-verbal de Le Clézio", ***Roman 20-50, Echenoz***, déc 2004, pp. 113~123.

11. 언어를 상실한 아담 폴로에 대해서는 여러 가지 해석이 가능하다. 전술한 '알제리 전쟁'의 영향에서 보자면 에디트 페리는 주인공의 기억상실과 실어증이 이 전쟁에 대해 거의 언급하지 않으며 마치 역사적으로 없었던 사건처럼 대하던 당시 프랑스 사회의 분위기를 연상시킨다고 설명한다. Edith Perry, "Au temps de la guerre d'Algérie", *Les Cahiers J. -M. G. Le Clézio*, n°9, Passage(s), 2016, p. 35.
12. 쥐스티나 강베르와의 인터뷰에서 작가는 자신의 초기작이 실존주의 문학으로부터 깊은 영향을 받았다고 설명한다. Justyna Gambert, "Entretien avec J. -M. G. Le Clézio", *Les Cahiers J. -M. G. Le Clézio*, n°8, Passage(s), 2015, pp. 71~72.
13. Nicolas Pien, "Retrouver la lumière: Métaphysique dans *Le Déluge* de J. M. G. Le Clézio", *Litteraria Copernicana*, N°2(34), 2020, p. 70, p. 75. 연구자들 역시 르 클레지오와 실존주의 문학 사이의 상관 관계를 일찍이 알아보았으며 인용한 피엥의 논문 외에 관련 연구로는 Keith A. Moser, *"Privileged Moments" in the Novels and Short Stories of J. M. G. Le Clézio, His contemporary development of a traditional french literary device*, Lewiston/Queenston/Lampeter: The Edwin Mellen Press, 2008; Ann-Sofie Persson, "Rien de nouveau sous le soleil? Camus et Le Clézio", *Loxias*, n°52 〔WEB〕, http://revel.unice.fr/loxias/index.html?id=8294 등이 있다.
14. Gérard de Cortanze, *J. M. G. Le Clézio, le nomade immobile*, Paris: Gallimard, 1999, p. 13.
15. 당시 프랑스는 북대서양조약기구(NATO)의 지원을 받아 80만 병력과 5조(兆) 프랑의 군사비를 투입해 철저한 진압 작전을 전개했고, 이로써 알제리 인민 약 100만 명이 죽고 70만 명이 투옥되었으며 프랑스군도 1만 2천 명이 전사했다. 출처: 두산 네이버 백과사전, 항목명 「알제리 전쟁」.

16. 『조서』에서 알제리 전쟁은 매우 단편적으로 언급되지만, 에디트 페리는 이러한 회피가 도리어 그 사건의 충격을 설명한다고 주장한다. "주인공 아담 폴로처럼 기억상실의 고통을 겪은 양, 무의지적 기억이 40년의 잠복기 끝에야 깨어날 수 있었던 것인 양" 르 클레지오는 그 역사적 사건으로부터 한참이 지난 뒤에 발표될 소설 『혁명』에서야 비로소 이 전쟁의 구체적 묘사를 시도한다. Edith Perry, "Au temps de la guerre d'Algérie", p. 28.
17. 파리에서 사르트르와 카뮈를 비롯한 문인과 지식인들이 열정적으로 반전의 목소리를 냈지만, 르 클레지오는 "파리와 니스의 분위기는 전혀 달랐다"고 이 시절을 회고한다. Edith Perry, "Au temps de la guerre d'Algérie", p. 28.
18. Marina Salles, *Etude sur Le Clézio. Désert*, p. 9.
19. J. -M. G. Le Clézio, *Inconnu sur la terre*, Paris: Gallimard, 1978, p. 310.
20. 이 여행을 마치고 르 클레지오 부부는 『하늘빛 사람들(*Gens des nuages*)』(1997)이라는 사진 에세이를 함께 출간했다.
21. Marina Salles, *Etude sur Le Clézio. Désert*, p. 12.
22. Marina Salles, *Etude sur Le Clézio. Désert*, p. 14.
23. Marina Salles, *Etude sur Le Clézio. Désert*, pp. 14~15.
24. 프랑스 제22대 대통령이었던 자크 시라크의 표현으로 위대한 국가인 프랑스는 아무도 소외시키지 않고 진정한 의미의 성장을 이루는 방법을 찾아내리라는 믿음을 담은 말이다.

스베틀라나 알렉시예비치의 『전쟁은 여자의 얼굴을 하지 않았다』와 『체르노빌의 목소리』: 유토피아의 붕괴와 작은 인간의 목소리

1. "for her polyphonic writings, a monument to suffering and courage in our time." http://www.nobelprize.org/nobel_prizes/literature/laureates/2015/press.html
2. 호모 소비에티쿠스(homo soveticus)는 소련을 유토피아라 믿으며 공산주의 이념을 신봉하는 인간을 뜻한다. "소련 사람들 모두에게서 어느 정도 찾아볼 수 있는 일련의 특성들을 공유한" 인간들로 소비에트 체제 유지에 필요한 신인간 유형을 의미하는 이 용어가 널리 알려진 것은 1980년대 초 지노비예프가 사용한 이후다. 때로는 소비에트 영웅을 의미하는 말로도 쓰이는데, 알렉시예비치는 '유토피아의 목소리' 시리즈 마지막 작품 『세컨드 핸드 타임』에서 소비에트 이념을 절대적으로 신봉했던 세대가 소련 와해 후 경험하는 의식의 균열을 이야기하면서 이 용어를 사용했다.
3. 원어로는 '체르노빌의 기도(Чернобыльская молитва)'라는 제목이나 우리말로는 '체르노빌의 목소리'라는 제목으로 출판되었다.
4. 알렉시예비치는 『체르노빌의 목소리』에서 자신의 조국 벨라루스를 이렇게 표현했다. 실

제로 벨라루스는 알렉시예비치 이전까지 독재자 루카셴코의 나라 정도로만 알려져 있었다.

5. 2015년 10월 25일, 라디오 인터뷰 「모스크바는 말한다」. http://govoritmoskva.ru/interviews/919/
6. http://www.svoboda.org/media/video/27295918.html
7. 여기에 대해 자세히 타티야나 톨스타야의 다음 기사 참조. Татьяна Толстая, "Трудно быть вежливой, когда не хочется", *Аргументы и факты*, 12 октября 2015г.
8. '목소리 소설'의 시학에 대해 자세하게는 필자의 다음 논문 참조. 윤영순, 「문학과 다큐멘터리: 알렉시예비치의 목소리 소설을 중심으로」, 『러시아어문학연구논집』 53, 한국러시아문학회, 2016, 93~117쪽.
9. 현재 알렉시예비치의 유토피아의 목소리 5부작은 우리말로 전부 옮겨져 있지만, 이 글에서의 인용은 필자가 직접 우리말로 옮겼다. Светлана Алексиéвич, У войны не женское лицо. Москва: Время, 2016. С. 28. (스베틀라나 알렉시예비치, 『전쟁은 여자의 얼굴을 하지 않았다』, 박은정 옮김, 서울: 문학동네, 2015, 46쪽.)
10. Светлана Алексиéвич, Из разговора с цензором. У войны не женское лицо, С. 27. (스베틀라나 알렉시예비치, 『전쟁은 여자의 얼굴을 하지 않았다』, 45쪽.)
11. Светлана Алексиéвич, Из записных книжек. 23 сентября. Цинковые мальчики, Москва: Время, 2016. С. 25. (스베틀라나 알렉시예비치, 『아연 소년들』, 박은정 옮김, 서울: 문학동네, 2017, 41쪽.)
12. Светлана Алексиéвич, Из записных книжек. 23 сентября. Цинковые мальчики, 2016. С. 26. (스베틀라나 알렉시예비치, 『아연 소년들』, 41쪽.)
13. Светлана Алексиéвич, У войны не женское лицо, С. 8. (스베틀라나 알렉시예비치, 『전쟁은 여자의 얼굴을 하지 않았다』, 15쪽.)
14. Светлана Алексиéвич, У войны не женское лицо, С. 28. (스베틀라나 알렉시예비치, 『전쟁은 여자의 얼굴을 하지 않았다』, 45~46쪽.)
15. Светлана Алексиéвич, У войны не женское лицо, С. 30. (스베틀라나 알렉시예비치, 『전쟁은 여자의 얼굴을 하지 않았다』, 49쪽.)
16. Светлана Алексиéвич, У войны не женское лицо, С. 16. (스베틀라나 알렉시예비치, 『전쟁은 여자의 얼굴을 하지 않았다』, 26쪽.)
17. 작가의 새로운 역할에 대한 자세한 것은 필자의 다음 논문 참조. 「치유의 과정으로 읽는 알렉시예비치의 '유토피아의 목소리'」, 『문학치료연구』 vol. 41, 문학치료학회, 2016, 147~174쪽.
18. Светлана Алексиéвич, Чернобылская молитва, Москва: Время, 2016. С.

9. (스베틀라나 알렉시예비치, 『체르노빌의 목소리: 미래의 연대기』, 김은혜, 서울: 새잎, 2011, 27쪽.)

19. Светлана Алексиéвич, Чернобылская молитва. C. 21. (스베틀라나 알렉시예비치, 『체르노빌의 목소리: 미래의 연대기』, 42~44쪽.)

20. Светлана Алексиéвич, Чернобылская молитва, CC. 23~24. (스베틀라나 알렉시예비치, 『체르노빌의 목소리: 미래의 연대기』, 45~46쪽.)

21. Светлана Алексиéвич, Время секонд хэнд, Москва: Время, 2016, C. 98. (스베틀라나 알렉시예비치, 『세컨드 핸드 타임: 호모 소비에티쿠스의 최후』, 김하은 옮김, 서울: 이야기가 있는 집, 2016, 131쪽.)

22. Светлана Алексиéвич, Время секонд хэнд, CC. 378~379. (스베틀라나 알렉시예비치, 『세컨드 핸드 타임: 호모 소비에티쿠스의 최후』, 504쪽.)

23. Светлана Алексиéвич, У войны не женское лицо, C. 25. (스베틀라나 알렉시예비치, 『전쟁은 여자의 얼굴을 하지 않았다』, 40쪽.)

가즈오 이시구로의 『남아 있는 나날』: "영국보다 더 영국적인" 영국과 세계주의 문학

1. 이시구로에게 부커상을 안겨준 이 소설의 원제는 *The Remains of the Day*다. 송은경은 2009년 '남아 있는 나날'이라는 제목으로 국내 번역서를 출간했다. 필자는 이 소설을 논의한 학술 논문에서 과거를 회상하는 소설의 형식 및 자기기만과 성찰로 이어지는 과거에 대한 향수라는 소설의 정조에 주목하여 '지난날의 잔재'로 제목을 옮겼다. 이 글에서는 국내 번역서를 읽었을 독자의 편의를 위해 국내에서 출간된 번역서의 책 제목으로 이시구로의 소설을 지칭하기로 한다.
2. 이 글의 일부는 필자의 학술논문 및 저서에서 다루었던 기존의 논의를 다듬어 정리한 내용을 포함한다.
3. Kazuo Ishiguro, Interview with Allan Vorda and Kim Herzinger. "Stuck on the Margins: An Interview with Kazuo Ishiguro", *Face to Face: Interview with Contemporary Novelists*, ed. Allan Vorda, Houston: Rice UP, 1993. p. 14.
4. Kazuo Ishiguro, "Stuck on the Margins: An Interview with Kazuo Ishiguro", pp. 14~15.
5. 가즈오 이시구로, 『남아 있는 나날』, 송은경 옮김, 서울: 민음사, 2009, 43쪽.
6. 가즈오 이시구로, 『남아 있는 나날』, 164쪽.
7. 가즈오 이시구로, 『남아 있는 나날』, 324쪽.
8. 가즈오 이시구로, 『남아 있는 나날』, 371쪽.

제2부 희곡

사뮈엘 베케트의 『몰로이』와 『고도를 기다리며』: 존재에 대한 반추

1. 김소임의 『베케트 읽기』, Deirdre Bair의 *Samuel Beckett*와 James Knowlson의 *Damed to Fame: the Life of Samuel Beckett*를 참고했으며 직접 인용이 아닌 경우 인용 표시를 하지 않았다.
2. Deirdre Bair, *Samuel Beckett*, New York: Summit Books, 1990, p. 350.
3. Samuel Beckett, *The Complete Dramatic Works*, London: Faber and Faber, 1986, p. 220.
4. Deirdre Bair, *Samuel Beckett*, p. 367 재인용.
5. Deirdre Bair, *Samuel Beckett*, p. 351.
6. 누보로망에 대해서는 누보로망(Nouveau roman), 『문학비평용어사전』, 2006. 1. 30, 한국문학평론가협회와 https://en.wikipedia.org/wiki/Pour_un_nouveau_roman를 참조했음.
7. 누보로망(Nouveau roman) (『문학비평용어사전』, 2006. 1. 30, 한국문학평론가협회).
8. 이영석, 「사무엘 베케트의 『몰로이(Molloy)』에 나타난 주체의 구성과 소설의 미학화」, *Foreign Literature Studies*, 69(2), p. 221.
9. Deirdre Bair, *Samuel Beckett*, p. 361.
10. Michael Worton, "*Waiting for Godot and Endgame*: Theatre as text", *The Cambridge Companion to Beckett*, Ed. John Pilling, Cambridge: Cambridge UP, 1994, p. 69.
11. 알베르 카뮈, 『시지프의 신화』, 이가림 옮김, 서울: 문예출판사, 1993, p. 13.
12. 이영석, 「사무엘 베케트의 『몰로이(*Molloy*)』에 나타난 주체의 구성과 소설의 미학화」, p. 221.
13. 김경의, 「베케트와 실패의 문학」, 사뮈엘 베케트, 『몰로이』, 김경의 옮김, 서울: 문학과지성사, 2008, 266쪽.
14. 사뮈엘 베케트, 『몰로이』, 41쪽.
15. Samuel Beckett, *The Complete Dramatic Works*.
16. http://www.samuel-beckett.net/Penelope/influences_resonances.html
17. Samuel Beckett, *The Complete Dramatic Works*, pp. 86~87.
18. Samuel Beckett, *The Complete Dramatic Works*, p. 57.
19. Samuel Beckett, *The Complete Dramatic Works*, p. 45.
20. Samuel Beckett, George Duthuit, "Three Dialogues", Ed. Martin Esslin, *SB: A Collection of Critical Essays*, Englewood Cliffs: Prentice-Hall, 1965, p. 17.
21. James Knowlson, *Damed to Fame: the Life of Samuel Beckett*, New York:

Simon & Schuster, 1996, p. 141.

해럴드 핀터의 「생일 파티」, 「마지막 한 잔」, 「축하 파티」:
정치성과 성정치성 사이에서 생성된 정치극

1. Michael Billington, *Harold Pinter*, London: Faber and Faber, 2007, p. 24.
2. Martin Esslin, *The Theatre of the Absurd*, New York: Penguin Books, 1961, p. 393.
3. Michael Billington, *Harold Pinter*, p. 356.
4. 스웨덴 한림원이 2005년 노벨문학상 수상자로 핀터를 발표할 때, 그의 극 작품을 "부조리 연극의 변주(a variation of absurd theatre)"로 처음에는 이해되었으나 이후 "지배와 종속의 게임(the play of domination and submission)"을 다루는 '위협희극(comedy of menace)'이라는 명칭이 더 적절하게 그의 특징을 드러내 보인다고 지적한다. 이것은 최종적으로 초기극뿐 아니라 전반적으로 그의 모든 극작품들을 정치성을 다루는 위협희극으로 평가되고 있음을 입증해준다. https://www.theguardian.com/books/2005/oct/13/nobelprize.awardsandprizes
5. 슬라보예 지젝은 「파국과 함께 살아가기」에서 우리가 직면한 파국의 현실을 테오도어 아도르노(Theodor Adorno)와 막스 호르크하이머(Max Horkheimer)가 파악한 "계몽주의의 최후의 파국적 결과"로서의 "관리되는 세계"의 도래로 설명한다. 슬라보예 지젝, 『탈이데올로기 시대의 이데올로기: 20세기에 대한 철학적 평가』, 김상환 외 옮김, 서울: 철학과현실사, 2005, p. 312.
6. Mireia Aragay and Ramon Simo, "Writing, Politics and Ashes to Ashes", *Pinter in the Theatre*, London: Nick Hern Books, 2005, p. 92.
7. Mel Gussow, *Conversations with Pinter*, New York: Limelight Editions, 1994, p. 71.
8. Elizabeth Sakellaridou, *Pinter's Female Portraits: A Study of Female Characters in the Plays of Harold Pinter*, London: Macmillan, 1988, pp. 8~10.
9. Michael Billington, "Obituary: Harold Pinter", *The Guardian*, December 27, 2008. http://www.guardian.co.uk/culture/2008/dec/27/harold-pinter-obituary-playwright-politics
10. 정문영, 「'사이'의 정치성과 성정치성」, 『해럴드 핀터의 정치성과 성정치성』, 서울: 서울대학교출판부, 2010, 29~46쪽.
11. Harold Pinter, "Art, Truth & Politics: The Nobel Lecture", *Harold Pinter*, Michael Billington, London: Faber and Faber, 2007, p. 433.
12. Michael Billington, *Harold Pinter*, p. 442.

13. Mel Gussow, *Conversations with Pinter*, p. 81.

14. Ronald Knowles, "Harold Pinter, Citizen", *The Pinter Review*, 1989, p. 25.

15. Drew Milne, "Pinter's Sexual Politics", *Cambridge Companion to Harold Pinter*, Peter Raby ed., Cambridge: Cambridge UP, 2001, p. 209.

16. Keith D. Peacock, *Harold Pinter and the New British Theatre*, Westport, London: Greenwood, 1997, p. 146.

17. Raymond Armstrong, *Kafka and Pinter Shadow-Boxing: The Struggle between Father and Son*, New York: St. Martin's Press, 1999, p. 117.

18. Raymond Armstrong, *Kafka and Pinter Shadow-Boxing: The Struggle between Father and Son*, p. 36.

19. 정문영, 「핀터의 스크린: 플레이와 영화 정치성」, 『해럴드 핀터의 영화 정치성』, 서울: 동인, 2016, 13~38쪽. 들뢰즈의 영화 이론의 관점에서 핀터의 정치성과 영화 매체와의 관계를 다루고 있음.

20. Mel Gussow, *Conversations with Pinter*, p. 146.

21. Elizabeth Sakellaridou, *Pinter's Female Portraits: A Study of Female Characters in the Plays of Harold Pinter*, p. 194.

22. Lucina Gabbard, *The Dream Structure of Pinter's Plays: A Psychoanalytic Approach*, London: Associated UP, 1976, p. 275.

23. Lois G. Gordon, *Stratagems to Uncover Nakedness: The Dramas of Harold Pinter*, St. Louis: University of Missouri Press, 1969, p. 28.

24. Gilles Deleuze and Félix Guattari, *Kafka: Toward a Minor Literature*, D. Polan (trans.), Minneapolis: University of Minnesota Press, 1986, p. 10. (질 들뢰즈·펠릭스 가타리, 『카프카: 소수적인 문학을 위하여』, 이진경 옮김, 서울: 동문선. 2001. 30쪽.) 다만 인용문은 모두 필자가 번역했다.

25. Gilles Deleuze and Félix Guattari, *Kafka: Toward a Minor Literature*, p. 41. (질 들뢰즈·펠릭스 가타리, 『카프카: 소수적인 문학을 위하여』, 99~100쪽.)

26. Mel Gussow, *Conversations with Pinter*, p. 69.

27. Elizabeth Sakellaridou, *Pinter's Female Portraits: A Study of Female Characters in the Plays of Harold Pinter*, p. 30.

28. Elizabeth Sakellaridou, *Pinter's Female Portraits: A Study of Female Characters in the Plays of Harold Pinter*, p. 30.

29. Harold Pinter, *The Birthday Party. Plays: One*, London: Faber and Faber, 1976, p. 72. (해럴드 핀터, 「생일 파티」. 『해롤드 핀터 전집』 1, 이후지 옮김, 서울: 평민사, 2002, 145쪽.) 다만 원작 인용문은 모두 필자가 번역했다.

30. Hannah Arendt, *Eichmann in Jerusalem: A Report on the Banality of Evil*, New York: Viking, 1968. (한나 아렌트, 『예루살렘의 아이히만』, 김선욱 옮김, 서울: 한길사, 2006.) 참조할 것.
31. Harold Pinter, *The Birthday Party. Plays: One*, p. 72. (해럴드 핀터, 「생일 파티」, 146쪽.) 다만 원작 인용문은 모두 필자가 번역했다.
32. Harold Pinter, *The Birthday Party. Plays: One*, p. 72. (해럴드 핀터, 「생일 파티」, 145쪽.) 다만 원작 인용문은 모두 필자가 번역했다.
33. Harold Pinter, *The Birthday Party. Plays: One*, p. 80. (해럴드 핀터, 「생일 파티」, 159쪽.) 다만 원작 인용문은 모두 필자가 번역했다.
34. Drew Milne, "Pinter's Sexual Politics", *Cambridge Companion to Harold Pinter*, Peter Raby ed., Cambridge: Cambridge UP, 2001, p. 200.
35. Michael Billington, *Harold Pinter*, p. 289.
36. Harold Pinter, "A Politics and Its Politics: A Conversation between Harold Pinter and Nicholas Hern", *One for the Road*, New York: Grove Press, 1986, p. 15.
37. Gilles Deleuze and Félix Guattari, "Psychoanalysis and Familialism: The Holy Family", *Anti-Oedipus: Capitalism and Schizophrenia*, Trans. Robert Hurley, Mark Seem, and Helene R. Lane (trans.), London: The Athlone Press, 1984, pp. 51~138. (질 들뢰즈·펠릭스 가타리, 「제2장 분석과 가족주의-성가족(聖家族)」, 『안티 오이디푸스: 자본주의와 분열증』, 김재인 옮김, 서울: 민음사, 2014, 97~242쪽.)
38. Penelope Prentice, *The Pinter Ethic*, New York & London: Garland, 2000, p. 277.
39. Michael Billington, *Harold Pinter*, p. 295.
40. Eve Kosofsky Sedgwick, *Between Men: English Literature and Male Homosocial Desire*, New York: Columbia UP, 1985, pp. 25~26.
41. Michael Billington, *Harold Pinter*, p. 374.
42. Harold Pinter, *One for the Road*, p. 78. (해럴드 핀터, 「최후의 한 잔」. 『해롤드 핀터 전집』 1, 이후지 옮김, 서울: 평민사, 2002, 252쪽.) 다만 원작 인용문은 모두 필자가 번역했다.
43. Mel Gussow, *Conversations with Pinter*, p. 71.
44. Elizabeth Sakellaridou, *Pinter's Female Portraits: A Study of Female Characters in the Plays of Harold Pinter*, p. 93.
45. Peter Raby, "Tales of the City: Some Places and Voices in Pinter's Plays", *Cambridge Companion to Harold Pinter*, Peter Raby (ed.), Cambridge:

Cambridge UP, 2001, p. 57.

46. Harold Pinter, *Celebration & The Room*, London: Faber and Faber, 2000, p. 33. (해럴드 핀터, 「축하 파티」, 『해롤드 핀터 전집』 7, 권경수 옮김, 서울: 평민사, 2002, 194쪽.) 다만 원작 인용문은 모두 필자가 번역했다.

47. Martin Esslin, "Harold Pinter: from Moonlight to Celebration", *The Pinter Review: Collected Essays 1999 and 2000*, 2000, p. 29.

48. Katherine H. Burkman, "Harold Pinter and the Case of the Guilty Pen", *The Pinter Review: Collected Essays 1999 and 2000*, 2000, p. 21.

49. Ann C. Hall, "Making Spaces: Women At Play's Production of Harold Pinter's *The Room and Celebration*", *The Pinter Review: Collected Essays 2003 and 2004*, 2004, p. 208.

50. Ann C. Hall, *The Pinter Review: Collected Essays 2003 and 2004*, p. 208.

51. Harold Pinter, *Celebration & The Room*, p. 60. (해럴드 핀터, 「축하파티」, 209쪽.) 다만 원작 인용문은 모두 필자가 번역했다.

52. Elizabeth Sakellaridou, *Pinter's Female Portraits: A Study of Female Characters in the Plays of Harold Pinter*, p. 93.

53. Lois G. Gordon, *Stratagems to Uncover Nakedness: The Dramas of Harold Pinter*, St. Louis: U of Missouri P, 1969, p. 69.

54. Lois G. Gordon, *Stratagems to Uncover Nakedness: The Dramas of Harold Pinter*, p. 68.

55. Martin Esslin, "Harold Pinter: from Moonlight to Celebration", p. 29.

56. Ronald Knolwes, "Harold Pinter 1998-2000", *The Pinter Review: Collected Essays 1999 and 2000*, 2000, p. 186.

57. Harold Pinter, *Celebration & The Room*, p. 61. (해럴드 핀터, 「축하파티」, 210쪽.) 다만 원작 인용문은 모두 필자가 번역했다.

58. Michael Billington, "Celebrating Pinter", *Pinter at 70: A Casebook*, Lois Gordon (ed.), New York and London: Routledge, p. 287.

59. Lois G. Gordon, *Stratagems to Uncover Nakedness: The Dramas of Harold Pinter*, St. Louis: U of Missouri P, 1969, p. 70.

60. Peter Raby, "Tales of the City: Some Places and Voices in Pinter's Plays", *Cambridge Companion to Harold Pinter*, Peter Raby (ed.), Cambridge: Cambridge UP, 2001, p. 61.

61. Slavoj Žižek, *Welcome to the Desert of the Real!: Five Essays on September 11 and Related Dates*, London & New York: Verso, 2002, p. 11. (슬라보예 지젝, 『실

재의 사막에 오신 것을 환영합니다: 9·11 테러 이후의 세계』, 이현우·김희진 옮김, 서울: 자음과모음, 2018, 23쪽.)

62. Harold Pinter, *Celebration & The Room*, p. 24, (해럴드 핀터, 「축하파티」, 189쪽.) 다만 원작 인용문은 모두 필자가 번역했다.

63. Harold Pinter, *Celebration & The Room*, p. 72. (해럴드 핀터, 「축하파티」, 217~218쪽.) 다만 원작 인용문은 모두 필자가 번역했다.

64. Michael Billington, "Celebrating Pinter", *Pinter at 70: A Casebook*, Lois Gordon ed., New York and London: Routledge, 2001, p. 289.

제3부 시

W. B. 예이츠의 「호수의 섬 이니스프리」: 자연과 동화되는 삶에서 지혜와 평화를 갈망하다

1. W. B. Yeats, *Autobiographies*, edited by William H. O'Donnell and Douglas N. Archibald, New York: Scribner, 1999, p. 139. (W. B. 예이츠, 『윌리엄 버틀러 예이츠 자서전: 「유년기와 청소년기에 대한 회상」과 「휘장의 떨림」』, 이철 옮김, 서울: 한국문화사, 2018. 204쪽.)

2. W. B. Yeats, *Autobiographies*, p. 85. (W. B. 예이츠, 『윌리엄 버틀러 예이츠 자서전: 「유년기와 청소년기에 대한 회상」과 「휘장의 떨림」』, 93쪽.)

3. W. B. Yeats, *Autobiographies*, p. 139. (W. B. 예이츠, 『윌리엄 버틀러 예이츠 자서전: 「유년기와 청소년기에 대한 회상」과 「휘장의 떨림」』, 204쪽.)

4. W. B. Yeats, *John Sherman and Dhoya*, edited by Richard J. Finneran, New York: Palgrave Macmillan, 1991, p. 57. (W. B. 예이츠, 『존 셔먼, 도야, 발라와 일린, 고양이와 달』, 조정명 옮김, 서울: 동인, 2022, 92~93쪽.) 다만 다만 원작 인용문은 필자가 번역했다.

5. W. B. Yeats, *The Collected Poems of W. B. Yeats: A New Edition*, edited by Richard Finneran, New York: Macmillan, 1983, p. 39. (W. B. 예이츠, 『예이츠 서정시 전집』 1, 김상무 옮김, 서울: 서울대학교출판문화원, 2014, 67쪽.) 다만 원작 인용문은 필자가 번역했다.

6. W. B. Yeats, *The Collected Poems of W. B. Yeats: A New Edition*, p. 39. (W. B. 예이츠, 『예이츠 서정시 전집』 1, 67쪽.) 다만 원작 인용문은 필자가 번역했다.

7. W. B. Yeats, *The Collected Poems of W. B. Yeats: A New Edition*, p. 39. (W. B. 예이츠, 『예이츠 서정시 전집』 1, 67쪽.) 다만 원작 인용문은 필자가 번역했다.

8. W. B. Yeats, *Letters to the New Island*, edited by George Bornstein and Hugh Witemeyer, New York: Palgrave Macmillan, 1989, p. 12.

이오시프 브로드스키의 『존 던에게 헌정하는 대(大)비가』: 정치적 아웃사이더의 철학적 순례

1. https://ru.wikipedia.org/Бродский,_Иосиф_Александрович
2. 에드워드 J. 브라운, 『현대 러시아문학사』, 김문황 편, 청주: 충북대출판부, 2012, 610쪽.
3. 조셉 브로드스키, 『하나 반짜리 방에서』, 안정효 옮김, 서울: 고려원, 1987, 20~21쪽.
4. 1959년 소비에트 최초로 사미즈다트 잡지 『문장(*Синтаксис*)』을 출판한 알렉산드르 긴즈부르그는 수용소 2년의 징역형에 처해졌다.
5. 소비에트 최고위원회가 제정한 '사회적으로 유용한 직업 활동을 기피하고 반사회적인 기생적 생활을 영위하는 사람들과의 투쟁 강화법'에 따르면 형사재판을 받지 않고 행정 절차만으로 재판을 받게 된다. 따라서 범죄 혐의에 대한 예비조사도 생략되고 검사도 없는 재판이 진행된다.
6. Бродский, Иосиф Александрович-Википедия. https://ru.wikipedia.org/Бродский,_Иосиф_Александрович
7. 「하나 미만(Less Than One)」은 국내에서 안정효가 1987년 번역한 『하나 반짜리 방에서』에 「러시아의 우울」이라는 제목으로 삽입되었다.
8. 1911년 페테르부르크에서 '시인조합(Цех поэтов)'을 중심으로 니콜라이 구밀료프, 안나 아흐마토바, 오시프 만델슈탐, 미하일 쿠즈민 등의 시인들이 상징주의에 반대하며 일으킨 모더니즘 시운동이다.
9. 이철·이종진·장실, 『러시아문학사』, 서울: 도서출판 벽호, 1994, 430쪽.
10. Иосиф Бродский—Все чуждо в доме новому жильцу: Стих. https://rustih.ru/iosif-brodskij-vse-chuzhdo-v-dome-novomu-zhilcu/
11. '시공성'을 의미하는 바흐틴의 용어로 문학작품 속에 예술적으로 표현된 시간과 공간 사이의 내적 연관성을 말한다. 즉, 어떤 작품 속에서 '여기'가 '지금'으로 '다른 곳'이 '미래'로 해석될 수 있는 것처럼 장소 이동으로 시간의 흐름을 표현하는 기법을 가리킨다.
12. Иосиф Бродский—Бабочка: Стих. https://rustih.ru/iosif-brodskij-babochka/
13. 이상엽, 「17세기 영국 형이상학파 시와 조지프 브로드스키: 20세기 현대 영미시에 끼친 존 던의 영향을 중심으로」, 『신영어영문학』 80, 신영어영문학회, 2021, 143쪽.
14. Иосиф Бродский: Большая элегия Джону Донну: Стих. https://rustih.ru/iosif-brodskij-bolshaya-elegiya-dzhonu-donnu/
15. Иосиф Бродский: Большая элегия Джону Донну: Стих.
16. Pervushina E. A., Джон Донн и Иосиф Бродский: творческие переклички, 16стр. http://17v-euro-lit.niv.ru/17v-euro-lit/articles/angliya/pervushina-dzhon-donn.htm
17. Иосиф Бродский: Большая элегия Джону Донну: Стих.

세이머스 히니의 『어느 자연주의자의 죽음』: 현실의 비전으로서의 응시의 연단과 예술적 재현

1. "works of lyrical beauty and ethical depth, which exalt everyday miracles and the living past", The Nobel Prize in Literature 1995. NobelPrize.org. Nobel Prize Outreach AB 2022. Sat. 2 Apr 2022. https://www.nobelprize.org/prizes/literature/1995/summary/
2. "It's like being a little foothill at the bottom of a mountain range." James F. Clarity, "Laureate and Symbol, Heaney Returns Home", 9 October 1995, *The New York Times*. https://archive.nytimes.com/www.nytimes.com/books/98/12/20/specials/heaney-laureate.html
3. 2008년 10월 8일 『하버드 크림슨(*Harvard Crimson*)』 지에서 학생과 나눈 인터뷰 「15가지 질문에서」 자신의 묘비(epigraph)에 대한 설명을 "자갈을 담은 손수레(wheeling barrows of gravel)"에 비유하며 다음과 같이 답변한다.

   히니: "북아일랜드 사람은 태생적으로 조심스럽습니다. 분단 사회라서 경계심을 갖고 자랐죠. 내 시는 대체로 대지를 껴안고 있지만, 나는 아래를 보기보다는 위를 바라보기 시작했습니다. 시에서는 경이로움이 사실만큼 허용된다는 의미와 관련이 있다고 생각합니다. 이 말은 「자갈길 걷기(The Gravel Walks)」라는 시에서 따온 것인데, 무거운 일(자갈을 담은 손수레를 굴리는 것)에 관한 것이지만, 또한 무거운 것을 들어 올렸을 때의 역설적인 가벼움에 관한 것입니다. 나는 위아래, 땅과 하늘의 사이(in-betweenness)를 좋아합니다. 꿈의 세계와 주어진 현실 세계 사이가 시가 거주해야 할 곳이라고 생각합니다. 우리는 사진만 원하는 것도 아니고 환상만도 원하지 않기 때문입니다. https://www.thecrimson.com/article/2008/10/8/15-questions-with-seamus-heaney-seamus/
4. 히니의 생애와 시대적 배경에 대해서는 Dennis O'Driscoll, *Stepping Stones: Interviews with Seamus Heaney*, London and Boston: Faber and Faber, 2009; Neil Corcoran, *A Student's Guide to Seamus Heaney*, London and Boston: Faber and Faber, 1986; Paul Bew and Gordon Gillespie, *Northern Ireland: A Chronology of the Troubles 1968–1999*, Dublin: Gill & McMillan, 1999 등을 참조했다.
5. Seamus Heaney, "Belfast", *Preoccupations: Selected Prose 1968–1978*, London and Boston: Faber and Faber, 1980, pp. 28~37. 이 글에 나온 히니의 시와 산문 등 모든 작품은 필자가 새로 문맥에 맞게끔 번역했다.
6. 전 세계에 펼쳐져 있는 습지(bogland)는 아일랜드뿐만 아니라 덴마크를 포함한 북유럽에서 최근 수세기 동안 연료 공급원으로 이용되었다. 아일랜드는 이 bogland가 전국에 5퍼센트 정도 퍼져 있고, 특히 북아일랜드를 포함한 북서쪽에 특히 많이 분포되고 있다. bog는 늪으로, sods or turf는 늪지에 있는 잔디인데 이 잔디를 캐어 말리면 이탄

(peat)이 된다. 이 글에서는 sods or turf를 이탄 잔디, bog는 늪, bogland는 습지로 번역한다. 다음을 참조. https://www.npws.ie/peatlands-and-turf-cutting

7. Seamus Heaney, Incertus, uncertain, a shy soul fretting and all that, "Feeling into Words", *Preoccupations: Selected Prose 1968-1978*, pp. 41~60.
8. 『어느 자연주의자의 죽음』에서 「섬에 부는 폭풍(Storm on the Island)」만을 제외하고 인용된 모든 시는 Seamus Heaney, *Selected Poems 1965-1975*, New York: Farrar, Strauss and Giroux, 1986의 쪽수를 나타낸다.
9. Seamus Heaney, *Selected Poems 1965-1975*, p. 3.
10. Seamus Heaney, *Selected Poems 1965-1975*, p. 4.
11. Seamus Heaney, *Selected Poems 1965-1975*, p. 5.
12. Seamus Heaney, *Selected Poems 1965-1975*, pp. 5~6.
13. Seamus Heaney, *Selected Poems 1965-1975*, p. 7.
14. Seamus Heaney, *Selected Poems 1965-1975*, pp. 8~9.
15. Seamus Heaney, *Selected Poems 1965-1975*, p. 9.
16. Seamus Heaney, *Selected Poems 1965-1975*, p. 37.
17. Seamus Heaney, *Selected Poems 1965-1975*, p. 38.
18. Seamus Heaney, *Death of a Naturalist*, London: Faber and Faber, 1966, p. 51.
19. 제임스 조이스(1882~1942)는 예술의 자유를 위해 스스로 아일랜드를 등졌지만 항상 그의 예술적인 지향은 아일랜드를 향해 있었다. 또한 스코틀랜드의 아이오나섬에 수도원을 세우고 기독교 복음을 전파했던 수도승 콜름실(Colmcille, 521~597)은 항상 신발 안에 고향 아일랜드의 흙을 넣어 딛고 다녔다. 콜름(Colm), 콜럼(Colum) 그리고 콜름실(Colmcille)로도 알려진 성 콜룸바 또는 콜룸바는 아일랜드 더니골에서 태어났다. 그는 얼스터에서 약 15년 동안 지내면서 아일랜드의 거의 모든 지역의 성당을 다니며 설교를 하고 수도원을 세웠다. 후에 그는 아일랜드를 떠나 스코틀랜드의 아이오나섬에 정착한 뒤 수도원을 세워 평생을 복음 활동에 전념했다. 데리의 수호성인이다.

루이즈 글릭의 『야생 붓꽃』: 상처에서 피어난 시의 언어

1. 챕북(chapbook)은 사전에서는 싸구려 책, 소책자로 번역되지만, 미국에서는 시인들이 출판사에서 본격 시집을 내기 전에 작은 규모로 내는 시집을 뜻한다. 이 챕북은 시집의 형식이나 구성을 더 실험적으로 할 수 있기 때문에 성장하는 예술가들의 예술성을 시험하는 무대로 많이 활용된다.
2. Louise Glück, *The Wild Iris*, New York: Harper Collins, 1992, p. 6. (루이즈 글릭, 『야생 붓꽃』, 정은귀 옮김, 서울: 시공사, 2022, 18쪽.)
3. Louise Glück, *The Wild Iris*, p. 29. (루이즈 글릭, 『야생 붓꽃』, 47쪽.)

4. Louise Glück, *The Wild Iris*, p. 29. (루이즈 글릭, 『야생 붓꽃』, 47쪽.)

5. Louise Glück, *The Wild Iris*, pp. 22~23. (루이즈 글릭, 『야생 붓꽃』, 36~38쪽.)

6. Daniel Morris, *The Poetry of Louise Glück, A Thematic Introduction*, Columbia: University of Missouri Press, 2006, p. 11.

7. Louise Glück, *Proofs & Theories: Essays on Poetry*, Hopewell: Ecco, 1994, pp. 129~130.

8. Louise Glück, *American Originality: Essays on Poetry*, New York: Farra, Strax and Giroux, 2017, pp. 58~60.

9. Elizabeth Arnold, "Fact and Feeling: Strategies toward a Disciplined Lyric", *The Kenyon Review*, Vol 35. 3, Summer 2013, pp. 129~144.

제4부 역사 · 철학

테오도르 몸젠의 『로마사』: 문학과 역사 내러티브의 교차와 맞물림

1. 이 글 가운데 일부는 『서양사론』 128호(2016. 3.), 351~384쪽에 게재된 필자의 글 「테오도어 몸젠의 로마사 내러티브 구조」의 내용을 축약하거나 수정한 결과임을 밝힌다.

2. Heinrich Schlange-Schöningen, "Ein 'golderner Lorbeerkranz' für die Römische Geschichte. Theodor Mommsens Nobelpreis für Literatur", in Josef Wiesehöfer (ed.), *Theodor Mommsen: Gelehrter, Politiker und Literat*, Stuttgart: Franz Steiner Verlag, 2005, S. 207.

3. 1902년 1월 28일 베를린에서 작성 후 스톡홀름 왕립학술원에 제출된 베를린 학술원 추천서. H. Schlange-Schöningen, "Ein 'golderner Lorbeerkranz' für die Römische Geschichte", S. 215에서 재인용.

4. Barthold Georg Niebuhr, *Römische Geschichte*, 2 Vols, Berlin: Realschulbuch handlung, 1811–1812.

5. Alfred Heuss, *Theodor Mommsen und das 19. Jahrhundert*, Kiel: Ferdinand Hirt, 1956, SS. 86~87.

6. Gerrit Walther, "Mommsens Historischer Blick", in Wiesehöfer ed., *Mommsen*, Stuttgart: Franz Steiner Verlag, 2005, S. 241.

7. 제2차 포에니 전쟁 중인 기원전 216년에 이탈리아 중부의 칸나이 평원에서 로마군과 카르타고군 사이에 벌어진 전투다. 이 전투에서 한니발이 지휘하는 카르타고군은 완벽한 포위 작전으로 로마군을 섬멸했다.

8. Theodor Mommsen, *Römische Kaisergeschichte*, Barbara and Alexander Demandt ed., München: C. H. Beck, 1992, S. 57.

9. Alfred Heuss, *Theodor Mommsen und das 19. Jahrhundert*, S. 73.

10. Albert Wucher, *Theodor Mommsen. Geschichtsschreibung und Politik*, Göttingen: Musterschmidt Verlag, 1956, S. 110.
11. Christian Meier, "Mommsens Römische Geschichte", *Berichte und Abhandlungen der Berlin-Brandenburgischen Akademie der Wissenschaften*, vol. 11, 2006, 433~452. S. 9.
12. Wolfgang J. Mommsen, *Max Weber und die deutsche Politik 1890-1920*, Tübingen: Mohr Siebeck, 2004, S. 432.
13. Alfred Heuss, *Theodor Mommsen und das 19. Jahrhundert*, S. 93.
14. Theodor Mommsen, *Römische Geschichte*, vol. I, S. 257.
15. Theodor Mommsen, *Römische Geschichte*, vol. I, S. 282.
16. 기원전 494년, 로마의 평민이 귀족의 독점 정치에 반대하여, 자신들이 뽑은 호민관을 앞세우고 로마 교외에 있는 성산(Mons Sarcer) 언덕에 진을 치고 새로운 도시 건설을 선언했다. 이를 계기로 평민의 권리를 보호하는 호민관 제도와 평민회가 성립되었기 때문에, 성산 사건은 로마 법제사에서 매우 중요한 사건으로 평가된다.
17. Theodor Mommsen, *Römische Geschichte*, vol. I, S. 257.
18. "이런 확장의 결과를 로마인이 누리지 못하게 하는 사건이 갑자기 발발하기 직전, 로마는 이미 영토를 넓게 확보하고 도로를 연장해놓고 있었다." Theodor Mommsen, *Römische Geschichte*, vol. I, S. 84.
19. Theodor Mommsen, *Römische Geschichte*, vol. I, S. 277.
20. Theodor Mommsen, *Römische Geschichte*, vol. I, S. 277.
21. Theodor Mommsen, *Römische Geschichte*, vol. Ⅲ, S. 372.
22. Theodor Mommsen, *Römische Geschichte*, vol. I, S. 262.
23. Theodor Mommsen, *Römische Geschichte*, vol. I, S. 282.
24. Theodor Mommsen, *Römische Geschichte*, vol. I, S. 244.
25. Theodor Mommsen, *Römische Geschichte*, vol. I, S. 268.
26. Theodor Mommsen, *Römische Geschichte*, vol. I, S. 287.
27. Theodor Mommsen, *Römische Geschichte*, vol. I, S. 88.
28. Theodor Mommsen, *Römische Geschichte*, vol. I, S. 4.
29. Theodor Mommsen, *Römische Geschichte*, vol. I, S. 3.
30. Theodor Mommsen, *Römische Geschichte*, vol. Ⅲ, S. 373.
31. Theodor Mommsen, *Römische Geschichte*, vol. Ⅲ, S. 467.
32. Theodor Mommsen, *Römische Geschichte*, vol. Ⅲ, S. 510.
33. Theodor Mommsen, *Römische Geschichte*, vol. Ⅲ, S. 532.
34. Theodor Mommsen, *Römische Geschichte*, vol. Ⅲ, SS. 534~535.

35. Theodor Mommsen, *Römische Geschichte*, vol. Ⅲ, S. 568.
36. Theodor Mommsen, *Römische Geschichte*, vol. Ⅲ, S. 569.
37. Theodor Mommsen, *Römische Geschichte*, vol. Ⅲ, S. 569.
38. Theodor Mommsen, *Römische Geschichte*, vol. Ⅲ, S. 469.
39. Theodor Mommsen, *Römische Geschichte*, vol. Ⅲ, S. 469.

앙리 베르그손의 『창조적 진화』: 물질을 가로지르는 생명의 불꽃

1. 베르그손 집안의 보다 상세한 내력에 대해서는 Philippe Soulez, Frédéric Worms, *Bergson: Biographie*, Paris: Flammarion, 1997, pp. 25~33을 보라. 보다 간략한 서술로는 앙리 베르크손, 『의식에 직접 주어진 것들에 관한 시론』, 최화 옮김, 서울: 아카넷, 2001, 293~294쪽의 역자 해제 참조.
2. 이 일화는 1996년 한 강연에서 데리다가 전해준 것이다. (Benoît Peeters, *Derrida*, Andrew Brwon (trans.), Cambridge and Maldenm MA: Polity Press, 2013, p. 1. (브누아 페터스, 『데리다, 해체의 철학자』, 변광배·김중현 옮김, 서울: 그린비, 2019, 6쪽.)) 하이데거의 원문은 1924년 아리스토텔레스 강의록에 있는데, 데리다가 전해주는 바와는 약간 다르다. "한 철학자의 개인사와 관련해서는 그가 이런저런 때 태어났고 일했고 죽었다는 점만이 중요할 뿐이다. 철학자의 성격이나 그와 비슷한 것들은 여기에서 얘기하지 않을 것이다." (Martin Heidegger, *Grundbegriffe der aristotelishen Philosophie*, Frankfurt am Main: Vittorio Klostermann, 2002, p. 5.)
3. 사실 그가 생전에 출간한 책은 모두 8권이다. 그의 유언장에서 빠진 한 권은 1922년에 출간한 『지속과 동시성』인데, 아인슈타인의 상대성 이론에 대한 철학적 비판과 해석을 담은 이 저작은 출간 이후 숱한 논쟁의 대상이 되었기에 베르그손 자신이 출판을 금지한 바 있다.
4. 앙리 베르크손, 『의식에 직접 주어진 것들에 관한 시론』, 231~237쪽을 보라.
5. 이 영향에 대해서는 Philippe Soulez, Frédéric Worms, *Bergson: Biographie*, pp. 45~47을 보라.
6. 이 일화에 대해서는 다음을 보라. Philippe Soulez, Frédéric Worms, *Bergson: Biographie*, p. 273, p. 372.
7. 19세기 후반, 베르그손과 함께 에밀 부트루(Emile Boutroux, 1845~1921), 알프레드 푸이에(Alfred Fouillée, 1838~1912), 폴 자네(Paul Janet, 1823~1899) 등이 이 '새로운 철학'의 흐름을 주도했고 몇 차례 학계에서 논쟁이 있었다. 베르그손은 1901년 「심리 생리적 평행론과 실증형이상학」이란 글에서 자신의 철학을 실증형이상학으로 부르면서 이 논쟁에 개입한다.
8. Henri Bergson, *Evolution créatrice*, Paris: PUF, 1907, p. ix. (앙리 베르그손, 『창조

적 진화』, 황수영 옮김, 서울: 아카넷, 2005, 14쪽.) 현재 이 저작의 국역본은 황수영 번역본과 최화 번역본(앙리 베르그손, 『창조적 진화』, 최화 옮김, 서울: 자유문고, 2020)으로 두 종이 있다. 이 글에서는 황수영 번역본을 주로 인용하되 번역은 필요한 경우 수정했으며, 인용된 쪽수는 국역본 두 종 모두에 표기되어 있는 프랑스어 원전 쪽수와 황수영 번역본의 쪽수를 같이 표기했다.

9. Henri Bergson, *Evolution créatrice*, VIII. (앙리 베르그손, 『창조적 진화』, 12쪽.)

10. 이 선정 이유는 노벨상 위원회 공식 사이트에서 찾아볼 수 있다. https://www.nobelprize.org/prizes/literature/1927/summary/

11. Henri Bergson, *Evolution créatrice*, p. 23. (앙리 베르그손, 『창조적 진화』, 52쪽.)

12. Henri Bergson, *Evolution créatrice*, p. 11. (앙리 베르그손, 『창조적 진화』, 35쪽.)

13. Henri Bergson, *Evolution créatrice*, p. 26. (앙리 베르그손, 『창조적 진화』, 58쪽.)

14. Henri Bergson, *Evolution créatrice*, pp. 95~97. (앙리 베르그손, 『창조적 진화』, 153~155쪽.)

15. Henri Bergson, *Evolution créatrice*, p. 89. (앙리 베르그손, 『창조적 진화』, 145쪽.)

16. '생명의 도약'은 말 그대로 뛰뛰기라는 구체적인 이미지로 이해해야 한다. "생명은 도약과 비교해야 한다. 왜냐하면 **물리적 세계에서 빌려온 이미지** 중에 이보다 더 생명의 관념에 가까울 수 있는 이미지는 없기 때문이다." (Henri Bergson, *Evolution créatrice*, 258쪽. (앙리 베르그손, 『창조적 진화』, 383쪽.)) 강조 표시는 인용자에 의함.

17. 생명의 약동은 개별 생명체들의 의지와 노력 배후에서 진화를 이끌어가는 근본적인 힘이다. 그래서 베르그손은 라마르크식의 획득형질 유전론을 강하게 비판한다. 개별 생명체는 유전자를 실어나르는 도구에 불과하며 진화는 유전자가 결정한다는 현대 진화론의 생각과 비슷하게, 베르그손은 개별 생명체가 아닌 생명의 약동이 진화를 좌우한다고 보는 것이다. 다만 유전자가 물질적 존재자라면 생명의 약동은 비물질적인 생명성 자체다. 이러한 베르그손의 생각이 오늘날 과학적 관점에서 얼마나 타당한지 또는 어떻게 양립 가능하게 정당화될 수 있는지는 흥미로운 문제이지만, 이 글의 범위를 넘어서는 주제다.

18. Henri Bergson, *Evolution créatrice*, p. 102. (앙리 베르그손, 『창조적 진화』, 164쪽.)

19. Henri Bergson, *Evolution créatrice*, p. 178. (앙리 베르그손, 『창조적 진화』, 268쪽.)

20. Henri Bergson, *Evolution créatrice*, p. 207. (앙리 베르그손, 『창조적 진화』, 312쪽.)

21. Henri Bergson, *Evolution créatrice*, p. 207. (앙리 베르그손, 『창조적 진화』, 312쪽.)

22. Henri Bergson, *Evolution créatrice*, p. 210. (앙리 베르그손, 『창조적 진화』, 316쪽.)

23. Henri Bergson, *Evolution créatrice*, p. 213. (앙리 베르그손, 『창조적 진화』, 320쪽.)

24. 물질은 "해체되는 창조적 동작"이고, 반대로 지구상의 생명체들은 "해체되는 실재를 가로질러 형성되는 실재"라고 정의할 수 있다. (Henri Bergson, *Evolution créatrice*, p. 248. (앙리 베르그손, 『창조적 진화』, 370쪽.))

25. Henri Bergson, *Evolution créatrice*, p. 252쪽. (앙리 베르그손, 『창조적 진화』, 375쪽.)

26. 이후 하이데거나 사르트르가 베르그손의 이 무 관념 비판에 맞서 다시 무를 주장하지만 이들이 말하는 무 또한 절대적인 없음은 아니다. 이들은 단지 베르그손이 깨닫지 못한 다른 종류의 무 개념이 가능함을 말할 뿐, 그의 비판 자체를 부정하는 것은 아니다.

참고문헌

제1부 소설

아나톨 프랑스의 『페도크 여왕의 통닭구이 집』: 삶과 사랑 그리고 문학의 공간

Bancquart, Marie-Claire. *Anatole France un sceptique passionné*. Paris: Calmann-Lévy, 1994.

France, Anatole. *La rôtisserie de la reine Pédauque*. Leipzig: CreateSpace Independent Publishing Platform, 2015.

______. *Crainquebille, Putois, Riquet, et plusieurs autres réctis profitables*. Paris: Flammarion, 1993.

펄 벅의 『대지』: 중국 농민의 초상

허정애, 「펄 벅과 혼종 우월성: 『숨은 꽃』과 『새해』에 재현된 '아메라시안'을 중심으로」, 『영미어문학』 제138호, 2020, 85~110쪽.

Buck, Pearl S. *A House Devided*. New York: John Day, 1935. (펄 벅, 『분열된 일가』, 장왕록·장영희 옮김, 서울: 소담출판사, 2010.)

______. *My Several Worlds*. New York: John Day, 1954.

______. *Sons*. New York: John Day, 1932. (펄 벅. 『아들들』, 장왕록·장영희 옮김, 서울: 소담출판사, 2010.)

______. *The Good Earth*. New York: Random House, 1944. (펄 벅, 『대지』, 장왕록·장영희 옮김, 서울: 소담출판사, 2010.)

Cheng, Emily. "Pearl S. Buck's 'American Children': Us Democracy, Adoption of the Amerasian Child, and the Occupation of Japan in *The Hidden Flower*." *A Journal of Women Studies*, vol. 35, no. 1, 2014, pp. 181~215.

Conn, Peter. *Pearl S. Buck: A Cultural Biography*. New York: Cambridge UP, 1996. (펄 벅, 『펄 벅 평전』, 이한음 옮김, 서울: 은행나무, 2004.)

Liao, Kang. *Pearl S. Buck: A Cultural Bridge Across the Pacific*. Westport, Conn. and London: Greenwood Press, 1997.

Rabb, Jane M. "Who's Afraid of Pearl S. Buck?" *The Several Worlds of Pearl S. Buck*, edited by Elizabeth J. Lipscomb, et al, Westport, Conn. and London: Greenwood Press, 1994, pp. 102~110.

Shaffer, Robert. "Women and International Relations: Pearl S. Buck's Critique of the Cold War." *Journal of Women's History*, vol. 11, no. 3, 1999, pp. 151~175.

보리스 파스테르나크의 『지바고 의사』: 시대와 불화했던 러시아 지식인의 운명과 사랑

보리스 파스테르나크, 『닥터 지바고』 상·하, 박형규 옮김, 서울: 열린책들, 2018.

장 폴 사르트르의 『구토』: 사람들의 오만과 사물들의 반란

Sartre, Jean-Paul. *Situation X*. Paris: Gallimard, 1976.
______. *La Nausée*. Paris: Gallimard, coll.Folio, 1997. (장 폴 사르트르, 임호경 옮김, 『구토』, 서울: 문예출판사, 2020.)

미하일 숄로호프의 『고요한 돈강』: 카자크 비극의 현장성을 담은 대서사

Шолохов, М. А. *Тихий Дон. Научное издание*. В 2-х т. 3-е изд., ИМЛИ РАН, 2021. (미하일 숄로호프, 『고요한 돈강』(전 7권), 장문평·남정현 외 옮김, 서울: 일월서각, 1993.)

가와바타 야스나리의 『설국』: 비현실의 공간과 상징적 미의 세계

가와바타 야스나리, 『설국』, 유숙자 옮김, 서울: 민음사. 2009.
박경희 외, 『일본의 번역 출판 사업 연구: 일본 문학을 중심으로』, 한국문학번역원, 2006.
박세진, 「'일본 첫 노벨문학상' 가와바타, 앙드레 말로와 경쟁했다」, 『연합뉴스』 2019년 1월 14일 자.
정향재, 「설국은 어디인가」, 한국일어일문학회 편, 『봄에는 와카를 가을에는 하이쿠를 기억하다』, 글로세움, 2021.
瀬沼茂樹, 「『雪國』の成立について」, 『文學·語學』, 1961. 12.
林武志 編, 「年譜」, 『鑑賞日本現代文學第15巻川端康成』, 東京: 角川書店, 1982.
川端康成, 「雪國」, 『川端康成全集第10巻』, 東京: 新潮社, 1999.
______, 「島木島木健作追悼」(1946. 11), 『川端康成全集第34巻』, 東京: 新潮社, 1999.
______, 「獨影自命」, 『川端康成全集第33巻』, 東京: 新潮社, 1999.
______, 「哀愁」, 『川端康成全集第27巻』, 東京: 新潮社, 1999.
______, 「水野直治宛書簡」, 『川端康成全集補巻2巻』, 東京: 新潮社, 1999.
______, 「創元社版『雪國』あとがき」, 『川端康成全集第33巻』, 東京: 新潮社, 1999.
______, 「岩波文庫版『雪國』あとがき」, 『川端康成全集第33巻』, 東京: 新潮社, 1999.
川端康成·伊東整·三島由紀夫, 對談「特別番組川端康成氏を囲んで」. https://www.youtube.com/watch?v=jl8_fL1_G0g (검색일: 2022. 1. 11.)
川端秀子, 『川端とともに』, 東京: 新潮社, 1983.

川端香男里, 「年譜」, 『川端康成全集第35巻』, 東京: 新潮社, 1999.
長谷川泉 外, 『川端康成『雪國』60周年』(國文學學解釋と鑑賞』別冊), 東京: 至文堂, 1998. 3.
田村充正, 『「雪國」は小說なのか』, 東京: 中央公論新社, 2002.
료칸 다카항 가와바타 자료관. http://www.takahan.co.jp/scenery/ (검색일: 2022. 1. 1.)
일본문학번역작품데이터베이스, 일본국제교류기금. https://jltrans-opac.jpf.go.jp/Opac/search.htm?s=1C9_d6JaCdalK1PL70dQQk8Nhhb (검색일: 2022. 1. 29.)

알렉산드르 솔제니친의 『이반 데니소비치의 하루』: 자유를 향한 몸짓과 역사의 불안
김남섭, 「굴라그 귀환자들과 흐루쇼프하의 소련 사회」, 『러시아연구』 25-1, 서울대학교 러시아연구소, 2015.
김연경, 「기록문학을 넘어서: 솔제니친의 『이반 데니소비치의 하루』」, 『외국문학』 78, 2020.
김은희·김상원, 「수용소문학의 문법 (1): 솔제니친의 『이반 데니소비치의 하루』에 나타난 '수용소 체험의 객관적 사실화'」, 『슬라브 학보』 35-4, 한국슬라브유라시아학회, 2020.
솔제니친, 알렉산드르, 『이반 데니소비치, 수용소의 하루』, 이영의 옮김, 서울: 민음사, 1998.
솔제니친 공식 사이트 http://www.solzhenitsyn.ru/
Архангельский А. (сост.), *Русские писатели-лауреаты Нобелевской премии. Александр Солженицын*, М.: Молодая гвардия, 1991.

하인리히 뵐의 『여인과 군상』: "살 만한 나라, 살 만한 언어"
정인모, 『하인리히 뵐의 문학 세계』, 부산: 부산대학교 출판부, 2017.
______, 『하인리히 뵐 소설의 인물 연구』, 부산: 부산대학교 출판부, 1999.
Böll, Heinrich. *Der blasse Hund*. Köln: Kiepenheuer & Witsch, 1995. (하인리히 뵐, 『창백한 개』, 정인모 옮김, 서울: 작가정신, 1999.)
______. *Der Engel schwieg*, Köln: Kiepenheuer & Witsch, 1992. (하인리히 뵐, 『천사는 말이 없었다』, 안인길 옮김, 서울: 대학출판사, 1995.)
______, *Und sagte kein einziges Wort*, München: dtv, 1980. (하인리히 뵐, 『그리고 아무 말도 하지 않았다』, 고위공 옮김, 서울: 주우, 1982.)
______, *Frauen vor Flußlandschaft*, Köln: Kiepenheuer & Witsch, 1985. (하인리히 뵐, 『강풍경을 마주한 여인들』, 서용좌 옮김, 서울: 삼성출판사, 1985.)
______, *Frankfurter Vorlesungen*, 4. Aufl., München: dtv, 1977.
Mattaei (Hg.), Renate. *Die Subversive Madonna*. Köln: Kiepenheuer & Witsch, 1975.
Moritz, Rainer. "Graues Antlitz. Heinrich Böll im Pantheon der Werkausgabe." *Neue Zürcher Zeitung*, Dienstag, 11, Februar 2003, Nr. 34.

Reid, J. H. *Heinrich Böll*. München: dtv, 1988.

Schwarz, Wilhelm Johannes. *Der Erzähler Heinrich Böll*. 3. Aufl., Bern: Francke Verlag, 1973.

가르시아 마르케스의 『백년의 고독』: 마술적 사실주의의 효시이자 백미

Bell-Villada, Gene. *García Márquez: The Man and His Work*. Chapel Hill: The University of North Carolina Press, 1990.

Earle, Peter. *García Márquez*. Madridd: Taurus, 1981.

García Márquez, Gabriel. *El olor de la guayaba*. Madrid: Bruguera, 1982.

Martin, Gerald. *The Cambridge Introduction to Gabriel García Márquez*. Cambridge: Cambridge University Press, 2012.

Palencia-Roth, Michael. *Gabriel García Márquez*. Madrid: Gredos, 1983.

Rentería Mantilla, Alfonso. *García Márquez habla de García Márquez*. Bogotá: Rentería Editores, 1979.

Saldívar, Dasso. *García Márquez: El viaje a la semilla*. México: Editorial Diana, 2013.

Waters Hood, Edward. *La ficción de Gabriel García Márquez*. New York: Peter Lang, 1993.

Williams, Raymond Leslie. *A Companion to Gabriel García Márquez*. London: Tamesis, 2010.

윌리엄 골딩의 『파리대왕』과 『자유 추락』: 작가의 자기 출몰

Carey, John. *William Golding: The Man Who Wrote Lord of the Flies*. London: Faber and Faber, 2009.

Barrett, Anthony. "Memories of Golding as a schoolmaster." *William Golding: The Man and His Books*, Ed. John Carey, London: Faber and Faber, 1986.

Golding, Judy. *The Children of Lovers: A memoir of William Golding by his daughter*. London: Faber and Faber, 2012.

Golding, William. *Free Fall: With an introduction by John Gary*. London: Faber and Faber, 2013.

______. *A Moving Target*. London: Faber and Faber, 1988.

______. *Lord of the Flies*. London: Faber and Faber, 1973. (윌리엄 골딩, 『파리대왕』, 유종호 옮김, 서울: 민음사, 2000.)

Medcalf, Stephen. *William Golding*. London: Longman, 1975.

______. "Bill and Mr Golding's Daimon." *William Golding: The Man and His Books*, edited by John Carey, London: Faber and Faber, 1986.

Moss, Peter. "Alec Albert Golding 1876–1957." *William Golding: The Man and His Books*. edited by John Carey, London: Faber and Faber, 1986.

Reiff, Raychel Haugrud. *William Golding: Lord of the Flies*. New York: Marshall Cavendish Bench, 2010.

토니 모리슨의 『빌러비드』: 미국 노예제에 대한 반성을 통한 인종적 화해 모색

한재환, 『토니 모리슨의 삶과 문학』, 서울: 역락, 2015.

Morrison, Toni. *Beloved*. New York: Plume, 1998. (토니 모리슨, 『빌러비드』, 김선형 옮김, 서울: 들녘, 2003.)

오에 겐자부로의 『만엔 원년의 풋볼』: 폭력으로 점철된 일본의 근현대사 재조망

大江健三郎, 「戦後世代と憲法」, 『厳粛な綱渡り』, 東京: 文藝春秋, 1965.

______, 『ヒロシマ·ノート』, 東京: 岩波書店, 1965. (오에 겐자부로, 『히로시마 노트』, 이애숙 옮김, 서울: 삼천리, 2012.)

______, 「同時代性のフットボール」, 『持續する志』, 東京: 文藝春秋, 1968.

______, 「著者から讀者へ乗越え點として」, 『萬延元年のフットボール』, 東京: 講談社, 1988.

______, 「世界文學は日本文學たりうるか?」, 『あいまいな日本の私』, 東京: 岩波書店, 1995.

______, 『私という小説家の作り方』, 東京: 新潮社, 1998.

______, 『大江健三郎·再發見』, すばる編集部 編, 東京: 集英社, 2001.

______, 『讀む人間』, 東京: 集英社, 2007. (오에 겐자부로, 『읽는 인간: 노벨문학상 수상 작가 오에 겐자부로의 50년 독서와 인생』, 정수윤 옮김, 고양: 위즈덤하우스, 2015.)

______, 『大江健三郎全小説』, 東京: 講談社, 2018. (오에 겐자부로, 『만엔 원년의 풋볼』, 박유하 옮김, 파주: 웅진지식하우스, 2017.)

______, 「なぜ詩でなく小説を書くが'というプロローグと四つの詩のごときもの」, 『大江健三郎全小説』 4, 東京: 講談社, 2018.

大江健三郎·尾崎眞理子, 『大江健三郎作家自身を語る』, 東京: 新潮社, 2007. (오에 겐자부로, 『오에 겐자부로, 작가 자신을 말하다』, 오자키 마리코 진행·정리, 윤상인·박이진 옮김, 서울: 문학과지성사, 2012.

尾崎眞理子, 「ノーベル賞はいかにしてもたらされたか」, 『大江健三郎全小説』 7, 東京: 講談社, 2018.

柄谷行人, 「大江健三郎のアレゴリー」, 『終焉をめぐって』, 東京: 講談社, 1995.

귄터 그라스의 『양철북』:
현실과 환상의 변증법으로 그려낸 20세기 독일 역사와 소시민 사회비판

박병덕, 『현실과 환상의 변증법: 귄터 그라스의 삶과 문학』, 전주: 전북대학교출판문화원, 2020.

Arnold, Heinz Ludwig(Hrsg.). *Blechgetrommelt. Günter Grass in der Kritik.* Göttingen: Steidl Verlag, 1997.

______. *Günter Grass. Text+Kritik 1/1a*, 5. Aufl., München: edition text+kritik GmbH, 1978.

Brode, Hanspeter. *Die Zeitgeschichte im erzählenden Werk von Günter Grass.* Frankfurt am Main: Peter Lang, 1977.

Durzak, Manfred(Hrsg.). *Der deutsche Roman der Gegenwart: Entwicklungsvoraussetzungen und Tendenzen. Heinrich Böll, Günter Grass, Uwe Johnson, Christa Wolf. Hermann Kant*, 3., erw. u. veränd. Aufl., Stuttgart: Verlag W. Kohlhammer GmbH, 1979.

Durzak, Manfred(Hrsg.). *Zu Günter Grass. Geschichte auf dem poetischen Prüfstand.* Stuttgart: Ernst Klett Verlag, 1985.

Görtz, Franz Josef(Hrsg.). *Die Blechtrommel. Attraktion und Ärgernis.* Darmstadt und Neuwied: Hermann Luchterhand Verlag, 1984.

Grass, Günter. *Die Blechtrommel.* Werkausgabe in zehn Bänden, hrsg. von Volker Neuhaus, Bd. Ⅱ, Darmstadt und Neuwied: Luchterhand, 1987. (귄터 그라스, 『양철북』, 박환덕 옮김, 서울: 을유문화사, 1974.)

______. *Kurze Rede eines vaterlandslosen Gesellen.* in Die Zeit, 9. 2. 1990 Nr. 7.

______. *Werkausgabe in zehn Bänden, hrsg. von Volker Neuhaus.* Darmstadt und Neuwied: Luchterhand, 1987.

Hage, Volker. *Später Adel für das Wappentier.* in *Der Spiegel*, 40, 1999, S. 294~305.

Lettau, Rinhard(Hrsg.). *Die Gruppe 47, Bericht Kritik Polemik.* Neuwied und Berlin: Luchterhand, 1967.

Neuhaus, Volker. *Günter Grass.* Stuttgart: Metzler, 1979.

______. *Günter Grass. Die Blechtrommel.* München: R. Oldenburg Verlag, 1982.

______. u. a. *Interpretationen Romane des 20. Jahrhunderts.* Band 2. Stuttgart: Reclam, 1993.

Stanzel, Franz K. *Typische Formen des Romans.* 8. Aufl., Göttingen: Vandenhoeck & Ruprecht, 1981.

Stolz, Dieter. *Günter Grass zur Einführung*. Hamburg: Junius, 1999.

가오싱젠의 『영혼의 산』: 나를 찾아가는 여정

가오싱젠, 『나 혼자만의 성경』 1·2, 박하정 옮김, 서울: 현대문학북스, 2002.
______, 『버스 정류장』, 오수경 옮김, 서울: 민음사, 2002.
______, 『영혼의 산』 1·2, 이상해 옮김, 서울: 북폴리오, 2005.
______, 『창작에 대하여: 가오싱젠의 미학과 예술론』, 박주은 옮김, 파주: 돌베개, 2013.
______, 『피안』, 오수경 옮김, 서울: 연극과인간, 2008.
성민엽, 「시원(始原)을 찾아가는 상상적 여행기」, 가오싱젠, 『영혼의 산』 2, 서울: 북폴리오, 2005, 298~310쪽.
정재서, 「가오싱젠 소설 '영혼의 산' 출간」, 『중앙일보』, 2001년 7월 21일 자. https://www.joongang.co.kr/article/4107534#home (접속일: 2022. 1. 20.)
Gao Xingjian and Guillaume Basset, "Gao Xingjian: I had to face facts", *Prague Writers' Festival(pwf.cz)*, 2008년 12월 10일. https://www.pwf.cz/archivy/texts/interviews/gao-xingjian-i-had-to-face-facts_1507.html (접속일: 2022. 1. 27.)

오르한 파묵의 『내 이름은 빨강』과 『순수 박물관』: 문학과 타 예술 장르와의 경계 허물기

고위공, 『문학과 미술의 만남: 상호 매체성의 미학』, 서울: 미술문화, 2004.
김상태 외, 『문학의 이해』, 서울: 학연사, 1996, 158~159쪽.
김수복 편저, 『한국 문학 공간과 문화콘텐츠』, 서울: 청동거울, 2005, 89~92쪽.
김욱동, 『지구촌 시대의 문학』, 서울: 황금알, 2009.
문화콘텐츠연구회, 『프랑스 박물관 기행』, 서울: 예림기획, 2008, 5쪽.
박덕규, 『문학공간과 글로컬리즘』, 서울: 서정시학, 2011, 22~24쪽.
오르한 파묵, 『내 이름은 빨강』 1·2, 이난아 옮김, 서울: 민음사, 2004.
______, 『순수 박물관』 1·2, 이난아 옮김, 서울: 민음사, 2010.
유은지, 「문학관을 활용한 문학 진흥 방안 연구」, 단국대학교 석사학위 논문, 2007.
위지혜, 「오르한 파묵 "우리 안의 금기를 허물고 싶다"」. http://www.ohmynews.com/NWS_Web/view/at_pg.aspx?CNTN_CD=A0000899800 (검색일: 2020. 1. 20.)
이난아, 『오르한 파묵, 변방에서 중심으로』, 서울: 민음사, 2013.
______, 「오르한 파묵의 작품세계와 작가정신」, 『문학동네』 제13권 4호, 2006, 513~527쪽.
______, 「소설은 주변에 있고 개인이 세운 박물관에 대해 이야기하는 것」, 『대산문화』 가을호, 2010, 98쪽.
______, 「문학적 상상력을 통한 회화의 재현: 오르한 파묵의 소설 『내 이름은 빨강』을 중심으

로」, 『중동문제연구』 제9권 2호, 명지대학교 중동문제연구소, 2010 겨울, 151~186쪽.
조혜란, 「고전소설과 콘텐츠」, 『한국문화콘텐츠』, 서울: 채륜, 2009, 160쪽.
Pamuk, Orhan. *Manzaradan Parçalar*. İstanbul: İletişim, 2010, p. 404, p. 442.
______. *Safve Düşünceli Romancı*. İstanbul: İletişim, 2011, p. 91.

르 클레지오의 『조서』와 『사막』:
문학이라는 꿈, 시적 모험, 관능적 희열을 향한 도주의 몸짓

박선아, 「프랑스 기행 문학의 현대성: 문화연구의 실자료군으로 보기」, 『프랑스문화예술학회』, Vol. 33, 2010, pp. 169~200.
오보배, 「르 클레지오의 「발 이야기」가 보여주는 '열린 모성'의 가능성」, 『외국문학연구』, No. 82, 2021, pp. 107~130.
이희영, 「르 클레지오의 『사막』과 『하늘빛 사람들』 그리고 『황금 물고기』 연구: 식민지화 역사 비판과 시원과 신역의 탐색 그리고 이주민 소외 문제의 공론화」, 『프랑스문화예술연구』, Vol. 60, 2017, pp. 343~381.
정옥상, 「르 클레지오의 이야기 세계 속 사막」, 『열린정신 인문학연구』, Vol. 15, No. 2, 2014, pp. 331~353.
Deleuze, Gilles. *Critique et clinique*, Paris: Les Editions de Minuit, 1993. (질 들뢰즈, 『비평과 진단: 문학 삶 그리고 철학』, 김현수 옮김, 서울: 인간사랑, 2000.)
Nadeau, Maurice. *Le Roman français depuis la guerre*, Paris: Gallimard, 1970.
Le Clézio, J. -M. G. *Le Procès-verbal*, Paris: Gallimard, 1963. (르 클레지오, 『조서』, 김윤진 옮김, 서울: 민음사, 2001.)
______, *Le Déluge*, Paris: Gallimard, 1966. (르 클레지오, 『홍수』, 신미경 옮김, 파주: 문학동네, 2011.)
______. *Désert*, Paris: Gallimard, 1980. (르 클레지오, 『사막』, 홍상희 옮김, 파주: 문학동네, 2008.)
______. *Ontisha*, Paris: Gallimard, 1991. (르 클레지오, 『오니샤』, 이재룡 옮김, 서울: 고려원북스, 2008.)
______. *Etoile errante*, Paris: Gallimard, 1992. (르 클레지오, 『떠도는 별』, 강명호 옮김, 서울: 소학사, 1993.)
______. *Poisson d'or*, Paris: Galliard, 1997. (르 클레지오, 『황금 물고기』, 최수철 옮김, 파주: 문학동네, 1998.)
______. *Révolutions*, Paris: Gallimard, 2000. (르 클레지오, 『혁명』, 조수연 옮김, 서울: 열음사, 2007.)
______. *L'Africain*, Paris: Mercure de France, 2004. (르 클레지오, 『아프리카인』, 최애

영 옮김, 파주: 문학동네, 2005.)
______. "Dans la forêt des paradoxes", Stockholm: The Nobel Foundation, 2008. (오르한 파묵 외, 『아버지의 여행가방: 노벨문학상 수상 연설집』, 이영구 외 옮김, 파주: 문학동네, 2009.)
OH, Bobae. "Réception de l'oeuvre de Le Clézio en Corée du Sud", *Les Cahiers J. -M. G. Le Clézio*, n°7, Paris: Editions Complicités, 2014, pp. 37~47.
Perry, Edith. "Au temps de la guerre d'Algérie", *Les Cahiers J. -M. G. Le Clézio*, n° 9, Paris: Passage(s), 2016, pp. 27~38.
Salles, Marina. "Héritage et liberté", *Le Clézio: Notre contemporain*. [WEB], Rennes: PUR, 2006, pp. 211~255. https://doi.org/10.4000/books.pur.34794.
______, *Etude sur Le Clézio. Désert*, Paris: Ellipses, 1999.
Roussel-Gillet, Isabelle. "Troubles et trouées, le cas du *Procès-verbal* de Le Clézio", *Roman 20-50, Echenoz*, déc 2004, pp. 113~123.

스베틀라나 알렉시예비치의 『전쟁은 여자의 얼굴을 하지 않았다』와 『체르노빌의 목소리』: 유토피아의 붕괴와 작은 인간의 목소리

윤영순, 「문학과 다큐멘터리: 알렉시예비치의 목소리 소설을 중심으로」, 『러시아어문학연구논집』 53, 한국러시아문학회, 2016, 93~117쪽.
______, 「치유의 과정으로 읽는 알렉시예비치의 '유토피아의 목소리'」, 『문학치료연구』 41, 문학치료학회, 2016, 147~174쪽.
Алексиéвич, Светлана. Время секонд хэнд. Москва: Время, 2016. (스베틀라나 알렉시예비치, 『세컨드 핸드 타임: 호모 소비에티쿠스의 최후』, 김하은 옮김, 서울: 이야기가 있는 집, 2016.)
______. У войны не женское лицо. Москва: Время, 2016. (스베틀라나 알렉시예비치, 『전쟁은 여자의 얼굴을 하지 않았다』, 박은정 옮김, 서울: 문학동네, 2015.)
______. Чернобылская молитва. Москва: Время, 2016. (스베틀라나 알렉시예비치, 『체르노빌의 목소리: 미래의 연대기』, 김은혜, 서울: 새잎, 2011.)
______. Цинковые мальчики. Москва: Время, 2016. (스베틀라나 알렉시예비치, 『아연 소년들』, 박은정 옮김, 서울: 문학동네, 2017.)
______. "В поисках вечного человека." Круглый стол.: Мемуары на сломе эпох, Вопрос литературы. 2000. No.1. http://magazines.russ.ru/voplit/2000/1/krugly.html
Сивакова. Н. А. "Цикл Светланы Алексиевич "Голоса Утопии": особенности жанровой модели," Известия Гомельского государственного унив

ерситета, No. 1(82), 2014, SS. 148~151.
Интервью Толстой Т. "Трудно быть вежливой, когда не хочется." Татьяна Толстая о книгах и России/ аргументы и факты 12 октября 2015.
http://www.nobelprize.org/nobel_prizes/literature/laureates/2015/press.html
http://govoritmoskva.ru/interviews/919/
http://www.svoboda.org/media/video/27295918.html

가즈오 이시구로의 『남아 있는 나날』: "영국보다 더 영국적인" 영국과 세계주의 문학

김영주, 「"영국보다 더 영국적인": 카주오 이시구로의 『지난날의 잔재』」, 『영어영문학』 50(2), 2004, 447~468쪽.
______, 「최근 영국 소설에 나타난 문화지리학적 상상력: 카주오 이시구로의 『지난날의 잔재』와 그레이험 스위프트의 『워터랜드』를 중심으로」, 『현대영미소설』 15(2), 2008, 7~34쪽.
______, 『영국 문학의 아이콘: 영국 신사와 영국성』, 서강대학교 출판부, 2015.
이복기, 「이시구로의 『우리가 고아였을 때』: 환상의 이중성」, 『영어영문학연구』 43(1), 2017, 147~166쪽.
이정화, 「과거의 재구성: 가즈오 이시구로의 『희미한 언덕 풍경』에 나타난 역사, 기억, 기록」, 『영어영문학 21』 29(2), 2016, 133~150쪽.
Gikandi, Simon. *Maps of Englishness: Writing Identity in the Culture of Colonialism*. New York: Columbia UP, 1996.
Hewison, Robert. *The Heritage Industry: Britain in a Climate of Decline*. London: Methuen London Ltd., 1987.
Hutchen, Linda. *A Poetics of Postmodernism: History, Theory, Fiction*. New York and London: Routledge, 1988.
Ishiguro, Kazuo. *A Pale View of Hills*. New York: Vintage, 1982. (가즈오 이시구로, 『창백한 언덕 풍경』, 김남주 옮김, 서울: 민음사, 2012.)
______. *An Artist of the Floating World*. New York: Vintage, 1986. (가즈오 이시구로, 『부유하는 세상의 화가』, 김남주 옮김, 서울: 민음사, 2015.
______. *The Remains of the Day*. New York: Vintage, 1989. (가즈오 이시구로, 『남아 있는 나날』, 송은경 옮김, 서울: 민음사, 2009.)
______. *The Unconsoled*. New York: Vintage, 1995. (가즈오 이시구로, 『위로받지 못한 사람들』, 김석희 옮김, 서울: 민음사, 2011; 가즈오 이시구로, 『위로받지 못한 사람들』, 김석희 옮김, 서울: 프레스21, 1998.)
______. *When We Were Orphans*. London: Faber and Faber, 2000. (가즈오 이시구로,

『우리가 고아였을 때』, 김남주 옮김, 서울: 민음사, 2015.)
______. *Never Let Me Go*. New York: Vintage, 2005. (가즈오 이시구로, 『나를 보내지 마』, 김남주 옮김, 서울: 민음사, 2009.)
______. *The Buried Giant*. New York: Alred A. Knopf, 2015. (가즈오 이시구로, 『파묻힌 거인』, 홍한결 옮김, 서울: 민음사, 2022; 가즈오 이시구로, 『파묻힌 거인』, 하윤숙 옮김, 서울: 시공사, 2015.)
______. *Klara and the Sun*. New York: Alred A. Knopf, 2021. (가즈오 이시구로, 『클라라와 태양』, 홍한별 옮김, 서울: 민음사, 2021.)
______. *My Twentieth Century Evening and Other Small Breakthroughs: the Nobel Lecture*. New York: Alred A. Knopf, 2017.
______. Interview with Allan Vorda and Kim Herzinger. "Stuck on the Margins: An Interview with Kazuo Ishiguro." *Face to Face: Interview with Contemporary Novelists*, ed. Allan Vorda, Houston: Rice UP, 1993. pp. 1~36.
Matthews, Sean and Sebastian Groes. ed. *Kazuo Ishiguro*. London: Continuum, 2009.
Williams, Raymond. *The Country and the City*. 1973. New York: Oxford UP, 1975.

제2부 희곡

사뮈엘 베케트의 『몰로이』와 『고도를 기다리며』: 존재에 대한 반추

김경의, 「베케트와 실패의 문학」. 『몰로이』, 김경의 옮김, 서울: 문학과지성사, 2008, 264~276쪽.
김소임, 『베케트 읽기』, 서울: 세창미디어, 2014.
사뮈엘 베케트, 『몰로이』, 김경의 옮김, 서울: 문학과지성사, 2008.
스티브 쿠츠, 『30분에 읽는 사무엘 베케트』, 이영아 옮김, 서울: 랜덤하우스중앙, 2005.
알베르 카뮈, 『시지프의 신화』, 이가림 옮김, 서울: 문예출판사, 1993.
이영석, 「사무엘 베케트의 『몰로이(*Molloy*)』에 나타난 주체의 구성과 소설의 미학화」. *Foreign Literature Studies* 69(2), 2018, 219~239쪽.
Bair, Deirdre. *Samuel Beckett*. New York: Summit Books, 1990.
Beckett, Samuel. *The Complete Dramatic Works*. London: Faber and Faber, 1986.
Beckett, Samuel and Duthuit, George. "Three Dialogues." Ed. Martin Esslin. *Samuel Beckett: A Collection of Critical Essays*, Englewood Cliffs: Prentice-Hall, pp. 16~22.
Esslin, Martin. *The Theatre of the Absurd*. New York: Penguin, 1980.
Knowlson, James. *Damed to Fame: the Life of Samuel Beckett*. New York: Simon

& Schuster. 1996.
누보로망(Nouveau roman) (『문학비평용어사전』, 2006. 1. 30, 한국문학평론가협회) https://terms.naver.com/entry.naver?docId=1529762&cid=60657&categoryId=60657
https://en.wikipedia.org/wiki/Pour_un_nouveau_roman

해럴드 핀터의 「생일 파티」, 「마지막 한 잔」, 「축하 파티」:
정치성과 성정치성 사이에서 생성된 정치극

정문영, 『해럴드 핀터의 정치성과 성정치성』, 서울: 서울대학교출판부, 2010.
______, 『해럴드 핀터의 영화 정치성』, 서울: 동인, 2016.
Billington, Michael. *Harold Pinter*. London: Faber and Faber, 2007.
Deleuze, Gilles, and Félix Guattari. *Anti-Oedipus: Capitalism and Schizophrenia*. Robert Hurley, Mark Seem, and Helene R. Lane (trans.), London: The Athlone Press, 1984. (질 들뢰즈·펠릭스 가타리, 『안티 오이디푸스: 자본주의와 분열증』, 김재인 옮김, 서울: 민음사, 2014.
Esslin, Martin. *The Theatre of the Absurd*. New York: Penguin Books, 1961.
Gussow, Mel. *Conversations with Pinter*. New York: Limelight Editions, 1994.
Pinter, Harold. "Art, Truth & Politics: The Nobel Lecture." *Harold Pinter*, Michael Billington, London: Faber and Faber, 2007, pp. 431~442.
______. *The Birthday Party, Plays: One*. London: Faber and Faber, 1976, pp. 1~81. (해럴드 핀터, 「생일파티」, 『해롤드 핀터 전집』 1, 이후지 옮김, 서울: 평민사, 2002, 41~162쪽.)
______. *Celebration & The Room*. London: Faber and Faber, 2000. (해럴드 핀터, 「축하 파티」, 『해롤드 핀터 전집』 7, 권경수 옮김, 서울: 평민사, 2002, 175~218쪽; 해럴드 핀터, 『해롤드 핀터 전집』 4, 김미량 옮김, 평민사, 2002, 137~177쪽.)
______, *One for the Road*, London: Methuen, 1984. (해럴드 핀터, 「최후의 한 잔」. 『해롤드 핀터 전집』 1, 이후지 옮김, 서울: 평민사, 2002, 227~253쪽.)

제3부 시

W. B. 예이츠의 「호수의 섬 이니스프리」: 자연과 동화되는 삶에서 지혜와 평화를 갈망하다

한세정, 「식민지 조선 문인들의 "The Lake Isle of Innisfree" 수용과 전유: 김억, 김영랑, 한흑구, 정인섭을 중심으로」, 『한국예이츠저널』 75, 2018, 321~344쪽.
Bloom, Harold. *Yeats*. London: Oxford UP, 1970.
Ellmann, Richard. *Yeats: Man and the Mask*. New York: Norton, 2000.

Jeffares, Norman A. *A Commentary on the Collected Poems of W. B. Yeats*. London: Palgrave Macmillan, 1968.

Ross, David A. *Critical Companion to William Butler Yeats*. New York: Facts on File, 2009.

Smith, Stan. *W. B. Yeats: A Critical Introduction*. London: Macmillan, 1990.

Yeats, W. B. *Autobiographies*. Ed. William H. O'Donnell and Douglas N. Archibald, New York: Scribner, 1999. (W. B. 예이츠, 『윌리엄 버틀러 예이츠 자서전: 「유년기와 청소년기에 대한 회상」과 「휘장의 떨림」』, 이철 옮김, 서울: 한국문화사, 2018.)

______. *The Collected Poems of W. B. Yeats: A New Edition*. Ed. Finneran, Richard J., London: Palgrave Macmillan, 1989. (W. B. 예이츠, 『예이츠 서정시 전집』(전 3권), 김상무 옮김, 서울: 서울대학교출판문화원, 2014.)

______. *John Sherman and Dhoya*. Ed. Richard J. Finneran, New York: Palgrave Macmillan, 1991. (W. B. 예이츠, 『예이츠 작품 선집 국역: 존 셔먼, 도야, 발라와 일린, 고양이와 달』, 조정명 옮김, 서울: 동인, 2022.)

______. *Letters to the New Island*. Ed. George Bornstein and Hugh Witemeyer, New York: Palgrave Macmillan, 1989.

이오시프 브로드스키의 『존 던에게 헌정하는 대(大)비가』: 정치적 아웃사이더의 철학적 순례

에드워드 J. 브라운, 『러시아 현대문학사』, 김문황 편저, 청주: 충북대 출판부, 2012.

이상열, 「17세기 영국 형이상학파 시와 조지프 브로드스키: 20세기 현대 영미시에 끼친 존 던의 영향을 중심으로」, 『신영어영문학』 80, 신영어영문학회, 2021.

이지연, 「브로드스키 시에서의 낭만성의 문제」, 『러시아연구』 15(1), 서울대학교 러시아연구소, 2005.

조셉 브로드스키, 『하나 반짜리 방에서』, 안정효 옮김, 서울: 고려원, 1987.

Акимов В. М. и.т.д., *Русская литература XX века*. 11 кл., Москва: Мнемозина, 2004.

Антон Нестеров, *Джон Донн и формирование поэтики Бродского: за пре делами 《Большой элегии》*, http:// www.niworld.ru/Statei/ annesterov/J_ Donne_Brodsk /J_D_Br.htm

Pervushina, E. A. *Джон Донн и Иосиф Бродский: творческие переклички*. http://17v-euro-lit.niv.ru/17v-euro-lit/articles/angliya/pervushina-dzhon-donn.htm

ЛИ ЧЖИ ЕН, *Конец прекрасной эпохи*, Санкт-Петербург, Академический проект, 2004.

셰이머스 히니의 『어느 자연주의자의 죽음』: 현실의 비전으로서의 응시의 연단과 예술적 재현

Bew, Paul and Gillespie, Gordon. *Northern Ireland: A Chronology of the Troubles 1968-1999*. Dublin: Gill & McMillan, 1999.

Clarity, James F. "Laureate and Symbol, Heaney Returns Home." 9 October 1995. *The New York Times*. https://archive.nytimes.com/www.nytimes.com/books/98/12/20/specials/heaney-laureate.html

Heaney, Seamus. *Death of a Naturalist*. 1966. London: Faber and Faber, 1991. (셰이머스 히니, 『어느 자연주의자의 죽음』, 이정기 옮김, 서울: 나라원, 1995.)

______. *Door into the Dark*. 1969. London: Faber and Faber, 1972.

______. *Eleven Poems*. Belfast: Festival Publications, 1965.

______. "Fifteen Questions with Seamus Heaney." 8 Oct. *Harvard Crimson*. https://www.thecrimson.com/article/2008/10/8/15-questions-with-seamus-heaney-seamus/

______. *North*. 1975. London: Faber and Faber, 1992.

______. "Old Derry's Walls." *The Listener*, October 24, 1968, pp. 521~523.

______. *Opened Ground: Selected Poems, 1966-1996*. New York: Farrar, Straus and Giroux, 1998.

______. *Preoccupations: Selected Prose, 1968-1978*. London: Faber and Faber, 1980.

______. *Seamus Heaney 1995 Nobel Prize in Literature: A Celebration*. Ed. Stratis Haviaras. Cambridge, MA.: A Harvard Review Monograph, 1996.

______. "The Government of the Tongue." *The Government of the Tongue: Selected Prose 1978-1987*, New York: Farrar, Straus and Giroux, 1988, pp. 91~108.

______. "The Nobel Prize in Literature 1995." NobelPrize.org. Nobel Prize Outreach AB 2022. Sat. 2 Apr 2022. https://www.nobelprize.org/prizes/literature/1995/summary/

______. "The Redress of Poetry." *The Redress of Poetry: Oxford Lectures*. London: Faber and Faber, 1995, p. 1~16.

"Peatlands and Turf-cutting." 1 Apr. 2022. National Parks and Wildlife Service. https://www.npws.ie/peatlands-and-turf-cutting

Vendler, Helen. *Seamus Heaney*. Cambridge, MA: Harvard University Press, 1998.

Yeats, William Butler. *A Vision*. 1937. New York: Macmillan, 1965.

루이즈 글릭의 『야생 붓꽃』: 상처에서 피어난 시의 언어

Arnold, Elizabeth. "Fact and Feeling: Strategies toward a Disciplined Lyric." *The Kenyon Review* Vol 35. 3, Summer 2013, pp, 129~144.

Glück, Louise. *American Originality: Essays on Poetry*. New York: Farra, Strax and Giroux, 2017.

______. *Proofs & Theories: Essays on Poetry*. Hopewell: Ecco, 1994.

______. *The Wild Iris*. New York: Harper Collins, 1992. (루이즈 글릭, 『야생 붓꽃』, 정은귀 옮김, 서울: 시공사, 2022.)

Morris, Daniel. *The Poetry of Louise Glück, A Thematic Introduction*. Columbia: University of Missouri Press, 2006.

제4부 역사·철학

테오도르 몸젠의 『로마사』: 문학과 역사 내러티브의 교차와 맞물림

Heuss, Alfred. *Theodor Mommsen und das 19. Jahrhundert*. Kiel: Ferdinand Hirt, 1956.

Meier, Christian. "Mommsens Römische Geschichte." *Berichte und Abhandlungen der Berlin-Brandenburgischen Akademie der Wissenschaften*, vol. 11, 2006, SS. 433~452.

Mommsen, Theodor. *Römische Kaisergeschichte*. Barbara and Alexander Demandt ed., München: C. H. Beck, 1992.

______. *Römische Geschichte* 8 vols. München: Deutscher Taschenbuch, 1976. (테오도르 몸젠, 『몸젠의 로마사』(전 5권), 서울: 푸른역사, 2013~2020.) * 몸젠의 독일어본 저서는 판을 거듭하면서 전체 권수까지 바뀌었고, 국내 번역서는 총 10권으로 기획되었다. 이런 이유에서 몸젠의 독일어본과 한국어 번역본의 서지사항을 동시에 표기하기 어렵다. 현재 한국어 번역본은 제5권까지 출간된 상태다.

Mommsen, Wolfgang J. *Max Weber und die deutsche Politik 1890–1920*. Tübingen: Mohr Siebeck, 2004.

Niebuhr, Barthold G. *Römische Geschichte*, 2 Vols. Berlin: Realschulbuchhandlung, 1811–1812.

Schlange-Schöningen, Heinrich. "Ein 'golderner Lorbeerkranz' für die Römische Geschichte. Theodor Mommsens Nobelpreis für Literatur." in Josef Wiesehöfer (ed.), *Theodor Mommsen: Gelehrter, Politiker und Literat*, Stuttgart: Franz Steiner Verlag, 2005, SS. 207~228.

Walther, Geritt. "Mommsens Historischer Blick." in Wiesehöfer ed., *Mommsen*,

Stuttgart: Franz Steiner Verlag, 2005, SS. 229~243.

Wucher, Albert. *Theodor Mommsen. Geschichtsschreibung und Politik*. Göttingen: Musterschmidt Verlag, 1956.

앙리 베르그손의 『창조적 진화』: 물질을 가로지르는 생명의 불꽃

앙리 베르그손, 『의식에 직접 주어진 것들에 관한 시론』, 최화 옮김, 서울: 아카넷, 2001.

______, 『창조적 진화』. 황수영 옮김, 서울: 아카넷, 2005.

______, 『창조적 진화』, 최화 옮김, 서울: 자유문고, 2020.

Heidegger, Martin. *Grundbegriffe der aristotelishen Philosophie*. Frankfurt am Main: Vittorio Klostermann, 2002.

Peeters, Benoît. *Derrida*. Andrew Brwon (trans.), Cambridge and Maldenm MA: Polity Press, 2013. (브누아 페터스, 『데리다, 해체의 철학자』, 변광배·김중현 옮김, 서울: 그린비, 2019.)

Soulez, Philippe and Worms, Frédéric. *Bergson Biographie*. Paris: Flammarion, 1997.

노벨 문학상 수상자 연표

연도	수상자	수상자 소개	장르	수상자 대표 작품	비 고
1901	쉴리 프뤼돔	1839~1907, 프랑스	시	『구절과 시』, 『고독』	
1902	테오도르 몸젠	1817~1903, 독일	역사	『로마사』	* 이 책의 602쪽 참조.
1903	비에른스티에르네 비에른손	1832~1910, 노르웨이	소설	『행운아』	
1904	프레데리크 미스트랄	1830~1914, 프랑스	시	『미레유』	
	호세 에체가라이	1832~1916, 스페인	희곡	『광인인가, 성인인가』	
1905	헨리크 시엔키에비치	1846~1916, 폴란드	소설	『쿠오바디스』	
1906	조수에 카르두치	1835~1907, 이탈리아	시	『레비아 그라비아』	
1907	러디어드 키플링	1865~1936, 영국	소설	『정글북』	
1908	루돌프 오이켄	1846~1926, 독일	철학	『대사상가의 인생관』	
1909	셀마 라겔뢰프	1858~1940, 스웨덴	소설	『닐스의 모험』	
1910	파울 하이제	1830~1914, 독일	소설	『아라비아타』	
1911	모리스 마테를링크	1862~1949, 벨기에	희곡	『파랑새』	
1912	게르하르트 하웁트만	1862~1946, 독일	희곡	『직조공들』, 『해 뜨기 전』	
1913	라빈드라나트 타고르	1861~1941, 인도	시	『기탄잘리』	
1914	수상자 없음				
1915	로맹 롤랑	1866~1944, 프랑스	소설	『장 크리스토프』	

연도	수상자	수상자 소개	장르	수상자 대표 작품	비 고
1916	베르네르 헤이덴스탐	1859~1940, 스웨덴	시, 소설	『순례와 방랑의 세월』, 『하나의 민족』	
1917	카를 기엘레루프	1857~1919, 덴마크	소설	『어떤 이상주의자, 용사의 묘사』, 『민나(Minna)』, 『깨달은 자의 아내』	
	헨리크 폰토피단	1857~1943, 덴마크	소설	『행복한 페르』, 『사자의 왕국』	
1918	수상자 없음				
1919	카를 프리드리히 슈피텔러	1845~1924, 스위스	시, 소설	『올림포스의 봄』	
1920	크누트 함순	1859~1952, 노르웨이	소설	『굶주림』	
1921	아나톨 프랑스 (*자크 아나톨 프랑수아 티보의 필명)	1844~1924, 프랑스	소설	『타이스』, 『페도크 여왕의 통닭구이 집』, 『신들은 목마르다』	* 이 책의 14쪽 참조.
1922	하신토 베나벤테	1866~1954, 스페인	희곡	『조작된 이해』	
1923	윌리엄 버틀러 예이츠	1865~1939, 아일랜드	시	「호수의 섬 이니스프리」	* 이 책의 510쪽 참조.
1924	브와디스와프 레이몬트	1867~1925, 폴란드	소설	『농민』	
1925	조지 버나드 쇼	1856~1950, 영국	희곡	『피그말리온』	
1926	그라치아 델레다	1871~1936, 이탈리아	소설	『어머니』	
1927	앙리 베르그손	1859~1941, 프랑스	철학	『창조적 진화』, 『물질과 기억』	* 이 책의 625쪽 참조.
1928	시그리드 운세트	1882~1949, 노르웨이	소설	『크리스틴 라브란스다테르』, 『불손한 여자 비그디스』	
1929	토마스 만	1875~1955, 독일	소설	『마의 산』, 『부덴브로크 가의 사람들』, 『베니스에서의 죽음』	

연도	수상자	수상자 소개	장르	수상자 대표 작품	비 고
1930	싱클레어 루이스	1885~1951, 미국	소설	『메인 스트리트』	
1931	에릭 악셀 카를펠트	1864~1931, 스웨덴	시	『프리돌린의 노래』	
1932	존 골즈워디	1867~1933, 영국	소설, 희곡	『포사이트가의 이야기』	
1933	이반 부닌	1870~1953, 러시아 태생, 무국적자	소설	『마을』, 『아르세니예프의 생』	
1934	루이지 피란델로	1867~1936, 이탈리아	소설, 희곡	『작가를 찾는 6인의 등장인물』	
1935	수상자 없음				
1936	유진 오닐	1888~1953, 미국	희곡	『밤으로의 긴 여로』, 『느릅나 무 밑의 욕망』, 『털원숭이』	
1937	로제 마르탱 뒤 가르	1881~1958, 프랑스	소설	『티보가의 사람들』	
1938	펄 벅	1892~1973, 미국	소설	『대지』	* 이 책의 38쪽 참조.
1939	프란스 에밀 실란패	1888~1964, 핀란드	소설	『젊었을 때 잠들다』	
1940	수상자 없음				
1941	수상자 없음				
1942	수상자 없음				
1943	수상자 없음				
1944	요하네스 빌헬름 옌센	1873~1955, 덴마크	소설	『긴 여정』	
1945	가브리엘라 미스 트랄(*루실라 고도 이 데 알카야가의 필명)	1889~1957, 칠레	시	『죽음의 소네트』	
1946	헤르만 헤세	1877~1962, 스위스(독일 태생)	소설	『데미안』, 『황야의 이리』	

연도	수상자	수상자 소개	장르	수상자 대표 작품	비 고
1947	앙드레 지드	1869~1951, 프랑스	소설	『좁은 문』	
1948	토머스 스턴스 엘리엇	1888~1965, 영국	시	『황무지』	
1949	윌리엄 포크너	1897~1962, 미국	소설	『소음과 분노』	
1950	버트런드 러셀	1872~1970, 영국	철학	『종교와 과학』, 『권위와 개인』	
1951	페르 라게르크비스트	1891~1974, 스웨덴	시, 소설, 희곡	『바라바』	
1952	프랑수아 모리악	1885~1970, 프랑스	소설	『테레즈 데케루』, 『독사 또아리』, 『사랑의 사막』	
1953	윈스턴 처칠	1874~1965, 영국	역사	『제2차 세계대전 회고록』	
1954	어니스트 헤밍웨이	1899~1961, 미국	소설	『노인과 바다』	
1955	하들도르 킬랸 락스네스(* 본명: 하들도르 그뷔드욘손)	1902~1998, 아이슬란드	소설	『독립한 민중』, 『살카 바카』	
1956	후안 라몬 히메네스	1881~1958, 스페인	시	『플라테로와 나』	
1957	알베르 카뮈	1913~1960, 프랑스	소설	『이방인』, 『페스트』	
1958	보리스 파스테르나크	1890~1960, 소련	소설	『지바고 의사』	* 이 책의 63쪽 참조.
1959	살바토레 콰시모도	1901~1968, 이탈리아	시	『바다와 육지』, 『가라앉은 오보에』, 『시인과 정치』	
1960	생존 페르스	1887~1975, 프랑스	시	『유적지』, 『찬가』	
1961	이보 안드리치	1892~1975, 유고슬라비아	소설	『드리나강의 다리』	

연도	수상자	수상자 소개	장르	수상자 대표 작품	비 고
1962	존 스타인벡	1902~1968, 미국	소설	『분노의 포도』	
1963	요르고스 세페리스 (*본명: 예오르요스 세페리아디스)	1900~1971, 그리스	시, 소설	『분귀점』, 『신화사』, 『항해일지』	
1964	장 폴 사르트르	1905~1980, 프랑스	소설	『구토』	* 이 책의 88쪽 참조.
1965	미하일 숄로호프	1905~1984, 소련	소설	『고요한 돈강』	* 이 책의 111쪽 참조.
1966	슈무엘 아그논	1888~1970, 이스라엘	시, 소설	『바다 한복판에서』, 『버림받은 아내들』	
	넬리 작스	1891~1970, 스웨덴 (독일 태생)	시, 희곡	『엘리』	
1967	미겔 앙헬 아스투리아스	1899~1974, 과테말라	소설	『옥수수의 사람들』, 『대통령 각하』	
1968	가와바타 야스나리	1899~1972, 일본	소설	『설국』	* 이 책의 135쪽 참조.
1969	사뮈엘 베케트	1906~1989, 아일랜드	희곡, 소설	『고도를 기다리며』, 『몰로이』	* 이 책의 462쪽 참조.
1970	알렉산드르 솔제니친	1918~2008, 소련	소설	『이반 데니소비치의 하루』	* 이 책의 159쪽 참조.
1971	파블로 네루다	1904~1973, 칠레	시	『스무 편의 사랑의 시와 한 편의 절망의 노래』, 『질문의 책』	
1972	하인리히 뵐	1917~1985, 독일	소설	『여인과 군상』, 『카타리나 블룸의 잃어버린 명예』,	* 이 책의 181쪽 참조.
1973	패트릭 화이트	1912~1990, 오스트레일리아	소설	『태풍의 눈』	
1974	에위빈드 욘손	1900~1976, 스웨덴	소설	『해변의 파도』,	
	하리 마르틴손	1904~1978, 스웨덴	소설, 시	『아니아라』	

연도	수상자	수상자 소개	장르	수상자 대표 작품	비 고
1975	에우제니오 몬탈레	1896~1981, 이탈리아	시	『기회들』, 『폭풍우와 기타』	
1976	솔 벨로	1915~2005, 미국	소설	『오늘을 잡아라』	
1977	비센테 알레익산드레	1898~1984, 스페인	시	『입술 같은 칼』, 『대지의 정열』, 『파괴냐 사랑이냐』	
1978	아이작 바셰비스 싱어(* 이츠호크 바셰비스 징게르)	1902~1991, 미국 (폴란드 태생)	소설	『적들, 어느 사랑이야기』	
1979	오디세아스 엘리티스	1911~1996, 그리스	시	『알바니아 전쟁에서 실종된 육군 소위를 위한 영웅 애가』	
1980	체스와프 미워쉬	1911~2004, 미국/폴란드 (리투아니아 태생)	시	『일광』, 『사로잡힌 영혼』, 『구원』	
1981	엘리아스 카네티	1905~1994, 영국 (불가리아 태생)	소설	『군중과 권력』, 『현혹』	
1982	가브리엘 가르시아 마르케스	1927~2014, 콜롬비아	소설	『백년의 고독』	* 이 책의 203쪽 참조.
1983	윌리엄 골딩	1911~1993, 영국	소설	『파리대왕』	* 이 책의 230쪽 참조.
1984	야로슬라프 사이페르트	1901~1986, 체코	시	『어머니』, 『섬에서의 음악회』	
1985	클로드 시몽	1913~2005, 프랑스	소설	『플랑드르의 길』	
1986	'월레' 소잉카	1934~ , 나이지리아	희곡, 소설	『해설자』, 『숲의 춤』	
1987	이오시프 브로드스키	1940~1996, 미국(소련 태생)	시	「존 던에게 헌정하는 대(大) 비가」, 『연설 한 토막』	* 이 책의 533쪽 참조.
1988	나기브 마푸즈	1911~2006, 이집트	소설	『게벨라위의 아이들』	
1989	카밀로 호세 셀라	1916~2002, 스페인	소설	『벌집』	

연도	수상자	수상자 소개	장르	수상자 대표 작품	비 고
1990	옥타비오 파스	1914~1998, 멕시코	시, 수필	『태양의 돌』, 『공기의 아들들』	
1991	네이딘 고디머	1923~2014, 남아프리카 공화국	소설	『명예로운 손님』, 『거짓의 날들』, 『보호주의자들』	
1992	데릭 월컷	1930~2017, 세인트루시아	시, 희곡	『오메로스』	
1993	토니 모리슨	1931~2019, 미국	소설	『빌러비드』	* 이 책의 252쪽 참조.
1994	오에 겐자부로	1935~ , 일본	소설	『만엔 원년의 풋볼』, 『개인적인 체험』	* 이 책의 273쪽 참조.
1995	셰이머스 히니	1939~2013, 아일랜드	시	『어느 자연주의자의 죽음』	* 이 책의 551쪽 참조.
1996	비스와바 심보르스카	1923~2012, 폴란드	소설	『모래알과 함께한 전경』, 『끝과 시작』	
1997	다리오 포	1926~2016, 이탈리아	희곡	『어느 무정부주의자의 우연한 죽음』, 『교황과 마녀』	
1998	주제 사라마구	1922~2010, 포르투칼	소설	『눈먼 자들의 도시』 『수도원의 비망록』	
1999	귄터 그라스	1927~2015, 독일	소설	『양철북』	* 이 책의 297쪽 참조.
2000	가오싱젠	1940~ , 프랑스 (중국 태생)	소설	『영혼의 산』	* 이 책의 324쪽 참조.
2001	비디아다르 수라지프라사드 나이폴	1932~2018, 영국 (트리니다드 토바고 태생)	소설	『바스와스씨를 위한 집』, 『미겔 스트리트』	
2002	케르테스 임레	1929~2016, 헝가리	소설	『운명』	
2003	존 맥스웰 쿳시	1940~ , 남아프리카 공화국	소설	『포』, 『추락』	

연도	수상자	수상자 소개	장르	수상자 대표 작품	비 고
2004	엘프리데 옐리네크	1946~ , 오스트리아	소설, 희곡	『피아노 치는 여자』	
2005	해럴드 핀터	1903~2008, 영국	희곡	『관리인』, 『귀향』, 『생일파티』, 『마지막 한 잔』, 『축하파티』	* 이 책의 483쪽 참조.
2006	오르한 파묵	1952~ , 터키	소설	『하얀 성』, 『내 이름은 빨강』, 『순수 박물관』	* 이 책의 347쪽 참조.
2007	도리스 레싱	1919~2013, 영국	소설	『풀잎은 노래한다』, 『황금노트북』, 『다섯째 아이』	
2008	장마리 귀스타브 르 클레지오	1940~ , 프랑스	소설	『조서』, 『홍수』, 『사막』, 『황금물고기』	* 이 책의 387쪽 참조.
2009	헤르타 뮐러	1953~ , 독일 (루마니아 태생)	소설	『숨그네』, 『저지대』	
2010	마리오 바르가스 요사	1936~ , 페루	소설	『천국은 다른 곳에』, 『판탈레온과 특별 봉사대』, 『나쁜 소녀의 짓궂음』	
2011	토마스 트란스트뢰메르	1931~2015, 스웨덴	소설, 시	『산 자와 죽은 자를 위하여』, 『기억이 나를 본다』	
2012	모옌	1955~ , 중화인민 공화국	소설	『개구리』, 『홍까오량 가족』	
2013	앨리스 앤 먼로	1931~ , 캐나다	단편 소설	『행복한 그림자의 춤』, 『디어 라이프』	
2014	파트리크 모디아노	1945~ , 프랑스	소설	『어두운 상점들의 거리』, 『슬픈 빌라』	
2015	스베틀라나 알렉시예비치	1948~ , 벨라루스	산문	『전쟁은 여자의 얼굴을 하지 않았다』, 『체르노빌의 목소리』	* 이 책의 412쪽 참조.
2016	밥 딜런	1941~ , 미국	대중 음악	『바람만이 아는 대답』, 「Like a Rolling Stone」	
2017	가즈오 이시구로	1954~ , 영국 (일본 태생)	소설	『남아 있는 나날』	* 이 책의 434쪽 참조.

연도	수상자	수상자 소개	장르	수상자 대표 작품	비 고
2018	올가 토카르추크	1962~ , 폴란드	소설	『방랑자들』	
2019	페터 한트케	1942~ , 오스트리아	희곡, 소설	『관객모독』	
2020	루이즈 엘리자베스 글릭	1943~ , 미국	시	『야생 붓꽃』	* 이 책의 574쪽 참조.
2021	압둘라자크 구르나	1948~ , 영국(탄자니아 태생)	소설	『낙원』	
2022	아니 에르노	1940~ , 프랑스	소설	『단순한 열정』, 『세월』	

* 스웨덴 한림원 홈페이지 참조.

노벨문학상 수상작 산책

노벨문학상 수상자 26명의 삶과 문학

편저자 윤재석
지은이 김규종 외 25명
펴낸이 윤양미

등 록 2002년 1월 10일 제1-2979호
펴낸곳 산처럼
주 소 서울시 종로구 사직로8길 34 경희궁의 아침 3단지 오피스텔 412호
전 화 02) 725-7414
팩 스 02) 725-7404
이메일 sanbooks@hanmail.net
홈페이지 www.sanbooks.com

제1판 제1쇄 2022년 12월 10일

* 이 저서는 2019년도 대한민국 교육부와 한국연구재단의 지원을 받아 수행된 연구임.
(NRF-2019S1A6A3A01055801)

ISBN 979-11-91400-09-0 03800